1621

Das Buch

Josie, eine Zahnärztin, die ihre Praxis hat schließen müssen, bekommt Panik, als ihr Exmann sie darum bittet, die gemeinsamen Kinder seiner neuen Verlobten vorstellen zu dürfen. Gemeinsam mit dem achtjährigen Paul und der fünfjährigen Anna flieht sie an den entlegensten Ort, der für sie ohne Pass erreichbar ist: Alaska. Die Reise im abgetakelten gemieteten Wohnmobil rüttelt die Familie gehörig durcheinander. Der fürsorgliche Paul übernimmt die Vaterrolle in der Familie, während seine Schwester Chaos und Zerstörung geradezu magisch anzieht. Was sich zunächst wie ein Abenteuerurlaub am Ende der Welt anfühlt, wird schnell zur verzweifelten Flucht, auf der Josie nicht nur gegen imaginäre, sondern auch gegen reale Geister ihrer Vergangenheit ankämpfen und dafür bis an ihre Grenze gehen muss.

Der Autor

Dave Eggers geboren 1970, ist einer der bedeutendsten zeitgenössischen Autoren. Sein Werk wurde mit zahlreichen literarischen Preisen ausgezeichnet. Sein Roman »Der Circle« war weltweit ein Bestseller. Der Roman »Ein Hologramm für den König« war nominiert für den National Book Award, für »Zeitoun« wurden ihm u. a. der American Book Award und der Albatros-Literaturpreis der Günter-Grass-Stiftung verliehen. Eggers ist Gründer und Herausgeber von McSweeney's, einem unabhängigen Verlag mit Sitz in San Francisco. Dave Eggers stammt aus Chicago und lebt mit seiner Frau und seinen zwei Kindern in Nordkalifornien.

Die Übersetzer

Ulrike Wasel und Klaus Timmermann, beide Jahrgang 1955, haben fast alle Bücher von Dave Eggers übersetzt und wurden für ihre hervorragende Übersetzung von »Zeitoun« gemeinsam mit dem Autor mit dem Albatros-Literaturpreis ausgezeichnet.

Dave Eggers

BIS AN
DIE
GRENZE

Roman

**Aus dem amerikanischen Englisch von
Ulrike Wasel und Klaus Timmermann**

Kiepenheuer &
Witsch

Verlag Kiepenheuer & Witsch, FSC®-N001512

1. Auflage 2018

Titel der Originalausgabe: *Heroes of the Frontier*
All rights reserved
Aus dem amerikanischen Englisch von Ulrike Wasel und
Klaus Timmermann
© 2017, 2018 Verlag Kiepenheuer & Witsch, Köln
Alle Rechte vorbehalten. Kein Teil des Werkes darf in irgendeiner
Form (durch Fotografie, Mikrofilm oder ein anderes Verfahren)
ohne schriftliche Genehmigung des Verlages reproduziert oder
unter Verwendung elektronischer Systeme verarbeitet,
vervielfältigt oder verbreitet werden.
Umschlaggestaltung: Rudolf Linn, Köln, nach dem
Originalumschlag von Alfred A. Knopf
Umschlagmotiv: © Dave Eggers
Satz: Felder KölnBerlin
Druck und Bindung: CPI books GmbH, Leck
ISBN 978-3-462-05185-8

I.

Es gibt das stolze Glück, ein Glück, das guter Arbeit am hellen Tag entspringt, jahrelanger lohnender Schufterei, und hinterher ist man müde und froh und umgeben von Familie und Freunden, zutiefst zufrieden und bereit für die wohlverdiente Ruhe – Schlaf oder Tod, es wäre einerlei.

Dann gibt es das Glück des eigenen privaten Elends. Das Glück, allein zu sein und angesäuselt von Rotwein auf dem Beifahrersitz eines uralten Wohnmobils, das irgendwo in Alaskas tiefem Süden parkt, in ein Gekritzel schwarzer Bäume zu starren, nicht schlafen zu wollen aus Angst, irgendwer könnte jeden Moment das Spielzeugschloss an der Wohnmobiltür knacken und dich und deine zwei kleinen Kinder, die oben schlafen, umbringen.

Josie blinzelte in das schwache Licht eines langen Sommerabends auf einem Rastplatz in Südalaska. Sie war an diesem Abend glücklich, mit ihrem Pinot, in diesem Wohnmobil in der Dunkelheit, umgeben von unbekannten Wäldern, und wurde mit jedem neuen Schluck aus ihrer gelben Plastiktasse ein bisschen weniger ängstlich. Sie war zufrieden, obwohl sie wusste, dass es sich um eine flüchtige und künstliche Zufriedenheit handelte, wusste, dass alles falsch war – sie sollte nicht in Alaska sein, nicht so. Sie war Zahnärztin gewesen und war nun keine mehr. Der Vater ihrer Kinder, ein rückgratloser, häufig an Durchfall leidender Mann namens Carl, ein Mann, der Josie erklärt hatte, eine standesamtliche Heirat sei Heuchelei, die Urkunde überflüssig und einengend, hatte achtzehn Monate, nachdem er ausgezogen war, eine andere Frau gefunden, die ihn heiraten wollte. Er hatte eine andere Person kennengelernt, eine Person aus Florida, und würde sie – es war unglaublich, unmöglich – heiraten. Es würde im September stattfinden, und Josie hatte alles Recht der Welt, sich vom Acker zu machen, unterzutauchen, bis alles vorbei war. Carl hatte keine Ahnung, dass sie Ohio mit den Kindern verlassen hatte. Fast Nordamerika verlassen hatte. Und er durfte es nicht wissen. Und was könnte ihr mehr Unsichtbarkeit bieten als das hier, ein Zuhause auf Rädern, keine feste Anschrift, ein weißes Wohnmobil in einem Staat mit einer Million anderer launischer Reisender in weißen Wohnmobilen? Niemand könnte sie je finden. Sie hatte erwogen, das Land ganz zu verlassen, aber Ana hatte keinen Pass, und um einen zu beantragen, wäre Carl nötig gewesen, somit war diese Option ausgeschlossen. Alaska war dasselbe Land und zugleich ein anderes Land, fast Russland, fast Vergessen, und solange Josie ihr Handy ausließ und nur Bargeld benutzte – sie hatte dreitausend Dollar dabei, in einem Samtsäckchen, das aussah, als wäre es für Goldmünzen oder magische Bohnen geschaffen –, blieb sie unauffindbar, unaufspürbar. Und sie war Pfadfinderin gewesen. Sie konnte einen Knoten binden, einen Fisch ausnehmen, Feuer machen. Alaska machte ihr keine Angst.

Sie und die Kinder waren früher am Tag in Anchorage gelandet. Es war ein grauer Tag ohne Verheißung oder Schönheit, aber sobald sie aus dem Flugzeug gestiegen war, fühlte sie sich beflügelt. »Okay, Leute!«, hatte sie zu ihren übermüdeten, hungrigen Kindern gesagt. Die beiden hatten sich nie für Alaska interessiert, und jetzt waren sie hier. »Da wären wir!«, hatte sie gesagt, und sie hatte einen kleinen Freudenmarsch hingelegt. Keines der Kinder lächelte.

Sie hatte sie in dieses gemietete Wohnmobil verfrachtet und war losgefahren, ohne jeden Plan. Der Hersteller hatte das Fahrzeug »das Chateau« genannt, aber das war dreißig Jahre her, und jetzt war es schrottreif und eine Gefahr für seine Passagiere und alle, die den Highway mit ihm teilten. Doch nach einem Tag auf Tour ging es den Kindern gut. Sie waren seltsam. Da war Paul, acht Jahre alt, mit den kalten, fürsorglichen Augen eines Eispriesters, ein sanfter, bedächtiger Junge, der sehr viel vernünftiger und freundlicher und klüger war als seine Mutter. Und da war Ana, erst fünf, eine ständige Gefahr für die Gesellschaft. Sie war ein grünäugiges Tier mit wildem, absurd rotem Haar und hatte ein Talent dafür, den zerbrechlichsten Gegenstand in einem Raum anzupeilen und dann mit unglaublichem Elan kaputt zu machen.

Josie hörte einen Truck auf dem nahen Highway vorbeidonnern und goss sich eine zweite Tasse ein. Das darf ich, sagte sie sich, und schloss die Augen.

Aber wo war das Alaska der Magie und Klarheit? Alles lag unter einem Schleier aus Dutzenden Waldbränden, die sich im Staat ausbreiteten wie eine Gefängnismeuterei, und es war nicht majestätisch, nein, noch nicht.

Alles, was sie bis jetzt gesehen hatten, war chaotisch und hart. Sie hatten Wasserflugzeuge gesehen. Sie hatten Hunderte Häuser gesehen, die zum Verkauf standen. Sie hatten am Straßenrand die Werbetafel einer Baumschule gesehen, die einen Käufer suchte. Sie hatten ein anderes Wohnmobil gesehen, ähnlich wie ihres, das neben der Straße vor einer hohen schroffen Felswand parkte. Die Mutter der Familie hockte neben der Straße. Sie hatten lackierte Blockhütten gesehen. Sie hatten einen Minimarkt gesehen, der ebenfalls aus lackierten Holzstämmen erbaut war, ein Anti-Obama-T-Shirt mit der Aufschrift: *Don't blame me. I voted for the American.*

Wo waren die Helden? Sie wusste nur, da, wo sie herkam, waren Feiglinge. Nein, einen tapferen Mann gab es, und sie hatte dazu beigetragen, dass er getötet wurde. Ein mutiger Mann, der jetzt tot war. Jeder nahm alles, und Jeremy war tot. Zeigt mir jemanden, der kühn ist, bat sie die dunklen Bäume vor sich. Zeigt mir jemanden mit Tiefgang, forderte sie von den Bergen dahinter.

Sie hatte Alaska nur wenige Wochen in Erwägung gezogen, ehe sie beschloss, Ohio zu verlassen. Sie hatte eine Stiefschwester, Sam, oben in Homer, eine Stiefschwester, die keine richtige Stiefschwester war und die sie seit Jahren nicht gesehen hatte, die aber etwas sehr Geheimnisvolles an sich hatte, weil sie in Alaska lebte und ein eigenes Unternehmen besaß und ein Boot oder Schiff oder so was steuerte und zwei Töchter größtenteils allein großgezogen hatte, da ihr Mann, ein Fischer, oft monatelang fort war. So wie Sam es beschrieb, war er kein Gewinn und seine Abwesenheit kein großer Verlust.

Josie war noch nie in Alaska gewesen, und abgesehen von Homer hatte sie keine Ahnung, wohin sie da fahren oder was sie da machen sollte. Aber sie schrieb Sam, erklärte ihr, sie würde kommen, und Sam schrieb zurück, das sei in Ordnung. Josie fasste es als gutes Zeichen auf, dass ihre Stiefschwester, die sie fünf Jahre nicht gesehen hatte, einfach »in Ordnung« schrieb und weder drängte noch ermunterte. Sam war jetzt Alaskanerin, und das bedeutete, da war Josie sicher, eine schlichte und geradlinige Existenz, die sich um Arbeit und Bäume und Himmel drehte, und nach genau dieser Wesensart sehnte Josie sich bei anderen und sich selbst. Sie hatte keine Lust mehr auf sinnlose Lebensdramen. Falls Theatralik notwendig war, gut und schön. Falls ein Mensch einen Berg bestieg und dabei mit Unwetter, Lawinen und Blitzen vom stürmischen Himmel geplagt wurde, dann konnte sie Dramen akzeptieren, an Dramen partizipieren. Aber Vorstadtdramen waren so ermüdend, so offensichtlich grotesk, dass sie niemanden mehr um sich haben konnte, der sie für echt oder interessant hielt.

Also flogen sie hierher und holten ihr Gepäck, und dann sahen sie Stan. Ihm gehörte das Wohnmobil, das sie gemietet hatte – das Chateau –, und er wartete in der Ankunftshalle hinter der Gepäckausgabe mit einem Schild, auf dem Josies Name stand. Er war so, wie sie ihn sich vorgestellt hatte – ein Ruheständler Mitte siebzig, herzlich und mit der Angewohnheit, die Hände zu schwingen, als wären sie schwere Gegenstände, Bananenbüschel, die er ablieferte. Sie luden ihre Sachen ein und fuhren los. Josie drehte sich zu ihren Kindern um. Sie sahen müde und unsauber aus. »Cool, was?«, fragte sie und zeigte auf die Ausstattung des Chateau, ein Patch-

work aus Karomustern und Holzfurnier. Stan war weiß-
haarig und trug eine gebügelte Jeans und saubere tau-
benblaue Sneaker. Josie saß vorne, die Kinder hinten auf
einer Bank, während sie die zehn Meilen vom Flughafen
zu Stans Haus fuhren, wo sie den Papierkram für die
Vermietung des Chateau erledigen würden. Ana schlief
schon bald gegen die Jalousie gelehnt. Paul lächelte matt
und schloss seine Eispriesteraugen. Stan drehte den
Rückspiegel so, dass er sie sehen konnte, und Josie wusste, mit Stans Augen betrachtet sahen sie nicht wie ihre
Kinder aus. Sie sahen weder ihr noch einander ähnlich.
Josies Haar war schwarz, Pauls dunkelblond, Anas rot.
Josies Augen waren braun und klein, Pauls riesig und
blau, Anas grün und geformt wie geschwungene Man-
deln.

Als sie in Stans Einfahrt bogen, parkte er das Chateau,
und die Kinder wurden aufgefordert, im Garten zu spielen. Ana lief sofort zu einem großen Baum mit einem
Loch im Stamm und steckte die Hand hinein. »Guckt
mal, ich hab ein Baby!«, rief sie mit einem unsichtbaren
Baby im Arm.

»Tut mir leid«, sagte Josie.

Stan nickte ernst, als hätte Josie gesagt: *Mein Kind ist
verrückt und unheilbar.* Er holte die Bedienungsanleitung
hervor und ging die Funktionen des Wohnmobils mit
der Ernsthaftigkeit eines Menschen durch, der die Ent-
schärfung einer Bombe erläutert. Herd, Tachometer, Ki-
lometerzähler, Bad, Abwassertankentleerung, Stromanschluss, verschiedene Hebel und Puffer und versteckte
Fächer.

»Sie sind doch schon mal ein Wohnmobil gefahren«,
sagte er, als könnte es gar keine andere Antwort geben.

»Natürlich. Schon oft«, sagte Josie. »Und ich bin früher Bus gefahren.«

Sie hatte weder das eine noch das andere je getan, spürte jedoch, dass Stan die Sache ernst nahm, Josie dagegen weniger. Sie musste ihm das Vertrauen einflößen, dass sie das Chateau nicht von einer Klippe fahren würde. Er führte sie um das Fahrzeug herum, notierte Vorschäden auf einem Klemmbrett, und während er damit beschäftigt war, sah Josie einen etwa sechsjährigen Jungen im Erkerfenster von Stans Haus, der zu ihnen herüberstarrte. Der Raum, in dem er stand, schien völlig weiß zu sein – weiße Wände, weißer Teppichboden, eine weiße Lampe auf einem weißen Tisch. Dann trat eine großmütterliche Dame, wahrscheinlich Stans Frau, hinter den Jungen, legte ihm die Hände auf die Schultern, drehte ihn herum und führte ihn zurück in die Tiefen des Hauses.

Josie rechnete damit, dass sie und die Kinder nach der Fahrzeugübergabe ins Haus eingeladen werden würden, wurden sie aber nicht.

»Bis in drei Wochen dann«, sagte Stan, denn das war die vereinbarte Mietdauer. Josie dachte, sie könnte die Reise verlängern wollen, um einen Monat oder auf unbestimmte Zeit, und dass sie Stan anrufen würde, wenn das konkreter wurde.

»Okay«, sagte Josie und setzte sich hinters Steuer. Sie zog den langen Hebel, der vom Lenkrad abstand wie eine Geweihstange, nach unten auf R und wurde das Gefühl nicht los, dass Stan eigentlich vorgehabt hatte, sie und die Kinder hereinzubitten, dass ihn aber irgendetwas veranlasst hatte, sie von seinem makellosen weißen Haus und seinem Enkelsohn fernzuhalten.

»Gute Fahrt«, sagte er und schwenkte seine Bananen-
hände.

Sie mussten drei Tage totschlagen, ehe Sam von einer
ihrer Touren zurückkam. Sie führte eine Gruppe franzö-
sischer Manager in die Wälder, um sich Vögel und Bären
anzuschauen, und würde erst Sonntag zurück sein. Josie
hatte vor, ein oder zwei Tage in Anchorage zu verbringen,
aber als sie mit dem quietschenden und ruckelnden Chateau durch die Stadt fuhr, sah sie ein Straßenfest und Tausende Menschen in knalligen Tanktops und Sandalen und
wollte nur noch weg. Sie verließen die Großstadt in südlicher Richtung und entdeckten bald Hinweisschilder zu
einer Art Tierpark. Angeblich die *Beliebteste Publikums-
attraktion in Alaska*. Gerade als Josie sicher war, dass sie
an dieser Attraktion vorbeikämen, ohne dass Ana etwas
merkte, meldete Paul sich zu Wort.

»Tierpark«, sagte er zu Ana.

Dass er lesen konnte, hatte das Familienleben stark
verkompliziert.

Die Kinder wollten unbedingt hin, und Josie wollte
unbedingt schnell an der Attraktion vorbei, aber die Schilder hatten Bären und Bisons und Elche angekündigt,
und der Gedanke, dass sie all diese Säugetiere schon in
den ersten paar Stunden von ihrer Liste streichen könnten, war durchaus reizvoll.

Sie hielten an.

»Du brauchst deine Jacke«, sagte Paul zu Ana, die
schon an der Tür des Chateau war. Paul hielt sie ihr hin
wie ein Butler. »Halt deine Ärmel fest, sonst rutschen
die hoch«, sagte er. Ana hielt ihre Shirt-Ärmel fest und
schob die Arme in die Jacke. Josie beobachtete die Szene
und fühlte sich überflüssig.

Im Innern eines Blockhüttenbüros bezahlte Josie eine unverschämte Summe, sechsundsechzig Dollar für sie drei. Normalerweise gab es Guides und kleine Wagen, in denen Besucher durch den Park gefahren wurden, aber alle waren unterwegs oder machten Urlaub, sodass Josie und die Kinder allein in einem Gelände standen, das aussah wie ein Zoo nach der Apokalypse. Sie dachte an den irakischen Zoo nach den Bombardierungen, die Löwen und Geparden, die frei, aber ausgehungert herumstreiften und nach Katzen und Hunden als Beute suchten und keine fanden.

So schlimm war es hier nicht. Aber es war traurig, wie jeder Zoo traurig ist, ein Ort, wo keiner wirklich sein will. Die Menschen haben ein schlechtes Gewissen, weil sie überhaupt da sind, niedergedrückt von Gedanken an Gefangennahme und Gefangenschaft und schlechtes Futter und Medikamente und Zäune. Und die Tiere bewegten sich kaum. Sie sahen ein Elchpaar mit einem Kälbchen, und alle drei rührten sich nicht. Sie sahen einen einsamen schlafenden Bison, das Fell zottelig, die Augen halb geöffnet und wütend. Sie sahen eine Antilope, staksig und dumm; sie ging ein paar Schritte, blieb dann stehen, um verloren auf die grauen Berge in einiger Entfernung zu starren. Ihre Augen sagten: *Nimm mich, o Herr. Jetzt bin ich gebrochen.*

Sie gingen zurück zum Blockhaus, um eine Erfrischung zu sich zu nehmen. »Guckt mal«, sagte ein Parkführer zu Josie und den Kindern, als sie ihre Limonade tranken. Er zeigte auf einen Bergzug in der Nähe, wo, wie er sagte, etwas Seltenes zu sehen war: ein kleines Rudel Dickhornschafe, das auf einer waagerechten Linie von Osten nach Westen über den Kamm zog. »Schaut durch das Fernglas«, sagte er, und Paul und Ana rannten zu einem auf der Veranda verschraubten Fernrohr.

»Ich seh sie«, sagte Paul. Während Paul Ana durchs Fernrohr schauen ließ, spähte Josie mit zusammengekniffenen Augen in die Ferne und konnte das Rudel ausmachen, ein paar am Berg verteilte undeutliche weiße Flecken. Es war verblüffend, zwölf oder fünfzehn Tiere zu sehen, die entspannt in einer scheinbar senkrechten Felswand standen. Als Josie selbst durchs Fernrohr schauen konnte, fand sie die Schafe und sah am Himmel einen dunklen Schatten, der ihren Weg kreuzte. Sie nahm an, dass es ein Falke oder so was Ähnliches war, doch als sie das Fernglas herumschwenkte, konnte sie nichts entdecken. Sie richtete es wieder auf die Schafe, fand eines, das sie genau anzublicken schien. Das Schaf sah sehr zufrieden aus, sorglos und unbekümmert, obwohl es in sechshundert Metern Höhe auf einem halben Zentimeter breiten Felsvorsprung stand. Josie stellte die Schärfe ein bisschen nach, sah das Schaf jetzt noch deutlicher, und als sie eine wunderbar klare Sicht auf das Tier hatte, geschah zweierlei in sehr rascher Abfolge.

Als Erstes schienen die Wolken über dem Schaf aufzureißen, sich zu teilen, als wollten sie einen dünnen Strahl göttliches Licht auf den flaumigen Kopf des Tieres leuchten lassen. Josie konnte die hellgrauen Augen des Schafes sehen, sein fedriges cremeweißes Haar, und während Josie das Schaf anstarrte und das Schaf Josie, während es Josie vor Augen führte, was reine Glückseligkeit war, die Geheimnisse seines unkomplizierten Lebens hoch über allem offenbarte – während dies geschah, drang eine dunkle Gestalt in Josies Gesichtsfeld. Ein dunkler Flügel. Es war ein Raubvogel, riesig, seine Flügelspanne weit und undurchsichtig wie ein schwarzer Schirm. Und dann schoss der Vogel nach unten, und seine Klauen packten das Schaf an den Schultern, hoben es nur ein paar Zentimeter hoch und weg vom Felsen und ließen es los. Das Schaf fiel aus Josies Blickfeld. Sie richtete sich auf und sah mit bloßem Auge, wie das Schaf in die Tiefe stürzte, selbstvergessen und kampflos, eine Stoffpuppe, die unaufhaltsam einem unsichtbaren Ort der Ruhe entgegenfiel.

»Adler«, sagte der Guide und stieß einen anerkennenden Pfiff aus. »Wunderbar, wunderbar.« Er erklärte, dass das eine übliche, aber selten beobachtete Methode von Adlern war, größere Beutetiere zu töten: Der Adler hob ein Tier an und ließ es aus großer Höhe fallen, sodass es in den Tod stürzte und ihm unten auf den Felsen jeder Knochen im Leib zerschmettert wurde. Dann segelte der Adler hinab, packte das tote Tier entweder als Ganzes oder in Stücken und brachte das Fleisch seinen Jungen zum Verzehr. »Warum wollten Sie, dass wir das sehen?«, fragte Josie den Guide. Sie wusste, dass ihr das im Kopf herumspuken, bei ihren Kindern Narben zurücklassen würde, doch der Guide war schon weg.

»Was ist passiert, Mama?«, fragte Ana. Paul hatte die Erläuterung des Guide gehört und verstanden, und Josie bedauerte, dass er von der Heimtücke auf jeder Ebene der Tierwelt erfahren hatte, war aber dankbar, dass Ana dieses Wissen vorläufig erspart geblieben war.

»Nichts«, sagte Josie. »Gehen wir.«

Es war am besten, so erklärte sie den Kindern, den Großraum Anchorage zu verlassen, wirklich loszufahren, sich aufzumachen und ihren eigenen Weg zu finden. Also hielten sie an einem Supermarkt und deckten sich mit Vorräten ein. Der Laden war acht Hektar groß, hörte gar nicht auf. Er verkaufte Stereoanlagen, Gartenmöbel, Perücken, Schusswaffen, Benzin. Er war voll mit Truckern, einigen Großfamilien, einigen Leuten, die offenbar indigener Abstammung waren, einigen wettergegerbten Weißen, und alle sahen sehr müde aus. Josie kaufte genug Lebensmittel für eine Woche, verstaute sie, so gut es ging, in den Spanholzschränken des Chateau, und sie fuhren los.

Das Tempolimit schien auf den meisten Highways in Alaska fünfundsechzig Meilen zu betragen, aber das Chateau schaffte höchstens achtundvierzig. Es dauerte elend lange, um auf vierzig zu kommen, und ein zehnminütiges asthmatisches Röcheln untermalte die Beschleunigung von vierzig auf siebenundvierzig, und danach schien die ganze Karosserie kurz davor auseinanderzufliegen wie ein explodierender Stern. Also fuhr Josie die ersten paar Stunden konstant achtundvierzig, während der übrige Verkehr zwanzig Meilen schneller war. Auf zweispurigen Straßen waren meist vier bis sechs Autos hinter ihr, hupten und schimpften, bis Josie einen Randstreifen sah, der breit genug war, um rechts ranzufahren, die anderen vorbeizulassen und dann wieder auf die Straße zu biegen, wohl wissend, dass sie in fünf Minuten erneut eine Schlange von wütenden Verfolgern angesammelt haben würde. Von alldem hatte Stan nichts gesagt.

Sie hatte den Kindern Sandwiches gemacht und auf richtigen Tellern serviert, und jetzt hatten sie aufgegessen und wollten wissen, wohin mit den Tellern. Sie sagte, sie sollten sie auf die Küchentheke stellen, und an der nächsten Ampel rutschten die Teller runter und zerbrachen und schleuderten die Reste vom Lunch in jeden Winkel des Chateau. Die Reise hatte begonnen.

Josie wusste nichts über Seward, aber es lag irgendwo in der Nähe von Homer, daher beschloss sie, dass der Ort ihr Tagesziel sein sollte. Sie fuhren rund eine Stunde und kamen zu einer wahnsinnig schönen Bucht, das Wasser ein harter Spiegel, weiße Berge, die dahinter aufragten wie eine Wand aus toten Präsidenten. Josie hielt an, nur um ein paar Fotos zu machen, aber im Wohnmobil war bereits alles verdreckt – der Fußboden klebrig, überall lagen Klamotten und Verpackungen herum, und der größte Teil von Anas Chips war auf dem Boden verstreut. Josie spürte, wie eine plötzliche Erschöpfung sie überkam. Sie zog die Jalousien runter, ließ die Kinder *Tom und Jerry* gucken – auf Spanisch, es war die einzige DVD, die sie bei ihrem überhasteten Aufbruch eingepackt hatten –, und sie schauten sich die Cartoons auf ihrem kleinen Gerät an, während Trucks an ihnen vorbeidonnerten und das Chateau jedes Mal sacht ins Schwanken brachten. Zwanzig Minuten später waren die Kinder eingeschlafen, Josie war noch wach.

Sie rutschte auf den Beifahrersitz, öffnete eine Flasche Pinot mit Schraubverschluss, füllte eine Tasse und machte es sich mit einer Ausgabe der Zeitschrift *Old West* gemütlich. Stan hatte fünf Exemplare im Chateau gelassen – eine vierzig Jahre alte Zeitschrift, die »Wahre Geschichten« aus dem »Alten Westen« versprach. Es gab eine Kolumne mit dem Titel »Verlorene Spuren«, in der Leser um Informationen über verschollene Freunde und Verwandte baten.

»Die Volkszählung der Republik Texas aus dem Jahre 1840«, lautete eine Anfrage, »erwähnt einen Thomas

Clifton aus Austin County mit dem Vermerk, dass er 140 Hektar Land besaß. Ich würde mich freuen, wenn sich eventuelle Nachkommen von ihm bei mir melden würden.« Darunter stand der Name Reginald Hayes. Josie dachte über Mr Hayes nach, empfand Mitgefühl für ihn, stellte sich die faszinierenden Rechtsstreitigkeiten vor, die ihn erwartet haben mochten, als er versuchte, diese 140 Hektar in Austin County für sich zu beanspruchen.

»Vielleicht könnte uns jemand helfen, die Schwestern meiner Mutter zu finden«, lautete der nächste Eintrag, »die Töchter von Walter Loomis und Mary Snell. Meine Mutter Bess war die Älteste. Sie hat ihre Schwestern das letzte Mal 1926 in Arkansas gesehen. Sie hießen Rose, Mavis und Lorna. Meine Mutter, ein Wandervogel, hat nie geschrieben und seitdem nichts mehr von ihnen gehört. Wir würden uns freuen, wenn jemand etwas über die drei weiß. Sie müssten jetzt zwischen fünfzig und sechzig sein, glaube ich.«

Den Rest der Seite füllten angedeutete Geschichten von Verlassenwerden und Verzweiflung, und der ein oder andere Hinweis auf Diebstahl oder gar Mord.

»David Arnold starb 1912 in Colorado und wurde in McPherson, Kansas bestattet«, begann die letzte Anfrage auf der Seite. »Er hinterließ eine Frau und vier Kinder. Zwei Töchter leben heute noch, glaube ich. Ich hätte gern eine Kopie seiner Todesanzeige fürs Familienarchiv oder würde gern wissen, wo genau er starb und ob je bewiesen wurde, dass es Mord war. Ebenso, ob je bewiesen wurde, dass der Tod seiner beiden Söhne im Jahre 1913 mit seiner Ermordung in Zusammenhang stand. Er war mein Großonkel.«

Wieder füllte Josie ihre Tasse. Sie legte die Zeitschrift weg und blickte aus dem Fenster. Ein Lächeln breitete sich auf ihren Lippen aus. So weit weg von Carl und seinen Missetaten zu sein, brachte sie zum Lächeln. Sie und Carl hatten sich getrennt, als er schon seit einigen Jahren eine Phase schweren Harnlassens durchmachte. Mit einer außergewöhnlichen, beispiellosen Häufigkeit. Er war ein gesunder Mann gewesen. Nicht unbedingt der Mann, der sie über die Schwelle tragen konnte – er war dünn, sie nicht so dünn –, aber doch ein aktiver, unverbrauchter Mann mit zwei Armen, zwei Beinen, einem flachen Bauch. Warum also pinkelte er ständig? Das Bild von Carl, das ihr jetzt, achtzehn Monate nach ihrer Trennung, in den Sinn kam, zeigte ihn im Stehen, mit gespreizten Beinen, vor der Kloschüssel, bei geöffneter Tür, wie er darauf wartete zu pinkeln. Oder schon pinkelte. Oder nach dem Pinkeln abschüttelte. Den Reißverschluss vor oder nach dem Pinkeln auf- oder zumachte. Seine karierte Freizeithose auszog, weil er nach dem Pinkeln nicht gründlich abgeschüttelt und sie beträufelt hatte, sodass sie jetzt nach Pisse roch. Zweimal frühmorgens pinkelte. Sechs- oder siebenmal nach dem Abendessen pinkelte. Den ganzen Tag pinkelte. Jede Nacht dreimal aufstand, um zu pinkeln.

Du hast was an der Prostata, sagte Josie zu ihm.

Du bist Zahnärztin, sagte er zu ihr.

Es lag nicht an der Prostata, sagte sein Proktologe. Aber auch der Proktologe konnte sich nicht erklären, woran es lag. Keiner konnte sich erklären, woran es lag. Carl musste auch dauernd scheißen. Man konnte seine täglichen Stuhlgänge zählen, aber was sollte das bringen?

Mindestens sechs. Es ging mit seiner ersten Tasse Kaffee los. Dem ersten Schluck. Wieder sah Josie seinen Rücken vor sich, wie er an der Küchentheke vor seinem Kaffeeautomaten stand. In seiner bequemen Freizeithose. Die karierte wollene Freizeithose war zu kurz, zu dick und mit weißer Farbe bespritzt – er hatte das Badezimmer der Kinder gestrichen und sich dabei furchtbar ungeschickt angestellt. Und warum trug er diese mit Farbe bespritzte Hose? Um sich und die Welt daran zu erinnern, dass er ein Mann der Tat war. Ein Mann, der ein Kinderbadezimmer (schlecht) anstreichen konnte. Also stand er da und wartete darauf, dass der Automat seine kleine blaue Tasse füllte. Wenn seine kleine blaue Tasse endlich voll war, nahm er sie, lehnte sich gegen die Küchentheke, schaute hinaus in den Garten, und dann, beim ersten Schluck, als hätte dieser erste Tropfen seine Innereien verflüssigt, alles, was feststeckte, gelockert, stürzte er zur Toilette gleich neben der Garage und begann seinen Tag der Scheißerei. Acht, zehn Stuhlgänge am Tag. Wieso dachte sie jetzt daran?

Wenn er dann rauskam, prahlte er vor den Kindern damit, dass er *da drin gute Arbeit geleistet* hatte oder dass er *die Sache erledigt hatte wie ein Mann*. Er wusste, dass er viel schiss, und versuchte, es lustig darzustellen. Josie hatte zu Beginn ihrer Beziehung einen fatalen Fehler begangen, indem sie ihm erlaubt hatte, sich einzubilden, er wäre lustig, hatte mitgekichert, wenn er über seine eigenen Witze kicherte, und kam dann nicht mehr aus der Nummer raus. Jahrelanges gequältes Lachen. Aber wie konnte ein Mensch unter solchen Bedingungen weiterlachen? Die Kinder sahen ihn kaum außerhalb der Toilette. Er führte Diskussionen mit ihnen, während er auf dem

Klo saß. Einmal reparierte er während einer Klositzung Pauls Walkie-Talkie – während Carl die Batterien herausnahm, arbeitete weiter unten sein Darmapparat. Und dann testeten sie die Walkie-Talkies! Während er weiterschiss oder versuchte zu scheißen. Carl auf dem Klo, Paul im Nebenraum. »Breaker 1-9«, sagte Carl, dann: »Breaker Kacka!«

Es war abscheulich. Sie gewöhnte sich an, das Haus zu verlassen, ehe es losging. Es war wie Schrödingers Katze. Sie wusste, dass die Scheißerei passieren würde, aber wenn sie weg war, vor seinem ersten Schluck Kaffee aus der Tür war, würde die Scheißerei dann tatsächlich passieren? Ja und nein. Josie versuchte, dem einen Riegel vorzuschieben, aber er konterte: *Was denn*, sagte er, *wäre dir ein analfixierter Mann lieber?* Er meinte das ernst. Sie trank einen kräftigen Schluck von ihrem Pinot. Der Wein machte sie gelassen, öffnete sie.

Schon ganz zu Anfang beschlossen sie, niemandem zu erzählen, dass Carl ihr Patient gewesen war, als sie sich kennenlernten. Wenn man es erklärte, klang das Ganze viel zu prosaisch – er wollte eine professionelle Zahnreinigung und suchte online nach Zahnärzten. Ihre Praxis war die einzige, die kurzfristig noch einen Termin frei hatte. Welcher fühlende Mensch würde das als romantisch bezeichnen? Während der Untersuchung nahm sie ihn kaum wahr. Dann, ein paar Wochen später, war sie bei Foot Locker, um Socken zu kaufen, als ein Mann, ein Kunde, der in ihrer Nähe saß, eine Hand in einem Schuh, aufsah und Hallo sagte. Sie hatte keine Ahnung, wer er war. Aber er sah gut aus, mit Alabasterhaut, grünen Augen und langen Wimpern.

»Ich bin Carl«, sagte er, zog die Hand aus dem Schuh

und streckte sie ihr entgegen. »Ich war bei Ihnen in der Praxis.«

Er lachte ausgiebig, als wäre die Vorstellung eines Jobs bei Foot Locker für jedermann der Witz des Jahrhunderts. »Nein. Nein, ich arbeite nicht hier«, sagte er.

Er war vier Jahre jünger als Josie und hatte die Energie eines im Haus eingesperrten Welpen. Ein Jahr lang war es schön. Sie hatte ihre Praxis erst seit Kurzem, und er half, wo er konnte, machte Erledigungen für sie, hängte Bilder im Wartezimmer auf. Mit ihm war alles aufregend und leicht. Er fuhr gern Fahrrad. Holte gern Eiscreme. Spielte gern Kickball. Er aß Schoko-Powerriegel aus knisternden goldenen Verpackungen. Seine Libido war unerschöpflich, seine Selbstkontrolle nicht existent. Sie hatte eine Beziehung mit einem Zwölfjährigen.

Aber er war siebenundzwanzig. Er war damals nicht erwerbstätig, und er hatte nie eine feste Anstellung gehabt, weder vorher noch nachher. Sein Vater besaß einen unermesslichen Teil von Costa Rica, den er abgeholzt hatte, um Platz für Rinder zu schaffen, die dazu bestimmt waren, von amerikanischen und japanischen Fleischfressern gegessen zu werden, daher war jede berufliche Tätigkeit, die nicht ganz so viel hermachte, irgendwie unter Carls Niveau.

»Wir haben einen Dilettanten großgezogen«, sagte seine Mutter Luisa. Sie war gebürtige Chilenin, in Santiago aufgewachsen, Mutter Ärztin, Vater Diplomat und ebenfalls depressiv. Sie hatte Carls rothaarigen amerikanischen Vater Lou als Doktorandin in Mexico City kennengelernt. Sie hatte Carl und seine beiden Brüder bekommen, während Lou, Sprössling einer Öl-Dynastie, Land in Costa Rica kaufte, Wälder vernichtete, Rinder züchtete, ein Imperium aufbaute. Zehn Jahre zuvor hatte er die Scheidung eingereicht, um die Exfrau eines berüchtigten und toten Drogenbarons aus Chiapas zu heiraten. Luisa und Lou hatten ein unwahrscheinlich gutes Verhältnis. »Aus der Ferne ist er so viel angenehmer«, sagte Luisa.

Jetzt war sie eine faltige, schöne Frau von sechzig Jahren und lebte nach eigenem Gusto zusammen mit einer Gruppe von sonnenverbrannten, trinkfreudigen Freunden in Key West. Wenn sie sich trafen, gefiel Josie alles an ihr – ihr Freimut, ihr makabrer Humor, ihre Einschätzung von Carl. »Er hat die kurze Aufmerksamkeitsspanne von seinem Vater geerbt, aber nicht dessen Weitblick.«

Carl hatte rund ein Dutzend Lizenzen und Qualifikationen angesammelt. Ein paar Jahre lang war er Immobilienmakler, ohne je etwas zu verkaufen. Er hatte es mit Möbeldesign, Mode, Sportfischen versucht. Er hatte einen ganzen Schrank voll mit Fotoausrüstung. Josie und Luisa waren zwar beide verpflichtet, Carl zu lieben, aber tragischerweise mochten sie einander sehr viel mehr, als sie ihn mochten.

»Letztes Jahr hat er sich von mir mit einer Videokamera filmen lassen«, sagte Luisa mit ihrer Reibeisenstimme. »Er ist noch immer dabei, seine Beziehung zur Welt zu entdecken«, sagte sie, »seinen eigenen Körper zu entdecken und so. Eines Tages hat er mich gebeten, ihn beim Gehen zu filmen – von vorne, von hinten und von der Seite. Er sagte, er wolle sich vergewissern, dass er so geht, wie er denkt, dass er geht. Also habe ich meinen Sohn gefilmt, diesen erwachsenen Mann, wie er die Straße rauf- und runterging. Er schien mit dem Ergebnis zufrieden.«

»Er ist hübscher als du.« Das sagte Sam, als sie Carl kennenlernte. »Das kann nicht gut sein.« Er konnte lustig sein. Feiglinge sind häufig ungemein charmant. Aber konnte etwas, das in einer Foot-Locker-Filiale begonnen hatte, wirklich großartig werden? Josie hatte Carl nie geheiratet, und das war eine Geschichte, eine Abfolge von miteinander verbundenen Geschichten, Episoden, Entscheidungen und Zurücknahmen, für die sowohl sie als auch Carl die Verantwortung trugen. Schließlich war er mit ihrer nachdrücklichen Befürwortung gegangen. Damals war sie froh darüber gewesen. Feigling. Feiger Feigling, dachte sie – das war der Grundstock seiner DNA, Feigheit und irgendeine Mutation, die seine haltlosen Gedärme hervorgebracht hatte. Er war in so vielerlei Hinsicht ein Feigling, aber sie hatte nicht damit gerechnet, dass er nach seinem Auszug derart verschwinden würde. Was hatte sie sich gewünscht? Sie hatte sich eine gewisse Einbindung gewünscht, vielleicht einen Besuch im Monat, einen Vater, der seine Kinder übers Wochenende abholte. Sein Umgang mit den Kindern war in Ordnung – harmlos gegenüber Ana, gutmütig gegenüber Paul. Er schien die Kinder wirklich zu mögen, glaubte, er könnte sie zum Lachen bringen, und seine infantile Lebenseinstellung schien perfekt zu der ihrer Kinder zu passen.

Er war, noch Jahre nachdem sie sich kennengelernt hatten, noch immer ein Kind, noch immer dabei, seine Beziehung zur Welt zu entdecken, seinen eigenen Körper zu entdecken. Eines Tages bat er auch Josie, ihn beim Gehen zu filmen. Josie war geschockt, behielt aber für sich, dass Luisa ihr von gleichen Erfahrungen mit ihm erzählt hatte. »Ich denke, ich weiß, wie ich gehe, aber ich hab's

noch nie objektiv gesehen«, sagte er. »Ich will mich vergewissern, dass ich so gehe, wie ich denke, dass ich gehe.« Also filmte Josie diesen erwachsenen Mann, wie er
die Straße rauf- und runterging. Doch dann, sechs Monate später, war er weg. Er sah die Kinder zweimal in dem
Jahr, in dem er fortging, einmal in dem danach.

Josie schaltete das Radio ein, hörte Sam Cooke irgendeinen einfachen Song singen und dachte, dass nur Pop-
songschreiber und Popsänger wirklich wussten, wie man
lebt. Schreib einen Song – wie lange brauchte man dafür?
Minuten? Vielleicht eine Stunde, vielleicht einen Tag.
Dann sing den Song Leuten vor, die dich dafür lieben
werden. Die die Musik lieben werden. Bereite Millionen
Menschen erneuerbare Freude. Oder bloß Tausenden.
Oder bloß Hunderten. Spielt das eine Rolle? Die Musik
stirbt nicht. Sam Cooke, längst tot, nur noch Staub, war
noch immer bei uns, vibrierte jetzt durch Josie hindurch
und grub neue Nervenbahnen in die Köpfe ihrer Kinder,
seine Stimme so klar, ein herrlicher Singvogel, der aus
dem Radio kam und auf ihrer Schulter landete, selbst
hier, selbst jetzt, um neun Uhr abends in diesem schrott-
reifen Wohnmobil irgendwo zwischen Anchorage und
Homer. Obwohl zu früh gestorben, wusste Sam Cooke,
wie man lebt. Ob er wusste, dass er wusste, wie man lebt?
   Josie setzte sich im Chateau etwas bequemer hin und
goss sich noch eine Tasse ein. Drei waren das Limit. Sie
kurbelte das Fenster runter und sog die beißende Luft ein.
Die Brände waren hundert Meilen entfernt, hatte man ihr
gesagt, aber überall war die Luft verbrannt und ätzend.
Ihre Kehle rebellierte, ihre Lunge bettelte um Erleichterung. Sie kurbelte das Fenster wieder hoch und meinte,

durch die Scheibe hindurch einen Hirsch zu sehen, erkannte dann aber, dass es ein alter Sägebock war. Sie spülte den Wein im Mund herum, gurgelte kurz, schluckte. Gelegentlich brachte eine Windböe das Chateau in leichte Schieflage, und das Geschirr in den Schränken klapperte leise.

Sie blätterte ihre *Old West* durch, warf sie dann aufs Armaturenbrett. Selbst die schwermütigen Suchanfragen von »Verlorene Spuren« machten sie traurig, neidisch. Sie war als Leerstelle geboren worden. Ihre Eltern waren Leerstellen. All ihre Verwandten waren Leerstellen, obwohl manche Süchtige waren und sie eine Cousine hatte, die sich als Anarchistin bezeichnete; doch ansonsten bestand Josies Familie aus Leerstellen. Sie waren von nirgendwo. Amerikaner sein bedeutet, eine Leerstelle zu sein, und ein echter Amerikaner ist eine echte Leerstelle. Somit war Josie alles in allem eine wahrhaft großartige Amerikanerin.

Aber sie hatte gelegentlich vage Anspielungen auf Dänemark mitbekommen. Ein paarmal hatte sie gehört, dass ihre Eltern irgendeine Verbindung nach Finnland erwähnten. Ihre Eltern wussten nichts über diese Kulturen, diese Nationalitäten. Sie kochten keine internationalen Gerichte, sie lehrten Josie keine fremdländischen Sitten und Gebräuche, und sie hatten keine Verwandten, die internationale Gerichte kochten oder fremdländische Sitten und Gebräuche pflegten. Sie hatten keine Trachten, keine Fahnen, keine Flaggen, keine Sprichwörter, keine angestammten Länder oder Dörfer oder Volksmärchen. Als sie zweiunddreißig war und irgendein Dorf besuchen wollte, irgendwo, wo ihre Familie herstammte, hatte niemand in ihrer Verwandtschaft auch nur eine Ahnung, wohin sie reisen sollte. Ein Onkel meinte, er hätte einen hilfreichen Vorschlag: In unserer Familie sprechen alle Englisch, sagte er. Fahr doch nach England.

Der Song von Sam Cooke endete, die Radionachrichten begannen, das Wort »Gerichtsverfahren« fiel, und Josie spürte einen jähen, stechenden Schmerz, sah das Gesicht von Evelyn Sandalwood, die bohrenden Augen des streitsüchtigen Schwiegersohns der alten Frau, und war sicher, niemanden scherte es, dass man ihr ihre Praxis weggenommen hatte, war sicher, dass es auf der Welt nur Feiglinge gab, dass Arbeit niemandem etwas bedeutete, dass Leistung nichts bedeutete, dass Engherzigkeit und Arglist und Heimtücke und Gier immer triumphierten – dass nichts die diebischen Betrüger der Welt besiegen konnte. Letztlich würden sie die Tapferen, die Getreuen zermürben, jeden, der sein Leben unbescholten leben wollte. Die Betrüger triumphierten immer, weil Liebe und Güte ein Eis am Stiel waren und Heimtücke ein Panzer war.

Als sie Carl vor achtzehn Monaten gesagt hatte, sie sollten aufhören, die Liebenden zu spielen und einfach als Eltern von Paul und Ana weitermachen, verließ er das Haus – das Haus, das er gewollt hatte und dann, nachdem es gekauft und renoviert worden war, nicht mehr ausstehen konnte. Die Occupy-Bewegung hatte ihm die Idee eingeflößt, dass Hausbesitz nicht bloß bürgerlich war, sondern ein materielles Verbrechen an den neunundneunzig Prozent – und machte einen Spaziergang. Zwanzig Minuten später hatte er sich damit abgefunden und bereits einen Plan für Besuche und alles andere. Sie hatte das Gespräch ängstlich und wild entschlossen begonnen, war aber hinterher frustriert. Mit seinem bereitwilligen

Einverständnis war es ihm gelungen, ihr jedes etwaige Triumphgefühl zu nehmen, und er hatte sich direkt auf die Logistik konzentriert.

Jetzt, mit vierzig, war Josie müde. Sie war ihrer Reise durch den Tag müde, der endlosen Stimmungen, die jede einzelne Phase brachte. Da war das morgendliche Grauen, unausgeschlafen, das Gefühl, sich etwas eingefangen zu haben, das sich anfühlte wie das Pfeiffer-Drüsenfieber, während der Tag ihr bereits davongaloppierte und sie ihm zu Fuß hinterherlaufen musste, mit den Schuhen in der Hand. Dann die kurze wohltuende Atempause nach der zweiten Tasse Kaffee, wenn alles möglich schien, wenn sie ihren Vater anrufen wollte, ihre Mutter, sich versöhnen, sie mit den Kindern besuchen wollte, wenn sie, während sie die Kinder zur Schule fuhr – die Leute, die das allgemeine Recht auf Schulbusse abgeschafft hatten, gehörten eingesperrt –, alle im Auto dazu brachte, den Soundtrack der Muppets »Life's a Happy Song« mitzusingen. Waren die Kinder dann fort, ein elfminütiger Stimmungsabsturz, dann noch mehr Kaffee und noch mehr Euphorie bis zu dem Moment, wenn sie in ihrer Praxis ankam, die Wirkung des Kaffees abgeklungen war und sie für eine Stunde oder länger mehr oder weniger taub wurde und ihre Arbeit in einem distanzierten Zustand verrichtete, als wäre sie unter Wasser. Es gab gelegentlich fröhliche oder interessante Patienten, Patienten, die alte Bekannte waren, manches Gespräch über Kinder, während sie in nassen Mündern herumstocherte, während abgesaugt, gespuckt wurde. Mittlerweile gab es zu viele Patienten, es war nicht mehr zu bewältigen. Ständig war ihr Verstand mit den Aufgaben beschäftigt, die vor ihr lagen, den Reinigungen und Bohrungen, der Arbeit, die

Präzision verlangte, doch im Laufe der Jahre war es weit einfacher geworden, das meiste davon zu erledigen, ohne voll bei der Sache zu sein. Ihre Finger wussten, was zu tun war, und arbeiteten in enger Kooperation mit ihren Augen, sodass der Verstand abschweifen konnte. Warum hatte sie sich mit diesem Mann fortgepflanzt? Warum arbeitete sie an einem herrlichen Tag? Was, wenn sie für immer fortging? Sie würden zurechtkommen. Sie würden überleben. Niemand brauchte sie.

Manchmal hatte sie Freude an Menschen. An manchen Kindern, an manchen Teenagern. An den vielversprechenden Teenagern mit dieser gewissen Reinheit in Gesicht und Stimme und Hoffnung, einer Reinheit, die alle Skepsis im Hinblick auf die fragwürdigen Motive und Fehlschläge der Menschheit vergessen machen konnte. Da war Jeremy gewesen, der Beste von allen. Aber Jeremy war tot. Jeremy, ein Teenager, war tot. Er sagte oft: »Kein Problem.« Der tote Teenager hatte gesagt: »Kein Problem.«

Die Mittagszeit war der Tiefpunkt. Die Mittagssonne verlangte Antworten auf offensichtliche und langweilige und unlösbare Fragen. Lebte sie ihr bestes Leben? Das Gefühl, sie sollte aufhören, dass die Praxis geisttötend war, öde, dass sie alle es woanders besser hätten. Wäre es nicht wunderbar, alles hinzuschmeißen? Alles abzufackeln?

Dann Lunch. Vielleicht draußen, in irgendeinem begrünten Innenhof, der Geruch von Efeu, mit einer alten Freundin, die gerade mit ihrem Schreiner gevögelt hatte. Kreischendes Lachen. Tadelnde Blicke von den anderen Gästen. Ein paar Schlückchen vom Chardonnay der Freundin, dann ein paar Pfefferminzbonbons und Pläne, am

Wochenende zusammen wegzufahren, mit den Kindern, nein, ohne Kinder, Versprechen, Fotos von dem Schreiner zu schicken, eventuelle anzügliche Textnachrichten von ihm an sie weiterzuleiten.

Der Schub nach dem Essen, das anhaltende Glücksgefühl von eins bis drei, *The King and I* laut aus jedem kleinen Lautsprecher, das Bewusstsein, dass ihre Arbeit, dass Zahnmedizin, wichtig war, dass die gesamte Praxis ein wesentlicher Bestandteil der Allgemeinheit war – sie hatten elfhundert Patienten, und das war schon was, das war relevant, es gab Familien, die sich in einem wesentlichen Punkt ihres Wohlergehens auf sie verließen – und ein bisschen Heiterkeit, als alle mitbekamen, dass Tania, Josies jüngste Neueinstellung, in der Mittagspause Sex gehabt hatte und strahlte und nach Tierschweiß roch. Dann halb vier und totaler Kollaps. Das Gefühl von Verzweiflung und Hoffnungslosigkeit, alles war kaputt, was sollte der ganze Scheiß? Wer waren diese beschissenen Leute, die sie umgaben? Was sollte das alles? Es war bedeutungslos, und sie schuldete noch immer so viel Geld für diese Geräte, sie war eine Sklavin des Ganzen, wer waren diese beschissenen Mitarbeiter, die keine Ahnung von dem schraubstockartigen Druck hatten, den die hohen Schulden in ihrem Schädel auslösten?

Dann die Befreiung, um fünf Uhr Feierabend zu machen … oder sogar schon um zwanzig vor. Um zwanzig vor fünf fertig! Die Erleichterung auf der Heimfahrt, der Gedanke an ihr hübsches kleines Zuhause, ihre schmuddelige Couch, den Besen, der in der Ecke stand und das bewachte, was sie am Vorabend zusammengefegt hatte, ohne die Energie zu haben, es aufzukehren und wegzuwerfen. Moment. Vielleicht würden im Garten neue Blumen blühen. Manchmal tauchten sie zwischen neun und fünf auf. Sie konnten an nur einem Tag wachsen, austreiben und blühen! Das liebte sie. Manchmal war das so. In die Einfahrt biegen. Keine Blumen, keine neuen Farben. Dann die Tür aufmachen, Estaphania begrüßen und verabschieden, ihr vielleicht Geld geben, ihr sagen wollen, was für ein Glück sie hat, so bezahlt zu werden, keine Steuern, Geld bar auf die Hand, sparen Sie auch genug, Estaphania? Sollten Sie, wo ich Sie schwarz bezahle.

Dann die Kinder umarmen, ihren Schweiß riechen, ihre verfilzten Haare, Ana zeigt irgendeine neue Waffe, die sie gebastelt oder gefunden hat. Die Erholung mit etwas Cabernet beim Kochen. Die Musik an. Vielleicht mit den Kindern tanzen. Vielleicht sie auf der Arbeitsplatte tanzen lassen. Ihre kleinen Gesichter lieben. Es lieben, wie sehr sie deine Liberalität lieben, deine Ausgelassenheit, deine Lustigkeit. Du bist lustig! Du bist eine von den Lustigen. Mit dir ist jeder Tag anders, oder? Du steckst voller Möglichkeiten. Du bist wild, du bist wundervoll, du tanzt, mit dem Kopf im Nacken, schüttelst dein Haar aus, siehst Pauls Vergnügen und Entsetzen und unsicheres Lächeln – du bist ungebunden, singst, jetzt mit dem Kopf nach unten, die Augen geschlossen, und dann hörst du etwas zerbrechen. Ana hat etwas zerbrochen. Einen Teller, hundert Scherben auf dem Boden, und sie entschuldigt sich nicht. Ana klettert von der Arbeitsplatte, läuft weg, hilft nicht.

Wieder der Kollaps. Das Gefühl, dass deine Tochter jetzt schon verhaltensgestört ist und es nur noch schlimmer werden wird. Schlagartig kannst du dir sie als düstere Pubertierende vorstellen, als tickende Zeitbombe, eine Explosion von unsichtbarer und sich ausbreitender Wut.

Wo ist sie jetzt? Sie ist abgehauen, nicht in ihr Zimmer, sondern irgendwo anders hin, in einen Schrank, sie versteckt sich immer an verstörenden Stellen, einem Ort wie aus einem deutschen Märchen. Die felsenfeste Überzeugung, dass das Haus zu klein für euch alle ist, dass ihr die meiste Zeit im Freien leben solltet, in einer Jurte mit fünfzig Hektar drumherum – wäre es nicht besser, wenn die Kinder draußen wären, wo nichts kaputtgehen kann, wo sie damit beschäftigt wären, Ungeziefer zu jagen und Feuerholz zu sammeln? Die einzige logische Option wäre, auf eine Farm zu ziehen. Eine Tausend-Meilen-Prärie. All diese Energie und die kreischenden Stimmen innerhalb dieser kleinen Wände? Es war unsinnig.

Dann der Kopfschmerz, der wahnsinnige, der unsägliche. Der Pflock, der dir in den Hinterkopf getrieben wird und irgendwo vorne über der rechten Augenhöhle austritt. Paul bitten, Tylenol zu holen. Er kommt zurück, es gibt kein Tylenol im Haus. Und es ist zu spät, noch welches zu kaufen, nicht zur Abendessenszeit. Hinlegen, während der Reis kocht. Bald wird Ana ins Zimmer kommen. Sie anfauchen wegen des Tellers. Ein paar Allgemeinplätze, dass sie hübsche Dinge nicht zu schätzen weiß, dass sie rücksichtslos ist und nie gehorcht und nie hilft oder aufräumt. Zusehen, wie Ana aus dem Zimmer geht. Sich fragen, ob sie weint. Mit großer Mühe, dein Kopf ein Krater, in dem ein glückliches Zuhause versinkt, aufstehen und in ihr Zimmer gehen. Sie ist da. Sie kniet, hören, wie sie mit sich selbst redet, die Hände auf der Star-Wars-Bettdecke, unbeeindruckt, so lieb spielend, die Stimmen von Iron Man und Green Lantern nachahmend, die beide sehr gütig klingen, sehr langmütig in ihrem lispelnden Mitgefühl. Wissen, dass sie unzerstörbar ist, viel stärker als du. Zu ihr gehen und sehen, dass sie bereits vergeben hat oder vergessen, sie ist ein Schlachtschiff ohne Erinnerung, also sie auf den Kopf küssen und aufs Ohr und auf die Augen, und dann ist genug geküsst, wird Ana sagen, und sie wird ihre Mutter wegstoßen, aber ihre Mutter wird sich nicht wegstoßen lassen und wird Anas Shirt anheben und ihren Bauch küssen und Anas kehliges Lachen hören, und sie wird Ana so sehr lieben, dass sie es nicht aushält. Ana in die Küche bringen und sie wieder auf die Arbeitsplatte heben und sie den Reis probieren lassen, während Paul in der Nähe ist. Auch Paul umarmen, dein Glas Wein austrinken und ein neues eingießen und überlegen, ob du nach anderthalb Gläsern Rotwein in jeder Hinsicht eine bessere Mutter bist. Eine beschwipste Mutter ist eine liebende Mutter, eine Mutter, deren Freude, Zuneigung, Dankbarkeit vorbehaltlos sind. Eine beschwipste Mutter ist reine Liebe und keinerlei Zurückhaltung.

Eine Lichterkette glitt durch den Wald vor ihr. Josie stieg aus dem Chateau, die Luft leicht toxisch von einem unsichtbaren Feuer, und lief zur Straße, wo sie einen Konvoi Feuerwehrwagen, rot und zitronengelb, vorbeirasen sah. Die Feuerwehrleute in den Fahrzeugen waren bloß verwischte Silhouetten, bis der letzte Wagen kam, der siebte und kleinste, wo ein Gesicht im zweiten Fenster offenbar in ein kleines Licht blickte, vielleicht irgendeine Instrumententafel, vielleicht ein Handy, aber er lächelte, und er wirkte so ungemein glücklich, ein junger Feuerwehrmann auf dem Weg irgendwohin, den Helm auf dem Kopf. Josie winkte ihm zu, wie eine europäische Dorfbewohnerin nach der Befreiung im Zweiten Weltkrieg, aber er schaute nicht auf.

Jedenfalls, sie war fertig. Mit der Stadt. Mit ihrer Praxis, mit Keramikfüllungen, mit den Mündern der Unmöglichen. Sie war fertig, weg. Sie hatte es bequem gehabt, und Bequemlichkeit ist der Tod der Seele, die von Natur aus auf der Suche ist, beharrlich, unbefriedigt. Diese Unzufriedenheit veranlasst die Seele fortzugehen, sich zu verlaufen, zu verirren, zu kämpfen und sich anzupassen. Und Anpassung ist Wachstum, und Wachstum ist Leben. Ein Mensch kann sich entscheiden, entweder Neues zu sehen, Berge, Wasserfälle, gefährliche Stürme und Meere und Vulkane, oder dieselben von Menschenhand gemachten Dinge in endlosen Spielarten zu sehen. Metall in dieser Form, dann in jener Form, Beton so gestaltet oder anders. Auch Menschen! Dieselben Emotionen recycelt, neu konfiguriert, scheiß drauf, sie war frei. Frei von menschlichen Verstrickungen! Stillstand hatte sie gequält, hatte ihr Gesicht faktisch taub werden lassen. Vor einem Jahr, zu Beginn der Prozessspirale, war ihr Gesicht einen Monat lang taub gewesen. Sie konnte es niemandem erklären, und in der Notaufnahme waren sie ratlos. Aber es war real gewesen. Es hatte einen Monat gegeben, in dem ihr Gesicht taub war und sie nicht mehr aus dem Bett kam. Wann war das? Vor einem Jahr, kein gutes Jahr. Tausend Gründe, die Kernstaaten der USA zu verlassen, ein Land zu verlassen, das auf der Stelle trat, ein Land, das gelegentliche Vorstöße in Fortschritt und Aufklärung unternahm, ansonsten aber uninspiriert war, ansonsten zum Kannibalismus neigte, zum Fressen der Jungen und Schwachen, zu Vorwürfen und Klagen und Ablenkungen und dem vulkanischen Aufkommen uralter Hassformen. Und ihr war keine andere Wahl geblieben, als fortzugehen, wegen der Frau, die sie verklagt hatte,

weil sie angeblich ihren Krebs verursacht oder die Flut-
welle von Karzinomen nicht aufgehalten hatte, die sie
letztlich töten würde. Und da waren Elias und Evelyn
und Carl und seine Goebbels'schen Pläne. Aber vor allem
war da der junge Mann, ihr Patient seit seiner Kindheit,
der jetzt tot war, weil er gesagt hatte, dass er zum Militär
gehen würde, um in Afghanistan Krankenhäuser und
Schulen zu bauen, und Josie hatte gesagt, er sei ehrenhaft
und mutig, und sechs Monate später war er tot, und sie
konnte sich nicht von der Mitschuld reinwaschen. Sie
wollte jetzt nicht an Jeremy denken, und es gab hier keine Erinnerungen an Jeremy. Nein. Aber konnte sie wirklich in einem Land aus Bergen und Licht neugeboren
werden? Wohl kaum.

II.

Josie erwachte durch ein Klopfen, ein unablässiges hohles Klopfen irgendwo unterhalb von ihr. Sie öffnete die Augen und stellte fest, dass sie wohl zurück ins Chateau gestiegen und hinauf in den Alkoven geklettert war. Draußen war es dunkel, und Paul und Ana schliefen tief und fest, obwohl Ana es irgendwie geschafft hatte, sich einmal komplett zu drehen, sodass ihre Füße jetzt neben Pauls Kopf lagen.

Das Klopfen hörte kurz auf und setzte dann wieder ein, lauter. Es war Carl. Er hatte sie gefunden. Sie hatte etwas Illegales gemacht. Staatsgrenzen mit ihren Kindern überquert? War das rechtswidrig? Sie hatte sich noch nicht mal erkundigt. In Wahrheit hatte sie sich nicht erkundigt, weil sie ahnte, dass es vielleicht rechtswidrig war, und es nicht genau wissen wollte.

Dann eine Stimme. Es war ein Mann. Eine andere Stimme, nicht Carls. Sie überlegte, wo sie die Kinder verstecken könnte. Sie dachte an das Samtsäckchen, das sie unter der Spüle versteckt hatte.

»Aufwachen da drin. Polizei.«

Josie kletterte nach unten und sah einen Mann in Uniform, der um das Chateau herumging und mit raschen, schneidenden Bewegungen eine Taschenlampe schwang.

Josie hatte keine Veranlassung, daran zu zweifeln, dass der Mann das war, was er behauptete, aber die Nacht war grau und die dunkle Mythologie ihrer Träume haftete noch an ihr, deshalb machte sie die Tür nicht auf. Stattdessen setzte sie sich auf den Fahrersitz und winkte ihm.

»Hallo«, sagte sie durch das geschlossene Fenster.

Der Polizist bat sie nicht, das Fenster zu öffnen. Er bat sie nicht um Führerschein, Fahrzeugpapiere oder irgendeine Erklärung.

»Sie können hier nicht über Nacht stehen«, sagte er durch das Fenster und zeigte auf ein Schild vor ihr, das dasselbe sagte. »Okay?«, fragte er dann freundlicher.

Sie empfand eine jähe Dankbarkeit. Ihr Leben war in letzter Zeit voller überschwänglicher Momente von Dankbarkeit gegenüber Fremden, wenn sie sie nicht anschrien, beschimpften, fast umbrachten oder ihr in irgendeiner Weise Schaden zufügten. Jedes Mal, wenn sie eine Begegnung unversehrt überstand – und noch mehr, wenn jemand tatsächlich nett war –, wurde ihr regelrecht schwach vor Dankbarkeit. »Gut. Okay«, sagte sie und zeigte ihm den erhobenen Daumen. »Vielen Dank, Officer.«

Als er weg war, ließ Josie den Motor an, und die Uhr im Armaturenbrett zeigte 2:14. Sie war eine Idiotin. Jetzt würden die Kinder mehr oder weniger endgültig aus ihrem normalen Schlafrhythmus gerissen. Und wo sollten sie alle schlafen, wenn sie das Ding, ein Wohnmobil, nicht auf einem riesigen Parkplatz mit Blick auf eine Ansichtskartenbucht parken durften? Stan hatte die Wohnmobilparks überall in Alaska erwähnt, aber Josie hatte eigentlich andere Pläne. Sie hatte sich die Freiheit gewünscht, einfach irgendwo anzuhalten und zu essen oder zu schlafen oder auf unbestimmte Zeit zu bleiben.

Sie erwog, Paul und Ana zu wecken und anzuschnallen, ehe sie losfuhr, aber sie hegte die irrationale Hoffnung, dass sie die Nacht durchschlafen würden, wenn sie sie in Ruhe ließ. Es war unwahrscheinlich – eigentlich war es ein Witz –, aber ihr Erziehungsstil basierte darauf, Dinge zu erhoffen, über die sie wenig oder gar keine Kontrolle hatte.

Sie schaltete das Radio ein und fand nichts. Sie drehte den Einstellknopf nach links und rechts, und als sie meinte, ein schwaches Signal zu empfangen, stellte sie lauter. Das Signal erstarb, und meilenweit hatte sie überhaupt keinen Empfang mehr.

Dann: *I've got big balls!* Es war eine Männerstimme. Ein Song, gespielt von einem Mann in einer Schuluniform. Sie drehte den Ton schnell leiser, hoffte, dass die Kinder nicht aufgewacht waren. Das war die Regel, seit sie aus Stans Einfahrt gerollt waren: Das Radio, das er als launisch bezeichnet hatte, gab stundenlang keinen Mucks von sich, um dann plötzlich mit einem überlauten Song zum Leben zu erwachen.

Sie fuhr in südlicher Richtung, hielt nach Schildern Ausschau, doch stattdessen sah sie das Gesicht von Evelyn, der sterbenden Frau, die jetzt ihre Praxis besaß, und sie sah Evelyns boshaften Schwiegersohn, und dann sah sie das Gesicht des toten Soldaten. Welcher Idiot fährt allein mit so einer Karre durch Alaska? Sie hatte sich selbst endlos lange Fahrten wie diese versprochen, die Kinder beschäftigt oder schlafend, während sie über ihre vielen Fehler nachdenken konnte und über den fundamentalen Fehler, andere Menschen zu kennen, die allesamt letzten Endes sterben oder versuchen würden, sie fertigzumachen.

Endlich sah sie das Wort »Wohnmobilpark« auf einem handgemalten Schild und bog auf einen Schotterplatz. Sie fuhr langsam an einem hohen Wigwam vorbei, neben dem ein stark nach rechts geneigter Totempfahl stand. Das Büro war ein pinker Aluminiumtrailer, und darin brannte ein trübes bernsteinfarbenes Licht. Sie klopfte an die Tür, ein schwach blechernes Geräusch.

»Moment«, sagte eine Frauenstimme von irgendwo tief drin.

»Danke«, sagte Josie zu sich selbst und sagte es erneut zu der Frau, die die Tür aufmachte. Die Frau war ungefähr in ihrem Alter, mit schwarzem Haar, das sie zu einem Beehive hochgesteckt hatte. Der Anblick der Frisur, fast dreißig Zentimeter hoch, versetzte Josie kurz in die fröhlichen Fünfziger, als die Zukunft drall und schnittig und aufstrebend war.

»Ist das Ihres?«, sagte die Frau und deutete mit einer knappen Kinnbewegung auf das Chateau. »Für eine Nacht?«

Josie bestätigte und fragte die Frau in einem seltenen Anfall von Geschwätzigkeit: »Und wie läuft das Geschäft so?«, gab sich ungewohnt vertraulich.

»Wir warten auf Regen«, sagte die Frau. »Brauchen Regen.«

Josie nickte, verstand nicht sofort, warum – sie dachte an Farmen, Ernten, Dürren, glaubte nicht, dass Alaska ein stark landwirtschaftlich geprägter Staat war, doch dann fielen ihr die Brände ein. Sie hatte an diesem Tag einen Radiobericht gehört, in dem von mindestens hundertfünfzig akuten Waldbränden die Rede gewesen war.

»Ich hoffe, er kommt bald«, sagte Josie noch immer in ihrem neuen, gekünstelten Tonfall.

Die Frau berechnete ihr fünfundvierzig Dollar und erklärte Josie, sie könne das Chateau dort stehen lassen, wo es stand, oder irgendwo anders auf dem Platz parken, wo sie Lust hatte. Der ganze Platz war leer.

»Frühstück um sieben, wenn Sie wollen«, schob die Frau nach und schloss die Tür. Als Josie zum Chateau zurückkam, waren die Kinder wach.

»Sind wir weitergefahren?«, fragte Paul.

Josie sagte, ja, sie waren weitergefahren, ließ aber den Teil mit dem Polizisten weg. Sie konnte nicht abschätzen, welche Auswirkungen das Auftauchen irgendwelcher Polizisten auf eines oder beide Kinder haben würde. Manchmal gab ihnen Polizei ein Gefühl von Sicherheit; dann wieder implizierte sie die Nähe von Chaos und Verbrechen. Der Gedanke an »Räuber« beschäftigte die Kinder mehr als jede andere irdische Bedrohung. Zu Hause in Ohio musste Josie jeden dritten Abend erklären, dass es in ihrer Stadt keine Räuber gab (es gab welche), dass sie eine ausgeklügelte Alarmanlage hatten (sie hatten keine), dass sich kein Räuber ihrem Haus je auch nur auf eine Meile nähern würde (in das Haus nebenan waren drei Monate zuvor zwei Meth-Abhängige am frühen Abend eingebrochen und hatten den Besitzer mit seinem eigenen Tennisschläger halb totgeschlagen).

»Lasst uns noch was schlafen«, sagte sie in dem Wissen, dass das nicht passieren würde. Ihre Kinder hatten Hunger. Ana wollte den Wigwam sehen. Josie erklärte, dass es fast drei Uhr morgens war und die Welt schlief, doch die Kinder interessierten sich nicht für diese Feststellung. Und so ließ sie die Kinder, nachdem sie ihnen

kalte Quesadillas und rohes Gemüse aus einem Plastik-
beutel zu essen gegeben hatte, über dem Führerhaus *Tom
und Jerry* en español gucken.

Sie goss sich einen Spritzer von dem zweiten Pinot ein,
den sie in Anchorage gekauft hatte, und starrte in den
Wald vor ihr. Sie nahm ihre *Old-West*-Zeitschrift, schlug
»Verlorene Spuren« auf und entdeckte ein kleines Juwel:

»Mein Vater, Addison Elmer Hoyt, hat um 1916 –
auf jeden Fall vor 1917 – in oder nahe Polson, Montana,
sein Stammbaumbuch der Familie Hoyt verloren und
war zu krank, um es zu suchen. Unsere Familienbibel
verzeichnet um 1723 oder früher Hoyt-Ahnen in Worces-
ter, New Braintree, Massachusetts. Der erste namentlich
genannte Hoyt ist Benjamin, geboren 1723, gefallen in
der Schlacht von Ticonderoga. Benjamin hatte einen
Sohn, Robert, geboren am 6. Mai 1753, verheiratet mit
Nancy Hall, Tochter von Zakius Hall und Mary Jennison
Hall. Wäre es möglich, dass das Hoyt-Buch nach so vielen Jahren noch existiert? Möglicherweise waren Tusche-
zeichnungen von Pferden und kleinen Vögeln sowie
schöne Schreibschrift in dem Buch, da Vater gern skiz-
zierte und zeichnete. Er wurde in Greene County, Illinois,
geboren, als Sohn von Albinus Perry und Surrinda Robi-
nette New Hoyt. Ich würde mich freuen, von Nachfahren
unseres Geschlechts zu hören, die mir weitere Informationen zur Verfügung stellen möchten.«

Josie überlegte, ihrem Leben eine neue Richtung zu
geben, um den Hoyts zu helfen, überlegte, sich in Surrinda umzubenennen, als sie in das Bett über dem Führerhaus kletterte. Es war breit genug für sie drei, obwohl die
knappe Kopffreiheit ein leichtes Sarggefühl vermittelte.
Die Matratze war dünn, und Decken und Kissen rochen

nach Schimmel und Hund, aber Josie wusste, dass sie binnen Minuten einschlafen würde. Anas Gesicht erschien, die Augen groß und fassungslos, da sie den Alkoven für eine Art riesiges mobiles Stockbett hielt, und gleich darauf tauchte Paul auf. Josie packte sie, kitzelte sie, zog sie an sich, schlang die Arme um die zwei, Ana in der Mitte zwischen ihren beiden Beschützern. Wie wäre das, dachte Josie – zu wissen, dass ständig Leute um dich waren, denen dein Wohlergehen und deine Sicherheit am Herzen lagen? Soweit Josie wusste, hatte sie seit fünfundzwanzig Jahren keine solche Person in ihrem Leben gehabt. Sie schloss die Augen.

»Ich bin nicht müde«, sagte Ana.

»Dann kann Paul dir vielleicht was vorlesen«, sagte Josie und spürte, dass sie sehr schnell wegdämmerte, obwohl sie wusste, dass ihre Kinder anderthalb Meter tief stürzen würden, sollten sie sich in die falsche Richtung rollen. Sie änderte ihre Position so, dass sie selbst außen lag und die beiden innen, zusammengepresst vorne im Alkoven wie Gepäck.

Sie lauschte, wie Paul und Ana eines ihrer Gespräche führten, häufig in Hörweite von Josie, in denen Ana existenzielle Fragen über sich selbst und ihre Familie stellte und Paul, so gut er konnte, antwortete, ohne dass er auf die Idee kam, Josie um Hilfe zu bitten.

»Gehen wir hier zur Schule?«, flüsterte Ana.

»Wo?«, flüsterte er.

»In Alaska«, sagte Ana.

»Alaska? Nein, wir machen Ferien. Hab ich dir doch gesagt«, antwortete er.

»Können hier Räuber reinkommen?«

»Nein, es gibt keine Räuber, die Wohnmobile ausrau-

ben. Und das hier hat überall dicke Schlösser und Alarm-
anlagen. Und es passen Polizisten auf uns auf, die uns
von oben sehen.«

»Aus Hutschraubern?«

»Ja. Gaaanz vielen Hubschraubern.«

»Was ist über den Hutschraubern?«, fragte Ana.

»Der Himmel«, sagte Paul.

»Was ist über dem Himmel?«, fragte sie, und nach
einer langen Pause antwortete er: »Weltraum. Sterne.«

»Sind die gut?«, fragte Ana.

Das hatte sie von Paul. Jeden Tag wollte Paul wissen,
ob etwas, ein Film oder ein Auto oder ein Park oder
ein Mensch, gut war. *Ist der gut? War das gut?* Er hatte
kein Vertrauen in seinen eigenen Geschmack oder hatte
noch keinen entwickelt, und deshalb wollte er stets mit
großer Ernsthaftigkeit und Endgültigkeit wissen: *Ist das
gut?* Die einzige Frage, über die er offenbar nicht nachdachte, war *Bin ich gut?* Er schien zu wissen, dass er es
war.

»Du meinst, sind die lieb?«, sagte Paul.

»Ja.«

»Die Sterne sind *voll* lieb. Und ich hab ganz vergessen,
dir zu sagen, dass zwischen dem Himmel und den Ster-
nen noch eine ganze Schicht Vögel ist. Und die Vögel
passen auf alle hier unten auf.«

»Sind die groß?«, fragte Ana.

»Die Vögel? Nicht besonders. Aber es sind unheimlich viele. Und sie sehen alles.«

»Welche Farbe haben sie?«

Die Geduld des Jungen war erstaunlich. »Blau. Hellblau«, sagte er, und nach einer Pause, in der Paul eine
Erkenntnis gehabt haben musste, die sogar ihn selbst be-

eindruckte: »Deshalb kannst du sie nicht sehen. Sie verschmelzen mit dem Himmel.«

Josie liebte ihre Kinder, hatte aber dergleichen schon öfter von Paul gehört, und so zog sie sich ein Kissen über den Kopf, um ihre Stimmen auszublenden, und kurz darauf spürte sie, dass Paul um sie herum und hinunter in die Kochnische kletterte, und dann merkte sie, dass er zurückkam. Er kroch über sie hinweg, und sie hörte, dass er die Seiten eines Buches umblätterte, Ana Worte zuflüsterte, und Josie konnte sich ihre Gesichter vorstellen, die Köpfe aneinander, und bald merkte sie an Anas Stille, dass ihre Tochter eingeschlafen war, und endlich gelang es ihr auch.

III.

Aber das hier war noch kein Land aus Bergen und Licht. Was sie bislang gesehen hatten, war bloß ein Ort. Es gab Berge, einige, aber die Luft war gelbsüchtig und das Licht glanzlos. Das kleine ovale Fenster nach vorne präsentierte ihr das reale Alaska: ein Parkplatz, ein Wigwam, ein Schild, das Vorbeifahrenden kostenloses WLAN versprach. Es war sieben Uhr morgens. Sie schaute nach unten und sah, dass ihre Kinder wach waren und die Schränke durchstöberten.

»Gehen wir frühstücken«, sagte sie, und sie zogen sich an und gingen über den Schotterparkplatz zu dem Diner. Drinnen saßen zwei Feuerwehrleute, ein Mann und eine Frau, beide vom Alter und Verhalten her offenbar Führungskräfte. Auf ihren Shirts stand, dass sie aus Oregon kamen.

»Danke für eure Hilfe hier oben«, sagte die Kellnerin zu ihnen, als sie ihnen Kaffee nachschenkte. In regelmäßigen Abständen sah Josie, dass andere Gäste den Feuerwehrleuten zunickten und dankbar die Augen schlossen.

Paul und Ana aßen Eier mit Speck, Ana wippend, ein Bein unter den Körper gezogen. Josie hatte ihr gesagt, dass sie für den Tag nichts geplant hatten, und das schien für Ana unendlich viele chaotische Möglichkeiten zu eröffnen.

»Schmeckt's?«, erkundigte sich Josie bei Paul.

»Prima«, sagte er und blinzelte mit seinen langwimprigen Augen. Seine Wimpern waren spektakulär, und ganz gleich, was in seinem Leben passieren würde, die würde er haben, und diese Wimpern würden allen vermitteln, dass er sanft war und freundlich und, im Zusammenspiel mit seinen eisblauen Augen, dass er intelligent war und klug und vielleicht die Zukunft erahnen konnte. Paul war ein außergewöhnlich aussehender Mensch, sein Gesicht ein langes Oval aus poliertem Stein, seine Augen selbst aus zehn Metern Entfernung erstaunlich.

Dagegen war es schwer, Ana zu sehen, weil sie als verwischter Klecks existierte. Sie war ständig in Bewegung, selbst beim Essen. Sie war zwei Monate zu früh geboren, hatte knapp über drei Pfund gewogen, als sie auf die Welt kam, und wurde von einer Reihe schauerlicher Erkrankungen geplagt – Schlafapnoe (gelegentliche Atemaussetzer von bis zu zwanzig Sekunden), nekrotisierende Enterokolitis (ein Darmproblem, das einen geschwollenen Bauch und Durchfall verursacht), ein Kampf gegen Sepsis, gefolgt von einer Blutinfektion, ein halbes Dutzend Sturmangriffe auf ein Wesen so groß wie ein Schuh. Aber sie wurde von Tag zu Tag stärker, war jetzt ein Wildtier, noch immer untergewichtig, noch immer mit etwas in den Augen, das sagte: *Ach du Schande, was ist passiert? Aber ha! Ich bin da! Ihr konntet mich nicht umbringen!*, aber irgendwie war ihr Kopf riesig und schwer geworden, und jeden Tag schien sie von dem Drang besessen zu beweisen, dass sie hierhergehörte und ihre Tage voll und unbekümmert auskosten würde. Sie wachte begeistert auf und ging widerwillig zu Bett. Dazwischen machte sie fünf Schritte, wenn alle anderen einen machten, sang lauthals Lieder, die sie sich ausgedacht hatte und die keinen Sinn ergaben, und versuchte außerdem bei jeder Gelegenheit, sich selbst Schaden zuzufügen. Aus der Ferne ähnelte sie einer ständig betrunkenen Erwachsenen – stieß gegen Dinge, schrie Unverständliches, erfand Wörter. Man konnte sie weder auf Parkplätzen aus den Augen lassen noch in der Nähe von Steckdosen, von Öfen oder Glas oder Metall oder Treppen, Klippen, irgendwelchen Gewässern, jeder Art von Fahrzeugen oder Haustieren. Im Augenblick schwankte sie vor und zurück wie eine Boje, tanzte im Sitzen zu Musik, die nur sie hören konnte. In der linken Hand hielt sie ein Stück Toast, und um ihren Mund herum bildeten Sirup, Eier, Zuckerkörner und ein Milchbart eine schmierige neue Galaxie. Jetzt stockte sie in der Bewegung und betrachtete ihre Umgebung in einem seltenen Moment von etwas, das als Nachdenklichkeit ausgelegt werden konnte.

»Sprechen die hier Englisch?«, fragte sie.

»Ja«, sagte Paul zu Ana, fügte dann sanft hinzu: »Wir sind noch in Amerika.« Und dann tätschelte er ihren Arm. Die abgöttische Liebe des Jungen zu ihr war sonderbar. Als Ana ein, zwei, drei Jahre alt war, wollte Paul unbedingt mithelfen, sie ins Bett zu bringen, und erfand jeden Abend ein neues Lied für sie, um sie in den Schlaf zu singen. »Ana ist jetzt müde, Ana ist müde, alle Anas auf der Welt sind jetzt ganz müde, sie halten Händchen und versinken ...« Er war wirklich ein erstaunlicher Lyriker mit vier, fünf, sechs, und Ana lag da und sah ihn unverwandt an, die Augen starr, nuckelte an ihrem Fläschchen, lauschte jedem Wort. Und seine Bilder! Die zeigten ein anderes Maß an Liebe: Er signierte alles, was er schuf, mit *Paul und Ana*.

Sie aßen ihr Frühstück, Josie saß den Kindern gegenüber, starrte in die herzlose Landschaft aus blauem Himmel und weißen Bergen und erinnerte sich daran, dass Carl mal gesagt hatte, nur halb im Scherz, dass ihre Kinder die Geschlechterrollen getauscht hatten. Paul war ungeheuer sensibel, fürsorglich, mütterlich. Er trug keine Mädchensachen, aber er spielte mit Puppen. Ana mochte Motorräder und Darth Vader und hatte sich ihren übergroßen Kopf bei Stürzen und Stößen an so vielen Dingen geprellt, dass ihr Schädel extrem verformt war und froh sein konnte, von ihren wilden roten Locken verdeckt zu werden. Paul hörte zu, interessierte sich mehr für Menschen als für Gegenstände und litt zutiefst bei dem Gedanken, dass irgendeine lebendige Seele Leiden erdulden musste. Ana dagegen interessierte das überhaupt nicht.

Dann war da die Sache mit der Ehre. Obwohl sein Vater kein Rückgrat hatte, war Paul schon ein großer Mann, ein kleiner Lincoln. Vor ein paar Monaten durfte er sich ein Betthupferl aussuchen und wählte eine Minipackung Erdnuss-M&Ms aus den Süßigkeiten, die noch von Halloween übrig geblieben waren (Josie verwahrte sie im Fach über dem Kühlschrank). In der Packung waren sechs M&Ms, und Josie sagte, er dürfte vier essen. Josie brachte Ana zu Bett, während Paul in der Küche sein Betthupferl aß, damit Ana es nicht sah und selbst eins haben wollte. Am nächsten Morgen fand Josie die Packung mit den zwei restlichen M&Ms darin auf der Küchentheke. Paul war so ehrlich, dass er die letzten zwei nicht heimlich gegessen hatte – was Ana oder

Carl oder selbst Josie wahrscheinlich bedenkenlos getan hätten.

Ana, die ihren Teller fast leer gegessen hatte, stand vom Tisch auf und lief zu einem Kaugummiautomaten, an dem sie so heftig riss, als wollte sie ihn umkippen – und er wäre auch umgekippt, wenn er nicht am Boden verschraubt gewesen wäre. Josie konnte sich nicht erinnern, dass Ana je einen Kaugummiautomaten gesehen hatte, woher also wusste sie so genau, wie man ihm Schaden zufügt? Und was hatte sie sich vorgestellt, was das Ergebnis ihrer Bemühungen wäre – ein kaputter Automat, ein Boden übersät mit Glasscherben und Kaugummi, Strafe unvermeidlich? Wo lag der Reiz? Die einzige Erklärung war, dass sie Instruktionen von außerplanetarischen Herrschern empfing. Hinzu kam Anas Neigung, Josie einmal in der Woche mit jenseitigen Augen anzusehen, alten Augen, wissenden Augen – es war beunruhigend. Paul war immer Paul, in sich ruhend, erdgebunden, aber Ana hörte manchmal auf, Kind zu sein, und sah Josie an, ihre Mutter, als wollte sie sagen: Hören wir doch mal kurz auf, so zu tun als ob.

»Kannst du sie zurückholen?«, fragte Josie Paul.

Paul rutschte von der Sitzbank und ging zu ihr. Als Ana ihn kommen sah, grinste sie und rannte Richtung Toiletten. Sekunden später gab es einen lauten Knall, eine angespannte Verzögerung, dann drang Anas Gebrüll durch den Diner.

Josie stürzte zur Toilette, wo Ana auf den Knien lag, sich das Kinn hielt und laut schrie.

»Sie hat sich aufs Klo gestellt und ist runtergefallen«, sagte Paul.

Paul wusste immer Bescheid. Er wusste alles – jedes

Ereignis, jede Wahrheit in Bezug auf Ana. Er war ihr persönlicher Coach, ihr Historiker, Assistent, Betreuer, Erzieher, Beschützer und bester Freund.

»Ich hol einen Verbandskasten«, sagte Paul. Josie wusste, dass ihr erst achtjähriger Sohn das konnte. Er konnte zu einer Kellnerin gehen, sie um einen Verbandskasten bitten, ihn herbringen. Er konnte ans Telefon gehen, konnte zum Lebensmittelladen laufen, um Milch zu kaufen, konnte zum Briefkasten an der Straße gehen, um die Post zu holen. Er war so ruhig und vernünftig und gefasst, dass Josie ihn die meiste Zeit als ihren Partner bei der Erziehung betrachtete und möglicherweise auch als eine Art geschrumpfte Reinkarnation ihrer eigenen Mutter vor dem Zusammenbruch.

Josie setzte Ana aufs Waschbecken, schaute unter ihr Kinn und sah eine dünne rote Linie. »Ist bloß ein Kratzer. Blutet fast gar nicht. Ich glaube, wir brauchen keinen Verbandskasten.« Sie umarmte Ana, spürte ihr Kaninchenherz flattern, während sie schluchzte und vor Weinen kaum Luft bekam.

Dann warf Paul, der mit dem Verbandskasten zurückgekommen war, Josie einen beschwörenden Blick zu, presste die Zähne aufeinander, um ihr zu verstehen zu geben, dass er wusste, dass Ana nicht blutete, dass sie aber nicht eher aufhören würde zu weinen, bis ihr Kinn verarztet wurde.

»Da ist bestimmt ein schönes großes Pflaster drin«, sagte Paul, worauf sich Anas Augen öffneten und verfolgten, wie seine flinken, langfingrigen Hände Fächer aufmachten. Schließlich hatte er das passende gefunden. »Hier sind welche«, sagte er und hielt etliche einfache, teils übergroße Pflaster hoch. Während Ana, die nicht

mehr weinte, zusah – richtiggehend gebannt war und die
Luft anhielt –, sah er die Pflaster durch, wie ein normaler
Junge Magic-Karten oder Baseball-Sammelkarten durch-
sehen würde. »Ich glaube, das ist das richtige«, sagte er
und nahm ein kleines aus der Verpackung. »Vielleicht
sollten wir vorher ein bisschen Salbe drauftun. Was
meinst du?«

Josie wollte antworten, merkte aber, dass Paul mit Ana
sprach, nicht mit ihr. Ana nickte ihm ernst zu und bestand darauf, dass nicht Josie, sondern er die Salbe auf-
trug. Sekunden später hatte er irgendeine Creme gefunden und verrieb sie zwischen den Handflächen.

»Die muss erst ein bisschen wärmer werden«, sagte er.
Als sie eine Temperatur erreicht hatte, die er für richtig
hielt, tupfte er sie mit großer Zartheit auf Anas Kinn,
und Anas Augen spiegelten eine so große Freude wider,
dass sie sich schließen mussten. Als die Salbe gleichmäßig verteilt war, pustete er darauf, »damit sie schneller
trocknet«, erklärte er Ana, ohne im Geringsten auf Josie
zu achten, und dann klebte er ihr das Pflaster aufs Kinn,
drückte leicht auf die beiden Klebstoffenden. Dann trat
er zurück und begutachtete sein Werk. Er war zufrieden,
und Ana war inzwischen ruhig genug, um sprechen zu
können.

Sie verlangte ein Spiegelei.

»Du willst ein Spiegelei?«, fragte Josie. »Du hast doch
dein Frühstück noch nicht aufgegessen.«

»Nein!«, schrie Ana. »Ich will ein Spiegelei.«

»Ein Spiegelei?« Josie war ratlos.

»Nein, ein Spiegelei!«

Paul legte den Kopf schief, als hätte er einen ganz bestimmten Verdacht.

»Hast du denn Hunger?«, fragte Josie.

»Nein!«, brüllte Ana, jetzt wieder den Tränen nahe.

Paul betrachtete Ana mit forschenden Augen. »Kannst du es auch anders sagen?«

»Ich will es sehen!«, jammerte Ana, und Paul verstand auf Anhieb.

»Sie will einen *Spiegel*, kein *Spiegelei*«, erklärte er seiner Mutter mit einem entzückten Funkeln in den Eispriesteraugen. Ana nickte heftig, und ein Lächeln breitete sich auf Pauls Gesicht aus. Das war kostbar für ihn, das war Freude. Ihm war nur wichtig, seine Schwester besser zu kennen als jeder andere.

Josie nahm Ana auf den Arm, damit sie in den kleinen Spiegel schauen konnte, der hoch über dem Waschbecken hing. Sie zeigte Ana die Wunde, fürchtete, sie würde vor Schreck über das Pflaster, das ihr Kinn bedeckte, wieder losweinen. Aber Ana grinste nur, berührte es liebevoll, mit leuchtenden Augen.

Sie fuhren weiter nach Süden, Richtung Kenai-Halbinsel mit Seward als Ziel, über das Josie nichts wusste. Die Kinder saßen hinten am Tisch. Josie wusste nicht recht, ob das auch sicher war, immerhin waren die Wände des Chateau gefährlich dünn, und die Bänke an dem Tisch hatten Sicherheitsgurte, die so alt waren wie sie selbst. Aber die Kinder fanden es toll. Ana kam gar nicht darüber hinweg, dass sie nicht in einem Kindersitz sein musste. Sie hatte das Gefühl, mit einem fantastischen Verbrechen davonzukommen.

Ana schrie irgendwas von hinten. Es klang wie eine Frage, aber Josie konnte nichts verstehen. »Was hast du gesagt?«, rief Josie.

»Sie hat gefragt, ob du schon mal hier gelebt hast«, rief Paul.

»In Alaska? Nein«, rief Josie über die Schulter.

Ana glaubte, ihre Mutter hätte überall gelebt. Das war Josies Schuld. Sie hatte den Fehler begangen, die Reisen zu erwähnen, die sie vor der Geburt der Kinder gemacht hatte, ihre zahlreichen Wohnorte. Paul und Ana waren zu jung für so was, alle beide, aber Josie merkte nur allzu oft, dass sie nicht anders konnte. Als die beiden den Namen Panama in einer Dokumentation über den Kanal gehört hatten, hatte Josie ihnen erzählt, dass sie dort zwei Jahre gelebt hatte und ihnen das Friedenskorps erklärt, hatte das Bergdorf beschrieben, wo sie und zwei andere ohne spezielle Ausbildung in der Bewässerung von Berghängen versucht hatten, den Bewohnern bei der Bewässerung von Berghängen zu helfen. Sie konnte nicht anders und ging davon aus, dass ihre Kinder das alles vergessen würden. Ana vergaß das meiste, aber Paul vergaß nichts, und wie um ihre Versuche zu unterlaufen, die Vergangenheit mit unsichtbarer Tinte zu schreiben, machte er seine eigene Abschrift, wie ein kleiner umnachteter Mönch. Sie wussten, dass sie nach dem Friedenskorps und vor dem Zahnmedizinstudium eine Ausbildung angefangen hatte, um Blindenhunde abzurichten (nach einem Monat brach sie die Ausbildung ab, doch die Vorstellung übte auf die beiden eine große Faszination aus). Sie wussten von Walla Walla und Iron Mountain, zwei der vier Orte, an denen sie als Kind gelebt hatte. Josie hielt es für zu früh, ihnen davon zu erzählen, wie sie mit siebzehn abgehauen war, oder von Sunny, der Frau, die diese Rebellion unterstützt und sie aufgenommen hatte. Gelegentlich fragten sie nach Josies Eltern, wo sie waren, warum sie keine leiblichen Großeltern hatten, warum sie nur Luisa hatten, Carls Mutter, die in Key West lebte. Sie wussten ein wenig über London, die vier Monate in Spanien – diese Phase der blitzartigen Umzüge, getrieben von willkürlichen Launen und Schicksalsschlägen. Warum wollte sie ihnen unbedingt vermitteln, dass sie irgendwo gewesen war, mehr gemacht hatte als nur Zahnmedizin? War es großartig, sich so oft verändert zu haben? Sie argwöhnte, dass es nicht großartig war.

Jetzt redete Paul, aber er war leiser als Ana, und Josie hörte kaum mehr als einen Hauch von Konsonanten und Vokalen.

»Ich kann dich nicht verstehen!«, rief Josie.

»Was?«, rief Paul zurück.

Das Chateau klapperte und röchelte und übertönte alle Stimmen. Als Wohnmobil führte es naturgemäß allerlei Küchenutensilien mit sich – in diesem Fall ausrangiertes Zeug von Stan und seiner Weißer-Teppichboden-Frau –, und jede Schüssel klapperte, jedes Glas klirrte gegen jedes andere Glas. Es gab Teller und Teegeschirr und Kaffeetassen und Besteck. Es gab eine Kaffeemaschine. Es gab einen Herd. Es gab Töpfe und Pfannen. Es gab einen Wok. Einen Mixer. Ein Handrührgerät für den Fall, dass jemand einen Napfkuchen backen wollte. Das alles war in den Schränken verstaut, billigen Leichtbauschränken wie bei ihnen zu Hause, aber zu Hause sausten diese Schränke nicht mit achtundvierzig Meilen die Stunde durch die Gegend, getragen von uralten Stoßdämpfern und Rädern. Das Wohnmobil war eine sterbende Maschine, und deshalb waren selbst die Schränke schlecht zusammengebaut und nur locker befestigt. Die Geräusche ähnelten somit denen während eines Erdbebens. Das Besteck rasselte wie die Ketten eines ruhelosen Gespenstes. Und die Kakofonie wurde noch viel lauter, wenn sie abbremsten oder beschleunigten oder eine Anhöhe hinauf oder hinunter oder über eine Bodenwelle oder durch ein Schlagloch fuhren.

Wenn nicht du, wer dann?, fragte ein Leuchtschild am Straßenrand, und Josie fühlte sich ertappt und angeklagt, bis der Schriftzug umsprang auf: nicht auf trockenem Gras parken, und sie begriff, dass es Warnhinweise waren, um Waldbrände zu verhindern.

Nach einer Stunde fuhr Josie rechts ran. Von achtundvierzig Meilen bis zum Stillstand abzubremsen, war ungefähr so schwierig, wie eine Lawine aufzuhalten. Das Hauptgewicht lag hinten, deshalb schlingerte und bebte der vordere Teil des Wagens, und die Räder stotterten. Sie hielten auf einem großen Parkplatz am Wasser, doch Josie war mit den Nerven am Ende.

Sie kletterte aus dem Führerhaus und setzte sich auf die Couch gegenüber vom Essplatz. Sie erklärte Paul und Ana, sie hätten jetzt die einzigartige Gelegenheit, bei einem ganz besonderen Projekt mitzuhelfen. Die beiden horchten auf.

»Wir packen die Küche in die Dusche«, sagte Josie.

Sie verstanden intuitiv.

Ana öffnete den Schrank unter der Spüle und zog einen Topf heraus. »So?«, fragte sie auf dem Weg ins Bad.

»Warte«, sagte Josie, »erst brauchen wir Handtücher.«

Sie verteilten Handtücher in der Dusche. Dann wickelten sie Teller und Gläser darin ein und legten sie auf den Duschboden. Als ihnen die Handtücher ausgingen, öffneten sie ihre Reisetaschen und wickelten Geschirr und Besteck in Kleidungsstücke, die sie nicht unbedingt brauchten, und dann legten sie jedes Bündel vorsichtig ab. Sie räumten sämtliche Teller, Pfannen, Tassen und Gläser aus der Küche und packten sie in die Dusche und schlossen die Tür. Als Josie das Chateau erneut startete und wieder auf den Highway steuerte, war das Geräusch wunderbar gedämpft, und ihre Kinder hielten sie für eine Art Superhirn.

»Und wenn wir was kochen müssen?«, fragte Paul.

»Ich hab keine Lust zu kochen«, sagte Josie.

Sie hatte auch keine Lust zu fahren, weil die Straße ihr keinen Frieden bot, nur Gesichter. Sie sah das glatte, hübsche Gesicht des jungen Soldaten, an dessen Tod sie mitschuldig war. Nein, dachte sie, gib mir ein anderes Gesicht. Sie sah die gelben Augen der vom Krebs gezeichneten Frau, die ihr ihre Praxis genommen hatte. Nein. Ein anderes. Carl, grinsend auf dem Klo. Nein. Das Gesicht des Anwalts der Frau, ihr Schwiegersohn, grausam und geldgierig. Schließlich landete Josie bei dem zwiebelhäutigen Gesicht von Sunny, einem Gesicht, das sie immer heraufbeschwor, wenn sie Frieden suchte. Einen Moment verweilte sie dort, bei Sunnys strahlenden schwarzen Augen, stellte sich vor, wie Sunny ihr mit knochigen Fingern durchs Haar strich – Josie hatte das erlaubt, obwohl sie ein Teenager war voller Wut auf die Welt –, und damals und jetzt empfand sie für einen Moment so etwas wie Ruhe.

Am Nachmittag erreichten sie Seward, und Seward fühlte sich wie ein realer Ort an. Es war muskulös und sauber. Es lag am Ende eines großen Fjords, eiskaltes Wasser, das vom Golf von Alaska herantobte. Die Hauptstraße war schäbig, mit Souvenirläden, klimpernde Glasregale voller lächerlich abscheulicher T-Shirts, aber an den Rändern war Seward echt, ein richtiger Handelsplatz. Fischerboote, Tanker, kleine Containerschiffe fuhren hinaus und legten an, und alle kamen sie durch die enge Bucht namens Resurrection Bay, ein Name für grauhaarige Entdecker und Heilige.

Sie fanden einen Wohnmobilpark außerhalb der Stadt und parkten mit Blick auf einen breiten, mit Seetang bedeckten Strand. Jenseits des Wassers, vielleicht eine halbe Meile entfernt, lag die Kenai-Gebirgskette, eine Wand aus makellosen Bergen – gezahnt, silbern und weiß, monumental und trotzig. Entlang des Ufers ragten vereinzelte Baumstümpfe aus dem Sand, weiß versteinert.

»Bleibt hier«, wies sie die Kinder an und ging zum Parkbüro.

Der Mann hinterm Schreibtisch fragte sie nach Namen und Anschrift, und Josie schrieb beides auf, kritzelte ihren Namen unleserlich, gab ein Postfach an, das sie von einer Kreditkartengesellschaft in Erinnerung hatte, und bezahlte bar. Sie hatte das vage Gefühl, dass Carl, sobald ihm klar wurde, was sie getan hatte, ihr und den Kindern hinterherreisen und sie suchen würde oder jemanden schicken würde, der sie aufspüren sollte, aber andererseits hatte der Mann seine Jobs nie lange halten können (der neue in Florida zählte nicht) – konnte er da wirklich eine Suchaktion organisieren und durchführen? Den Triathlon, für den er trainiert hatte, hatte er mittendrin abgebrochen. Vielleicht würde er die Suche nach ihr auch mittendrin abbrechen.

Als Josie zurück zum Chateau kam, traf sie einen wütenden Mann an.

»Das ist nicht Ihr Stellplatz!«, brüllte er. Hinter dem

Chateau stand ein anderes Wohnmobil mit laufendem Motor, neu und viel größer und mit einer norwegischen Flagge an der Antenne. Das Gesicht des Norwegers war rot, seine Hände hielt er hinter den Rücken, als wollte er sie davon abhalten, Josie irgendeinen Norwegen-typischen Schaden zuzufügen. Er hatte das geübt, so viel war klar. Er hatte in den fünfzehn Minuten, die sie weg gewesen war, ordentlich Druck im Kessel aufgebaut. Jetzt, da wär sie sicher, würde er ihre Kinder erwähnen.

»Und Sie lassen Ihre Kinder ans Steuer!«

Sie blickte auf und sah, dass Paul auf dem Fahrersitz des Chateau saß, mit Ana auf dem Schoß. Ihre vier Hände waren alle am Lenkrad.

Josie gingen einige Gedanken durch den Kopf. Sie dachte, wie sehr sie ihre Kinder liebte, dass sie aussahen wie kleine Kriminelle, obwohl Paul engelhaft war und Ana noch nie jemanden verletzt hatte außer sich selbst. Sie fragte sich, warum dieser Norweger viertausend Meilen zurücklegte, um sich Fjorde in Alaska anzuschauen. Das war pervers. Norwegen war besser, sauberer. Und gab's in Norwegen nicht Dinge umsonst? Medizinische Versorgung und so weiter? Fahr nach Hause.

Wortlos stieg sie in das Chateau, scheuchte ihre Kinder nach hinten und überließ dem zornigen Norweger den Stellplatz. Aber alle Stellplätze am Strand waren belegt, also fuhren sie im Park herum, bis sie einen Platz im Wald fanden. Er war in Ordnung, noch immer keine hundert Meter vom Wasser entfernt, aber während der Strand hell war und Aussicht auf die beleuchteten Berge bot, war der Wald dunkel, feucht, ließ Tolkien und Trolle erahnen.

Josie hatte eine Woche dort verbracht, in Norwegen,

mit Paul, als er zwei war. Wegen eines Kongresses über
Zahnbleaching. Wie seltsam die Norweger mit Paul umgingen! (Carl blieb zu Hause, hatte das Gefühl, krank zu
werden, wollte kein Risiko eingehen. Dieser Prachtkerl
von Mann.) In Oslo und besonders auf der Bootsfahrt
durch irgendeinen unberührten Fjord hatten die Norweger so getan, als hätte sie einen Puma mit an Bord gebracht. Paul war ein artiges Kind gewesen, ein kleiner
Bürger, fast verweichlicht, fast zu erwachsen, aber auf
diesem Schiff war er ein Paria gewesen. Er brauchte nur
den Mund aufzumachen, und es war, als hätte er die ganze Fahrt verdorben, schon der Klang seiner Stimme eine
Art schmutzige Bombe der Amerikaner.

Josie kannte jedes Musical und fand, der Kanon sollte um eines ergänzt werden, das *Norwegen!* hieß. Darin
würde ein Frauenchor vorkommen, alle von Kopf bis Fuß
in Weiß – jeder, den sie in Norwegen kennengelernt hatte, war von Kopf bis Fuß weiß gekleidet, und alle hatten
sie die gleiche verdächtig gebräunte Haut, die gleichen
schmalen schwarzen Brillen –, und alle diese Norweger
gaben vor, glückliche Menschen zu sein, gesittete Menschen, sangen harmlose Lieder über Fjorde und staatlich
geförderte, mit Öl finanzierte Kultur, und dabei versuchten sie, alle Kinder zu beseitigen, damit sie ihren uner-
schöpflichen Vorrat an weißem Stoff mit niemandem
teilen mussten. Während sie Zähne bleachte, dachte Josie viel über das Musical nach, stellte sich das Finale vor,
all die weiß gekleideten Norweger, die mit elektronischer Begleitung ein Lied sangen. Warum machte sie
das? Sie verbrachte ihre Freizeit damit, sich Musicals
auszudenken, die es nie geben würde. Das Musical war
das einzige Medium, das unsere wahre Verrücktheit und

Heuchelei angemessen zum Ausdruck bringen konnte – unsere kollektive Fähigkeit, in einem Theater zu sitzen und Irren dabei zuzusehen, wie sie Schwachsinn singen, während draußen die Welt brennt.

Ansonsten war der Zahnbleaching-Kongress ein Segen – die Behandlungen waren wie Gelddrucken. Ein Patient blieb ungefähr eine Stunde im Behandlungszimmer, wobei Josie nur zehn Minuten gefordert war – die Dentalhygieniker konnten das meiste allein erledigen –, aber sie berechnete siebenhundert Dollar und alle zahlten mit Vergnügen. Danke, Norwegen!

Sie stiegen aus, und Josie zog das Stromkabel aus dem Seitenfach – im Grunde ein dickes Verlängerungskabel, das hinter einer klapprigen Sperrholztür kurz vor dem Hinterrad versteckt war. Sie schloss das Wohnmobil an die Außensteckdose an und, voilà, sie hatten Strom. Sie ging mit Paul und Ana zum Strand, machte einen Bogen um die Norweger, die jetzt bemüht freundlich waren, an ihrem schwachen grauen Lagerfeuer standen und winkten.

Die Bucht war voller Otter. Ana und Paul hatten sie bereits entdeckt, fünfzehn Meter vom Ufer entfernt. Welches Kind würde Otter nicht lieben? Josie setzte sich auf einen der uralten weißen Baumstümpfe und ließ die Kinder bis ans Wasser gehen, um die Tiere besser sehen zu können. Die Otter waren unerträglich niedlich, wie sie so auf dem Rücken schwammen, sich echte Steine auf den Bauch legten, um damit echte Muscheln aufzubrechen. Kein Schöpfer mit einem Funken Selbstachtung hätte sich so ein Tier ausgedacht. Nur ein nach unserem Ebenbild erschaffener Gott konnte auf so einen Tierkitsch kommen.

Jetzt war Ana auf dem Boden. Jetzt inspizierte Paul ihre Hand. Das war Josies liebste Erziehungsmethode: an einen Ort wie den hier fahren, großdimensioniert, mit vielen Möglichkeiten, etwas zu entdecken, und deinen Kindern dabei zusehen, wie sie herumlaufen und sich harmlose Verletzungen zuziehen. Dasitzen und nichts tun. Wenn sie zurückkommen, um dir irgendwas zu zeigen, einen Stein oder ein Büschel Seegras, schau es dir an und stell Fragen dazu. Sokrates hat die ideale Methode für Eltern erfunden, die gern dasitzen und sehr wenig tun. Durch umsichtige Fragestellungen könnten ihre Kinder hier, an diesem Strand bei Seward, Lesen und Schreiben lernen. Natürlich könnten sie das. Lest mal den Namen von dem Schiff da. Schnell, lest den Warnhinweis auf dem Wassertaxi. Lest die Erklärung zur Stromspannung an der Außensteckdose.

Die Luft war klar. Sie waren am Wasser, und die Feuergefahr war hier gering oder zumindest geringer, und irgendwie wehte der Wind, der den Brandgeruch mit sich brachte, in eine andere Richtung. Josie atmete tief ein und hob die geschlossenen Augen in die Sonne. Sie hörte die Klagerufe irgendwelcher Küstenvögel. Das Knirschen von Schotter irgendwo auf dem Parkplatz. Das lang gezogene Wispern einer Brise, die durch den Wald hinter ihr strich. Das spritzige Eintauchen eines Paddels in die Bucht. Jetzt das Kreischen eines Kindes. Sie öffnete die Augen, vermutete, es war Ana, die sich wieder verletzt hatte, diesmal schwerer. Aber Ana und Paul waren noch immer da, wo sie sie zuletzt gesehen hatte, und jetzt stapelten sie Steine. Sie schaute zur anderen Seite der Bucht hinüber und sah eine andere Familie, Eltern, zwei Kinder, alle in knallbuntem Elasthan und wasserdichten

63

Anoraks. Die Kinder, etwa so groß wie Josies, hatten Angst vor drei Hunden, Streunern, die die Familie umkreisten wie eine Bande von Halbstarken aus den Fünfzigerjahren. Die Familie hatte keine Ahnung, was sie machen sollte.

Die Erwachsenen der Gruppe sahen zu Josie hinüber, empört und flehend, nahmen an, dass es ihre Hunde waren. Dass diese unangeleinten, verwilderten Hunde irgendwie ihre waren. Weil sie selbst verwildert aussah? Weil ihre Kinder schmutzig, schäbig, wild aussahen – wie Menschen, denen zuzutrauen war, dass sie Hunde mit an den Strand brächten, um schöne Menschen in einheitlichem Elasthan zu belästigen. Um solchen Menschen zu entfliehen, war Josie nach Alaska gekommen.

Das war die Sorte Menschen, die Josies Stadt übernommen hatten, die Schule übernommen hatten. Keiner schien zu arbeiten. Alle trugen einheitliches Elasthan und hatten Zeit, an jeder der drei- oder vierhundert jährlichen Schulveranstaltungen teilzunehmen. Wie konnte jemand wie Josie an dieser durchschnittlichen Schule in dieser durchschnittlichen Stadt berufstätig und Mutter sein und doch keine Versagerin, keine Paria? Man hatte ihr weisgemacht, in den USA berufstätig zu sein, hieße, vierzig Stunden die Woche zu arbeiten. Natürlich kann man darüber diskutieren – wir sollten weniger arbeiten, wir arbeiten nicht genug, am Arbeitsplatz wird zu viel Zeit mit Online-Pornos und sexueller Belästigung im Pausenraum vertan –, aber dennoch, vierzig Stunden die Woche ist das, was erwartet wird, ist die Norm, der Schlüssel zu nationalem Wohlstand. Aber die Schulen und diese Kinder und ihre Aktivitäten und die Eltern, die diese Schulen und Aktivitäten organisierten, und vor allem ihre kritischen Augen hintertrieben die Vierzigstundenwoche und verhinderten diesen Wohlstand, und es war durchaus möglich, dass die Erklärung für den Niedergang der Vereinigten Staaten diese Eltern waren, ihre kritischen Augen, diese Schulen, diese Aktivitäten. Wurde nicht noch eine Generation zuvor von Eltern erwartet, dass sie an vier einstündigen Schulveranstaltungen teilnahmen? Im Herbst gab es einen Elternsprechtag und erneut einen im Frühjahr, es gab die Musikaufführung im Herbst und die Musikaufführung im Frühjahr. Das war alles. Vielleicht noch eine Veranstaltung im Winter, aber niemals zwei in einem Schuljahr. Vielleicht eine Theateraufführung. Vielleicht ein Konzert. Aber auf jeden Fall gab es vier Veranstaltungen, die als obligatorisch galten, und die meisten fanden abends statt, nach der Arbeit. Ansonsten war der Brotverdiener oder die Brotverdienerin der Familie – oder beide – vierzig Stunden die Woche auf der Arbeit, galt als Held beziehungsweise Heldin, wenn er oder sie es zu einer der vier Veranstaltungen schaffte, galt als Champion, wenn es ihm oder ihr gelang, sich die Baseballspiele am Wochenende anzuschauen, wurde nahezu heiliggesprochen, wenn er oder sie ein Team coachte, aber auf jeden Fall war es vorbildlich, wenn ein Elternteil an nur drei der vier obligatorischen Veranstaltungen teilnahm, basta.

Aber das hat sich geändert. Jetzt gibt es, schleichend wie ein wohlmeinendes, aber letzten Endes alles überwucherndes und tödliches Unkraut, neue und vage Halbverpflichtungen, die alles Wachstum in diesem Garten ersticken, der auch als menschliche Produktivität und nationales Bruttoinlandsprodukt betrachtet werden könnte. Diese optionalen Dinge, diese mittelwichtigen Dinge, sie kriechen heran und töten wie Rost auf Pflanzen. Wie Kommunismus. Nein, nicht wie Kommunismus. Die Kommunisten kannten Ausgewogenheit und arbeiteten hart. Arbeiteten sie wirklich hart? Das weiß keiner so genau. Aber diese anderen Eltern und ihre kritischen Augen: Wann arbeiten die? Ihr Job ist es, an diesen Veranstaltungen teilzunehmen. Das ist ihre Aufgabe, suggerieren sie, und sie suggerieren außerdem, dass du und deine tatsächliche Arbeit in Ordnung sind, aber auch pflichtvergessen und traurig. Obwohl sie das nicht sagen. Sie sagen: *Mach dir nichts draus, wenn du nicht beim Sonnenwende-Singen zur Herbstmitte dabei sein kannst oder beim Spätwinter-Schlittenlied-Kunsthandwerkermarkt, zu dem jeder was zu essen mitbringt.* Kein Problem mit dem abendlichen Eltern-Schüler-Badminton-Doppelturnier unter Flutlicht im Frühjahr. Kein Problem mit der Mutter-Tochter-Pyjamaparty-an-jedem-dritten-Mittwoch oder dem Kinotag-*Sound-of-Music*-bring-deine-eigene-Gitarre-oder-Lyra-mit. Nicht nötig, am Geburtstag deines Kindes Plätzchen zu backen. Nicht nötig, am Berufsinformationstag dabei zu sein. Nicht nötig, zur Eröffnung des neuen Kunstraums vorbeizuschauen, der jetzt mit der neusten Töpfer-Technologie ausgestattet ist. Du machst dir nichts aus Kunst? Kein Problem. Nicht nötig, nicht nötig, nicht nötig, ist in Ordnung, kein Problem, obwohl du wirklich egoistisch bist und deine Kinder keine Chance haben. Wenn sie die Ersten sind, die Crack ausprobieren – sie werden es ausprobieren und toll finden und es an unsere kulturinteressierten Kinder verkaufen –, werden wir wissen, warum.

Und so berechnete Josie zu ihrem eigenen Vergnügen und für eine zu erwartende Zeugenaussage in der Zukunft die Stundenzahl, die erforderlich wäre, um tatsächlich sämtliche halb obligatorischen Veranstaltungen in einem beliebigen November zu besuchen, und sie kam auf knapp über zweiunddreißig Stunden. Das umfasste die Zeit in der Schule, auf dem Schulgelände, in der zugeschaut und getobt, sich bedankt und gratuliert wurde. Aber halt. Wenn sie die Fahrzeit vom Arbeitsplatz und wieder zurück berücksichtigte, durch den Verkehr, gegen den Verkehr, alles, die ganze Tragik, überhaupt zu fahren, kam sie auf insgesamt sechsundvierzig Stunden. Sechsundvierzig Stunden in einem Monat, um an Tages- und Abendveranstaltungen teilzunehmen, allesamt optional, zu denen du nicht erwartet wirst, kein Problem, keine Sorge, alles optional, deine Kinder machen sich ganz wunderbar, mach dir keinen Kopf, Josie, wir wissen ja, dass du arbeiten musst.

Josie musste wirklich arbeiten, weil die Kinder da waren und Carl nicht in der Lage war, ein Einkommen zu erzielen, persönlich keinerlei Geld beisteuerte – seine Mutter Luisa unterstützte ihn, wenn auch mit großen Bedenken, und sie bezahlte auch gelegentlich irgendwelche Dinge für Ana und Paul. Es war auch nicht hilfreich, dass Josie keinen zweiten Zahnarzt in ihre Praxis aufgenommen hatte, es war dumm von ihr, das nicht zu tun, und es war außerdem nicht hilfreich, dass sie ihre Dienste zu gestaffelten Preisen anbot. Nichts davon war hilfreich. Alles war unklug und bewies, dass sie sich nicht hätte selbstständig machen sollen, nicht mit ihren Kindern in dieser Stadt leben sollte, mit diesen strahlenden Menschen, die so mühelos die Balance zwischen Vergnügen und Pflicht halten konnten. Jedes Mal, wenn sie an einer Veranstaltung teilnahm, irgendeinem Cupcake-Abend, irgendeiner Cupcake-Feier anlässlich einer Aufführung des Gesangsvereins, sah Josie sie. Sie alle. Die Dads waren da, die Moms waren da. Sie waren alle da, und wenn Josie sie sah, wollten sie stets und als Erstes über die letzte Veranstaltung reden, die von letzter Woche oder gestern. Die Veranstaltung, auf der sie nicht gewesen war. *Ach es war großartig*, sagten sie dann. *Die Klasse war spitze. Absolut spitze!* Die Eltern sagten das meistens mit großer Bewunderung, mit Bewunderung für alles, was diese Kinder machen, wozu sie imstande sind, und während sie es sagten, waren sie sich vielleicht, vielleicht auch nicht, der Klinge bewusst, die sie Josie zwischen die Rippen schoben. Aber dann drehten sie das Messer: *Und dein Sohn*, sagten sie, *wow, der war der Star*. Noch eine Drehung. *Ich glaube, ich hab ihn aufgenommen, zumindest ganz kurz. Ich schick dir den Link.* War das typisch für Ohio? War das überall so? War es hilfreich, dass Paul in irgendeiner Nachmittagstalentshow, die Josie nicht richtig zur Kenntnis genommen hatte, sowohl *The Long and Winding Road* als auch *In My Life* sang? Es war nicht hilfreich. Eine Mutter sagte hinterher: »Sei froh, dass du nicht da warst. Es war zu traurig anzuschauen, wie Paul gerade diese Texte sang.« Das hatte sie wirklich gesagt. Sollte heißen, dieser Achtjährige verstand die Texte, brachte sie irgendwie in Verbindung mit Josies Trennung von Carl. Das war passiert.

Der wunderbare Höhepunkt des Ganzen war eine E-Mail von einer Frau, einer anderen Mutter, eine Woche später. »Liebe Josie, als Service der Schulgemeinschaft für unsere berufstätigen Schülereltern haben wir ein innovatives Programm mit dem Namen ›Gemeinsam sind wir stark‹ ins Leben gerufen, bei dem jeder Schüler, dessen Eltern nicht zu den Schulveranstaltungen kommen können, von einem Elternteil ›adoptiert‹ wird, der teilnehmen kann. Diese Person wird sich zusätzlich Zeit für dein Kind nehmen, wird bei den Veranstaltungen Fotos machen und sie posten, und dem Kind ganz allgemein den Beistand geben, den die anderen Schüler genießen, deren …« Die E-Mail ging noch eine ganze Seite weiter. Josie überflog sie, und als sie nachschaute, wer ihren Kindern zugeteilt worden war, stellte sie fest, dass es diese Frau war, Bridget, die sie als genau die Sorte Mutter in Erinnerung hatte, der sie ihre Kinder niemals überlassen würde – irre Augen und mit einer Vorliebe für Halstücher.

Josie hatte sich für diese Umgebung entschieden. Sie hatte ihren alten Stamm, die nachdenklichen Ränge der Friedenskorpsveteranen, verlassen, um Zahnmedizin zu studieren, nach Ohio zu ziehen, in dieser Vorstadt zu leben, unter gefestigten Menschen – so gefestigt, dass sie bereit waren, ihre Kinder während des Schultags zu »adoptieren« –, doch sie erinnerte sich an ihre andere Familie, andere Freunde aus einem anderen Leben, die noch immer wie Untote den Planeten durchstreiften. Keiner von ihren Friedenskorpsfreunden hatte Kinder. Eine hatte ein Jahr im Bett verbracht, weil ihre gesunden Glieder keine Befehle entgegennehmen konnten (inzwischen war sie genesen). Einer war zurück nach Panama gezogen, ein anderer hatte Arabisch gelernt und einen obskuren Beraterjob in Abbottabad angenommen und behauptete, den Bin-Laden-Einsatz von seinem Dach aus beobachtet zu haben. Einer war tot, hatte angeblich Selbstmord begangen. Ein inzwischen verheiratetes Paar betrieb eine Lama-Farm in Idaho und hatte Josie gebeten zu kommen, bei ihnen einzuziehen und Teil ihrer Kommune zu werden (*Es ist keine Kommune!*, beteuerten sie), und Josie hätte es fast gemacht oder hatte daran gedacht, es in Erwägung zu ziehen, aber ja, die übrigen vergammelten Friedenskorpsleute zogen noch immer umher, unwillig, damit aufzuhören, unwillig, ein traditionelles oder geradliniges Leben zu führen.

Nur Deena, die Mutter eines Jungen in Pauls Klasse und Geschäftsführerin einer Tierfutterhandlung, verstand sie, schien überhaupt so was wie eine Vergangenheit zu haben. Josie hatte einem Pärchen gegenüber erwähnt, dass sie sich als Minderjährige offiziell von ihren Eltern losgesagt hatte, und die beiden hatten ihr Entsetzen nicht verbergen können. So etwas hatten sie noch nie gehört.

»Ich wusste gar nicht, dass so was geht«, sagte der Mann.

»Ich bin einmal weggelaufen«, sagte die Frau. Sie trug eine Caprihose. »Ich hab bei einer Freundin übernachtet und bin am nächsten Morgen wieder nach Hause gegangen.«

Ein anderes Mal, bei einem Ausgehabend der Moms — tragischer konnten drei Wörter nicht kollidieren —, hatte Josie das Friedenskorps und Panama erwähnt, dass sie jemanden gekannt hatte, Rory, der es dort zum Heroinsüchtigen gebracht hatte. Josie dachte, sie hätte die Geschichte lustig erzählt, ein Amerikaner, der Drogen nach Mittelamerika schmuggelt, doch wieder entstand diese abgründige Stille, die suggerierte, dass Josie einen Hauch Apokalypse in ihre schöne Stadt brachte.

Aber Deena verstand sie. Sie war selbst auch eine alleinerziehende Mutter, allerdings war ihr Mann nicht abgehauen, sondern tot. Er hatte für eine Baufirma im Nigerdelta gearbeitet, wurde entführt, gegen eine Lösegeldzahlung freigelassen und starb zwei Monate nach seiner Rückkehr in die USA an einem Aneurysma. Deenas zweites Kind, das ebenfalls Ana hieß, aber Anna geschrieben wurde, war adoptiert, und dieser Umstand plus der tote Ehemann hatten zur Folge, dass Deena Annas Adoption durch die Halstuchfrau von »Gemeinsam sind wir stark« angedroht worden war.

Josie und Deena sprachen darüber, dass sie die einzigen Eltern auf der Schule waren, die je irgendwas erlebt hatten. Josie hatte keine Bedenken, Deena alles Mögliche zu erzählen, war aber nicht weit zurück in ihre Kindheit gegangen, in die kaputte Welt ihrer Eltern. Das waren unantastbare Jahre. Es war zu sonderbar, deshalb beschränkten Deena und sie sich auf die speziellen Absurditäten des Lebens als Alleinerziehende – Geld zu verdienen, um Kinder dafür zu bezahlen, dass sie auf ihre Kinder aufpassten, damit sie Geld verdienen konnten, um diese Leute dafür zu bezahlen, dass sie auf ihre Kinder aufpassten. Sich den Kindern anzuvertrauen, ihnen was vorzujammern, beim Zubettgehen zu lange bei ihnen zu liegen, ihnen zu viel zu erzählen.

»Wir sollten nach Alaska ziehen«, sagte Deena eines Abends. Sie waren im Chuy's, einem Tex-Mex-Laden, wo die Kinder herumlaufen und stöbern durften und wo Josie und Deena ihre Mojitos schlürfen und die Schuhe ausziehen konnten. Deena sah zu, wie ihre Tochter einen Korb Nachos auf den Boden kippte, sie dann aufklaubte und aß. Sie rührte keinen Finger, um ihr zu helfen, gab kein tadelndes Wort von sich.

»Was soll denn an Alaska besser sein?«, fragte Josie, aber die Idee setzte sich in ihrem Kopf fest, zum Teil, weil Sam dort lebte.

Am Strand verschwand die Familie in den bunten Anoraks hinter einem großen Felsen ein Stück weiter entfernt, und Josies Erleichterung war groß.

Ana, die irgendwas vorsichtig mit beiden Händen trug, kam auf sie zu. Paul war direkt hinter ihr, dann neben ihr, hielt seine Hände unter ihre, damit das, was sie gefunden hatten, nicht runterfiel. Josie stand auf, wollte verhindern, dass sie es ihr in den Schoß warfen. »Guck mal«, sagte Ana mit größtem Ernst.

»Das ist ein Kopf«, sagte Paul.

Und jetzt waren die streunenden Hunde um sie herum und beschnüffelten den Kopf. Josies Kinder nahmen kaum Notiz von den Hunden, und die Hunde hatten anscheinend kein Interesse daran, den Schädel zu fressen oder zu beschädigen.

»Der ist von den Ottern«, sagte Ana und zeigte Richtung Bucht. Sie hielt einen Schädel in ihren kleinen rosa Händen, und Josie bemerkte entsetzt, dass er nicht sauber abgenagt worden war. Es hafteten noch Knorpel und Schnurrhaare und Fell daran, und auch irgendwas Schleimiges. Josie beschwor Sokrates herauf und überlegte sich eine Frage. »Wieso zum Teufel habt ihr den aufgehoben?« Solidarisch hoben die Hunde die Köpfe und blickten Ana und Paul an, dann liefen sie davon.

Am Abend gingen sie in ein richtiges Restaurant in der Stadt. Josie holte das Samtsäckchen unter der Spüle hervor, nahm sechs Zwanziger heraus, fand es unvernünftig, aber unvermeidlich, dass sie die meisten davon am Abend ausgeben würde.

Als sie auf die Hauptstraße kamen, sahen sie, dass ein Kreuzfahrtschiff angelegt hatte und Seward voll mit gleich aussehenden Paaren in den Siebzigern war, und alle trugen den gleichen Anorak mit leichten Unterschieden und weiße Sneaker. Die Stadt war überrannt worden, die Restaurants hatten kapituliert, und Ana lief wieder durch die Straßen. Josie und Paul fingen sie ein, und Josie versuchte, sie zu besänftigen, indem sie sie huckepack trug. Nein. Ihr kleiner Körper, nichts als Muskeln, bewegte sich wie ein Barrakuda: bog sich, wand sich, tat alles, um sich zu befreien, also ließ sie Ana auf dem Bürgersteig laufen. Mögliche negative Konsequenzen machten keinerlei Eindruck auf sie. Josie drohte damit, ihr das Batman-Stickerbuch wegzunehmen. Wirkungslos; Ana wusste, dass es noch andere gab. Josie sagte, sie dürfte nie wieder eine DVD gucken; Ana hatte kein Gefühl für die Zukunft, deshalb machte es ihr nichts aus. Aber sobald Josie sagte, sie würde etwas *bekommen*, einen Nachtisch, irgendeinen Gegenstand, spurte sie. Sie war eine Materialistin reinster Sorte: Sie wollte Dinge haben, schätzte die Dinge aber nicht.

Das Restaurant, in das sie gingen, war das billigste, das sie finden konnten, doch die Preise in Alaska waren science-fiction-mäßig. Josie warf einen Blick auf die Speisekarte, während sie auf einen Tisch warteten. Jede Gemüsebeilage kostete zwanzig Dollar. Genau das hatte sie vermeiden wollen. Zu Hause war Josie es so satt, so gründlich satt, Geld auszugeben. Es war zermürbend. Jeden Tag, wenn sie zum Drugstore oder Supermarkt ging, zahlte sie dreiundsechzig Dollar. Sie ging zu Walgreen, um Milch und Nachtwindeln für Ana zu kaufen, und irgendwie gab sie letztlich dreiundsechzig Dollar aus. Immer dreiundsechzig Dollar. Dreiundsechzig Dollar, drei- oder viermal am Tag. Wie war das auszuhalten?

Aber diese Speisekarte, in der hell erleuchteten Kaschemme, in die sie geraten waren, wollte für ein Abendessen noch mehr Geld. Josie überschlug die Kosten grob und wusste, dass sie achtzig Dollar für ein Abendessen mit ihren zwei Kindern ausgeben würde, denen beiden völlig egal war, ob sie hier aßen oder Schlamm und Würmer aus flachen Löchern. Ana, die keine Gelegenheit ausließ, Heuchelei in jedweder Form zu entlarven, sah ihre Chance. Nachdem der Kellner den Tisch abgewischt hatte, wischte Ana ihn noch einmal ab, mit ihrer Serviette, und sagte: »Ooooh ja! Ooooh ja!« Sie ließ es unangenehm anzüglich klingen. Josie lachte, also machte Ana es noch dreimal.

Paul dagegen war in nachdenklicher Stimmung. Er sah Josie mit seinen Eispriesteraugen an.

»Was ist?«, sagte sie.

Er sagte, er wolle nicht drüber reden.

»Was ist?«, fragte Josie noch einmal.

Schließlich winkte er sie näher heran, als wollte er ihr ein Geheimnis anvertrauen. Josie beugte sich über den Tisch, und ein Teller kippelte und schlug gegen das Holz.

»Wohin gehen die streunenden Hunde nachts zum Schlafen?«, flüsterte er, sein Atem heiß an ihrem Ohr. Josie wusste nicht, worauf Paul hinauswollte, daher sagte sie: »Keine Ahnung.« Sofort wusste sie, dass das die falsche Antwort war. Sein Gesicht wurde weinerlich, und seine Augen, so hell und kalt, verrieten ihr, dass er wochenlang nicht schlafen würde.

Sie hatte Pauls Schwäche für streunende Tiere vergessen. Zu Hause hatte er von streunenden Katzen gehört – in ihrer Stadt lebte irgendeine verrückte Schickimickifrau, die sich die Not herrenloser Katzen zur Berufung gemacht hatte und auf Aushängen in allen Bussen und in Annoncen in der Lokalzeitung Obdach und *beste medizinische Versorgung* für diese Streuner anbot –, und auf Pauls Wunsch hin stellte Josie jeden Abend ein Schälchen Milch vors Haus für den Fall, dass irgendwelche streunenden Katzen zufällig vorbeikamen. Josie hatte sich außerdem eine Geschichte über Streuner ausgedacht, dass sie auf dem Weg nach Hause häufig bei ihnen vorbeischauten – es gab nämlich eine Flüchtlingsorganisation für die Streuner, hatte sie erklärt, und ihr Haus gehörte zu dem Netzwerk. Das Märchen wurde wochenlang geglaubt, und das war Josies Schuld. Sie hatte es sich ausgedacht, also musste sie auch das mit der Milch übernehmen und musste das Milchschälchen nachts leeren, musste zusehen, wie Paul es morgens kontrollierte, musste beim Frühstück mit ihm darüber reden, und wie konnte sie da bloß sein weiches Herz für diese Herumtreiber vergessen haben?

Später, nachdem sie das Abendessen bezahlt hatte – vierundachtzig Dollar, wofür alle Verantwortlichen zur Hölle fahren sollten – und während Ana auf einer Bank an der Uferpromenade ein Sandwicheis aß, stellte Josie ein paar Dinge für Paul klar und hatte auch selbst ein bisschen Spaß dabei. Die streunenden Hunde, sagte sie, leben alle zusammen in einem Klubhaus. Und dieses Klubhaus haben die alaskischen Ranger gebaut, weil die streunenden Hunde als Rudeltiere lieber zusammenleben. Dort werden sie gefüttert, sagte sie, dreimal am Tag, von den Rangern – Omelett zum Frühstück, Würstchen zum Lunch, Steak zum Abendessen.

Paul lächelte schüchtern. Wer Paul nicht kannte, hätte gedacht, der Junge wüsste, dass das alles erfunden war, dass er mit seinem Lächeln die Absurdität des Ganzen anerkannte – die Dummheit seiner Sorge um die Streuner und den Irrwitz der Erklärung seiner Mutter –, aber das bedeutete Pauls Lächeln nicht. Nein. Paul lächelte, weil etwas, das in der Welt falsch war, wieder in Ordnung gebracht worden war. Pauls Lächeln bestätigte die moralische Kompassnadel der Welt: Wie konnte er an der Überlegenheit von Ordnung und Gerechtigkeit zweifeln? Sein Lächeln bestätigte Richtigkeit. Sein Lächeln lachte über seinen vorübergehenden Zweifel an dieser Richtigkeit.

Ana war mit ihrem Sandwicheis fertig und gab Josie die Verpackung, als sie an ihr vorbeiging, um sich ein paar Meter weiter auf dem Pier etwas anzusehen, das aussah wie ein blutiger Fischkopf. Sie waren in der Nähe der Wiegestation, wo die Fischer ihren Tagesfang wogen und ausnahmen. Die Promenade war rosa vor wässrigem Blut, und ein letzter Fischer machte gerade Feierabend. Ana blieb vor ihm stehen und schaute hoch, dann nach unten auf den Kopf des Fisches, dessen silbrige Haut mit glänzendem Plasma überzogen war. Sie hob ihn auf. Sie hob den Kopf auf.

»Gehört der dir?«, fragte sie ihn.

Ehe er antworten konnte, ließ sie den Kopf fallen, und mit einem unglaublichen Bravourstück von Geschicklichkeit und Feinmotorik kickte sie den Kopf kurzerhand nach unten in das dunkle Wasser. Sie lachte, und der Fischer lachte, und Josie fragte sich, wie das ihr Kind sein konnte. »Wie heiß ich?«, fragte Ana das schäumende Wasser, in dem der Kopf verschwunden war. Josie hatte ihr diese Redensart nicht beigebracht, und Paul kannte sie ganz bestimmt nicht. Aber Ana hatte das schon früher gesagt und hatte auch »Willst du das? Willst du das?« gesagt. Und »Was hast du erwartet?«. Solche provokativen Fragen schrie sie mit Vorliebe Steinen, Bäumen, Vögeln entgegen. Sie sprach oft respektlos mit leblosen Objekten und lief häufig herum und übte Gesten, Gesichtsausdrücke, wie ein Clown, der sich auf seinen Auftritt vorbereitet.

Die Tatsache ihrer Existenz, ihr Wille, zu leben und zu laufen und Dinge kaputt zu machen und zu bezwingen, war alles auf Anas Geburt zurückzuführen. Nachdem sie einen Monat in einem Plastikkasten gelebt hatte und ihre ersten zwei Jahre ausgesehen hatte wie ein hutzliger alter Mann, streifte sie ihre Frühchenhaut ab wie Madame Lazarus und wurde eine Eroberin. Carl hatte sich schon lange davor jeder Verantwortung entzogen. Als sie Ana aus dem Krankenhaus nach Hause brachten, hielt Carl den Zeitpunkt für ideal, um mit seinem Triathlon-Training anzufangen – das war plötzlich enorm wichtig –, und Josie schwante gleich, dass er wahrscheinlich keine große Hilfe bei Anas Versorgung sein würde. Also spannte sie stattdessen Paul ein. Deine Schwester ist sehr klein und nicht kräftig, erklärte sie ihm. Wenn sie nach Hause kommt, braucht sie deine Hilfe. Sie sprachen jeden Abend über Anas Nachhausekommen, und mit jedem Abend schien Paul seine bevorstehende Verantwortung ernster zu nehmen. Eines Abends überraschte sie ihn mit einem Handstaubsauger auf dem Fußboden des Zimmers, das Ana haben sollte. Er war drei. Ein anderes Mal hatte er eine alte Grußkarte gefunden, auf der eine bunte Trau-

be Luftballons abgebildet war, und sie in ihr leeres Bett-
chen gelegt. Josie wollte ganz sicher sein, dass Paul, ein
sensibler Junge, aber dennoch ein Junge, aufpassen würde, dass er die winzige Ana nicht aus Versehen erstickte
oder der winzigen Ana die Vogelknochen brach, doch
stattdessen erschuf sie diesen Jungen, der seine Rolle
schließlich fast als die eines Betreuers der zartesten Or-
chidee der Welt auffasste. Er schlief in ihrem Zimmer,
auf einer Matratze neben und später unter ihrem Bett.
Als Ana drei Monate alt war, konnte er sie füttern und
wickeln. Wenn Josie oder Carl eins von beidem taten, saß
er dabei und gab häufig Kommentare oder Verbesserun-
gen von sich.

Ana wurde kräftiger, und schon mit zwei lief sie ohne
Furcht oder Einschränkung, obgleich sie noch immer
Pinocchio-dünn war und blassblaue Schatten um die Augen hatte – eine vergängliche Spur, so hoffte Josie, ihrer
traumatischen Reise bisher. Je selbstsicherer sie wurde
und je mehr sie sich ihrer Fähigkeit zu Mobilität und
Eigenständigkeit bewusst war, je stärker sie sich selbst
und die Welt wahrnahm, desto weniger nahm sie Paul
wahr. Er spürte das und fühlte sich verraten. Einmal, als
sie zwei und Paul fünf war, kam er ganz geknickt zu Josie. »Ich darf sie nicht mehr in den Arm nehmen«, jammerte er. Er war den Tränen nahe, während Ana kaum
noch wusste, dass er im selben Haus wohnte. Sie war
vollends gesundet und interessierte sich im Grunde für
niemanden, am wenigsten für ihn. Sie wollte Dinge sehen, umherstreifen, klettern und runterfallen. Sie fühlte
sich angezogen von allem, das glänzte, blinkte, raschelte
und mit Fell bedeckt war. Paul hatte nichts dergleichen
zu bieten und war daher nicht interessant.

Doch etwas änderte sich, als sie drei wurde, und von da an wurde Paul wahrgenommen. Wenn sie jetzt etwas machte, für gewöhnlich etwas Gefährliches, wollte sie, dass Paul – Paulie – zuguckte. Paulie, Paul-iiieee. Paul! Iiieee! Guck. Guck mal. Guck-guck-guck. Paul tat so, als würden ihn Anas Forderungen belasten, aber sie zu erfüllen, war die Bestimmung seines Lebens. Er liebte sie. Er kämmte ihr die Haare. Er schnitt ihr die Zehennägel. Sie trug nachts noch immer eine Windel und ließ sie sich am liebsten von ihm anlegen. Wenn Josie sie nach dem Baden in ein Handtuch wickelte, wickelte Paul es neu, fester, behutsamer, strich es genau richtig glatt, und Ana erwartete das auch.

Als sie jetzt auf der mit rosa Fischblut befleckten Promenade standen, war ein älterer Mann plötzlich zu nahe und sprach mit ihnen.

»Mögt ihr Kinder Zauberkunststücke?«, fragte der Mann. Er wirkte irgendwie lüstern. Diese einsamen alten Männer, dachte Josie, mit ihren nassen Lippen und kleinen Augen, mit Hälsen, die kaum ihre schweren Köpfe voll mit ihren vielen Fehlern und Beerdigungen von Freunden tragen können. Alles, was diese Männer sagten, klang widerlich, und sie wussten es nicht einmal.

Josie stupste Paul an. »Antworte dem netten Mann.«

»Ja, schon«, sagte Paul zu den Bergen hinter dem Mann.

Jetzt war der Mann entzückt. Sein Gesicht wurde lebendig, er war zwanzig Jahre alt, vergaß all die Beerdigungen. »Tja, ich weiß zufällig, dass heute Abend auf unserem Schiff eine Zaubershow stattfindet.«

Der Mann besaß ein Schiff? Josie bat um Klarstellung.

»Ich bin bloß ein Passagier. Ich bin Charlie«, sagte er und streckte seine Hand aus, ein rosa und lila Wirrwarr aus Knochen und Adern. »Habt ihr die Princess im Hafen nicht bemerkt? Die ist kaum zu übersehen.«

Josie begriff, dass dieser Fremde sie einlud, sie und ihre beiden Kinder, obwohl sie diesem Mann unbekannt waren, auf das Kreuzfahrtschiff, das in Seward vor Anker lag und auf dem am Abend eine aufwendige Zaubershow stattfinden würde, mit einem halben Dutzend Auftritten, darunter, wie der alte Mann begeistert erzählte, ein Zauberer aus Luxemburg. »Luxemburg«, sagte er, »könnt ihr euch das *vorstellen?*«

»Da will ich hin!«, sagte Ana. Josie hielt es für unwichtig, dass Ana hingehen wollte – sie hatte keineswegs die Absicht, diesem Mann auf ein Zaubershow-Schiff zu folgen –, doch als Ana das sagte, »Da will ich hin!«, erglühte Charlies Gesicht mit solcher Macht, dass Josie dachte, er könnte in Flammen aufgehen. Josie wollte weder ihre Tochter enttäuschen noch diesen Mann, der weiter von der Show sprach und darüber, was für Tricks ein Mann von so weit her wohl beherrschen mochte, aber wollte sie wirklich diesem alten Mann auf ein Kreuzfahrtschiff in Seward, Alaska, folgen, um sich einen luxemburgischen Zauberkünstler anzusehen? Sie konnte ihren Kindern das nicht vorenthalten, das wusste sie. Sie hatten nur eine Großmutter, Luisa, die spektakulär war, aber zu weit weg lebte, daher wurde Josie häufig schwach bei diesen verhinderten Großeltern, die ihren Kindern Luftballons gaben und ihnen zu unpassenden Zeiten Süßigkeiten schenkten.

»Wir dürfen Gäste mitbringen, glaube ich«, sagte der Mann, während sie den Landungssteg hinuntergingen.

Die Kinder waren erstaunt, gingen mit langsamen, vorsichtigen Schritten und hielten sich an den Seilen auf beiden Seiten fest. Aber jetzt war ihr Gastgeber, dieser Mann in den Siebzigern oder Achtzigern, plötzlich unsicher, ob er Freunde mitbringen konnte. Also blieb Josie stehen, und ihre Kinder spähten hinunter in das schwarze Wasser zwischen dem Kai und dem blendend weißen Schiff. Josie sah, wie Charlie auf einen Mann in einer Uniform zuging. Ein paar Dutzend betagte Passagiere gingen in ihren Anoraks an ihnen vorbei. Kleine Tüten mit Seward-Souvenirs baumelten an ihren Armen.

»Ich red mal eben mit dem Mann da«, sagte Charlie und winkte ihnen, ein paar Schritte von der Tür entfernt stehen zu bleiben. Charlie und der Mann wandten ein paarmal die Köpfe, um Josie und ihre Kinder zu mustern und in ihre Richtung zu gestikulieren, und schließlich drehte Charlie sich schwungvoll um und sagte, sie sollten an Bord kommen.

Das Schiff war protzig und laut und überfüllt, überall Glas und Bildschirme – die Ausstattung eine Mischung aus Kasino und Sea-Food-Restaurant und dem Hof von Ludwig XVI. Die Kinder waren begeistert. Ana rannte hin und her, berührte zerbrechliche Sachen, stieß gegen Leute, brachte ältere Frauen und Männer dazu, nach Luft zu schnappen und sich an Wänden abzustützen.

»Ich glaube, in zwanzig Minuten geht's los«, sagte Charlie und wirkte dann wieder verunsichert. »Ich frage mal, ob wir Eintrittskarten brauchen.« Er entfernte sich, und Josie wusste, dass sie bescheuert war. Eltern hatten vor allen Dingen die Aufgabe, ihre Kinder vor unnötigen Gefahren, vermeidbaren Traumata und Enttäuschungen zu bewahren, und was machte sie? Sie hatte ihre Kinder nach Alaska geschleppt und durch wahllose Teile des Bundesstaates kutschiert und dann nach Seward, wozu niemand ihnen geraten hatte, und jetzt ließ sie zu, dass sie einem einsamen Mann auf ein Schiff folgten, das aussah, als hätte es ein Wahnsinniger entworfen. Alles nur, um sich Zaubertricks anzusehen. Luxemburgische Zaubertricks. Josie blätterte die Jahre ihres Lebens durch, versuchte, sich an eine Entscheidung zu erinnern, die sie getroffen hatte und auf die sie stolz war, und fand nichts.

Schließlich kam Charlie zurück. Er hielt die Eintrittskarten in der Hand wie einen Blumenstrauß. »Können wir?«

Es gab eine Rolltreppe, eine Rolltreppe in einem Schiff. Charlie war vor ihnen, und während er nach oben glitt, schaute er zu ihnen nach hinten, lächelnd, aber nervös, als fürchtete er, sie würden fliehen.

Der Zuschauerraum hatte mindestens fünfhundert Plätze, und alles darin war burgunderrot – als wäre man in der Leber eines Menschen. Sie nahmen in einer halbmondförmigen Nische weiter hinten Platz, Paul neben Charlie. Eine Kellnerin in Hellrot eilte vorbei, und Charlie machte keine Anstalten, etwas zu bestellen. Josie bestellte eine Limonade für die Kinder und ein Glas Pinot noir für sich. Die Getränke kamen, und das Licht ging aus. Ihr Glas hatte die Größe einer Kristallkugel und war fast voll, und Josie fühlte sich verwöhnt durch die anonyme und irrationale Großzügigkeit der Menschheit. Sie entspannte sich in der Erwartung auf ein paar Stunden, in denen sie nichts tun musste, außer schweigend dazusitzen und zuzuschauen und sich einen Schwips anzutrinken.

Charlie hatte einen anderen Plan. Die Vorstellung begann, und Josie merkte, dass Charlie die Absicht hatte, die ganze Zeit zu reden. Und am häufigsten wollte er sagen: »Habt ihr das gesehen?« Anas Antwort lautete jedes Mal »Was denn?«, wodurch sie ein schönes Paar abgaben. Charlie bemerkte zum Beispiel irgendwas, das alle im Publikum gesehen hatten, und fragte dann Josie und ihre Kinder, ob sie es auch gesehen hatten. Worauf Ana sagte »Was denn?«, und Charlie erklärte dann, was er gesehen hatte, und redete die nächsten fünf Minuten an einem Stück. Es war herrlich.

Der erste Zauberer, ein hübscher Mann in einem engen Seidenhemd, hatte anscheinend den Rat bekommen, seinen Auftritt eher als persönliche Geschichte zu gestalten, denn er kam in seinem Monolog wieder und wieder auf das Thema zurück, wie er die Magie mit offenen Armen in sein Leben gelassen hatte. Wie er der Magie die Tür geöffnet hatte. Wie er die Magie begrüßt hatte. Oder wie er gelernt hatte, die Magie in seinem Leben zu schätzen. Hatte er nicht sogar gesagt, dass er mit der Magie verheiratet war? Vielleicht ja. Das alles ergab wenig Sinn, und das Publikum wirkte ratlos. »Das Leben ist voller Magie, wenn man danach sucht«, sagte er atemlos, weil er in tausend kleinen Schritten über die Bühne tänzelte, während sich hinter ihm eine Frau in einem glitzernden einteiligen Badeanzug langbeinig in Szene setzte.

Der hübsche Zauberer holte hinter einem Vorhang irgendeine Blume hervor, und Josie tat sich schwer, das als Zauberei anzuerkennen. Sie und Charlie klatschten, aber nur wenige im Publikum applaudierten mit. Ihre Kinder klatschten nicht; sie klatschten nie, wenn keiner sie dazu aufforderte. Lernte man in der Schule nicht mehr klatschen? Der Zauberer beeindruckte dieses Publikum nicht, obgleich wohl niemand leichter zu beeindrucken gewesen wäre als fünfhundert Senioren in Anoraks. Nein, sie wollten etwas Besseres sehen als bloß Nelken, die hinter Vorhängen hervorgeholt wurden.

Allmählich empfand Josie Mitleid mit dem Mann. Er war garantiert schon in der Grundschule ein kleiner Zauberer gewesen. Er war hübsch gewesen, mit Wimpern, die so lang waren, dass sie sie jetzt sehen konnte, fünfzig Reihen entfernt, und als Jugendlicher, von Gleichaltrigen ausgegrenzt, aber ohne dass es ihn störte, waren er und seine Mutter vierzig Meilen in die nächste große Stadt gefahren, um die richtige Ausrüstung für seine Auftritte zu besorgen, die richtigen Kisten – mit Rädern! –, die Samtsäckchen, die zusammenklappbaren Stäbe. Er hatte seine Mutter geliebt und hatte es ihr auch sagen können, vielleicht mit einer überschwänglichen Geste, und dank seiner vorbehaltlosen Liebe zu ihr war sein Ausgegrenztsein für ihn und für sie ohne Belang, und jetzt war sie so stolz, dass er es geschafft hatte, ein Profizauberer war, der die Welt bereiste und Magie auf die Bühne brachte, die Magie in seinem Leben begrüßte. All das, dachte Josie, und diese Seniorenarschlöcher wollten nicht mal für ihn klatschen.

Josie trank die Hälfte von ihrem Pinot und stieß für den hübschen Zauberer einen Jubelschrei aus. Falls ihn sonst keiner anerkannte, würde sie das übernehmen. Jedes Mal wenn er um Applaus bat, was er häufig tat, schrie und jubelte und klatschte sie. Ihre Kinder sahen sie an, unsicher, ob sie es ernst meinte. Charlie wandte sich ihr zu und lächelte nervös.

Jetzt half die langbeinige Frau dem hübschen Zauberer in einen großen roten Kasten. Jetzt drehte sie den Kasten

wieder und wieder herum. Er hatte Räder! Alles an der
Nummer musste auf Rädern sein, damit es herumgedreht
werden konnte. Eine Regel für Magie auf der Bühne lautete, dass alles wieder und wieder herumgedreht werden
konnte, um zu beweisen, dass es keinen Haken gab, niemand sich direkt dahinter versteckte. Aber wenn die
Dreherei ausblieb, wunderte sich das Publikum dann
schon mal? Fragte es je: ›Hallo? Warum hat niemand
den Kasten herumgedreht? Dreht den Kasten rum! Mein
Gott, dreht ihn!‹

Jetzt öffnete die glitzernde Assistentin den Kasten.
Der hübsche Mann war nicht im Kasten! Josie jauchzte
wieder, klatschte, die Hände über dem Kopf. Wo war er
hin? Die Spannung war fantastisch.

Und jetzt war er neben ihnen! Plötzlich war ein Spotlight auf ihren Tisch gerichtet, oder auf eine Stelle unweit davon, weil der hübsche Mann neben ihnen war.
»Heilige Scheiße«, sagte Josie so laut, dass der hübsche
Mann, der die Hände ausgestreckt hatte und wieder um
Applaus bat, sie hörte. Er lächelte. Josie klatschte lauter,
doch wieder schien das übrige Publikum völlig unbeeindruckt. Er war da oben, hätte sie den Leuten am liebsten
zugerufen. Jetzt ist er hier!

Ihr Arschgeigen.

Aus der Nähe sah sie, dass der Zauberer jede Menge
Make-up trug. Eyeliner, Rouge, vielleicht sogar Lippen-
stift, alles anscheinend von einem Kind aufgetragen.
Dann wurde das Spotlight dunkel, und er blieb einen
Moment so stehen, neben ihrem Tisch, die Hände erhoben, während ein zweiter Zauberer die Bühne betrat. Josie wollte etwas zu dem hübschen Mann sagen, eine
schwer atmende, seidige Silhouette ein paar Schritte ent-

fernt, doch bis sie sich entschieden hatte, was sie sagen würde – »Wir fanden Sie toll« –, war er weg.

Sie schaute zur Bühne. Der neue Zauberer war nicht so hübsch.

»Das ist der aus Luxemburg«, flüsterte Charlie.

»Hallo, alle miteinander!«, brüllte der neue Zauberer und sagte, er sei aus Michigan.

»Oh«, seufzte Charlie.

Der Michigan-Zauberer, rothaarig in einem weißen Hemd und schwarzer Stretchhose, steckte im Handumdrehen in einer Zwangsjacke und hing mit dem Kopf nach unten gut fünf Meter über der Bühne. Er erklärte, schnaufend und mit verschränkten Armen, wie eine Larve, dass ihm etwas Unerfreuliches zustoßen würde, wenn er sich nicht innerhalb einer bestimmten Zeit aus der Zwangsjacke befreien könnte. Josie, die versuchte, die Kellnerin auf sich aufmerksam zu machen, hatte nicht genau mitbekommen, was die Folge wäre. Sie bestellte einen zweiten Pinot, und kurz darauf stand die Vorrichtung, die den Zauberer festhielt, in Brand. War das Absicht? Es wirkte wie Absicht. Dann mühte er sich auf unelegante Weise ab, rammte die Schultern gegen die Drillichjacke, und dann, aha, war er frei und stand auf der Bühne. Eine Explosion erblühte über ihm, doch er war in Sicherheit und brannte nicht.

Josie fand diesen Trick richtig gut und klatschte kräftig, doch wieder waren die anderen Zuschauer nicht beeindruckt. Worauf warteten die denn?, fragte sie sich. Arschgeigen! Dann wusste sie es: Die warteten auf den Zauberer aus Luxemburg. Die wollten keine einheimische Magie, die wollten Magie aus dem *Ausland*.

Der Mann aus Michigan stand am Rand der Bühne

und verbeugte sich wieder und wieder, doch der Applaus wurde nicht etwa stärker, sondern ließ nach, bis er sich in Stille verbeugte. Josie dachte an seine arme Mutter und hoffte, dass sie nicht auf dieser Kreuzfahrt war. Aber sie wusste, dass die Mutter des Zauberers aus Michigan höchstwahrscheinlich doch auf dieser Kreuzfahrt war. Wie hätte sie auch nicht auf dieser Kreuzfahrt sein können?

Jetzt kam ein neuer Zauberer auf die Bühne. Er hatte hochgekämmtes glänzendes gelbes Haar, und seine Hose war irgendwie noch enger als die Hosen seiner Vorgänger. Josie hätte das nicht für möglich gehalten.

»Ich hoffe, der ist aus Luxemburg«, sagte Charlie zu laut.

»Hallo«, sagte der Zauberer, und Josie war sich ziemlich sicher, dass er Ausländer war. Vielleicht aus Luxemburg? Der Zauberer erzählte, dass er sechs Sprachen spreche und überall gewesen sei. Er fragte, ob schon mal jemand aus dem Publikum in Luxemburg gewesen war, und ein spärlicher Applaus überraschte ihn. Josie beschloss, auch zu klatschen, und tat es laut. »Ja!«, schrie sie. »Ich war schon mal da!« Ihre Kinder waren entsetzt. »Ja«, schrie sie wieder. »Und es war toll!«

»Viele Luxemburg-Besucher, das freut mich«, sagte der Zauberer, obwohl er denen, die applaudiert hatten, nicht zu glauben schien, am wenigsten Josie. Aber Josie, deren Geist im herrlichen Glanz ihres zweiten übervollen Glases Pinot tanzte, glaubte inzwischen selbst, dass sie in Luxemburg gewesen war. Als Jugendliche war sie drei Monate lang mit dem Rucksack durch Europa gereist, und lag Luxemburg nicht genau in der Mitte des Kontinents? Bestimmt war sie da gewesen. Fuhr der eine Zug, der größte Zug, nach Luxemburg? Natürlich. Sie sah einen Biergarten vor sich. In einer Burg. Auf einem Berg. Am Meer. Was für ein Meer? Irgendein Meer. Puff, der Zauberdrache.

Der Zauberer aus Luxemburg zeigte seine Tricks, die aufwendiger wirkten als die seiner Vorgänger. Vielleicht weil Rosen drin vorkamen? Vor ihm hatte es nur Nelken gegeben. Die Rosen, das war eine Steigerung. Frauen, mit Rosen in den Händen, erschienen in Kästen, *Kästen auf Rädern*, und der Mann aus Luxemburg drehte die Kästen wieder und wieder herum. Dann öffnete er die Kästen, und die Frauen waren *nicht* drin. Sie waren woanders. Hinter Vorhängen! Im Publikum!

Josie klatschte und johlte. Er war wunderbar. Der Wein war wunderbar. Was war das doch für eine gute Welt, dass es Zauberei auf Schiffen wie diesem gab. Was waren sie doch für eine eindrucksvolle Spezies, Menschen, die ein Schiff wie dieses bauen konnten, die solche Zaubertricks wie die hier zeigen konnten, die selbst für den Zauberer aus Luxemburg nur lustlos klatschen konnten. Diese bescheuerten Arschlöcher, dachte Josie und versuchte ganz allein, die mangelnde Begeisterung der übrigen Zuschauer wettzumachen. Wieso in eine Zaubershow gehen, wenn man sich nicht unterhalten lassen will? Klatscht, ihr Verbrecher! Sie hasste diese Leute. Selbst Charlie klatschte nicht genug. Sie beugte sich zu ihm. »Nicht gut genug für Sie?«, fragte sie, aber er hörte sie nicht.

Jetzt war Luxemburg weg, und ein Mann betrat die Bühne. Er war zerzaust, seine Haare standen kreuz und quer vom Kopf ab, und er war locker zwanzig Jahre älter als die anderen. Schon wieder ein Mann. Wo waren die

Frauen? Konnten Frauen nicht gut zaubern? Josie versuchte, sich an irgendeine Zauberkünstlerin zu erinnern, die sie je gesehen oder von der sie je gehört hatte, und konnte es nicht. Mein Gott, dachte sie! Wie kann das sein? Skandal! Ungerechtigkeit! Wo blieb die Frauenmagie? Frauenmagie, jawohl! Wieso überlassen wir all diesen Männern das Feld, all diesen seidigen schnaufenden Männern, und jetzt dem da, diesem Zerzausten – er hatte sich kein bisschen bemüht, so hübsch zu sein wie die anderen. Er hatte keine reizende Assistentin, und es stellte sich bald heraus, dass er nicht vorhatte, irgendwelche Zaubertricks vorzuführen. Zum Henker mit dir, dachte Josie, vermutete, dass es keine Zaubertricks mehr geben würde. Und hatte sie noch Geld für einen Wein? Sie hatte rund fünfundzwanzig Dollar, schätzte sie. Vielleicht waren die Drinks hier an Bord billiger als auf alaskischem Boden. Sie musste darauf bauen. Sie sah sich nach der Kellnerin um. Wo war die Kellnerin?

Der zerzauste Mann stand allein vorne an der Bühne. Er erzählte dem Publikum jetzt, dass er eine Zeit lang in einem Postamt gearbeitet und sich die meisten Postleitzahlen eingeprägt hatte.

Ach du Scheiße, dachte Josie. Die werden ihn fertigmachen. Was ist das für eine Welt, dachte sie, wenn ein Mann von der Post auf luxemburgische Magie folgt, und wieso waren sie, sie und ihre Kinder, überhaupt auf diesem Schiff? Und da erkannte sie mit unglaublicher Klarheit, dass die Antwort auf ihr Leben die war, dass sie bei jeder Gelegenheit genau die falsche Entscheidung traf. Sie war Zahnärztin, wollte aber keine Zahnärztin sein. Was konnte sie jetzt machen? In dem Moment war sie sicher, dass sie Kapitänin auf einem Schleppschiff sein sollte. Mein Gott, dachte sie, mein Gott. Mit vierzig wusste sie es endlich! Sie würde die Schiffe in Sicherheit schleppen. Deshalb war sie nach Seward gekommen! Es gab bestimmt eine Schleppschiffschule in der Stadt. Es ergab alles einen Sinn. Sie könnte das machen, und ihre Tage würden wechselvoll, aber immer heroisch sein. Sie schaute ihre Kinder an und sah, dass Paul jetzt an Charlie lehnte und schlief. Ihr Sohn schlief an diesen fremden alten Mann gelehnt, und sie waren in Seward, einem kleinen Kaff in Alaska. Aber sie fand es gemein, Seward als Kaff zu bezeichnen, selbst in Gedanken, weil der Ort sehr spektakulär war und sehr sauber, und sie fand, dass er sehr schön war, vielleicht der schönste Ort, an dem sie je gewesen war. Hier würde sie bleiben und sich zur Schleppschiffkapitänin ausbilden lassen an der Schule, die sie gleich morgen finden würde. Alles war im Lot, alles war richtig. Und als sie ihren Sohn an diesen Mann gelehnt sah, diesen alten Mann, der vorgebeugt dasaß und zuhörte, wie der Postamtsmann über das Postamt sprach, spürte sie, dass ihr die Tränen kamen. Sie trank den letzten Schluck von ihrem zweiten Pinot und fragte sich, ob sie je glücklicher gewesen war. Nein, nie, unmöglich. Dieser alte Mann hatte sie drei gefunden, und das konnte kein Zufall sein. Dieser Ort war jetzt ihr Zuhause, Schauplatz dieser vorherbestimmten und heiligen Begegnung, und alle Menschen um sie herum waren Gemeindemitglieder, alle ekstatisch und nun Teil ihres Lebens, ihres neuen Lebens, des Lebens, das ihr bestimmt war. Schleppschiffkapitänin. Oh ja, es hatte sich alles gelohnt. Sie lehnte sich zurück in dem Wissen, dass sie ihr Schicksal gefunden hatte.

Auf der Bühne sagte der Postamtsmann zum Publikum,

er könne jedem, der ihm die Postleitzahl seines Wohnorts nannte, sagen, woher er kam.

Josie dachte, das wäre irgendeine Comedy-Nummer, dass das mit dem Job bei der Post ein Witz war, aber sofort stand jemand auf und rief: »83303!«

»Twin Falls, Idaho«, sagte er. »Ortsteil außerhalb der Stadtgrenze.«

Das Publikum brach in Jubel aus. Der Beifall war ohrenbetäubend. Keiner von den Zauberern hatte eine solche Begeisterung ausgelöst, nicht annähernd. Jetzt standen zehn Leute auf und riefen ihre Postleitzahlen.

Josie gab die Hoffnung auf die Kellnerin auf, die sich nicht wieder blicken ließ, und trank gierig ein halbes Glas Wasser, und diese Handlung, die Verdünnung des heiligen Weins in ihr, brachte sie weg von dem goldenen Licht der Gnade, die sie Augenblicke zuvor empfunden hatte, und jetzt war sie nüchtern oder so was in der Art. Schleppschiffkapitänin? Irgendeine Stimme sprach jetzt zu ihr. Was bist du für ein Schwachkopf? Diese neue Stimme gefiel ihr nicht. Es war die Stimme, die ihr gesagt hatte, sie solle Zahnärztin werden, die ihr gesagt hatte, sie solle Kinder mit diesem Mann bekommen, dem Durchfallmann, die Stimme, die ihr jeden Monat sagte, sie solle ihre Wasserrechnung bezahlen. Sie wurde von dem Licht weggezogen wie ein Beinahe-Engel, der zurück in die Banalität des irdischen Daseins geführt wurde. Das Licht schrumpfte auf die Größe eines Nadelöhrs, und die Welt um sie herum verdunkelte sich zu einem Überall-Burgunderrot. Sie war wieder im Innern des leberfarbenen Raums, und ein Mann sprach über Postleitzahlen.

»Okay, jetzt Sie«, sagte der Postmann und zeigte auf eine weißhaarige Frau in einer Fleece-Weste.

»62914«, piepste sie.

»Cairo, Illinois«, sagte er und erklärte, dass es sich zwar wie die Hauptstadt Ägyptens schrieb, aber »kay-ro« gesprochen wurde, wie man in Illinois sagte. »Nettes Städtchen«, sagte er.

Das Publikum kreischte, tobte. Es war eine Farce. Jetzt war Paul wach, benommen und verwundert über den ganzen Lärm. Josie konnte es nicht ertragen. Die Leute flippten nicht wegen Zaubertricks und Schleppschiffen aus, sondern wegen Postleitzahlen.

»33950!«, schrie jemand.

»Punta Gorda, Florida«, sagte der Mann.

Wieder donnernder Applaus. Josie sah sich um, unfähig zu begreifen, was los war. Was war los? Die Leute verloren den Verstand wegen Postleitzahlen. Sie alle wollten, dass der zerzauste Mann mit dem Mikrofon ihren Wohnort sagte. Sie brüllten ihre fünf Ziffern, und er sagte Shoshone, Idaho, New Paltz, New York, und Santa Ana, Kalifornien. Es war ein Tohuwabohu. Josie fürchtete, Leute würden auf die Bühne stürmen und ihm die Kleider vom Leib reißen. Schlaf weiter, Paul, wollte Josie sagen. Sie wollte fliehen, das alles hier war einfach falsch. Aber sie konnte nicht weg, weil Charlie jetzt aufstand.

»63005!«, rief er.

Das Scheinwerferlicht fand ihn, und er wiederholte die Nummer. »63005!«

»Chesterfield, Missouri«, sagte der Postmann.

Charlie klappte der Mund auf. Der Scheinwerfer verweilte ein paar Sekunden auf ihm, und Charlies Mund blieb offen, eine schwarze Höhle in dem weißen Licht. Schließlich schwenkte das Licht weiter, er war wieder im

Dunkeln – als ob ein Geist ihn hochgehalten und plötzlich losgelassen hätte. Er setzte sich wieder hin.

»Hast du das gehört?«, fragte er Paul. Er drehte sich zu Josie und Ana um, mit feuchten Augen und zitternden Händen. »Habt ihr das gehört? Der Mann weiß, woher ich komme.«

Hinterher, auf dem Landungssteg, bot Charlie an, sie zurück zum Chateau zu begleiten. Josie lehnte ab und gab ihm einen Kuss auf die Wange.

»Umarmt Charlie und sagt Danke«, forderte sie ihre Kinder auf.

Ana sprang vor und umarmte Charlies Beine. Er legte seine Hände auf ihren Rücken, die Finger gespreizt wie die uralten Wurzeln eines kleinen Baums. Paul trat näher, blieb aber stehen, hoffte anscheinend, dass Charlie die Distanz zwischen ihnen überbrücken würde. Jetzt hatte Charlie sich auf ein Knie niedergelassen und die Hände ausgestreckt. Paul schlurfte auf ihn zu, und Charlie nahm ihn in die Arme, und Paul legte den Kopf auf Charlies Schulter, irgendwie erleichtert.

»Lass uns Brieffreunde werden«, sagte Charlie in Pauls Haar.

Paul nickte und wich zurück, als wollte er nachsehen, ob Charlie das ernst meinte. Josie wusste, dass diese Briefe für Paul zur Obsession werden würden, und ihr graute vor der Möglichkeit, dass sie diesem Mann ihre Adresse würde geben müssen.

»Wie denn?«, fragte Paul. »Können wir einen Brief auf ein Schiff schicken?«

Charlie wusste es nicht. Er kramte in seiner Tasche und holte etwas hervor, das sich als Reiseplan entpuppte.

»Nehmen Sie das hier«, sagte er zu Josie, und sie sah, dass auf dem Plan jeder Anlaufhafen aufgeführt war.

IV.

Josie hatte nicht gut geschlafen, und im weißen Licht des
Morgens war ihre Laune apokalyptisch. Das Problem war
nicht das Einschlafen gewesen. Nach der Zaubershow
waren sie die Meile nach Hause am Wasser entlanggeg-
gangen, durch die frische Nacht und bei hellem Mond-
schein. Sie gingen an den Fischerbooten vorbei, bis ans
Ende der Hafenanlagen und dann über den Schotterweg
und durch den Wald bis zum Chateau. Ana und Paul
waren zunächst lebhaft gewesen und hatten über die Zaubertricks gesprochen, Fragen über Charlie gestellt, wo er
herkam und wann er sterben würde (Ana dachte laut darüber nach und warf einen Stein ins kalte Wasser), doch
dann, als sie am Chateau ankamen, wurden die Kinder
still, bedrückt, und legten sich schlafen, ohne vorher
Jeans und Socken auszuziehen.

Nach einem Absacker – der Rest aus der zweiten Flasche Pinot, sie hatte sich den Schluck verdient, nach allem, was sie getan und ertragen hatte – kletterte Josie
hoch zu ihren Kindern und schlief ohne Weiteres ein.
Doch sie wachte im Morgengrauen auf, wie so oft, aufge-
wühlt von der Erkenntnis, dass sie den jungen Mann tatsächlich getötet hatte. Irgendeine junge Staatsanwältin
mit Josies Gesicht – sie war es selbst, aber jünger und die

Haare zu einem hohen, straffen Dutt gebunden, in einem tollen Kostüm. Diese juristische Version ihrer selbst fegte in einem Gerichtsaal herum, holzgetäfelt und voll mit vernünftigen Bürgern, die darauf bestanden: Sprecht diese Frau schuldig! Zieht sie zur Rechenschaft!

Josie öffnete die Tür zu dem stillen Wald und ging ans Wasser. Die Sonne verlieh den Bergen am anderen Ufer der Bucht allmählich ein bleiches Licht. Josie betrachtete blinzelnd den gleißenden Schimmer des Wassers und dahinter das überirdische Glühen der niedrigen Sonne auf dem Bergschnee. Sie ging über den Strand, trat beinahe auf den Otterschädel, den die Kinder ihr am Tag zuvor gezeigt hatten. Sie setzte sich wieder auf den versteinerten weißen Baumstumpf und harkte mit den Fingern durch den kiesigen Sand, nahm eine Handvoll, ließ ihn durch die Finger rieseln.

Jeremy. Er war ihr Patient gewesen, seit er zwölf war. Einer von den Jungen, die *Ma'am. Ja, Ma'am. Danke, Ma'am* sagten. Er hatte schöne Zähne. Jedes Mal, wenn sie ihn untersuchte, hoffte sie auf Karies bei ihm, weil sie ihn gern öfter gesehen hätte, aber sie sah ihn nur zweimal im Jahr in der Praxis, Zahnreinigung, Kontrolluntersuchung, ein kurzes Gespräch, und die gelegentliche Begegnung auf der Straße. Der Typ Junge, der, wenn sie ihm zufällig im Park über den Weg lief, seine Clique allein ließ, eine Gruppe Teenager, die untätig auf der Parkbank am Bach herumlungerten wie ein träges Löwenrudel, und herübergetrabt kam, in die Hocke ging und mit Paul und Ana redete, ihnen Kaugummis oder Bonbons anbot, die er gerade in der Tasche hatte. Seine Eltern waren nicht reich, aber anständig – beide arbeiteten bei der Stadt und hatten eine gute Krankenversicherung. Der

Vater stammte aus Venezuela, die Mutter aus Kuba, und auch sie kamen irgendwann regelmäßig zur Kontrolluntersuchung, auf seinen Rat hin – Jeremy hatte Josie empfohlen, war das Licht der Familie, und obwohl die Eltern längst nicht so redselig oder ungewöhnlich bezaubernd waren wie ihr Sohn, sprachen sie alle gern über Jeremy. Wie könnten wir mehr Jeremys machen? Er hatte vier jüngere Geschwister, und er wusste alles über jedes von ihnen. Josie konnte fragen, was sie wollte: Wie geht's der kleinen Ashley? Und er antwortete ausführlich. Was macht die Kleine jetzt?

Dann wurde er siebzehn, achtzehn und war ein großer und erstaunlich gut aussehender junger Mann geworden mit einer markanten Kieferpartie. Tania, die Dentalhygienikerin, bemerkte, wie er einen Raum ausfüllte, mit seinen eins achtundachtzig, seinen breiten Schultern, und streifte ihn bewusst mit den Brüsten, wenn sie ihm die Zähne reinigte. Seine strahlend grünen Augen, seine makellose Haut, sein unglaublich glattes Kinn. Er musste sich nicht rasieren, sagte er. »Nein, Ma'am. Bisher höchstens ein- oder zweimal im Jahr.« Er lächelte und fuhr sich mit den Händen über das noble Gesicht. Er spielte Fußball, Lacrosse und dann, auf Josies Wunsch hin – sie bestand bei der Anmeldung darauf –, wurde er Pauls Betreuer im Sommerlager des städtischen Freizeitzentrums.

Paul war nicht sportlich, aber er war mit besonderer Rücksicht behandelt worden. Jeremy hatte ihm einen Spitznamen gegeben, El Toro, weil Paul einmal ein T-Shirt mit der Silhouette eines Stiers vorne drauf getragen hatte, und Paul grinste schüchtern, wenn Jeremy den Namen aus seinem Autofenster quer über die Straße rief, sobald er Paul in der Stadt sah. »El Toro! Angriff!« Josie hatte den Namen auf allen Flyern gesehen, die Paul aus dem Sommerlager mit nach Hause brachte. Unter »Teilnehmername« hatte Jeremy in fetten Großbuchstaben EL TORO! geschrieben. Sogar mit Ausrufezeichen.

Nach dem Sommerlager war sie eine der vielen Mütter gewesen, die Jeremy als Babysitter engagieren wollten. Man kriegt so selten mal einen männlichen Babysitter, sagte sie, sagten fast alle Mütter. Sie hatte es dreimal geschafft, seine Dienste in Anspruch zu nehmen, und soweit sie das sagen konnte, war er an jedem dieser Abende die ganze Zeit von ihren Kindern bestürmt worden – mit Zuneigung. Hungerten sie so sehr nach Nähe? Wenn sie nach Hause kam, schliefen sie bereits, das Haar verfilzt auf dem Kopfkissen, Jeremy auf der Couch, erschöpft, angenehm nach Schweiß riechend, und er schilderte ihr dann, wie der Abend gelaufen war. Sie hatten ihre Pizza gegessen, erzählte er beispielsweise, und als sie vom Tisch weggingen, war Ana auf ihn gesprungen wie ein Puma.

»Ich glaube, sie hat mich drei Stunden nicht mehr losgelassen«, sagte er. Paul war anfangs zurückhaltend, doch schon bald rangelten sie miteinander, kämpften mit Jeremys Lacrosse-Schlägern und benutzten Couchkissen als Schilde. »Aber die meiste Zeit haben wir Ringkämpfe gemacht. Ich auf dem Boden und die beiden auf mir drauf wie kleine Tiere. Die sind ganz schön wild. Viel wilder, als Paul im Sommerlager war«, sagte Jeremy.

Überzeugt, dass ihre Kinder eine Art latente Aggression gegenüber ihrem abwesenden Vater auslebten, dass das nur gesund sein konnte, bat sie Jeremy wiederzukommen, was er auch tat, noch zweimal, und jedes Mal wurden die Kämpfe ausgiebiger. Der letzte fand im Garten statt.

»Sonst wäre im Haus irgendwas zu Bruch gegangen«, erklärte Jeremy. »Ana hat einmal Dad zu mir gesagt. Als ich ihr die Zähne geputzt hab. Es war ganz lustig. Paul hat sich geschämt.«

Josie war das peinlich. Wusste Jeremy, dass Carl ausgezogen war? War er alt genug, um zu wissen, dass ihre Kinder sich nach einem Mann im Haus sehnten und dass ihre Tochter, die mit ihren vier Jahren praktisch keine Erinnerung hatte, froh wäre über Jeremy als Ersatzmann, dass er Carl innerhalb weniger Wochen in den Hintergrund drängen und auslöschen könnte?

»Sie waren in Panama?«, fragte er und deutete auf ein Foto von Josie mit einem Dutzend Friedenskorps-Freiwilligen. Sie hatte ihre zwei Jahre in Bocas del Toro verbracht, und sie sah die Zeit mit gemischten Gefühlen, ein paar Erfolge, ein paar Freunde, das ganze Problem mit ihrem Freund Rory, der jetzt im Gefängnis saß, aber trotzdem. Man konnte gute Arbeit leisten, sagte sie.

Jeremy wusste nicht, was er nach der Highschool machen sollte. Er stand kurz vor seinem Abschluss. Sie war davon ausgegangen, dass er schon einen festen Plan hatte, sich das College aussuchen konnte.

»Ich hab keine Lust, gleich wieder in Klassenräumen zu hocken«, sagte er und wandte sich um, weil er Schritte hörte. Es war Ana, die wach geworden war, in ihrem Buzz-Lightyear-Pyjama. Josie streckte die Arme aus, und Ana lief auf sie zu, verharrte dann aber zwischen ihnen, als wollte sie ihrer Mutter in die Arme fallen, fürchtete aber, Jeremy irgendwie zu verprellen, die Chancen zu verringern, dass er wiederkommen würde. Stattdessen tanzte sie eine Art Twist auf dem Teppich und sagte: »Sekt auf meinen Schultern!« Sie hatte das in letzter Zeit öfter gesagt.

»Steig hier drauf«, sagte Jeremy, hockte sich auf den Boden, hielt ihr die Handflächen hin. Ana stellte ihre nackten Füße auf seine Hände, hielt sich an seinem glänzenden schwarzen Kopf fest. Ihre Augen verrieten, dass sie nicht wusste, was passieren würde, aber sicher war, dass es unglaublich werden und jedes Risiko wert sein würde.

»Okay, jetzt lass los«, sagt er. Sie gehorchte.

Er richtete sich zu voller Größe auf, balancierte Ana irgendwie mit solcher Sicherheit auf den Händen, dass sie sich traute, die Arme auszubreiten, als wollte sie die Fülle der Sonne empfangen.

»Das hat mein Dad immer mit mir gemacht«, sagte er, musste sich kaum anstrengen, dieses zwanzig Kilo schwere Kind auf den Händen stehen zu lassen. Jetzt hob er sie höher. »Kommst du an die Decke?«, fragte er.

Ana reckte sich ächzend, bis sie mit dem Finger an die Decke tippen konnte. »Runter bitte«, sagte sie, und er ließ sie langsam herunter, warf sie dann auf die Couch und tat so, als ob er sich auf sie setzen, es sich bequem machen wollte, während sie fröhlich unter ihm kreischte.

»Sie sind eine tolle Mom«, sagte Jeremy zu Josie, Ana noch immer unter ihm. »Ich meine, überhaupt, aber vor allem, weil Sie mich so was wie gerade eben machen lassen. Nicht alle Eltern erlauben das. Aber Kinder sind Monster. Sie müssen schwitzen und schreien und Ringkämpfe machen.« Jeremy hob Ana hoch, drückte den Mund an ihren Bauch und prustete laut und nass dagegen. Anas Augen waren elektrisiert, ihre Hände wie

Krallen ausgestreckt, während sie auf den nächsten Angriff wartete. Doch stattdessen strich Jeremy ihr Shirt glatt, tätschelte ihr den Bauch und stellte sie auf den Teppich, als würde er eine umgekippte Statue wieder aufrichten.

»Danke«, sagte Josie überwältigt.

Als Dank für Jeremys Güte und Kraft hatte Josie ihm immer nur sagen wollen, wie sehr sie das Gefühl hatte, dass er die Hoffnung der Welt war. War das alles, was sie ihm gesagt hatte? Nein. Sie hatte mehr gesagt, und deshalb sollte sie nicht mehr sprechen, nie wieder, und deshalb war sie über jeden Tag froh, an dem sie mit niemandem außer ihren beiden Kindern sprach. Sie wusste, dass die Farbe des Himmels ihre Stimmung beeinflusste, dass die Sonne ihre Einstellung zum Leben und ihre Worte veränderte und dass sie, wenn sie in der Mittagspause einen strammen Spaziergang unternahm und etwas Schönes sah, dazu neigte, etwas Überschwängliches zu sagen oder etwa eine Stunde lang zu glücklich zu sein, und dass sie dann Fehler machte. In ihrem Überschwang gab sie zu viel von sich preis oder lobte übertrieben oder sie drängte Leute zu Aufgaben, die sie nicht bewältigen konnten.

Es geschah zwei Wochen nach jenem Abend. Sie war aus der Mittagspause zurückgekommen und empfand eine gewisse Freude, die die Herbstluft in ihr ausgelöst hatte, und konnte sich kaum konzentrieren. Sie hatte an dem Nachmittag drei Patienten, und alle bekamen ihr dümmliches Hochgefühl zu spüren. Die Erste war Joanna Pasquesi, eine Zehntklässlerin mit Rubensfigur, die ihr verriet, dass sie mit dem Gedanken spielte, beim Schulmusical mitzumachen. In dem Jahr war *A Chorus*

Line geplant, und Josie redete ihr mit viel zu viel Begeisterung zu, sich zu bewerben, dafür zu sorgen, dass sie beim Auswahlverfahren auf jeden Fall genommen würde, und dann ließ sie sich ein bisschen über die Notwendigkeit von Körpervielfalt auf der Bühne aus, obwohl sie in Wahrheit versuchte, einen sehr verspäteten Sieg gegen die Menschen zu erzielen, die sie nicht für das Musical an ihrer eigenen Highschool genommen hatten, *Cabaret*, für das Josie sich vergeblich beworben hatte. Joanna Pasquesi, die tatsächlich zweimal auf die Uhr geschaut hatte, während Josie auf sie einredete, verabschiedete sich mit einem optimistischen Gefühl – das sagte sie jedenfalls –, obwohl sie sich vielleicht einfach nur überrannt gefühlt hatte.

Und dann kam Jeremy herein, und sie sprachen eine Weile über ihre Kinder, *Echt coole Kids*, sagte er, und sie lachten über die Hyperaktivität der beiden, ihre Verrücktheit, ihr Bedürfnis, mit ihm zu kämpfen, sich mit ihm zur Decke zu strecken, und dann kamen sie auf Josie zu sprechen und das Friedenskorps, und obwohl sie nur selten dermaßen davon schwärmte, erzählte sie ihm diesmal, dass es die tollste Erfahrung ihres Lebens war, dass sie dort unheimlich viel bewirkt hatten, dass dem Land kurz zuvor die Kontrolle über den Kanal übergeben worden war, dass damals großer Optimismus herrschte, sich so vieles veränderte, und dass sie diesen Wandel, dass sie die USA in Panama repräsentieren konnte, diesem wichtigen Partner, in einem historischen Moment unmittelbar erlebte – sie redete und redete, und was sie sagte, war wahnsinnig überzeugend. Sogar Tania hörte zu.

Und dann, mit seinem glatten jungen Gesicht und seiner Aufrichtigkeit, erzählte Jeremy ihr, dass er vorhabe,

Soldat zu werden. Er wolle Marine werden. Er wolle etwas in Afghanistan bewirken, helfen, Schulen für afghanische Mädchen zu eröffnen, an Projekten für sauberes Trinkwasser mitarbeiten, in einem Land für Stabilität sorgen, das kurz davor sei, großartige Dinge zu erreichen. Josie bekam feuchte Augen, und sie drückte ihm die Schulter. Sie tat nicht das, was gute Menschen getan hätten, nämlich nichts sagen. Während eines Krieges Soldat werden, das war eine so ernste Angelegenheit, dass nur ein Idiot diese Idee loben würde. Die Vernunft hätte Josie sagen müssen, dass sie eine solche Entscheidung in keiner Weise beeinflussen konnte oder sollte – dass das eine Sache zwischen Jeremy und seinen Eltern war. Dass es sie nichts anging.

Aber sie war eine Närrin, die keine Grenzen kannte, und sie wusste auch nicht so genau, wie der Stand des Krieges war – sie war relativ sicher, dass er sich seinem Ende zuneigte und für Jeremy keine große Gefahr darstellte. Daher sagte sie, dass sich das wunderbar anhöre. Dass er, als die Hoffnung der Welt, als sanfte Seele, als beeindruckender junger Mann so viel bewirken könne. Dass die Marines, dass die Region – dass Afghanistan selbst! – jemanden wie ihn brauche. Irgendwie hatte sie ihre Begeisterung für Joanna Pasquesis Musical-Ambitionen mit Jeremys Hoffnungen auf sein Mitwirken beim Aufbau eines funktionierenden Staates durcheinandergebracht, und außerdem hatten sich ihr eigenes Engagement in Panama, der Ausdruck amerikanischer Liebe durch Zisternen und Englisch unterrichtende Männer und Frauen in Sandalen und Kaki-Klamotten (denn der Impuls wurde doch durch Liebe ausgelöst, Liebe zur Welt) mit Jeremys Beweis derselben Liebe, wenn auch in

Uniform und mit einer AK-47 bewaffnet, verschmolzen. Es war nicht das Gleiche, und jetzt war er tot, und seine Eltern hatten seitdem kein Wort mehr mit ihr gesprochen.

Das hat absolut nichts mit dir zu tun, sagten ihre Freunde, die es nicht fassen konnten, dass sie sich irgendwie verantwortlich fühlte. Aber wieso waren seine Eltern dann nicht mehr in die Praxis gekommen? Josie hatte später erfahren, dass sie von Anfang an gegen seine Pläne gewesen waren, Soldat zu werden. Und was sie nicht wussten und sie ihnen auch nie erzählen würde und noch nie jemandem erzählt hatte, war, dass er sie abgepasst hatte, eines Abends auf dem Parkplatz ihrer Praxis, um fünf Uhr nachmittags – er wusste, wann sie Feierabend machte, Wochen nach dem Termin bei ihr, als sie ihm die Schulter gedrückt und *Wunderbar* gesagt hatte –, und ihr erklärt hatte, wie wichtig ihre Unterstützung ihm gewesen war. Dass seine Eltern unsicher gewesen waren, besorgt, aber Respekt vor ihr, vor Josie, seiner Zahnärztin hatten, dass ihre Unterstützung ihnen und ihm sehr viel bedeutet hatte. Er war Soldat geworden und wurde sechs Monate später getötet.

Deshalb gab sie keine Ratschläge mehr, deshalb war sie froh, ihre Praxis los zu sein. Erlöst. Beschwingt. Sie war frei. Deshalb hatte sie fast den ganzen Januar über ihr Schlafzimmer nicht verlassen, außer um ihren elterlichen Pflichten nachzukommen, die Glieder bleischwer und das Gesicht taub. Niemand hatte es ihr gesagt. Weder die Eltern noch ihre Freunde. Die Beerdigung hatte bereits stattgefunden. Er war auf einem entlegenen afghanischen Berghang angeschossen worden und sechs Stunden lang verblutet. Er hatte Zeit gehabt, einen Abschiedsbrief an seine Eltern zu schreiben, der bei ihm gefunden worden war und dessen Inhalt Josie nie erfahren würde. Ein achtzehnjähriger Junge, der allein stirbt, allein verblutet, an seine Eltern schreibt – wie konnte das alles passieren? Wieso ließ man so etwas zu? Josie wollte nichts mehr damit zu tun haben. Mit dieser Idee, Menschen zu kennen. Menschen zu kennen, bedeutete, ihnen zu sagen, was sie tun oder lassen sollten, ihnen Ratschläge zu geben, Ermunterung, Anleitung, Belehrung, und das alles brachte Kummer und einen einsamen Tod.

»Mom?« Es war Paul.

Josie drehte sich um. Ihr Sohn trug die Sachen von gestern und war irgendwie aus dem Chateau gekommen, durch den Wald gegangen, über den Parkplatz, und hatte sie hier, am Strand, gefunden.

»Wir haben Hunger«, sagte er.

Sie frühstückten in der Cafeteria des Wohnmobilparks. Die Eier und Würstchen waren ausgezeichnet und kosteten nur fünfundfünfzig Dollar plus Trinkgeld. Die Norweger frühstückten in der Nähe, winkten wieder.

An der Decke hing ein Fernseher, in dem eine Infoschleife über die Serviceangebote des Parks lief – Eisbergtouren, Gletschertouren, Whalewatching, jede Exkursion irgendwas über tausend Dollar pro Person –, und hin und wieder kam eine Waldbrandwarnung mit Smokey Bear. Josie hatte völlig vergessen, dass es ihn überhaupt gab, hatte ihn seit ihrer Zeit als Pfadfinderin nicht mehr gesehen, und irgendwas war inzwischen passiert: Er hatte Sport gemacht. Der knuddelige und rundbäuchige alte Smokey war jetzt ein kräftiger Bär mit flachem Bauch und Armen wie gebogener Stahl. In dem Zeichentrickfilm wollten seine Freunde eine Geburtstagsparty für ihn schmeißen und brachten ihm eine Torte mit brennenden Kerzen. Smokey gefiel das gar nicht. Er sah sie tadelnd an, die muskulösen Arme in die Taille gestemmt, und Josie spürte eine Regung in ihrem Innern. Stand sie etwa auf diesen neuen Smokey?

Ihr Tisch wackelte. Irgendwer war dagegengestoßen. Ein älterer Mann drehte sich um, wollte sich entschuldigen, doch seine Frau sprach als Erste.

»Behände wie eine Katze«, sagte die Frau mit aristokratisch säuselnder Stimme. Josie schaute zu ihr hoch, lachte und betrachtete das Gesicht der Frau: Es war schön, mit einer Stupsnase, einem zarten Kinn. Sie war mindestens siebzig.

Als sie Josies Lachen hörte, wandte die Frau sich ihr zu. »Entschuldigen Sie. Er ist in letzter Zeit etwas wackelig auf den Beinen. Er war ein sehr eleganter Mann – noch letzten Monat.« Die Frau lächelte, wandte sich ab, offensichtlich verlegen. Sie hatte zu viel gesagt.

»Wer sind die Leute?«, fragte Ana.

Josie zuckte die Achseln. Das Gesicht ihrer Tochter war verschmiert mit Dreck und getrocknetem Rotz. Josie hatte ein Hinweisschild für Duschen gesehen, die auf dem Gelände des Wohnmobilparks zur Verfügung standen, irgendwo in einer großen Blockhütte im Wald, also schlüpften sie nach dem Frühstück in ihre Flip-Flops, kauften die notwendigen Jetons und nahmen Shampoo und Seife und Handtücher mit.

Sie zogen sich aus, ließen ihre Sachen auf einer Ablage zurück und tapsten über den Sperrholzboden zum Duschbereich der Frauen, wo zwei junge Frauen ungeniert zum Raum hin gedreht standen und sich energisch die Haare schamponierten. Sie waren hinreißende Geschöpfe, straff und braun gebrannt, mit kleinen, munteren Brüsten, und sie hatten weiße Zähne, hohe und glänzende Hintern und kunstvoll getrimmtes Schamhaar. Josie starrte sie an, als wären sie zwei Einhörner. Was macht ihr hier?, wollte sie fragen, obwohl sie nicht wusste, wo sie eher sein sollten. Wohin gehört junge Schönheit? Vielleicht in einen Springbrunnen in Rom, bis zu den Knien nass, *Marcello! Marcello!* rufend. Oder in ein Flugzeug. Ein Flugzeug steuernd. Josie stellte sich vor, wie die beiden ein Flugzeug durch weiche Wolken flogen, jede in Weiß gekleidet, die Beine unbedeckt und so glatt.

Eine der jungen Frauen blickte jetzt Josie an, die in ihrer Träumerei beim Starren ertappt wurde, und jetzt sagte sie zu ihrer Freundin, dass sie beobachtet wurden, und gleich darauf hasteten sie aus dem Duschraum und in ihre Badetücher. Josie dachte an ihre Eltern, beide Pfleger in einem Veteranenkrankenhaus, wie sie ihr die richtige Art beigebracht hatten, sich nach dem Duschen abzutrocknen. Ihre Mutter und ihr Vater demonstrierten, wie sie sich alles überschüssige Wasser von Armen und Beinen streiften, linker Arm, rechter Arm, linkes Bein, rechtes Bein, und das Handtuch nur für den letzten Rest benutzten. Josie dachte jedes Mal, wenn sie duschte, an die Vorführung ihrer Eltern – sie hatten es im Wohnzimmer gemacht, als sie acht war. An vielen Tagen war das das einzige Mal, dass sie an sie dachte. Was sagte das über sie? Über die Grenzen der Erinnerung, die Schwelle für Schmerztoleranz?

Als Ana sah, dass sie die Duschen für sich allein hatten, lief sie nackt in den Dunst. Würde sie anfangen zu singen? Josie und Paul folgten, sie hängten ihre billigen rauen Handtücher an grobe Haken und bildeten zu dritt

107

einen engen Kreis, einander zugewandt, ließen das warme Wasser zwischen sie fallen. Ana schaute Paul zwischen die Beine und sagte: »Hallo, Penis.« Es war nicht das erste Mal, dass sie Pauls Geschlechtsteil begrüßte. Er hatte sich daran gewöhnt und war einigermaßen stolz darauf, als Einziger im Haushalt so ausgestattet zu sein. Josie seifte sie ein und schamponierte ihnen die Haare, während Ana Unterwassergeräusche machte und mit den Füßen stampfte. Wir werden von Behaglichkeit angezogen, dachte Josie, aber sie muss rationiert werden. Gib uns ein Drittel Behaglichkeit und zwei Drittel Chaos – das ist ausgewogen.

Mit nassen Haaren und sauberen Körpern traten sie aus dem Waschhaus und in den Halbschatten unter den Bäumen, und Josie hatte das Gefühl, dass sie am richtigen Ort waren. Die letzten paar Tage, die vielen Widrigkeiten, waren nur Anlaufschwierigkeiten gewesen. Jetzt fand sie sich zurecht. Sie hatte den Bogen raus, und alles war möglich. Sie ruhten sich eine Weile im Chateau aus, und in dieser Zeit brachte Paul Josie eine Karte, die Ana diktiert und Paul geschrieben hatte, auf der »Ich hab dich lieb Mom. Ich bin ein Roboter«, stand.

Nachdem das geklärt war, gingen sie in die Stadt.

»Mom?«, sagte Paul. »War die Show gut?«

»Die Zaubershow? Ja«, sagte sie. »Fandest du das auch?«

Er nickte, absolut unsicher.

Wo die Stadt auf den Ansturm der rauen schwarzen Bucht traf, stand ein Denkmal für Seward mit einer langen Erklärung, warum die Stadt nach Lincolns treuem Berater benannt worden war. Josie versuchte, das alles ihren Kindern zu erklären, aber sie brauchten Kontext.

»Okay, wer hat die Sklaven befreit?«, fragte sie schließlich. Paul wusste die Antwort, deshalb hob Josie einen
Finger, um Ana einen Moment zum Nachdenken zu lassen.

Ana überlegte eine Weile, und dann leuchtete ein Licht
in ihren Augen auf. »War das Dad?«

Josie prustete los, und Paul verdrehte die Augen.

Ana wusste, dass sie was Komisches gesagt hatte, also
sagte sie es weiter.

»Dad hat die Sklaven befreit! Dad hat die Sklaven befreit!«

Unweit des Denkmals war ein felsiger Strand, der mit
Abfall und Treibholz bedeckt war. Sie gingen zwischen
gewaltigen ungehobelten Balken hindurch, groß wie Lkw-
Achsen und an die Küste geworfen, als wären sie Bleistif-
te. Paul hob ein Steuerrad auf, und Ana fand die Reste
einer zerschmetterten Boje, die jetzt die Form eines Kin-
dertorsos hatte. Josie setzte sich auf einen runden Felsen
und spürte die Salzluft auf sich einströmen. Ein Glücksgefühl schwoll in ihr mit gleicher Macht an, und sie wollte den ganzen Tag, die ganze Nacht dableiben, wollte so
lange wie möglich in diesem Moment leben. Sie hatte
recht, wenn sie jede Stunde dachte, dass Kinder, oder zumindest ihre Kinder, draußen sein mussten, umgeben
von rauen Dingen, und alles, was sie brauchte, außer die
beiden zu ernähren, war auf abgerundeten Felsen sitzen
und zuschauen, wie sie Dinge aufhoben und sie gelegentlich zurück ins Meer warfen. Der Sand war feucht, ein
tiefes Braun, bepudert mit helleren Wolken aus trockenem Sand. Bald setzten Paul und Ana sich links und
rechts von ihr hin.

»Was stinkt hier so?«, fragte Paul, obwohl Josie nichts
roch.

»Das stinkt richtig fies«, sagte er, und dann sah Josie etwas. Vor ihnen lag ein großer Stein, von der Größe eines Schuhs, und es sah aus, als wäre er kürzlich weggenommen und wieder zurückgelegt worden. Josie hob ihn an, und der Gestank flog aufwärts und durchtränkte die Luft. Sie legte den Stein wieder hin, hatte aber ganz flüchtig etwas Schreckliches gesehen. Es waren Fäkalien, und möglicherweise könnte da auch eine Windel oder so gelegen haben. Sie dachte darüber nach, überprüfte die Erinnerung an das, was sie gesehen hatte. Nein, eine Windel war es nicht. Dann wusste sie es: Es war eine Maxi-Binde. Es war eine Maxi-Binde bedeckt mit karamellfarbenen Fäkalien. »Gehen wir«, sagte sie und scheuchte Paul und Ana vom Strand, vorbei an dem Denkmal für den großen Mann und durch die Stadt.

Es stand außer Zweifel, dass die Menschen die abscheulichsten Lebewesen des Planeten waren. Kein anderes Tier hätte so etwas Schäbiges tun können. Irgendeine Person, eine Person, die die freie Natur liebte, war an diesen Strand gekommen«, weil sie wusste, dass es ein schöner und rauer Strand war. Dann hatte sie hier geschissen, obwohl zweihundert Meter entfernt eine Toilette war. Sie hatte so geschissen, dass die Fäkalien größtenteils an der Maxi-Binde haften blieben − wie das physikalisch möglich war, konnte Josie sich nicht vorstellen. Und statt die mit Kot bedeckte Maxi-Binde dann zu einem Abfallbehälter zu bringen, der nur fünfzig Meter entfernt war, hatte sie sie unter einem Stein versteckt, was eine seltsame Mischung aus Scham und Ästhetik verriet. Die Person wusste, dass niemand die mit Kot bedeckte Maxi-Binde sehen wollte, deshalb hat sie sie versteckt, unter einem Stein, obwohl sie garantiert wusste, dass die Binde sich dort niemals zersetzen würde.

Sie gingen also in das Zentrum von Seward, und Josie, aus einem Gefühl von Großherzigkeit heraus, um die Verdorbenheit der übrigen Menschheit wettzumachen, erlaubte Ana und Paul, die Souvenirläden zu erkunden, und kaufte ihnen beiden grauenhafte Sprechender-Elch-T-Shirts und Schneekugeln. Sie spazierten am Hafen entlang und sahen nach einer halben Meile einen großen Park mit einem aufwendigen Klettergerüst voll mit blonden und schwarzhaarigen Kindern.

»Dürfen wir hin?«, fragte Paul, aber Ana lief bereits voraus, überquerte einen Parkplatz, wo sie beinahe von einem zurücksetzenden Truck überrollt wurde. Während des ganzen jungen Lebens ihrer Tochter hatte Josie sich den kleinen Sarg vorstellen müssen, die Worte, die sie sagen würde, ein Leben ohne dieses Mädchen. Ana tat, was sie konnte, um ein frühes Ende zu finden, und die Energie und Zielstrebigkeit, die sie dabei an den Tag legte, waren nicht zu toppen. Achtlos lief sie durch die Holzspäne und würde mindestens eine weitere Stunde unter den Lebenden weilen.

Josie suchte sich eine Bank, stellte die Tüten mit den scheußlichen Souvenirs ab und sah zu, wie Ana durch das Klettergerüst tobte. Neben ihr stand Paul reglos da, Hände herabhängend, und nahm sorgsam den Spielplatz mit seinen vielen Geräten in Augenschein, wog gründlich ab, welches er als Erstes ausprobieren sollte. Josie schlug die kostenlose Zeitung auf, die ihr vor einem der Läden gereicht worden war, behielt aber weiter Ana im Auge, von der sie wusste, dass sie sich irgendwann von der Rutsche stürzen oder eine neue Art finden würde, auf dem Kopf zu landen. Nach kurzer Zeit hörte Ana auf zu toben. Sie hatte einen kleinen Skaterpark in der Nähe entdeckt und war gebannt von den Teenagern und ihrer Ausrüstung. Aus keinem ersichtlichen Grund erinnerte Josie sich an etwas, das Carl mal auf einen gefalteten Zettel geschrieben und unter ihr Kopfkissen gelegt hatte: *Von deinem süßen Hintern werde ich nie genug bekommen.* War das sexy? Seine Handschrift war ein furchtbares Gekrakel. Ansonsten nahm Carl Sex nicht ernst. Er machte gern Witze dabei und danach. »Gut gemacht«, sagte er zum Beispiel danach, direkt danach, wodurch er jede Stimmung verdarb, jedes Nachglühen auslöschte. Als Josie ihm sagte, sie würde gern auf die Witze verzichten, war er richtig traurig. Er liebte seine Witze! Von da an lag er hinterher da und starrte an die Decke, und sie konnte ihm ansehen, wie gern er »Gute Arbeit« oder »Ich finde, das hat ganz gut geklappt« sagen wollte, aber nicht durfte. Sie hatte ihm diese wichtige Möglichkeit der Selbstdarstellung genommen.

»Okay, Einheimische gegen Touristen«, rief ein Junge. Er stand auf dem Spielplatz, in einem Bereich zwischen Ana und Paul, und sah aus wie etwa zwölf, schwarzhaarig und hübsch, und trommelte alle Kinder auf dem Spielplatz zusammen. Er war ein Anführer – wenn es je eine Wahrheit gab, dann die, dass manche Menschen, manche Kinder, manche Kleinkinder Anführer waren und manche nicht – und in Sekundenschnelle hatte er achtzehn Kinder in Teams aufgeteilt, Paul schnappte sich Ana, und all die kleineren Kinder lauschten gehorsam den Anweisungen des Jungen. »Das geht so«, verkündete der Anführer-Junge und schüttelte sich das lange rabenschwarze Haar aus den Augen. »Es ist wie Fangen spielen, aber ihr werdet nicht gefangen, sondern ihr seid so was wie Zombies und ihr sterbt, wenn euch das Genick gebrochen wird, so.« Dann sah Josie entsetzt und hilflos, wie er Paul nahm, seinen Kopf mit beiden Händen packte und drehte, ruckartig, das Genickbrechen in Action-Filmen nachmachte. »Jetzt hinfallen«, sagte der Junge, und Paul sackte gehorsam zusammen. »So geht das. Ihr seid tot, bis das Spiel zu Ende ist, dann fangen wir von vorne an. Haben das alle kapiert?«

Anas Augen waren riesig, ob vor Angst oder Faszination, wusste Josie nicht. Aber eines wusste sie genau: Sie würde gehen und ihre Kinder mitnehmen. Der Anblick, wie ein Zwölfjähriger so tat, als würde er ihrem Sohn das Genick brechen, hatte ihr das Blut in den Adern gefrieren lassen. Sie winkte Paul herüber, als wollte sie ihm irgendwas völlig Beiläufiges sagen oder einen Auftrag geben, dann packte sie seinen Arm und ließ nicht mehr los. »Ana!«, schrie sie, und sie gingen davon. Ana folgte ihnen kurz darauf.

Seward war nett gewesen, aber es war Zeit zum Aufbruch. Sie mussten noch einen Tag vor Homer totschlagen, also machte sie das Chateau reisefertig, Josie tankte voll – 212 Dollar, eine Unverschämtheit –, kaufte eine Straßenkarte und verließ die Stadt.

»Wohin fahren wir, Mom?«, fragte Paul.

»Schnall dich an«, sagte Josie.

V.

Es war eine unorthodoxe Form der Verabredung. Sam hatte gesagt, sie würde Josie am Montag um fünf Uhr nachmittags sehen, und weil Josie kein Handy hatte und Sam nie an ihres ging, würde diese Verabredung genügen und eingehalten werden müssen. Nach Josies Berechnungen würden sie, wenn sie direkt von Seward nach Homer fuhren, gegen Mittag da sein, fünf Stunden zu früh. Um Josie und ihre Kinder willkommen zu heißen, sollte am Strand ein Barbecue stattfinden.

Sie ertappte Paul dabei, wie er sie im Rückspiegel betrachtete. Er taxierte sie, als würde er abschätzen, ob seine Mutter wusste, was sie tat. Sie sah ihn an, legte Kompetenz in ihren Blick. Ihre Hände waren am Lenkrad, sie hatte ihre Sonnenbrille auf, sie hatte eine Straßenkarte auf dem Beifahrersitz und eine Wegbeschreibung nach Homer.

Ich habe Zweifel, sagten seine Augen.

Zisch ab, erwiderten ihre Augen.

Josie drehte den Radioknopf nach rechts und links, erwischte hin und wieder ein Signal in der Mitte, und wenn der Empfang klar war, schien gerade ein Broadway-Marathon zu laufen. Gwen Verdon in Redhead. Es waren keine populären Songs, sondern Songs, die nur jemand kannte, der in seinen prägenden Jahren mit den irrsinnigen Klängen von Musicals beschallt wurde, die bekannt und unbekannt waren, die gefloppt waren und die Welt erobert hatten – die meisten klangen jetzt blechern und gefallsüchtig. Josies Verhältnis zu der Musik war bestenfalls kompliziert, da sie eng mit der Arbeit und dem Niedergang ihrer Eltern verknüpft war.

Die Musicals waren in ihr Leben getreten, als sie neun war. Sie hatte nicht gewusst, dass ihre Eltern sich überhaupt für Musik interessierten. Die Familie besaß keine Stereoanlage. In der Küche stand zwar ein Radio, aber wenn es mal an war, liefen die Nachrichten. Es gab keine Schallplatten im Haus, keine Kassetten, keine CDs, aber dann waren auf einmal Kisten mit Schallplatten, schwarze Löcher aus Vinyl überall auf dem Boden verteilt. Ihre Eltern waren Pfleger in einer psychiatrischen Abteilung, sprachen aber zu Hause nur wenig über die Arbeit. Als Kind hörte Josie sie Begriffe erwähnen wie Fixierungen und Chlorpromazin-Schluckauf, hörte sie über den Mann reden, der sich für eine Eidechse hielt, den Mann, der den ganzen Tag eingebildete Telefonate führte, einen Löffel am Ohr. Aber jetzt machten sie Heimarbeit. Sie waren damit betraut worden, Musik auf die Station zu bringen. Ihr Vorgesetzter hatte sie angehalten, Musik auszusuchen, die optimistisch war und klar und unterhaltsam. Alle waren der Meinung, dass Broadway-Musicals das geringste Risiko bargen, Patienten zu Mord oder Selbstmord zu animieren.

Mit einem geliehenen Plattenspieler und fünfzig LPs, aus einer Haushaltsauflösung – ein Musiklehrer im Nachbarort war gestorben –, erklangen in den nächsten paar Jahren bei ihnen zu Hause *Jesus Christ Superstar* (regte angeblich zu stark zum Nachdenken an) und *Anne of Green Gables* (wunderbar, fremdländisch, ohne jeden Bezug zu den Patienten) und *On the Town* (perfekt, dank der positiveren Darstellung des Privatlebens von Soldaten). Jeden Abend hörten sie sich ein neues Musical an, mussten jeden Song, jeden Text auf seine Eignung prüfen, seine Fähigkeit, Leiden zu durchdringen und Auftrieb zu geben. Es schälten sich Muster heraus: Irving Berlin war prima, Stephen Sondheim dagegen zu komplex, moralisch problematisch. *West Side Story* war ausgeschlossen, weil Straßengangs und Messer vorkamen. *My Fair Lady* war dabei, weil die Handlung nichts enthielt, was die Veteranen aus ihrem Leben kannten. Ältere Musicals über mutmaßlich einfachere Zeiten überwogen. *Oklahoma!* und *Carousel* und *The King and I* schafften es rasch ins Repertoire, während *South Pacific* verworfen wurde; sie wollten nichts über Soldaten, die noch irgendwo im Ausland Krieg führten. So viele berühmte Musicals wurden auf Eis gelegt zugunsten von weniger bedenklichen, aber vergessenen, an die sich jetzt nur noch Josie erinnern konnte. Jackie Gleason in *Take Me Along* – die perfekte Plattform für Gleason, Gleason zu sein. Richard Derr und Shirl (Shirl!) Conway in *Plain and Fancy*, über New Yorker bei den Amischen. *Pippin* war ebenfalls nicht dabei; ihr Vater hatte eine bestimmte Textstelle umkringelt, dann durchgestrichen: *Und dann ziehen die Männer in die Schlacht / Überrennen den Feind mit aller Macht / Ha! In unsren Ohren rauscht das Blut / Hurra! Das dankbare Volk fasst neuen Mut!* Das würde nicht hinhauen.

Redhead, das erste Musical, an das Josie sich gut erinnerte, war ganz auf Gwen Verdon zugeschnitten. Die ersten Sekunden der Schallplatte waren eine Offenbarung:

Alles war manisch. Die Mauer aus deliriösem Optimismus gefiel ihr als Kind, obwohl ihre Eltern den Text auf strittige Passagen hin untersuchten. Sie zogen sie manchmal zurate, tanzten hin und wieder mit ihr – eine Zeit lang hatte ihr Zuhause etwas gemeinsam mit der bizarren Fröhlichkeit von Dutzenden Menschen, die auf einer Bühne für im Dunkeln sitzende Fremde singen, die für Vergnügen und Entspannung bezahlt haben. Sie erinnerte sich, wie ihre Mutter, auf dem Rücken mit den Beinen in der Luft, eine Art Yoga-Stretching machte, wie ihr Vater versuchte, sich Josie auf die Schultern zu setzen, um mit ihr zu tanzen, merkte, dass die Decke zu niedrig war, weil sie sich den Kopf stieß, wie sie beide lachten, wie ihre Mutter mit ihnen schimpfte, und das Musical weiterging. In jenen Jahren stellte sich Josie das Berufsleben ihrer Eltern als eine ähnliche Art von Dauerparty vor, dass auch die Soldaten tanzten, mit ihren harmlosen und lösbaren Problemen – gebrochene Arme und Beine, ein paar Tage drin und dann wieder draußen, und dass ihre Eltern den Männern in der Zeit dazwischen Wackelpudding servierten und die Kopfkissen aufschüttelten.

»Es stinkt«, sagte Ana von hinten.

Josie drehte das Radio leiser.

»Was?«, fragte sie.

Paul stimmte zu, irgendwas stimmte nicht. Ana tippte auf ein Stinktier, aber es war kein Stinktier. Es roch nach irgendwas im Motor, aber andererseits war es nicht der Geruch von Öl oder Getriebe oder Benzin.

Josie öffnete die Fenster im Führerhaus, und Paul öffnete die Küchenfenster. Der Geruch ließ nach, war aber noch da.

»Hier riecht's am stärksten«, sagte Paul. Ana sagte, ihr tue der Kopf weh, dann hatte auch Paul Kopfschmerzen.

Josie hielt auf einem Rastplatz und kletterte nach hinten in die Küche. Jetzt war der Geruch erheblich stärker – ein leicht industrieller Geruch, der Schlimmes befürchten ließ.

»Alle raus«, sagte sie.

Ana fand das lustig und stellte sich schlafend, den Kopf auf den Küchentisch gelegt.

»Sofort!«, schrie Josie, und Paul schnallte Ana los und schubste sie vor sich her, bis sie beide die Stufen hinunter waren.

»Geht auf das Gras«, sagte Josie. Sie wusste jetzt, was es war. Das Gas war aufgedreht. Alle vier Knöpfe waren ganz nach rechts gedreht worden. Sie hatte kurz den Gedanken, dass sie rausspringen sollte, dass das ganze Fahrzeug explodieren könnte, wenn sie den Herd auch nur anfasste. Aber aus einem unerfindlichen Grund wollte sie das Chateau retten, ihr neues Zuhause, und sie streckte die Hand aus, drehte alle vier Knöpfe ganz nach links und sprang dann aus der Tür, schob Paul und Ana, die auf dem Gras standen, Paul hinter Ana, mit den Händen auf ihren Schultern, weiter, bis sie alle fünfzig Schritte weit weg und aus der Puste waren. Das Chateau stand still da, war nicht explodiert.

Ein Auto näherte sich dem Wohnmobil, und Josie lief zum Parkplatz und signalisierte dem Fahrer, einen weiten Bogen um das Chateau zu machen. »Was ist denn los?«, fragte der Mann. Er war ein Großvater mit drei Kindern auf der Rückbank.

»Das Gas war aufgedreht. Am Herd«, sagte Josie.

»Das sollten sie zudrehen«, sagte Grandpa.

»Danke«, sagte Josie. »Sie sind eine große Hilfe.«

Er wendete seinen Kombi, und Josie hockte sich vor Ana, die ihre ThunderCats-Figur zur Selbstverteidigung vor sich hielt. Wie hatte sie die auf dem Weg nach draußen mitnehmen können? Sie hatte die Zeit gefunden, ihre ThunderCats-Figur zu schnappen, während sie vor einer drohenden Gasexplosion floh. »Weißt du, dass du fast einen sehr schlimmen Unfall verursacht hättest?«, fragte Josie sie.

Ana schüttelte den Kopf, die Augen weit aufgerissen, aber trotzig.

»Hat sie das Gas aufgedreht?«, fragte Paul Josie. Er sah Ana an. »Hast du an den Knöpfen am Herd gedreht?«

Ana schaute auf ihre Knie.

»Ana, das ist echt böse«, sagte er. Josie wusste, das war das Schlimmste, was er je zu ihr gesagt hatte. Anas Kinn bebte, und sie begann zu weinen, und Josie richtete sich zufrieden auf. Sie wollte, dass Ana wenigstens einmal weinte, wenigstens einmal Reue empfand. Fast das ganze letzte Jahr war Anas Spitzname Sorry gewesen, weil sie das Wort so oft sagen musste, aber das hatte praktisch keinerlei Auswirkung auf ihren Hang, sich selbst und ihre Familie in große Gefahr zu bringen.

Was für ein Leben, dachte Josie. Sie stand da und schaute sich um, sah, dass sie an einem wunderschönen runden See parkten, dessen Oberfläche so klar und friedlich war, dass sich der Himmel darin spiegelte, vollkommen symmetrisch. Während sie ihn betrachtete, spürte Josie eine gewisse Ruhe und ging in Gedanken ein paar Fragen und Beobachtungen durch. Sie fragte sich, wie nah sie dem Tod wirklich gewesen waren. Hätten sie alle an diesem Vormittag sterben können, an einem sonnigen alaskischen Tag? Sie fragte sich mit einiger Ernsthaftigkeit, ob Ana eine Abgesandte aus einem anderen Reich war, als Kind verkleidet, aber mit dem Auftrag, Josie und Paul zu ermorden. Sie fragte sich, wie lange es dauern würde, bis das Chateau frei von dem tödlichen Gas war. Sie fragte sich, was ein Leben war – ob das hier ein Leben war. War das hier ein Leben? Und sie fragte sich, was es mit den Genen auf sich hatte, die sie besaß, mit irgendeinem erstickenden DNA-Strang, der ihr tagtäglich sagte, dass sie nicht da war, wo sie sein sollte. Auf dem College wechselte sie jedes Semester ihr Hauptfach – zuerst Psychologie, dann Internationale Beziehungen, dann Kunstgeschichte, dann Politikwissenschaft, und während des ganzen Studiums wollte sie weg sein, weg von dem trockenen alltäglichen Unsinn der meisten ihrer Seminare und dem ziellosen Pathos der meisten ihrer Kommilitonen. Sie ging nach Panama und fühlte sich für kurze Zeit wichtig, doch dann war sie es leid, in ein Loch zu kacken und unter einem Netz zu schlafen, und wollte in London sein. In London wollte sie in Oregon sein. In Oregon wollte sie in Ohio sein, und in Ohio war sie sicher, dass sie hier sein musste, in Alaska, und wo wollte sie jetzt sein? Wo verdammt noch mal? Fürs Erste irgendwo hoch über all diesem Dreck und Unheil.

»Mom, mach ein Foto von mir.« Es war Ana. Sie hatte die Hose um die Knöchel, die Hände ausgestreckt, als wäre sie bereit, einen fallenden Mann aufzufangen.

Josie machte ein Foto von ihr.

Sie schafften es nach Homer. Es war erst ein Uhr. Josie fuhr auf den Wohnmobilpark Cliffside und bezahlte fünfundsechzig Dollar für die Nacht, und dann verließen sie ihn wieder und fuhren die Straße runter zu der Landzunge, die Spit genannt wurde. Oder Homer Spit. Dort spiele sich in Homer so gut wie alles ab, hatte Sam gesagt, und so fuhr Josie die Berge hinunter und folgte der zweispurigen Straße auf die schmale Landzunge, die in die Kachemak Bay ragte. Klar, es war hübsch, dachte Josie, ohne Seward zu sein. Für Josie war Seward unvergleichlich gewesen. Vielleicht die Nähe zu den Bergen. Der harte Spiegel der Bucht. Die Eisberge wie verirrte Schiffe. Charlie.

Auf der Hauptstraße der Spit standen ein paar alte Gebäude, in denen früher mal oder noch immer Fischereibetriebe untergebracht waren, und es gab eine Kette von Läden und Restaurants, und da sie noch nichts gegessen hatten, parkte Josie das Chateau neben einem anderen, sehr viel luxuriöseren Wohnmobil, wohl wissend, dass das dessen Besitzer glücklich machen würde, das Bewusstsein, dass sie besser waren als Josie, als ihre Kinder. Josie bückte sich vor der Spüle, holte eine Handvoll Zwanziger aus dem Samtsäckchen, und sie gingen los.

Sie nahm Paul und Ana an die Hand und überquerte die viel befahrene Straße, steuerte auf ein Pizzarestaurant zu, das von außen aussah, als wäre es aus Schiffswracks erbaut worden – ein Sammelsurium von verbogenen Rumpfteilen und Masten und schiefen Fenstern, alles blaugrau, wie Treibholz. Die Tür war mit Aufklebern übersät, die Leuten ohne Schuhe, mit Hunden, Kindern ohne Begleitung, Rauchern und Republikanern den Zutritt untersagten. Unter dem letzten Verbot standen die Worte »Ist nicht ernst gemeint«, und darunter: »Oder doch?« Drinnen war es lichtdurchflutet und warm, und das Personal bestand ausschließlich aus Frauen. Es kam Josie wie eine Art politischer Pizzaladen vor, ein Pizzarestaurant, das seine eigene Idealversion verkörperte. In der Mitte des Raums stand ein riesiger Steinofen, und etwa fünf junge Frauen hantierten geschäftig um ihn herum, alle mit weißen Schürzen und blauen Blusen, alle mit kurzem Haar oder Pferdeschwanz. Josie bestellte Pizza, traute sich nicht, einen Blick auf den Preis zu werfen, und die Frau hinter der Theke, Kurzhaarschnitt und erschöpfte Augen, sagte ihr, sie sollten irgendwo oben Platz nehmen.

Die erste Etage war hell, verglast und bot Aussicht auf die Bucht. Die Sonne war hier so heiß, dass sie alle ihre Jacken und langärmeligen Shirts auszogen und auch noch in kurzen Ärmeln schwitzten. Ana fragte, ob sie ein Messer haben könne, und Josie sagte Nein. Paul versuchte, seiner Schwester zu erklären, warum Messer gefährlich waren, aber Ana war schon zur Toilette gegangen, und Sekunden später hörte man, dass irgendwas zu Boden fiel. Sie kam zurück zum Tisch und sagte kein Wort.

»Kannst du mal auf der Toilette nachsehen?«, bat Josie Paul, und er sprang bereitwillig auf, weil diese Mission seine beiden Leidenschaften miteinander verband: nachsehen, was seine Schwester wieder angestellt hatte, und auf das falsche Verhalten eines anderen hinzuweisen.

Er kam zurück. »Sieht ziemlich schlimm aus«, sagte er und wandte sich an Ana. Ana hörte gar nicht zu; sie hatte ein Motorboot entdeckt, das quer durch die Bucht fuhr.

Josie betrat die Toilette, sah, dass ein Handtuchhalter auf dem Boden lag, und wusste, dass das auf Anas Konto ging, wusste, dass nur Ana den Handtuchhalter so schnell von der Wand getrennt haben konnte. Bestimmt hatten Hunderte, wenn nicht Tausende Gäste diese Toilette und diesen Handtuchhalter benutzt, ohne ihn aus der Wand zu reißen, aber Ana hatte das in weniger als neunzig Sekunden geschafft.

Der politische Pizzaladen hatte schon eine berauschende Wirkung auf sie, denn Josie merkte, dass sie sich wegen des Handtuchhalters keinen Kopf machte. Tatsächlich war sie vorübergehend sprachlos, zweifelsohne beeindruckt, dass dieses Mädchen so ein feines Gespür für die Schwachstelle von Objekten hatte. Dass Ana einen beliebigen Raum betreten konnte, irgendeine Toilette in Homer, und gleich wusste, welches Objekt am ehesten kaputtgehen würde und wie genau das zu bewerkstelligen war.

Sie ging nach unten und sagte einer der Frauen, dass eines ihrer Kinder den Handtuchhalter abgerissen hatte.

»Wie hat er das denn hingekriegt?«, sagte die Frau. Eine andere Frau – mit gefiederten Ohrringen – zog gerade etwas aus dem Ofen.

»Es war meine Tochter«, sagte Josie, und jetzt wusste Josie, dass sie den Schaden nicht würde bezahlen müssen. Ihr Druckmittel war unsichtbar, aber real.

»Lassen Sie das Ding einfach da oben liegen«, sagte die Frau. »Wir kümmern uns drum.«

Josie bestellte ein Glas Chardonnay und zweimal Milch.

Oben war es zwei Uhr nachmittags, aber es fühlte sich an wie Sonnenaufgang. Das Licht auf dem Wasser vollführte einen wilden Stepptanz, legte sich eigentlich zu sehr ins Zeug, und da draußen war ein Boot, das sie beobachteten – eine große Yacht mit tausend weißen Se-

geln. Josie trank ihren Chardonnay aus, und als eine von
den politischen Pizzafrauen, eine dritte, mit schwarzen
Schafslocken überall auf ihrem großen Kopf, das Essen
hochbrachte, eine dicke Pizza, die auf etwas serviert wurde, das aussah wie ein Stück Baumrinde, bestellte Josie
sich noch ein Glas.

Das hier war der Grund, warum Leute verweilen.
Manchmal fordert ein Ort dich auf, zu bleiben, nirgendwohin zu hasten; er ist warm, und es gibt Stepp tanzen-
des Wasser und einen taubenblauen Himmel, und sie
hatten die erste Etage für sich. Josie hatte das Gefühl,
wenn irgendwelche anderen Leute heraufkämen, würde
sie sie vertreiben, würde sie ein Messer werfen. Hier war
jetzt ihr Zuhause.

Es dauerte nicht lange und Ana stellte sich hin, benutzte ihren Stuhl als Tisch, aß ihr Stück Pizza mit den
Ellbogen auf der Sitzfläche. Sie war ein abscheuliches
Schlitzohr, aber Josie liebte sie in diesem Moment kolos-
sal. Ihr niemals schwankendes Vertrauen in sich selbst,
darin, wie ihre Gliedmaßen funktionieren würden, verriet, dass sie immer alles so machen würde, wie sie es für
richtig hielt, und sich niemals fragen würde, ob es so
richtig war – was bedeutete, dass sie Präsidentin werden
könnte und garantiert immer glücklich sein würde. Sie
wischte sich den Mund am Arm ab wie eine schlemmen-
de Barbarin, und Josie lächelte sie an und zwinkerte. Die
Sonne huschte in dem Gold in ihrem Glas herum, und es
sang ein Lied über morgen. Josie trank es aus.

Die Kinder aßen jeweils zwei Stücke, und Josie aß
zwei und wollte dann mehr Wein. Sie fragte die Kinder,
ob sie noch irgendetwas wollten. Sie sagten Nein, aber
Josie überzeugte sie, dass sie ein paar von den Cookies

wollten, die sie in einem Glasgefäß unten auf der Theke gesehen hatte. Dann überzeugte sie Paul, dass es ein Riesenspaß wäre, wenn sie eine Bestellung auf einen Zettel schreiben würden und wenn er den nach unten zu den politischen Pizzafrauen bringen würde. Josie wollte nicht ihre Augen oder gespitzten Lippen sehen, wenn sie hörten, dass sie um drei Uhr an einem Montagnachmittag einen dritten Chardonnay bestellte. Und außerdem war Paul in einer Phase, in der er sich gern damit betrauen ließ, einen Anruf zu tätigen, an Geldautomaten den PIN-Code einzutippen, allein zum 7-Eleven zu laufen. Er wusste, es würde noch ein Jahrzehnt dauern, bis Ana erlaubt werden würde, solche Sachen zu machen. Er wusste, er war verantwortlich, und das stellte er gern unter Beweis.

Josie schrieb die Bestellung auf: 1 Milch, 2 Cookies, 1 Chardonnay und die Rechnung, und Paul ging damit nach unten. Ein paar Minuten später kam er wieder, balancierte die gesamte Bestellung auf einem weiteren Rindenteller, und Josie dachte eine flüchtige Sekunde lang, sie könnte aufstehen und ihm helfen, aber würde er das wirklich wollen? Sie blieb sitzen.

Er schaffte es zum Tisch und sah sie mit einem Entsetzen an, das zu fragen schien, ob seine Mutter wirklich wusste, was sie tat. Um ihn zu beruhigen, lächelte Josie wohlwollend, wie eine großmütterliche Heilige. Sie wollte ihm zuprosten und hob kurz ihr Glas, überlegte es sich aber anders. »Sieh mal das neue Schiff da«, sagte sie, ehe sie hinaus auf die Bucht schaute und merkte, dass es dasselbe war, das sie schon gesehen hatte.

Der Chardonnay entrückte sie, machte sie dusselig. Ihre Zunge wuchs und konnte keine Worte mehr formen.

Sie wollte nicht, dass ihre Kinder sie nachmittags lallen hörten, und sagte, sie würde ihre Augen ausruhen, um die Wärme der Sonne aufzusaugen, und sie hob das Gesicht zur schlierigen Glasdecke. Josie sah Jeremys Gesicht, dann das ihres Vaters und hörte, wie ihr Vater in seiner weißen Pflegermontur scherzhaft sagte, er würde den Kopf in den Backofen stecken. Josie öffnete die Augen und sah Paul mit Ana am hinteren Fenster stehen, das Gesicht dicht an der Scheibe, und einem kopulierenden Hundepärchen in den Dünen zuschauen.

Nach Carl hatte sie geschwankt zwischen völliger Gleichgültigkeit gegenüber fleischlichen Gelüsten – sie hatte keinerlei Bedürfnisse, keinerlei Verlangen, machte keinerlei Pläne, konnte sich zu nichts aufraffen –, und dann, einmal alle sechs Wochen, meldete sich in ihr ein Drang, eine Art Besessenheit, und sie wurde scharf. Sie schlief gelegentlich mit Tyler, einem Freund aus der Highschool. Nein, kein Freund. Jemand, den sie flüchtig auf der Highschool gekannt hatte und mit dem sie durch das Wunder von Internet-Nostalgie-Sex wieder zusammengekommen war. Er hatte ihr eines Tages geschrieben, als Anhang ein Foto von ihr in ihrem Halloween-Kostüm – sie war als Sally Bowles aus *Cabaret* gegangen nach ihrer erfolglosen Audition (Ich verwehre mich gegen Ihr Urteil, Ms Finesta!). Sie erinnerte sich an das Gefühl des engen Satins an ihren Beinen in der kühlen Nacht, an die silberne Perücke, und sie erinnerte sich an ihre vielen Verehrer an dem Abend und an den Tagen danach. Eine Satinstrumpfhose, eine schwarze Weste und die Fantasien von Hunderten Jungs waren jahrzehntelang lebendig. Tyler hatte also ein paar Fotos rausgekramt, angerufen, gesagt, er sei in der Stadt – auf der Durchreise.

Okay, schön. Sie aßen Pasta, tranken betäubenden Rotwein, und später, in seinem Hotel, stellte er sich mit seinem kleinen Schwanz ganz geschickt an, bis er plötzlich fest entschlossen war, ihr einen Finger in den Hintern zu stecken. Er versuchte es einmal, und Josie konnte ihn durch entsprechende Bewegungen davon abhalten. Fünf Minuten später versuchte er es wieder, und diesmal schob sie seine Hand sanft weg, und ging davon aus, dass die Sache sich damit erledigt hätte. Aber er versuchte es erneut, fünf Minuten später, und diesmal versuchte sie, die Sache scherzhaft zu nehmen und sagte leise lachend: »Wieso bist du so scharf darauf, mir einen Finger in den Hintern zu stecken?« –, doch trotz ihrer Warnung und offensichtlichen Anstandsregel zog er sich zurück, zog sich aus ihr heraus, kein großer Verlust, und dann – es war köstlich – roch er an seinem Finger. Ganz langsam, ganz diskret, als wollte er sich bloß die Nase kratzen. Er schaute dabei sogar weg! Aus dem Fenster! Als hoffte er, wenigstens ein bisschen von ihren Fäkalien an den Zeigefinger bekommen zu haben, bevor sie ihm einen Strich durch die Rechnung machte. Deshalb hatte er seinen Finger da reingesteckt. Um hinterher dran zu riechen. Er war denkwürdig. Und da war der andere Mann gewesen, der gestorben war. Der letzte Mann, mit dem sie geschlafen hatte, war einige Wochen später gestorben. Wie ging es ihr damit?

Vincent. Er war ein netter Mann gewesen. Ein netter Mann, der gesagt hatte, er würde sie nie verlassen. Wegen der Kinder, hatte er gesagt, und sie hatte das zu schätzen gewusst, seine ernste Entschlossenheit, ihren Kindern in keiner Weise Schaden zuzufügen, indem er in ihr Leben trat und es wieder verließ, denn er wusste von

128

ihrem Vater, von Carls Gabe, sich unsichtbar zu machen. *Ich verlasse dich nicht*, sagte er. *Das tue ich deinen Kindern nicht an*, sagte er. Obwohl er die beiden kaum kannte und sie ihn nicht mal bei einer polizeilichen Gegenüberstellung hätten identifizieren können. Es war zu früh. Sie verstand, dass er es gut meinte, aber als sie zwei Monate zusammen waren, sagte er, sollten sie sich je trennen, dann müsste das von ihr ausgehen. Er könnte sie nicht verlassen. Für ihn war das eine langfristige Sache. Sie war geschmeichelt, vielleicht sogar beeindruckt, aber es war ein bisschen einengend, oder? Sie fragte ihre Freundinnen: Das war doch ein bisschen einengend, oder? Von diesem Mann zu hören, er würde wegen der Kinder, die er eigentlich gar nicht kennt, ewig an deiner Seite bleiben.

Er hatte die Angewohnheit, sie zu beobachten, wenn sie sich Filme anschaute. Er bekam mit, dass sie bei einem Film über die Witwe eines im Irakkrieg gefallenen Soldaten feuchte Augen bekam, und von da an wandte er sich ihr jedes Mal zu, wenn auf der Leinwand vor ihnen eine emotionale Szene lief. Sie konnte stets in der Dunkelheit spüren, wie sich sein Gesicht ihr zuwandte, um zu sehen, ob sie weinte oder kurz davor war oder ob ihr die Tränen kamen. Wozu? Was für eine Punktetabelle führte er da im Kopf? Er hatte kein Stofftaschentuch dabei und bot ihr auch kein Papiertaschentuch an. Aber er war indoktriniert worden. Bei Frau bleiben wegen der Kinder. Frau und ihre emotionalen Reaktionen beobachten.

»Komm mit mir in die Normandie«, hatte er einmal gesagt. »Mit den Kindern. Ich will euch allen was zeigen.« Er verriet ihr nicht, warum er in die Normandie wollte. Er dachte, es wäre eine wunderbare Überraschung. Sie erklärte, dass es schwierig sei, ihre Praxis allein zu lassen und ihre kleinen Kinder vierzehn Stunden in zwei Flugzeugen einzusperren – das alles, ohne zu wissen, warum sie mit an den französischen Strand sollten. Schließlich verriet er es ihr: Er hatte Genaueres über einen Onkel erfahren – nein, einen Großonkel, berichtigte er sich am nächsten Tag, anscheinend nach einigen Telefonaten mit seinen Ahnenforschern in Salt Lake –, der am D-Day gekämpft hatte und gefallen war. Er wollte dorthin, seinen Respekt erweisen, und weil er anscheinend beschlossen hatte, dass alles, was ihn betraf, auch sie betraf, wollte er die gesamte Erfahrung, das Gräberfeld, mit Josie teilen.

Sie hatte ein paar Wochen Abstand voneinander vorgeschlagen, und er hatte genickt, ihre Klugheit gelobt, und dann war er zwei Wochen später gestorben. Er war auf dem Strand zusammengebrochen. In der Normandie. Er hatte Blumen auf das Grab seines Großonkels gelegt, und dann war er offenbar joggen gegangen und hatte eine venöse Thromboembolie bekommen. Die Beerdigung in Ohio war ein Gewimmel von Exfreundinnen und Schwestern – das Leben des Mannes war voller Frauen gewesen, und sie alle hatten ihn geliebt, wieso also hatte Josie sich nicht mehr angestrengt?

Die Rechnung von den politischen Pizzabäckerinnen kam. Sie wollten zweiundachtzig Dollar. Mit Trinkgeld würde sie einhundert Dollar für eine Pizza, zwei Plätzchen und drei Gläser Wein bezahlen. Das war Alaska. Es sah aus wie ein kaltes Kentucky, aber seine Preise waren Tokio, 1988.

Josie bezahlte und ging die Treppe hinunter, zur Tür

hinaus, und fühlte sich so frei, draußen an der frischen Luft, und war glücklich, dass die Pizza-Frauen sie nicht gesehen hatten, die am Nachmittag betrunkene Mutter. Dann spürte sie die angenehme Kühle und sah ihre Kinder an und stellte fest, dass sie keine Jacken trugen. Wo waren ihre Jacken? Josie drehte sich um und sah eine von den Pizza-Frauen in der Tür stehen, ihre Jacken und langärmeligen Shirts über dem Arm, und sie lächelte, als könnte sie Josie ins Gefängnis bringen.

Josie nahm die Jacken, half Paul und dann Ana hastig hinein, und sie spazierten die Straße hinunter. Drei Geschäfte weiter war ein Verkaufsstand mit handgewebten Mützen und Pullovern, und Josie war überzeugt, dass sie noch nie so schöne Dinge gesehen hatte.

»Werden die hier gemacht?«, fragte Josie die Frau, grauhaarig und mit hellen Opal-Augen. Die Frau grinste mit kaum beherrschbarer Freude, als wäre das Glück, in Homer zu sein und Handarbeiten zu verkaufen, mehr, als sie verdient hatte.

»Nein«, sagte die Frau. »Bolivien hauptsächlich.« Sie summte den liv-Teil des Landesnamens, dass es klang, als gäbe es keinen lebenswerteren Ort auf Erden, und Josie kam es so vor, als könnte man das Wort nur so aussprechen.

Josie strich über die Pullover und Mützen und dachte, sie müsse diese bolivianischen Waren in Alaska kaufen und wenn sie das nicht tat, hätte sie eine Gelegenheit verpasst, diesen Moment voll auszukosten.

»Melden Sie sich, wenn Sie Fragen haben«, sagte die Frau, setzte sich auf einen Hocker in der Nähe und hob das Gesicht mit einem glückseligen Lächeln in die Sonne.

Josie suchte einen Schal aus, wickelte ihn Paul um den Hals und trat zurück, um ihren Sohn zu bewundern. Er sah fünf Jahre älter aus, also nahm sie ihm den Schal wieder ab.

»Mom, woher kennst du Sam noch mal?«, fragte Paul.

Das war ungewöhnlich für ihn. Normalerweise musste sie ihm nichts zweimal erzählen; auf sein Gedächtnis war todsicherer Verlass, was ungewöhnliche Informationen über die Erwachsenen in seinem Leben betraf. Ehe sie zu einer Erklärung ansetzen konnte, einer einprägsameren diesmal, fragte er: »Hab ich sie schon mal kennengelernt?«

Er hatte sie kennengelernt. Genauer gesagt, Sam hatte ihn kennengelernt, ihn als Baby gehalten. Josie erzählte das Paul und dichtete hinzu, dass er sie sehr gemocht hatte, dass sie eine Art Patentante für ihn war.

»Dann ist sie also meine Patentante?«, fragte er.

Josie blickte rasch zu der opaläugigen Frau, rechnete mit Missbilligung, doch ihr entrückter Gesichtsausdruck hatte sich nicht verändert.

In Wahrheit hatte Josie noch keine Paten für Paul bestimmt. Nach seiner Geburt wollte sie damit warten, bis seine Persönlichkeit sich entwickelt hatte, um besser eine passende Person für ihn auszusuchen. Damals fand sie das völlig logisch, aber seitdem hatte sie die Aufgabe schlicht vernachlässigt. Jetzt schien diese Vorstellung von Sam unvermeidlich.

»Klar«, sagte Josie.

Jeder wäre besser als Anas Paten, Freunde von Carl, die die Ehre angenommen hatten wie ein geschmackloses Hochzeitsgeschenk, das prompt ausrangiert wird. Ana hatte sie nie zu sehen bekommen – nie mal eine Karte, nichts.

Sam, nun ja, das könnte gut gehen, musste aber nicht. Sie würde wahrscheinlich keine überfürsorgliche Patin sein, aber möglicherweise könnte sie ihn aus der Ferne inspirieren? Sie könnte Sam fragen, wenn sie sie sahen. Keine Frau hat je Nein gesagt, wenn sie gebeten wurde, Patin zu sein, also war die Sache so gut wie geritzt.

»Sam ist die Beste«, fügte sie hinzu. »Hab ich dir erzählt, dass sie eine Armbrust hatte?« Sam war nicht die Beste, und das mit der Armbrust war bloß geraten, aber Josie überfiel eine jähe Sehnsucht danach, Sam zu sehen und ihre Verbundenheit mit dieser Patentante-Idee zu verfestigten. Sie liebte Sam wirklich, wenn auch auf eine komplizierte Art, und hatte sie seit fünf Jahren nicht gesehen, und sie waren den gleichen ungewöhnlichen Weg gegangen, und vor allem, und das war für Josie an diesem Tag am wichtigsten, war Sam eine Erwachsene. Abgesehen von Stan und Zaubershow-Charlie hatte Josie seit ihrer Ankunft in Alaska zu keinem Menschen, der älter als acht Jahre alt war, mehr als Bitte und Danke gesagt.

»Ist sie deine Stiefschwester?«, fragte Paul.

Im Großen und Ganzen war das richtig. Die volle Wahrheit über ihre Schwesternschaft zu erzählen, war nicht möglich, jedenfalls nicht einem Achtjährigen. Josie war keine Geschichte eingefallen, die einfach genug gewesen wäre, um Sam ihren Kindern zu erklären.

»Richtig«, sagte Josie. »So in etwa.«

Jetzt öffnete die grauhaarige Frau die Augen. Josie erwischte sie dabei, wie sie Paul ansah, als würde sie abschätzen, ob er die Kraft hätte, das alles durchzustehen – diffuse Stieftante und Patin, beschwipste Mutter. Josie

133

kaufte Pullover und Mützen für Paul und Ana, bewies der Frau ihre Kompetenz und Liebe, indem sie zweihundertzehn Dollar für bunte bolivianische Kleidung ausgab, die ihre Kinder nur widerwillig tragen würden.

Josie stellte eine kurze Berechnung an und stellte fest, dass sie das ganze Geld, das sie eingesteckt hatte, ausgegeben hatte, dreihundertzehn Dollar in einer Stunde, und das in einem Zustand, den die meisten als betrunken bezeichnen würden. Auf der anderen Straßenseite konnte sie das lockende Chateau sehen, warm und still.

»Wer möchte *Tomás y Jerry* gucken?«, fragte sie.

Sie gingen zurück zum Wohnmobil, wo die Kinder sich in die Essecke setzten, und sie startete den Film. Josie kletterte nach oben, vollständig angekleidet, und legte sich auf die sonnige Matratze. Bevor sie einschlief, hörte sie Paul zu Ana sagen: »Hol doch dein Malbuch. Ich weiß nicht, wie lange du mit einer Möhre spielen kannst.« Guckten sie sich den Film an oder nicht? Was spielte es für eine Rolle? Sie dämmerte weg und wachte eine Stunde später auf, in Schweiß gebadet. Sie schaute nach unten und sah Paul und Ana schlafen, Kopfhörer auf den Ohren, die Haare verfilzt.

Sie schloss wieder die Augen, spürte die Hitze des Nachmittags, dachte, dass das, was sie getan hatte, die Kinder mit nach Alaska zu nehmen, niemanden zu verständigen, schon gar nicht Carl, als kriminell betrachtet werden könnte. War es illegal? Irre? Carl würde das Wort benutzen. Für Carl waren gute Dinge irre. Schlechte Dinge waren irre. Josie war irre. »Du bist neben einer Irrenanstalt groß geworden!«, sagte er oft, als hätte das irgendwas zu bedeuten. Als wäre die ganze Stadt, in der Josie aufgewachsen war, durch Osmose geistesgestört geworden. Als würde die Tatsache, dass Josie ihre Kindheit unweit vom Rosemont Veterans Administration Hospital, ehemals Soldatenheim, besser bekannt als Candyland, verbracht hatte, genau das erklären, was er damit andeuten wollte. Er glaubte, ihre Kindheit, ihre Nähe zu dem Skandal, ihre Lossagung von ihren Eltern mit siebzehn, all das würde seine Position in gewisser Weise stärken. Er war aus härterem Holz geschnitzt, so die implizite Logik, daher hatte er das Recht, sich treiben zu lassen – die Erlaubnis, nichts zu tun. Das war natürlich Unsinn. Sein Vater war Teilhaber eines Fleischkonzerns, der eine gewaltige Fläche in Costa Rica abholzen ließ, um Platz für Rinder und Gras zu schaffen, Rinder, die eines Tages zu amerikanischen Steaks zerhackt werden würden. Deshalb war er in einer noblen Expat-Schule in San José aufgewachsen – San José in Costa Rica, nicht in Kalifornien – und deshalb war er mit Hauspersonal aufgewachsen und deshalb hatte er keine Ahnung vom Arbeiten, was Arbeit bedeutete. Und weil er niemals einen Zusammenhang gesehen hatte zwischen Arbeit und der Fähigkeit, Kredite und dergleichen zu bezahlen, meinte er, jede Marotte von Josie nach Lust und Laune verurteilen zu können. Und weil Josies Eltern beide Pfleger waren – ein Beruf, den Carl mit der Dienerschaft gleichsetzte, die er als Kind ausgebeutet hatte – und weil beide in den Candyland-Skandal verwickelt waren, konnte jede Veränderung in Josies Verhalten, jede Macke oder jede Schwäche ausgenutzt, mit dieser Krankenhaustragödie in Verbindung gebracht werden.

Als sie und Carl zusammen waren, hatten sie beschlossen, den Kindern nichts von Candyland zu erzählen, aber jetzt, wie sie im Chateau lag, in Schweiß gebadet, die schale Luft knapp unter der Decke einatmete, wusste sie, dass sie sich im Umgang mit Sam würde vorsehen müssen. Sam hatte ihren Zwillingen alles erzählt, das wusste Josie, alles über Sunny und ihre Lossagung von ihren Eltern, und sie hätte bestimmt keine Bedenken, die Sache im Beisein von Paul und Ana zur Sprache zu bringen.

Josies Eltern waren Pfleger in einem Krankenhaus gewesen. Das konnte sie ihren Kindern erzählen – das hatte sie ihnen erzählt. Das reichte fürs Erste. In Anas Alter hatte Josie auch nicht mehr gewusst. Ihre Eltern trugen Weiß, wenn sie zur Arbeit im Rosemont-Krankenhaus gingen, und wenn sie nach Hause kamen, zogen sie die weiße Kleidung aus und redeten nicht über ihren Tag. Josie erfuhr häppchenweise Näheres über die Arbeit ihrer Eltern. Als sie sieben war, begriff sie, dass das Krankenhaus für Veteranen war. Als sie neun war, liefen zu Hause die Musical-Schallplatten, und sie hörte von Vietnam und dass die meisten Patienten im Rosemont da gekämpft hatten. Aber sie wusste nicht, was ihnen fehlte: Sie stellte sich Reihen von Betten vor, in denen fröhliche Soldaten mit verstauchten Knöcheln und angeknacksten Nasen lagen. Sie wusste als Kind nicht genau, wo Vietnam war, ob der Krieg noch im Gange war oder nicht.

Gelegentlich sprachen ihre Eltern über die Patienten. Ein Mann schlug von morgens bis abends gegen die Seite seines Bettes, als wollte er eine lose Schraube rausschütteln. Ein anderer Mann wollte sein perfekt gemachtes Bett nicht in Unordnung bringen und schlief darunter.

»Ich hoffe, deine Eltern haben nichts mit diesem Candyland-Fiasko zu tun.« Eine von Josies Lehrerinnen sagte das eines Tages zu ihr. Josie hatte noch nie von irgendeinem Candyland-Fiasko gehört. Aber man konnte sich den Nachrichten in dem Jahr letztlich nicht entziehen. Die Suizide. Rosemont hatte seinen Psychiatriepatienten zu viele Medikamente verabreicht, und sie starben in beunruhigender Zahl. Sie schliefen achtzehn bis zwanzig Stunden am Tag, und wenn sie nicht von Medikamenten zugedröhnt waren, brachte sich alle paar Monate einer von ihnen um. Die meisten Suizide passierten auf der psychiatrischen Station selbst, ein paar nach der Entlassung, und alle waren sie auf besondere Art entsetzlich. Ein zweiunddreißigjähriger Mann erhängte sich mit einem Bettlaken an einer Türklinke. Ein anderer trank Bleichmittel, das seinen Darm aufplatzen ließ. Ein dreiunddreißigjähriger Mann stürzte sich vom Dach, landete auf der Mutter eines Patienten und brach ihr das Genick, und als er merkte, dass er nicht tot war, schnitt er sich noch auf dem Bürgersteig mit einer Glasscherbe die Pulsadern und die Halsschlagader auf.

Das war der Fall, der die Aufmerksamkeit des Landes auf Rosemont lenkte. Die Zeitungen fanden heraus, dass das Krankenhaus bei den Veteranen einen Spitznamen hatte, Candyland, und dieser makabre Touch schürte die öffentliche Faszination. Achtzehn Suizide in drei Jahren, fünf versehentliche Überdosen, vielleicht mehr. Die Gesichter der jungen Männer, die meisten in Uniform, prangten tagtäglich auf den Titelseiten. *Wir schickten sie nach Nam in den sicheren Tod,* hieß es in den Leitartikeln. *Als sie lebend zurückkamen, töteten wir sie noch einmal.* Der Chefarzt der Abteilung, Dr. Michael Flores, wurde verhaftet, und die Hauptschuld wurde ihm angelastet – »Ich wollte ihnen nur die Schmerzen nehmen«, sagte er –, aber bei Josie zu Hause wurde es laut. Ihre Eltern waren vernommen worden, waren privat und öffentlich beschuldigt worden. Vier der Suizide hatten sich ereignet, während sie Dienst hatten, und das Getuschel nahm zu. Wie hatten sie das zulassen können? Ihre Kollegen in Rosemont hielten zu ihnen, sagten, sie seien nicht nachlässig gewesen, aber die Zweifel blieben und nahmen zu. Die Abteilung wurde geschlossen, dann wurde das ganze Krankenhaus geschlossen, ihre Eltern waren arbeitslos, und Josie lernte die Bedeutung des Wortes *Mitschuld*.

Dann geschah etwas, das die jugendliche Josie als ein Paradebeispiel für Ironie betrachtete: Ihre Eltern fingen an, genau die Medikamente zu missbrauchen, Hydromorphon und Chlorpromazin und Phenytoin, die Flores zu hoch dosiert verschrieben hatte. Kurz nach ihrem vierzehnten Geburtstag zog ihr Vater aus und ging ein Jahr später nach Kambodscha, wo er blieb und noch immer lebte. Als Josie sechzehn war, arbeitete ihre Mutter als Privatpflegerin bei einer Familie fünfzig Meilen weit weg, wo sie sich um eine alte Frau kümmerte, Mrs Harvey. »Ich bin verliebt, Joze«, sagte sie eines Tages. Sie hatte etwas mit Mrs Harveys mittelaltem Sohn angefangen, ebenfalls Veteran, ebenfalls medikamentensüchtig, und sie wollte, dass Josie bei ihr in dem neuen Haus lebte, unter einem Dach mit der sterbenden Frau und ihrem Sohn, und machte fadenscheinige Versprechungen, dass sie wieder ein gutes Leben haben könnten.

Josie dachte: Nein. Sie hatte noch zwei Jahre Highschool vor sich. Eines Tages brach sie im Wartezimmer ihrer Zahnärztin zusammen, und die Empfangshelferin war zu ihr gekommen, hatte sie zur Toilette gebracht, hatte sie auf den Klodeckel gesetzt und ihr das Gesicht mit einem nassen Handtuch abgetupft, und dadurch musste Josie noch heftiger weinen, lauter, und kurz darauf lag sie mit verheultem Gesicht in einem der Untersuchungsstühle, und Dr. Kimura war bei ihr, die zunächst dachte, Josie hätte aus Kummer über ihre Figur einen Weinkrampf bekommen. Als die Empfangshelferin Josie schluchzend im Wartezimmer sitzen sah, hatte die nämlich eine Ausgabe der Zeitschrift People auf dem Schoß und einen Artikel aufgeschlagen, in dem es um Schikanen gegen übergewichtige Mädchen ging. Deshalb dachten sie und Dr. Kimura, Josie, die sie beide überragte, wäre unglücklich über ihre Körpergröße und wäre an der Schule gemobbt worden. Sie brachten sie nach hinten in einen Raum, wo Operationen durchgeführt wurden, und sie umsorgten sie wie Heilige. Da war irgendetwas in Dr. Kimuras feuchten Augen und ihrer Seidenstimme, das Josie zum Reden einlud. Und als Dr. Kimura die Empfangshelferin nach Hause schickte und zu Josie sagte, sie habe den Nachmittag frei, erzählte Josie ihr alles. Ihr Vater war in Chiang Mai und lebte laut Josies Mutter mit einem bezahlten Harem von Frauen zusammen, von denen eine erst dreizehn Jahre alt war. Ihre Mutter hatte zwei Jahre auf der Couch geschlafen. Jetzt war sie verliebt, nahm aber wieder Tabletten und wollte einen Süchtigen heiraten. Ständig kamen neue Leute ins Haus. Ob sie dealten oder nicht dealten, wusste Josie nicht. Sie erinnerte sich an Rucksäcke, die aufgereiht in der Diele standen, immer andere Rucksäcke, und die neuen Männer kamen und gingen mit einem von diesen Rucksäcken. Josie fing an, sich in ihrem Zimmer zu verkriechen.

Während Josie wie ein Wasserfall redete, sagte Dr. Kimura sehr wenig. Aber ihre Augen schienen einen Entschluss zu fassen. »Wie wär's, wenn du für eine Weile nach der Schule hierherkommst? Deiner Mom sagst du einfach, du machst ein Praktikum«, sagte sie. »Du brauchst einen Ort, wo du ein paar Stunden am Tag deine Ruhe hast.«

In der ersten Woche saß Josie im Wartezimmer und machte ihre Hausaufgaben, fand es aufregend, ihre Mutter so im Kleinen zu hintergehen. Aber sie gewöhnte sich an die Ruhe, die Klarheit, die Vorhersehbarkeit der Praxis. Die Leute kamen, gingen, bezahlten, plauderten. Es gab kein Chaos, kein Geschrei, keine Mutter auf der Couch, keine Mutter, die Umgang mit nervösen Männern mit leeren Augen hatte. Manchmal nahm Dr. Kimura sie mit nach hinten, um ihr etwas Interessantes zu zeigen – ein ungewöhnliches Röntgenbild, wie Abdrücke gemacht wurden. Doch normalerweise verbrachte sie diese Stunden in Sunnys Praxis – Dr. Kimura hatte gesagt, sie dürfe sie duzen –, indem sie Hausaufgaben erledigte, manchmal ein Nickerchen machte, und sich von Zeit zu Zeit fragte, was es mit dem Foto von einem Teenager auf sich hatte, einem mattblonden Mädchen, das nicht die geringste Ähnlichkeit mit Sunny hatte, weshalb Josie annahm, dass es sich um eine Patientin handelte. Nach dem letzten Patienten half Josie meistens noch, die Praxis aufzuräumen, und Sunny erkundigte sich, was es bei ihr zu Hause Neues gab. Sunny hörte mit empörter Miene zu, sagte aber nie ein abfälliges Wort über Josies Mutter. Sie waren etwa gleichaltrig, Sunny und ihre Mutter, irgendwo Ende dreißig, aber Sunny wirkte ein oder zwei Generationen älter, sehr viel seriöser und klüger.

Eines Tages schloss sie die Praxistür. »Gut möglich,

dass das jetzt mein letztes Gespräch mit dir ist«, sagte sie.
»Ich will dir nämlich einen Vorschlag machen, der eine
Reihe von Ereignissen auslösen wird, die mich in große
Schwierigkeiten bringen und die Praxis kosten könnten.
Aber ich denke, du solltest ein offizielles Lossagungsver-
fahren von deinen Eltern in die Wege leiten, und falls du
das machst, möchte ich, dass du zu mir ziehst. Ich kenne
eine Anwältin.«

Die Anwältin, eine stille, aber beharrliche Frau namens Helen, war eine Freundin von Sunny. Sie trafen sich
am nächsten Tag. Sie hatte einen Wust aus Ringellöck-
chen und einen unverwandten Blick. Die beiden, Sunny
und Helen, saßen Josie gegenüber, Schulter an Schulter.
»Wir machen das nicht, wenn die Sache hässlich werden
könnte«, sagte Sunny. »Du hast schon genug Drama in
deinem Leben«, fügte sie hinzu. »Falls deine Mutter dagegen ist ...«, setzte Helen an, aber Sunny brachte den
Gedanken zu Ende: »... dann müssen wir uns etwas anderes überlegen. Was denkst du?«

Der Eifer der beiden Frauen war beunruhigend und
ansteckend zugleich. Josie wollte es machen. Sie wollte
bei diesen nüchternen, funktionsfähigen, tüchtigen Frauen
sein, die so schnell große Pläne schmiedeten.

»Okay«, sagte Josie zutiefst verunsichert.

»Schön«, sagte Sunny und nahm Josies Hand. »Komm
doch mit zu uns nach Hause zum Essen. Ich will dir jemanden vorstellen.«

Also rief Josie zu Hause an, erzählte ihrer Mutter die
Wahrheit – dass sie mit ihrer Zahnärztin zu Abend essen
würde, und da ihre Mutter jedes Gefühl für Normalität
verloren hatte, war sie einverstanden und sagte bloß, Josie solle um zehn zu Hause sein. Josie setzte sich auf die

Rückbank in Sunnys altem, aber sauberem Auto, Helen auf den Beifahrersitz, und Josie kam sich vor wie in einem Fluchtauto, glaubte, dass sie drei danach beste Freundinnen und ein unzertrennliches Trio sein würden. Sie betrat Sunnys Haus, flankiert von Sunny und Helen, als würde sie von ihnen beschützt, wie eine Präsidentin oder Päpstin.

»Samantha!«, rief Sunny, und ein Mädchen kam die Treppe heruntergepoltert und blieb auf halber Höhe stehen. Es war das Mädchen auf dem Foto.

Josie war also Helens und Sunnys zweites Projekt. Die Erkenntnis war für sie ein Schlag. Samantha war seit einem Jahr bei ihnen, nachdem sie vor einer Mutter geflohen war, die sie geschlagen hatte, und einem Trucker-Vater, der sie unter der Dusche fotografiert hatte. Samantha hatte vierzig Meilen entfernt gewohnt, und Helen war von einer Sozialarbeiterin an der dortigen Highschool auf ihren Fall aufmerksam gemacht worden. Samanthas Lossagungsverfahren war rasch über die Bühne gegangen. Jetzt wurde Samantha zu Hause mit einer Art autonomem Lernverfahren unterrichtet, das Josie nicht auf Anhieb verstand. Sie verstand auch nicht, warum Sunny ihr nicht von Samantha erzählt hatte, bevor sie das Lossagungsverfahren angesprochen hatte.

»Ich konnte dir nicht von Samantha erzählen, bevor wir uns sicher waren«, sagte Sunny. Nach dem Essen an jenem Abend hatte Sunny einen Spaziergang vorgeschlagen und Josie dann unter einem dunklen Baumkronendach Samanthas Situation erklärt. »Es ist besser, sie zeigt sich nicht zu viel in der Öffentlichkeit. Wir haben zwar ein Kontaktverbot gegen ihren Dad erwirkt, wollen aber kein Risiko eingehen. Verstehst du? Hat das deine Ansicht in der Sache geändert, jetzt wo du von Samantha weißt?«

Das hatte es. Auf der Fahrt von Sunnys Praxis zu ihr nach Hause hatte Josie es für eine Heldentat gehalten, dass Sunny sie bei sich aufnehmen wollte, für einen Akt wilder und sogar waghalsiger Courage. Aber in Wahrheit war es viel banaler. Sie und Helen hatten ein System.

»Dass du nach Sam zu mir gekommen bist, war mehr als ein glücklicher Zufall«, sagte Sunny, um die Situation wieder eher als eine märchenhafte Schicksalsfügung darzustellen. »Ihr zwei seid nur ein Jahr auseinander und könntet euch gegenseitig stärken.«

Oder wir könnten uns gegenseitig in eine Serie von düsteren Teenager-Dramen ziehen, dachte Josie.

»Ich weiß, es ist schwierig«, sagte Sunny an dem Abend und häufig danach. »Aber es ist ruhig hier und sicher.«

Es war schwierig. Samantha musste ihr Zimmer von heute auf morgen mit Josie teilen, was bedeutete, dass sie nur noch halb so viel Platz und gar keine Privatsphäre mehr hatte. »Was haben die beiden Schlampen sich jetzt wieder einfallen lassen?«, knurrte sie vor sich hin, während sie lärmend ihre Habseligkeiten im Zimmer herumräumte, um für Josie Platz zu schaffen. Sie kooperierte wutschnaubend, war einen Monat lang feindselig, dann unnahbar, ging schnell an die Decke. Josie blieb in ihrer Schule, und sie hatten unterschiedliche Freunde, weshalb ihr Kontakt zueinander zufällig und vermeidbar war. Sam behandelte Josie wie eine schnorrende Herumtreiberin, die aus dem Regen hereingekommen war, um mit ihr ein Zimmer zu teilen, für das Sam bezahlt hatte.

Schließlich trat Entspannung ein, und sie offenbarten einander ihre Schwächen, nur um sie später auszunutzen. Sie waren clevere und wütende Mädchen, die Sunny und Helen keine angemessene Dankbarkeit zeigten, die sich mit Lehrern anlegten, die mit dem Freund der jeweils anderen flirteten, die sich gegenseitig Sachen klauten oder kaputt machten.

Aber ihr Zuhause war normal und ruhig, und Josies Lossagungsverfahren traf auf keinerlei Widerstand. »Ich habe deiner Mom die Vor- und Nachteile dargelegt«, sagte Helen eines Tages, und Sunny lächelte – was darauf schließen ließ, dass sie Josies Mutter völlig überrollt hatten; es löste bei Josie ein leises Schuldgefühl aus. Josie sah ihre Mutter im folgenden Jahr einmal pro Monat, und ihre Begegnungen, stets in einem Diner am Highway zwischen ihren Wohnorten, waren herzlich und angespannt, und sie redeten hauptsächlich darüber, wie gut es in ein paar Jahren sein würde, wenn alles bereinigt war, wenn jeglicher Groll zwischen ihnen vergangen war und sie als Erwachsene und Ebenbürtige zueinander zurückkehren könnten. Ha.

Es wurde auch über Sunny und Helen gemunkelt, darüber, was sie im Schilde führten – irgendeine Sekte gründen, mit einem orientierungslosen Teenager nach dem anderen? Waren sie Lesben? Waren sie Lesben, die eine lesbische Sekte ins Leben rufen wollten? Doch nach Josie kamen keine weiteren Teenager zu ihnen, jedenfalls nicht in jenem Jahr. Letzten Endes wurde Sunnys Haus bekannt als Zufluchtsstätte für junge Frauen, die aus schlimmen Verhältnissen flohen, und die Intensität von Sunnys Interesse an Josie wurde durch die vielen Mädchen, die nach ihr kamen, verwässert. Sunny wusste das und hatte Sorge, dass Josie und Sam sich vernachlässigt fühlen würden. Mach dir mal keine Sorgen, sagte Josie zu ihr. Niemals.

VI.

Hastig weckte Josie die Kinder, fixierte sie mit den Sicherheitsgurten und fuhr die Landzunge hoch und zurück zum Wohnmobilpark Cliffside, um sich mit Sam zu treffen. Sie waren spät dran, bescheuert spät. Zwanzig Minuten später zog Josie ihnen auf dem Parkplatz die Schuhe an, Anas sahen aus wie kleine Gummibacksteine, und dann standen sie alle oben auf der Klippe und schauten zu Sam hinunter, die mit ungefähr zwanzig anderen zur Begrüßung von Josie und ihren Kindern am Strand ein Barbecue veranstaltete, das bereits in vollem Gange war.

»Sorry!«, rief Josie nach unten, während sie den steilen Pfad hinuntergingen, versuchte zu lächeln, versuchte zu lachen, als wäre das für sie alle typisch, die alaskische Lebensart, ein Leben ohne Termine und festgesetzte Zeiten für Barbecues am Strand. »Wir sind eingeschlafen!«, sagte Josie fröhlich, versuchte, es charmant klingen zu lassen, während Paul und Ana schlapp hinter ihr herschlurften, also behielt sie ein Lächeln wie eingefroren im Gesicht, als sie das letzte Stück vom Pfad auf den Strand sprangen. Sam war im Nu bei ihr, umschlang sie mit einer wollenen Umarmung. Ihr Haar und der Pullover rochen nach Holzrauch, sie trug Shorts, Stiefel mit offenen Schnürsenkeln und einen handgestrickten schwarzen Pullover. Ihr Haar war windzerzaust und ungewaschen.

»Macht nichts, du kommst ja bloß eine Stunde zu spät zu deiner eigenen Party«, sagte sie, ließ Josie los und schnappte sich Ana und hob sie in die Luft. »Du hast mich noch nie gesehen, aber ich habe vor, dich zu fressen«, sagte sie, und Anas Augen blitzten auf, als wäre sie auf ein weiteres Exemplar ihrer wilden Gattung gestoßen. Sam gab Ana einen festen Kuss aufs Ohr, während sie Paul vorsichtiger beäugte. »Ist das Paulie?«, sagte sie, und stellte Ana hin. Paul ging auf sie zu und schien sich mit der Möglichkeit abzufinden, dass Sam auch ihn hochheben würde. Aber das tat sie nicht. Sie ging vor ihm in die Hocke und nahm sein Gesicht zwischen zwei rote Hände. »Deine Augen werde ich nie vergessen«, sagte sie und richtete sich dann auf.

Das Barbecue fand dicht an der Felswand statt, auf einem weiten Strand bei Ebbe, der gestreift war mit verwaisten Schnüren aus Ozeanwasser, silbern im schwachen Licht. Auf der anderen Seite des Wassers waren die Kenai Mountains, aber niemand schenkte ihnen Beachtung. Die übrigen Gäste waren an all diese schroffe Schönheit gewöhnt, an all das Treibholz und all die runden grauen Steine, die gewaltigen Baumstümpfe, vom Meer ausgehöhlt und von der Sonne gebleicht. Den Neuankömmlingen wurden alle, die da waren, vorgestellt – ein bunter Haufen von leicht vergammelt aussehenden Leuten, die für Sam arbeiteten oder früher für sie gearbeitet hatten, Eltern von Freundinnen ihrer Zwillinge und Nachbarn, von denen die meisten Daunenwesten oder Wollpullover trugen, und alle hatten sie alte Stiefel an.

Die ganze Zeit stand ein Mann sehr nah bei Sam, und Josie vermutete, dass das ihr Lover war. Josie versuchte sich an Sams Einstellung zur Ehe zu erinnern. Sie war auf Sams Hochzeit gewesen, als sie einen Berufsfischer namens JJ heiratete, hatte den Mann aber seitdem nicht mehr gesehen. Führten sie eine offene Ehe? So was in der Art.

Dieser Mann da vor ihr, der sich mit offensichtlicher Vertraulichkeit zu Sam beugte, hätte zehn, fünfzehn Jahre jünger sein können, aber ein dicker rostfarbener Bart erschwerte die Alterseinschätzung. Sam stellte ihn zuletzt vor.

»Das ist Doug«, sagte sie und hob seine Hand hoch in die Luft, als wäre er gerade zum Sieger gekürt worden.

Nein. Es war keine offene Ehe. Jetzt fiel es ihr wieder ein. JJ war oft monatelang auf See, und sie hatten eine Abmachung getroffen: Was passierte, während er auf See war, hatte keinerlei Bedeutung. Es war verboten, Fragen zu stellen, und er hatte nur eine einzige Bedingung: Sie durfte mit niemandem etwas anfangen, den er kannte. Aber jetzt waren sie hier, im Kreis ihrer gemeinsamen Freunde, und da war dieser Mann, Doug, und wer Augen im Kopf hatte, konnte sehen, dass er mit ihr ins Bett ging.

»Hast du noch Kinder?«, fragte sie. »Oder arbeiten die schon in einer Fischfabrik oder so?«

Sam hob das Kinn in Richtung Ufer. Ein paar Hundert Meter zum Wasser hin standen zwei Silhouetten vor einem großen Felsen. Auf dem Felsen saß ein riesiger Vogel, und Josie schmunzelte vor sich hin, weil sie sich dachte, jetzt würde ihr jemand erklären, dass es ein Weißkopfseeadler war.

»Weißkopfseeadler«, sagte die Stimme eines Mannes, und als sie sich umwandte, stand Doug da und hielt ihr eine braune Flasche einheimisches Bier hin.

»Wollt ihr Zoe und Becca begrüßen?«, sagte Josie und warf Paul einen flehenden Blick zu. »Sagt ihnen Guten Tag und kommt dann zurück, was essen.« Paul nahm Ana an die Hand und ging Richtung Wasser.

In Josie stieg das Gefühl auf, dass Sam sich hier ein gutes Leben aufgebaut hatte – sie hatte viele Freunde, Freunde, die bereit waren, an einem normalen Wochentag abends an den Strand zu kommen, um Josie und ihre Kinder zu begrüßen.

»Habt ihr euch verfahren?«, fragte Sam. »Wir waren um vier hier, haben alles aufgebaut, und alle sind um fünf eingetrudelt. Wir hatten doch fünf gesagt, oder?«

Josie versuchte, die Nasenflügel aufzublähen.

»Wir haben bei einer Reihe Wohnmobile da oben an die Tür geklopft«, fuhr Sam fort, »aber keiner hatte euch gesehen.«

Es war faszinierend, dachte Josie, wie wenig sie Sam einschätzen konnte. Fünf Jahre waren eine lange Zeit, und Sam, schon immer eine Formwandlerin, war inzwischen vielleicht zu einem ganz neuen Wesen geworden. Aber nachtragend war sie noch immer.

Josie erklärte, dass sie den ganzen Tag gefahren waren und dass sie aus dem Rhythmus waren, unregelmäßig schliefen, dass sie kein Handy hatte und daher auch keinen Wecker und überhaupt, was soll's, es ist Sommer, und Sam war ohnehin unter Freunden, also was macht es da, dass sie sich verspätet hatte, macht es denn wirklich jemandem was aus, haha.

Am Ende ihres Monologs sah Josie, dass Sam sie auf eine bestimmte Art ansah, mit forschenden Augen und amüsiertem Mund, und sie erinnerte sich, dass Sam das häufig gemacht hatte, sich eingebildet hatte, einen direkten Draht zu Josies innerster Seele zu haben, Nachrichten mitzubekommen, die niemand sonst empfangen oder entschlüsseln konnte.

»Lass das«, sagte Josie. »Tu nicht so, als würdest du mich so gut kennen. Wir haben uns fünf Jahre nicht gesehen.«

Das erheiterte Sam noch mehr. Ihre Augen weiteten sich wie Autoscheinwerfer in einem Cartoon. »Du hast deine Praxis verlassen und bist vor Carl geflohen. Oder du bist vor deiner Praxis geflohen und hast Carl verlassen. Das hab ich jedenfalls gehört.«

Der einzige Mensch, von dem sie das gehört haben konnte, wäre Sunny, die über den Verlust von Josies Praxis todunglücklich war und es niemals mit solchen Worten ausgedrückt hätte. Aber Sam machte über jeden Verlust, jede Tragödie flapsige Bemerkungen. Als Überlebende einer kaputten persönlichen Welt meinte sie, das Recht dazu zu haben.

»Tja«, sagte Josie, und dann fiel ihr nichts ein, wie sie den Gedanken zu Ende bringen sollte. Sie hoffte, das eine Wort würde genügen.

Je mehr sich Josies Schweigen in die Länge zog, desto heiterer wurde Sam. »Das kann man wohl sagen: Tja!«, sagte sie, als ob sie gemeinsam einen niedlichen verbalen Tanz aufführten, den sie beide kannten und liebten.

»Meine Kinder sollten was essen«, sagte Josie in der Hoffnung, die Aufmerksamkeit auf praktische Dinge zu lenken.

»Doug kümmert sich drum«, sagte Sam und deutete mit dem Kopf auf ein Lagerfeuer, das gleichzeitig auch der Grill war, wie Josie sah. Es war eine barbarische Konstruktion – ein großes offenes Feuer, das mit riesigen Holzscheiten in Gang gehalten wurde, und darüber ein Grill, der an einem komplizierten Gerüst aus Stöcken hing.

»Mögen sie Bratwurst?«, fragte Doug.

Josie bejahte, wusste aber, sie würde sie in kleine Stücke schneiden müssen und ihren Kindern sagen, es wären Bockwürstchen.

Paul und Ana kamen mit den Zwillingen zurück, dreizehn Jahre alt, eineiig, gertenschlank und sportlich, größer als ihre Mutter oder Josie. Sie hatten rotblondes volles Haar, und mit ihren hellen Sommersprossen und den dunklen und strahlenden und eindringlichen und lachenden Augen sahen sie aus wie mittelalterliche Kriegerinnen, die gerade von so fröhlichen Beschäftigungen wiederkamen wie plündern und Männer verprügeln und auf Walen reiten. Sie gingen mit großen Schritten zu Josie und umarmten sie, als würden sie sie wirklich kennen und lieben. Josie war hingerissen und sagte, sie seien unglaublich schön, und die beiden blickten sie direkt an, hörten wirklich zu. Sie waren fast nicht von dieser Welt.

Sie gingen wieder, warfen Stöckchen, denen die vielen großen Hunde nachjagen konnten, und Josie gab ihren Kindern Teller voll mit klein geschnittener Bratwurst und in Folie gegrilltem Mais. Ihre Kinder setzten sich auf einen wuchtigen Baumstamm, neben eine Reihe von Jungs, die alle neun oder zehn Jahre alt waren und von denen jeder sein eigenes Schnitzmesser in der Hand hatte.

Während Paul und Ana aßen, schnitzten die Jungs vor sich hin, die Fäuste weiß, die Augen unter langen Haaren verborgen. Paul schaute teilnahmslos zu, doch Ana war fasziniert. Sie würde ein Messer haben wollen, das wusste Josie, und sie würde tagelang von nichts anderem reden.

»Du siehst müde aus«, sagte Sam.

»Du hast Sonnenbrand«, sagte Josie. »Ist das dein Lover?« Sie deutete auf Doug, der gerade dem ständig wechselnden Rauch des Lagerfeuers auswich. Sam zuckte die Achseln und ging zu Doug, rieb ihm den Rücken und duckte sich weg, als der Rauch sie einhüllte.

Josie schaute zu Ana hinüber und sah, dass sie sich woanders hingesetzt hatte. Sie saß jetzt im Sand vor den schnitzenden Kindern, die Augen in Messerklingenhöhe. Die Jungs lachten, fanden Ana ulkig, hielten dieses Mädchen für das Verrückteste, das sie je gesehen hatten. Dann glomm in Ana eine Idee auf, und sie hob ihren Pullover an, den bolivianischen, die ganze schwere, locker gewebte Wolle, und streifte ihn sich mit großer Anstrengung über den Kopf, um das Green-Lantern-Shirt darunter zum Vorschein zu bringen. Sie zeigte den Jungs, dass sie kein Mädchen war, kein dummes Mädchen – dass sie wie sie war, dass sie Green Lantern mochte, dass sie es toll fand, wenn das Böse mit großer übernatürlicher Kraft bekämpft wurde, toll fand, wenn Holz mit großen Messern bearbeitet wurde. Die Jungs waren jedoch nicht sonderlich beeindruckt: Sie schauten hin, kicherten, sagten aber nichts. Ana ließ sich nicht entmutigen. Sie schlotterte in ihrem Green-Lantern-Shirt – die Temperatur war weit unter zwanzig Grad gefallen –, aber sie drängelte sich zwischen die Jungen auf den Baumstamm und legte ab und zu einem von ihnen die Hand auf den Unterarm, als wäre sie irgendwie an der Schnitzarbeit beteiligt. Als könnte sie durch diese menschliche Transferenz mitschnitzen. Josie servierte ihr eine zweite Bratwurst auf einem Pappteller, und Ana verschlang sie, ohne die Jungs und ihre Messer aus den Augen zu lassen.

Derweil nahm Paul seinen Teller und ging zu den Zwillingen bei dem Adler und dem Felsen am Strand. Josie sah, wie er direkt auf sie zuging und dann abrupt stehen blieb. Die Mädchen drehten sich zu ihm um und schienen seine Anwesenheit irgendwie zufriedenstellend zur Kenntnis zu nehmen. Er ließ sich am Strand nieder und aß, und die drei betrachteten den Adler, und zwei Reiter trabten gemächlich im flachen Wasser am Horizont entlang, bis eines der Mädchen einen Stein in die Nähe des Vogels warf und er sich vom Felsen erhob. Seine Schultern wirkten müde, sein Flügelschlag viel zu langsam und schwerfällig, um einen Flug zustande zu bringen, doch dann war er in der Luft, stieg auf, als wäre es nichts, als wäre Fliegen nichts, als wäre der Planet nichts, überhaupt nichts, nur ein weiterer Ort, den man verlässt.

VII.

Nach dem Barbecue stiegen die Kinder hinten in Sams Pick-up, Sam und Josie vorne, und sie fuhren zu Sam nach Hause. Der gesamte Weg führte an jungen Kiefern vorbei und eine Meile einen Berg mit schmucken Häusern hinauf. Das Haus hatte einen sanft gewellten Rasen, der von akkuraten Reihen Sträuchern gesäumt wurde, und bot freie Aussicht hinunter auf den Rest von Homer. Es war keine Blockhütte, wie man sie in der Pampa vermuten würde. Nein, es war ein beachtliches und modernes Haus, neu angestrichen und robust und sauber.

Sam arbeitete als Guide für Vogelbeobachter in Homer, wow. Sam hatte es richtig gemacht. Sie war nach Alaska gegangen und hatte ihr Vogelbeobachtungs-Unternehmen aufgemacht, ohne Wenn und Aber, ohne jemanden um Erlaubnis zu fragen. Sie hatte den Wald zur freien Verfügung, irgendeine Insel vor Homer, und sie kam klar. War sie eine Aussteigerin, wie Josie es sein wollte? Ja und nein. Sie leitete ein Unternehmen, sie hatte Kinder, die Kinder gingen zur Schule, sie bezahlte Steuern, sie verschickte E-Mails. Sie war genauso gefangen wie Josie, aber sie hatte ein Boot und trug Wanderstiefel, und ihre Töchter waren diese heiligen Naturgeschöpfe mit langen wallenden maisblonden Haaren. Sie hatte einige Dinge für sich geklärt. Sie hatte ihr Leben vereinfacht.

Paul und Ana zogen sich um und folgten den Zwillingen nach oben, und die Zwillinge sagten, sie würden sie ins Bett bringen. Ana war verzückt, Paul verhalten begeistert. Josie hatte vorgehabt, Paul zu sagen, dass Sam seine Patin war, oder Sam davon in Kenntnis zu setzen, aber jetzt war sie unsicher. Sie hoffte, dass Paul die Frage vergessen hatte.

»Ich hab eine Überraschung«, sagte Sam.

Sie hatte angefangen, selbst Whiskey herzustellen, und wollte, dass Josie ihn probierte. Josie hatte nie eine Vorliebe für braune Spirituosen entwickelt und war ziemlich sicher, dass Sams Whiskey nicht gut war.

Sam holte eine altmodische Flasche und goss dennoch ein und goss zu viel ein, und schlimmer noch, sie goss das Zeug in Kaffeetassen. Josie roch es, und der Geruch war stärker als bei normalem Whiskey – er war widerlich und bodenlos, ein animalischer Geruch. Josie tat so, als würde sie einen Schluck nehmen, tat so, als würde sie das Gesicht verziehen, tat so, als würde sie schlucken und den Whiskey auf die tapfere, raue Art genießen, wie Sam es erwartete.

»Verdammt«, sagte Josie.

Sam freute sich. Das Ziel von Whiskeybrennern war es anscheinend, Trinker zum Würgen zu bringen.

»Richtig gut«, sagte Josie. Sie hatte ihn noch nicht gekostet.

Sie gingen mit ihren Tassen auf die Veranda hinterm Haus. Sam nahm eine dicke Decke, machte einen Propanheizer an und zog ihn näher. Der Abend wurde kühl, und tiefe graue Wolken bedeckten den Himmel. Sie saßen da, ihre Füße berührten einander, ihre Körper formten ein V zu den dunklen Bäumen hin.

Josie machte sich auf ein ernstes Gespräch gefasst und trank einen großen Schluck Whiskey, wollte seine Wirkung spüren, ohne seinen Geschmack zu erleben. Aber der Geschmack war unumgänglich und furchtbar. Der Whiskey brannte. Sie dachte an in Flammen stehende Tennisschuhe. »Das schmeckt grässlich«, sagte sie.

Sam schmunzelte und füllte ihre Tasse wieder auf.

»Also was zum Henker machst du hier?«, fragte Sam.

Josie lachte. Sam lachte. Sie lachten laut, so laut, dass oben ein Fenster aufging und eines von den Zwillingsmädchen, Josie konnte nicht erkennen, welches, sich herauslehnte, und sein dunkles Gesicht sagte: »Ruhe da unten, Mädels. Die Kleinen müssen schlafen.«

Das Fenster schloss sich, und Sam wandte sich an Josie.

»Carl wollte also nicht mitkommen?« Sie machte Witze. »Im Ernst. Habt ihr Kontakt? Ist er im Bilde?«

Josie schilderte Sam den Umfang von Carls Engagement im Leben seiner Kinder, was acht oder neun Sekunden dauerte.

»Schade«, sagte Sam. »Weißt du noch, wie er Ana den Spitznamen *Oh Nein* und dann *Meine Schuld* verpasst hat? Er war witzig. Konnte richtig gut mit Kindern.« Beides hatten so einige früher mal geglaubt, aber durch sein Verschwinden kam er zumindest Josie irgendwie weniger witzig und weniger kinderfreundlich vor. Sobald sich jemand lobend über Carl äußerte, fielen ihr seine skurrilen Vergehen ein. Er hatte Josie mehr als einmal *gebeten*, einen Orgasmus vorzutäuschen. Sie war drauf und dran, das Sam zu erzählen, doch Sam redete bereits weiter.

»Und hab ich das richtig verstanden, dass du deine Praxis verkauft hast? Du bist nicht mehr Zahnärztin? Und war dein Gesicht nicht ein Jahr lang taub oder so? Du hast doch nicht etwa vor, mit dem Wohnmobil von einer Klippe zu fahren, oder? Brems mich, wenn ich zu neugierig bin.«

»Nein«, sagte Josie. Mehr fiel ihr nicht ein. Sie dachte: *Du, die du nach Alaska geflohen bist und irgendwie verheiratet und doch nicht verheiratet bist – du willst über mich urteilen?* Aber das sagte sie lieber nicht. Es würde nichts bringen. Josie trank wieder einen Schluck von dem scheußlichen Whiskey und hatte das Gefühl, sie könnte den Abend einfach an sich vorbeiziehen lassen, bis sie in einer Stunde Müdigkeit vortäuschen und ins Bett gehen könnte. Die Nachtluft war warm, und die Grillen oder Frösche machten ihren Lärm, und es wehte eine Brise, und weit weg summte eine Straße eine belanglose Melodie.

Sam füllte Josies Tasse nach. »Du hast also hingeschmissen? Die Praxis verkauft? Was hat Sunny dazu gesagt?«, fragte Sam, und Josie war froh, dass Sam aufgehört hatte, Sunny Mom zu nennen. Als sie Sam das letzte Mal sah, hatte sie das Wort benutzt, Mom. Weder sie noch Sam hatten Sunny so genannt, als sie bei ihr wohnten, und es war verstörend gewesen, das Wort rund zwanzig Jahre später aus ihrem Munde zu hören – als hätte Sam eingeordnet, was Sunny für sie gewesen war, und dem eine Bezeichnung verpasst. Hatte sie sie nicht mal Sunsy genannt? Ja! Sam mochte Namen, Spitznamen, Kosenamen. Und welchen Zweck erfüllten diese Namen? Sie halfen Sam, das, was sie und Sunny einander bedeuteten, zu definieren oder neu zu definieren. Sie gaben ihr eine gewisse Kontrolle, als ob Sunny, wenn sie sie Sunsy nannte, auf Normalmaß gestutzt wurde, auf das einer kleinen und ältlichen Frau, wohingegen Mom eine heilige Ehrenbezeichnung gewesen war. Aber jetzt war sie wieder Sunny. Sunny war einfach ihr Name. Der Name, unter dem sie sie gekannt hatten. Einigen wir uns auf was und belassen es dabei, wollte Josie sagen.

Sie trank von ihrem Whiskey, schaute in den schwärzlichen Himmel. Das könnte die Ursache für alle modernen Neurosen sein, dachte sie, die Tatsache, dass wir keine unveränderliche Identität haben, keine unumstößlichen Tatsachen. Dass alles, was wir als grundlegende Wahrheit kennen, einem Wandel unterliegt. Auf der Welt wird das Wasser knapp. Nein, genau genommen gibt es unterirdisch genug Wasser, um die Erdoberfläche gut zweihundert Meter tief zu bedecken. Dann haben wir also kein Wasserproblem? Nun ja, nur sechs Prozent von diesem unterirdischen Wasser sind trinkbar. Dann sind wir also dem Untergang geweiht? Nun ja ... wo man auch hinsah, wurden Ausflüchte und Rückzieher gemacht. Die schlimmsten Übeltäter in dieser Disziplin waren die Wissenschaftler, die Astronomen. Wir sind Materie. Nein, wir sind umgeben von Materie. Es gibt neun Planeten. Nein, acht. Wir sind die Ausnahme, unser Planet ist der einzige, auf dem Leben möglich ist. Nein, es gibt Unmengen erdähnliche Planeten, von denen die meisten größer als unserer sind, von denen die meisten wahrscheinlich weit besser entwickelt sind. Sunny. Sunsy. Mom.

Sam sagte irgendwas. Josie konzentrierte sich auf die Worte. »Sie muss am Boden zerstört gewesen sein. Am Boden zerstört.«

Ach das. Josie hatte damit gerechnet. Als sie begonnen hatte, Zahnmedizin zu studieren, war Sam grausam gewesen. »Du musst dich nicht so einschleimen, Joze.« Josie hatte das Studium durchgezogen und eine eigene Praxis aufgemacht. Sam war stinksauer. Wie gelähmt. Dann war sie nach Anchorage gezogen, dann Homer, und unter Sunny, Josie und Helen gab es die unausgesprochene Theorie, dass Sams Entscheidung, nach Alaska zu gehen, ihre Art war, Sieg und Territorium Josie zu überlassen. Josie hatte gewonnen, sie hatte Sunnys größere Liebe errungen, und deshalb konnte sie nicht nur Sunny haben, sondern auch die Kernstaaten der USA.

Sams aufgeschnürte Stiefel fielen polternd auf die Veranda. Sie legte die Füße, riesig in den dicken Wollsocken, auf den grauen Campingtisch.

»Sorry, Scheiße«, sagte sie, und plötzlich war ihr Gesicht direkt vor Josies. Ihre Nasen berührten einander. »Ich bin nicht sauer auf dich. Oder eifersüchtig«, sagte sie. »Nichts in der Art. Aber ich weiß, dass du immer gedacht hast, ich wäre verbittert.« Josie erinnerte sich plötzlich an eine Zeit, als Sam ihr unterstellt hatte, sie würde es darauf anlegen, Sunnys Praxis zu erben. Sie war so oft so fies, benutzte gern die Entschuldigung, dass sowieso alles beschissen war. »Ich hab dich lieb. Wir sind Schwestern«, sagte Sam, und jetzt kamen Josie die Tränen, und Sam weinte. »Ich möchte hören, was passiert ist. Reden hilft.«

Josie fand diese Behauptung fragwürdig. Reden half nämlich normalerweise nicht. Reden tat höllisch weh. Genauso gut hätte man jemandem, der in Treibsand versinkt, sagen können: *Still stehen hilft.* In diesem Fall war Josie sicher, dass der Schmerz ätzend sein würde, dass sie in der Nacht noch quälender grübeln würde, später, wenn sie im Keller auf Sams Ausziehcouch lag. Sie wusste in der Tat, dass sie da unten liegen würde, frierend, den Kopf voll mit schlechtem Whiskey, und dass sie das alles wieder in Gedanken durchkauen und zugleich an ihre Kinder denken würde, die zwei Stockwerke über ihr schliefen, die sehr wohl mitten in der Nacht aufwachen könnten und nicht wissen würden, wo ihre Mutter war. Sie würden nicht auf den Keller kommen und würden es schrecklich finden, dass ihre Mutter in einem Keller schlief. Josie war sicher, dass es eine fürchterliche Idee war, über das alles zu reden – über entsetzliche Dinge zu reden, hatte ihr noch nie geholfen, sie fuhr besser damit, zu vergessen, ihr Leben um Vergessen herum zu strukturieren, aber Sam wollte es wissen, und in einem Augenblick whiskeygesteuerter Schwäche fand Josie die Idee wunderbar, diese Wunde zu öffnen.

Sie hatte so ein freundliches Gesicht. Mit ihrem weißen Haar und den rosa Wangen musste jeder, der sie sah, an ein weibliches Pendant zu Santa Claus denken. Wie konnte so eine Frau, eine Frau namens Evelyn – Evelyn Sandalwood! Ein Name wie geschaffen, um die Müden und Erschöpften zu trösten! –, wie konnte diese Witwe mit fünf Enkelkindern ein solcher Dämon werden? Josie dachte an die seltsamen Monumente in der Wüste, die buckeligen und ausgehöhlten Gebilde, die Wind und Flüsse aus ansehnlichen Bergen geformt hatten.

Evelyn war Josies Patientin gewesen. Jahre ohne ein Problem. Sie hatte einen maroden Mund, ja, sie war Raucherin mit weichen Zähnen, zwei Dutzend Füllungen, schlechtem Zahnfleisch. Aber nichts, was aus dem Rahmen fiel. Normalerweise hatte man ein Gespür für problematische Patienten – sie machten sich so viele Sorgen, rutschten unruhig auf dem Stuhl hin und her, umklammerten die Armlehnen, blickten einen vorwurfsvoll an, bevor sie ins Waschbecken spuckten. Hinterher stellten sie so viele Fragen, blieben sehr viel länger, als sie sollten, baten ihre Dentalhygieniker um eine zweite Meinung. Josie hatte sich von vielen dieser Patienten in der Vergangenheit getrennt, sie an billigere oder teurere Zahnärzte verwiesen, überallhin.

Aber Evelyn war eine von den Guten. Sie sprachen über den Fluss in der Nähe von Josies Praxis, und Evelyn erzählte, dass sie früher als Kind auf dem schwefelhaltigen Wasser Kanu gefahren war. Und wenn sie gelegentlich ihren verstorbenen Mann erwähnte, dann auf eine liebe Art, ohne eine Spur von Trübsinn: Er war nicht mehr da, aber sie war glücklich, ihn so lange gehabt zu haben. Sie war nie zornig, hatte keine streitlustige Ader. Sie machte den Eindruck einer aufrichtigen Frau. Und wieso ging sie dann dermaßen auf Josie los? Josie ahnte, dass jemand Einfluss auf sie ausübte. Ein Schwiegersohn, der Anwalt für Personenschäden war. Eine Nichte, die eine Dokumentation über ärztliche Kunstfehler gesehen hatte. Josie kamen Dinge zu Ohren, aber sie war sich nicht sicher. Es war eine Kleinstadt, Josie konnte nicht wissen, was wahr war, was bei Evelyn zu Hause vor sich ging, in ihrem Kopf.

Sie wusste jedoch, dass sie eines Tages schriftlich aufgefordert wurde, Evelyn Sandalwoods Patientenakte herauszugeben. Christy, die Empfangssekretärin, öffnete das Schreiben von einem Anwalt, der als Bestie bekannt war, fragte Josie, ob sie das machen solle, und Josie sagte, ja klar, schick sie, schick die Akte, alles. Aber sie bekam keine Luft mehr. Sie starrte auf den Briefkopf. Dieser Anwalt war ein Tier. Es war drei Uhr nachmittags, sie hatte nur noch einen weiteren Patienten, bloß eine Zahnreinigung mit Kontrolluntersuchung. Sie blickte auf den Brief, hatte Angst, ihn zu lesen, sah aber die Worte »grobe Fahrlässigkeit« und »erhebliche Diagnoseverzögerung« und wusste, dass ihre Praxis das nicht überleben würde. Sie ließ Christy abschließen und fuhr auf dem Weg nach Hause am Supermarkt vorbei, wo sie sich eine überdimensionale Flasche Prosecco kaufte. Auf dem Parkplatz drehte sie noch einmal um und kaufte auch noch Gin.

Josie hätte den Tumor sehen müssen. So lautete der Vorwurf. Bei jedem Check-up führte Josie ein standardmäßiges Mundkrebs-Screening durch, und bei einer Raucherin wie Evelyn nahm sie sich dafür Zeit. Sie hob die belegte Zunge an, die die Farbe und Struktur einer Autofußmatte hatte, und inspizierte sie genau. Sie erinnerte sich genau daran, erinnerte sich, nichts entdeckt zu haben, erinnerte sich, auf ihrer Befundkarte »negativ« angekreuzt zu haben.

Aber sechzehn Monate später hatte Evelyn Krebs im Stadium 3 und verlangte zwei Millionen Dollar. Josie wusste nicht, wen sie anrufen sollte. Sie rief Raj an. »Komm nach der Arbeit zu mir«, sagte er. Raj hatte eine Praxis in der Stadt, und sie und Raj sprachen häufig miteinander, äußerten Zweitmeinungen über Wurzelkanäle und schickten sich gegenseitig aus Spaß ihre nervigsten Patienten. Er war ein rundlicher Mann von Ende fünfzig mit einer dröhnenden Stimme, der dazu neigte, lautstark fragwürdige philosophische Ergüsse von sich zu geben. Er baute sich gern breitbeinig auf, als wollte er einer jähen Windböe widerstehen, und sagte Sachen wie »Ich liebe meine Arbeit, das kann ich nicht leugnen, weil ich alle Menschen liebe!«. Oder, an einem weniger glücklichen Tag: »Das einzig Negative an unserem Beruf, Josephine, sind die Menschen und ihre schrecklichen Münder.«

Als Josie diesmal in seine Praxis kam, stand er im leeren Foyer, die Arme ausgestreckt. Doch statt Josie zu umarmen, gab er eine seiner typischen Erklärungen zum Besten. »Ich hab meinen Töchtern gesagt: ›Lasst die Finger von Medizin!‹« Sie beide waren allein, aber die Lautstärke, mit der er sprach, hätte für eine politische Kundgebung unter freiem Himmel gereicht. »Kannst du dir das vorstellen, ein Inder, der seinen Töchtern davon abrät, Medizin zu studieren? Das kommt von diesen Klagen, die man uns anhängt! Von diesen ständigen Beschuldigungen. Dieser Beschwerdekultur! Wir können niemandem Unsterblichkeit schenken! Wir sind fehlbar! Wir sind Menschen!« Josie fragte ihn, ob er schon mal per Anwalt zur Herausgabe einer Patientenakte gezwungen worden war, und er sagte, klar, damals in Pennsylvania, einmal, aber er kannte keinen guten Anwalt in Ohio. Dann hörte sie sich fast eine Stunde lang an, wie er von seinen eigenen Problempatienten erzählte, den zig Malen, die er knapp einer Klage entgangen war.

Als Josie endlich eine Anwältin fand, eine junge Frau, die kurz zuvor noch Staatsanwältin in Cincinnati gewesen war, wusste sie, dass sie verloren hatte. Sie hatte eine unerfahrene Anwältin engagiert, die sie gegen eine unheilbar krebskranke Frau verteidigen sollte, eine Frau, die zufälligerweise wie ein weiblicher Santa Claus aussah.

Sie hatte keine Chance. Es ging lediglich darum, auf welche Schadenersatzhöhe man sich einigte.

Den Gedanken, die Praxis abzugeben, hatte sie eines Tages, als sie zur Arbeit kam. In dem Moment, als sie den Schlüssel im Schloss drehte, überfiel sie die Idee mit einer wunderbaren Klarheit. Sie würde die Praxis an Evelyn Sandalwood übergeben. Die Frau hatte die Praxis vergiftet, und jetzt konnte sie sie haben. Ihr Anwalt forderte zwei Millionen Dollar. Josies Versicherung deckte eine Million ab, und Josie schätzte, dass die Praxis rund fünfhunderttausend wert war, also bot sie ihnen einen Handel an. Sie würde die komplette Praxis abtreten, samt Ausstattung und Patienten, alles, und wäre aus der Sache raus. Sie konnten das alles bekommen, anderthalb Millionen jetzt, oder ewig auf weniger warten.

Evelyns Anwalt sagte, das sei lachhaft, völlig ausgeschlossen, bis die ehemalige Staatsanwältin darlegte, wie lange es dauern würde, bis Evelyn dieselbe Summe in bar aus Josie herausholen könne. Ihr Haus, selbst wenn sie es verkauften, gehörte ihr nur zur Hälfte, und nach Verkauf und Aufteilung und Steuern und Kosten würde es Evelyn bestenfalls hundertfünfzigtausend einbringen. Der Rest käme via Lohnpfändung bis an Josies Lebensende – und Josie hatte geäußert, dass sie nicht die Absicht hatte, wieder als Zahnärztin zu praktizieren, weshalb also nicht mehr mit einem entsprechend hohen Einkommen zu rechnen war. Die Praxis sollte in Evelyns Besitz übergehen. Das war Josies Angebot. Und es war Josies Idee, Evelyns Angehörigen zweiundsiebzig Stunden Bedenkzeit zu geben. In diesen drei Tagen schickten Evelyns Angehörige Fachleute durch das Gebäude, die den Wert der Apparate, der Lampen, der Instrumente taxierten. Mittendrin rief Raj an. »Ich kaufe alles für eine Million«, sagte er. Josie erwiderte, dass es so viel nicht wert sei. »Ich denke doch!«, sagte er – brüllte er. Er war am Telefon irgendwie noch lauter. Josie sagte, er sei zu gut für diese Welt. »Ich will, dass du glücklich bist, Josie!«, donnerte er. »Ich will, dass du diese Scheußlichkeit vergisst und Ruhe und Frieden findest! Du bist jetzt frei!«

Schon vor Evelyn hatte die Arbeit keinen Spaß mehr gemacht, war nicht mal mehr erträglich. Eines Tages kam Josie zur Praxis und sah, dass ein Zettel an der Tür pappte. »Wie konntest du?«, stand in kräftiger Großschrift darauf. Der Zettel quälte sie wochenlang. Wer hatte das geschrieben? Was bedeutete das? Ging es um Jeremy, oder beschwerte sich da jemand über eine zu hohe Rechnung? Josie wurde unruhig. Sie begann zu murmeln. Aus Angst, Ratschläge zu erteilen, kluge Sprüche von sich zu geben, die zur Folge haben könnten, dass jemand in einem einsamen afghanischen Tal erschossen wurde, sagte sie so gut wie nichts mehr. Die Angst vor Einflussnahme! In ihrem Land, in diesem speziellen umnachteten Moment, hatte eine Zahnärztin die Macht, einen Mann in den Tod zu schicken. Eine Zahnärztin! Sie hatte zu Jeremy hemmungslos ermutigende Dinge über seine Fähigkeit, die Welt zu verändern, gesagt, und er war erschossen worden. Dann war sie in die andere Richtung gegangen, hatte ein Kästchen für »negativ« angekreuzt und das hatte, wie Evelyn oder ihre raffgierigen Angehörigen behaupteten, dazu geführt, dass die Frau an Krebs erkrankt war. Nun denn, das reichte. Es war besser, nichts zu sagen, allen Menschen aus dem Weg zu gehen.

Sie hatte genug von allen Mündern, zu allererst von ihrem eigenen.

»Keine Sorge«, sagte Raj. Sie gingen durch ihre leeren Praxisräume. Alle waren weg. Raj würde den Laden bald übernehmen, die meisten Mitarbeiter wieder einstellen. Dafür liebte sie ihn. »Josie«, sagte er und hielt ihre Hände so, als wollte er mit ihr einen Squaredance tanzen, »die Verlorenen nutzen immer die Tüchtigen aus. Genau wie ein Ertrinkender jemanden, der bloß Wasser tritt, mit nach unten zieht.«

Das letzte Treffen mit Evelyn und ihren Angehörigen – es war eine hässliche Angelegenheit. Seit der Herausgabe der Patientenakte waren Monate vergangen, und die alte Frau hatte fünfzehn Kilo abgenommen. Sie konnte nicht sprechen, und ihre einst freundlichen Augen waren hart geworden. Josie hätte gern Mitleid mit ihr gehabt, empfand aber nichts. Sie wollte so schnell wie möglich weg. Evelyn akzeptierte die Bedingungen, nahm das Geld, ihr Schwiegersohn sah zu, wie sie mit ihren dürren, vergilbten Fingern die Papiere unterschrieb.

Und Josie war frei.

»Deshalb war dein Gesicht taub?«, lallte Sam. Während Josies Erzählung hatten sie ihre Tassen zweimal nachgefüllt.

»Keine Ahnung«, sagte sie. »Bestimmt.«

Josie blickte in die schwarze Nacht.

»Lebst du so, wie du leben solltest?«, fragte Josie.

»Was soll das heißen?«, fragte Sam und stand auf und schaute in die Nacht, versuchte zu sehen, was Josie sah.

»Hast du das Gefühl, du machst das, was du machen solltest? Dass du deine Zeit hier richtig nutzt?«

Josie lachte, um die Frage herunterzuspielen, aber sie wusste selbst in ihrem betrunkenen Zustand, dass sie damit den zentralen Gedanken geäußert hatte, der sie seit fast zwanzig Jahren beschäftigte. Sie konnte egal wo zufrieden sein und ihre Arbeit machen oder ihre Kinder ernähren oder vorübergehend einen Mann wie Carl lieben und in der Stadt leben, in der sie lebte, in dem Land leben, in dem sie geboren worden war, doch tagtäglich präsentierten sich ihr zahllose andere Leben, die ihr genauso interessant oder gar interessanter vorkamen.

Sam antwortete nicht. Dann merkte Josie, dass sie die Worte nicht ausgesprochen hatte. Sie hatte sie sagen wollen, aber jetzt war der Moment vergangen, und sie konnte es nicht.

Stattdessen sagte sie: »Ist schon gut«, und damit meinte sie, dass sie beide, Josie und Sam, besser zueinander sein sollten. Wir sollten alle besser zueinander sein, wollte sie sagen. Evelyn hätte nicht Krebs bekommen sollen und hätte im Gegenzug nicht Josies Existenzgrundlage fordern sollen, und wieso noch mal hatte sie seit elf Jahren nichts von ihrem Vater gehört und wieso war Jeremy tot? Wie konnte man das akzeptieren?

»Wo guckst du hin?«, fragte Sam.

»Ist schon gut«, sagte Josie wieder und dann: »Ich glaube, es ist Zeit zu schlafen.«

Aber sie schlief nicht. Sie ging hinunter in den Keller und legte sich auf die Ausziehcouch. Ihre Praxis war futsch, und es gab keine Gedenktafeln, kein Dankeschön. Ihre Mitarbeiter machten sie verantwortlich für den Untergang der Praxis und den Verlust ihrer Arbeitsplätze, nicht Evelyn Sandalwood, nicht das kannibalische Rechtssystem, nicht die Abgründe der moralischen Ordnung, sondern Josie. Tania hatte sie beschimpft, weil sie nicht angemessen versichert war. Tania! *Die über Josie versichert war!* All diese jungen Frauen – sie kamen zu Josie, weil sie einen Job suchten, ja, aber vor allen Dingen wollten sie eine Krankenversicherung. Eine Zahnarztpraxis bot doch garantiert die beste Absicherung. Sie hatten unbekannte Vorerkrankungen, und sie konnten sich nicht bremsen – in den ersten zehn Minuten jedes Vorstellungsgesprächs fragten sie nach der Krankenversicherung. Josie sorgte für Tania und Wilhelmina und Christy, sorgte für all diese Frauen, und keine von ihnen verlor Geld. Die Einzige, die Geld verlor, war Josie, und die anderen kassierten Gehalt und fühlten sich betrogen. Es sprach nichts dafür, ein kleines Unternehmen aufzumachen und Leute einzustellen. Diese Leute waren dazu erzogen worden, sich von jedem Arbeitgeber benachteiligt zu fühlen, sich bei jeder Gehaltsabrechnung betrogen zu fühlen. Josie hatte wiederholt die Idee einer Genossenschaft zur Sprache gebracht, eines Systems, bei dem alle in der Praxis die Gewinne und die Risiken teilten. Niemand wollte sich darauf einlassen. Sie fühlten sich lieber benachteiligt.

Sie schloss die Augen.

Und sah plötzlich das Gesicht von dieser eifrigen Frau an der Schule vor sich, der Frau mit dem Halstuch, immer irgendein Halstuch, die Josie für eine Drückebergerin hielt. »Wie können wir dich hier stärker mit einbeziehen?«, hatte sie gefragt, mit ihren wirren Knopfaugen und wilden schwarzen Haaren wie ein Brombeerstrauchbesen. Nein, nein. Neuer Gedanke. Jeremy. Nicht Jeremy. Jemand anders. Nicht Carl. *Ich hab ein Buch über HTML gelesen!*, brüllte Carl einmal, das einzige Mal, dass Josie ihn hatte laut werden hören. *Ich habe es von vorne bis hinten gelesen!* Für ihn war das so was wie Arbeit. Das rechtfertigte seine Faulheit. Das könnte die tollste Sache gewesen sein, die er je außerhalb der Toilette zuwege gebracht hatte. Weißt du noch, wie er einmal zwei Zwölfer-Packungen Klopapier gekauft hat? War ja auch nötig; er verbrauchte eine Rolle am Tag. Nein. Genug von Carl. Josie wischte ihn weg. Patti? Was mochte aus Patti geworden sein, ihrer Freundin aus der Vorschule? Patti war gut. Patti war witzig, frech, ließ sich nicht verarschen. Erschreckt gestand Josie sich ein, dass es ihre Schuld war – Patti hatte sich letztes Frühjahr wiederholt gemeldet, und was hatte Josie gemacht? Vergessen zurückzuschreiben? Anzurufen? Nein, Patti war umgezogen. Geschieden und umgezogen. Wieso konnte sie sich so was nicht merken? Ein eigenes Unternehmen ruiniert deine Fähigkeit, die Art von Freundin zu sein, die andere erwarten oder verdient haben. Tage und Wochen vergehen, und du kommst einfach nicht nach. Ihre besten Freundinnen waren ihre ältesten Freundinnen, die nicht ständigen Kontakt erwarteten. Alle anderen waren enttäuscht.

Das war die Hauptreaktion, die sie bei anderen auslöste: Enttäuschung. Ihre Mitarbeiter waren enttäuscht von den Arbeitszeiten und den Gehältern, ihre Patienten waren enttäuscht von der ärztlichen Versorgung, von den Löchern in ihren Zähnen, von ihren ungepflegten Mündern, von ihren weichen Zähnen, von den Schlupflöchern in ihren Krankenversicherungen. Der Kummerkasten, eine Idee der Mitarbeiter, war ein Desaster gewesen. *Ziemlich enttäuscht. Sehr enttäuscht. Superenttäuscht.* Sie schaffte den Kasten ab, hatte ein paar glückliche Jahre, dann kamen die Patientenbewertungsportale im Internet, großer Gott, so viele Benachteiligte, all diese anonymen Patienten, die sich für jeden kleinen Fehler von ihr rächten, für jeden nicht perfekten Augenblick. Enttäuscht von ihrem Umgang mit ihnen. Enttäuscht von der Diagnose. Enttäuscht von den Zeitschriften im Wartezimmer. Jede Enttäuschung ein Verbrechen.

Wir leben in einer rachsüchtigen Zeit. Der Take-away hat bei deiner Bestellung das Orangen-Huhn oder den Klebreis vergessen? Und jetzt bist du schon wieder zu Hause? Das heißt, du musst den ganzen Weg zurückfahren, um das Orangen-Huhn mit Klebreis zu holen, das du bestellt hast? Ungerecht! Und deshalb Rache. Räche dich für die Verbrechen des Imbissbetreibers! Das war unsere moderne Version von Ausgleich, von Selbstbehauptung gegenüber den Mächtigen. Räche dich bei dem Imbissbetreiber auf deinem Kundenbewertungsportal! Korrigiere die Unausgeglichenheit! Josie hatte das auch getan. Dreimal hatte sie es getan, und jedes Mal war es zwei oder drei Minuten lang ein gutes Gefühl, und dann fühlte es sich falsch und sinnlos an. Es hatte für die Welt keine Bedeutung. Vergiss es. Wie hatte sie die Praxis so lange betreiben können? Ich bin auch enttäuscht, wollte sie sagen. Enttäuscht von eurem Mundgeruch, von eurer Erektion, wenn Tania sich über euch beugt, ihre Brüste gegen eure pubertäre Schulter presst. Enttäuscht davon, wie ihr die Armlehne umklammert, wenn ich euch wehtue, fickt euch, ich fass euch doch kaum an. Ihr Weicheier. Ihr Riesenbabys. Ach Scheiße. Es war eine Show. *Enttäuscht: Das Musical.*

Stell dir vor: Das Publikum verlässt *Enttäuscht.* Was haben Sie gesehen? Wie hat es Ihnen gefallen? Enttäuscht.

Das wäre eine tolle Werbung! *Nach dieser Show sind Sie vor allem eines: Enttäuscht.* Das wäre der Bringer. Während sie im Keller lag, getrennt von ihren schlafenden und sabbernden Kindern, überlegte Josie, die Augen jetzt offen, einen Notizblock zu holen. Nein, sie würde sich alles merken. Es war besser als *Norwegen!* Jeder Song in *Enttäuscht: Das Musical* eine Litanei von Beschwerden, schwungvoll vertont. Die Kulisse eine Orgie von Farben und Produkten, das unvorstellbare Spektrum von Dingen und Annehmlichkeiten, die uns zur Verfügung stehen, die alle irgendwie unseren Erwartungen nicht entsprechen, alle für uns eine Enttäuschung sind. Produkte, von denen wir enttäuscht sein können. Unsere Freunde: enttäuschend. Unsere Eltern: Enttäuschungen. Airlines: enttäuschend. Unsere Nationen und Politiker, allesamt Enttäuschungen. Die Show würde die Enttäuschung vierdimensional machen. Die Sänger und Tänzer würden phänomenale Kostüme tragen, die irgendwie den Erwartungen nicht entsprechen. Die Sitze im Theater würden bequem sein, klar, könnten aber besser sein. In der Pause würden Erfrischungsgetränke angeboten, aber sie würden nicht dem Standard entsprechen, und die Pause vor dem zweiten Akt würde zeitlich nicht ganz ausreichen, um diese Getränke in Ruhe zu genießen. Ticketpreise: nicht unbedingt unverschämt, aber auf jeden Fall eine Enttäuschung. Verfügbarkeit: ebenfalls enttäuschend. Und die Show würde zu lang sein.

Aber Evelyn wäre der Star. Die Darstellerin ihrer Rolle würde in den Siebzigern sein, aber ihre Eröffnungsnummer würde davon handeln, was sie alles vom Leben erwartete, die unzähligen Möglichkeiten, die sie noch vor sich hatte. Wir würden eine alte Frau sehen und eine

Frau, die eigentlich nicht in der Lage ist, auf der Bühne herumzuhüpfen – und sie würde noch dazu rauchen und sich vielleicht kaum bewegen, vielleicht bloß auf einem Hocker sitzen –, und sie würde einen Song singen, als wäre sie gerade springlebendig in der großen Stadt angekommen: die tausend Dinge, die sie machen will. Aber dann. Aber dann sieht sie die Zahnärztin, die irgendwie keine Ahnung hat, irgendwie ihren Krebs verursacht – damit würde der erste Akt enden –, diese Zahnärztin verursacht Krebs, merkt es aber nicht. Ihre zweite Solonummer würde ein tragischer Song über verlorene Hoffnungen sein, über begrenzte Zeit, über Enttäuschung. Der Höhepunkt würde der Song *Jede Enttäuschung ist ein Verbrechen* sein, und dabei würde Evelyn von ihren Kindern und Enkelkindern begleitet, die alle Evelyns Schicksal beklagen, aber einen gewissen Grad an Genugtuung erwarten, wenn der Gerechtigkeit Genüge getan wird, wenn die fahrlässige Zahnärztin bestraft und entsorgt wird – vielleicht durch eine Falltür im Bühnenboden? So würde die Show enden, mit dem tiefen Sturz der Zahnärztin, während Evelyn aufsteigt – sie würde zum Himmel emporsteigen, begleitet von schmetternden Kornetten und Waldhörnern, und natürlich würde sie dann auch dort enttäuscht sein.

VIII.

Josie erwachte von Gepolter in den Räumen über ihr und wusste, dass es die Geräusche von Sam und den Zwillingen waren, die frühstückten und sich anzogen, und Josie betete, dass sie bald das Haus verließen. Sie hatte keine Uhr in der Nähe und wollte die Uhrzeit auch gar nicht wissen. Sie wollte diese Leute nur endlich aus dem Haus haben, bevor sie Paul und Ana weckten. Sam musste am Morgen arbeiten, hatte sie gesagt, eine Gruppe aus New Jersey führen, und die Zwillinge mussten zur Schule, deshalb würden Josie und ihre Kinder bis zum Nachmittag für sich sein.

Die Haustür schloss sich dezent, danach knallte die Fliegengittertür wie ein Kanonenschlag, und Josie zog sich ein Kissen über den Kopf. Dann wurde die Haustür erneut geöffnet, die Fliegengittertür knallte noch drei-, viermal. Es war wie ein Witz, dachte Josie. Doch schließlich wurde es still, und Josie war sehr warm, und sie meinte kurz, sie würde wieder einschlafen, aber als sie die Augen zumachte, sah sie Jeremys Gesicht und seine Mutter und ihre anklagenden Augen. Vor die Wahl gestellt, viel zu früh wach zu sein oder erneut die Augen zu schließen, um gegen diese Gesichter und ihre Anklagen anzukämpfen, warf sie die Decken und Kissen beiseite und stand auf.

Im Erdgeschoss war es ruhig und sauber. Sam und ihre Kinder hatten keine Unordnung hinterlassen, keine Spur davon, dass sie noch kurz zuvor gefrühstückt oder diese Räume in irgendeiner Weise bewohnt hatten. Bei Josie zu Hause wurde der Tisch nach dem Abendessen nicht abgeräumt, es war irgendwie besser, das Geschirr bis zum nächsten Morgen stehen zu lassen, als würde zu schnelles Tischabräumen und Spülen die Erinnerung an ein schönes Essen vorzeitig löschen. Josie spazierte herum, und als sie im Kopf langsam wach wurde, dachte sie mit einem gewissen Vergnügen, dass sie gut zwanzig Minuten lang das Haus erkunden könnte, ohne beobachtet oder gestört zu werden. Sam hatte keinen Kaffee, also setzte Josie Tee auf und ging durch die Küche, öffnete Schränke und Schubladen.

Die Ordnung war erstaunlich. Es gab einen Schrank für Gläser, einen weiteren für Teller und Schüsseln, und es war zu keinen Grenzverletzungen gekommen – keine illegalen Trinkbecher oder Servierplatten. Es gab eine Schublade für Plastiktüten. Einen Schrank für Töpfe. Die Besteckschublade enthielt Besteck und nichts anderes – keine Möhrenreibe, keine Maiskolbenhalter. Diese Ausreißer hatten ihre eigene Schublade. Vergeblich suchte Josie nach der Schublade oder dem Behältnis oder Schrankfach, wo all die nicht kategorisierbaren Dinge aufbewahrt oder während verzweifelter Aufräumaktionen versteckt wurden. Sie wurde nicht fündig. Der Kühlschrank war zwar ein älteres Modell, aber sauber und hell, und drinnen standen Plastikdosen mit Resten von Pasta und Veggieburgern. Die Milch war irgendwie aus Hanf gezaubert und der Orangensaft in Homer gepresst und in Flaschen gefüllt worden. Eine halb gegessene Banane war sorgsam in Plastik eingeschlossen worden.

Josie stand an der offenen Tür zum Wohnzimmer, trank ihren Tee und dachte darüber nach, wie seltsam es war, überhaupt in einem Haus zu sein. Josie und ihre Kinder waren erst ein paar Tage von zu Hause weg, und schon jetzt war das hier, dieses große Haus mit seinen festen Wänden, Wänden, die so stark waren, dass sich Bilder und Spiegel daran aufhängen ließen, ein fremder und unfassbarer Tempel der Stabilität. Unwillkürlich berührte Josie die Wände, lehnte sich gegen sie, kostete ihre Stärke aus. Es gab einen Kamin, der offenbar benutzt wurde, eine akkurate Mauer aus geviertelten Holzscheiten auf der einen Seite, eine kleinere Pyramide aus Anzündholz auf der anderen. Auf dem Kaminsims standen einige alte Familienfotos, die Josie wiedererkannte, eines von Sunny und Helen und Josie und Sam, wie zu erwarten einige Schulfotos von den Zwillingen, Lacrosse-Trophäen und eine große Gedenktafel, die Josie zunächst rasch überging. Beim zweiten Hinsehen wurde ihr jedoch klar, dass diese Tafel an Sunnys Eintritt in den Ruhestand erinnerte. Wieso hatte Sam die?

Von oben hörte sie, wie zwei kleine Füße auf den Boden sprangen, und erriet an ihrer Flinkheit, dass es Ana war. Paul kehrte morgens langsamer in die Welt zurück. Es wäre besser, dachte Josie, wenn ihre Kinder einen Vater wie den von Zoe und Becca hätten: heroisch und weit weg statt in der Nähe und feige. Das war wesentlich besser, und Josie versuchte, den Neid zu unterdrücken, der sie durchströmte. Wie konnte Sam sich ein Haus wie dieses leisten, indem sie drei Monate im Jahr Vogelbeobachtungstouren gab? Das war absurd und nicht fair. Wieso waren ihre vaterlosen Kinder so schön und stark? Wieso hatte sie für alles mühelose Lösungen gefunden, während Josies Kopf in einem Schraubstock steckte?

»Mom?«, rief Ana von oben, ohne Rücksicht auf ihren schlafenden Bruder.

»Hier unten«, sagte sie, und Ana stapfte die Treppe herunter.

Ana hatte Hunger, also machte Josie sich auf die Suche. Sie fand Joghurt, und sie aßen zusammen einen Becher. Sie fanden Trauben und Cracker und aßen sie. Sie fanden Eier, und Josie machte Omeletts. Während Ana ihre zweite Portion aß, bemerkte sie das Schaukelgerüst im Garten und lief hin. Paul schlief noch, deshalb ging Josie wieder zum Kühlschrank, fand Schokoküsse und aß sechs von acht. Sie öffnete die Haustür in der Hoffnung, eine Antwort auf die Frage nach ihrer Traurigkeit an diesem Tag zu finden, fand aber nur die Morgenzeitung.

Sie nahm sie mit in die Küche und blätterte sie durch, während sie ein Auge auf Ana hatte, die damit beschäftigt war, Schwachstellen am Schaukelgerüst zu entdecken. Josie wusste, dass sie irgendwas daran kaputt machen würde, und wusste auch, dass Sams Kinder viel zu alt waren, um darauf zu schaukeln. Bei Ana stellte Josie täglich Berechnungen an: Wie groß ist die Wahrscheinlichkeit, dass sie dieses oder jenes kaputt macht? Wie viel Zeit oder Geld kostet die Reparatur? Sie nahm das Gerüst in Augenschein, suchte nach dem schlimmsten Schaden, den Ana anrichten könnte, und kam zu dem Schluss, dass es die dünnen Ketten waren, mit denen die Schaukelsitze an den dicken Pfählen darüber befestigt waren. Die Ketten waren die schwächste Stelle des Gerüsts, und Ana wusste das und zerrte bereits wie wahnsinnig an ihnen.

Josie goss sich eine zweite Tasse Tee ein und widmete ihre Aufmerksamkeit der wöchentlichen Lokalzeitung. Die Titelgeschichte berichtete über einen Angestellten der Stadtverwaltung, der mit fünfundzwanzigtausend Dollar in 25-Cent-Stücken, die er im Laufe von drei Jahren aus Parkuhren geklaut hatte, abgehauen war. Die Zeitung war verblüfft, gekränkt, aber Josie dachte: So was erfordert erstaunliche Weitsicht und Beharrlichkeit. Der Mann hatte ein gewisses Talent. Einige Seiten später standen unter der Rubrik »Mitteilungen« zwei Wörter in Großbuchstaben: *Geburten*, illustriert mit einer Rassel und einem Fläschchen, und *Polizei*, mit einem Bild von Handschellen. Diese beiden Wörter und Bilder standen nebeneinander, keck geneigt, und zwar über einer Kolumne, die im Grunde ein ungemein klarer Polizeibericht in Kurzfassung war.

16/8

Ein anonymer Anrufer meldete einen Sattelschlepper mit brennendem Reifen auf der East End Road und dem Kachemak Bay Drive.

Eine Anruferin meldete einen aggressiven Hund auf dem Beluga Court.

Ein Anrufer meldete einen verletzten Otter am Strand. Das Alaska SeaLife Center riet auf Anfrage abzuwarten, ob der Otter von allein zurück ins Wasser geht.

Eine Anruferin meldete laute Nachbarn vor ihrem Fenster auf der Ben Walters Lane.

17/8

Ein Anrufer meldete, auf dem Baycrest Hill einen schwarzen Labrador gefunden zu haben.

Ein Mann auf der Svedlund Street meldete, dass er ständig von seiner Freundin angeschrien werde. Er bat darum, keine Beamten zu schicken.

Eine Frau brachte eine gefundene Handtasche aufs Revier.

18/8

Jemand meldete einen umgekippten Wohnwagen auf dem Ocean Drive Loop.

Eine Anruferin meldete, ihr Mann sei überfallen worden, während er die Straße entlangging.

Ein Anrufer meldete den Diebstahl eines Außenbordmotors auf dem Kachemak Bay Drive.

Eine Anruferin meldete, einen Mann mit Fußfesseln auf der Straße gesehen zu haben.

19/8

Ein Mann kam ins Polizeirevier und gab an, er glaube, jemand habe seinen Golden Retriever gestohlen.

Ein Anrufer meldete einen verletzten Seeotter.

Eine Frau meldete ein helles Licht, das in ihr Haus scheint.

Es war alles sehr klar, und doch hatte Josie viele Fragen. War der Mann mit den Fußfesseln irgendwie beteiligt an dem Überfall auf den Mann auf der Straße? War das am 16/8 und 19/8 ein und derselbe Otter?

Paul kam die Treppe herunter, und irgendwas in seinen Augen spiegelte Josies eigene Gedanken über dieses

Haus wider: Es war warm und solide und ließ das Leben von Josies Familie im Chateau völlig unverantwortlich wirken und setzte ihr Menschsein herab. Josie machte ihm ein Omelett und goss ihm den letzten Rest von der Hanfmilch ein, während seine Augen fragten, was sie eigentlich vorhatten – in dem Wohnmobil, in Homer. Konnten sie nicht hier leben oder wie die Menschen hier? Ein lautes Jaulen durchdrang die Stille des Tages, und als Josie aus dem Fenster schaute, sah sie einen Mann, der auf dem Rücken eine Art Jetpack trug, das mit einem Staubsauger verbunden war. Oh nein. Ein Laubbläser. Die Dummheit und die fehlgeleiteten Hoffnungen der gesamten Menschheit lassen sich am einfachsten erleben, wenn man zwanzig Minuten zuschaut, wie ein Mensch einen Laubbläser benutzt. Mit diesem Gerät, sagte der Mann, werde ich alle Stille ermorden. Ich werde die Ebene des Gehörs zerstören. Und ich werde das mit einem Gerät tun, das eine Arbeit weitaus weniger effizient erledigt, als ich es mit einer Harke könnte.

Sam hatte gesagt, sie wäre gegen drei zurück, daher wurde Josie um zwei klar, dass sie Lebensmittel einkaufen mussten, nachdem sie den ganzen Tag nichts anderes getan hatten als essen. Sie zog die Kinder an, und sie gingen die Straße hinunter, genossen die neue Erfahrung, zu Fuß einkaufen gehen zu können. Josie war sicher, am Tag zuvor einen Supermarkt in der Richtung gesehen zu haben, aber der Laden, den sie fanden, war halb Baumarkt, halb Lebensmitteldiscounter und nicht der, den Josie im Sinn gehabt hatte. Die Decken waren hoch, und in den Regalen türmten sich bedenklich Großhandelsartikel, riesige Säcke mit Reis und Mehl, und ein bemerkenswertes Sortiment an Futtersorten für Hunde. Josie kannte keine der Handelsmarken, konnte keine zuordnen. Die Kinder waren verwirrt. Der Gang mit den Frühstücksflocken war nicht zu unterscheiden von dem Gang nebenan, in dem Gartenartikel verkauft wurden.

Sie wählten aus, so gut sie konnten, und bezahlten eine irrationale Summe für alles. Auf dem Rückweg schleppte Josie vier Tüten, und die Kinder trugen jeweils eine, und sie stapften in einem stetigen Nieselregen den Hügel hinauf. Alles ging gut, bis Ana anfing, durch die Pfützen zu platschen, was Josie ihr unklugerweise erlaubte. Das Wasser weichte schließlich Anas Papiertüte auf, und ihre Lebensmittel fielen durch und auf die Straße. Die Kinder fingen an, sie aufzusammeln, aber Autos rasten vorbei, und da es keinen Bürgersteig gab, platzierte Josie Paul und Ana auf dem schmalen Grasstreifen zwischen der Straße und dem Graben und verteilte die verstreuten Lebensmittel auf die anderen Tüten, gab eine aufgeweichte Tüte Paul und trug die anderen selbst, und sie setzten ihren Weg fort. Von Würde konnte man hier nicht mehr sprechen.

Als das Haus in Sicht war, drei Block den Hügel hoch, wandte Paul sich an Josie. »Warum seufzt du?«

»Ich habe gegähnt.«

»Nein, du hast geseufzt«, sagte er.

Sie erklärte ihm, sie wisse nicht, was sie getan hatte oder warum, und es regnete, deshalb sollten sie sich sputen. Als sie um die Ecke bogen, sah Josie Sams Pick-up, und ihr Herz zerriss. Sam war früher zu Hause als erwartet, und Josie hatte das starke Gefühl, gleich eins auf den Deckel zu bekommen.

»Mannomann, ihr habt das Haus ja gründlich erkundet, haha«, sagte Sam nach einem Moment ohne die geringste Heiterkeit. »Und gegessen! Ihr müsst halb verhungert gewesen sein!« Josie versuchte, sich zu erinnern. Hatten sie Schubladen geöffnet, sie offen gelassen? Schranktüren? Offenbar.

»Wir haben eingekauft«, sagte Josie und hob die Tüten hoch in die Luft. Sie trug sie in die Küche, und als sie mit Auspacken anfing, wurde ihr klar, dass sie nicht systematisch eingekauft hatten, um Vorräte aufzufüllen. Sie hatte ein paar Grundnahrungsmittel gekauft, Eier und Milch – normale Milch; der Discounter führte nicht die Hanfsorte, die Sam bevorzugte –, ein paar Sachen, die sie und ihre Kinder mochten, ein paar Sachen, die die Kinder in den Einkaufswagen gelegt hatten, und eine ganze Reihe Produkte, bei denen nicht mal Josie sicher war, ob sie sie essen würden. Sie schaute auf sich zurück, wie sie vor gerade mal einer Stunde in dem Laden gewesen war, und wurde kein bisschen schlau aus der Frau, die das getan hatte.

»Wie es aussieht, geh ich dann jetzt mal Lebensmittel einkaufen, haha«, sagte Sam.

»Mach einfach eine Liste«, sagte Josie zu ihr. »Ich geh noch mal los.«

»Schon gut.«

»Lass mich gehen, Sam.«

»Nein, ist schon gut. Du bist der Gast. Entspann dich.«

Um ihren Standpunkt so klar wie möglich zu machen und um der größte Arsch zu sein, der sie sein konnte, holte Sam ihre Schlüssel und schob ab.

Eine Stunde später kam sie wieder, mit neuen, besseren Lebensmitteln und einem breiten Lächeln im Gesicht. Es war, als wäre sie, jetzt, da sie bewiesen hatte, dass sie recht gehabt hatte – Josie konnte mit keiner Aufgabe betraut werden –, von einer großen Güte erfasst worden. Sie schien dem Eindruck zu unterliegen, dass sie und Josie einander wieder nahe waren, dass der Anschiss, den sie Josie vor einer Stunde erteilt hatte, richtig und gerecht gewesen und brav geschluckt worden war. Grinsend, als wären sie beide im Pyjama und teilten sich noch immer ein Zimmer, schlug Sam einen Plan für den Abend vor: Die Zwillinge würden auf Paul und Ana aufpassen, und sie und Josie würden ausgehen. Als die Kinder von der Möglichkeit Wind bekamen, allein bei Zoe und Becca zu bleiben, Pizza zu bestellen und Fernsehen zu gucken, war die Sache entschieden.

Bald darauf saß Josie in Sams Pick-up, und sie fuhren zu einer Bar, in der nur Einheimische verkehrten, wie Sam steif und fest behauptete, als ob Josie nichts dringender auf der Welt wollte und brauchte, als mit Einheimischen zu trinken – dass es nicht richtig wäre, mit oder in der Nähe von Touristen zu trinken.

»Das ist meine Stammkneipe«, sagte Sam, und Josie nickte anerkennend. Das Lokal sah aus wie eine Veteranen-Bar. Das war Sams Stammkneipe. Sam hatte eine Stammkneipe. Die Wände waren mit Fotos von Fischen und Schlachtschiffen geschmückt. Es kam ihr wichtig und bedauerlich vor, wenn man schon eine Stammkneipe hatte, dass es dann so ein Lokal war. Sam bestellte Margaritas, nicht beim Barkeeper, sondern bei Tom. Er war ein korpulenter Mann mit einem rosa Gesicht, das aussah, als würde es verfrüht zerfallen wie eine schmelzende Wachsfigur.

»Wir hatten mal was miteinander«, sagte sie zu Josie, so laut, dass Tom und überhaupt jeder es hören konnte. Er lächelte vor sich hin, während er ein Glas umdrehte und mit dem Rand in einen Haufen Salz drückte.

»Cheers«, sagte sie und stieß mit Josie an. Als Teenager hatte Sam keinen Alkohol getrunken. Auch nicht auf dem College – sie war eine puritanische junge Frau gewesen, angetrieben durch ihre Selbstbeherrschung, ihre Fähigkeit, allen Substanzen und Versuchungen zu widerstehen. Sunny hatte sie nicht mal überreden können, eine Aspirin zu nehmen. Und jetzt war Sam so. Sie hatte ihren Margarita zur Hälfte heruntergekippt und hatte was mit dem Barmann gehabt. Wann?

Über der Bar wurde bei einem Football-Match gerade irgendwas gefeiert. »Guckt euch das an«, sagte Tom.

Es war allerdings kein Touchdown. Die Spieler jubelten jetzt nach jedem Spielzug. Ob sie zurücklagen oder in Führung gingen, jedes Mal, wenn sie irgendwas machten, sahen sie einen Anlass zum Feiern.

»Ich muss meine Mädchen von der Schule nehmen«, sagte Sam, die Augen auf den Fernseher gerichtet, wo ein erwachsener Mann in silbrig glänzendem Elastan eine Art Tanz mit einem Football und einem Handtuch aufführte. »Hast du schon mal gehört, dass Mädchen Jungs einen Regenbogen-Blowjob geben?«

Josie verneinte. Tom war in der Bewegung verharrt, hörte offensichtlich zu, wobei er so angestrengt nachdachte, dass seine Stirn parallele Diagonalen von den Schläfen zur Nasenwurzel schickte. Er wollte unbedingt hören, was Regenbogen-Blowjobs waren.

»Anscheinend geht das so«, erklärte Sam. »Ein Mädchen schminkt sich die Lippen rot und verpasst einem

Jungen einen roten Ring am Schwanz. Dann schminkt ihre Freundin sich die Lippen orange, ein zweiter Ring. Dann macht das nächste Mädchen es mit Gelb, das nächste mit Grün, Blau. Wäre dann Blau dran?«

Tom nickt energisch. Ja, Blau.

»Jetzt muss ich mir folgende Frage stellen«, sagte Sam, leerte ihr erstes Glas und bestellte ein zweites. »Wird eins meiner Mädchen das machen? Ich meine, es gibt keine richtige Entscheidung. Entweder lasse ich sie machen, was sie wollen, und sie geben Regenbogen-Blowjobs, oder ich versuche, sie zu kontrollieren, und sie geben Regenbogen-Blowjobs, nur um mich zu ärgern.«

Nichts dergleichen schien in Alaska möglich, nicht bei den Mädchen hier. Alle Mädchen, die sie gesehen hatte, vor allem Sams Zwillinge, wirkten irgendwie überirdisch, wie aus einer anderen Zeit, weit entfernt von irgendwelchem Teenager-Blödsinn, als würden sie eher einen Wal zäumen und reiten, statt sich im Haus mit kleinen Jungen-Penissen abzugeben.

»Wie alt sind sie?«, fragte Josie.

»Dreizehn. Ich hab eine Freundin, eine ältere Frau, die angeboten hat, sie bei sich wohnen zu lassen, im Wald. So ähnlich wie Sunny das mit uns gemacht hat.«

Sam entdeckte jemanden weiter hinten in der Bar und winkte. »Alter Bekannter«, sagte sie zur Erklärung. Kurz darauf kam er herüber, und er war wie beschrieben: alt. Sechzig. Als er näher kam, schien er älter zu werden. Fünfundsechzig, siebzig.

»*Alter* Bekannter«, sagte Josie, und Sam brauchte einen Moment, als würde sie überlegen, ob sie vorgeben sollte, die Bemerkung wäre witzig, oder vorgeben sollte, sie wäre beleidigend. Sie entschied sich dafür, ein paarmal zu blinzeln.

Dann war er bei ihnen und sah aus wie fünfundsiebzig. Er war eine Art alaskischer Leonard Cohen, groß und attraktiv, aber ohne Filzhut.

»Robert«, verkündete er und schüttelte Josie die Hand. Sie war faltig und ölig zugleich, wie ein sterbender Fisch. Er schaute ein paarmal zwischen Sam und Josie hin und her, nickte dabei. »Heute ist mein Glücksabend!«, sagte er laut, mit einer hohen und welken Stimme. Tom hörte das, lächelte aber nicht. Josie kam sich vor wie mitten in einem schrägen Liebesquadrat – Liebesparallelogramm? –, aber Robert bemerkte es entweder nicht oder betrachtete Tom nicht als würdigen Beteiligten.

Josie schaute wieder auf den Fernseher. Erneut schienen die Spieler irgendeinen kleinen Erfolg zu feiern. Zunächst war der Anblick ärgerlich, doch dann begriff Josie allmählich. Genau das fehlt in meinem Leben, dachte sie. Das Feiern jedes einzelnen Augenblicks, wie die bescheuerten Idioten da im Fernsehen.

»Zwei Jägermeister für die Ladys«, sagte Robert zu Tom. Toms wächsernes Gesicht spannte sich an, als würde er sich damit quälen, mit der Tatsache, dass er keine andere Wahl hatte, als zu bedienen. Er hatte sich für ein Leben entschieden, in dem er jede Sorte Mensch bedienen musste, auf ein gutes Trinkgeld von einem schlechten Mann hoffen musste.

Robert war garantiert ein schlechter Mann. Irgendetwas an ihm, alles an ihm, war unsympathisch, unglaubwürdig, lüstern und frivol. Sein Hemd stand offen bis zu der Falte, wo die Trichterbrust auf den prallen Bauch traf.

»Auf Schwestern«, sagte er und sprach das Wort *Schwestern* dabei seltsam anzüglich aus. Sam zwinkerte Josie unter ihrem erhobenen Glas hindurch zu. Sie musste ihm der Einfachheit halber erzählt haben, sie wären Schwestern.

Er bestellte eine neue Runde, doch Josie versteckte ihr zweites Glas hinter ihrem Ellbogen. Er schien es nicht zu sehen, oder es war ihm egal.

»Josie ist aus Ohio raufgekommen«, sagte Sam.

»Ach ja?«, sagte er und nutzte diese geografische Information jetzt als Freibrief, um Josie zu mustern, vom Hals bis zu den Knien. Als er zu ihren Augen zurückkehrte, gab er etwas von sich, das er bestimmt für das tollste Bonmot des Abends hielt. »Ich möchte ja gern mal da unten hin.«

Sam kapierte anscheinend nicht, was er meinte.

»Okay«, sagte Josie und versuchte zu gähnen. »Ich glaub, ich geh nach Hause.«

»Geh nicht«, sagte Robert und versuchte, Josies Hand zu berühren. Josie zog sie so ruckartig weg, dass sie den Mann hinter ihr traf.

»'tschuldigung«, sagte sie zu ihm.

»Entschuldige dich nicht«, sagte Robert. »Bleib doch einfach.«

Sam bekam nichts davon mit. Sie hatte zwei Margaritas und zwei Jägermeister intus, hielt jetzt Roberts Hand und war anscheinend fest entschlossen, einen draufzumachen, mit dem alaskischen Leonard Cohen einen draufzumachen. Tom stand auf der anderen Seite der Bar und schaute aus einem unbequem wirkenden Blickwinkel hoch zum Fernseher.

»Ach, komm schon«, sagte Sam, »hier sind jede Menge Leute, die du kennenlernen könntest.« Robert wollte einen Dreier, und Sam wollte mit ihm allein sein. Sie suchte die Bar nach Leuten ab, an die sie Josie weiterreichen könnte, und entdeckte keine.

»Wir sehen uns zu Hause«, sagte Josie.

Josie drehte sich um, ohne damit zu rechnen, dass Sam sie gehen lassen würde. Als sie es zur Tür schaffte und sich umschaute, sah sie, wie Robert seine siebzig Jahre alte Zunge in Sams jungen Hals steckte.

Am Himmel hingen niedrige weiße Wolken und dampfschiffgraue Wolken, aber es waren auch Sterne zu sehen und ein klarer weißer Mond. Josie ging zurück den Hügel hinauf, dachte an Sams Gesicht, Leonard Cohens Gesicht. Sie war nüchtern, und sie war wütend, und sie war heilfroh, der Bar entkommen zu sein, und so dankbar, dass ihr erspart geblieben war, das Unausweichliche mit anzusehen, dass nämlich Robert mit Sam hätte tanzen wollen, leise wiegend, wie betrunkene alte Lustmolche das gern in der Öffentlichkeit machen, ihre Drehungen, ihre Fummeleien – wenn sie sich gar nicht mehr bemühten, irgendwas davon zu kaschieren. Josie war zeitweise zuversichtlich, nach Hause zu finden, ohne sich zu verlaufen, und war schon bald einigermaßen sicher, die Kirche am Ende von Sams Straße zu sehen, doch dann warf sie einen Blick auf ihre Uhr und sah, dass es erst halb elf war. Die Kinder wären bestimmt noch wach und würden glauben, ihre Mutter wollte ihnen keinen Freiraum lassen, Zeit allein mit den Zwillingen.

Josie stand am Straßenrand und dachte Verschiedenes, zum Beispiel, dass Sam trotz ihrer Ordnungsliebe und ihres Vergnügungsbootes und ihrer wunderschönen Kinder ein Monster war, ein unmoralisches Tier und dass sie, Josie, fertig mit ihr war. Und sie dachte auch: War Sam ein Fan von Leonard Cohen? War das der Reiz? Josie befand, dass sie nicht nach Homer hätten kommen sollen.

Beständigkeit. *Ich muss beständig sein*, dachte sie. Die Sonne war beständig, der Mond. Das Leben auf der Erde gedeiht, weil es sich darauf verlassen kann, dass die Sonne auf- und untergeht, Ebbe und Flut einander abwechseln. Ihre Kinder brauchten lediglich Berechenbarkeit. Aber wieso hatte sie sie dann mit nach Alaska genommen, jeden Abend an einen neuen Ort? Sie musste beständig sein. Schlafenszeiten mussten gleich sein. Ihr Tonfall musste gleich sein. Atticus! Atticus! Sie musste Atticus sein. Es war einfach, immer gleich zu sein. So einfach! Aber was war mit nicht einfach sein? Was war mit interessant sein? Eltern konnten nicht interessant sein, oder? Die besten Eltern gehen auf und unter wie Sonnen und Monde. Sie kreisen mit der Berechenbarkeit von Planeten. Mit großer Klarheit erkannte Josie die unbestreitbare Wahrheit: Interessante Menschen können keine Kinder in die Welt setzen. Die Erhaltung der Art obliegt den Drohnen. Sobald du merkst, dass du anders bist, dass du Stimmungen hast, dass du Launen hast, dass du dich langweilst, dass du die Antarktis sehen willst, solltest du keine Kinder haben. Was wird aus den Kindern von interessanten Leuten? Sie sind ausnahmslos beschädigt. Sie sind geknickt. Sie hatten keine berechenbaren Sonnen und sind deshalb benachteiligt, verzweifelt und unsicher – wo wird die Sonne morgen sein? Scheiße, dachte sie. Sollte ich die Kinder weggeben, an irgendeine zuverlässige Sonne? Sie brauchen mich nicht. Sie brauchen gute Mahlzeiten und einen Menschen, der sie gewissenhaft badet und das Haus putzt, nicht weil er es sollte, sondern weil er es möchte. Niemanden, der sie alle in diesem Pressspan-Wohnmobil einpfercht, ihr Geschirr in der Dusche herumfährt, ihre Fäkalien in einem Tank.

Aber Moment mal, dachte Josie. Vielleicht konnten sie ja wirklich hier leben. Vielleicht war es Bestimmung und Symmetrie hierherzukommen, um in der Nähe von Sam zu leben, einer Wilden wie sie. Aber wer konnte hier leben? Es ist jetzt schön, ja, aber die Winter waren garantiert ein absoluter Horror. Die Wolken zogen weiter über sie hinweg wie Truppen in Formation.

Sie würde Homer morgen verlassen, beschloss sie, wusste aber nicht, wohin. Weil Leute wie Robert hier lebten, war diese Stadt unbewohnbar, nicht besser als die Stadt, die sie verlassen hatte, und diese Stadt war überrannt worden. Was war in ihrer kleinen Stadt geschehen? »Ich muss wirklich hier raus«, hatte Deena eines Tages gesagt. »Ich halt's nicht mehr aus.« Sie war dort aufgewachsen. Es war einmal ein richtiger Ort gewesen, eine recht kleine Stadt mit einem echten Kopfsteinpflaster-Platz, wo Kinder Tretroller fuhren und von kleinen bedauernswerten Hunden verfolgt wurden, Pervertierungen selektiver Züchtung, nicht angeleint und kläffend. Jetzt war die Stadt überfüllt, es gab keine Parkplätze, Frauen mit Pferdeschwänzen fuhren gefährlich schnell zum Yoga und Pilates, klebten anderen an der Stoßstange, hupten, pfuschten sich an Rechts-vor-links-Kreuzungen vor. Es war ein unglücklicher Ort geworden.

Das Verbrechen der Pferdeschwanz-Frauen war, dass sie immer in Eile waren, in Eile, um zum Sport zu kommen, in Eile, um ihre Kinder vom Capoeira abzuholen,

in Eile, um sich die Resultate vom Mandarin-Intensiv-
kurs an der Schule anzusehen, in Eile, um Mikrogemüse
in dem neuen efeubewachsenen Bioladen zu kaufen, einer
Filiale der neuerdings landesweiten Kette, die ein liberaler Größenwahnsinniger gegründet hatte, in einem Laden also, wo die Lebensmittel kuratiert wurden, durch
den die Frauen mit ihren Pferdeschwänzen rauschten und
bösartig lächelten, wenn der Weg ihres Einkaufswagens
auch nur einen Moment lang blockiert war. In ihrer radikalen Entwicklung hin zu besserer Nahrung und Gesundheit und Bildung war die Stadt ein elender Ort geworden, und der Bioladen war der unglücklichste Ort in der
elenden Stadt. Die Mitarbeiter an der Kasse waren nicht
gern dort, und die Mitarbeiter, die für die Kunden die
Einkäufe in Tüten packten, waren cholerisch. Die Mitarbeiter an der Fleisch- und Wursttheke wirkten zufrieden, die Mitarbeiter an der Käsetheke wirkten zufrieden,
aber alle anderen waren mordlüstern. Dieselben furchtbaren Frauen (und Männer), die aggressiv zum Yoga fuhren, fuhren jetzt aggressiv zum Bioladen und parkten
wütend – sie stahlen Senioren, die nur zur nahen Apotheke wollten, den letzten Parkplatz, stiegen aus und spurteten genervt von ihren Autos zum Laden, um Havarti
und Prosecco und Veggieburger zu kaufen. Diese Leute
hatten sich jetzt in Josies kleiner Stadt breitgemacht, gefährdeten ihre Kinder mit ihrem rücksichtslosen Fahrstil
und ihrer kaum gezügelten Wut.

Die Stadt, grün und hügelig und von Flüsschen durchströmt, obwohl nicht weit entfernt von einem stillgelegten Stahlwerk, war von diesen Horden und ihrem Zorn
entdeckt worden, und all ihr neues Geld und all ihr neuer
Zorn hatten in dem Vorfall gegipfelt, der Fahrradpumpen-

Attacke – nur Josie nannte ihn so, aber dennoch – mitten
in der Stadt. An dem Vorfall waren ein Mann in einem
Pick-up und ein Mann auf einem Fahrrad beteiligt, und
die Folge war ein Streit gewesen, bei dem einer der Beteiligten halb totgeschlagen wurde. Aber es war nicht der
Pick-up-Fahrer gewesen, der den Radfahrer geschlagen
hatte, nicht in dieser Zeit, in dieser Stadt – nein, es war
die moderne Umkehrung, die Version, wo der Radfahrer,
in Elastanmontur und auf einem fünftausend Dollar teu-
ren Gerät, über den freundlichen Gartenarbeiter in seinem rostigen Pick-up triumphiert. Der Radfahrer hatte
sich offenbar über den Pick-up-Fahrer geärgert, der sich
mühselig mit Gelegenheitsjobs wie Rasenmähen oder
kleineren Gartenbauarbeiten über Wasser hielt und beim
Überholen des Radfahrers offenbar nicht genügend Abstand gehalten hatte. Sie fuhren beide auf der Straße an
dem kleinen Teich entlang, den eine Umweltschutzgrup-
pe für Zugvögel wie Enten und Standvögel wie Reiher
bewahrt hatte. Am nächsten Stoppschild hielt der Radfahrer neben dem Pick-up, brüllte irgendwelche Worte
seiner Wahl, woraufhin der Pick-up-Fahrer ausstieg und
prompt eins mit der Fahrradpumpe übergebraten bekam.
Der Fahrer ging zu Boden und wurde wieder und wieder
geschlagen, bis ihm der Radfahrer in seiner Elastanmontur und den kleinen Spezialschuhen einen Schädelbruch
zugefügt hatte und sein Gesicht blutüberströmt und der
Rhododendron blutbespritzt war, den der Klub der Gärt-
ner im Ruhestand (KGR), der den Verein der Grünen
Ruheständler abgelöst hatte, erst kurz zuvor auf dem
Mittelstreifen gepflanzt hatte. Es war verkehrt herum,
völlig auf den Kopf gestellt, aber absolut sinnbildlich für
diese neuen wütenden Menschen, die hin und her hetz-

ten, immerzu hetzten, um wütend zu joggen, um wütend zu erklären, um wütend zu argumentieren, um in die Luft zu gehen, wenn sie unterbrochen oder gebremst wurden, bereit, enttäuscht zu werden. Das waren diese Menschen! Josie machte sich im Geist eine Notiz. Der Fahrrad-Mann, der Schläger, würde in ihrem Musical *Enttäuscht* vorkommen. Könnte eine Anspielung auf Mame eingebaut werden? Wäre das zu viel?

Josie hatte den Mann, den Fahrrad-Mann, gekannt. Er war ihr Patient gewesen. Bei seinem ersten Termin, einige Jahre zuvor, hatte er genaue Vorstellungen gehabt und gesagt: *Können wir die Reinigung weglassen? Ich weiß, was ich will.* Er wollte seine sechs Amalgamfüllungen durch Keramik ersetzt haben. Das Amalgam war fast schwarz geworden, und er hatte eine junge Frau geheiratet, die der Ansicht war, dass sein Mund verbesserungswürdig war, deshalb hatte er zwei Termine an aufeinanderfolgenden Freitagnachmittagen vereinbart, war in voller knalliger Montur zur Praxis geradelt, in seinen orangen Spezialschuhen und Elastanleggings klackernd über den Steinboden gegangen, das Radsportshirt schweißnass. Er war ein kleiner und nervöser Mann, der ständig auf sein Handy schaute, während seine neuen Keramikfüllungen trockneten, der darum bat, die Musik in der Praxis – an dem Tag lief *Oklahoma!* – einen Tick leiser zu drehen, danke. Er war ein Gräuel und musste für seine brutale Prügelei nicht ins Gefängnis. Ihn erwartete eine Zivilklage, aber niemand rechnete damit, dass es ihn schwer treffen würde.

Josie war eine Zeit lang mit dem Rad zur Praxis gefahren, weil sie gehofft hatte, das würde ihren Arbeitsweg irgendwie verwandeln. Etwa eine Woche lang war das auch so. Aber dann nicht mehr. Sie versuchte es damit, den Bus zu nehmen, doch die letzte halbe Meile musste sie zu Fuß am Highway entlanggehen wie eine abenteuerlustige Anhalterin. Aber ganz egal, wie sie zur Arbeit fuhr, sie kam dennoch an denselben Gebäuden vorbei, an denselben Parkplätzen. Wie war das auszuhalten? Nach ihren Eltern und deren Verpuffung hatte sie sich immer mit den Bleibenden identifiziert, den Sesshaften. Aber sie kannte niemanden, der irgendwo blieb. Selbst in Panama wollten die meisten der Einheimischen, die sie kennenlernte, so bald wie möglich irgendwo anders leben, und die meisten von ihnen fragten sie beiläufig oder direkt, wie man Visa für die USA bekam. Wer, also, blieb? War man verrückt, wenn man irgendwo blieb? Die Bleibenden waren entweder das Salz der Erde, der Grund, warum es Familien und Gemeinden gibt und warum Kultur und Land Bestand haben, oder sie waren schlicht und ergreifend Idioten. Wir verändern uns! Wir verändern uns! Und Tugend ist nicht nur etwas für die Unveränderlichen. Du kannst deine Meinung ändern oder dein Umfeld und dennoch Integrität besitzen. Du kannst wegziehen, ohne ein Drückeberger zu werden, ein Geist.

Diese Stadt in Ohio war also in Josies Vergangenheit. Die Vergangenheit konnte ein köstliches Ding sein, mit etwas abgeschlossen zu haben, mit einem Ort. Mit etwas fertig zu sein und imstande, es wegzupacken, Anfang, Mitte, Ende, es ad acta zu legen und auszumisten. In der Stadt hatten mal Hippies gelebt, Ohio-Hippies, die Josie allesamt vorkamen wie außergewöhnlich dankbare Menschen, die glücklich waren über die Bäume, über die Flüsse und die Bäche und Vögel und die Tatsache, dass sie lebten und Gras hatten und Sex, wann immer sie wollten. Sie bauten ihre Häuser aus Lehm und Zweigen, hier und da eine Kuppel, hier und da eine Gemeinschaftswanne. Aber jetzt waren sie älter und zogen weg oder starben, wurden ersetzt von diesen Radfahrern, diesen schnell fahrenden Pferdschwanz-Frauen, die die Welt so sehr wollten, dass sie keine Einschränkungen, Störungen, Babys in Restaurants oder Tretroller auf dem Bürgersteig hinnahmen. Ohio, Geburtsort der meisten Präsidenten des Landes, war jetzt Heimat der meisten Arschlöcher.

Wenn nicht du, wer dann? Noch so eins von diesen Schildern. Dieses war handbemalt, steckte in der Böschung. Bestand hier auch Waldbrandgefahr? Josie konnte Sams Haus weiter vorne sehen. Es sah aus wie ein glückliches Zuhause, und ihr Herz weitete sich, als sie darauf zuging. Wenn nicht du, wer dann? Josie lächelte über die herrliche Blödheit der Frage. Wie wär's mit du und ich? Ich und du? Warum so negativ? Warum uns auseinanderdividieren? Sie war plötzlich überwältigt von dem kühlen Wind, dem Granithimmel, den schnell ziehenden Wolken, und sie fühlte sich fest mit der Welt verbunden. Sams Welt war stabil, war neu für sie, aber stabil, tief verwurzelt, logisch. Josies Kinder waren in dem stabilen Haus, hingerissen von ihren Cousinen. Sie würden ein paar Tage bleiben. Sie konnte das Chateau auf Sams Straße parken. Ihre Kinder und Sams würden zusammen frühstücken. Sie könnten viele zufriedene Wochen, Monate haben. Es war zu früh, um an eine Einschulung hier zu denken, aber dennoch. Sam könnte ihr Anker sein. Heute Abend war belanglos. Wichtiger war die Erinnerung an ihre lange gemeinsame Vergangenheit, ihre gemeinsame Geschichte. Wie viele junge Frauen sind so emanzipiert, wie sie es waren? Es war kleinlich und verrückt von ihr, Sam so leicht abzuschreiben, oder? Sie musste sich auf diese Welt einlassen, diese unempfindliche und rationale Welt, die Sam geschaffen hatte. Das konnte und würde sie. Aber was war das, dieses dröhnende Geräusch, dieses unselige weiße Licht?

IX.

Leonard Cohen passte auf ihre Kinder auf. Das schien Sam ihr zu sagen, die ihre Hand hielt, als läge sie im Sterben. Offensichtlich war sie in einem Krankenhaus.

»Ist es Krebs?«, fragte Josie.

»Du bist im Graben gelandet«, sagte Sam.

Jetzt erinnerte Josie sich. Ein Lieferwagen hatte direkt auf sie zugehalten, und sie war die Böschung runtergerutscht und dann … Dann wusste sie nichts mehr. Es musste noch mehr passiert sein. Ihr Arm war weiß bandagiert, und Sam sagte gerade, dass Robert zu Hause bei den Kindern war. Bei Josies Kindern. Wer war Robert? Dann erschien Leonard Cohens Gesicht vor ihrem geistigen Auge.

»Die schlafen längst«, sagte Sam. »Es ist vier Uhr morgens. Die wissen nicht, dass du hier bist. Du warst ohnmächtig oder hast geschlafen.«

»Missbraucht Leonard Cohen gerade meine Kinder?«, fragte Josie, und Sam versicherte ihr, nein, das würde er nicht, das könnte er gar nicht, dass er Großvater von sechs Enkelkindern sei. Josie lachte. Es tat weh. Die verheiratete Sam machte mit einem Großvater rum.

»Hab ich irgendwas gebrochen?«, fragte Josie und dachte, es wären die Rippen. Das Atmen war schmerzhaft.

»Ich glaube nicht«, sagte Sam, und jetzt war offensichtlich, dass sie noch immer betrunken war. Als Josie von einem Lieferwagen erwischt und in einen Graben befördert wurde, hatte Sam an der Bar gesessen und sich besoffen.

Josie sah in Sams liebes Gesicht und hätte ihr am liebsten eine reingehauen. Sam drückte ihr den Arm, dachte, sie hätten einen innigen Moment. Sie hatte sich noch mit keinem Wort entschuldigt. In ihrem ganzen Leben hatte Josie nur ein oder zwei Leute erlebt, die sich entschuldigten. Das sagte doch was aus, oder? Das war doch bestimmt bedeutsam für zukünftige Anthropologen? In dieser Phase der Geschichte tat keinem mehr irgendwas leid. Selbst Ana, die ein Jahr lang den Kosenamen Sorry gehabt hatte, entschuldigte sich nie. Sich zu entschuldigen erforderte so viel Mut, so viel Kraft und Vertrauen und Wahrhaftigkeit, dass es in diesem feigen Jahrhundert keinen Platz mehr hatte.

»Hab ich irgendwelche Medikamente bekommen?«, fragte Josie.

»Ich glaube nicht«, sagte Sam.

Josie erinnerte sich, was passiert war. Sie hatte neben dem Schild mit der Aufschrift »Wenn nicht du, wer dann?« gestanden, als der Lieferwagen zu dicht an ihr vorbeischlingerte. Sie hatte sich zu schnell weggedreht und war mit dem Kopf gegen die Ecke des Schildes geknallt. Daher die Platzwunde seitlich an ihrem Kopf.

»Kann ich gehen?«

»Keine Ahnung. Ich frag mal.«

Kurz darauf war ein Arzt an Josies Bett, ein glatzköpfiger und bärtiger Mann mit einem sorglosen Gesicht. Er sah aus wie der Idealtyp eines Vertrauenslehrers an einer

Highschool. Er stellte sich vor, aber Josie bekam den Namen nicht richtig mit. Dr. Blabla. Sie bat den Mann, seinen Namen zu wiederholen, und er tat es, und nun meinte sie, in der Mitte einen kratzigen Reibelaut zu hören. Dr. Blachbla?

Er fragte, wie sie sich fühle.

Sie sagte, sie fühle sich prima.

Er sagte, sie hätten ihre Neuronen überprüft, die seien in Ordnung, keine Anzeichen für eine Gehirnerschütterung, keine geweiteten Pupillen.

»Hat Ihre Schwester Ihnen erzählt, dass wir Sie nähen mussten?«

»Nein.« Josie sah Sam an, aber Sam schaute aus dem Fenster.

»Acht Stiche am Kopf. Da«, sagte Dr. Blachbla und berührte eine Stelle über ihrem Ohr. Jetzt waren Sams Augen wieder auf Josie gerichtet und füllten sich mit Tränen. »Anfänglich haben wir eine Gehirnerschütterung befürchtet«, sagte er, »weil die Sanitäter gesagt haben, Sie hätten gesungen, als Sie gefunden wurden.«

Jetzt verhärtete sich Sams Miene, als wäre Josie von bemitleidenswert zu etwas Geringerem, etwas Unberührbarem abgesunken. Singend in einem Graben – das war der Wendepunkt gewesen.

»Ich hörte, Sie sind Zahnärztin?«, fragte Dr. Blachbla. »Ich glaube, Ihre Zähne sind okay, aber das ist Ihr Fachgebiet.« Er lächelte, hielt sich für witzig.

Sie kamen um fünf Uhr morgens zurück zu Sams Haus. Leonard Cohen schlief aufrecht sitzend auf der Couch, wie eine von diesen Statuen, die auf öffentliche Bänke gesetzt werden, um Kindern Angst einzujagen. Als er hörte, wie die Haustür geschlossen wurde, öffnete Sams

Großvater-Sexpartner die Augen und schaute sich um, als wären die Welt und seine Gliedmaßen durch neue, unvertraute Versionen ersetzt worden, während er schlief. Als er wieder wusste, wo er war, stand er auf, eine Vogelscheuche, der Leben eingehaucht worden war, und gab Sam einen Kuss auf die Wange.

»Sie sind nicht mehr aufgewacht«, sagte er und merkte dann, wie makaber das klang. »Sie schlafen wie Engelchen«, sagte er und machte es noch schlimmer.

Josie wollte nur eines wissen: Sind meine Kinder tot, oder was?

Sie ging nach oben, um nach ihnen zu sehen, und sie schliefen, alle vier, im Zimmer der Zwillinge. Ihre zwei lagen auf einer Matratze auf dem Boden. Sie hätten auch auf Glasscherben geschlafen, nur um neben den beiden jungen Kriegerinnen übernachten zu können.

Unten im Badezimmerspiegel nahm Josie ihre Wunde in Augenschein. Seitlich am Kopf war eine geschmackvolle, gut vier mal fünf Zentimeter große Fläche wegrasiert worden. Es sah fast beabsichtigt aus, als wäre sie zu einer 1980er-Jahre-Retrostylistin gegangen und hätte sie beauftragt, irgendwas mit ihren Haaren zu machen, um der Welt zu zeigen, dass ihr nicht über den Weg zu trauen war und sie auf keinen Fall Kinder haben sollte.

Sie ging zurück zur Ausziehcouch im Keller, und, ausgelöst durch das Krankenhaus und die Gummihandschuhe, hatte sie einige unproduktive Gedanken, die sich um Jeremy und Evelyn drehten. Jeremy, der an einem staubigen Berghang verblutete. Evelyns schwarze Zunge. Nein, dachte sie. Nicht das, nicht jetzt. Sie könnte Jeremys Eltern einen Brief schreiben. Nein. Das hatte sie bereits getan und keine Antwort erhalten. Sie dachte an die vielen Briefe, die sie im letzten Jahr geschrieben hatte, alle ohne Antwort. Warum reagierten sie nicht auf ihre Briefe? Ein unbeantworteter Brief gab dem Absender das Gefühl, bescheuert zu sein. Wozu Briefe schicken? Wozu sich bescheuert vorkommen? Wozu das Haus verlassen? Wozu einen Stift in die Hand nehmen? Verfaule ich?, fragte Josie sich. Sie roch etwas Säuerliches und merkte, dass sie das war.

Der Schmerz weckte sie. Es war früher Morgen, und ihr Gehirn war geschwollen. Sie lag auf der Couch, und Sam war oben mit Leonard Cohen, also konnte Josie sie nicht um Aspirin bitten, und Sam hatte nicht daran gedacht, ihr welches hinzulegen – obwohl sie Dr. Blachbla versichert hatte, genug zu Hause zu haben.

Josie lag auf der Couch und schaute zu, wie der Himmel metallisch blau wurde, dann grau, dann weiß. Jede Kopfbewegung löste einen sengenden Schmerz aus, der ihren Kopf der Länge nach durchschnitt, also hielt sie die Augen geschlossen und plante haarklein, wie sie Sam und Homer verlassen würde. Irgendwas hatte sich verändert – hing es mit ihrem Unfall auf der Straße zusammen? Hatte das die Chemie ihres Besuches verwandelt? –, und jetzt schien eine rasche Abreise, während Sam arbeitete, durchaus verlockend.

Josie überlegte, welchen Wochentag sie hatten. Freitag? Mittwoch? Ja? Sie könnte abreisen. Sam würde bald zur Arbeit fahren, und dann könnten sie abreisen. Josie könnte Sam einen Zettel hinlegen, schreiben, dass sie nach Norden fahren und bald wiederkommen würden. Vielleicht würden sie wirklich zurückkehren. Josie ging in die Küche und fand natürlich einen ordentlichen Notizblock, an dem ein Stift befestigt war. Sie nahm den Stift und fing an zu schreiben, und dann hatte Josie zum ersten Mal das vertraute Gefühl, dass sie gerade eine Entscheidung traf, die das Gegenteil von dem war, was für die Kinder am besten wäre. Ihre Kinder, das wusste sie, würden lieber hierbleiben, bei Zoe und Becca, von ihnen lernen, ihr reiferes Zwillingsverhalten anhimmeln, normale Sanitäreinrichtungen nutzen und eine Zeit lang frei sein von den unbekannten Gefahren des Chateau. Josies Stift schwebte über dem Notizblock, stumm.

Leonard Cohen kam die Treppe herunter, sah jetzt irgendwie noch älter aus, sein Gesicht der mumifizierten Banane im Kühlschrank nicht unähnlich, und Josie versteckte sich in der Vorratskammer. Er zog seine Schuhe an und verließ leise das Haus. Josie, die ihren Plan plötzlich nicht mehr so überzeugend fand, ging zurück zu ihrer Couch und schlief ein.

Um sieben kam Sam die Treppe heruntergepoltert, ohne den geringsten Versuch, leise zu sein. Sie machte für alle Kinder Frühstück, und Josie ließ sich bedienen, während sie noch auf der Couch saß. Die ganze Zeit sagte Sam nichts dazu, dass Josie nur Stunden zuvor im Krankenhaus gewesen war, knapp dem Tode entronnen. Das schien etwas typisch Alaskisches zu sein, und Josie bewunderte es widerwillig – von Lieferwagen angefahren und in Gräben gefunden zu werden, das war eine alltägliche Art, das Wochenende zu verbringen, nichts Besonderes.

»Wie fühlst du dich?«, fragte Sam schließlich.

»Super. Ich fühl mich super«, sagte Josie.

»Willst du ein Paracetamol?«

Josie lehnte ab. »Behalt es«, sagte sie und fühlte sich

stoisch und überlegen. Sie wollte unbedingt, dass Sam das Paracetamol behielt, weil das bedeutete, dass Sam es irgendwann in der Zukunft nehmen würde, und dann würde Josie einen kleinen und sinnlosen Sieg verzeichnen.

Jetzt setzte Sam sich auf den Couchtisch vor ihr.

»Hör mal, ich hab gestern Abend vergessen, es dir zu sagen. Die haben Carl angerufen.«

Josie hörte auf zu atmen. Sie hob einen Finger und blickte Sam scharf an, gab ihr wortlos zu verstehen, dass sie verdammt noch mal die Klappe halten sollte. Sie packte Sam am Ellbogen und führte sie nach draußen, auf die hintere Veranda, und dort erklärte Sam, sie habe, während Josie bewusstlos war, den Krankenschwestern gesagt, sie, Sam, müsse zurück zu Paul und Ana, den Kindern der Patientin. Dann hatten die Schwestern nach dem Vater gefragt, und Sam hatte vielleicht Scheiße gebaut – ihre Worte: *vielleicht Scheiße gebaut* –, weil sie die Lage in groben Zügen erklärt hatte, dass der Vater in Florida war und so, worauf die Schwestern sehr nett vorgeschlagen hatten, sie könnten den Vater anrufen, und möglicherweise, sagte Sam, war sie daraufhin nervös geworden, hatte Nein! gesagt, und die Schwestern waren misstrauisch geworden, und dann wurde die Sache richtig ernst, und alle, einschließlich Dr. Blachbla, hatten darauf bestanden, Carl anzurufen, und dann waren alle etwa eine Stunde lang ein bisschen eigenartig.

»Konntest du den Schwestern nicht einfach sagen, du hättest Carl schon angerufen?«

»Es ist nicht meine Aufgabe, für dich zu lügen, Joze.«

»Du hast recht«, sagte Josie, die bereits wusste, dass sie und ihre Kinder, sobald Sam zur Arbeit gefahren war, wieder aufbrechen würden. »Du hast recht. Danke für alles, was du getan hast.«

Sam war verblüfft und wurde freundlich und idiotisch. »Vielleicht ist es ja besser so. Verringert den Druck.« Sie legte die Hand auf Josies Arm.

Dass der Vater jetzt nicht nur wusste, dass Josie die Kinder entführt hatte, sondern auch, wohin genau sie sie entführt hatte, war nicht dazu angetan, irgendwelchen Druck zu verringern. »Du hast mal wieder recht«, sagte Josie und unterdrückte ein Lachen. »Musst du nicht allmählich los? Sonst kommst du noch zu spät zur Arbeit.«

Als alle weg waren, Sam zu ihrem Boot und die Zwillinge zur Schule, packte Josie die Sachen ihrer Kinder. Sie sagte Paul und Ana lieber nicht, dass der Abschied endgültig war.

Josie nahm Sams perfekten Erinnerungsblock.

Wir fahren weiter, schrieb sie.

»Was schreibst du da?«, fragte Paul.

»Eine Nachricht für Tante Sam.«

»Was steht da?«

Ana kam gucken.

»Das ist eine kurze Nachricht«, sagte sie.

X.

Die rasierte Stelle seitlich an Josies Kopf faszinierte Paul.
Deshalb wollte er auf dem Beifahrersitz sitzen. Sie hatten
Homer verlassen und näherten sich dem Knotenpunkt
von vielen Highways, die nach Osten und Westen und
Norden führten.

»Tut das weh?«, fragte er.

»Nein«, sagte sie. »Sieht das gut aus?«

Paul schüttelte langsam den Kopf. Seine Augen verrieten, wie sehr ihm das Rechteck Angst machte, das seiner
Mutter in die Kopfhaut geschnitten worden war. Es war
nicht mütterlich. Es musste ihn erschüttern, genau wie
Josie erschüttert gewesen war, als sie ihre eigene Mutter
sah, die mit verbundenem Kopf aus dem Krankenhaus
zurückgekommen war. Sie war auf der Veranda gestürzt,
gangunsicher von verschiedenen Medikamenten. Das war,
als sie begonnen hatte, die Medikamente zu nehmen, die
sie den Soldaten gaben, vor dem Skandal, vor Sunny. Josie drehte den Kopf so, dass sie das rasierte Rechteck im
Rückspiegel sehen konnte, die akkuraten Kanten. Sie
wollte ihrem Sohn nicht solche Angst machen, mit dem
Wissen um ihre Schwäche, um ihre Begabung, von der
Pseudoschwester im Stich gelassen und von Homerischen
Lieferwagen beinahe überfahren und in Gräben befördert

zu werden. Aber die Schwäche der eigenen Mutter zu erleben – ist das so schrecklich? Vielleicht sollte sie von Anfang an erlebbar sein, damit der Schock später nicht so groß ist. Wir sind besser, wenn wir mit Tragik, Unheil, Chaos rechnen.

»Budget!«, hatte Raj bei einer seiner wilden, aufschlussreichen Tiraden zu ihr gesagt. »Du musst einfach ein Budget aufstellen!«, sagte er oder rief er aus. Er war der einzige Mensch, den sie je gekannt hatte, dessen Art zu sprechen tatsächlich das Verb ausrufen rechtfertigte. Es war ein seltsames Wort, so gebräuchlich in den Bilderbüchern, die sie ihren Kindern vorlas. Damals, in den Fünfziger- und Sechzigerjahren, rief jeder aus, aber im wahren Leben schien das Verb auf nichts und niemanden zuzutreffen. Ausgenommen Raj, mit seinen großen Augen und seiner lauten Stimme, der ständig irgendwas ausrief. »Du musst ein Lebensbudget aufstellen!«, rief er aus. »Hast du schon mal ein Haushaltsbudget aufgestellt?«

Josie verneinte. Eigentlich nicht, nein. Stattdessen hatte sie ihre Ersparnisse grob taxiert, ihren Kontostand so ungefähr im Kopf gehabt, ihre Einkünfte über- und ihre Ausgaben unterschätzt.

»Noch nie?«, rief Raj aus. »Na, es kann dir großen Seelenfrieden verschaffen, wenn die Situation eng wird oder unübersichtlich. Ein Dutzend Rechnungen können sich wie ein Angriff anfühlen, aber im Rahmen eines Budgets sind sie überschaubar, machtlos gar. Du erwartest sie und hast die Mittel, sie zu begleichen.«

Josie hatte sich umgeschaut, auf eine Fluchtmöglichkeit gehofft.

»Und in Bezug auf dein Leben, dein Land oder die

Welt solltest du ähnlich vorgehen. Jedes Jahr solltest du bestimmte Dinge erwarten. Du kannst zum Beispiel erwarten, einen grausigen Terrorakt zu sehen. Die erneute Enthauptung eines Mannes in einem orangen Overall ist ein Schock und bringt dich dazu, nie wieder aus dem Haus gehen zu wollen, falls du dafür kein Budget erstellt hast. Ein erneuter Amoklauf in einem Einkaufszentrum oder einer Schule kann dich einen Tag lang lähmen, falls du dafür kein Budget erstellt hast. Das ist der Amoklauf dieses Monats, kannst du sagen. Und wenn es in dem Monat keinen Amoklauf gibt, umso besser. Dann hast du ein Plus in der Bilanz. Du hast einen Überschuss. Eine Rücklage.«

Raj war einer der Gründe, warum sie dachte, alle ihre Kollegen in der medizinischen oder quasi medizinischen Welt wären nur eine Synapse von echtem Wahnsinn entfernt. »Du musst in deinem Budget einplanen, dass deine Kinder irgendeine Verletzung erleiden, bevor sie zehn sind«, fuhr er fort. »Die Hälfte deiner Freunde wird sich scheiden lassen. Dein Vater oder deine Mutter wird viel zu jung sterben. Zwei deiner Heterofreunde sind in Wirklichkeit schwul. Und irgendwann wird irgendwer, ein Fremder, ein Patient, morgens aufwachen und beschließen, dich irgendwie zu vernichten und dir deine Praxis wegzunehmen!«, sagte er. Rief er aus.

Josie hatte dieses Gespräch und Rajs Theorie nicht ernst genommen, bis jeder Aspekt davon eintrat – die Enthauptungen, die Amokläufe und dann Evelyn – alles binnen Wochen. Der Mann war ein Prophet.

»Wohin fahren wir?«, fragte Paul.

»Ich dachte, nach Norden«, sagte Josie. Sie hegte die Hoffnung, ihren Kindern weismachen zu können, dass das von Anfang an der Plan gewesen war, dass sie geplant hatten, nur für zwei Nächte bei Sam zu bleiben und dann weiterzufahren, ohne sich zu verabschieden und ohne Ziel vor Augen. Sie nahm sich vor, eine Mütze zu kaufen.

»Wir kommen wieder«, sagte sie.

Jetzt merkte Ana, dass etwas los war. »Wo fahren wir hin?«, fragte sie.

»Wir sind von Tante Sam weggefahren, und wir kommen nicht wieder«, klärte Paul sie auf, und sie fing an zu weinen.

»Ich finde, wir sollten zurückfahren«, sagte Paul. Er meinte es als Drohung. Er hatte seine Macht demonstriert, Ana zum Weinen zu bringen, und wollte offenbar andeuten, dass er das wieder tun könnte und würde.

»Das bringt nichts«, sagte Josie. »Sam arbeitet, und die Mädchen sind in der Schule. Und nach der Schule spielen sie Lacrosse. Wir würden bloß den ganzen Tag rumsitzen.«

Langes Schweigen vermittelte Josie den falschen Eindruck, dass sie einen K.-o.-Schlag gelandet hatte. Ja, wieso bei Leuten zu Hause bleiben, die den ganzen Tag weg und abends müde sind? Sie hatte sich gerade selbst eingeredet, dass das unsinnig war. Der Besuch in Homer, dessen Dauer sie offengelassen hatte, war mit Recht kurz ausgefallen. Josie konnte im Rückspiegel sehen, wie Paul die Augen zusammenkniff.

»Wieso sind wir nicht in der Schule?«, fragte er.

Josie schaute auf die Straße.

Ana hörte auf zu weinen. »Hat die Schule angefangen?«, fragte sie.

»Nein, Schätzchen«, sagte Josie.

»Doch, hat sie«, sagte Paul zu ihr, erklärte es aber zugleich laut, gewichtig dem dahinbrausenden Gerichtshof des Chateau. »Wir haben September. Wir hätten am Montag wieder zur Schule gemusst. Alle sind in der Schule, bloß wir nicht.«

Jetzt weinte Ana wieder, obwohl sie gar nicht wusste, wieso. Die Schule war ihr völlig egal, aber Paul erweckte den Eindruck, dass sich jede Ordnung aufgelöst hatte, dass es keine Vergangenheit, keine Zukunft gab.

»Wieso sind wir gerade, als die Schule anfing, hierhergekommen?«, fragte Paul.

»Ich will in die Schule!«, jammerte Ana.

Josie wollte es ihnen beiden erklären. Unbedingt. Zumindest Paul. Er würde ihren Standpunkt sicherlich verstehen; er fühlte sich Carl nicht besonders verbunden. Nicht, seit Carl versprochen hatte, seinen Abenteurerklub zu leiten. Er und Paul hatten die Idee zusammen ausgeheckt, aber dann hatte er es einfach nicht gemacht. Paul hatte vier andere Jungen überreden können, mitzumachen, jeden Samstagabend eine Wanderung in den Wald zu machen, geführt von Carl, aber als es so weit war, hatte Carl sich nicht blicken lassen, hatte vorgegeben, derlei Pläne wären nie gemacht worden, und wenn doch, dann jedenfalls nicht konkret, echt jetzt. Die vier Jungs blieben die ganze Nacht bei Josie im Haus und lasen Comics, die nicht altersgerecht waren.

Aber Paul war zu jung, um das alles zu hören.

»Ende der Diskussion. Fünf Minuten Ruhe«, sagte Josie und überlegte sich dann einen netten Nachtrag. »Und diese Reise ist eine Bildungsreise. Ich hab das alles mit eurer Schule abgeklärt. Wir machen autonomen Unterricht.«

»Das stimmt nicht«, sagte Paul.

»Geh nach hinten«, zischte Josie. Es reichte ihr an Frechheiten. Er war acht. »Und es stimmt doch.« Es stimmte wirklich. Sie hatte der stellvertretenden Schulleiterin, einer verschmitzten älteren Frau, die sich wie eine sexy Bestatterin kleidete, alles über Carl erzählt, und die stellvertretende Schulleiterin hatte Josie die Erlaubnis erteilt, das Schuljahr irgendwann später im Herbst zu beginnen. »So was sollte niemand hinnehmen müssen«, hatte sie gesagt, und jedes Mal, wenn Josie Zweifel beschlichen, dachte sie an Ms Gonzales und die köstliche Art, wie sie bei jeder von Carls Missetaten die Augen verdreht hatte.

Die Missetaten waren zahlreich, und er galt bei allen, die ihn kannten, als lächerlicher Mann, aber sein neuer Plan war zu viel, war ruchlos, machiavellistisch, und sie war nicht verpflichtet zu kooperieren. Wie so vieles an Carl widersprach seine Bitte – seine Beinahe-Forderung – jedem Verständnis von Anstand, war so beispiellos unmoralisch, dass es einem den Atem verschlug. Wie sollte man das erklären? Er wollte heiraten, eine andere, eine Frau namens Teresa, natürlich hieß sie Teresa. Sie kam aus einer irgendwie gut situierten Familie, und einige in der Familie hegten Zweifel an Carl. Zweifel an Carl! Josie hatte schallend gelacht, als sie das über eine Mittelsperson hörte, so lustig fand sie die Wortwahl. Zweifel an Carl. Zweifel an Carl. Sein Name ließ sich nicht ohne Zweifel aussprechen. Sein Name erforderte Interpunktion: Carl? Das Fragezeichen gehörte unbedingt dazu.

»Mama?«, rief Ana von hinten. »Fünf Minuten um.«

Josie schaute in den Rückspiegel, sah Ana, schaute dann in den Seitenspiegel, sieben oder acht Autos stauten sich hinter ihr. Sie fuhr rechts ran, um sie vorbeizulassen, fluchte auf Stan, diesen Gauner. Nachdem die Karawane mit wütenden Blicken in Richtung Chateau vorbeigezogen war, scherte Josie wieder auf die Straße.

»Noch mal fünf Minuten«, sagte Josie.

Carl hatte eines Tages angerufen, hatte es auf seine Art erklärt. »Ich hätte die Kinder gern eine Woche oder so hier bei mir«, hatte er gesagt, als würden sie das regelmäßig machen, die Zeit so unter sich aufteilen, als würden sie die Kinder jeden Monat durchs halbe Land katapultieren, damit sie ihren wunderbaren Dünnpfiff-Vater besuchen konnten. »Teresas Familie würde sie gern kennenlernen«, hatte er in einem locker-flockigen Florida-Tonfall gesagt, der reine Erfindung war (Carl war aus Ohio), »und klar, ich würd auch gern mit ihnen angeben.«

Sprachlos. Sie war oft sprachlos. Wie konnten ein paar Sätze so viele sprachliche und ethische Verfehlungen enthalten? Aber seit ihrer Trennung war sie jedes Mal, wenn sie mit ihm interagierte, gespannt, perplex, atemlos, entgeistert. Es lohnte sich, ans Telefon zu gehen, wenn Carl anrief, weil er immer irgendwas ungemein Feiges von sich gab, irgendwas, das für Anthropologen und Erforscher psychiatrischer Anomalien zweifelsohne wichtig war. Einmal hatte er einen Nachrichtenbeitrag über Soja gesehen und um halb elf abends angerufen, um darüber zu sprechen. »Ich hoffe, du achtest darauf, wie viel Soja die Kinder konsumieren. Vor allem bei Ana. Das Zeug beschleunigt angeblich bei Mädchen das Einsetzen der Pubertät.« Er sagte das wirklich. Er sagte und tat wirklich so viele Dinge, von denen sich so herzlich wenige innerhalb der Grenzen eines berechenbaren menschlichen Verhaltens bewegten. Jetzt dieser Besuch in Punta del Rey. »Sie werden begeistert sein«, hatte er gesagt. »Sie können schwimmen, ihre neuen Großeltern kennenlernen. Golf spielen. Vielleicht Rasendarts spielen.« Rasendarts, sagte er. Rasendarts, ein Spiel, das in den Achtzigerjahren verboten worden war. Es war herrlich, es war pervers, es war Carl. Carl?

Schließlich, durch ein paar Vermittler – schön, dieselbe Vermittlerin, Carls Mom, die Josie lieber mochte als Carl –, schließlich erfuhr Josie die ganze Geschichte: Die Hochzeit sollte im Herbst sein, aber in Teresas Familie waren einige gegen die Verbindung, weil sie glaubten oder wussten, was Carl für einer war – ein Vater, der keinen Unterhalt zahlte, ein Loser, ein Mann ohne Rückgrat –, deshalb hatte Carl (gemeinsam mit Teresa? Es war unklar, wie viel sie wusste) diesen Plan ausgeheckt, um ihnen zu beweisen, dass er eine enge Beziehung zu seinen Kindern hatte, dass er Teil ihres Lebens war. Und Josie dachte, weißt du was? Du kannst mich mal kreuzweise. Du bist in Florida? Dann bin ich demnächst in Alaska.

Aber das sagte sie ihm nicht.

»Fahren wir zurück zu dem roten Haus?«, fragte Ana aus den Tiefen des Chateau. Sie hatte sich losgeschnallt und stand jetzt neben dem Bad.

»Setz dich hin und schnall dich an«, sagte Josie.

»Paulie hat gesagt, ich muss das nicht«, sagte Ana.

»Paul, du bist auf Bewährung«, sagte Josie.

»Danke sehr«, sagte er.

Was zum Teufel war das denn? Paul konnte auf einmal sarkastisch sein. Ana setzte sich wieder und schnallte sich an.

»Na klar«, sagte sie als Antwort auf Anas Frage. Ihr

Haus war nicht rot, es war grau, aber die Fenster und Giebel waren weinrot, also hatte Ana irgendwann angefangen, es das rote Haus zu nennen, und Paul und Josie hatten sie nie korrigiert.

Hatte sie Ana gesagt, dass sie nicht zurückkehren würden? Oder, falls doch, dann nur, um auszuziehen? Die Gefühle, die Josie mit dem Haus verband, waren etwas Stacheliges, Zähnefletschendes. Sie und Carl hatten den Kauf eines Hauses für vernünftig gehalten, ein Ziel, das in der zivilisierten Welt nicht oft infrage gestellt wird. Sie hatten sich Häuser angesehen und die Vorteile abgewogen und schließlich eines gekauft, ein Haus, das reparaturbedürftig war. Carl sagte, er würde sich um die Reparaturarbeiten kümmern, sie zumindest beaufsichtigen und einige selbst erledigen (er war handwerklich völlig unbedarft), und Josie dachte, damit hätte er eine Beschäftigung und eine Aufgabe, selbst wenn er bloß anderen beim Schuften zuschaute. Sie nahmen also einen Kredit auf und kauften das Haus zum geforderten Preis, und es war alles ganz einfach, und während sie in ihrer Mietwohnung blieben, erledigte Carl (beaufsichtigte) (warf gelegentlich einen Blick auf) die ersten wesentlichen Renovierungen, die drei Monate in Anspruch nahmen, bis sie einziehen konnten. Was sie auch taten, sie zogen ein, die Kinder freuten sich wie verrückt, wirklich, sie konnten nicht genug kriegen von ihrem neuen gemeinsamen Zimmer, ihrem unglaublich großen Wandschrank, einem seltsam kleinen und gruseligen Keller, und dann, nachdem sie eine Woche in diesem Haus geschlafen hatten, einem Haus, das gut und solide war und den durchschnittlichen Preis der Häuser in ihrer Stadt kostete, verlor Carl langsam den Verstand.

»Das ist falsch«, sagte er. »Das ist dekadent.« Er stand in ihrem Schlafzimmer, schaute sich um, als hätten sie die Protzvilla der Vanderbilts in Newport bezogen. »Sieh dir das an!«

Josie schaute sich im Zimmer um und sah nur eine Matratze, ein noch nicht zusammengebautes Bett und ein kleines Zimmer mit Aussicht auf einen schiefen Apfelbaum, Josie war fassungslos, aber nicht ganz so fassungslos, wie sie gewesen wäre, wenn Carl eine normale oder gefestigte Persönlichkeit gewesen wäre. »Was? Wieso? Wir sind doch gerade erst eingezogen.«

Wie sich herausstellte, war Carl in einem Konflikt, er war zwiegespalten, zerrissen durch das Nebeneinander – war es ein Paradox? Was war es?, fragte er sich. Was ist es?, klagte er laut –, gerade ein Haus gekauft zu haben und mitten in der Renovierung zu stecken. Er sprach das Wort Renovierung aus wie etwas Unflätiges, als hätten sie vor den Füßen von Waisenkindern Geld verbrannt – während die Occupy-Bewegung tapfer versuchte, unser Finanzsystem von Grund auf zu verändern. Wie konnten sie, Carl und Josie, darüber diskutieren, welchen Holzboden sie nehmen wollten? Woanders, überall, wurde Geschichte gemacht, und sie suchten Wandfarben aus und überlegten, ob ihre Lampen mit Nickel oder Kupfer beschichtet sein sollten. Als sie einmal zum Baumarkt fuhren, um einen Unterschrank für das Waschbecken im Bad auszusuchen, konnte er nicht aus dem Auto steigen.

»Ich kann das nicht«, sagte er.

»Der Türgriff ist direkt neben dir, unterm Fenster. Zieh dran«, sagte Josie. Sie kannte seine Gefühlslage bereits. Carl war launisch und überraschend, doch mit seinen Formwandlungen überraschte er nie. Er war in allen

Dingen sprunghaft, außer in seiner Feigheit. Auf seine Unzuverlässigkeit war Verlass. Sollte sie seine groteske Heuchelei hervorheben? Die Tatsache, dass er der Sohn eines Rinderzüchters war, der Mittelamerika um unermessliche Meilen dezimiert hatte, um Rinder zu ernähren, die Amerikaner und Japaner ernähren würden? Und dass er nie einen Job gehabt hatte? Und dass er sich erdreistete, über sie, Josie, zu urteilen, über ihr gemeinsames Leben, das sie finanzierte –

Es war unmöglich. Sie wusste nicht, wo sie anfangen, was sie sagen sollte.

»Nein! Nein. Geh du«, sagte er. »Ich bleibe im Auto.«

Waren sie wirklich gewillt, sechshundert Dollar für einen Schrank auszugeben?, wollte er wissen. Hatten sie wirklich fünfhundertfünfzig Dollar für Betten für die Kinder ausgegeben?

»Worauf sollen die Kinder sonst schlafen?«, fragte sie. Sie dachte, er wüsste vielleicht wirklich eine Alternative.

»Keine Ahnung«, sagte er. »Aber ich denke, wir müssen anfangen, solche Fragen zu stellen.«

Sie lachte laut auf. Unbeabsichtigt.

Er könne sich nicht daran beteiligen, Geld so auszugeben, sagte er. Geld, das er ohnehin nicht mitverdiente. Als sie sich kennenlernten, war er gerade von einer Werbeagentur gefeuert worden, wo er eine nebulöse Stelle gehabt hatte; er hatte keinen Job länger als ein Jahr behalten. Hatte sie ihm wirklich erlaubt, sich treiben zu lassen? War es ihre Schuld? Hatte sie wirklich zu ihm gesagt, er solle seine Leidenschaft suchen – hatte sie diese Worte tatsächlich benutzt? Gott. Carl hatte keinerlei Plan, wie er für seine Kinder oder sich selbst Geld verdienen könnte, hatte keinen Begriff davon, was für Schritte zwischen morgens aufwachen und irgendwann später für geleistete Arbeit bezahlt werden lagen. Er wusste, wie man aufwachte, und wusste, wie man einen Gehaltsscheck einlöste, aber alles dazwischen war vage. Seine Chefs waren ausnahmslos Unmenschen und Psychopathen gewesen – anscheinend vor allem, weil sie versucht hatten, ihm zu sagen, was er machen sollte. Das an sich war schon ein Kapitalverbrechen.

Die ganzen Occupy-Monate waren katastrophal. Er war wie gelähmt. Sie fand ihn im Bett, auf dem Rücken liegend, auf ihrer Kapitalistenmatratze, ein Handtuch über dem Gesicht. Sie fand ihn auf dem Fußboden im Kinderzimmer, alle viere von sich gestreckt, als wäre er in einen Graben gefallen. Er sagte, er habe Migräneanfälle. Er sagte, er könne das nicht durchziehen. Er blies die Renovierung ab, schickte die Handwerker nach Hause, sodass das Haus voll mit Plastikplanen war, die laut vor den Fensterhöhlen flatterten.

»Jetzt werden die Leute nicht bezahlt«, sagte Josie. »Brauchen die denn nicht auch Arbeit?«

»Darum geht's nicht«, sagte er, aber seine Augen verrieten eine gewisse Einsicht, dass es auch darum gehen könnte. Carl war nie imstande gewesen, den Zusammenhang zu sehen zwischen irgendeiner seiner eigenen Handlungen und der Finanzierung ihres Haushalts oder ihrer Stadt oder der Welt.

Im Grunde wollte er nur im Zuccotti Park sein. Darum ging es. Das Durchschnittsalter der im Zuccotti Park kampierenden Occupy-Demonstranten war vierundzwanzig, sagte Josie. Da sind keine Eltern von kleinen Kindern. Da sind keine Kinder. Und wenn da Kinder sind, leben sie im Dreck. Er lenkte ein, aber er war katatonisch.

218

Er konnte nicht normal leben. Manchmal joggte er fünfzehn Meilen und betrank sich anschließend. Oder er schlief den halben Tag und sah sich dann Bewerbungsunterlagen für Masterstudiengänge an. Er suchte nach Orten auf Bali, wo man gut leben könnte. Machte sich schlau über internationale Schulen für die Kinder in Brasilien. Dann joggte er fünfundzwanzig Meilen und betrank sich noch mehr.

»Warum sind wir hier?«, fragte er.

»Auf der Erde?«, fragte Josie. Sie meinte das als Witz, er aber nicht.

»Wie haben wir uns von allem so weit entfernen können?«, fragte er, und Josie merkte, dass er das wirklich ernst meinte. Er hielt sich nämlich mittlerweile für einen radikalen Revolutionär, der in letzter Zeit verweichlicht war. Josie wusste nicht, was Carl jemals auch nur ansatzweise Revolutionäres gemacht hatte. Sie wusste, dass er mal die Grünen gewählt hatte. Vielleicht war's das. Jetzt sehnte er sich nach seinen Occupy-Brüdern, als hätte Josie ihn persönlich von seinem Platz auf den Barrikaden weggezerrt. Aber ha, an dem Tag, als die Demonstranten den Zuccotti Park verließen, hellte sich Carls Stimmung auf. Die Aktivisten gingen zurück nach Hause, und Carl, so schien es, war nun bereit, in einem Haus zu leben.

Dann fingen die Triathlons an. Carl schloss sich – bezahlte dafür, mit Josies Geld – einer Gruppe von Männern und Frauen an, die von einem ehemaligen Marine trainiert wurden. Sie liefen, fuhren Rad, kletterten künstliche Felswände in Hallen hoch. Irgendwann kannte Josie alle mit Namen: Tim, Lindsay, Mercury, Warren, Jennifer. Wunderbar, so viel über sie zu wissen. Das Training fand überall in Ohio statt, und Carl war die meisten Samstage und Sonntage unterwegs. Josie hatte für die Werktage eine Kinderbetreuung organisiert, hätte es jedoch hilfreich gefunden, am Wochenende vom Vater der Kinder unterstützt zu werden.

»Das gibt mir so ein gutes Gefühl«, sagte Carl.

Er meinte die Triathlons, nicht seine Kinder. Carl nahm nie an einem teil. Aber er war jedes Wochenende weg, und Josie fand die Gleichförmigkeit zermürbend. Allein mit Ana und Paul war sie nach dem Frühstück entschlossen, die Besorgungen um elf erledigt zu haben. Waren die Besorgungen um elf erledigt, kämpfte sie gegen das Verlangen an, ein Nickerchen zu machen. Paul ging nach nebenan, um unglücklich mit dem hypergeschwätzigen Einzelkind zu spielen, das ihn mit Gemeinheiten überzog. Also waren Josie und Ana zu zweit, und Ana war es eigentlich egal, was sie machten. Vielleicht könnten sie ein Video auf ihrem Smartphone gucken. Dann ja, ein zwanzigminütiges Nickerchen, neben Ana – immerhin ein Versuch, denn während dieser zwanzig Minuten dachte Josie an die sechzig oder siebzig schlimmsten Dinge, die sie je gemacht hatte, die blödesten Dinge, die sie je gesagt hatte. Dann öffnete sie die Augen, schamrot. Sie zog ihre Laufschuhe an, zog sie wieder aus. Sie überlegte, sich einen Drink einzugießen. Wer würde es erfahren? Sie goss sich einen Drink ein und goss ihn sofort zurück in die Flasche. Wie sollten die Stunden vergehen?

Carl kam immer erst am Nachmittag nach Hause, und nach jeder sportlichen Aktivität oder vorgeschobenen sportlichen Aktivität hatte er Lust auf Sex, und er war auch nicht wählerisch, wie sich das Vergießen seines Samens gestalten sollte – er begnügte sich damit, seine oder ihre Hand zu benutzen, aber irgendwie dauerte es manuell immer länger und war doppelt so langweilig. Wenn sie danach auf dem Rücken lagen, über sich die weiße Zimmerdecke, erlebten sie einen gemeinsamen Moment, das Gefühl, etwas vollbracht zu haben, und dann auch wieder nichts. Carl schnalzte mit der Zunge und stand auf. »Muss zum Klo«, sagte er.

In ihren Erinnerungen an Carl sah sie ihn vor allem beim Scheißen oder irgendwo rumliegen, durch die Helden vom Zuccotti Park gelähmt. Moment mal. Das war besser als *Enttäuscht: Das Musical.* Wie wär's mit: *Der Held vom Zuccotti Park?* Darin würde es um Carl gehen, einen Mann aus Ohio, den Sohn eines Großgrundbesitzers, der eintausend Meilen Wald in Costa Rica abholzen ließ, um seine Rinder zu ernähren. Jetzt war Carl der Held vom Zuccotti Park. Sohn aus reichem Hause, der sich für die Armen einsetzte, auch wenn er genau genommen nie im Zuccotti Park war oder öffentlich irgendwas getan hatte, um die Occupy-Demonstranten zu unterstützen. Vielleicht gehörte er zu den neunundneunzig Prozent, weil er genau genommen kein Einkommen hatte? War das die Verbindung? Das Musical würde sich um ihn drehen, wie er lief – nachts mit einer Stirnlampe lief! Auf einem Laufband. Einfach bloß lief. Seine Gedanken, seine Träume, dargestellt durch Videoaufnahmen von diversen Demos und Protestmärschen würden hinter ihm auf eine Leinwand projiziert, während er lief, während er nach dem Laufen Stretching machte, während er sich nach dem Laufen zusammen mit Marathonläufer Ben Gray die Beine rieb, während er nach dem Laufen ein kaltes Bier trank, während er nach dem Laufen auf seinem Smartphone ein Frauenfußballspiel guckte, sich

221

nach dem Laufen unten im Bad einen runterholte – an der Stelle könnte Josie gezeigt werden, oben und allein im Bett –, derweil die übrige Welt sich auf der Leinwand hinter ihm abspielte, die Zelte und Protestschilder und Märsche und Auseinandersetzungen mit Cops, und hin und wieder würde er aufschauen und vielsagend nicken, als wäre er einer der Protestler, während er allein war, mit seinem Schwanz in der Hand.

Einige Monate nach ihrer Trennung hatte er einen Job in Florida bekommen, und weg war er. Die Stelle in einem anderen Bundesstaat gab ihm anscheinend die Lizenz, ein Geist zu werden. Er fand diese Logik unanfechtbar. Ich kann nicht an zwei Orten gleichzeitig sein, sagte er. Ein College-Freund hatte ihm einen Job als Verkäufer, ausschließlich auf Provisionsbasis, in einem Start-up gegeben. Konnte man eine Firma, die Dachgepäckträger für Kleinwagen verkaufte, als Start-up bezeichnen? Unterhaltszahlungen wurden nie besprochen oder auch nur in Erwägung gezogen. Sechs Monate lang ließ er sich gar nicht blicken. Aber als er wieder auftauchte, verhielt er sich so, als wäre er nie weg gewesen. »Glaubst du wirklich, die Schule ist die richtige für sie?«, hatte er letzten Herbst gefragt, als er zuletzt zu Besuch gewesen war. »Werden sie auch genügend gefordert?« Als er das sagte, trug er Shorts und Sandalen und einen Augenschirm. Es waren Strandklamotten, Florida-Klamotten, aber er war in Ohio. Er war fürs Wochenende eingeflogen, hatte einen Wagen gemietet, war bei ihnen aufgekreuzt. Wer war dieser Mann? Wo hatte er diesen Augenschirm her? Josie fragte ihn das sogar, sie musste es wissen.

»Wo hast du den Augenschirm her?«

Er sagte, er habe ihn online gekauft. Und das bedeutete, das bedeutete, dass es auf der Welt einen Mann gab, der online Augenschirme bestellte und Dinge sagte wie *Werden sie auch genügend gefordert?*

Josie hatte seitdem andere in der gleichen Position kennengelernt, Alleinerziehende, die diese Geister-Anhängsel-Partner hatten, Menschen wie Carl, die nichts taten, die einfach nicht da waren, im Leben ihrer Kinder in keiner Weise vorkamen – die aber mit der absoluten Überzeugung herumliefen, dass sie ihren Beitrag leisteten. Josie steuerte das Lebensschiff ihrer Kinder, hisste die Segel, kurbelte die Winden und schöpfte das Wasser heraus, und Carl war nicht auf diesem Schiff, Carl sonnte sich auf einer fernen Insel – mit seinem Augenschirm! –, doch er glaubte, auf dem Schiff zu sein. Er glaubte, auf dem Schiff zu sein! Wie kann jemand auf dem Schiff sein, wenn er in Wahrheit nicht auf dem Schiff ist? Wenn er in Wahrheit auf einer fernen Insel ist? Carl hatte seine Kinder in den letzten vierzehn Monaten einmal gesehen, doch seiner Vorstellung nach brachte er sie jeden Abend ins Bett. Welche evolutionäre Mutation ermöglichte einen derartigen Selbstbetrug?

All das könnte in dem Musical vorkommen. Die ganze Zeit, während Carl joggte und Stretching machte und sich einen runterholte, würden seine Familie und Occupy als Projektion auf dem Bildschirm hinter ihm ablaufen, obwohl er sich der irrigen Annahme hingeben würde, tatsächlich dabei zu sein. Und am Ende der Show würde der Schauspieler, der Carl verkörperte und die ganze Zeit nicht das Geringste für irgendwen getan hatte, auf die Bühne kommen und sich verbeugen und den Applaus entgegennehmen und *Danke, danke, ich danke Ihnen vielmals* sagen.

Jetzt wollte Josie nur noch in Ruhe gelassen werden. Sie wollte ihm sagen: Lass dich nicht wieder blicken. Erspar mir deine Ratschläge. Betritt mein Haus nicht und sag kein Wort über meine Haushaltsführung. Sag kein Wort über die Rolle von Soja für das Einsetzen der Pubertät meiner Tochter. Nein, sie würde ihre Kinder nicht nach Punta del Rey schicken. Sie würde bei diesem Spiel nicht mitmachen. War das kleinkariert von ihr? War sie verbittert? Engherzig? War es lächerlich von ihr, nach Alaska zu fliehen, wo sie und ihre Kinder von seinen Fototerminen verschont blieben? Ja, er und Teresa und ihre Eltern und egal wer sonst noch alles wollten Fotos von ihm und seinen Kindern – um zu zeigen, dass er ein richtiger Vater war. Seht nur, wie er mit seiner Tochter und seinem Sohn herumtollt! Sie wollten dieses Foto, diese Fotos einrahmen und sie auf den Hochzeitstisch stellen, als Mittelpunkt der Deko, die sie für ihre gottlosen Gäste geplant hatten. Irgendein Nachfahre von Goebbels war jetzt Hochzeitsplaner und war von diesen Schakalen engagiert worden, diese Fiktion zu kreieren.

»Mom, es stinkt.«

Das war Paul.

»Wie bitte? Sind die fünf Minuten Ruhe schon um?«

Josie hatte ihr Zeitgefühl verloren.

»Es stinkt wirklich ganz schlimm«, sagte er.

Josie atmete tief ein. Es roch vertraut und zugleich fremd – penetrant, eine Mischung aus organisch und chemisch.

»Versprüh was von dem Sunblocker«, sagte sie, und Paul tat es, und im Chateau breitete sich ein cremiger Ananasduft aus. Er hielt nicht lange. Der vorherige Geruch war zu stark. Josie öffnete ihr Fenster und hielt Ausschau nach Bränden oder Feuerwehrleuten, sah aber nichts. Schließlich sah sie weiter vorne Rauch aus dem Schornstein eines Industriegebäudes steigen. »Kommt wahrscheinlich von da«, sagte sie und zeigte auf den Rauch. Sie schloss ihr Fenster. Sie fuhren zehn Minuten schweigend weiter, bis sie außer Reichweite des Gebäudes und seines Schornsteins waren.

Der einzige seriöse Mann in ihrem Leben seit Carl, außer dem Mann, der an seinem kotbeschmierten Finger riechen wollte, war Elias. Sie hatte von ihm in der Lokalzeitung gelesen. Er war Anwalt und bereitete eine Sammelklage gegen ein nahe gelegenes Kohlekraftwerk vor, das gegen diverse Umweltauflagen verstieß. Der Artikel beschrieb ihn als einen gewöhnlichen Anwalt, der aus eigenem Antrieb beschlossen hatte, es mit einem Milliarden-Konzern aufzunehmen. Tausende Häuser im Umkreis des Kraftwerks waren unbekannten Gefahren durch Feinstaub in der Luft ausgesetzt, durch Flugasche und sonstige unverbrannte Nebenprodukte der Kohleverfeuerung, die sich auf Rasenflächen und Dächern ablagerten. Er forderte jeden in einem Drei-Meilen-Radius auf, sich zu melden und GenPower zur Rechenschaft zu ziehen.

Josie stellte überrascht fest, dass sie innerhalb dieses Radius wohnte – das Kraftwerk lag nur zwei Meilen weit weg –, daher schickte sie dem Anwalt einen Brief, und er rief sie an, und kurz darauf fuhr sie zu ihm in die Stadt. Sie rechnete damit, dass er in einer großen Gemeinschaftskanzlei arbeitete, erwartete akkurate Papierstapel auf dem Boden, Mitarbeiter, die Kisten voller Akten herumtrugen. Doch er arbeitete allein, und seine Kanzlei war ordentlich, spartanisch, keine Spur von Papierstapeln.

Sie empfand das als Erleichterung. Seit sie ihm geschrieben hatte, hatte sie sich seltsam gefühlt, beobachtet, verräterisch. Hätte Elias ein düsteres Kellerbüro gehabt, hätte Josie von besorgt auf paranoid hochgeschaltet. Aber er war jung und freundlich und lächelte unbekümmert, als er ihr die Hand schüttelte. Er hatte tolle Zähne. Sie gingen in ein Café in der Nähe, und er fragte, ob sie sich der Sammelklage anschließen würde. In einer Anwandlung von Irrationalität, forciert durch seine makellose Haut und seine strahlenden Augen, sagte sie Ja. Sie fragte nach der Möglichkeit, dass der Konzern auf die Klage mit einem Vergeltungsakt reagieren, dass er Gegenklage erheben oder etwas weniger Legales und eher Kriminelles machen könnte. Sie hatte schon von solchen Dingen gelesen. »Könnte sein«, sagte er, wirkte aber kein bisschen beunruhigt. Er reichte die Klage ein, jetzt mit ihrem Namen unter den Hauptklägern. Sie war stolz darauf – ihre gesellschaftliche Stellung, sagte er, machte sie zu einem Gewinn.

Ein paar Wochen später kam Elias bei Josie vorbei, um sie auf den neusten Stand zu bringen, und sie zeigte ihm den weißen Van, der seit einem Monat vor ihrem Haus parkte, und sie gingen zusammen um den Van herum, mussten über sich selbst lachen, fragten sich aber dennoch, warum so ein unscheinbarer Van ausgerechnet vor ihrem Haus parkte, immer genau an derselben Stelle, niemals weiter die Straße runter – niemals auf der anderen Straßenseite – und mit verdeckter Heckscheibe.

»Wetten, dass Sie sich nicht trauen, ans Seitenfenster zu klopfen«, sagte sie. Sie war wieder vierzehn, mit wild pochendem, fast zerspringendem Herzen. »Um zu sehen, ob drinnen einer mit Kopfhörern hockt.« Elias klopfte. Ihr stockte der Atem.

»Sie wohnen ja schließlich hier«, sagte er, und sie rannten lachend von dem Van zurück ins Haus.

Josie hatte sich ein bisschen in Elias verliebt, obwohl seine Augen ihr verrieten, dass er meinte, er wäre zu jung (oder vielmehr, sie wäre zu alt). Er war höchstens dreißig und sah jünger aus. Als sie ins Haus rannten und die Tür schlossen, keuchend und lachend, hielt sie es immerhin für möglich, dass sie einander in die Arme fallen, sich küssen und gegenseitig befummeln würden. Doch er sagte, er müsse mal zur Toilette. Alle Männer in ihrem Leben waren lieber allein auf dem Klo als allein mit ihr.

Als er vom Klo zurück war, holte Elias die Klageschrift hervor, zweihundert Seiten dick, mit dem üblichen zweckmäßigen, aber seltsam schönen Deckblatt. Sie fand es aufregend, ihren Namen darauf zu sehen. Was bedeutete das? Ihr Name stand über dem des Konzerns, GenPower, als würde dadurch ihre moralische Überlegenheit festgeschrieben. Dann kam das Wort gegen, eine Demonstration von Trotz und Aggression. Ich verklage dich. Ich bin gegen dich. Ich fordere dich heraus. Ich ziehe dich zur Rechenschaft. Ich nenne dich beim Namen, ich nenne mich beim Namen.

Während sie und Elias die Klageschrift durchsahen und ihre Schultern sich berührten, unschuldig, aber nicht völlig unschuldig – Josie konnte seine Körperwärme durch sein strahlend weißes Hemd spüren und spürte dadurch auch ihre eigene Überhitztheit –, klopfte es an der Tür, und dann trat Carls Gesicht wieder in ihr Leben.

Josie konnte nicht beweisen, dass Carl in diesem Moment beschloss, Teresa, die da schon seine Freundin war, mit einer für ihn ungewohnten Bereitwilligkeit zu heiraten, aber unwahrscheinlich war das nicht. Er trat ein, ehe sie ihn dazu auffordern konnte, und dann nahm er sie beide wahr, Josie neben ihrem attraktiven Anwalt mit dem sauberen weißen Hemd. Josie und Elias saßen über die Dokumente gebeugt, sodass Elias' wahre Statur und Körpergröße verdeckt waren, und Carl stürmte vor in der Absicht, diesem neuen Mann, der in dem Haus saß, das ihm mal gehört hatte – oder in dem er zumindest mal gelebt hatte –, auf seine Art, auf irgendeine Art entgegenzutreten, aber als er näher kam, richtete Elias sich zu seiner vollen Größe von knapp eins neunundachtzig auf, und Josie zersprang fast das Herz. Sie erinnerte sich noch immer gern daran, an den Anblick, wie Carl den groß gewachsenen und gut aussehenden Elias musterte. Sie erinnerte sich, wie Carl langsamer wurde, umdachte und dann die Hand ausstreckte, um Elias zu begrüßen, nicht mehr streitlustig, sondern respektvoll, Freundlichkeit heuchelnd – es war köstlich.

»Tut mir leid, wenn ich störe«, sagte Carl.

»Ich muss ohnehin los«, sagte Elias.

»Nein, bleiben Sie«, sagte Josie. Doch kurz darauf war Elias gegangen, und Carl befand sich in einem Zustand ekstatischer Qual und Verwirrung und unterdrückter Wut. Wer war dieser andere Mann, dieser große Mann mit dem sauberen Hemd, den glänzenden Schuhen? In ein und derselben Küche ging ein Augenblick intellektueller Innigkeit, den sie mit Elias erlebt hatte, in einen idiotischen Zank mit einem Idioten über.

»Was suchst du?«, fragte Josie.

Carl tigerte in der Küche umher, schaute auf jede Fläche, öffnete Schubladen wie ein Affe, der sich zum ersten Mal im komplizierten Inneren eines menschlichen Zuhauses befand. Er trug ein Hoodie und riesige bunte Sneaker, was ihn im Kontrast zu dem jüngeren Elias in seiner minimalen Farbpalette noch kindlicher und desorientierter wirken ließ.

»Den Schlüssel zum Lagerraum«, log Carl.

»Den hast du mitgenommen. Das weiß ich genau«, sagte Josie, obwohl sie keine Ahnung hatte, wie der Schlüssel aussah oder ob er ihn wirklich mitgenommen hatte.

»Geschirr stapelt sich in der Spüle ...«, sagte Carl jetzt – er hatte den Vorwand mit dem Schlüssel anscheinend aufgegeben –, und er schnalzte tadelnd mit der Zunge, wie eine Großmutter aus den Fünfzigerjahren. Und wieso ist Geschirr in der Spüle das universelle Symbol für häusliche Verwahrlosung und elterliches Versagen? Weil es gestapelt ist? Geschirr sollte nicht gestapelt werden – war das die Schlussfolgerung? Oder weil es in der Spüle steht? Es kann ruhig gestapelt sein, aber nicht in der Spüle? Sollte es woanders gestapelt sein? In einem Schrank, auf dem Bett?

»Dein Schlüssel ist nicht hier. Du gehst besser«, sagte Josie.

»Die Kinder kommen bald aus der Schule«, sagte Carl, der auf seine Uhr schaute und sah, dass es erst ein Uhr war, wo er doch wusste (wusste er es wirklich? Er wusste es nicht! Er wusste es nicht!), dass sie erst um zwei Schulschluss hatten. »Ich hatte gehofft, sie zu sehen.«

»Du kannst nicht eine Stunde lang warten«, sagte Josie. »Nicht hier.«

»Moment. Ana ist bis zwei in der Vorschule? Das ist ein langer Tag.«

Josie sah ein Messer auf der Arbeitsplatte und dachte, wie einfach sie das alles beenden könnte. Jetzt schaute er das Fenster über der Spüle an, aus einem seitlichen Blickwinkel, begutachtete, ob es sauber war. Es war nicht sauber. Sammelte er Punkte für eine spätere Klage? Ja.

»Hab ich gerade bei einem sich anbahnenden Schäferstündchen gestört?«, fragte er und richtete seine kleinen grünen Augen auf sie. Wer ist dieser Mann?, dachte Josie. War er schon immer so lächerlich? Und gleich darauf kam – wie schon so oft seit ihrer Trennung – die niederschmetternde Erkenntnis, dass sie mit diesem Frettchen von Mann acht Jahre zusammen gewesen war, dass sie mit diesem mickrigen, aasfressenden Säugetier zwei Kinder hatte, dass sie ihm nie entkommen würde. Nachdem er gegangen war – er ging wirklich und hatte vielleicht sein Leben gerettet, das Messer in ihrer Hand fühlte sich total richtig an –, musste sie einen flotten Spaziergang machen, um den Kopf möglichst freizubekommen von dem Kreislauf aus Selbstvorwürfen. Sie wollte die Worte *Ich habe meine Jugend verschwendet an* weder sagen noch denken, aber natürlich tat sie das. Oder nicht ihre Jugend – sie hatte ihre mittleren Dreißiger verschwendet, ihre Blütezeit, in der sie sich beruflich etabliert hatte, ihren Körper endlich annehmen konnte, Paul und Ana zur Welt gebracht hatte und bereit gewesen war, nach vorne zu schauen und etwas Neues aufzubauen. Sie hatte so viel Zeit mit Carl verschwendet. Acht Jahre. Acht Jahre mit dem rückgratlosen Carl, dem arbeitslosen Carl, dem verwirrten Carl, und jetzt war sie vierzig, und sie kam zu spät für Elias, für jemanden wie Elias. Jemanden

mit Mut. Und jetzt war sie in einem Staat voller Feuer-
wehrmänner. Würde das Möglichkeiten eröffnen?

»Es stinkt jetzt noch schlimmer«, sagte Paul, und Josie
musste ihm recht geben. Es war ein beißender Geruch,
wie nach brennendem Müll.

Diesmal stand Paul auf, ehe Josie merkte, dass er sich
losgeschnallt hatte, um den Herd zu überprüfen, und
meldete, dass alle Knöpfe so waren, wie sie sein sollten.

»Macht die Fenster auf«, sagte Josie und streckte sich
über den Beifahrersitz, um das andere Seitenfenster he-
runterzukurbeln. Der Geruch wurde schwächer, aber
nicht viel.

Sie fuhren weiter, und obwohl nichts darauf hindeute-
te, glaubte Josie weiter, dass der Geruch – er hatte erdige
Nuancen mit einer gewissen toxischen Obernote – von
draußen kam. Sie freute sich allerdings, dass Paul in ko-
operativer Stimmung war – oder zumindest seine offen
feindselige Haltung aufgegeben hatte. Der Geruch hatte
sie vereint.

So fuhren sie fünf Meilen, vielleicht zehn. Im Rück-
blick musste Josie später zugeben, dass sie sehr viel weiter fuhr, als es eine verantwortungsbewusstere Person
getan hätte.

Schließlich sagte Paul, ihm sei schlecht, er habe das
Gefühl, er müsste brechen, also hielt Josie am Straßenrand, und da diesmal kein ausreichender Seitenstreifen
vorhanden war, hatte das Chateau auf der Böschung dermaßen Schräglage, dass ein heftiger Wind es umgekippt
hätte wie eine Schrotladung einen Elefanten.

Die Kinder stiegen aus, und Josie sagte ihnen, sie sollten die Böschung runterlaufen, bis sie neben einer einsa-

men gedrungenen Fichte standen, die ein vergangener Sturm stark gekrümmt hatte. Josie hastete in den Wohnbereich, und obwohl sie wusste, dass Paul sich unmöglich irren konnte, überprüfte sie den Herd und vergewisserte sich, dass er nicht angedreht war, doch der Geruch war in der Nähe des Herdes sehr viel stärker, als er vorne im Führerhaus gewesen war. Sie öffnete die Schränke in der Annahme, vielleicht angefaultes Obst oder ein totes Tier zu finden. Sie fand nichts, war sich dann aber sicher, dass ein totes Tier die Erklärung für den Geruch war. Sie öffnete jede Schublade, schaute unter die Sitzpolster. Schließlich schaute sie ins Bad, erwartete dort die Erklärung zu finden, und obwohl sie nur den Berg aus Geschirr und Handtüchern in der Dusche sah, stellte sie fest, dass der Geruch stärker war. Sie hob den Toilettendeckel an, weil sie dachte, eines der Kinder hätte dort ein Geheimnis zurückgelassen. Die Kloschüssel war leer, aber der Geruch entstieg ihr mit großer Vehemenz.

Sie verließ das Chateau, weil sie würgen musste, und ging kurz zu ihren Kindern am Straßenrand, betrachtete den mit Müll übersäten Highway. Irgendwer hatte einen Tampon aus einem Autofenster geworfen, und da er ganz in der Nähe von Ana lag, die ihn interessiert beäugte, wurde Josie blitzschnell klar, dass, während sie im Chateau war, ihre Tochter den Tampon aufgehoben und Paul ihr gesagt hatte, sie solle ihn wegwerfen. Ana musterte Josie argwöhnisch, fragte sich, ob sie ihre Mutter gleich zum ersten Mal brechen sehen würde, behielt aber auch den Tampon in ihrem peripheren Gesichtsfeld – lauerte auf die Gelegenheit, ihn genauer zu untersuchen oder vielleicht auch in den Mund zu nehmen.

»Ich weiß, woher der Geruch kommt«, sagte Josie.

Aber sie wusste noch nicht genau, woher der Geruch kam.

Sie ging zurück ins Chateau, überlegte, wie sie die Badezimmertür mit Klebeband abdichten oder den Toilettendeckel in Plastik oder ein anderes Material einwickeln könnte, das für Fäkaliengerüche undurchlässig war. Und auf dem Weg zum Bad sah sie etwas, das sie vorher nicht gesehen hatte. An der Wand neben dem Herd war ein Schalter, von dem Stan ihr nichts gesagt hatte, weil Stan ein Arschloch war. Der Schalter sah aus wie die kleinen Metallschalter, die es massenhaft in alten Flugzeugen gibt, der Typ Schalter, der ein sattes Klicken von sich gibt, wenn er betätigt wird. Über dem Schalter stand das Wort Tankheizung.

Josie sah, dass der Schalter auf AN stand, was bedeutete, dass irgendein Tank beheizt wurde. Sie dachte zuerst an den Benzintank, verwarf den Gedanken aber gleich wieder, denn es würde wohl kaum ein Schalter zwischen der Küche und dem Bad angebracht sein, um einen Tank voll mit leicht entzündlichem Benzin zu heizen. Der einzige Tank, der demnach infrage kam, war der Tank für Kot und Urin unter der Toilette.

Ein Keuchen entwich ihr. Allmählich begriff sie. Das Chateau hatte eine Tankheizung. Wozu? Josie kombinierte, dass Wohnmobilbesitzer das Einfrieren ihrer Fäkalien im Winter verhindern wollten, weil sich der Tank, wenn die Fäkalien gefroren waren, nicht durch den himmelblauen gerippten Schlauch entleeren ließ und es dann keinen Raum für neue Fäkalien gäbe. Die Fäkalien mussten warm und in flüssiger Form gehalten werden, damit der Tank entleert werden und neue Fäkalien aufnehmen konnte.

Ana hatte die Fäkalienheizung eingeschaltet. Sie hatte das im August getan, wenn die Fäkalien nicht erwärmt werden mussten. Josie und ihre Kinder kutschierten also auf ihrer Fahrt durch den unteren Teil von Mittelalaska nicht nur ihre Fäkalien durch die Gegend, sondern erwärmten sie obendrein. Kochten sie. Was wäre der passende Ausdruck? Josie suchte nach dem Verb. Schmoren? Wenn etwas langsam und gemächlich gegart wird? Sie war ziemlich sicher, dass man das schmoren nannte.

Sie stellte den Schalter auf AUS, ging zurück zu Paul und Ana an der einsamen Fichte, und schärfte ihnen ein, die Finger von irgendwelchen Schaltern zu lassen, ganz egal wo im Chateau. Sie erzählte ihnen, was passiert war, von den Fäkalien und dass sie geschmort worden waren, und die beiden nickten, jetzt ganz ernst. Sie glaubten diese Geschichte auf Anhieb, und Josie staunte über diese reine Lebensphase, wenn ein Kind das erste Mal solche Dinge hört, zum Beispiel, wie man Fäkalien schmort, warum sie das im Sommer nicht tun sollten.

Sie stiegen ins Chateau und fuhren weiter. Es war großartig, am Leben zu sein.

XI.

»›Ich bin auf der Suche nach Mr und Mrs Wright. Ihre Vornamen weiß ich nicht mehr‹«, las Paul vor. »›Sie hatten drei Jungen, L.J., George und Bud Wright. Sie hatten zwei Mädchen, von denen ich wusste, Anna und noch eine, deren Namen ich vergessen habe. Mein Bruder Wheeler und ich haben 1928 oder 1929 für sie bei der Weizenernte gearbeitet. Wir haben auch Flachs gedroschen, das erste und einzige Mal, dass wir je mit Flachs gearbeitet oder Flachs gesehen haben. Die Wrights lebten auf einem armseligen Hof in Chaseley, North Dakota, in der Nähe von Bowdon, North Dakota. Als ich zuletzt von ihnen hörte, war George verheiratet und lebte in der Nähe von Scottsbluff, Nebraska. Wir mochten sie alle sehr gern. Ich würde mich freuen, wenn mir jemand Informationen über ihren Verbleib zukommen lassen könnte.‹«

Die Idee, sich von Paul aus »Verlorene Spuren« vorlesen zu lassen, war genial, dachte Josie. Sie hatten den Fäkalienheizungstatort inzwischen rund hundert Meilen hinter sich gelassen, waren weiter Richtung Norden gefahren, die Fenster geöffnet, und die Luft im Chateau war jetzt um einiges besser, obwohl sie das garantiert nicht mehr gut beurteilen konnten – sie hatten die Dünste von menschlichen Exkrementen so lange eingeatmet, dass sie den Unterschied kaum bemerkten.

Sie kamen an einem großen Parkplatz vorbei, der an einem verlassenen Shoppingcenter lag und auf dem die Feuerwehr eine Einsatzbasis eingerichtet hatte. Auf einem Schild stand *treibstofftransport*. Auf einem anderen stand *hier verkauf von feuerwehr-shirts*. Etliche rot-gelb-weiße Löschfahrzeuge warteten auf Befehle.

»Lies noch was vor«, sagte sie.

»Okay«, sagte Paul, mit einem ernsten, aber erfreuten Ausdruck im Gesicht. Er saß jetzt vorne bei ihr, und Josie vermutete stark, dass es selbst in diesem rebellischen Staat verboten war, einen Achtjährigen auf dem Beifahrersitz sitzen zu lassen, einen Stapel Handtücher unterm Hintern. Aber Josie genoss seine Gesellschaft zu sehr, um ihn wieder nach hinten zu verbannen.

»Das ist die letzte auf der Seite«, sagte er. »›Ich würde gern Näheres über den Verbleib meines Großonkels Melvin H. Lahar (Aussprache: lai / wie liar) erfahren. Er wurde zwischen 1889 und 1893 als Sohn von Charles A. Lahar und Ida Mae Gleason Sharp im Staat Washington geboren. Er hatte eine leibliche Schwester namens Nancy L. (Kosenamen Emma und Dottie) Lahar Farris. Zuletzt gesehen wurde er in Washington kurz vor dem Ersten Weltkrieg. Niemand in der Familie hat seitdem von ihm gehört oder ihn gesehen. Aufgewachsen ist er in Colfax, Washington, im Haus seiner Tante, Mrs Minnie Longstreet. Es geht das Gerücht, er sei Bankräuber und an einer Schießerei in Bend, Oregon, beteiligt gewesen. Über Hinweise oder Informationen würde ich mich sehr freuen.‹«

»Das ist ein guter Abschluss«, sagte Josie, die hoffte,

dass Ana das Wort »Bankräuber« nicht gehört hatte. Es würde eine Reihe von Fragen auslösen, sie möglicherweise die ganze Nacht kein Auge zutun lassen. »Schläft sie?«, fragte sie Paul.

Er musste sich nicht umdrehen. »Nein. Sie schaut bloß aus dem Fenster.« Er deutete mit dem Kinn auf die Quads. Das war ein neues Phänomen. Parallel zu den regulären Straßen verliefen schmale Feldwege, wo Männer und Frauen und Familien auf diesen vierrädrigen Geländefahrzeugen, sogenannten Quads, in die Stadt fuhren oder aus der Stadt kamen, mit Lebensmitteln oder sonstigen Einkäufen. In diesem Teil von Alaska waren diese Nebenwege jetzt allgegenwärtig, egal wo sie hinkamen.

»Wieso können wir nicht mit so was fahren?«, fragte Ana von hinten. Josie wandte den Kopf und sah, dass Ana das Gesicht an die Scheibe drückte.

Sie sahen Mütter mit kleinen Kindern, die vorn auf den Quads saßen und beim Lenken halfen, während sie die sanften Steigungen der Feldwege hinauf- und hinunterfuhren, und auch Josie fand, dass es eine zweckmäßige Fortbewegungsart war. Schließlich sahen sie einen Achtjährigen, der sein eigenes Quad lenkte. Es war maßstabgerecht, und Josie wusste, dass Anas Fantasie entfacht werden würde. Sie formte den Satz lautlos mit den Lippen, bevor Ana ihn aussprach: »Ich will auch so eins.«

»Das geht nicht«, sagte Paul. »Du bist erst fünf.« Jetzt wandte er sich an Josie. »Okay, du willst hören, wie es in der Schule war?« Er sagte das, als hätte sie ihm seit Wochen damit in den Ohren gelegen und er hätte endlich ein Einsehen. Das war ein neuer Paul: fähig, Ana rasch links liegen zu lassen, und mit dem Selbstbewusst-

237

sein, das Gespräch zu dominieren. Hatte seine Position auf dem Beifahrersitz ihn so mutig gemacht? Josie sagte, sie würde furchtbar gern hören, wie es in der Schule war.

Um alles zu erzählen, brauchte er volle fünfunddreißig Minuten. Die Erklärung der Sitzreihen nahm einige Zeit in Anspruch. In seinem Klassenraum gab es vier Reihen erklärte er, und in einer davon, der blauen, saßen nur die wilden Kinder und Paul.

»Hat man dich als Ausgleich zu den frechen Kindern in die blaue Reihe gesetzt?«, fragte sie.

»Wahrscheinlich«, sagte er.

Er erzählte ihr, dass mal ein Polizist in die Klasse gekommen war, um den Kindern sicheres Verhalten im Straßenverkehr und Vorsicht vor Unbekannten beizubringen, und nach kürzester Zeit rückten vier verschiedene Kinder von selbst mit der Information heraus, dass ihre Väter im Gefängnis waren. Der Polizist wusste nicht, wie er damit umgehen sollte, und musste die Kinder auffordern, sich nicht mehr zu melden.

Die Stadt, in der sie gelebt hatten – es war beglückend, in der Vergangenheitsform daran zu denken –, hatte auch eine Privatschule, auf die die andere Hälfte der Kinder ging, und als Josie diese Geschichte von Paul hörte und sie interessant fand, kam ihr der Gedanke, dass für die Eltern in ihrer Stadt der Hauptzweck einer Privatschule und ihrer aberwitzigen Gebühren darin bestand, dass die Privatschulkinder Schere und Kleber nicht mit Kindern teilen mussten, deren Väter im Gefängnis saßen. Der Gang der Zivilisation sah folgendermaßen aus: Zuerst herrscht Barbarei, es gibt keine Schulen, und falls Lernen überhaupt stattfindet, dann nur zu Hause und ungeregelt.

Es folgt die Zivilgesellschaft, Demokratie, das Recht auf kostenlose Schulbildung für jedes Kind. Gleich im Anschluss an das Recht auf kostenlose Schulbildung folgt das Recht, diese Kinder aus den kostenlosen Schulen zu nehmen und in Privatschulen zu stecken – *wir haben das Recht, für etwas zu bezahlen, das gratis zur Verfügung gestellt wird!* Und darauf folgt unvermeidlich und stur das Recht, die Kinder ganz aus der Schule zu nehmen und selbst zu Hause zu unterrichten, womit sich der Kreis schließt.

»Bogenschießen«, sagte Paul. Weiter vorn war ein Schild. BOGENSCHIESSEN. UNTERRICHT. ZIELSCHEIBEN.

Sie mussten nirgendwohin, obwohl Josie hoffte, am nächsten Tag Denali zu erreichen.

»Können wir?«, fragte Paul, und weil er ganz selten um irgendwas bat, bog Josie vom Highway und auf die lange Schotterzufahrt, worauf das Chateau wie ein müder Maulesel stöhnte und schnaufte, dagegen protestierte, hier entlang gelenkt zu werden.

Sie folgten den Schildern eine halbe Meile und dann sahen sie eine weite grüne Wiese mit rot-weißen Zielscheiben. Aber sie sahen keine Menschen. Dennoch stiegen sie aus und schauten sich um, ohne Ana zu wecken, die in Schweiß gebadet schlief. Es gab ein kiefergrün gestrichenes Holzhäuschen, wo man normalerweise bezahlte und einen Bogen ausgehändigt bekam und erfuhr, wohin man gehen sollte. Die Tür des Häuschens war geschlossen, aber ein Fenster war offen. Josie spähte hinein, sah aber niemanden. Es waren keine anderen Autos da, also hätten sie davon ausgehen sollen, dass der Bogenschießstand geschlossen war. Und er war wahrscheinlich geschlossen.

»Sieh mal da«, sagte Paul und zeigte auf einen Baum nicht weit von der Zielscheibe ganz rechts. An dem Baum lehnte ein Bogen, ein altes Ding, ein uraltes Modell. Josie hatte nichts dagegen, dass Paul ihn sich ansah, daher lief er über die Wiese und kam mit dem Bogen und drei Pfeilen zurück, die er im Gebüsch in der Nähe gefunden hatte. Ein Pfeil war gebogen und sah aus wie eine runde Klammer.

»Darf ich's mal ausprobieren?«, fragte er.

Paul tat sich niemals weh, hatte nie riskiert, sich selbst oder irgendwen in seinem Umfeld zu verletzen, deshalb erlaubte Josie es ihm. Er nahm den Bogen in eine Hand und den Pfeil in die andere, und es dauerte eine Weile, bis er dahinterkam, wie es am besten ging, doch schließlich schoss Paul die Pfeile immerhin ab, auch wenn der gebogene sich wand wie eine fliegende Schnecke.

Josie ließ die Augen schweifen und richtete sie wieder auf das Holzhäuschen und sein offenes Fenster. Sie ging hin, beugte sich hinein und sah, dass das Häuschen leer war bis auf einen Stapel Styroporbecher, einen Behälter mit kaputten Bögen und einen grünen Augenschirm, der an einem Nagel hing und auf dessen horizontaler Sonnenblende das Wort *pfeilgerade* stand. Josie wusste gleich, dass sie den Augenschirm nehmen würde, wusste aber auch, dass sie ein paar Minuten überlegen würde, ob sie ihn nehmen sollte, während sie Paul beim Schießen zusah. Schließlich griff sie hinein, nahm den Augenschirm, probierte ihn an, fand, dass er passte, und dann fiel ihr eine Ausrede ein – er lag im Abfall –, die sie Paul auftischen könnte, wenn Paul sehen würde, dass sie das Ding trug, und wissen wollte, wo sie es herhatte.

»Wo hast du den her?«, fragte er, als er mit seinem Bogen und den Pfeilen von der Zielscheibe zurückkam und seltsam routiniert und profimäßig aussah.

»Der lag auf der Erde neben dem Häuschen«, sagte Josie, wandelte ihre Geschichte spontan ein wenig ab, weil sie das Gefühl hatte, dass die Lüge dadurch harmloser und belangloser wurde. »Er verdeckt die kahle Stelle.«

Paul warf einen Blick auf die Seite ihres Kopfes, schob den Augenschirm sachte ein Stück höher, damit die Lücke besser verdeckt war, und ging dann wieder Bogenschießen. Nachdem er sich durch Üben immer näher an die Zielscheibe herangearbeitet hatte, traf Paul schließlich ein paarmal fast ins Schwarze und wollte dann nicht mehr weg. Also blieben sie. Sie hatten im Chateau zu essen, und sie mussten nirgendwohin, also holte Josie den Gartenstuhl heraus, setzte sich und schaute Paul beim Schießen zu, bis Ana aufwachte. Die Sonne versank hinter der Baumreihe auf dem hohen Bergkamm hinter ihnen, als Ana vom Chateau herüberkam, kurzzeitig apathisch, bis sie den Augenschirm auf dem Kopf ihrer Mutter sah.

»Wie Dad«, sagte sie.

Josie erzählte ihr die Geschichte, dass sie ihn neben dem Häuschen gefunden hatte, was Ana glaubhaft fand und was sie sehr wahrscheinlich in der gleichen Lage auch machen würde – Paul dagegen hätte ihn zum nächsten Fundbüro gebracht –, aber da Ana sie an Carl und an Carls Vorliebe für Augenschirme erinnert hatte, verlor Josies *pfeilgerade*-Kopfschmuck deutlich an Attraktivität. Sie überlegte, ihn wegzuwerfen, und entschied sich, das zu tun, sobald sich eine Alternative gefunden hatte.

Josie sah zu, wie ihre Kinder ihre Pfeile abschossen, rannten und kicherten, und erkannte, dass ein Kind seinen Eltern kein schlimmeres Verbrechen antun kann, als die Freude zu vergessen, die es erlebt hat. Raj hatte das in einer seiner Tiraden gesagt. Seine Tochter war siebzehn. Oh Gott, sagte er. Die Siebzehnjährigen, sie zerreißen dir das Herz. Eine ganze fröhliche Kindheit, und sie sagen dir, es war alles Scheiße. Jedes Jahr war ein einziger Betrug. Sie werfen alles weg. Josie hatte Mitleid mit Raj gehabt und den Zorn ihrer eigenen Kinder gefürchtet, aber dann war ihr eingefallen: Hatte sie selbst sich nicht von ihren eigenen Eltern losgesagt?

Doch für ihre Kinder war Josie fest entschlossen, dieses Verbrechen des Vergessens zu vereiteln. Sie würde sie an Freude erinnern. Sie würde Freude dokumentieren, Gutenachtgeschichten über Freude erzählen, Fotos machen und Tagebücher schreiben. Protokolle von Freuden, die niemals geleugnet oder bequem vergessen werden konnten. Sie dachte sich eine neue Theorie für Eltern aus, laut der es nicht das Ziel war, ein erwünschtes Resultat zu erreichen. Es ist nicht das Ziel, ein Kind für irgendein zukünftiges Ergebnis großzuziehen, nein! Augenblicke wie dieser, gemeinsam im Fichtenwald bei schwindendem Licht, während die Kinder durch langes Gras laufen, ihr Sohn ernsthaft Bogenschießen übt und ihre Tochter versucht, sich irgendwie selbst zu verletzen, solche Augenblicke waren das Ziel. Josie hatte das Gefühl, nur ganz kurz, dass sie sterben könnte, nachdem ihr so ein Tag gelungen war. An einen Ort wie diesen zu kommen, einen Moment wie diesen zu erleben, das allein ist das Ziel. Oder es könnte das Ziel sein. Eine neue Art zu denken. Einige solcher Tage zusammenzufügen, mehr konnte man sich nicht wünschen oder erhoffen. Bei der Erziehung von Kindern ging es nicht darum, sie zu perfektionieren oder sie auf beruflichen Erfolg vorzubereiten. Was für ein hohles Ziel! Zwanzig anstrengende Jahre für was – dass dein Kind irgendwo an einem Ikea-Schreibtisch sitzt und auf einen Bildschirm starrt, während sich draußen der Himmel verändert, die Sonne auf- und untergeht, Habichte schweben wie Zeppeline? Das normale verbrecherische Streben der gesamten modernen Menschheit sah so aus: *Gib meinem Kind einen Ikea-Schreibtisch und lass es zwölf Stunden am Tag dran sitzen und irgendwas tippen. Das ist gleichbedeutend mit Erfolg für mich, mein Kind, unsere Familie, unser ganzes Geschlecht.* Sie würde das nicht erstreben. Sie würde ihren Kindern das nicht zumuten. Sie würden nicht nach solchen oberflächlichen Dingen trachten, nein. Es ging nur darum, sie in einem Moment in der Sonne mit Liebe zu umgeben.

Ana ging zu ihrem Stuhl und lehnte sich dagegen. Irgendwo hatte auch sie einen Bogen gefunden und ihn sich verblüffend profimäßig über die Schulter gehängt.

»Mom?«, sagte sie. »Gibt es hier Räuber?«

»Nein«, sagte Josie. Wie aufs Stichwort durchschnitt eine ferne Sirene die Luft. »Das ist ein Feuerwehrauto«, sagte sie vorwegnehmend. Paul war in der Nähe, schoss noch immer seine Pfeile ab.

»Aber gibt es hier böse Männer?«

»Nein.«

»Wo sind die denn?«

»Die sind ganz weit weg«, sagte Josie und fing Pauls Blick auf. Warum nicht abstreiten, dass es überhaupt böse Männer gibt?, schien er zu sagen.

»Du wirst sie dein ganzes Leben lang nicht sehen«, sagte Josie. »Und wir haben Soldaten, die gegen sie kämpfen.« Wieder ertappte sie sich dabei, nicht hilfreiche Dinge zu sagen.

»Was ist mit dem Joker?«

»Was soll mit ihm sein?«

»Ist der echt?«

»Nein. Er ist unecht. Jemand hat ihn bloß gemalt, genauso wie ich ihn malen könnte. Jemand wie ich hat den Joker erfunden.«

»Jemand wie du?«

»Genau. Oder jemand wie dein Dad. Eher wie dein Dad.«

»Was ist mit Stinktieren?«, fragte Ana.

Josie verkniff sich ein Lachen. »Mit Stinktieren?«

»Sind die echt?«

»Natürlich, aber die sind nicht gefährlich. Die können dir nichts tun.«

»Aber sind Monster echt?«

»Nein, es gibt keine echten Monster.«

»Woher wissen wir dann von Monstern?«

»Na ja, die haben sich irgendwelche Leute ausgedacht. Jemand hatte eine Idee und hat sie gemalt und sich einen Namen ausgedacht.«

»Dann kann sich also jemand einen Namen wie Iron Man ausdenken?«

»Klar.«

»Was ist mit Randall?«

»Randall?«

»Ja, ist das ein Name?«

»Ja. Hast du den Namen irgendwo gehört?«

»Ich glaub ja. Ich hab das Wort gehört.« Anas Stirn

legte sich in Falten. »Ich wusste nicht, ob es ein Name ist.«

»Es ist ein Name«, sage Josie.

Das Geheul von zwei anderen Sirenen durchbohrte den Himmel. Ana lauschte, die Augen auf Josies Arm konzentriert. Sie klopfte mit ihren kleinen Fingern auf ihn, als würde sie eine verschlüsselte unterirdische Nachricht senden.

»Sind die Soldaten groß?«, fragte sie.

»Ja. Viel größer als die bösen Männer.«

»Sind sie Monster?«

»Wer?«

»Die Soldaten.«

»Nein. Sie sind normale Leute. Sie haben auch Kinder. Aber dann ziehen sie eine Uniform an und kämpfen gegen die bösen Männer.« Und um die Diskussion hoffentlich zu beenden, fügte Josie hinzu. »Und sie gewinnen immer.«

»Aber sie haben Jeremy getötet?«

»Was?«

»Jemand hat ihn getötet, oder?«

Josie begriff, dass Ana von vornherein darauf hinausgewollt hatte. Sie hatte die Anfrage von »Verlorene Spuren« gehört, die Wörter *Bankräuber* und *Schießerei*, und hatte sich die ganze Zeit damit beschäftigt.

»Wer hat dir erzählt, dass Jeremy getötet wurde?«

Jetzt blickte Ana zu Paul hinüber, der aufgehört hatte mit dem Bogenschießen, alles mit angehört hatte. Als Ana sich wieder Josie zuwandte, hatte sie Tränen in den Augen. Josie hatte Ana nicht von Jeremys Tod erzählt und hatte es auch Paul nicht erzählt. Sie sah ihn jetzt an, enttäuscht.

»Mario hat's mir erzählt«, sagte Paul trotzig. Mario hatte auch am Sommerlager teilgenommen, noch ein Junge, dessen Babysitter Jeremy gewesen war. Und dann, wie zur Antwort auf Josies nächste Frage, sagte er: »Ana sollte es wissen. Sonst denkt sie, er lebt, wo er doch tot ist. Das ist bescheuert.«

Ein mechanisches Jaulen ertönte hinter Josie, und als sie sich umdrehte, sah sie ein riesiges Fahrzeug, das näher kam und hinter dem Chateau parkte. Staub wirbelte auf, doch sobald er sich gelegt hatte, sah sie, dass es ein silberner Pick-up war, der ein schwarz gestrichenes Holzhaus mit Giebeldach auf der Ladefläche hatte. Das kleine Haus hatte Fenster und einen winzigen Blechschornstein und sah richtig niedlich aus bis auf die Worte »Letzte Chance«, die auf die Vorderwand gepinselt waren. Darunter stand in kleinerer Schrift »Niemandem verpflichtet«.

»Was ist das, Mom?«, fragte Ana.

Josie sagte nichts. Sie rechnete damit, dass sich jeden Moment eine der Pick-up-Türen öffnen würde, und wollte nicht dabei erwischt werden, wie sie die Insassen beschrieb. Sie hatte allen Grund, ihre Kinder ins Wohnmobil zu scheuchen und weiterzufahren, da keine Garantie für die Freundlichkeit von Leuten bestand, die so ein Fahrzeug steuerten, das unmöglich verkehrstauglich sein konnte und auf das Ende der Welt anspielte.

»Paul, komm her«, flüsterte sie, und er kam mit Bogen und Pfeil zu ihr, und sie schob ihn und Ana geschickt so hinter sich, dass sie zwischen den beiden und diesem Unheilsboten stand.

Die Tür öffnete sich. »Ist geöffnet?«, sagte eine muntere Stimme. Es war eine junge Frau mit einer glänzenden rabenschwarzen Haarmähne. Sie sprang aus dem Pick-up und landete mit beiden Füßen gleichzeitig auf dem weißen Schotter, wo ihre schweren Boots ein selbstsicheres Geräusch machten. Sie trug ein weites schwarzes T-Shirt und eine abgeschnittene Jeans und begann sich zu strecken, einen Arm hoch in die Luft gereckt, sodass ein schlanker und vollbusiger Oberkörper zur Geltung kam, während sie mit der anderen Hand den Beifahrersitz nach vorne schob und aus der Tiefe des Pick-ups drei Kinder freiließ, alle sportlich und braun gebrannt. Sie sprangen eins nach dem anderen genauso aus dem Wagen wie sie – das heißt, als würden sie auf dem Mond landen. Sie waren alle etwa in der Altersspanne von Josies Kindern und liefen direkt zu dem leeren Häuschen, weil sie dachten, Paul und Ana hätten dort ihre Bogen bekommen. Die Fahrertür öffnete sich, und ein kleiner Mann stieg aus, nicht größer als die Frau, und sagte: »Ist es offen?« Er lehnte sich nach hinten und streckte sich mit lautem Ächzen. Er war breitschultrig und muskulös und trug ein Unterhemd mit V-Ausschnitt und eine Drillicharbeitshose, die er in Wanderstiefel gesteckt hatte. Er ging um den Pick-up herum und den Hang hinunter Richtung Bogenschießwiese.

»Ich hab sie gefragt, aber sie hat nicht geantwortet«, sagte die Frau und deutete mit dem Kopf auf Josie. Ihr Tonfall war ungezwungen.

»Sorry«, sagte Josie. »Ich wusste nicht, dass Sie mich gefragt haben. Ich arbeite hier nicht. Wir sind vorhin hier angekommen und haben uns ein bisschen die Zeit vertrieben.«

»Dann ist es also kostenlos«, sagte der Mann. Er hatte ein schelmisches, schmallippiges Lächeln, doch seine

Augen waren eng und hell und strahlten etwas Spitzbübisches aus, das in beide Richtungen ausschlagen könnte – Scherzkeks im Haus oder Bombenbastler im Schuppen.

»Es gibt keine Bogen mehr, Dad«, sagte eines der Kinder. Es war ein Mädchen von ungefähr neun. Sie und ihre jüngeren Brüder hatten das Häuschen erkundet und festgestellt, dass es leer war.

»Haben Sie die mitgebracht?«, wollte die Frau von Josie wissen und deutete auf die Bogen und Pfeile, die Ana und Paul in den Händen hielten.

»Nein, die haben wir auf der Wiese gefunden«, sagte Josie. »Ihre Kinder können gern damit schießen. Wir sind schon eine Weile hier.« Josie wollte damit sagen, dass sie und ihre Kinder dieser Familie das Feld überlassen und schleunigst das Weite suchen würden.

»Nein, nein. Wir sind bloß hergekommen, weil wir euch hier gesehen haben. Wir können warten«, sagte der Mann und streckte ihr die Hand hin. »Ich bin Kyle. Das ist Angie.« Josie schüttelte beiden die Hand und stellte Ana und Paul vor. Kyles und Angies Kinder kamen dazu und stellten sich selbst so wohlerzogen vor – Suze, Frank und Ritter –, dass Paul und Ana vergleichsweise scheu und unhöflich wirkten.

»Wohnt ihr da?«, fragte Ana. Sie zeigte auf das schwarze Haus auf der Ladefläche.

»Ana«, sagte Josie mahnend, wandte sich dann an Kyle und Angie. »Tut mir leid.«

»Das muss es nicht. Wir schlafen da drin, ja«, sagte Kyle zu Ana und ging vor ihr in die Knie. »Gefällt's dir?« Ana war zunächst verhalten, nickte dann langsam. »Klar gefällt dir das«, sagte er und lächelte sein schmallippiges Lächeln, und seine hellen Augen leuchteten auf ihre teuf-

248

lische oder engelhafte Art. Sein Grinsen wurde breiter, und jetzt sah Josie seine Zähne, übergroße Schneidezähne, was seinem Gesicht etwas Wölfisches verlieh. »Wir haben es selbst gebaut«, sagte er. »Willst du mal reinschauen?«

»Nein, nein. Das muss nicht sein«, sagte Josie, doch schon führte der eifrige Kyle sie und die Kinder zum Pick-up. Angie blieb bei ihren Kindern, die jetzt die Bogen und Pfeile ausprobierten, die Paul und Ana ins hohe Gras geworfen hatten. Kyle sprang auf die hintere Stoßstange des Pick-ups und öffnete die Hecktür des Gebildes, das von außen und innen Ähnlichkeit mit einem Hühnerstall hatte, einer Kasernenbaracke, mit einer Reihe von Schlafkojen auf jeder Seite, der Boden ausgelegt mit einem Teppichbodenreststück. Es gab auch Stapel Handtücher und Zeitschriften und Baseball-Bälle und -Schläger, Decken. Am Ende jeder Koje hing eine Taschenlampe an einem Haken.

»Cool, was?«, sagte Kyle.

Ana stimmte sofort zu, sagte dann: »Wir wohnen auch in einem Auto.«

Kyle lachte. »Na, dann ist es ja gut, dass wir uns alle getroffen haben, was? Reisegenossen. Mom, wie wär's mit einem Stuhl?« Einen Moment lang dachte Josie, Kyles Mutter wäre irgendwo im Pick-up, vielleicht in einem Raum unter dem Boden, merkte dann aber, dass Kyle sie meinte.

Er zog einen kleinen Stapel Klappstühle aus dem Hühnerstall – das Ding war wie eine Yacht, ein Raum- und Sparsamkeitswunder – und stellte sie auf, drei nebeneinander, mit einer eindrucksvollen Aussicht auf die Wiese. Im Nu war Josie eine Flasche Apfelwein in die

Hand gedrückt worden, und sie saß neben Angie und Kyle, und die drei schauten den Kindern zu, die sich beim Schießen abwechselten, gegenseitig lobten und erstaunlich höflich miteinander umgingen.

Kyle tippte gegen Josies Flasche, dann gegen Angies, prostete ihnen quasi zu, ohne ihnen zuzuprosten. »Und, wo soll's hingehen?«

Josie sagte, sie habe keine feste Reiseroute.

Angies Augenbrauen schnellten hoch, und sie warf Kyle einen verschwörerischen Blick zu. »Hab ich dir doch gesagt«, sagte sie. »Eine Mom allein mit zwei Kindern an einem verlassenen Bogenschießstand. Leute wie wir, hab ich gesagt.«

Josie und Kyle und Angie tauschten Erfahrungen aus über Homer und Seward und Anchorage und die Rastplätze und Sehenswürdigkeiten dazwischen. Kyle und Angie waren auch in dem tragischen Zoo bei Anchorage gewesen und hatten das unübersehbare Pathos der einen Antilope bemerkt. Auch bei ihnen hatte das Tier in der Hoffnung auf Erlösung zu den Bergen geschaut. Angie war eine schöne Frau, dachte Josie, und sie und Kyle waren jünger, als sie zuerst gedacht hatte. Beide zeigten keinerlei Falten, obwohl sie offensichtlich die Sonne nicht scheuten. Sie sahen aus wie Studenten aus den Siebzigern, wie die seidenhaarigen und gebräunten Typen, die früher in Zigarettenreklamen vorkamen.

»Seid ihr für immer weg?«, fragte Angie.

»Wie meinen Sie das?«, fragte Josie, obwohl sie durchaus verstand. Angie meinte: Werdet ihr euch je wieder der Mainstream-Gesellschaft anschließen? Bis zu diesem Moment hatte Josie nicht weit über August und September hinausgedacht.

»Ich weiß nicht«, sagte sie.

Kyle und Angie lächelten. Sie seien für immer weg, sagten sie. Sie war Buchhalterin bei einem Ölkonzern gewesen und er Geografielehrer an einer Highschool. Begeistert erläuterten sie ihren Plan, bis zur Nordspitze von Alaska zu fahren, dann an der Westküste entlang und wieder nach unten, dann weiter nach Kanada. An ihrem früheren Leben störte sie zum Beispiel ihre Wohngegend mit vielen eingesperrten, kläffenden Hunden, Berufsverkehr, doch der größte Dorn im Auge waren ihnen anscheinend die Steuern – Einkommensteuer, Grundsteuer, Mehrwertsteuer, Kapitalertragssteuer. Damit war für sie jetzt Schluss. »Er ist der *Flüchter*«, erklärte Angie. »Ich bin die *Kämpferin*.« Sie beide ließen das wirken. Es war offenbar ein Gegensatz, auf den sie ungemein stolz waren.

»Kein Einkommen, kein Grundbesitz, keine Steuern«, sagte Kyle, und Angie, die Buchhalterin, fügte hinzu: »Wir haben in Betracht gezogen, unsere Staatsbürgerschaft abzulegen, aber ich glaube, dazu müssten wir Kanadier werden. Jetzt überlegen wir, staatenlos zu bleiben.«

Josies Verstand, der normalerweise gemerkt hätte, dass die zwei praktisch verrückt waren, und die Flucht planen würde, war stattdessen mit Angies perfektem Gesicht beschäftigt. Sie hatte hohe Wangenknochen, lächelnde Augen – sie schien indianisches Blut in den Adern zu haben, aber konnte Josie das fragen? Konnte sie nicht. Sie merkte, dass sie Angie anstarrte – auch ihre Zähne waren wunderbar, fantastisch weiß –, also schaute sie weg und zur Wiese hinüber, wo sie Ritter sah, Kyles und Angies Jüngsten, der gerade einen Pfeil abschießen wollte. Ana stand neben ihm und hielt mit einer Hand vorsichtig seinen Hemdzipfel, fand wie immer eine Möglichkeit, den Waffenträger zu berühren. Aber wo war Paul? Jetzt entdeckte sie ihn. Er war gebückt, sammelte Pfeile auf, die hinter den Zielscheiben gelandet waren.

»Ritter!«, schrie Angie.

Er würde jeden Moment loslassen, während Paul sich aufrichtete, weil er Angies Stimme hörte. Erschrocken schoss Ritter den Pfeil ab, der jedoch kraftlos ein paar Schritte von seinem Bogen entfernt auf der Wiese landete.

»Sorry«, sagte Angie und lief zu ihrem Sohn. Sie beugte sich über ihn, einen Arm um seine Schultern, sodass ihr rabenschwarzes Haar ihn umhüllte, während sie mit ihm schimpfte, auf Paul zeigte, der zurück zur Gruppe trabte, eine Hand voll Pfeile. Die Gefahr war nicht groß gewesen, schließlich war Ritter erst sechs und Paul war gut fünfzig Meter entfernt gewesen, aber dennoch.

»Du musst aufpassen«, rief Josie ihm zu, bemüht, ruhig zu klingen. In den kommenden Tagen würde sie sich fragen, warum es ihr so wichtig war, ruhig zu wirken oder auf dem Bogenschießstand zu bleiben, auf dem Klappstuhl zu bleiben und Apfelwein zu trinken, diese zwei schönen jungen Menschen irgendwie beeindrucken zu wollen.

»Meine Kinder sind normalerweise verantwortungsbewusster«, sagte Kyle.

»Sei schön vorsichtig«, sagte Josie zu Paul. Und damit meinte sie, dass es durchaus normal war, Pfeile auf einem Bogenschießstand aufzusammeln, während geschossen wurde. Dass es durchaus normal war, das mit drei Kindern zu machen, die du eben erst kennengelernt hattest und die in einem Holzschuppen auf der Ladefläche eines Pick-ups wohnten. Dass es die Verantwortung ihres Sohnes war, darauf zu achten, ob ein fremdes Kind einen das Leben beendenden Pfeil in seine Richtung abschoss.

»Jagst du?«, fragte Kyle.

Josie gestand, dass sie nicht jagte.

»Angie!«, rief Kyle. »Meinst du, ich kann mal schießen, nur einmal?«

Angie blickte von Ritter auf und zuckte die Achseln. Dann überlegte sie es sich offenbar anders und schüttelte den Kopf.

»Habt ihr hier in der Gegend irgendeine Menschenseele gesehen?«, fragte Kyle Josie. Sie verneinte. »Sie wird mich einmal schießen lassen«, sagte Kyle. »Du hast doch gesehen, wie sie mit den Schultern gezuckt hat. Sie lässt mich immer einmal schießen. Und die Zielscheiben – schwer zu widerstehen, oder?«

Mit einem verschwörerischen Lächeln in Josies Richtung sprang er von seinem Stuhl und trabte zum Pick-up. Er kam mit einer Pistole und einem Gewehr zurück, legte die Pistole auf den Stuhl und lehnte das Gewehr dagegen.

»Bitte nicht«, sagte Josie.

»Hätte ich fast vergessen«, sagte Kyle und flitzte zurück zum Pick-up. Er kam mit einem Plastikbehälter wieder, der laut rappelte. Patronen.

»Paul! Ana!«, schrie Josie, und die beiden kamen angerannt, erkannten etwas Neues in ihrer Stimme, etwas Verstörtes. »Ich war dran«, sagte Ana, als Josie ihre Hand packte und sie an sich zog.

»Deine Kinder sind super«, sagte Angie. Sie saß wieder neben Josie, hatte jetzt eine Hand auf Josies Knie gelegt und drückte es zweimal, einmal für jede Silbe von super.

Josie dankte ihr, verlor sich für einen Moment in Angies Jugend und Schönheit, dachte: Sie sieht noch immer aus wie vierundzwanzig. Sie kann höchstens fünfzehn gewesen sein, als sie ihr erstes Kind bekam.

Ein Knall ließ die Luft zerbersten. Josies Kopf fuhr herum, und sie sah Kyle auf den Knien, die Arme ausgestreckt, seine Pistole auf eine Zielscheibe gerichtet.

»Kyle!«, schrie Angie. »Du kannst uns doch wenigstens vorwarnen.« Sie sah wieder Josie an. »Sorry. Er ist so ein Idiot.«

»War das echt?«, fragte Ana in der Hoffnung, dass dem so war.

Kyle lief zur Zielscheibe, um sie sich anzusehen, und Angie bestätigte, dass es echt war. »Hast du schon mal gesehen, wie eine echte Pistole abgefeuert wird?«, fragte sie Ana, die wie gelähmt war, irgendwo zwischen Freude und Entsetzen erstarrt.

Josie wollte weg, aber Angies Hand lag noch warm auf ihrem Knie.

»Verdammt«, sagte Kyle, der an der Zielscheibe stand.

Wieso bin ich hier?, dachte Josie immer wieder, während der Nachmittag blass und dunkler wurde, doch Kyle stellte einen Grill auf, und kurz darauf grillte er Hamburger, die Josies Kinder gierig aßen, im Stehen, und Josie trank ihren zweiten Apfelwein und fragte sich noch immer, wie sie bloß weiterhin dableiben konnte, inmitten dieses ganzen Irrsinns. Doch Angie fasste sie weiter an, am Arm, an der Schulter, und jedes Mal, wenn sie das tat, spürte Josie eine Regung, und obwohl die beiden ihr Angst machten und obwohl jeder fünfte Satz, den sie sagten, irgendwas mit Flucht oder Kampf zu tun hatte, wollte sie bei ihnen bleiben und wurde langsam zu beschwipst, um weiterzufahren.

»Einmal noch?«, fragte Kyle Angie. »Bevor es ganz dunkel ist?«

Die Kinder waren weit weg auf der dämmrigen Wiese, jedes mit einer Taschenlampe in der Hand, wie riesige tanzende Glühwürmchen, und Josie hatte sich eingeredet, dass diese Menschen Leute wie sie waren. Niemandem verpflichtet, wahrhaftig. Ihre Kinder waren fröhlich und stark und höflich. Die Familie machte, was sie wollte. Und sie hatten alle perfekte Zähne.

Doch dann gellte ein weiterer Schuss. Josie kreischte.

»Du hast nicht gefragt!«, schrie Angie.

»Hab ich wohl!«, schrie Kyle zurück, lachend, am Ende der Wiese mit seinem Gewehr in der Hand. »Josie hat's gehört«, sagte er und ging auf die Zielscheibe zu. Josie erinnerte sich, dass er »Einmal noch« gesagt hatte, aber sie hatte es nicht richtig wahrgenommen.

»Das reicht jetzt!«, sagte Angie zu ihm, und er hob eine Hand über den Kopf und winkte halbherzig zum Zeichen seines Einverständnisses.

»Tja, ich denke, wir machen uns mal besser auf den Weg«, sagte Josie und hatte schon lebhaft vor Augen, wie sie schleunigst ihre Kinder einsammelte und rasch den Abflug machte. Sie hatte vor, in weniger als einer Minute auf der Straße und weg von diesen Leuten zu sein.

Angie drückte ihr den Arm. »Du kannst nicht mehr fahren. Auf gar keinen Fall.« Dann rief sie Kyle zu: »Josie will heute Abend noch weiterfahren.«

Kyle senkte den Kopf, und er sagte nichts, bis er wieder bei Josies Stuhl war und sein Gewehr vor ihr ins Gras

legte. Er sah Josie an, als wäre er immer noch Lehrer und
sie eine enttäuschende Schülerin. »Du kannst nicht mehr
fahren, Josie. Das wäre unverantwortlich.« Er sah Angie
an, und zwischen ihnen verging ein Moment, als würden
sie abwägen, ob sie etwas Unaussprechliches aussprechen
sollten oder nicht.

»Meine Mom ist von einem betrunkenen Autofahrer
getötet worden«, sagte er.

»Das tut mir leid«, sagte Josie.

»Du solltest nicht mehr fahren«, sagte Kyle ernst.
»Bitte. Gib mir den Autoschlüssel.«

Sie fuhr nicht. Sie gab diesem Mann ihren Autoschlüssel. Alles lief schief. Sie saß bei Kyle und Angie, während
der Abend schwarz wurde und die Mücken einen Heiß-
hunger entwickelten. Die Sirenen heulten immer mal
wieder auf, und sie saß mit Kyle und Angie zusammen,
die lauthals lachten, die Josie und diesen Abend über
die Maßen zu genießen schienen. Dann und wann kam
eines der Kinder angelaufen und fragte, ob sie irgendwas
Neues machen dürften, Huckepackkämpfe oder auf einen
Sandhaufen in der Nähe klettern, und jedes Mal wägten
Kyle und Angie es mit salomonischer Ernsthaftigkeit ab.
Die Kinder quietschten und kicherten in der Dämmerung, aber schließlich kam Ana zurück und legte den
Kopf auf Josies Schoß, und es war Zeit, ins Bett zu gehen.
Josie und Kyle und Angie verabschiedeten sich mit
schwankenden Umarmungen, und sie sammelten ihre
Kinder ein, und Josie war sicher, dass es vorbei war, dass,
was immer auch passiert war, vorbei war. Aber dann
fragte Paul, ob einer von den Jungs, der ältere Junge,
Frank, bei ihnen schlafen dürfte. Angie und Kyle fanden die Idee einfach wunderbar, und gleich darauf hat-

te Frank seinen Schlafsack und ein Kissen geholt und war im Bett über dem Fahrerhaus untergebracht, eingezwängt zwischen Paul und Ana, und alle drei alberten herum.

Josie machte für sich das untere Bett, zog Bilanz, rief sich in Erinnerung, dass diese Fremden ihren Autoschlüssel hatten und sie deren Sohn, und als sie sich gerade ausgestreckt und zugedeckt hatte, ertönte ein lautes Klopfen an der Scheibe. Sie fuhr zusammen. »Nur noch einmal!«, sagte Angie.

Josie sagte nichts, da ihr noch immer nicht ganz klar war, was passieren würde. Ein hohler Knall zerriss die Nacht, was bedeutete, dass Kyle wieder seine Pistole abgefeuert hatte oder vielleicht war es diesmal das Gewehr.

»Das war's!«, rief Angie, nun weiter weg. »Schlaft gut!«

Josie erwiderte den Wunsch und die Kinder auch, aber keiner schlief. Ihre Kinder waren aufgekratzt von all dem Neuen, das die Nacht bot, dem Schuss, dem fremden sonnengebräunten Jungen, der neben ihnen lag, und Josie dachte ernsthaft, dass sie den Verstand verloren hatte. Wie konnte sie nur hierbleiben? Ihr Autoschlüssel war in der Hand des Kämpfers. Oder war er der Flüchter? Im Alkovenbett hörte sie, wie Ana Frank nach den Schusswaffen fragte. Es folgte ein beruhigendes Gespräch darüber, dass Kyle etwaige Räuber erschießen würde, und Ana kicherte, als sie das hörte.

Und da waren die Sirenen. Irgendwas war in der Nähe passiert, irgendein Unfall. Oder die Brände kamen näher. Die Sirenen waren jetzt lauter. An Schlaf war nicht zu denken. Ihre Gedanken rasten durch dunkle Wälder. War sie wirklich den Nachmittag über bei diesen Leuten geblieben, bei dem Vater, der fünfzig Meter entfernt

Schusswaffen abfeuerte? Was wusste sie über die beiden? Nichts. Irgendwie musste sie darauf vertrauen, dass sie nur auf Zielscheiben schießen würden, nicht auf ihre Kinder, dieses unsinnige Vertrauen, das offenbar den Kern des Lebens in Amerika ausmachte. Sie dachte an ihre eigene Blödheit. Sie lachte über ihre eigene Verblüffung, ausgerechnet hier auf solche Leute zu treffen, im ländlichen Alaska. Was hatte sie erwartet? Sie war der höflichen, verhaltenen Gewalt ihres Lebens in Ohio entflohen, nur um ihre Kinder ins barbarische Herz des Landes zu kutschieren. Wir sind keine zivilisierten Menschen, begriff sie. Alle Fragen zu Charakter und Motivation und Aggression Amerikas ließen sich beantworten, sobald wir diese grundsätzliche Wahrheit anerkannten. Und wieso war dieses andere Kind in ihrem Wohnmobil? Und wie kam dieser Sauhund Mario dazu, Paul von Jeremy zu erzählen? Er hatte kein Recht dazu. Und Paul hatte kein Recht, es zu wissen. Wieder eine Sirene, diesmal wild und einsam, gefolgt vom Heulen eines Kojoten, gespenstisch ähnlich, als hätte das Tier die Sirene mit einem Artgenossen verwechselt.

XII.

Josie fuhr aus dem Schlaf hoch. Es war noch dunkel. Die Kinder schliefen, und die Nacht war still, aber sie wusste, dass alles falsch war. Sie stützte sich auf einen Ellbogen, lauschte, und minutenlang hörte sie nichts. Dann ein donnerndes Klopfen von Fingerknöcheln an die Tür des Chateau. Die Kinder schnellten hoch, Paul stieß sich den Kopf an der Decke. Josie rollte aus dem Bett, um an die Tür zu gehen. Sie hörte draußen Bewegung. Ein Auto startete. Eine Stimme in der Ferne brüllte: »Frank!«

Josie öffnete die Tür, und vor ihr stand Kyle in einem Bademantel. »Wir müssen los«, sagte er. »Evakuierung. In fünf Minuten fahren wir.«

»Moment. Was?«, sagte sie und schaute die Straße hinunter und sah weit entfernt durch die Bäume die blitzenden Blaulichter von zwei Polizeiwagen. Kyle lief zurück zum Pick-up, und Angie tauchte auf und steckte den Kopf zur Chateau-Tür herein.

»Frank«, sagte sie. »Aufwachen.« Während Frank nach unten kletterte, erklärte sie, der Wind habe sich gedreht, und jetzt sei ein Lauffeuer in südlicher Richtung unterwegs und das sei wesentlich schneller, als irgendwer geahnt habe, und könnte sie innerhalb der nächsten Stunde erreicht haben. »Wir fahren nach Norden«, sagte Angie und ging mit Frank, der sich an sie klammerte. »Fahrt hinter uns her.«

Josie schloss die Tür, und als sie sich umdrehte, standen Paul und Ana direkt hinter ihr, die Augen weit aufgerissen. »Schnallt euch an«, sagte sie.

Sie hatte den Schlüssel nicht. Sie sprang aus dem Chateau und rannte hinter dem Pick-up her. »Halt!«, brüllte sie. Die Bremslichter von Kyle und Angie tauchten Josie in Rot.

»Ihr habt meinen Autoschlüssel!«, schrie sie.

»Sorry«, sagte Kyle. »Das hätten wir bestimmt noch gemerkt. Wir hätten euch schon nicht hier verbrennen lassen.«

Er gab ihr den Schlüssel. »Beeilt euch lieber.«

Sie lief zurück zum Chateau.

»Hatten die unseren Schlüssel?«, fragte Paul.

»Ja«, sagte Josie.

»Wieso?«, fragte Ana.

»Keine Ahnung«, sagte Josie. Sie folgte ihnen den Hügel hinunter und Richtung Highway. Vor sich sah sie nichts Ungewöhnliches – bloß etwa ein Dutzend rot leuchtender Rücklichter, die nach und nach das Gebiet verließen. Der Bogenschießstand war anscheinend nicht weit entfernt von einem kleinen Ort, der von der Polizei geräumt wurde. Die Silhouetten einiger Leute huschten vorbei, aber ansonsten lief alles geordnet ab. Josie folgte der Kolonne von fliehenden Fahrzeugen, verlor aber im Gedränge Kyle und Angie aus den Augen.

Als die Schotterstraße auf den Highway mündete, bogen die meisten Autos nach links, aber sie sah einen Mann, der wie verrückt winkte. Sie wollte den anderen Autos folgen, doch dieser Mann – sie sah jetzt, dass er eine gelbe

Uniform trug – winkte sie so vehement in die andere Richtung, dass sie gehorchte und allein da langfuhr. Nach einigen Hundert Metern hielt sie an und schaute in den Rückspiegel, wollte herausfinden, ob sie das Richtige getan hatte. Doch die Masse an Lichtern war undeutlich. Ein Auto schien zu wenden, um ihr zu folgen. Sie kam zu dem Schluss, dass die anderen Fahrzeuge zuerst irregeleitet worden waren und jetzt alle in ihre, in die richtige Richtung geschickt wurden. Sie würde vorausfahren und wäre somit am weitesten vom Feuer entfernt, vermutete sie.

Sie fuhr weiter. Etwa eine Meile lang gab es keinerlei Schilder, doch dann sah sie eins, im jähen Scheinwerferlicht ein erschrockenes Grün-Silbern mit der Ankündigung, dass es bis zum Highway noch drei Meilen waren. Ein gutes Omen, wie ihr schien.

»Ist hier ein Feuer, Mom?«, fragte Ana.

»Nicht hier in der Nähe«, sagte Josie.

»Angie hat gesagt, es wäre ganz nah«, sagte Paul und schien dann zu merken, dass er einen Fehler gemacht hatte. Normalerweise achtete er sehr darauf, im Beisein seiner Schwester nicht von drohenden Gefahren zu sprechen.

»Nein«, sagte Josie. »Angie hat gesagt, es wäre erst in einer Stunde hier. Es ist also noch weit weg. Und wir fahren von ihm weg, das heißt, mit jeder gefahrenen Meile verdoppeln wir die Distanz. In einer Stunde sind wir zwei Stunden von ihm entfernt. In zwei Stunden sind wir vier Stunden von ihm entfernt. Versteht ihr? Wir fahren in die entgegengesetzte Richtung.«

Die Straße war leer, und Josie deutete das so, dass sie den Park als Erste verlassen hatte und bald als Erste auf

261

dem Highway sein würde. Sie fühlte sich wie ein einsames Raumschiff, das von einem explodierenden Planeten floh – alles war dunkel, alles war ruhig, und mit ihren zwei Kindern hatte sie alles, was sie brauchte. Aber sie war voller Adrenalin, konnte keinen klaren Gedanken fassen und verschmolz für einen kurzen Moment das Feuer und diese Gegend mit ihrer eigenen Heimatstadt, stellte sich vor, wie ihr Haus von der Feuerwalze überrollt wurde, und fragte sich, ob irgendwas darin war, was ihr fehlen würde. Ihr fielen etliche Dinge ein, doch dann machte sie einen Rückzieher und war überzeugt, dass sie sich gereinigt und frei fühlen würde, wenn alles im Haus verbrannt und nur noch ein Häuflein Asche war.

»Wo fahren wir hin?«, fragte Paul.

»Wir fahren ein paar Stunden, damit wir auch ganz sicher weit genug weg sind, und dann suchen wir uns einen anderen Platz zum Schlafen. Oder wir parken irgendwo.« Josie stellte sich einen Parkplatz in der Nähe von Wasser vor, wie der, wo sie in der ersten Nacht gestanden hatten, bis der Polizist sie weitergeschickt hatte. Sie wollte in der Nähe von Wasser sein für den Fall, dass – für den Fall, dass was? Dass sie von Feuer eingeschlossen würden und in den See springen müssten? Und würden sie in dem See schwimmen? Oder ein Wasserfahrzeug bauen und davonsegeln? Sie beschloss, dass die Details unerheblich waren. »Seltsam«, hörte sie sich laut sagen.

»Was ist seltsam?«, fragte Ana.

Sie fand es seltsam, dass sie keine anderen Autos sah, rief sich dann aber in Erinnerung, dass sie ja den Park als Erste verlassen hatte und dass es Mitternacht war und sie in Alaska waren, wo es wohl in keiner Nacht dichten

Verkehr gab, erst recht nicht mit einem Lauffeuer auf den Fersen.

»Nichts«, sagte sie.

»Was ist seltsam?«, fragte Paul.

»Dass ich euch so doll lieb habe«, versuchte sie es.

»Nein, im Ernst. Sag es uns. Sag es mir.« Und jetzt saß Paul auf dem Beifahrersitz. Er dachte, es wäre etwas, das nur er wissen sollte.

»Nein. Nichts ist seltsam.«

»Ich will nicht allein hier hinten sein!«, brüllte Ana.

»Mom«, flüsterte Paul. »Sag's mir.«

»Alles ist seltsam«, sagte Josie.

Jetzt war er still. Es war eine schlichte und wahrhafte Äußerung, die nichts weiter besagte. Es war nicht das verbotene Geheimnis, das er sich erhofft hatte.

Josie machte das Radio an und fand Dolly Parton, *Here You Come Again*, und ließ den Song laufen.

»Kannst du dich wieder zu deiner Schwester setzen?«, fragte sie.

Er zog sich nach hinten zurück. »Ist das Dolly?«, fragte Paul.

Josie bejahte und drehte lauter. Vor ihr sah sie den Highway und nahm die Auffahrt. Sie hatte zwar nicht viel Verkehr erwartet, war aber überrascht, in beiden Richtungen überhaupt keine Autos zu sehen. Ihr Gefühl, dass sie allein im Weltraum waren, in einem uralten Raumschiff, einem lauten Raumschiff, aber allein und ohne Anweisungen befolgen zu müssen, wurde noch stärker.

Und dann, als sie um einen hohen Berg eine Viertel Meile vor ihnen zockelte, sah sie Licht. Es war ein oranger Schein, der um die Krümmung lugte wie ein Sonnenaufgang, und Josie sah unwillkürlich auf die Uhr, um sich zu vergewissern, dass es nicht die Sonne sein konnte. Nein. Es war zwanzig nach zwölf. Sie verlangsamte das Tempo. Sie nahm an, dass es irgendwas für die Sicherheit war, Warnlampen oder so. Sie hielt sich bremsbereit.

Die Straße wand sich um die uneinsehbare Kurve, und als Josie sie hinter sich hatte, füllte ein leuchtend oranger Streifen ihr Gesichtsfeld. Der Berghang stand in Flammen.

»Ist das ein Feuer, Mom?«, fragte Ana.

Es war ein Feuer, eine Meile breit und endlos tief, aber es konnte kein Feuer sein. Es war keine Menschenseele da. Keine Polizei, keine Löschfahrzeuge, keine Absperrungen. Die Straße, auf der sie unterwegs waren, würde sie mehr oder weniger direkt in die Flammen führen. Ihr Raumschiff steuerte in die Sonne hinein.

»Mom, was machen wir jetzt?«, fragte Paul.

Josie hielt das Chateau an. Das Herz schlug ihr bis zum Halse, aber ihre Augen waren gebannt von dem seltsam statischen Anblick der Flammenwand. Eine weiße Windböe nahm ihr die Sicht, eine Staubexplosion.

Das laute Knattern eines Hubschraubers drang von irgendwo oberhalb von ihr, und ein Scheinwerferkegel erschien auf dem Hang und richtete sich dann auf die Straße vor ihr und flutete schließlich das Chateau. Weißes Licht durchschnitt die Jalousien, streifte die Gesichter ihrer Kinder.

»Mein Arm leuchtet!«, sagte Ana fröhlich.

Eine Stimme bellte irgendwas von oben. Josie konnte nicht verstehen, was sie sagte. Sie öffnete das Fenster und rang sofort um Atem. Die Luft war beißend, vergiftet. Sie hustete, würgte und schloss das Fenster.

»Mom, du musst wenden«, sagte Paul. »Das sagen die da oben.«

Jetzt hörte Josie es auch. »Sofort wenden«, sagte eine Frauenstimme von oben und klang wie ein mechanischer und zugleich genervter Gott. »Wenden Sie und verlassen Sie das Gebiet. Los, schnell.«

Josie wendete in drei Zügen, während der Hubschrauber über ihr schwebte, und dann fuhr sie wieder, in die entgegengesetzte Richtung. Im Laufe der nächsten paar Meilen kam der Hubschrauber immer mal wieder in Sicht, als wollte er sich vergewissern, dass Josie keine selbstmörderische Fahrerin war, die darauf aus war, einen Flammentod zu sterben.

»Bleiben Sie auf dieser Straße«, sagte die Stimme. »Fahren Sie weiter Richtung Norden.« Der Hubschrauber verlor bald das Interesse an ihr, und sie waren wieder allein und in der stillen Dunkelheit.

»War das ein echtes Feuer, Mom?«, fragte Ana.

»Ja klar«, sagte Paul. »Ein Waldbrand. Eine Million Meilen groß.«

»Verbrennt uns das Feuer jetzt?«, fragte Ana.

Josie sagte, nein, das Feuer war keine Million Meilen groß, und es würde sie nicht verbrennen, nichts könnte das, und sie waren ja auch schon weit weg, sie waren in Sicherheit, würden jedem Feuer davonfahren.

Sie fuhr eine Stunde, zwei Stunden Richtung Norden, und schließlich schliefen die Kinder ein. In diesem Teil Alaskas waren keine Schilder, keine Rastplätze oder Spuren von menschlichen Ansiedlungen. Es war Wahnsinn weiterzufahren, ohne zu wissen, ob sie in das dunkle Herz des Bundesstaats fuhren – war er nicht eigentlich ein großer Nationalpark, in dem Bären herrschten?

Josie hielt Ausschau nach irgendeiner Unterkunft oder einem Wohnmobilpark, fand aber nichts. Sie fuhr weiter und schließlich sah sie ein Schild mit der Aufschrift *bed & breakfast* und hielt an. Sie sah auf die Uhr. Es war halb fünf. Sie bog auf die Schotterzufahrt, und die Kinder wurden durch das Abbremsen wach. Die Anlage erstreckte sich über knapp einen Hektar vor einem hohen Felsen. Das Hauptgebäude war ein zweigeschossiges Einfamilienhaus, vor dem Fahrräder und Dreiräder und sogar ein motorisiertes Kinderauto standen, auf das Ana bereits ein Auge geworfen hatte. Josie und die Kinder stiegen in der Dunkelheit aus und gingen um das Haus herum, um den Haupteingang zu suchen, klingelten dann an der Tür. Niemand öffnete.

Ein kleines gelbes Licht schimmerte durch das Dickicht hinter dem Haus, und Josie vermutete, dass es das Gäste-Cottage war. Sie führte Paul und Ana dorthin. »Bleiben wir hier?«, fragte Ana, und Josie dachte, wie seltsam das war, was sie hier machten, einem Pfad durch den Wald zu folgen, zu einem Cottage hoch auf einem Felsen, weit nach Mitternacht, allein.

Das Cottage kam in Sicht und war neu. Das gelbe Licht kam von einer Wandlampe auf der Veranda, die gemütlich mit neuen Stühlen und dicken Kissen ausgestattet war. Auch drinnen brannte Licht, und obwohl Josie sich einerseits sicher war, dass das Cottage belegt war und die vage Möglichkeit bestand, dass jemand auftauchen würde, wütend oder bewaffnet, hoffte sie andererseits, dass das Cottage leer war. Sie spähte hinein und wartete auf Bewegung. Nichts rührte sich. Es war ein Nurdachhaus, und alles darin war sichtbar und aus neuem Kiefernholz gebaut: eine aufgeräumte Küche, zwei Sofas und dazu passende Sessel, darüber eine offene Galerie, wo ein großes leeres Bett zu sehen war, auf dem eine dicke gelbe Steppdecke lag.

»Wir können da nicht reingehen«, sagte Paul.

»Warum nicht?«, fragte Josie.

»Weil wir niemanden gefragt haben«, sagte er.

Josie hatte bereits beschlossen, dass sie entweder in diesem Cottage oder im auf der Zufahrt geparkten Chateau schlafen würden. Sie würde diese Nacht nicht mehr weiterfahren, und dem B&B-Schild nach war man hier auf Gäste eingestellt.

Sie drehte den Türknauf des Cottage. Die Tür ging auf. Drinnen war alles offensichtlich neu, und es roch nach Holzarbeiten und Lack. Es war solide, sauber, anscheinend noch nie benutzt. Sie ging hinein.

»Kommt«, sagte sie zu den Kindern. Sie standen auf der Veranda, Paul hielt Ana mit einer Hand zurück.

»Wir haben versucht zu fragen. Es ist keiner zu Hause«, sagte Josie, und dann hatte sie eine Inspiration. Paul brauchte Ordnung, und er brauchte es, auf dem moralisch richtigen Weg zu bleiben, und zum Glück ließ er sich gern mit Aufgaben betrauen und war stolz auf seine Handschrift. Josie brachte das alles unter einen Hut.

»Bei Bed and Breakfasts ist es nicht unüblich«, sagte sie und nahm dabei einen fast blasiert autoritären Tonfall an, »dass Gäste ankommen, wenn die Eigner« – sie wusste, dass Paul das Wort nicht kannte, aber es würde ihre Autorität erhöhen – »schon schlafen. Und manchmal wohnen sie in der Nähe, aber nicht auf dem Grundstück. Deshalb ist es gang und gäbe« – jetzt war sie wirklich blasiert, überlegte, ein Gähnen einzustreuen – »einen Zettel zu schreiben und an die Vordertür zu kleben.«

»An diese Vordertür?«

»Nein, an die vom Hauptgebäude. Kannst du das übernehmen, Paul?«

Natürlich würde er das übernehmen. Er würde ihn schreiben und falten und an die Vordertür kleben, und er würde die Arbeit mit Ernsthaftigkeit und Freude erledigen. Sie musste ihn nur dazu bringen, gleich damit anzufangen. Bei seiner Genauigkeit und Sorgfalt brauchte er für derlei Aufgaben meist eine Stunde. Das war in der Schule angemerkt worden – arbeitet gut und ordentlich, aber mit zu hohem Zeitaufwand.

Sie gingen also zum Chateau, und während Paul auf der Sitzbank saß und an dem Zettel arbeitete – er brauchte keine Anweisungen; er wusste, worauf es ankam, und hatte vor, der Form neues Leben einzuhauchen –, suchte Josie Waschzeug für sich und die Kinder zusammen und packte rasch eine Tasche mit Kleidung und Spielzeug. Als sie so weit war, hatte Paul den Zettel fertig.

»Guten Tag! Wir haben ihr schild gesehen. Wir schlafen in ihrer wunderbahren Hütte. Danke!«

Josie fand, dass das genügte, und sagte das auch. Paul machte ein langes Gesicht.

»Du könntest natürlich noch mehr schreiben«, sagte sie, »aber wir müssen uns sputen.« Sie schlug vor, dass sie und Ana die Sachen zum Cottage brachten, während Paul im Chateau blieb, um den Zettel zu Ende zu schreiben, und er blickte nicht mal auf.

»Ich bleib bei ihm«, sagte Ana. Sie hatte sich neben Paul gesetzt und sah ihm aufmerksam bei der Arbeit zu.

Josie ging zurück zum Cottage, und als sie die Tür öffnete, roch sie Sauberkeit und guten Geschmack. Das Haus war mit viel Liebe zum Detail und mit Blick auf den ausgezeichneten Komfort seiner Gäste gebaut worden. Es gab einen neuen Kühlschrank, einen neuen Herd, eine neue Kaffeemaschine – ja, die Küche war mit einem halben Dutzend Geräten ausgestattet und keins davon sah aus, als wäre es je benutzt worden. Josie öffnete den Kühlschrank und sah, dass er in Betrieb war und kalt, aber leer, unberührt.

Sie waren zweifellos die allerersten Gäste.

Sie kehrte zum Chateau zurück, wo Paul und Ana noch genauso dasaßen; Pauls Zungenspitze ragte bedeutungsvoll hervor, und seine Hand arbeitete, drückte den Stift zu fest auf – immer zu fest. Sie fragte, ob er bald fertig war.

Ana schüttelte den Kopf, als wäre sie seine Assistentin und mit der Aufgabe betraut, ihn vor Ablenkungen zu bewahren.

»Gleich«, sagte Paul, ohne aufzuschauen.

»Kann ich mal sehen?«, fragte Josie.

Er sagte Nein, aber einige Sekunden später war er fertig.

»Guten Tag!«, begann der Zettel. »Wir haben ihr schild gesehen. Wir schlafen in ihrer wunderbahren Hütte. Danke! Wir haben geklopft und geklingelt aber niemand hat aufgemacht. Vielleicht schlafen sie? Wir werden sie nicht wecken werden. Bitte wecken sie uns morgen nicht. Wir haben einen Waldbrand gesehen und wir sind müde. Danke.

Josie, Paul und Ana.

PS. Wir bezahlen für die Hütte.«

Nachdem Josie ihn auf das doppelte »werden« hingewiesen hatte, korrigierte Paul den Zettel und befestigte ihn mit Klebeband an der Haustür des Hauptgebäudes. Josie führte die Kinder zum Cottage, und drinnen probierten sie jeden Sessel aus, und Ana stieg rasch die Leiter zur Galerie hoch und tat von oben so, als würde sie runterfallen. »Oh nein!«, schrie sie. »Ich wär fast gestorben.«

Das Bett oben war groß genug für sie drei. Ana strampelte und wand sich, um ihre Behaglichkeit und Freude auszudrücken, und Paul faltete sein Kopfkissen. Josie lag mit ihren Kindern in diesem Haus, in das sie praktisch eingebrochen waren. Wenn jetzt jemand auftauchte, würde das nicht gut aussehen. Wenn in ein paar Stunden jemand kam, nachdem sie selbst eingeschlafen war, könnte das sehr übel werden. Würde jemand den Zettel lesen, den Paul geschrieben hatte? Josie fiel ein, dass sie auch einen Zettel an die Tür vom Chateau hätten heften sollen mit dem Hinweis, dass sie im Cottage waren. Paul hätte das gefallen, das Gefühl von Schnitzeljagd-Organisation und Verflechtung.

Aber was sie hier machten, war durchaus vertretbar, sagte sie sich. Es hielt sich im Rahmen des angemessenen und sogar zulässigen Verhaltens der vom Weg Abgekommenen. Es gab ja wohl Situationen, in denen es richtig und gut war, eine Reise zu unternehmen und eine unbewohnte Hütte im Wald zu finden und dort zu übernachten und am nächsten Morgen alles wieder so herzurichten, wie es vorgefunden wurde, bereit für den nächsten müden Reisenden. All das sollte erlaubt sein. Sie und ihren Kindern, so behaglich und warm und müde in ihrem Galeriebett, das nach Zedern und Kiefern roch, sollte das erlaubt sein.

Nachdem sie aus der einzigen Zeitschrift der Hütte, *Yachten und Segelsport*, vorgelesen hatte, kletterte Josie nach unten, schloss die Tür ab, machte das Licht aus, kletterte wieder die Leiter hoch, und die drei kuschelten sich unter der schweren Steppdecke aneinander. Da erst bemerkten sie ein Dachfenster, und durch das Fenster konnten sie ein kleines Stück Mond sehen, wie der Hauch eines Lächelns.

Ana war binnen Sekunden eingeschlafen, aber Josie wusste, ohne in Pauls Richtung zu schauen, dass er wach war und den Mond betrachtete.

»Ich hab dich neulich mit Ana gehört«, sagte sie. »Als du dir die Geschichte ausgedacht hast, dass es einen Ring aus Vögeln um die Welt gibt.«

Sie konnte die verschwommene Form von Pauls Gesicht sehen, als er sich ihr zuwandte. Sie glaubte, dass er lächelte, wusste es aber nicht genau. »Du bist toll mit ihr«, sagte sie, und jetzt weinte sie.

Sie war sicher, dass Paul sie anstarrte. Er sagte nichts, aber sie spürte im Dunkeln, wie er ihr sagte, dass er sie kannte. Dass er alles über sie wusste. Wie schwach sie war. Wie beschädigt. Wie klein und menschlich. Er gab ihr zu verstehen, dass er sie liebte, wie sie war. Dass sie in die Welt gehörte, kein vom Himmel gesandtes und unfehlbares Wesen war – so etwas wäre schwerer für ihn und noch schwerer für Ana.

Ich weiß, dass du heute Nacht Angst hattest, sagten ihr seine Augen.

Du hattest auch Angst, gab sie ihm zu verstehen.

Du hast deine Sache gut gemacht. Und du hast uns hierhergebracht. Ich verstehe, warum.

Dann, als wäre dieser Austausch zu Ende oder zu intensiv, um fortgesetzt zu werden, drehte er sich auf die andere Seite, um einzuschlafen.

Josie schloss die Augen und döste weg, und kurz darauf sank sie in einen tiefen Schlaf, der so wohltuend war, wie sie es in diesem brennenden Staat noch nicht erlebt hatte.

XIII.

Der graugrüne Morgen fiel durch das Dachfenster, federleicht und warm, und sie waren noch immer allein, noch immer im Bett. Es war fast zehn Uhr. Josie setzte sich auf und blickte durchs Fenster zum Haupthaus, sah, dass Pauls Zettel noch immer dort hing. Es war niemand gekommen. Sie reckte sich, hatte das Gefühl, in einer Wolke geschlafen zu haben. Es war das dekadenteste Bett, das ihr je untergekommen war. Sie sah Paul an, der noch immer weit weg war und träumte, unter der Decke, nur Augen und Haare sichtbar. Ana wurde jetzt wach und rieb sich die Augen. Josie hob einen Finger an den Mund, um Ana zu bitten, Paul nicht zu wecken, und Ana nickte – eine ungewöhnliche Anwandlung von Zurückhaltung. Sie drei waren hier mit etwas davongekommen, etwas Harmlosem, hatten sich eine Nacht Schlaf gestohlen.

Pauls Kopf drehte sich. »Stehen wir jetzt auf?«

»Nein«, sagte Josie und schloss die Augen, hoffte, er würde es auch tun.

Aber der Klang von Pauls Stimme hatte Ana aktiviert, und Ana war ein Komet – sie konnte nicht umkehren. Sie war auf und sprang auf dem Bett herum, dann strampelte sie wild und ausgelassen unter der Decke. Dann tauchte sie wieder auf und setzte sich auf Josies Bauch und senkte ihren schweren Kopf auf Josies Gesicht, eine mit rotem Fell bedeckte Abrissbirne.

»Ich hol uns was zu essen«, sagte Josie.

Sie ging zum Chateau, vorbei am Haupthaus, noch immer war kein Anzeichen von irgendwelchen Bewohnern zu sehen, keine neu angekommenen Autos. Im Chateau löste der hintere Wohnbereich eine schreckliche Traurigkeit aus. Mehr als zuvor starrte das Wohnmobil jetzt vor Schmutz. Sie waren schmutzige Leute, die in dieses schmutzige Fahrzeug gehörten. Aber andererseits waren sie wunderschöne Geschöpfe, die in einer makellosen Hütte auf einem dreißig Meter hohen Felsen wohnten. Sie nahm Milch und Frühstücksflocken und Äpfel und kehrte zu ihren Kindern zurück.

Draußen vor dem Cottage zwitscherten Vögel, die Sonne ging auf. Die Wand aus Bergen jenseits der Bucht nahm die strömende Sonne großmütig an. Josie und Paul und Ana frühstückten und spülten das Geschirr unter dem Wasserhahn mit dem wunderbaren Wasserdruck und trockneten das Geschirr mit dem weichen und saugstarken Küchenpapier. Josie entschied, dass sie noch einen Tag länger bleiben könnten. Sie würden das Bett machen und das Cottage so herrichten, dass nicht zu erkennen wäre, dass sie darin übernachtet hatten. Sie würden einfach hierbleiben, abwarten, was kam, und dann, wenn bis zum Nachmittag niemand aufgetaucht war, könnten sie wieder hier schlafen. Es war ideal hier, wenn man bedachte, wer vielleicht schon alles nach ihnen suchte: Polizei, Jugendamt, Carl, jemand, der von ihm oder einer der Behörden engagiert worden war. Hier war ihr Wohnmobil versteckt, sie waren versteckt, es gab keine Registrierung, keinen Beweis, dass sie hier gewesen waren. Genau genommen, dachte Josie, könnte die Tatsache, dass sie gewendet hatten, dass sie durch den Brand gefahren waren, genialerweise dazu geführt haben, dass sie einen möglichen Verfolger abgeschüttelt hatten, obwohl das gar nicht ihre Absicht gewesen war.

Nach dem Frühstück erkundeten sie das Gelände, wobei Josie jeden Moment darauf gefasst war, dass die Besitzer oder Verwalter eintrafen. Sie entfernten den Zettel von der Tür, weil sie beschlossen hatten, falls jemand kam, so zu tun, als wären sie gerade erst angekommen.

Sie entdeckten einen Pfad, der durch den Wald zu dem Felsen führte. Doch kurz vorher bog er ab und endete an einem kleinen weißen Pavillon, der nur wenige Meter vom Klippenrand stand. Josie meinte, es könnte eine Art Hochzeitslocation sein. Vielleicht wurde das ganze Gelände für Hochzeitsfeiern vermietet, mit Platz für fünf oder zehn Familien, die nach der Trauung zusammen feiern und über Nacht bleiben könnten. Ana fing an, im Pavillon rundherum zu laufen, und nach der dritten Runde war ihr schwindelig, und sie hielt sich japsend am Geländer fest. Ihnen fiel nichts ein, was sie sonst tun könnten.

Sie kehrten zur Hauptwiese zurück, und Ana fand prompt einen Fußball und kickte ihn, lief dann hinter ihm her und attackierte ihn wie eine Katze ein riesiges Wollknäuel. Paul fand das sehr lustig, und die Wiese war breit und flach und die Sonne hell und der Himmel klar, sodass Josie nichts dabei fand, sich in einen der Plastikgartenstühle zu setzen und die Kinder herumrennen zu lassen, während sie nichts tat. Könnte sie hier leben?, überlegte Josie. Meilenweit weg von allem. Die Straße von deinem Garten aus nicht zu hören. Dann und wann ein Elch. Eventuell Bären und Wölfe. Diese spektakuläre Aussicht. Keine Nachbarn, die sich darüber beschweren könnten, dass du kaputte Geräte im Garten herumliegen lässt. Sie spielte mit dem Gedanken, auf unbestimmte Zeit hierzubleiben, aber das würde bedeuten, darauf zu warten, dass sie erwischt wurden, und dann würde es einen Disput geben, und sie würde argwöhnische Blicke von demjenigen, der sie fand, hinnehmen müssen. Wenn sie von jetzt an urteilende Blicke meiden könnte, dann könnte sie überleben. Aber alle Blicke waren urteilende Blicke, deshalb war es besser, weiterzufahren und zu sehen, ohne gesehen zu werden.

Andererseits war dieses Haus, dieses Gelände ein Beweis für die Schönheit der Gegend, des Landes. Es gab hier so viel. Es gab so viel Platz, so viel Weite, so viel im Überfluss. Es lud die Müden und Heimatlosen wie sie selbst ein, es lud ihre kostbaren Kinder ein. Sie hatte den verschwommenen Gedanken, dass alle Suchenden und Verfolgten dieser Welt hier oben ein Zuhause finden könnten. Alaskas Klima erwärmte sich, oder? Bald würde es ein nachsichtiges Land sein, mit milderen Wintern und zig Millionen menschenleeren Hektaren und so vielen leeren Häusern wie dem hier, das darauf wartete, die hoffnungslosen Reisenden der Welt aufzunehmen. Es war ein wunderbarer Gedanke, eine überwältigende Vorstellung. Josie schloss die Augen, rechnete nicht damit einzuschlafen.

Als sie die Augen öffnete, war die Luft abgekühlt, und ihre Kinder waren nirgends zu sehen. Sie rappelte sich auf, rief nach ihnen, während ihr Verstand Bilder produzierte, wie die zwei von der Klippe sprangen – Ana sprang zuerst, Paul versuchte, sie zu retten, und beide stürzten in die Tiefe, fragten sich, wo eigentlich ihre Mutter war. Die war auf einem Plastikstuhl eingeschlafen.

Sie fand sie in der Scheune auf einem alten Traktor. Es war nicht ganz sicher, aber auch nicht gefährlich. Paul saß auf dem alten Metallfahrersitz und Ana auf seinem Schoß, die kleinen Hände am Lenkrad. Sie sah Josie an und grinste.

»Guck mal, Mom!«, sagte sie.

An den Wänden der Scheune hingen ausgestopfte Tierköpfe. Es schien seltsam, dass jemand sich die Mühe machte, all die Tiere zu töten und auszustopfen, nur um sie dann an diesem dunklen Ort aufzuhängen, den kaum ein Mensch betrat. Was für eine Vorstellung! Tiere zu töten und sie so zu lieben oder so stolz auf die Abschüsse zu sein, dass man Hunderte Dollar dafür bezahlte, ihre ausgestopften Köpfe aufzuhängen, nur um sie ungesehen in diesem Raum zu lagern. Es zeugte von der endlosen Fülle der Tierwelt, der unermesslichen Zahl ersetzbarer Säugetiere, mehr als genug, um einen großen Prozentsatz von ihnen auszustopfen und zu verbergen.

Josie dachte an ihren eigenen Keller, an die Dinge, die sie dort aufbewahrte, obwohl sie wusste, dass sie sich ohne sie freier fühlen würde. Sie wusste, dass sie sich außerhalb des Hauses befreit fühlte und ohne ihren Job freier fühlte, freier weit weg von den heißen schmutzigen Mündern. Sie fühlte sich hier freier als zu Hause, freier hier allein als umgeben von ihren angeblichen Freunden, und sie war ganz sicher, dass sie sich noch viel freier fühlen würde ohne ihre Knochen, die sie niederdrückten, und ohne das Fleisch, das um ihre Knochen hing, all die hässliche alternde Haut, die Nahrung und Wasser und Feuchtigkeitscreme brauchte. Ein Geist sein! Alle sehen, alles sehen, aber nie gesehen werden – das wäre ein Segen.

»Wir sollten gehen«, sagte sie zu ihnen.

Paul war entrüstet. »Du meinst wegfahren?«

Ein seltsames Gefühl hatte Josie erfasst. Ausgelöst durch die Köpfe an der Wand. Die finstere Natur ihres Todes setzte ihr zu. Sie hatte letzte Nacht Glück gehabt, und das Glück könnte, es würde nachlassen oder sie, was wahrscheinlicher war, abrupt verlassen.

»Nein, Mom«, sagte Paul. Und dann führte er völlig rationale Argumente ins Feld. Dass sie bereits eine Nacht hier gewesen waren. Dass niemand gekommen war. Dass sie den Zettel an die Tür geklebt hatten. Dass er weitere Zettel aufhängen könnte – an die Fenster, an die Tür vom Chateau, ans Cottage. Dass sie im schlimmsten Fall für zwei Nächte würden bezahlen müssen. Es ist die schreckliche Tragödie von Alleinerziehenden, dass ihr ältestes Kind nicht bloß zum Vertrauten wird, sondern zum wertvollen Ratgeber.

Sie beschlossen zu bleiben, wobei Josie sich das Recht vorbehielt, ihre Meinung im Laufe des Tages jederzeit ändern zu können. Der Himmel blieb den ganzen Vormittag blau, und sie machten sich einen üppigen Lunch aus Hotdogs und Reis und Pastrami auf dem Herd und in der Mikrowelle des Cottage, und sie aßen von richtigen Tellern und mit Gläsern aus Glas, und saßen auf Hockern an der Küchentheke, und anschließend gingen Paul und Ana wieder auf die Wiese, wo sie ihre eigene Version von Krocket aufbauten und spielten. Sie entdeckten einen winzigen Frosch, und Ana fing ihn irgendwie problemlos und trug ihn eine Stunde lang in ihren kleinen molligen Händen herum. Und Josie sah von ihrem Stuhl aus zu und las ihre Kolumne »Verlorene Spuren« zu Ende.

Eine gute Anfrage: »Mein Urgroßvater James A. Layman, Konföderierten-Veteran, Soldat, Kompanie D, Kavallerie, Kompanie A, wurde am 10. Mai 1865 ehrenhaft entlassen und kam am 19. Oktober 1900 von Pulaski County, Missouri, in das Veteranenheim der Konföderierten Soldaten in Higginsville, Missouri. Dort war er bis 1902 als Bewohner registriert. Er wechselte in das Heim in Pewee Valley, Kentucky, wo er am 31. Januar 1905 im Raum 31 im Südflügel untergebracht war. Hier enden meine Nachweise – kein Todesdatum oder Todesort und keine Grabstätte. Freue mich über jede Hilfe.«

Der Tag wurde von der Dämmerung verdrängt, Josie war erschöpft, und es war nur noch wenig zu essen da. Dennoch gelang es ihr, Omeletts und einen ausgefallenen Salat aus Kopfsalat und Wassermelone und Speckwürfeln und Wurststücken zu machen. Die Kinder verschlangen ihn, und um acht waren sie alle hundemüde.

»Dürfen wir ins Bett?«, fragte Paul.

»Ja klar«, sagte Josie, und Ana stieg die Leiter zur Galerie hinauf, und Paul folgte. Er streckte die Hand nach unten, weil er Ana aus »Yachten und Segelsport« vorlesen wollte, und nachdem Josie ihm die Zeitschrift hochgereicht hatte, schaute sie sich im Cottage nach irgendetwas um, das noch zu tun wäre. Es gab nichts. Die Schlichtheit war vollkommen. Vielleicht, dachte sie, mussten sie sich alle einmal richtig ausruhen – zwölf Stunden am Stück, um sich wieder gut zu fühlen. Sie schaltete das Hauptlicht aus und ließ nur das Verandalicht und die

Nachttischlampe neben den Kindern an, die sie unter der Bettdecke hörte, wo Paul Ana leise murmelnd vorlas.

Die Tür öffnete sich so leise, dass Josie annahm, es wäre eines ihrer Kinder. Aber ihre Kinder waren in dem Bett über ihr. Dann musste es der Wind sein, dachte sie. Sie hatte die Tür nicht fest geschlossen, und der Wind hatte sie aufgestoßen.

»Was ist hier los?«, sagte eine Männerstimme. Josie schreckte beim ersten Wort zusammen. Sie drehte sich um und sah einen jungen Mann in Camouflage-Hose, ärmellosem Shirt und Baseballkappe. Seine Augen waren klein, blau, sein Bart schwarz. In der einen Sekunde, die sich zwischen ihnen verlangsamte, hatte Josie Zeit zu hoffen, dass er ein freundlicher Mann war, ein B&B-Betreiber, der den Zettel gefunden hatte und verstand, Pauls Kinderhandschrift niedlich gefunden hatte. In dieser Sekunde bestand die Möglichkeit, dass der Mann nur wissen wollte, was los war, und dass Josie es mühelos erklären könnte, dass er ihr Geld annehmen und sie als Gäste willkommen heißen würde.

»Wer zum Teufel sind Sie?«, fragte er stattdessen.

Josie atmete nicht. Diese kleinen blauen Augen, das Jäger-Outfit – alles konnte passieren.

»Wir haben einen Zettel an die Tür gehängt«, brachte sie heraus.

»Ist das Ihr Wohnmobil? Haben Sie sich hier einfach eingenistet? Wer ist noch bei Ihnen?«, fragte er. Er hatte die Kinder noch nicht gesehen. Er stand in der offenen Tür. Josie stand fünf Schritte entfernt, seine Füße startbereit, als wäre er unsicher, ob er mit ihr in dem geschlossenen Raum sein wollte, als hätte er im Cottage eine Fledermaus entdeckt und wollte ihr aus dem Weg gehen, damit sie nach draußen fliegen könnte.

Josie blickte nach oben, wollte sehen, wo Paul und Ana waren, und sah nichts. Sie versteckten sich auf der Galerie. Sie konnte sich nicht vorstellen, woher sie wussten, dass sie sich verstecken sollten, wie Paul es schaffte, dass Ana leise blieb, aber für einen Sekundenbruchteil empfand sie Bewunderung für die beiden. Sie dachte an Anne Frank.

»Sie sind einfach hier rein?«, fragte er.

Josie hatte bereits beschlossen, dass sie die vorherige Nacht nicht erwähnen würde. Sie würde sagen, dass sie gerade erst angekommen wären, den Zettel geschrieben hätten, dass sie Geld hatten, für alles bezahlen würden. »Wir haben das Schild gesehen«, sagte sie, hörte ihre Stimme ganz dünn und ängstlich. »Es hat niemand aufgemacht. Es gab keine andere Übernachtungsmöglichkeit.«

»Also sind Sie hier eingebrochen?« Seine Lautstärke schoss nach oben. Irgendwas hatte sich verändert. Er könnte auf Drogen sein. Seine Hände waren Fäuste. Josie sah sich nach einer Waffe um. Dann schaute sie wieder hoch zur Galerie. Nichts zu sehen von den Kindern.

»Wer ist da oben?«, fragte er noch immer brüllend. »Wer verdammt noch mal ist da oben?«

»Bitte. Beruhigen Sie sich. Wir gehen ja.«

»Nein, wir rufen die Polizei. Das machen wir. Sie bleiben hier.«

Und er ging. Sie wusste nicht, wohin er gegangen war. Vielleicht hatte er kein Handy oder hatte es im Haupthaus gelassen? Aber er hatte sie allein gelassen, also hatte sie ein paar Minuten. Sie stieg rasch die Leiter hinauf und fand Paul und Ana unter der Steppdecke und wach. Sie hielten die Köpfe aneinandergedrückt, Paul hatte die Arme um Ana, in einer Art Todesumarmung, einem Pompeji-Pakt.

»Wir gehen. Sofort«, sagte sie.

Josie packte Ana und sprang mit zwei Schritten die Leiter hinunter. Sie griff nach oben und hob Paul von der ersten Stufe, schob sie beide zur Tür hinaus. Sie lief zurück, nahm ihre Reisetasche, stopfte sie mit den Kleidungsstücken voll, die sie ausgezogen hatten, und eilte zu den Kindern auf die Veranda. Sie blieb stehen, hielt Ausschau nach dem Mann, lauschte. Keine Spur von ihm.

Sie mussten zum Chateau, konnten aber nicht den Pfad nehmen. »Kommt«, sagte sie. Sie nahm Ana auf den Arm und führte Paul an der Hand durch den Wald Richtung Felsen, wollte an der Klippenseite entlang bis zur Zufahrt gelangen. Der Mann würde sie nicht sehen, bis sie im Wohnmobil waren.

»Mom, Vorsicht«, sagte Paul und deutete auf den senkrechten Abgrund nur wenige Schritte links von ihnen.

»Schhh«, sagte sie, näherte sich rasch der Zufahrt.

Jetzt sah sie einen Mann aus dem Haupthaus kommen. Er hatte ein Telefon am Ohr, einen schnurlosen Festnetzapparat, und schaute Richtung Cottage. Sie nahm an, dass er die Polizei rief.

Schön, dachte sie. Jetzt mussten sie es nur noch zum Chateau schaffen und losfahren. Vielleicht würde die Polizei sie verfolgen, aber die konnte nirgendwo hier in der Nähe sein. Sie hätte bestimmt zwanzig Minuten Vorsprung. Ihr Puls hämmerte ihr im Hals, in den Ohren. Sie beobachtete den Mann, wie er da draußen stand, zum

Cottage schaute. Er hielt Ausschau, ob sie sich blicken ließ, ging davon aus, dass sie noch drin waren. Er müsste ihr nur den Gefallen tun, zurück ins Haupthaus zu gehen oder zum Cottage. Dann hätte sie Zeit, zum Wohnmobil zu gelangen und abzuhauen.

Sie sah Paul an. »Wir rennen zum Chateau. Jeden Moment. Fertig?«

Paul nickte.

Der Mann nahm das Telefon vom Ohr, drückte eine Taste, und das orange Licht des Geräts erlosch. Er steckte das Telefon in die Tasche und marschierte Richtung Cottage, seine weiße Gestalt von Dickicht schraffiert.

»Jetzt?«, fragte Paul.

»Moment noch«, sagte Josie. Als der Mann kurz vor dem Cottage war, zischte sie: »Jetzt«, und sie sprinteten aus dem Wald und über die Wiese und auf das Chateau zu. Sie waren auf der Schotterzufahrt, als ihre Schritte sie verrieten.

»He! Hiergeblieben!«, brüllte der Mann.

Josie riss die Fahrertür auf und warf Ana hinein. Ana prallte dumpf gegen irgendwas; Josie wusste, dass sie weinen würde, aber unverletzt war. Paul stieg ein, und Josie stieß ihn weiter. Ehe sie einstieg, sah sie, dass der Mann auf sie zugerannt kam, über die Wiese und die Zufahrt herunter. Er war erstaunlich schnell. Sie knallte die Tür zu, rammte den Schlüssel ins Zündschloss und ließ den Motor an. Sie warf den Gang ein, und das Chateau fuhr genau in dem Moment ruckartig an, als irgendwas mit einem lauten Knall die hintere Stoßstange traf. Sie hatte ihn angefahren. Nein. Er schlug mit der Hand gegen das Heck des Chateau. Jetzt gegen die Seite. Das Heck des Chateau senkte sich. Er war auf die Leiter gesprungen. Er fuhr auf der Leiter mit. Unmöglich. Nein, möglich. Er war der Typ Mann, der aufspringen würde.

»Fahr, fahr, Mom!«, sagte Paul.

»Ich fahr ja!«, fauchte sie.

Sie trat das Pedal durch. Der Motor stöhnte, und der Schotter spritzte. Sie schlingerten vorwärts und legten sich jäh nach rechts, als die Zufahrt Richtung Highway kurvte. Ein Mann ist hinten auf dem Wagen, dachte Josie. Sie stellte sich vor, wie er am Heck hing, nach vorne kroch. Wenn er sie erreichte, wäre er bereit zum Mord.

Vor ihr stieg die Zufahrt steil an, bevor sie auf den Highway traf, und Josie gab Gas, weil sie dachte, die jähe Steigung könnte ihn von der Leiter schleudern. Die vordere Stoßstange knallte auf den Asphalt, und die Motorhaube sprang knirschend hoch. Das Chateau hüpfte und kreischte, als Josie abbog und auf den Highway brauste.

»Geht nach hinten«, sagte sie zu den Kindern. Ana heulte, aber Josie nahm das jetzt erst wahr. Was, wenn der Mann am Heck war und irgendwie reinkam? Durchs Dach. Auf einem anderen Weg. »Nein, hierbleiben«, sagte sie zu Paul. »Hierbleiben, alle beide. Versteckt euch da unten«, sagte sie, und deutete auf den Fußraum vor dem Beifahrersitz. Sie wollte sie in der Nähe haben, im Blick. Paul gehorchte und kauerte sich mit Ana in die Dunkelheit.

Sie waren jetzt auf dem Highway und beschleunigten auf zwanzig, dreißig, vierzig. Sie konnte nur vermuten, dass der Mann noch auf der Leiter stand, aber möglich war auch, dass er abgesprungen, runtergefallen war. Aber sie konnte nicht anhalten, um sich zu vergewissern. Falls er sich noch immer an der Leiter festhielt, dann war der Mann inzwischen durchgedreht und verzweifelt und würde ihr was antun. Aber sie konnte nicht einfach weiterfahren, über den Highway rasen, während ein Mann hinten an der Leiter hing, oder? Sie musste es. Also tat sie es, während sie auf das Geräusch wartete, dass der Mann aufs Dach kletterte oder gegen das Blech hämmerte, oder darauf, dass das Heck wippte, wenn der Mann absprang.

Dann hatte sie einen Geistesblitz: Sie könnte eine Tankstelle anfahren, und da, bei der hellen Beleuchtung könnte sie halten und wäre in Sicherheit – er würde nichts versuchen. Deshalb fuhr sie weitere fünfzehn Meilen nach Norden, bis sie die blau-weißen Lichter einer Tankstelle sah. Sie verlangsamte, horchte angestrengt auf irgendeine Bewegung – die Geräusche eines Mannes, der über das Dach der Blechkiste kroch, die sie fuhr. Als sie die Tankstelle erreichte, sah sie eine Gestalt hinter der grünen Scheibe, eine Frau, die an der Theke stand und auf einen winzigen Fernseher starrte. Josie beobachtete die Frau, ob sie irgendwas Merkwürdiges auf dem Chateau sah. Die Frau warf einen kurzen Blick in ihre Richtung, wandte sich dann wieder dem Bildschirm zu.

Josie stoppte das Chateau so dicht vor der Tankstellentür, wie sie nur konnte, und wartete. Der Mann könnte diesen Moment nutzen, um anzugreifen, um sich für seine qualvolle Fahrt zu rächen. Doch wieder regte sich nichts. Josie kam eine Idee. Sie drückte auf die Hupe. Unter der Überdachung klang sie dreimal so laut und gellte gegen die Scheibe des Tankstellenshops. Die Frau an der Theke erschrak und sah mit wildem Blick zu Josie herüber.

Josie winkte, entschuldigte sich durch drei Schichten Glas und signalisierte der Frau hektisch herauszukommen. Die Frau schüttelte den Kopf. Sie durfte ihren Posten nicht verlassen. Aus welchem Grund könnte jemand wollen, dass sie herauskam? Die Möglichkeiten waren alle gefährlich.

Doch schließlich gelang es Josie, die Frau hinter der Theke hervorzulocken. Die Frau öffnete die Tür vom Shop und steckte den Kopf heraus. »Ich kann nicht rauskommen«, sagte sie.

Josie kurbelte das Beifahrerfenster herunter.

»Sehen Sie irgendwas außen an meinem Wohnmobil?«, fragte sie.

»Wie bitte?«

»Ist da jemand auf dem Wagen? Hängt ein Mann hinten dran?«

»Ein Mann auf Ihrem Wohnmobil?« Die Frau hatte die ganze Zeit den Blick übers Chateau schweifen lassen, doch ihre Augen waren an nichts haften geblieben. »Nein.«

»Es ist also keiner auf dem Dach? Und auch nicht am Heck?«

Jetzt blickten die Augen der Frau ängstlich, verwirrt von Josie und der Aufgabe, mit der sie betraut worden war. Dennoch reckte sie den Hals, um einen Blick aufs Heck des Fahrzeugs zu werfen, und schüttelte den Kopf.

»Nein.«

Erst jetzt hatte Josie wirklich das Gefühl, die Tür öffnen zu können. Sie stellte eine weitere absurde Berechnung an, überlegte, wo der Mann ihr auflauern würde, gleich hinter der Tür, daher beschloss sie, aus der Tür in den offenen blau beleuchteten Bereich der Tankstelle zu

springen und möglichst viel Distanz zum Chateau herzustellen. Vielleicht würde er sich auf sie schmeißen, sie
verfehlen und auf dem Asphalt landen?

Sie öffnete die Tür, sprang – und nichts geschah. Sie
stürzte zurück zur Tür, um sie zuzuknallen – denn hatte
sie nicht soeben ihre im Fußraum kauernden Kinder in
Gefahr alleingelassen? –, und umkreiste dann mit schnel-
len Schritten die Tankstelle, um von jedem Blickwinkel
aus nach einem Mann in Camouflage-Hose zu suchen,
der sich womöglich die letzte Stunde über am Wohnmobil festgeklammert hatte. Sie sah niemanden.

Allerdings telefonierte jetzt die Frau im Tankstellen-
shop. Sehr wahrscheinlich mit der Polizei. Josie überlegte kurz, ob sie bleiben sollte, weil sie nichts getan hatte,
das die Frau ihr vorwerfen oder ein Polizist beweisen
könnte.

Sie stieg wieder ins Chateau und fuhr weiter, stellte
sich vor, wie eine Flasche in ihrem Gesicht zersplitterte.
Das war in letzter Zeit nicht mehr vorgekommen, aber
diese Vision, wie eine Flasche in ihrem Gesicht zersplitterte, war ein regelmäßiger Teil ihres Lebens, seit sie
zwölf gewesen war. Sie konnte dieses Phänomen niemandem erklären, ohne ernsthafte Besorgnis auszulösen, daher erwähnte sie es nie, weil es weder problematisch noch
ein Symptom für eine blühende Psychose war. Es hatte
nichts mit dem tauben Gesicht zu tun. Es war zwanzig
Jahre vor dem tauben Gesicht aufgetreten. Sie war in der
sechsten Klasse gewesen, kurz nach Candyland, als es
anfing, und es trat seitdem regelmäßig auf, und es war
keine große Sache. Es war lediglich die wiederkehrende
Vision, wie eine Flasche in ihrem Gesicht zersplitterte.
Unter den zigtausend Gedanken, die sie wie jeder andere

auch tagtäglich hatte, kam es zwei-, dreimal am Tag vor, dass sie das deutliche Bild vor Augen hatte, wie eine Flasche, eine Limoflasche aus den Siebzigerjahren mit Wölbungen und Riffelungen, in ihrem Gesicht zersplitterte, und es war keine große Sache. Wer genau die Flasche in der Hand hielt, war nie klar, und das Motiv der Person war nicht bekannt, aber in jedem Fall schwang die Flasche in ihr Blickfeld und zerbarst an ihrer Nase und Wange, und die Scherben spritzten auseinander wie Regen. Es war nie schmerzhaft. Es war nicht beunruhigend. Es war bloß eine Flasche, die an ihrem Gesicht zersplitterte. Es hatte irgendwas mit Bestrafung zu tun, aber es war auch ein kleiner Slapstick. Es war gewissermaßen die ins Gesicht klatschende Sahnetorte, es war gewissermaßen die körperliche Bestrafung durch einen wütenden Clown-Gott.

Es war im Grunde nichts.

Ihre Kinder versteckten sich noch immer im Fußraum.

»Ihr könnt jetzt wieder hochkommen«, sagte sie.

»Sie schläft«, sagte Paul. Sie waren so ineinander verschlungen, dass Paul sich nicht bewegen konnte, ohne Ana zu wecken, deshalb ließ Josie sie da auf dem dunklen schmutzigen Fußboden und fuhr weiter.

XIV.

Josie wurde von Gekreische wach. Sie schlief auf der Küchencouch, ihre Kinder schliefen oben, und sie waren in einem Wohnmobilpark, den sie irgendwann gegen Mitternacht gefunden hatte. Sie hatte keine Ahnung, wo in Alaska sie sich befanden. Durch die Küchenjalousien wirkte der Tag mild und klar.

Sechs Stunden zuvor war sie durch die Nacht gefahren, hatte das Schild gesehen, die Schotterstraße, und sie hatte fünfundvierzig Dollar für einen Stellplatz mit Wasser und Stromanschluss bezahlt. Sie war zum Büro gegangen und hatte den Manager geweckt, einen gut aussehenden Mann um die fünfzig oder sechzig namens Jim, und er war nett und verständnisvoll gewesen und hatte ihr einen Schlüssel für die Dusche und einen Code für die Abwassertankentleerungsanlage gegeben (sie sagte ihm nicht, dass sie die nicht benutzen würde). Er hatte ihr auch ein Glas Bourbon eingeschenkt, weil er sich wohl gedacht hatte, sie könnte einen Drink gebrauchen, und anschließend war sie benommen zum Chateau gegangen und auf der Couch eingeschlafen.

Jetzt war Morgen, und Josie war wach, und irgendwer kreischte. Es war aber offensichtlich ein fröhliches Krei-

schen, Frauen, die heiter »Hallo!« und »Da sind wir!«
kreischten.

»Mom?«, rief Paul.

»Hier unten«, sagte sie.

Paul kletterte von oben herunter, und weil sie auf der
Couch lag, streckte er sich auf ihr aus wie ein Schimpanse auf einem dicken Ast. Ana kletterte ebenfalls aus dem
Alkoven nach unten und dann auf Paul drauf, stapelte
sich vorsichtig. Josie nahm das Gewicht der beiden auf
und dachte kurz, dass es wunderbar war, wusste dann,
dass es sie bald umbringen würde.

»Runter«, sagte Josie.

Sie reckten sich und aßen Frühstücksflocken, und als
die Sonne hinter der Baumreihe aufging, verließen sie
das Chateau, und Josie erinnerte sich, wo sie waren. Im
Kopf ließ sie die Fahrt hierher Revue passieren, wie das
graue Licht ihrer Scheinwerfer über den Schotter des
Parkplatzes strich, wie sie dann in das Büro ging, Jim
kennenlernte, der Bourbon, wie er ihr das Gelände zeigte
und den ruhigsten Stellplatz. Es gab das Haupthaus,
das Büro – ein großer und solider Bau aus roten Holzbalken und weißer Spachtelmasse, eine breite Veranda.
Es gab den Parkplatz zum Fluss hin, und dann eine lose
Ansammlung von Wohnmobilen zum Wald hin. Der
zweispurige Highway war in der Nähe, weiter oberhalb, aber er war leise und überquerte den Fluss auf einer
einfachen Steinbrücke. Als Josie ausstieg, um den Tag
zu spüren, sah sie, dass sie neben einem anderen Fahrzeug parkte, das offenbar mehr oder weniger dauerhaft
dort stand. Es war von einem weißen Lattenzaun umgeben und hatte Blumenkästen und Flaggen vor den Fenstern.

Josie überlegte, was für ein Tag war: Samstag. Es würde an dem Tag eine Hochzeit geben, in diesem Wohnmobilpark, mit den kreischenden Frauen. Wenn sie schon um acht Uhr morgens kreischten, während sie Plastikgabeln in einen Veranstaltungssaal brachten, was für Geräusche würden sie dann erst machen, wenn die Feier im Gang war?

Das Veranstaltungsgebäude lag zwischen dem Chateau und dem Fluss, daher fand Josie es naheliegend, ihren Klappstuhl mit Blick auf die Hochzeitsparty aufzustellen. Sie ging hinein, machte sich Tee und nahm dann draußen Platz, um sich das Geschehen anzusehen, als würde sie die Morgennachrichten im Fernsehen gucken.

Die Tür hinter ihr öffnete sich quietschend, und als Josie sich umdrehte, sah sie Paul und Ana in den Klamotten von gestern.

»Wer heiratet?«, fragte Paul.

Es waren sehr junge Leute, die Männer bereits in Anzügen, die Jacken ausgezogen, wohingegen die Frauen Shorts und Tanktops anhatten und sich später umziehen würden, und gemeinsam fingen sie an, das Gebäude mit Luftschlangen und weißen Nelken zu schmücken, während ältere Männer – Onkel und Väter – Tische und Stühle hineintrugen. Alle amüsierten sich prächtig; die Männer hoben die Frauen dann und wann hoch und drohten ihnen, sie in den Fluss zu werfen, was erneutes Gekreische auslöste. Sie waren so jung, und Paul ging langsam auf sie zu, als würde er von einer unsichtbaren Kraft angezogen.

Josie sagte nichts, war gespannt, wie weit ihr Sohn gehen würde. Drei Schritte, und er blieb stehen, beobachtete. Vier weitere Schritte. Ana war desinteressiert, spielte

291

im Schatten des Chateau, aber Paul war in Trance, die Hände vor sich, die Finger ineinander verwunden.

»In meiner Klasse ist ein Mädchen, das ich später mal heiraten könnte«, sagte Paul emotionslos, als würde er eine vorbeiziehende Wolke bemerken.

»Helena?«, fragte Josie.

»Ja«, sagte er, die Augen auf die eintreffenden Gäste gerichtet.

Und jetzt kam unter der Brücke her, auf einem Pfad am Flussufer, eine Gruppe von sechs Radfahrern. Als Erstes ein Mann von etwa fünfzig, bekleidet mit schwarzer Weste und schwarzer Hose und einem himmelblauen Button-down-Hemd. Er fuhr ein Mountainbike und schien ein Rennen gewonnen zu haben, denn er sagte »Ha!«, als er unter der Brücke hervorkam und auf den Schotterplatz bog. Hinter ihm war eine Frau in den Dreißigern, in einem züchtigen Kleid, ein konservatives Teil aus grauer Baumwolle mit weißen Bordüren, dessen Saum ihre Knöchel kitzelte. Sie trug eine Haube und grinste, das Gesicht rot und frisch, überglücklich, dass sie Zweite war.

Sie waren also Mennoniten, dachte Josie. Oder Amische. Aber sie waren mit dem Auto hergekommen, so viel stand fest, weshalb es keine Amischen sein konnten. Also Mennoniten. Sie hatte mal eine Mennonitenfamilie vor dem Essen bei Burger King beten sehen, und der Burger King war mitten in der Pampa gelegen. Das war somit erlaubt – mit dem Auto zu Burger King fahren, bei Burger King essen, zu Wohnmobilparks in Alaska fahren mit einem Anhänger voller Fahrräder. Sie entschied sich dafür, dass es Mennoniten waren, und saß da auf dem Gras, behielt mit einem Auge ihre Kinder und mit dem anderen dieses sich weiter entwickelnde Mennoniten-Tableau im Blick.

Weitere Radler folgten, drei Kinder – Jungen etwa im Alter von acht und zwölf, ein zehnjähriges Mädchen –, und dann, das war am interessantesten, eine weitere Frau, die aussah wie um die zwanzig, zu alt, um die Tochter der ersten Frau zu sein. Sie stiegen alle von ihren Rädern, lachten und juchzten und wischten sich die Stirn. Sie hatten richtig viel Spaß gehabt. Die Jungen trugen schwarze Hosen und den gleichen Typ blaues Arbeitshemd wie ihr Vater. Das Mädchen und die Frau trugen etwas Ähnliches wie die Frau auf Platz zwei. Sie stellten ihre Fahrräder ab, drückten die Ständer vorsichtig in den Schotter.

»Jippie!«, sagte der Vater.

Ein Lächeln breitete sich auf Josies Gesicht aus. Sie drehte sich um, wollte sehen, ob sie die Einzige war, die die Szene beobachtete. Sie blickte zu ihren Kindern hinüber, die jetzt durchs flache Wasser platschten, nichts anderes wahrnahmen.

Josie wandte sich wieder den Mennoniten zu. Der Mann war mit einer der beiden Frauen verheiratet, aber mit welcher? Die Kinder waren von der älteren Frau, davon ging sie aus. Die junge Frau war also zum Spaß dabei. Eine Nichte, ein Mitglied ihrer Kirche, eine Nachbarin. Waren ihre Eltern gestorben? War sie eine Waise und von dieser anderen glücklichen Familie aufgenommen worden? Josie sann darüber nach, wer sie wohl heute wäre, wenn sie in diese Familie hineingeboren worden wäre oder eingeheiratet hätte. Was würde sie sich wünschen? Wären ihre Bedürfnisse einfacher ausgefallen? Vielleicht wäre sie schon hiermit zufrieden, mit einer schönen flotten Fahrradfahrt am Fluss entlang und damit, als Zweite anzukommen, gleich hinter dem gut aussehenden Ehemann, wie toll das doch alles war, jippie.

»Guck mal da«, sagte Ana und zeigte den Fluss hinunter, wo er eine Biegung machte. Eine Schar Kinder spielte im flachen Wasser, inmitten eines hohen Schilfwaldes. Ehe Josie sie zurückhalten konnte, rannte Ana schon am Ufer entlang. Paul folgte ihr, ermahnte sie, vorsichtig zu sein.

Es waren rund zwölf Kinder, von vier bis zehn Jahre alt, und ihr Interesse schien sich auf einen riesigen, umgestürzten Baum zu konzentrieren, der tot im seichten Wasser lag, die Äste tragisch diagonal gen Himmel gereckt. Die Hälfte der Kinder saß rittlings auf dem Stamm oder hing an den Ästen und plumpste regelmäßig ins knöcheltiefe Wasser darunter. Erst nachdem sie die Gruppe ein paar Minuten beobachtet hatte, merkte Josie, dass sie die einzige anwesende Erwachsene war.

Da sie das schlechterdings nicht glauben konnte, blickte sie suchend am Ufer entlang und entdeckte schließlich eine Frau, die offenbar damit betraut worden war, auf die zwölf Kinder aufzupassen. Sie war um die sechzig, eine Großmutter vielleicht, und sie stand im flachen Wasser, telefonierte, rauchte, gestikulierte, lachte ein raues fröhliches Lachen. Die Frau blickte auf und sah Josie und schaffte es, gleichzeitig zu zwinkern und zu winken. Ihr Lächeln war sehr warm, ihr Zwinkern schien der Schönheit des Flusses, des Tages zu gelten, dem herrlichen Wahnsinn der vielen spielenden Kinder, der Tatsache, dass es ihnen beiden vergönnt war, einfach im Fluss zu stehen oder in seiner Nähe zu sitzen und nichts zu tun.

Josie winkte zurück. In dem Gefühl, dass die andere Frau ein paar Minuten allein klarkommen würde, holte

Josie ihren Klappstuhl und stellte ihn ans flache grasbewachsene Flussufer und setzte sich und schaute zu. Jetzt waren es fünfzehn Kinder, dann zwanzig. Die Kinder im Fluss versuchten, den großen Baum zu bewegen. Der Alpha-Junge, ohne Hemd und in Pyjamahose, hatte das Kommando über die Truppe übernommen und bestand darauf, dass der Baum bewegt wurde, und er wies die anderen Kinder an, hier und da und da anzufassen und du da hinten am Ende. Einmal sagte er sogar: »Hebt mit den Beinen!« Seine Stimme war heiser und ungeduldig.

Josies Kinder fügten sich freudig seinen Anweisungen. Er war der Chef des gesamten Arbeitsprojektes, und er hatte Führungsqualitäten. Josie rätselte, warum der Stamm bewegt werden musste, aber die Kinder schufteten unter seinem Kommando, ohne Fragen zu stellen.

Jetzt wirkte er angespannt. Er stand da, beobachtete seine Arbeiter, die Hände auf den Hüften, unzufrieden. Irgendwas stimmte nicht. Er senkte den Kopf, kam zu einem Entschluss und hob den Kopf wieder.

»Von jetzt an«, sagte er, »müssen wir Furzkraft einsetzen.«

Er sagte das in einem ernsten, resignierten Ton. Anscheinend war ihnen der Strom ausgegangen, die fossilen Brennstoffe, und jetzt würden sie das einsetzen müssen, was sie noch hatten. Josie hatte sich schon immer gefragt, woher Pioniere, Höhlenmenschen gewusst hatten, wo sie sich niederlassen sollten. Auf dieser Reise hatte Josie bisher ein paar Orte gesehen, wo sie gedacht hatte: Da ist ein See, und da ist ein Berg, und da ist eine sanfte hügelige Wiese, wo sie ihren Kindern beim Spielen zuschauen könnte. Es hatte jedoch gute Gründe gegeben, warum keiner dieser Orte für einen längeren Aufenthalt infrage kam. Meistens lag ein Highway in der Nähe. Aber dieser Wohnmobilpark an der Biegung eines Flusses hatte etwas Einladendes und Dauerhaftes.

Andererseits, dachte Josie mit Blick auf die Brücke, die den Fluss überspannte, bestand zumindest die Möglichkeit, dass die Stille des Morgens von Sirenen, die nach ihr suchten, durchbrochen werden würde. Sie hatte eine rasche Vision, in der die Frau, die mit ihr am Wasser war, und die unsichtbaren Eltern der Flusskinder sich erhoben, um sie zu beschützen. Sie hatte noch kein Wort mit ihnen geredet, glaubte aber, dass sie eine Art Gemeinschaft gebildet hatten, während sie zuschauten, wie die Kinder mit der Kraft junger Flatulenz Baumstämme bewegten.

»Hypnotisch, was?« Es war eine Männerstimme. Josie erschrak. Sie drehte sich um und sah Jim, den Mann, bei dem sie letzte Nacht eingecheckt hatte. Jetzt stand er neben ihr und hielt ihr einen blauen Plastikbecher hin, der offenbar mit rosa Limonade gefüllt war. Er selbst hatte auch einen Becher.

»Nein, danke«, sagte sie, doch er machte keine Anstalten, den Becher aus ihrem Gesichtsfeld zu entfernen, also nahm sie ihn.

Er stieß mit seinem Plastikbecher gegen ihren. »Sie haben gestern Nacht bei mir eingecheckt. Ist das Ihr Name oder Ihr Lebensmotto?«, sagte er und deutete mit dem Kopf auf ihren Augenschirm.

»Den hab ich gefunden«, sagte sie und sah, dass er enttäuscht war: Er dachte, er wäre witzig gewesen. Aber, wollte sie sagen, es ist nie gut, Bemerkungen über die Kleidung eines anderen zu machen.

Sie trank von der Limonade, merkte, dass er irgendwas reingegeben hatte, das nach Rum schmeckte. Sie beschloss, dass sie das verdient hatte, weil Mittag war und sie in der Nacht zuvor einem irren B&B-Betreiber entkommen war. »Danke«, sagte sie, versuchte, ihn zu sehen. Die Sonne umrahmte seinen Kopf mit einem Lichtkranz, machte sein Gesicht zu einem lila Schattenriss. Sie erinnerte sich, dass er gut aussah.

»Sind Sie im Urlaub? Auf der Flucht?«, fragte er.

»Würden Sie sich setzen?«, sagte sie. »Ich kann nicht mit Ihnen reden, wenn Sie so vor mir aufragen.«

Er hatte keinen Stuhl, also setzte er sich neben sie ins Gras.

»Sie müssen nicht auf der Erde sitzen«, sagte sie.

»Will ich aber«, sagte er und fuhr mit den Fingern durch das verkrautete Gras, als wäre es ein flauschiger Teppich. »Mmmmm«, sagte er. »Bislang zufrieden mit Ihrem Aufenthalt hier?«

»Bestens«, sagte sie mit einem sinnlosen Sarkasmus, der ihr selbst nicht behagte. Er erklärte, dass ihm der Wohnmobilpark gehöre, dass er ihn vor fünf Jahren gekauft habe, nachdem er von Arizona hergezogen war. Josie vermutete, er wusste, dass sie Single war, und wollte ihr zu verstehen geben, dass er kein Angestellter, sondern der Chef war. Jim war jünger, als sie ihn von der Nacht zuvor in Erinnerung hatte. Um die fünfundfünfzig? Stämmig gebaut, kräftige Schultern, runder Bauch. Er hatte ein Tattoo auf dem Bizeps, das nur zum Teil sichtbar war, irgendwas Militärisches; sie konnte die Krallen eines Adlers erkennen. Er war Veteran. Hatte das passende Alter, die Statur.

»Weiter hinten ist eine Stelle, wo man schwimmen

kann«, sagte er und deutete flussabwärts, wo der Fluss scharf nach rechts in den Wald bog. »Bloß ein kleiner Strudel, höchstens einen Meter tief, aber es gibt da auch eine Seilschwinge. Schwimmen Sie gern?«

»Sind Sie so wie diese Köche, die Ihre Gäste nicht in Ruhe lassen können?«, fragte sie in einem Tonfall, der heiter gemeint war, aber bissig klang.

»Schätze ja«, sagte er und stand auf. »Bis dann.«

Als er wegging, zersplitterte die Flasche in Josies Gesicht, aber es war keine große Sache. Es war bloß eine Flasche im Gesicht.

Den ganzen Tag erlaubte Josie ihren Kindern, sich in der Nähe der Hochzeitsgesellschaft herumzutreiben, draußen zu essen mit Blick auf die Vorbereitungen und dann im Fluss zu spielen mit den anderen Kindern, von denen alle ein Auge auf die Männer und Frauen in Schwarz-Weiß hatten, die zwischen den Pick-ups und Vans und dem Gebäude hin und her liefen.

»Guck mal nach, aus welchem Staat die kommen«, sagte Josie zu Paul.

Paul lächelte und lief los. »Alaska«, sagte er, als er wiederkam. »Heiraten die wirklich heute?«, fragte er, und als Josie sagte, es sehe ganz danach aus, fragte er, wo denn der Bräutigam und die Braut wären, und Josie konnte es nicht genau sagen. Alle Männer waren gleich gekleidet, doch es war ein junger Mann dabei, der etwas weniger fröhlich wirkte als die anderen, sich langsamer bewegte, niedergedrückt von der Last seiner Verantwortungen, und sie nahm an, dass das der Bräutigam war.

»Lass uns wetten, wer der Bräutigam ist«, sagte sie zu

Paul, und er fragte, ob er ein Blatt Papier holen könne, um die Möglichkeiten zu katalogisieren. Er flitzte zum Chateau und kam mit dem Kniffel-Block wieder, drehte ihn um und fing an, für jeden der Männer Unterscheidungsmerkmale aufzuschreiben. *Groß dünn rote Haare*, schrieb er. *Kürzere braune Haare Bart*, schrieb er. *Brille und hinkt*, schrieb er.

Gegen zwei kam ein neues Auto an und parkte hinter Jims Büro, unweit vom Chateau. Die Braut, vermutete Josie. Sie sah zu, wie drei Frauen vom Auto ins Büro hasteten, eine ältere unter ihnen, die das weiße Kleid hoch über den Kopf hielt. Kurz darauf tauchte eine Reihe von neuen Autos in einer Staubwolke auf. Aus einem von ihnen stieg ein glatzköpfiger und beleibter Mann, der einen Smoking trug, bislang der Erste, der sich wohl darin zu fühlen schien.

»Der Vater der Braut«, sagte Josie und schickte Paul los, um etwaige Gespräche im Umkreis zu belauschen und ihre Vermutungen zu bestätigten.

Er kam zehn Minuten später ohne eindeutige Fakten wieder.

»Muss bald losgehen«, sagte Josie laut in der Annahme, dass mindestens eines ihrer Kinder sie hören könnte. Aber keines war in Hörweite.

Junge Männer in Sakkos und blauen Anzügen und schwarzen Anzügen, ein weißer Anzug, alle Frauen in sehr kurzen Kleidern und sehr hohen Stöckelschuhen stiegen aus ihren Fahrzeugen und schritten über den Schotter zum Veranstaltungshaus. Eine Stunde lang gab es keine Bewegung, keinen Laut. Die Trauung war im Gange, und Josie bekam nichts mit.

Am Abend holte sie ein paar Teller aus der Dusche, und sie aßen im Chateau, eine Tiefkühlpizza und grau angelaufenes Gemüse, und während der Himmel sich orange verfärbte, hörten die Kinder das Gelächter von anderen Kindern.

»Dürfen wir gucken gehen?«, fragte Ana.

Josie sah keinen Grund, der dagegen sprach, außer dass sie sie weiter bei sich haben wollte, im Wohnmobil, um zusammen einen Film zu gucken, mit ihren Köpfen auf ihrer Brust. Sie wollte sie nahe bei sich haben und wollte Weißwein trinken und dabei mit einem Auge einen Zeichentrickfilm gucken. Sie hätte diesen Tag gern friedlich ausklingen lassen, aber die Kinder wollten ihn ausdehnen.

»Klar«, sagte sie. Sie konnte die Kinder nicht von dem Glück fernhalten, das es da draußen geben mochte.

Paul half Ana, die Schuhe anzuziehen, und während sie zusah, wie Paul ihr die Schnürsenkel band, sah sie Josie an und sagte: »Ich hab ein Rückgrat!« Paul war mit einem Schuh fertig und fing mit dem zweiten an. Ana ließ es sich ganz selbstverständlich gefallen, als würde sie sich die Nägel machen lassen und dabei mit einer Freundin auf dem Nachbarstuhl plaudern. »Weißt du, wie man Rückgrat schreibt?«, fragte sie, um dann ihre Frage selbst zu beantworten. »R-Ü-K-R-A-D. Rückgrat.«

»Wohl kaum«, sagte Josie.

Ana nahm Josies Gesicht in die Hände und sagte: »Josie, ich hab ein Rückgrat.«

Paul war mit dem zweiten Schuh fertig, richtete sich auf, und die beiden öffneten die Tür, und Josie folgte ihnen. Paul und Ana schauten sich um, sahen die anderen Kinder nicht gleich, doch schließlich entdeckten sie die

Bande nicht weit entfernt. Die Kinder hatten ein breites Brett über einen Querbalken gelegt und sich so eine provisorische Wippe gebaut. Der Alpha-Junge stand im Zentrum des Geschehens und hatte die Arme triumphierend verschränkt.

Josie setzte sich in die offene Tür des Chateau und schaute zu, wie Paul zu der Bande hinüberging, gefolgt von Ana. Plötzlich kam sie zu Josie zurückgelaufen.

»Hast du was vergessen?«, fragte Josie.

»Ja«, sagte Ana und nahm Josies Gesicht in die Hände. Josie lachte und küsste Ana auf die Nase.

»Nein«, sagte Ana und legte die Hände neu an Josies Gesicht, um es besser fassen zu können. Diesmal näherte Ana sich für einen romantischeren Kuss. Es war alles da: die geschlossenen Augen, die gespitzten Lippen, und Josie ließ ihre Tochter gewähren. Sie hielt die Augen geöffnet, weil sie sehen wollte, was Ana machen würde, doch nach einem Lippen-auf-Lippen-Moment schien Ana zufrieden und wich feierlich zurück. Dann wischte sie sich mit dem Unterarm über den Mund und sagte: »Bis dann.«

Es wurde dunkel, und Paul und Ana kamen zurück; sie waren verschwitzt und jammerten, dass sie immer wieder von der Wippe gefallen waren. Sie wollten gerade ins Bett gehen, als ein wummernder Lärm die Luft erbeben ließ. Josie vermutete ein Auto, das auf der Straße vorbeifuhr, doch das Dröhnen wurde lauter.

»Die Hochzeit«, sagte Paul.

Josie ging nach draußen, um zu sehen, ob das wirklich Musik sein konnte und nicht irgendein militärischer Angriff. Sie ging zum Veranstaltungshaus, das innen hell erleuchtet war, und sah die Silhouetten von zahllosen Menschen, die sich dicht zusammengedrängt in jähen Diagonalen bewegten. Paul und Ana folgten ihr unaufgefordert.

»Die Hochzeitsparty«, sagte Josie und erklärte ihnen, dass die Trauung und das Abendessen ruhig vonstattengegangen waren und jetzt gefeiert wurde, so laut, und dass es spät werden würde. Sie überlegte, zusammenzupacken und weiterzufahren. Sie überlegte, was sie sich in die Ohren stopfen könnte, um den Krach zu dämpfen. Aber das Wummern würde sie spüren – im Boden, in der Luft. Sie würden kein Auge zutun.

»Wir sollten hierbleiben«, sagte Paul und starrte mit zusammengekniffenen Augen zum Veranstaltungshaus, als hätten sie Eintrittskarten für ein Freiluftkonzert gekauft und genau den richtigen Platz gefunden. Josie setzte sich und zog Ana auf den Schoß. Von ihrem Standort aus konnten sie die Feier durch das große Fenster sehen, an dem die Gäste vorbeizogen wie Schauspieler in einer Partyszene auf einer hellen Leinwand. Die Braut hatte hellblondes Haar und Arme voller Tätowierungen. Der Bräutigam war sehr groß und bärtig und schien zu weinen, zu lachen, einen Gast nach dem anderen hochzuheben und herumzuwirbeln. Die Songs, die gespielt wurden, gingen ineinander über, und die Köpfe nickten ohne Unterlass, und Josie drückte ihr Kinn in die kuschelig weiche Masse von Anas Haar, während Ana Ovale auf Josies Arm malte.

Es war nicht neu für Josie, abseits zu sein und zuzuschauen. Als Teenager, während der schlimmsten Candyland-Phase, hatte sie einige sehr lange Jahre des Alleinseins durchgemacht, eine brutale und wunderbare und schreckliche Zeit, in der sie ihren gequälten Gedanken, ihren plötzlich dicken Oberschenkeln, ihrer wachsenden Nase ebenso frönte wie den Gerüchten über ihre Eltern, als das Wort Rosemont in aller Munde war, immer mit Anspielung auf ihre Eltern, als sie es entsetzlich fand, an den Wochenenden abends allein zu sein, aber auch nicht unter Leuten sein wollte. Sie haderte mit der Ungerechtigkeit, immer allein zu sein, war aber liebend gern allein. Als eine Art Kompromiss hatte sie sich angewöhnt, abends lange Spaziergänge zu unternehmen, die sie in den Wald hinter Häusern in der ganzen Stadt führten, und wenn sie tief zwischen den Bäumen an diesen Häusern entlangging, waren viele davon hell erleuchtet, und die Menschen im Innern angestrahlt wie Fische in einem Aquarium.

Auf diesen langen Spaziergängen setzte sie sich oft einfach irgendwohin und schaute zu, wie die Familien zusammensaßen, kochten oder sich auszogen, und sie fand es beruhigend und notwendig. Zu einer Zeit, als sie an ihrem Platz in der Welt zweifelte, daran zweifelte, dass sie irgendetwas richtig machte, daran zweifelte, dass ihre Haut wirklich ihre war, daran zweifelte, dass sie richtig ging oder sich richtig kleidete, und zu einer Zeit, als sie sich jedes Mal den Mund zuhielt, wenn er offen war, gewann sie durch das Betrachten der stillen Langeweile im Leben von allen anderen neues Selbstvertrauen. Ihre Familie galt als seltsam und ruchlos, als eine durchgeknallte, in Psychopharmaka für Veteranen schwimmende Familie, aber diese anderen Familien waren nicht besser. Alle waren ausgesprochen langweilig und festgefahren. Sie bewegten sich kaum. Mitunter saß Josie im Wald und beobachtete eine Stunde lang ein Haus und sah nur selten, dass sich jemand von Raum zu Raum bewegte. Sie beobachtete Klassenkameraden, und sie waren fade. Sie beobachtete die Mutter eines Klassenkameraden, die im BH herumlief, beobachtete, wie ein anderer Klassenkamerad, einer von den Sportskanonen, der furchtbar nett zu allen in der Schule war, nach Hause kam und sofort von seinem Vater durchs Zimmer geprügelt wurde. Sie sah gewisse Dinge, Szenen von akuter und von lauernder Gewalt. Tief im Wald war sie nie nah genug, um ein Wort zu hören. Und so wurde ihr in diesem dunklen Wald, in dem blauen Licht aus diesen traurigen Häusern klar, dass sie nicht weniger normal war als diese bedauernswerten Seelen.

»Ich bin müde«, sagte Josie, und damit meinte sie, dass sie es müde war, von der Welt getrennt zu sein. Sie waren seit vielen Tagen allein und unterwegs, und diese Tage waren ihr wie Wochen vorgekommen, Wochen, in denen sie nur ihre Kinder zum Reden hatte, und es gab keinen Ort, der sich wie ein Zuhause anfühlte, und jetzt beobachteten sie wieder, oder Josie beobachtete wieder Menschen, die in die Welt gehörten, die an ihrem Platz in der Welt verwurzelt waren und sich wohlfühlten, die da drinnen triumphierend tanzten. Es war nie gut, an Carl zu denken, an seine damalige Verachtung für Hochzeiten. Sie wollte nicht mit Carl zusammen sein. Was, wenn sie geheiratet hätten? Großer Gott.

Aber eine Hochzeit wäre schön gewesen. Sie hatte noch nie alle an einem Ort gehabt, die Leute, die sie gern hatte. Konnte man so eine Hochzeit auch mit vierzig feiern, mit einundvierzig? So eine wilde Party, wo die Frauen barfuß in engen Kleidern schamlos tanzten? Ja, konnte man, konnte sie. Oder vielleicht hatte sie zu viele

Fehler gemacht. Zwei Kinder von einem aalartigen Mann, eine brüchige Vergangenheit, keine Familie. War sie eine Vagabundin? Josie hatte ein schweres warmes Kind auf dem Schoß, Anas rotes Haar roch nach Zitronen, und neben ihr, über ihr stand ein weiteres Kind, ein Junge, der an ihr lehnte, und er war ein nobler Mensch und würde es immer sein. Und trotzdem führte sie das Leben einer Vagabundin. Woher kommst du? *Von hier und da.* Wo sind deine Eltern? *Egal.* Wieso sind deine Kinder nicht in der Schule? *Wir machen Selbstunterricht.* Wo fährst du hin?

Und dann öffnete sich eine Tür im Veranstaltungshaus, ein heller weißer Streifen, der sich zu einem gelben Rechteck vergrößerte. Licht strömte aus dem Gebäude und über den Rasen bis zu Josie und Paul und Ana, beschien sie. Ein Mann stand neben der Tür und schien sich zu erleichtern. Das konnte nicht sein. Es musste Toiletten in dem Gebäude geben. Aber nein. Er stand da, eine Hand an der Wand des Gebäudes, während er sich mit der anderen den Hosenschlitz aufhielt, ein Mann, der dramatisch pinkelte, und selbst aus der Entfernung konnte Josie Urin gegen die Holzverschalung der Wand plätschern hören. Als er fertig war, drehte er sich um, als wollte er die Abendluft einatmen und das Gefühl genießen, gute Arbeit geleistet zu haben, aber er schien zu erstarren, als hätte er sich beim Anblick von Josie und ihren Kindern erschreckt.

Und jetzt kam er auf Josie zu. Sogleich wurde sie von Scham überwältigt. Sie wusste, dass er sie ausschimpfen würde, weil sie dasaß und ihre heilige Feier beobachtete. Es war geschmacklos von ihnen, einfach dazusitzen, als wäre das Ganze eine Unterhaltungsshow für sie drei. Sie

würde ihm sagen, sie wäre kurzsichtig und könnte gar
nicht so weit gucken. Dass sie blind wäre und bloß der
Musik gelauscht hätte.

Jetzt war der Vater des Bräutigams bei ihr.

»Sie und ihre wunderhübschen Kinder müssen mit
uns zusammen feiern«, sagte er.

Er stand vor ihr, sein Gesicht rund und freundlich und
strahlend von Alkohol und Schweiß. Seine Hand war
ausgestreckt, als wollte er sie zum Tanz auffordern.

»Nein, nein«, sagte sie, und plötzlich konnte sie nicht
atmen.

»Oh nein«, sagte er, »ich wollte sie nicht zum Weinen
bringen.«

Josie entschuldigte sich. »Nein, nein. Es ist sehr nett
von Ihnen.« Wieso weinte sie? Ihr Gesicht war klatschnass, und sie rang nach Luft. »Nein. Ich wollte nicht«,
brachte sie heraus, konnte den Gedanken aber nicht zu
Ende führen.

Doch er verstand. Er verstand, dass sie sich den ganzen
Tag über gefragt hatte, wieso sie nicht so ein Glück erlebt
hatte, Herrgott noch mal, wieso sie immer die falschen
Entscheidungen getroffen hatte, diese blöden jungen
Leute, die da geheiratet hatten, wussten, wie man eine
schöne und schlichte Hochzeit an diesem alaskischen
Fluss feierte, verdammt, wieso machte sie alles so kom-
pliziert, wo es doch so einfach sein konnte? Und jetzt
nahm der Vater des Bräutigams ihre Hand und führte sie
zu den Lichtern der Party. Sie verschluckte sich an ihren
Tränen, aber der Vater hielt ihre Hand nur noch fester.
Sie drehte sich um und nahm Pauls Hand, und er nahm
Anas Hand, und sie gingen wie eine Papiermenschen-
kette zu den weißen Tischen und den Lichtern und der

Musik, und als sie da waren, weinte Josie noch immer und rechnete damit, an einen Tisch irgendwo in der Ecke gesetzt zu werden und Torte zu bekommen.

Aber der Vater zog sie und ihre Kinder auf die Tanzfläche, und plötzlich waren sie mittendrin im wilden Gewimmel, und der Bräutigam und die Braut machten ihre fließenden, ausladenden Bewegungen, alle hüpften und niemand fragte auch nur eine Sekunde, warum Josie da war. Und jetzt saß Ana auf den Schultern des Bräutigams. Wie war das passiert? Und jetzt hatte eine Brautjungfer Paul hochgehoben und tanzte mit ihm Wange an Wange. Alle drehten sich, drehten sich, und irgendwie schaffte Josie es auch zu tanzen, fand den Rhythmus und trocknete sich das Gesicht und lächelte, so viel sie konnte, um allen zu zeigen, dass es ihr gut ging und sie auch tanzen konnte.

Die Band spielte bis zwei, und als die Band sich verabschiedet hatte, holten die Gäste Instrumente aus Autokofferräumen, und es wurde bis vier trunkene Musik gemacht. Josie konnte sich nicht erinnern, wann sie ins Bett gegangen war. Die Kinder waren um Mitternacht im Stehen eingeschlafen, und sie trug Ana um eins ins Bett, der rothaarige Trauzeuge trug Paul, und eine Zeit lang legte Josie sich hin und versuchte im Chateau zu schlafen, ganz in der Nähe vom Gelächter am Lagerfeuer, und schließlich ging sie zurück zu den Feiernden, die sie am Lagerfeuer willkommen hießen, und einer nach dem anderen schliefen die Gäste ein, während der Trauzeuge, der seine Pflicht kannte, das Feuer in Gang hielt.

XV.

Als sie wieder wach wurde und sich nach draußen wagte, war der Wohnmobilpark hell und leer. Die Gästeautos, die unweit der Straßenüberführung geparkt hatten, waren fort. Die Vans und Pick-ups waren fort. Die Blumen waren fort, das Zelt war fort. Es war kurz vor Mittag. Es wäre am Vernünftigsten abzufahren. Josie wusste das. Ohne die Hochzeitsgäste war der Wohnmobilpark trostlos, und Josie war schon zu lange geblieben. Mehr als ein paar Tage an einem Ort zu bleiben war unklug. Sie wusste, dass sie abfahren sollten. Doch stattdessen ging sie zum Büro und sagte Jim, sie würde noch eine Nacht länger bleiben, und lud ihn zum Mittagessen ein.

»Ich hab gerade gegessen«, sagte er.

»Abendessen«, sagte sie.

»Wie wär's, wenn ich für euch Lachs mache?«, sagte er. »Mein Bruder hat mir welchen aus Nome geschickt, und der muss weg. Im Kühlschrank hält er sich nicht mehr lange.«

Paul und Ana spielten im Fluss mit einer neuen Gruppe Kinder, die am Nachmittag eingetroffen war, und um sechs gingen sie zu Jims Blockhütte, etwa hundert Meter durch einen Birkenwald, und er stand am Grill, in einer gebügelten Jeans und einem pfirsichfarbenen Polohemd.

»Hab dir einen Mojito gemacht«, sagte er und reichte ihr ein geschliffenes Kristallglas. Sie trank einen Schluck. Der Drink war kalt und viel zu stark.

»Ich hab schon angefangen«, sagte er und deutete auf sein eigenes leeres Glas und schenkte sich ein zweites ein.

Josie sah ihn an, stellte sich vor, wie er als junger Mann ausgesehen haben mochte. Er sah aus, als hätte er alles bekommen, was er wollte.

»Grenada«, sagte er.

»Okay«, sagte Josie. Sie überraschte nichts mehr — schon gar nicht ein Mann, der mit einem Pfannenheber in der Hand plötzlich »Grenada« sagte.

»Ich hab gesehen, wie du die Tätowierung betrachtet hast«, sagte er und deutete auf seinen Arm, das militärische Tattoo. Er schob den Ärmel hoch, um ihr die Worte zu zeigen, die zuvor nicht zu sehen gewesen waren: *Operation Urgent Fury.* Josie hatte den Namen noch nie gehört. Diese Worte, *Urgent* und *Fury*, auf Grenada angewandt, klangen wie ein wunderbarer Witz.

»Heute ist das nur noch ein Witz«, sagte er, und Josie entspannte sich. Sie war vor allem erleichtert, dass er kein Vietnam-Veteran war und dass sie nicht darüber würden reden müssen oder über ihre Eltern oder Candyland, und sie war froh, dass er, obwohl er bei der Invasion eines Landes von der Größe eines Football-Stadions dabei gewesen war und obwohl er darauf einigermaßen stolz war oder gewesen war (das Tattoo), das nicht allzu ernst nahm. Sogleich stellte Josie sich ein Musical vor, *Grenada!* Nein. Es würde *Grenada?* heißen. Ein Dutzend Soldaten würden mit Fallschirmen auf der Bühne landen und sich fragen, wo sie waren. »Grenada«, würde einer sagen. Ein anderer würde fragen: »Grenada?«, und das würde sich durch die ganze Show ziehen. Leute würden sterben, Hubschrauber würden abstürzen, Medizinstudenten würden scheinbar gerettet, ein unbedeutender Diktator würde gestürzt, und die ganze Zeit über würden die US-Soldaten vergessen, wo sie waren. Einer würde die Tür eines Hauses eintreten und sein Gewehr auf eine fünfköpfige Familie richten. »Wo sind wir?«, würde er fragen. »Grenada«, würden sie sagen, mit erhobenen Händen und Babygeschrei im Hintergrund. »*Grenada?*«, würde der Soldat sagen und dabei fürs Publikum eine Grimasse schneiden. Man könnte es eine Komödie nennen.

»Urteile nicht«, sagte Jim. »Grenada hat Kuwait erst möglich gemacht.«

Jetzt war Josie verwirrt. Wovon redete er da bloß?

»Du erinnerst dich nicht an die nationale Stimmung in den Siebzigern und zu Anfang der Achtziger, was?«, fragte er. Josie war in der Zeit ein Kind gewesen und hatte der nationalen Stimmung keine Beachtung geschenkt, nein.

Sie musste das Thema wechseln. Wenn sie dabeiblieben, würden sie bald bei ihrer Mutter und ihrem Vater landen, Candyland, Jeremy – Jeremy war bereits in ihr Bewusstsein getreten und hatte die zarte Fröhlichkeit des Tages verdunkelt.

»Du hast eine wunderbare Unbeholfenheit«, sagte Jim, und einen Moment lang dachte Josie, dass der Abend rettungslos verdorben war, erst dank seines Blödsinns über Kuwait und jetzt durch das, eine indirekte Beleidigung. »Du bist schön, aber du trägst deine Schönheit so beiläufig. Da«, und jetzt berührte er ihr Kreuz mit einer flachen Hand, schwer und warm, »da verlieren die selbstgefälligen Frauen, die hochnäsigen, ihre Attraktivität.« Irgendwie hatte er es verstanden, das Thema zu wechseln und hatte mühelos eine sehr züchtige und sehr erotische Stelle für seine Berührung gewählt. Er war so selbstbewusst, dass ihr Zeitgefühl sich verschob, zusammenbrach. Hatten sie ihre Unterhaltung nicht eben erst begonnen? Jetzt lag seine Hand fest auf ihrem Rücken; sie waren tanzbereit. »Die anderen Frauen sind da steif«, fuhr er fort, seine Stimme jetzt tiefer, ein Grollen, »genau da tragen sie ihre ganze Spannung und Empörung und Ungeduld. Es ist eine Katastrophe. Aber du, die Art, wie du dich beugst, wie du die Hüften wiegst, das ist fließend, als würde ein Windhauch durch hohes Gras streichen.«

Scheiße, dachte Josie. Scheiße Scheiße. Beschrieben werden heißt verführt werden. Scheiße. Eine einzige gute Formulierung. Eine einzige Sache bemerkt, die sie noch nie bemerkt hatte. Es funktionierte immer. Doch witzigerweise hatte Carl keine Ahnung davon. Das einzige Originelle, das einzige Mal, dass er etwas an ihr bemerkt hatte, an das sie sich erinnern konnte – das sie nie vergessen würde –, hatte er gesagt, als sie einmal abends vor dem Fernseher saßen und einen Krimi guckten. Die Detectives waren beim Rechtsmediziner und der hatte eine kalte Stahlschublade geöffnet und die Leiche einer jungen Frau herausgezogen. »Die sieht genauso aus wie du!«, hatte Carl gesagt und sich dabei auf der Couch vorgebeugt, und Josie hatte gedacht: *Wird dieser harmlose Mann mich umbringen?* »Er macht einen harmlosen Eindruck«, hatte seine Mutter Luisa mal zu Josie gesagt, »aber er hat eine schreckliche Entschlossenheit.« Was sollte das heißen? Josie dachte oft darüber nach: *Er hat eine schreckliche Entschlossenheit.* Das und der Vergleich mit der Leiche: Es hatte ihr letztes gemeinsames Jahr irgendwie weniger unbeschwert gemacht.

Jetzt aber war da dieser Mann, mit seinem Grenada-Tattoo, seiner POW/MIA-Flagge, die an die Kriegsgefangenen und vermissten Soldaten erinnerte, und er war so sanft. Sie wusste, ein Fehler mit diesem Mann war unvermeidlich. Sie konnte nur hoffen, den Schaden in Grenzen zu halten, die Lust auszuleben, die Verführung ohne allzu viel Drama zu vollenden.

Nach dem Essen holte Jim eine Handvoll Filzstifte und einen Stapel Druckerpapier aus seiner Blockhütte, und Josie nahm an, er wollte den Kindern vorschlagen, sich mit Malen zu beschäftigen, während er versuchte, Josie anzumachen. Doch stattdessen setzte er sich hin und fragte Ana nach ihrem Lieblingstier.

Josie wusste, dass Anas Antwort je nach Tag und je nachdem, welche Kindersendung sie zuletzt gesehen hatte, anders ausfiel, daher war sie gespannt.

»Pu der Bär«, sagte Ana, und Jim wiederholte den Namen so, wie Ana ihn gesagt hatte: »Pudabär.« Er imitierte sie, aber irgendwie auf eine respektvolle Art, die Ana zu bestätigen schien, dass sie den Namen richtig ausgesprochen hatte.

Er ließ theatralisch die Fingerknöchel knacken und begann zu zeichnen. Rasch merkten die Kinder, dass er gut war, dass er zeichnen konnte, und sie schoben sich links und rechts näher an ihn ran, verzückt. Es dauerte nicht lange, dann hatte Ana ihre Hand auf seinem Arm, demonstrierte erneut ihren Glauben an die Übertragung von Magie. Es war eine herzerwärmende Szene, bis Josie herumkam, um zu sehen, wie weit Jims Zeichnung gediehen war, und einen anatomisch korrekten Elefanten sah, der aufrecht stand wie ein Mensch, eine Bierdose hielt und zwischen den Beinen einen schlaffen Penis hatte, der auf die Erde zeigte.

»Ihr zwei könnt euch jetzt was vom Automaten ziehen«, sagte Josie und gab beiden je einen Dollar – erst das zweite Mal in ihrem Leben, dass sie einen Dollar in der Hand hatten, der ihnen allein gehörte. Die Kinder liefen durch den Birkenwald davon, und Jim seufzte und lehnte sich auf seinem Stuhl zurück.

»Elefanten haben Penisse«, sagte er zu seiner Verteidigung. »Paul hat einen. Hast du schon mal den von einem Wal gesehen?«

»Dein Elefant hat sogar Schambehaarung, du Idiot«, sagte Josie.

»Er ist *schlaff*.« Er grinste sie an, weil er dachte, sie würde einen Witz machen.

Sie nahm das Bild und zerknüllte es. »Keine Penisse mehr«, sagte sie.

Die Kinder kamen vom Laden zurück. Jim zeichnete wieder für sie, und alle hatten einen Riesenspaß. Eine halbe Stunde lang zeichnete er alles, was sie sich wünschten, und sie malten seine Bilder bunt aus – aber wieso knurrte Ana beim Ausmalen? – und legten sie dann rings ums Haus aufs Gras und beschwerten sie mit Steinen. Der Abend war an einem Punkt vollkommener Harmonie angelangt, und Josie und ihre Kinder und dieser Fremde namens Jim waren eine perfekt funktionierende kleine Familie. Jim hätte glücklicher nicht sein können. Er langweilte sich kein bisschen.

Ana legte ein leeres Blatt Papier vor ihn hin. »Kannst du einen Riesen malen, aber einen netten Riesen?«, fragte sie.

Jim legte sich richtig ins Zeug, bewegte den Mund beim Zeichnen. Josie beobachtete ihn, und eine Wahrheit offenbarte sich ihr: Ältere Männer sind nicht verwirrt. Sie sind nicht zerstreut. Ein Mann im Ruhestand weiß, was er nicht will – und für diejenigen unter uns, die einmal oder zweimal oder öfter zermalmt worden sind und es irgendwie geschafft haben weiterzumachen, ist es weitaus wichtiger zu wissen, was man nicht will, als zu wissen, was man will. Vielleicht ist ein Mann im Ruhestand das große Los. Ein älterer Mann wie Jim (oder Sams Leonard Cohen!) machte sich keine Sorgen mehr wegen Geld; seine Ambitionen waren befriedigt oder ignoriert worden, und er konnte es sich jetzt leisten, stundenlang Bilder für Kinder zu malen, musste nirgendwo anders sein, konnte sich Zeit nehmen.

»Wer hat Lust, Air-Hockey zu spielen?«, fragte er. Josie hatte keine Lust, Air-Hockey zu spielen oder zuzuschauen, wie andere Air-Hockey spielten, aber ihre Kinder hüpften und tanzten bei dem Vorschlag, also zogen sie los. Sie gingen zurück durch den Birkenwald und zum Büro. Jim stöpselte den Stecker des Air-Hockey-Tischs ein und wandte sich an Josie.

»Du kannst ruhig irgendwas anderes machen«, sagte er. »Die zwei sind bei mir gut aufgehoben.«

»Was denn?«

»Hast du nicht neulich nach den Fahrrädern gefragt? Nimm dir ein Rad. Irgendeins von denen im Schuppen.«

Josie ging nicht weiter darauf ein, weil sie gedacht hatte, der Air-Hockey-Vorschlag wäre ein Trick, um mit

ihr allein im Hinterzimmer des Büros sein zu können –
sie hatte dort eine Couch gesehen und stellte sich lüstern
darauf vor –, aber schon spielte Jim mit ihren Kindern
und schenkte ihr kaum Beachtung. Deshalb begann sie,
die Radtour doch in Erwägung zu ziehen, wollte sie machen, überlegte dann, wie groß die Wahrscheinlichkeit
war, dass sie in ihrem angetrunkenen Zustand mit dem
Rad stürzte und im Fluss ertrank. Aber dann dachte sie
an die Mennoniten und an den Spaß, den sie beim Rad-
fahren gehabt hatten, und sie fragte sich, was ihnen auf
der anderen Seite der Unterführung so viel Freude berei-
tet haben mochte.

»Ihr zwei macht weiter, und wenn ich wiederkomme,
zähle ich die Punkte«, sagte Jim und führte Josie zum
Schuppen, wo ein buntes Sammelsurium von Fahrrädern
ineinander verkeilt stand. Er war hinter ihr, und sie
konnte seinen vergorenen Männergeruch riechen, und
zum dritten Mal an diesem Abend nahm sie an, dass er
sie nehmen würde, in sie eindringen würde.

»Probier das mal«, sagte er und zog aus dem Chrom-
wirrwarr ein blaues Damenrad mit einem breiten weißen
Sattel. Er überprüfte die Reifen und fand sie okay.

»Wem gehört das?«, fragte sie.

»Irgendwem. Keine Ahnung. Ist vielleicht stehen gelassen worden. Oder es gehört jemandem, der hier arbeitet. Keine Ahnung. Nimm es.«

Jim zeichnete grob im Sand auf, wie der Radweg am
Fluss entlang verlief, über eine Holzbrücke, durch einen
ehemaligen Nutzwald und dann am anderen Ufer des
Flusses zurück und über einen weiteren Übergang, diesmal eine stählerne Fußgängerbrücke.

Josie hielt das Fahrrad, und als sie sich daraufschwang,

hatte sie das Gefühl, dass es schief war. Der Lenker zeigte deutlich nach links. Sie glaubte nicht, dass es eine gute Idee war, mit diesem Rad zu fahren. Ihre Kinder waren mit einem fremden Mann zusammen, und es wurde langsam dunkel, und sie war beschwipst, und sie hatte zwei oder drei Meilen auf einem Fahrrad mit einem nach links gebogenen Lenker zu bewältigen.

»Bis in einer Stunde oder so«, sagte Jim und wandte sich wieder in Richtung der Kinder, deren Silhouetten sie durchs Fenster sehen konnte, wie sie über den Air-Hockey-Tisch gebeugt waren und einander mit großem Eifer eine schwebende Scheibe zustießen. Es ging ihnen gut. Und deshalb fuhr sie los und knallte prompt gegen die Seitenwand des Fahrradschuppens.

»Kommst du klar?«, rief Jim von irgendeiner unsichtbaren Stelle im Wald.

»Bestens«, antwortete sie, und da sie meinte, beweisen zu müssen, dass sie bestens klarkam, fuhr sie über den Parkplatz und gewöhnte ihren Orientierungs- und Gleichgewichtssinn an den Lenker, der noch dazu nach unten gebogen war.

Sie sah den Radweg hinunter, wollte vorwärtsfahren, glaubte, vorwärtsfahren zu können, aber das Gefährt unter ihr war schadhaft und hatte andere Pläne. Es widersprach jeder Logik, dass sie das nach einem starken Mojito hinkriegen würde, doch nach hundert Metern fuhr sie mehr oder weniger gerade. Dann jedoch kam sie an einer älteren Frau vorbei, die sie entgeistert anstarrte. Sich selbst in den Augen anderer zu sehen, ist kein Geschenk. Es ist immer ein Schock, immer eine Enttäuschung, den Schock und die Enttäuschung der anderen zu sehen. Du siehst so alt aus. Du siehst so müde aus. Was tust du dei-

317

nen Kindern an? Wieso fährst du betrunken auf einem
Rad mit verbogenem Lenker auf diesem schönen Weg?
Inwiefern ist das die sinnvolle Nutzung deiner Zeit, deiner Menschlichkeit? Haben wir kostbaren Weltraumstaub
an dich vergeudet?

Aber schon bald gestaltete sich die Fahrt durchaus
angenehm, und die Landschaft glitt vorbei, und weil die
Sonne unterging, so spät unterging, kam ihr mit einem
Mal der Gedanke, dass sie sich noch nie so mit dem Land
verbunden gefühlt hatte und dass nichts um sie herum
ihr je so lebendig und leuchtend und schön vorgekommen war. Die lila Wildblumen, die graue Erde, der Duft
der abkühlenden Kiefernnadeln. Der hohe Baum, der
von einem Blitz halbiert worden war. Die schwindende
Sonne auf den Bergen in der Ferne, hellblau und weiß.
Mit wessen Fahrrad fuhr sie eigentlich? Ein Zaun aus
groben Brettern. Das Quietschen eines abbremsenden
Lasters in der Ferne. Die Monotonie eines unverbrannten
Waldes auf einem sonnigen Berghang. Wieso musste sie
sich erst einen Schwips antrinken, ehe sie irgendetwas
wahrnehmen konnte? Ein Kaninchen! Ein Kaninchen
hockte knapp unterhalb des Radwegs, klein, gelbbraun,
und es blieb länger als erwartet, sah sie mit Augen an,
die ihr Menschsein voll und ganz anerkannten, ihr gleiches Recht auf dieses Land, solange sie demütig blieb.
Nachdem es geräuschvoll im Dickicht verschwunden
war, ertönte das metallische Summen von Grillen. Das
butterige Licht von irgendeiner Hütte im nahen Wald.
Die Wärme des Asphalts unter ihr, der schwache Teergeruch, wo jemand seine Rankenrisse geflickt hatte. Das
Klicken ihrer Gangschaltung, das ehrfürchtige Schweigen
des Highways hinter den Bäumen, das sinnlose Drama

all seiner dahinbrausenden Reisenden. »Wissen Sie, wie spät es ist?«, fragte eine Stimme.

Josie wandte den Kopf, und die Landschaft kreiste in Grün und Ocker. Auf einer parallel verlaufenden Straße sah sie einen Mann. Er war auch mit dem Rad unterwegs, saß im Sattel, hatte aber beide Füße auf dem Boden und trug eine Montur, die die reinste Farbexplosion war. Nachdem er die Frage gestellt hatte, nahm er einen Schluck aus einer schicken schwarzen Wasserflasche. All das, so glaubte er, ließ ihn viril und wichtig wirken: das Fahrrad, die Ausrüstung, dass er mit beiden Füßen auf dem Boden dennoch im Sattel saß, dass er einen Schluck Wasser trank, gleich nachdem er eine blöde Frage gestellt hatte.

»Halb neun«, sagte Josie, weil sie wusste, dass das ungefähr hinkam.

»Danke«, sagte der Mann, doch auf eine Art, die durchblicken ließ, dass er ein zahlender Gast war und sie so etwas wie eine Radweg-Uhrenwärterin – dass sie auf dem Radweg arbeitete und für die Uhrzeit zuständig war. Sie dachte an den Fahrrad-Mann in ihrer Stadt, den Schläger, dachte an das furiose und bombastische Selbstgefühl, das diese Männer hatten. Ich trage diese Klamotten und bin schnell gefahren. Aus dem Weg mit dir. Reparier meine Zähne. Sag mir, wie spät es ist.

»Fick dich doch, du bescheuertes Arschloch«, sagte sie, nicht laut genug für seine Ohren, verabscheute die ganze Menschheit und fuhr dann weiter, war im Nu wieder glücklich, wieder mit dem Land verbunden, fand alles um sich herum herrlich, hoffte, dass der vom Blitz gespaltene Baum auf den Mann fallen und die Welt durch das Subtrahieren von so einem verbessern würde.

Sie fuhr um eine Biegung und sah einen Fluss, und dann einen Teich, eine leere Bank zum Wasser hin, und sie dachte an alte Menschen und tote Menschen und dreckige Tauben und dann an dreckige Landschaftsgestalter, dreckige Anstreicher. Ein Fuchs! War das ein Fuchs, da am Teich vor ihr, der sie anstierte? Es könnte ein Kojote sein. Himmel, dachte sie, er war wunderschön, mit seinem dichten Fell, seinem üppigen grauen Fell, seinen Augen wie die von Paul, Pauls Augen, die immer alt wirkten, als würden sie sie aus einer weiseren, traurigeren Epoche anschauen.

Wie das Kaninchen verharrte auch der Fuchs länger, als sie für möglich hielt, ehe er davontrabte, ins hohe Gras. Es lag an der Abenddämmerung, dass alle Tiere auftauchten. Die Abenddämmerung war das Einzige, was zählte. Der Mittag war nichts, nichts. Der Mittag war für Menschen, für die Drohnen der Menschheit, die in der Hitze des Tages herumwuselten wie Schwachköpfe, während die Tiere immer warteten, bis die Erde sich abkühlte, warteten, bis das Licht sanft war und die Luft kühler wurde, bis sie auftauchten, um ihr Geschäft zu verrichten.

Die Sonne würde erst in einer halben Stunde untergehen, und als Josie jetzt zwischen zwei Hügeln entlangfuhr, einer in violettem Schatten und der andere dunkelblond im Sonnenuntergangslicht, wurde ihr klar, dass das die Zeit war, in der sie und überhaupt jeder draußen sein sollte, diese Dinge sehen sollte, die Welt mit den Füchsen und Wühlmäusen und Maulwürfen und Kaninchen teilen sollte. Das Licht, wie es durch die dichten Weiden drang! Das Licht, wie es Bäume und Gras und Unkraut umflimmerte! Aber normalerweise war sie um diese Zeit nicht draußen. Normalerweise machte sie ihren Kindern zu essen, brachte sie ins Bett, all diese prosaischen Beschäftigungen, die sie von der Schönheit der Welt fernhielten. Unsere Kinder halten uns von Schönheit fern, dachte sie, korrigierte sich dann. Unsere Kinder sind auch schön, aber wir müssen einen Weg finden, diese Dinge unter einen Hut zu bringen, damit wir das eine nicht wegen des anderen versäumen. Konnte das so schwierig sein?

Vor sich sah sie einen sanften Abstieg vom Radweg zum Flussufer und beschloss, sich dort hinzusetzen und die Füße ins Wasser zu tauchen. Sie sah einen großen Stein, der einem Kissen ähnelte, und sie legte den Kopf darauf, streckte die Füße zum Fluss und stellte fest, dass ihre Zehen das kalte Wasser berührten. Sie schloss die Augen und gähnte ein glückliches Gähnen, und wann wachte sie auf? Das Licht war unverändert. Sie war nur eingedöst. Sie schaute sich um, rechnete mit Spinnweben, die ihr verrieten, dass sie hundert Jahre geschlafen hatte, dass ihre Kinder inzwischen Großeltern waren, dass alles anders war, doch stattdessen sah sie eine kleine Schlange zwischen den Steinen am Ufer auftauchen, irgendeine Wasserschlange, die, ohne von Josie Notiz zu nehmen, hervorkam, um eine Schnecke und deren nassen Weg über den glitschigen Stein zu inspizieren. Mit einem Vorschnellen des Kopfes verschluckte die Schlange sie und zog sich dann wieder ins dunkle Wasser zurück.

Josie stand auf und spürte die unsichere Erde unter den Füßen. Sie brachte den Boden ins Gleichgewicht und überlegte zu bleiben, zumindest bis sie wieder nüchtern war. Nein, dachte sie, es wird gut sein, so zurückzuradeln – sie hatte den eindringlichen Gedanken, dass es genau so sein sollte, alles so schön, dass sie es kaum aushielt. Sie schaute ein letztes Mal lange auf den Fluss, der sich wie zigtausend silberne Messer bewegte. Die Steine am anderen Ufer kühlten im Schatten. Sie drehte sich um und ging zur Brücke hoch.

Aufs Rad steigen war eine Art siebendimensionales Schach. War sie jetzt betrunkener als vorher? Der Fluss und die Sonne hatten sie berauscht. Das Rad kam ihr jetzt ein ganzes Stück größer vor als am Anfang, auf der Fahrt hierher. Sie hievte sich auf den Sattel, fuhr los und schlingerte prompt nach links in ein Gebüsch. Okay, dachte sie. Okay. Sie blinzelte in die Sonne und stieg wieder aufs Rad, und diesmal stieß sie sich mit so viel Schwung ab, dass sie mehr oder weniger geradeaus fuhr.

Die Luft war jetzt kühler, und sie hoffte, sie würde davon nüchtern. Ihre Augen tränten, während sie fuhr, wackelig, mit offenem Mund. Doch sie fand das Gleichgewicht wieder und sagte Folgendes zu sich: *Tolle Nacht. Guter Abend. Die tollste Nacht. Die Schönheit dieser Welt im Nirgendwo. Ich liebe es. Wo sind meine Kinder? Kann ich das hier ohne sie lieben? Ich kann und ich tue es. Das hier ist mein bestes Leben. Inmitten dieser Schönheit, auf dem Weg zu ihnen.*

Kurz darauf sah sie die Dächer des Wohnmobilparks. Jetzt sah sie die ersten Wohnwagen und Pick-ups und kam an einem Kind auf einem Tretroller vorbei. Jetzt ging der Radweg in den Feldweg über, der in die Schotterstraße überging, die in die Asphaltstraße überging, und jetzt sah sie die Unterführung, und es war ein richtig gutes Gefühl, den Spuren der Mennoniten zu folgen, und sie sauste grinsend unter ihr durch, wusste, dass sie gleich ihre Kinder sehen, sie von Jim zurückfordern würde und dass sie Jim auf irgendeine Art küssen würde.

Unschuldig, züchtig, vielleicht eine lange und feste Umarmung, und später könnte sie sich auf dem Beifahrersitz befriedigen. Aber was war mit Jim? Dass sie hier in der Abenddämmerung sich selbst überlassen war, auf diesem unberechenbaren Fahrrad, die Welt allein genießen konnte, verdankte sie Jim. Für so was war ein zweiter Elternteil ein Segen – er konnte dir diese Augenblicke allein bieten, die vorübergehende klare Sicht, um dieses goldene Licht und diese wunderbaren Säugetiere zu sehen, um das Spiel der Schatten auf den Bergen zu sehen. Ihr kam der Gedanke, dass sie bleiben könnte. Ihren Kindern gefiel es hier, und Jim war so ruhig, und sie könnten in seinem Blockhaus leben, und sie könnte die Frau eines Wohnmobilparkbetreibers werden. Sie hatte noch nie einen Partner gehabt, noch nie einen richtigen Partner bei der Erziehung ihrer Kinder, weil Carl selbst ein Kind war. Was, wenn sie einen echten Mann an ihrer Seite hätte, einen, der Fische fangen und ausnehmen und grillen und gut bestückte Elefanten zeichnen konnte, und sogar bereit war, das in Zukunft zu unterlassen? Aber es würde bedeuten, hier zu leben, und mit Jim, von dem sie nicht glaubte, dass sie ihn lieben könnte, der ein Urgent-Fury-Tattoo auf dem Arm hatte und wer weiß was noch alles auf Brust und Schultern – vielleicht irgendein Schlachtschiff, ein Bombergeschwader. Was sollte man mit einem Leben anfangen? Mal war sie felsenfest davon überzeugt, dass ihre Kinder ihr genügten, im nächsten Moment ödeten sie sie an und waren ein Hemmschuh für die Verwirklichung all ihrer Träume. Der Teufel sollte sie holen, ihre schrecklichen Räuberkinder, die ihr so viel raubten, ihr alles gaben und ihr alles andere raubten, ihre wunderbaren, vollkommenen, diebischen Kinder, zur Hölle mit ihnen, diese Schätzchen, sie konnte es kaum erwarten, sich mit ihnen hinzulegen, ihre alten kalten Hände an ihre weichen Gesichter zu drücken.

Sie warf das Fahrrad nachlässig in den Schuppen und ging zum Büro, wo sie einen namenlosen Mitarbeiter antraf, aber nicht Jim, und ihre Kinder waren nirgends zu sehen. »Er hat sie zu Ihrem Wohnmobil gebracht«, sagte der Mann. Als sie zum Chateau kam, rechnete sie damit, die beiden draußen zu sehen, wie sie ihm beim Zeichnen zuschauten oder irgendein anderes Spiel spielten, das er sich ausgedacht hatte, aber es war niemand draußen, und die Tür war zu, und als Josie zum Chateau lief, stutzte sie. Hatte dieser Mann ihre Kinder ins Bett gebracht oder machte er da drin irgendwas Schreckliches? Sie lauschte und hörte die dröhnende Stimme eines Mannes, der über riesige Kackwürste sprach.

Sie trat ein und sah, dass Ana und Paul in ihrem Bett über dem Fahrerhaus waren und Jim in der Essecke saß und ihnen aus einem Captain-Underpants-Taschenbuch vorlas. Er hatte es selbst mitgebracht.

»Noch mal«, sagte Ana zu Jim, und dann zu Josie: »Jim liest noch mal.«

Dann las Jim eine Passage über einen Bösewicht, der sich aus Versehen selbst in eine über zehn Meter lange Kotwurst verwandelt, die gehen und sprechen kann. Als er fertig war, drehte Jim das Buch, um Josie das Bild zu zeigen, und sie sah, dass der riesige Kotmann einen Cowboyhut trug. Die Kinder kicherten ausgelassen vor Freude, weil dieser ältere Mann die Geschichte mit seinem theatralischen Vortrag ernst genommen und wertgeschätzt hatte. Schließlich schloss er das Buch langsam und würdevoll, als hätte er soeben eine lange und gewichtige Lektüre beendet, und legte es auf die Küchentheke.

»Nacht, ihr zwei«, sagte Jim zu den Kindern und ging aus dem Wohnmobil.

Josie kletterte nach oben und gab ihren Kindern, die die Köpfe über die Bettkante reckten, einen Kuss auf die Stirn. Dann ging auch sie aus dem Chateau und zu Jim.

XVI.

Josie fuhr in der gnadenlosen Morgensonne, erschöpft und wütend, war es leid, die Flasche in ihrem Gesicht zersplittern zu sehen, wusste aber, dass sie es verdient hatte. Was für eine Frau lässt sich in einem Wohnmobilpark von hinten nehmen, während ihre Kinder nur wenige Schritte entfernt schlafen? Von einem Exsoldaten namens Jim, Veteran der *Operation Urgent Fury?* In ihren Visionen zersplitterte die Flasche manchmal an ihrem Kopf, aber heute prallte sie zuerst einfach mit einem lauten, tiefen Ton ab, wie ein Gong. Vier-, fünfmal traf sie ihren Kopf mit dem Klang eines Gongs, ehe sie zersplitterte und ihr Scherben ins Gesicht spritzte.

Was hatte sie getan?

Nachdem sie ihren Kindern einen Gutenachtkuss gegeben hatte, war sie nach draußen gegangen, und alles war richtig, alles war ordnungsgemäß. Der ältere Mann, der ihre Kinder meisterhaft beschäftigt hatte, der ihr die herrliche Radtour durch den Wald in der Abenddämmerung ermöglicht hatte, saß auf einem von Stans Stühlen, und sie nahm den anderen, und sie erzählte ihm, was sie gesehen hatte. Sie erzählte ihm von dem Fuchs und dem Kaninchen und dem Licht auf den Bergen, und Jim freute sich, das zu hören, und da sie spürte, dass ihre Mojito-

Wärme schwand, sagte Josie zu Jim, sie würde ihnen was zu trinken holen, und ging ins Chateau, wo ihre Kinder bereits schliefen, wie sie erfreut feststellte. Sie konnte nur Anas Gesicht sehen, hörte aber Paul gleichmäßig atmen.

Sie fand eine Flasche Chardonnay, drei Viertel voll, und ging ins Bad, um zwei Gläser vom Boden der Dusche zu holen. Der Wein war warm, daher nahm sie Eis aus dem Gefrierfach und war gerade dabei, für sich und Jim großzügig einzugießen, als sie ihn hinter sich spürte. Das Klirren der Eiswürfel in den Gläsern hatte es ihm ermöglicht, sich unbemerkt von hinten anzuschleichen, und jetzt war sein Atem heiß an ihrem Hals, seine Hände auf ihren Hüften, und dann begann er, ganz wie ein Tier es tun würde, seine Erektion an Josies Taille zu reiben.

»Ich glaube, der kann weg«, sagte er und zog Josie den *pfeilgerade*-Augenschirm ab und küsste ihren Hals. Hatte er die kahle Stelle am Kopf schon gesehen? Was immer hier vor sich ging, dieser völlig falsche körperliche Unsinn, würde aufhören, wenn er das schiefe Lächeln der Nahtstiche an ihrem Schädel sah.

»Hm«, murmelte er, berührte die Stelle kurz, ließ dann die Hand durch ihr Haar und nach unten zu ihrer Brust gleiten. Damit war das Interesse an ihrer Wunde erschöpft. Er störte sich nicht daran. Er nahm die Reibebewegungen und das systematische Küssen von jedem entblößten Teil ihres Halses wieder auf.

Es gibt anständige Menschen, dachte sie, während sie fuhr, weg von Jim. So viele anständige Menschen, die wissen, wie man sich mit Würde verhält. Denk nur an die Hochzeitsfeier!, dachte sie. Denk an den Vater des Bräutigams, mit seinen großzügigen, nachsichtigen Augen und ausgestreckten Händen. Denk an den Bräutigam, der Ana herumgetragen hatte. Den rothaarigen Trauzeugen, der Paul ins Bett brachte. Das waren ordentliche Menschen, die wussten, was sich gehört. Keine Frau auf der Hochzeitsfeier hätte einem älteren Mann erlaubt, seinen harten Penis im Chateau an ihrer Taille zu reiben. Es waren Leute, die wussten, was die Grenzen des Anstands verletzte. Sie wussten, was Menschen von Tieren unterschied.

Aber nicht Josie. Josie fand es in diesem Moment wundervoll. Wundervoll, dass dieser fremde Mann Ende fünfzig seinen harten Penis an ihr rieb, im Chateau, im tiefsten Alaska. Sie fand es wundervoll spontan und verführerisch und hatte sogar die vorübergehende Fantasie, hinter ihr stünde Smokey der Bär, nicht Jim. Seine Ofenrohrarme, seine breite Brust. Sie dachte auch an einen Elefanten, einen Elefanten mit einem mannsgroßen Penis. Nein, das ist Jim, stellte sie fest. Grenada-Jim, den du nicht kennst. Derweil schliefen ihre Kinder verschwitzt im Alkovenbett. Anas schlafendes Gesicht war sichtbar! Pauls nicht. Dann küsste Jim, der Exsoldat, der den Wohnmobilpark betrieb, Josies Hals, und Josie war nass, und er tat ein paar meisterliche Dinge, Kunstgriffe, die zeigten, dass er in seinen vielen Jahren allerhand gelernt, gewisse Kenntnisse bewahrt hatte und umsetzen konnte. Sein Arm hatte sie umschlungen und ruhte auf ihrer Brust, wie ein Riegel quer vor einer Tür. Ihre Hose glitt geräuschlos zu Boden, sehr viel schneller, als sie selbst sie hätte ausziehen können. Seine Hand war auf ihrem Bauch, dann schoben sich zwei lange Finger hinein und aufwärts. Sie hatte bestimmte Gedanken: dass sie ihn in sich haben wollte, und auch – das war wichtig –, dass sie in Anbetracht seiner stürmischen Erregung und seines keuchenden Atems davon ausging, dass das, was sich anbahnte, nicht lange dauern würde.

Das war Carls Schuld. Wäre es Carl, der sich da von hinten gegen sie drängte, so erregt und keuchend, wäre es in Sekunden vorbei, noch während sie standen. Josie hatte sich bei Carl an diese Art von Blitzkrieg gewöhnt, und es war auch wirklich völlig in Ordnung, an der Spüle zu stehen, mit Carl, der scharf auf sie war, während Josie wusste, dass es zu Ende sein würde, ehe sie sich umdrehte.

Aber Jim war erfahrener, beherrschter. Neunzig Sekunden vergingen, dann ein paar Minuten, alles langsam, stetig, satt ausfüllend, und sie wusste, dass sie einen Plan brauchten. Sie zog ihre Hose hoch und führte ihn nach draußen und hatte plötzlich eine Idee – eine fantastische Idee, wie sie in dem Moment fand: Sie setzte ihn auf die Picknickbank, eine Armeslänge vom Chateau und ihren schlafenden Kindern entfernt, und setzte sich dann auf ihn. Während die letzten Minuten Sonne durch den Wald drangen, war ihr Verstand völlig abgeschaltet, war sie ein Wesen aus reinem Licht und strahlender Wärme, und irgendwo in der Sonne fragte Paul, was sie da machten.

»Was macht ihr da?«, sagte er mit seiner ruhigen Wolfsjungenstimme. Er war draußen. Er stand an der Tür vom Chateau, mit freiem Blick auf seine Mutter, die von der Taille abwärts nackt war und auf Jim saß.

Paul wusste, was sie machten. Von klein auf hatte er sich Kenntnisse über Anatomie und Fortpflanzung angeeignet, nach Josies Geschlechtsteil und seinem Geschlechtsteil und Carl nach dessen Geschlechtsteil gefragt, nach dem jeweiligen Zweck, warum Carls größer war als seins, was das viele Haar sollte. Er wusste also über die Vorgänge ebenso viel wie über die Grundlagen des Fliegens und den Verbrennungsmotor, und als Paul fragte, was sie da machten, meinte er nicht »Mommy, warum machst du Gymnastik auf dem Mann?«, sondern »Wieso vögelt meine Mutter mit diesem Mann, keine fünf Schritte von ihren schlafenden Kindern entfernt?«. Er wusste, was er sah.

Aber sie konnte nicht aufstehen, nicht so – dann hätte Paul wirklich was zu sehen bekommen. Also sagte sie: »Geh mal kurz rein«, und er gehorchte, und als sie sah, dass sein Rücken im Chateau verschwand, sprang sie von Jim runter, lief zum Wald und zog sich an. Als sie zu Jim zurückkam, war auch er angezogen und hielt ihr lächelnd einen weiteren Mojito hin. Wieder war er völlig anders als ein junger Mann, ein Mann wie Carl. Was mit Paul passiert war, schien nicht besonders wichtig zu sein. Jim vermittelte, dass es vorübergehen würde, dass es am besten sei, einfach draußen zu bleiben, mehr oder weniger in denselben Positionen wie vorher, und sich zu unterhalten, nah beieinander, aber nicht mehr aufeinander. Vielleicht könnte Pauls Erinnerung an das, was er gesehen hatte, verfälscht oder ersetzt werden.

Bei Josie lagen die Nerven blank, deshalb trank sie ihren Mojito, Jim schenkte ihr nach, und schon bald wurde sie wieder schluderig, noch viel unlogischer, als sie auf ihrer wackeligen Fahrt mit dem schiefen Rad durch den Wald gewesen war, und so erzählte sie Jim auf einmal von Jeremy, denn bei der Hitze ihrer Lenden und dem Durcheinander in ihrem Kopf dachte sie, Jim wäre der allerbeste Mensch, dem sie das von Jeremy anvertrauen könnte – es hatte nie einen besseren Menschen gegeben, sagte ihr umnebelter Verstand ihr. »Ich dachte, es wäre richtig«, sagte sie, »ich wollte, dass er unserem Land Ehre macht«, sagte sie, und das klang gar nicht nach ihr, aber sie dachte, damit könnte sie bei Jim und seinem Tattoo punkten.

»Er ist letztes Jahr gestorben?«, fragte er.

Sie nickte, nahm einen Schluck von ihrem Drink, fühlte sich sehr dramatisch.

»In Afghanistan?«, fragte er.

Wieder hob und senkte sie mit Nachdruck den Kopf, ja.

»Wir haben den Kampfeinsatz in Afghanistan am 9. Januar 2013 beendet«, sagte Jim und leierte dann eine Reihe von Zahlen und Daten herunter, wobei er Worte benutzte wie »Truppenabzug« und »Besatzungsende«, aber vor allem das Wort »Ausstieg«, bis Josie an sich selbst zweifelte. Wahrscheinlich lag es am Mojito, aber konnte es sein, dass Jeremy nicht im Kampf gestorben war? In ihrer Vorstellung war er angeschossen worden und an einem Berghang verblutet, aber jetzt sagte Jim, ein Exsoldat, dass das unmöglich war. War Jeremy in Wirklichkeit im Irak gewesen, nicht in Afghanistan? (Jim beharrte darauf, dass das wahrscheinlich der Fall sei, dass Josie sich irre, und könnte es nicht eher 2009 gewesen sein, wollte er wissen.) Doch dann erinnerte sie sich, wo Jeremy getötet worden war, in der Provinz Herat, und an das Datum, 20. Februar 2013. Scheiße noch mal, natürlich war er in Afghanistan gestorben. »Ich hab recht«, sagte sie, lallte sie.

Jim verdrehte die Augen und goss sich noch einen Drink ein. Sie diskutierten fast eine Stunde lang weiter in dem Stil, während es um sie herum dunkel wurde. Keiner von ihnen gab nach, keiner von ihnen war sich ganz sicher, ob ihr Land noch immer in Afghanistan Krieg führte oder nicht. Mitunter schien Jim fast ins Wanken zu geraten, fast zu glauben, dass Josie recht haben könnte, dass vielleicht doch noch ein paar Kampftruppen in dem Land waren … Doch dann schaltete er auf stur und blieb bei seiner Skepsis.

Und so verließ Josie am nächsten Morgen Jims Wohnmobilpark und sah, wie die Flasche in ihrem Gesicht zersplitterte, und während sie Meile um Meile davonfuhr, dachte sie, wie interessant, ja lustig es jemand aus jenem anderen Teil der Welt finden könnte, dass ein Amerikaner, der in einem Konflikt gekämpft hatte, an den sich kein Schwein erinnerte, nicht wusste, dass sein Land noch immer einen anderen, größeren Krieg führte, noch immer, und das seit 2001. Wie witzig! Die meisten Amerikaner zwischen Ost- und Westküste wussten wahrscheinlich nicht, dass noch immer Krieg war, dass die USA noch immer dort waren, dass Männer und Frauen wie Jeremy noch immer kämpften und starben, dass auch Afghanen noch immer kämpften und starben. Würde ein Afghane, würden zahllose zukünftige Generationen das nicht irgendwie witzig finden?

XVII.

Was können wir tun, um einen schrecklichen Anblick aus den Köpfen unserer Kinder zu löschen? Wir können ihnen andere Dinge, heitere Dinge zeigen. Es ergab sich, dass sie zehn Meilen vom Josie-auf-Jim-Tatort entfernt etwas entdeckten, das aus der Ferne aussah wie das Batmobil.

»Guckt mal«, wollte Josie sagen, um vor allem Ana darauf aufmerksam zu machen, wusste aber, dass es Ärger geben würde, falls sie sich irrte. Daher wartete sie, bis sie näher dran waren, raste auf dem Highway darauf zu, und als sie ankamen und sie ganz sicher war, dass irgendein Spinner tatsächlich ein lebensgroßes Batmobil-Modell an den Straßenrand gepflanzt hatte, auf dem Parkplatz eines Ladens für Feuerwerkskörper, zu dem einzigen Zweck, Leute wie sie und ihre Kinder anzulocken, sagte sie es ihnen schließlich.

»Seht ihr, was ich sehe?« Vor dem Hintergrund dessen, was sie Paul hatte tags zuvor sehen lassen, klang das anzüglicher als beabsichtigt. Sie schob rasch nach: »Ana, siehst du da draußen ein bestimmtes Fahrzeug?«

Als sie es dann sah, brach die Hölle los, und sie hielten an, und Ana sprang aus dem Chateau und rannte zu dem Batmobil und strich mit den Händen darüber. Seine raue

Oberfläche war anscheinend mit schwarzer Fassadenfarbe gestrichen worden.

»Das ist gar nicht echt«, sagte Ana, aber sie wollte offenbar, dass man ihr widersprach.

»Das ist *eins* von den echten«, sagte Paul. »Ein Ersatzauto. Das Hauptauto steht noch in Batmans Höhle.«

Das beruhigte Ana, denn natürlich musste Batman Ersatzautos haben, und es war logisch, dass er mindestens eins auf einem alaskischen Parkplatz stehen haben würde, und so widmete sie sich erneut dem Auto, und ihr Blick duldete die vielen krassen Fehler und Anomalien einschließlich der Tatsache, dass der Wagen keine Messinstrumente am Armaturenbrett, keine Lampen oder auch nur einen Schaltknüppel hatte. Er hatte allerdings ein Lenkrad, und Ana griff danach, sah dabei Josie an, erwartete ein Nein zu hören.

Doch während Ana das Auto unter die Lupe nahm und Paul für dessen sämtliche Unzulänglichkeiten eine plausible Erklärung lieferte, hatte Josie gemerkt, dass der Laden für Feuerwerkskörper, der das Batman-Auto als Köder benutzte, geschlossen war, hastig mit Brettern vernagelt. Kein Wunder, dass er zuhatte, in einem Sommer voller Waldbrände, von denen etliche garantiert Raketen und Chinaböllern angelastet wurden.

»Ihr könnt einsteigen«, sagte Josie zu Paul und Ana, hoffte, dass das für immer das Bild verdrängen würde, wie sie den Wohnmobilparkbetreiber, der Elefantenpenisse malte, bestiegen hatte.

Paul kletterte über die Tür (zugeschweißt), und Josie hob Ana hinein. Sie saßen nebeneinander, Paul auf dem Fahrersitz. Ana sah ihren Bruder an, als glaubte sie inbrünstig, dass er, weil er auf Batmans Sitz saß, auch

Batman war. Josie betrachtete die beiden und vergaß für einen Moment, wie sehr sie das brauchte, um ihre Gedankenlosigkeit vom Vortag zu vergessen. Ich weiß, was du tust, sagten seine Augen zu ihr.

Es wird andere Fehler geben, erwiderte sie.

Josie machte ein Foto, wie Ana geradeaus durch die Windschutzscheibe blickte, als hielte sie Ausschau nach Übeltätern, und Paul Ana ansah. Und zum ersten Mal empfand Josie die entsetzliche Tragödie ihres Alleinseins, dass sie nur zu dritt waren und sonst niemanden hatten und mehr oder weniger auf der Flucht waren und dass sie mit Jim geschlafen und kein Ziel vor Augen hatte – dass sie gleich weiterfahren und nicht wissen würden, wo sie hinsollten, dass das Batmobil heute das Einzige war, was halbwegs als Ziel durchging. »Können wir?«, fragte sie. »Wir sollten weiter«, sagte sie. Aber wohin? Warum? Sie blieben.

Als sie eine Stunde später genug vom Batmobil hatten und wieder im Chateau waren und langsam abfuhren, schnallte Ana sich los und kam zu Josie und gab ihr einen Kuss auf die Wange.

»Ich hab dich lieb, Mom«, sagte sie.

Es war das erste Mal, dass Ana diese Worte ohne Anlass sagte, und obwohl Josie wusste, dass Ana eigentlich meinte: *Ich habe Batman lieb. Ich habe Batmans Auto lieb. Und ich habe dich dafür lieb, dass du mir Batmans Auto gezeigt hast*, war sie dennoch gerührt.

Sie fuhren weiter, eine beliebige Strecke, auf der sie bizarre Dinge zu sehen bekamen. Wie die geodätische Kuppel, einst Teil einer Tankstelle, drei Stockwerke hoch und verlassen. Sie parkten das Chateau dahinter und blieben einige Stunden, erkundeten das Innere – sie fanden einen halb toten alten Kickball-Ball und spielten kurz damit Fußball, und Ana sammelte eine Reihe kaputte Werkzeuge und etwas, das aussah wie Zahnräder eines Getriebes. Sie machten halt an einem Garagenflohmarkt, wo die einzigen anderen Kunden Feuerwehrleute aus Wyoming waren. Josie kaufte für Paul ein Buch über Wappenkunde und für Ana den Helm eines Silberminenarbeiters. Für sich selbst kaufte sie eine Gitarre mit einem Einschussloch drin. *Ich hab's nicht geschafft, Gitarre zu lernen, und bin wütend geworden,* sagte der Verkäufer.

Sie sahen einen Elch und fuhren rechts ran, um zuzusehen, wie er ziellos am Straßenrand entlangtrottete. Doch jedes Auto, das an ihrem geparkten Wohnmobil vorbeikam, hupte wütend, als wäre es untragbar oder geschmacklos, wegen eines Elchs anzuhalten, oder als würde es den Elch in irgendeiner Weise gefährden – Josie wusste es nicht. Aber sie wusste, dass es zutiefst enttäuschend war, diesen Elch zu sehen, genauso, wie es enttäuschend war, einen Kojoten zu sehen, so klein und schwach und wie eine Kreuzung aus Hyäne (der gekrümmte Rücken, die unterwürfige Haltung) und Hauskatze (die Größe, die glanzlosen Augen). Der Elch da vor ihnen, den sie mit buchhalterischer Gründlichkeit fotografierten, war ein armseliges Exemplar, dünn und ungelenk und nicht viel größer als ein Pony.

Es war wichtig, sich von den großen Straßen fernzuhalten, aber auf den kleineren Straßen nicht zu viel Aufmerksamkeit auf sich zu ziehen. Je weiter sie sich von den Highways weg wagten, desto häufiger sahen sie irgendwelche Anzeichen für die Waldbrände, deren Nähe mit reichlich Hinweisen einherging. Die roten und zitronengelben Feuerwehrwagen überholten sie, kamen ihr entgegen, oder blinkten sie von hinten mit der Lichthupe an in der Hoffnung, dass sie schneller als achtundvierzig Meilen die Stunde fahren konnten. Dann die handbeschrifteten oder digitalen Schilder, die den Feuerwehrleuten dankten. Dann die beißenden Rauchschwaden, der gelegentliche Dunststreifen, der den Himmel überzog. *achtung: abgebranntes gebiet. überschwemmungsgefahr* stand auf einem Schild, und Josie warf Paul rasch einen Blick zu, ob er es gelesen hatte. Die Abfolge von Naturdesastern, die das Schild verhieß – erst Feuer, dann Hochwasser –, wirkte unnötig hart, und sie machte sich Sorgen wegen der Albträume, die so ein Schild bei einem sensiblen Achtjährigen auslösen könnte. Aber er schlief, mit offenem Mund, und Ana versuchte gerade, ihre ThunderCats-Puppe in seine Hemdtasche zu stecken, ohne dass sie wieder herausfiel.

Sie fuhren durch eine Gegend mit niedrigen Bergen, von denen einige schwarz verkohlt waren, als Josie weiter vorne einige dicht zusammenstehende Löschfahrzeuge sah, die mit blitzenden Blaulichtern eine Straßensperre bildeten. Sie bremste und hielt vor der Sperre, wollte wenden, doch als sie ihr Fenster herunterkurbelte, kam ein Polizist, der nicht viel älter aussah als Paul, auf sie zu. Er hatte volle, zarte Lippen.

»Müssen Sie hier durch?«, fragte er.

»Nicht unbedingt«, sagte Josie. Sie wusste nicht, was sie sagen sollte. Sie hatte kein Ziel vor Augen, aber wenn sie ihm das sagte, würde das verdächtig klingen. »Ich meine, ich kann auch eine andere Straße nehmen –« Sie hätte fast »nach Norden« gesagt, aber sie war nicht ganz sicher, ob sie überhaupt in nördlicher Richtung fuhr. Vielleicht fuhr sie auch nach Osten.

»Ist in Ordnung«, sagte der Polizist, die Lippen kissenweich, die Augen schläfrig und amüsiert. »Die Straße wurde gerade wieder aufgemacht. Sie sind die Erste, die sie befährt, abgesehen von Einsatzfahrzeugen. Sie ist sicher. Aber passen Sie trotzdem auf.«

Josie dankte ihm, vermisste bereits seine Lippen, seine Augen, dachte, dass seine Eltern stolz auf ihn sein mussten, hoffte, sie waren es. Sie fuhr langsam an den sechs oder sieben Fahrzeugen vorbei und war dann ganz allein auf einer breiten vierspurigen Straße, die durch ein Gelände führte, das ein gewaltiges Schlachtfeld gewesen war. Die Berge auf der linken Seite der Straße waren überwiegend grün, unberührt, bedeckt mit kleinen Fichten und Sträuchern und Schneisen voller Wildblumen. Auf der rechten Seite jedoch hatte ein regelrechter Kahlschlag stattgefunden, nur hier und da war der schwarze Strich eines Baumstamms zu sehen, ein paar ausgestreckte Zweige, die Erde überall wattig grau.

Am Straßenrand parkten Feuerwehrautos in Reihen oder allein. Hier zwei rote Löschfahrzeuge, deren hintere Stoßstangen vier Feuerwehrleuten, die unter einem Baum saßen und sich ihren Lunch schmecken ließen, als Tisch dienten. Dort ein einzelnes zitronengelbes Löschfahrzeug, von dem aus ein einsamer Feuerwehrmann in passender Montur den Berg hochging, durch das wattige Grau hindurch, mit einer Schaufel in der Hand.

Die Straße wand sich über Meilen durchs Tal, die Landschaft gleichmütig und schön und leer. Das Tal war still, der Himmel war blau, das Feuer besiegt.

Gelegentlich tauchten Löschfahrzeuge und Feuerwehrleute auf, von denen manche in die entgegengesetzte Richtung fuhren, aus dem Tal hinaus, aber die meisten parkten auf der einen oder anderen Straßenseite, und es schien, als würden sie alle unabhängig voneinander handeln. An diesem Tag zu dieser Stunde waren sie eher wie eine lose Ansammlung von freiberuflichen Feuerwehrleuten, von denen jeder machen durfte, was er für angebracht hielt, und weniger ein koordinierter Angriff im militärischen Stil. Oder vielleicht war es das lockere Nachgeplänkel nach errungenem Sieg.

Just in diesem Moment sah Josie eine Gruppe von sechs Feuerwehrleuten, die eine einzelne große brennende Fichte umringten, mit drei Schläuchen, die von je zwei Männern bedient wurden.

»Guckt mal da«, sagte sie zu ihren Kindern, und verlangsamte das Chateau.

Es sah aus wie eine Exekution. Der Baum schien lebendig, trotzig, brannte lichterloh, wollte brennen, wogegen die Feuerwehrleute ihn mit Wasser bekämpften, ihn töteten.

Dann ein Geräusch wie ein rasches lautes Ausatmen. Das Chateau scherte nach links aus, dann nach rechts, schlingerte dann vorwärts.

»Was ist das?«, fragte Paul.

Josie fuhr rechts ran, aber sie wusste, dass es ein platter Reifen war. Stan hatte im Schnelldurchgang erklärt, wie man einen Reifen wechselt, und sie hatte das Reserverad am Heck des Chateau ein Dutzend Mal am Tag gesehen, doch jetzt, da sie wusste, dass sie tatsächlich einen Reifen würde wechseln müssen, an einem vier Tonnen schweren Wrack von Fahrzeug, verlor sie kurz die Hoffnung.

»Wir steigen aus«, sagte sie zu den Kindern, und dann standen die drei am Straßenrand, zwischen den grünen Bergen und den grauen Bergen, unter der strahlenden Sonne, vor dem nach rechts geneigten Chateau.

Ana fand einen Stein und warf ihn in Richtung der Feuerwehrleute, die den brennenden Baum bekriegten.

»Da sind noch welche«, sagte Paul, und als Josie sich umdrehte, sah sie von hinten eine Reihe von Männern in Orange kommen, zehn an der Zahl, jeder mit einer Schaufel über der Schulter.

»Sie haben ja einen Platten«, sagte der erste Mann. »Brauchen Sie Hilfe?«

Er war klein und untersetzt, das Gesicht wies Rußflecken auf. Die Gruppe drängte sich um den platten Reifen, und ein paar der Männer traten dagegen, als wäre das irgendwie hilfreich.

»Sollen wir Ihnen helfen?«, fragte der untersetzte Mann.

»Wären Sie so nett?«, fragte Josie, und die Männer verteilten sich fächerförmig, wie eine Art Tanztruppe – Josie war plötzlich in der Mitte und kam sich vor, als müsste sie irgendeine Kür hinlegen, während die Männer klatschten.

»Wo haben Sie den Wagenheber?«, fragte ein anderer Mann in Orange.

Josie versuchte sich zu erinnern, was Stan gesagt hatte, wo das Ding war, und ihr fiel bloß das Seitenfach ein, in dem die Gartenstühle verstaut waren. Sie öffnete es, und drei von den Männern durchstöberten den Stauraum – sie machten immer alles zu dritt –, fanden aber nichts.

»Sollen wir innen nachschauen?«, fragte ein anderer Mann, der größte von allen. »Mein Onkel hatte mal so eine Kiste.« Er deutete mit dem Kopf auf das Wohnmobil, als würde er auf Zeckenbefall hinweisen.

Josies Instinkt riet ihr davon ab, zehn Männer durch das Chateau trampeln und in jeden Schrank schauen zu lassen, vor allem wegen des Samtsäckchens, das unter der Spüle versteckt war. Aber ein paar von ihnen hatten anscheinend schon das Interesse an der ganzen Sache verloren und standen jetzt ein paar Schritte entfernt die Straße hinunter, als wollten sie schon weiterziehen, und um sie bei der Stange zu halten, sagte sie, klar, sie könnten im Chateau nachsehen, dass der große Mann in Orange sich vielleicht dank seines Onkels besser auskannte als sie. Als der untersetzte Mann die Seitentür öffnete und einstieg, trafen sich Pauls und ihre Blicke.

Das ist ein Beispiel dafür, wie man eine schlimme Situation schlimmer machen kann, sagten seine Augen.

Aber es war zu spät. Sechs von den Männern waren im Chateau, und Josie stand am Straßenrand, mit ihren Kindern neben sich, und dachte, dass an dieser Gruppe Männer irgendetwas ungewöhnlich war, konnte aber nicht sagen, was. Abgesehen von dem Untersetzten waren sie schmächtiger und dünner als die durchschnittlichen Feuerwehrleute, insgesamt jünger, alle in den Zwanzigern, die Arme grau von Tattoos. Sie trat näher ans Chateau, um einen Blick hineinzuwerfen, aber das Innere war ein einziger oranger Farbklecks. Sie drehte sich um und sah einen der Männer auf den Knien vor Ana, die er verdeckte. Er schien mit ihr zu reden.

»Ana, komm her«, sagte Josie mit wachsendem Unbehagen. Ana schlurfte widerwillig zu ihr, die Hände auf dem Rücken.

Josie schaute jedem der Feuerwehrleute auf die Hände,

um zu sehen, ob einer das Samtsäckchen hatte mitgehen lassen. Der größte Mann sprang aus dem Chateau, hielt mit einer Hand ein gebogenes Eisenstück über den Kopf, mit der anderen eine mechanische Vorrichtung, die verrostet war. »Hab ihn«, sagte er zu allen, und sogleich waren orange Männer unter dem Chateau, und einer stand auf der Heckleiter, um das Reserverad abzumontieren, und kurz darauf hob sich das Wohnmobil auf einer Seite, und sie hatten den Platten gewechselt.

Als sie den Wagen wieder absenkten, war plötzlich ein neuer Mann in einer zitronengelben Montur unter ihnen. »Was geht hier vor?«, fragte er. Er war ein älterer Mann und trug eine Schutzbrille über tief liegenden Augen, die von buschigen Brauen beschattet wurden. Er hatte eine autoritäre und zugleich sanfte Ausstrahlung, ein Kleinstadtrichter, der von allen Höflichkeit forderte und erwartete.

»Wir haben der Fahrerin von dem Wohnmobil bloß beim Reifenwechseln geholfen, Sir«, sagte der große orange Mann.

Die Männer in Orange waren von Josie und dem Chateau zurückgetreten, plötzlich schüchtern. Einige hatten hastig ihre am Straßenrand liegenden Schaufeln aufgehoben.

»Ma'am«, sagte der Mann mit der Schutzbrille zu Josie. In seinen Augen stand Beunruhigung. »Haben diese Männer Ihnen irgendwas getan oder Sie belästigt?«

»Nein«, sagte Josie verwirrt, aber in einem Tonfall, als würde sie eine Aussage zu einem Verkehrsunfall machen. »Sie haben mir sehr geholfen.«

Der Mann mit den sanften Augen entspannte sich und blickte zu den orangen Männern hinüber, wobei sein

Blick verriet, dass er sowohl enttäuscht als auch beeindruckt war. »So, Jungs, schnappt euch eure Schaufeln
und geht weiter, okay?«, sagte er, und diejenigen von
den orangen Männern, die das nicht schon getan hatten, stellten sich wieder hintereinander auf und stapften
im Gänsemarsch los. Als sie am Chateau vorbeikamen,
blickte keiner von ihnen Josie oder Paul oder Ana an. Der
Mann in Zitronengelb sah ihnen nach, die Hände auf den
Hüften. Als sie außer Hörweite waren, wandte er sich an
Josie.

»Haben die sich als Häftlinge zu erkennen gegeben?«,
fragte er.

Josies Magen schien sich in nichts aufzulösen. Sie
schüttelte den Kopf.

»Wissen Sie, wir setzen bei manchen Waldbränden
Strafgefangene ein, um Brandschneisen zu schlagen und
so«, sagte der Mann.

Josie hatte keinen Schimmer, was er meinte.

»Das sind Kleinkriminelle. Und sie sind froh über
die Arbeit, dass sie mal rauskommen und so«, sagte der
Mann mit einem leisen Lachen. »Jedenfalls, wir sind
knapp an Personal, wie Sie sehen können. Ansonsten werden die Jungs normalerweise beaufsichtigt. Und ich wusste nicht, dass wir schon Zivilisten hier durchlassen. Also
eine Verkettung unglücklicher Umstände.«

Josie versuchte mitzukommen. Strafgefangene wurden
für die Bekämpfung von Waldbränden eingesetzt, und
die zehn Männer, die um und durch das Chateau gelaufen
waren, waren alles Häftlinge, und sie hatten bereitwillig
ihre Reifenpanne behoben und waren richtig höflich gewesen, und jetzt waren sie weg.

»Moment«, flüsterte sie und stieg ins Chateau, hastete

zur Spüle, öffnete den Unterschrank und fand das Samtsäckchen unangetastet.

»Was war denn? Fehlt irgendwas?«, fragte der Mann.

»Nein, nichts«, sagte sie. Sie schaute die Straße hoch.
Die Kolonne Männer hatte einen Weg hinauf in die verkohlten Berge eingeschlagen.

»Hat einer von den Männern dir das geschenkt?«,
fragte der Mann Ana.

Josie blickte hinunter und sah, dass ihre Tochter eine
kleine gelbe Blume in der Hand hatte.

Sie konnte die ganze Nacht durchfahren, beschloss sie.
Sie konnte überall anhalten. Es war egal. Sie war frei, und
ihre Kinder waren in Sicherheit. Sie fühlte sich stark,
kompetent, wieder so heldenhaft, wie sie sich nach ihrer
Flucht von dem B&B gefühlt hatte. Sie wollte einen
Drink.

Und da, ein Stück weiter vorn, war genau das, wonach
sie in Alaska gesucht hatte, ein 24-Stunden-Diner mit
einer Neon-Bierreklame im Fenster. Sie bog auf den Parkplatz und sah, dass in dem Laden erstaunlich viel Betrieb
war für 21.23 Uhr. Sie hielt an. Die Kinder schliefen,
doch sie hatte das Bedürfnis, unter Menschen zu sein, im
grellen Neonlampenlicht. Sie sah zwei freie Tische am
Seitenfenster und parkte das Chateau so, dass sie es von
einem der Tische würde sehen können. Sie hatte vor, sich
dort hinzusetzen und irgendwas zu trinken, dabei das
Wohnmobil mit ihren schlafenden Kindern darin im
Blick zu behalten, für die zwei etwas zu essen zu holen,
sobald sie aufwachten. Sie hatte das Gefühl, dass sie mit
irgendeinem fremden Menschen im Diner sprechen würde, und wenn es nur die Kellnerin war. Sie war in einer

Stimmung, die sie kannte – einmal im Monat überkam sie eine Überschwänglichkeit, und dann plauderte sie mit Kassiererinnen im Supermarkt, mit Leuten, die ihre Hunde Gassi führten, mit Pflegern, die alte Leute im Rollstuhl über den Bürgersteig schoben. *Schöner Tag heute, nicht?*

Freie Tischwahl, stand auf einem Schild im Diner, und Josie meinte, ihr Herz würde vor Freude zerspringen. Sie nahm an einem der zwei leeren Tische Platz und schlug die Speisekarte auf, in der nicht nur das Bier von der Neonreklame angeboten wurde, sondern auch zwei verschiedene Weine, rot und weiß. Die Kellnerin kam, und als sie nahe genug war, um sie richtig taxieren zu können, sah Josie, dass sie eine umwerfend attraktive Frau in den Vierzigern war, womöglich die schönste Frau, die sie in Alaska gesehen hatte. Ihr blondes Haar hatte weiße Strähnen, vielleicht vom Alter oder vielleicht gefärbt. Es spielte keine Rolle. Ihre Augen waren dunkel, und sie hatte Grübchen, die sich zeigten, gleich nachdem sie Josie begrüßt und gefragt hatte, was sie gern hätte.

»Weißwein«, sagte Josie.

Grübchen. »Bloß ein Glas?«, fragte die Frau, deren Augen leuchteten wie die eines geliebten Hundes aus Josies Kindheit. »Wir haben auch Karaffen.«

»Ja«, sagte Josie. »Die Karaffe. Danke. Das da ist meins«, fügte sie hinzu und deutete auf das Chateau direkt vor dem Fenster. Es gab keinen Grund, das zu sagen, gleich nachdem sie eine Karaffe Weißwein bestellt hatte – als wollte sie die Kellnerin wissen lassen, was sie fahren würde, wenn sie mit Trinken fertig wäre.

»Sie parken über Nacht?«, fragte die Kellnerin. Grübchen.

»Darf ich?«, fragte Josie.

Jetzt war die Kellnerin verwirrt. Schließlich konnte Josie sich denken, warum: Die Kellnerin hatte angenommen, dass Josie deshalb auf das Chateau gezeigt hatte.

»Ja«, sagte Josie, jetzt selbstsicherer. »Zahle ich hier oder ...«

Grübchen. »Ich kann es auf die Rechnung setzen. Ich bring Ihnen gleich das Anmeldeformular.«

Und jetzt durchströmte Josie eine neue Art von Glückseligkeit, und sie war sicher, dass sie sich ein bisschen betrinken würde.

Die Karaffe kam, und Josie trank ihr erstes Glas gierig aus. Sie war durstig und trank auf den Wein ein Glas Wasser und war noch immer durstig. Sie konnte sich nicht erinnern, ob sie seit dem Frühstück etwas gegessen hatte. Sie kam zu dem Schluss, dass sie irgendwann am Nachmittag ein halbes Sandwich gegessen hatte, daher konnte sie jetzt etwas essen, sollte sich ein in Wein schwimmendes Festessen gönnen, und überflog die Speisekarte, bestellte einen Hühnersalat und fing mit dem Brot an.

Im Diner herrschte Hochbetrieb. Josie trug ihr Flanellhemd, deshalb war sie unsichtbar und trank genüsslich ihr zweites Glas Chardonnay. Sie sah sich um. Es waren zwei Frauen da, und Josie vermutete stark, dass sie hergekommen waren, um sich flachlegen zu lassen; sie waren gekleidet wie Rock-Groupies. Es waren müde Fernfahrer da, die jeweils zu zweit saßen, und eine Gruppe junger Leute im College-Alter, die aussahen, als hätten sie den Tag mit Rafting verbracht. Einer von ihnen trug noch immer eine Schwimmweste. Und dann war da ein Mann direkt vor ihr. Er saß am Nebentisch und sah sie an, als wären sie beide mit unsichtbaren Begleitern gekommen und könnten plötzlich die Blicke nicht mehr voneinander lösen.

Er hatte so ein fettes, rundes altersloses Gesicht, das dreißig oder fünfzig sein konnte. Was für ein Glück, dachte Josie, so viel Fett im Gesicht zu haben. Er ist für immer gerüstet. Er wird immer glücklich aussehen. Und weil er so harmlos und allein wirkte, lud sie ihn an ihren Tisch ein.

»Sie können sich zu mir setzen, wenn Sie wollen«, sagte sie. Sie bemerkte, dass er bloß einen Cookie und ein Glas Wasser bestellt hatte. »Bringen Sie ihr Wasser und ihren Cookie mit.«

Der Mann reagierte seltsam. Josie fand es nicht abwegig, davon auszugehen, dass er froh sein würde, von einer Frau an ihren Tisch gebeten zu werden. Männer erhielten solche Einladungen nicht oft. Doch es verging ein langer Moment, in dem sein Mienenspiel wechselte von Überraschung über Argwohn zu Begutachtung. Schließlich neigte er den Kopf und sagte: »Okay.«

Er kam mit seinem Glas Wasser und dem Cookie auf einem Teller herüber und stellte beides auf den Tisch, und sie sah, dass er ein weichlich gebauter Mann in einer weiten Jeans und einem karierten Button-down-Hemd war, von Nahem sogar noch harmloser. Er setzte sich und starrte auf seinen Cookie, als sammelte er Mut, um Josie anzuschauen. Sie fand ihn verletzlich, schüchtern, unaufdringlich, sicher.

»Ich bin überrascht, dass Sie mich herübergebeten haben«, sagte er, noch immer mit Blick auf den Cookie.

»Na ja«, sagte Josie, »wir essen beide allein, und das fand ich unnötig. Wie ist Ihr Wasser?«

»Gut«, sagte er, hob wie zum Beweis das Glas und trank einen Schluck, sah Josie dabei endlich über den Rand hinweg an. Da war irgendwas in seinen Augen, dachte sie. Irgendwas Argwöhnisches, als würde er noch immer ihre Motive für die Einladung anzweifeln. Sie fühlte sich geschmeichelt, nahm an, dass er dachte, sie wäre zu attraktiv für einen Mann wie ihn.

»Ich will Sie nicht in Verlegenheit bringen«, sagte sie.

Er schüttelte den Kopf, blickte nach unten auf seinen Cookie, und als würde ihm klar, wie lang er schon darauf starrte, brach er ihn in zwei Hälften.

Josie trank einen Schluck von ihrem Wein, wusste, dass es nicht gut lief. Je länger er dasaß, desto seltsamer wirkte er. Jede Sekunde seiner angespannten Haltung, seiner Unfähigkeit, ihr in die Augen zu sehen, erhöhte die Wahrscheinlichkeit, dass er nicht ganz normal war. »Wie heißen Sie?«

Er lächelte in sich hinein. »Ich weiß nicht, ob das von Bedeutung ist«, sagte er und sah Josie an. Jetzt lag in seinen Augen etwas Verschwörerisches, als würden sie beide irgendein wunderbares Spiel spielen.

»Gehört das Ihnen?«, sagte eine Stimme. Die Kellnerin stand bei ihnen am Tisch und hielt dem Mann einen dünnen Stapel Papiere hin. Josie sah ein paar Seiten mit ausgedruckten Landkarten, ein paar Seiten mit handschriftlichen Notizen, einen Aktenordner und darunter einen großen verschlossenen Briefumschlag mit einer Reihe Namen darauf, die durch ein Et-Zeichen getrennt waren, alles in einer Schriftart, die elegant und kampflustig zugleich war.

»Oh, danke«, sagte er zu der Kellnerin und lachte ein kleines Lachen, schaute zuerst sie an und dann Josie.

»Hätte den ganzen Zweck verfehlt, was? Den weiten
Weg hier raufzukommen und dann den Umschlag zu vergessen.« Er sagte das zu Josie, und endlich fiel bei ihr
der Groschen. Er wollte ihr ein juristisches Dokument
zustellen – sie wurde von jemandem verklagt, Tausende
Meilen weit weg, und der schüchterne Mann war ein Bo-
te, der diese Aggression überbrachte.

Josie stand auf. »Dieser Mann hat mich gerade unsitt-
lich angemacht«, sagte sie laut. »Er hat gesagt, er will
mit mir das Gleiche machen, was er mit anderen Frauen
in ganz Alaska gemacht hat.« Sie wich vom Tisch zurück,
bewegte sich Richtung Ausgang, und sah zu ihrer Genugtuung, dass die meisten anderen Gäste im Raum auf-
gehorcht hatten. »Ich weiß nicht, was das bedeutet, aber
ich habe Angst.« Sie sagte das lauter, zeigte auf ihn, näherte sich der Kassentheke. Sie fischte zwei Zwanziger
aus ihrer Tasche und legte sie auf die Theke.

Josie war fast am Ausgang. Der Gerichtszusteller saß
wie erstarrt da. »Er hat schreckliche Dinge zu mir gesagt!«, rief sie, ließ ihre Stimme fast überschnappen.
»Ich habe Angst!«, schrie sie und stürzte zur Tür.

Nicht schlecht, dachte sie.

Draußen rannte sie zum Chateau und stieg ein, sah,
dass Paul und Ana noch auf ihren Sitzen schliefen. Sie
ließ den Motor an und blickte durchs Fenster des Restaurants. Zwei von den Fernfahrern, ältere Männer, kräftig
gebaut und mit dem Vorsatz, Gerechtigkeit walten zu
lassen, waren zu dem Tisch gegangen und ragten vor dem
Mann auf, der die Hände auf seinen Stapel Unterlagen
gelegt hatte. Als Josie aufs Gaspedal trat und das Chateau mit einem Ruck anfuhr, sah der Mann sie durch die
Scheibe an. Sein Gesicht war teilnahmslos, und in seinen

Augen lag nicht etwa Resignation oder Überraschung, sondern so etwas wie Enttäuschung.

Sie wendete auf dem Parkplatz und kam erneut an dem Gebäude vorbei, als sie zur Auffahrt des Highways fuhr. Jetzt waren drei Männer und die Kellnerin an dem Tisch, und der Mann wurde von den Körpern um ihn herum verdeckt. Der Gerichtszusteller hat gedacht, ich wüsste, wer er ist, wurde Josie klar. Er war ihr hierher gefolgt, in den Diner, und hatte in Ruhe auf einen günstigen Moment gewartet, am Nebentisch gesessen und sie angestarrt. Kein Wunder, dass er überrascht war, als sie ihn herüberbat. Er hatte gedacht, sie wüsste Bescheid.

Das Adrenalin ernüchterte sie schlagartig und machte das Fahren leicht. Ihr Verstand arbeitete auf Hochtouren, furios wie ein Supercomputer. Sie nahm möglichst kleine Nebenstraßen, während sie ihre Gedanken und Pläne und Fragen durchlief. Sie hatte ihn besiegt, alles, wofür er stand. Der Ausdruck in seinem Gesicht – Wer hatte ihn geschickt? Carl? Worum ging es bei der Klage? Oder Evelyn? Sie hatte sich nicht bei deren Kinderanwalt gemeldet. Vielleicht gab es ja an der Front etwas Neues. Vielleicht hatten Evelyns Angehörige weniger Geld bekommen als versprochen. Vielleicht verklagte sie Josie jetzt wegen Betrugs, Irreführung –

Jeremys Eltern? Konnten die sie verklagen? Es versuchen?

Nein. Es war Carl. Es musste Carl sein. Das war das Dreisteste, was er je gemacht hatte. Er hatte Klage eingereicht, und die hatten jemanden beauftragt, ihr die Klageschrift zuzustellen. In Alaska. Meine Fresse. Wie viel Geld kassierte so ein Mann dafür? Ein Gerichtszusteller in Zentralalaska? War er hier aus der Gegend? Er kam ihr nicht so vor. Wahrscheinlich aus Anchorage. Es gab überall Leute, die solche furchtbaren Jobs übernahmen.

Ihn an ihren Tisch einzuladen, hatte ihn tatsächlich davon abgehalten, ihr das Schreiben zuzustellen. Nach einer Stunde Fahrt war sie sicher, dass das stimmte. Als sie ihn herübergebeten hatte, hatte er seine Papiere liegen lassen. Es hatte ihn verwirrt, aus dem Gleichgewicht gebracht. Hätte sie ihn nicht an ihren Tisch gebeten, hätte er ihr das Schreiben einfach ausgehändigt, als sie dasaß. Aber sie hatte ihn irritiert, die Regie übernommen. Sie beglückwünschte sich. Irgendeine übersinnliche Kraft hatte sie dazu gebracht, seine schäbigen Absichten in dem Diner zu durchschauen.

War sie unbesiegbar? Sie fragte sich, ob sie von irgendeiner höheren Macht gelenkt wurde. War ihre Mission, Carl meiden, die Zivilisation verlassen, eine heilige? Eine andere Antwort gab es nicht.

Irgendwann kurz vor Sonnenaufgang, an einer weiteren weiß erleuchteten Tankstelle, stieg Josie aus, tankte und fühlte sich gezwungen, das Chateau auf Peilsender zu überprüfen. Wie sonst hätte der Mann wissen können, wo sie war? Er hatte allerdings eine Landkarte dabeigehabt. Hätte er eine Landkarte gehabt, wenn er irgendein Peilgerät gehabt hätte? Sie stieg aus dem Chateau und kroch darunter.

»Alles in Ordnung?«, sagte eine Stimme.

Sie hob den Kopf und sah ein Paar Stiefel. Sie stand auf und sah, dass die Stimme einem Teenager gehörte, höchstens siebzehn Jahre alt, in einem makellos sauberen gelben Shirt und einer hautengen Jeans. Die Stiefel waren ein glatter Stilbruch.

»Arbeiten Sie hier?«, fragte sie.

»Mhm«, sagte er. »Brauchen Sie Hilfe da unten?«

Sie überlegte kurz, ob sie ihm erzählen sollte, dass sie verfolgt wurde, dass sie nachgesehen hatte, ob vielleicht am Chassis eine Art Blackbox angebracht war, wusste aber, dass das nur Interesse wecken und sie unvergesslicher machen würde, sodass der junge Mann, falls oder wenn er gefragt würde, ob er irgendwen oder irgendwas Auffälliges gesehen hatte, eine Geschichte erzählen könnte. Ja, eine Frau, die unter einem Wohnmobil nach einem Peilsender gesucht hat, sehr nervös –

Stattdessen hatte sie eine Idee. »Kann ich hier meinen Abwassertank leeren?«

Er zeigte ihr, wo: ein Tank, der hinter der Tankstelle im Boden eingelassen war. Im Zement war ein kleines rundes Einfüllloch. »Ich muss Ihnen dafür fünfzehn Dollar berechnen«, sagte er. »Ich meine, wenn Sie einen vollen Tank leeren.« Josie sagte, der Tank sei voll, voll mit der ganzen Scheiße, die sich seit Beginn der Fahrt angesammelt hatte, und bezahlte den Mann.

»Ich weiß aber nicht, wie das geht«, sagte sie.

Jetzt verhärtete sich das Gesicht des Teenagers. »Sie wissen nicht, wie das geht?«, fragte er, als hätte Josie bei ihrer Ignoranz kein Recht, ein prachtvolles Wohnmobil wie das Chateau zu steuern, kein Recht, Fäkalien darin durch die Gegend zu kutschieren. Der Teenager zeichnete daraufhin ein entsetzliches und pornografisches Bild von einem langen dicken Schlauch, der aus der Seite des Wohnmobils ragte und sich in ein Loch im Boden schlängelte. »Das Abwasser sollte einfach von hier nach da in den Tank strömen«, sagte er und zeichnete Pfeile, die sich auf und ab bewegten.

Die Zeichnung des Teenagers war harmlos, sogar schön, im Vergleich zu der Realität, die als Erstes verlangte, dass Josie einen dreieinhalb Meter langen weißen Schlauch, der unerklärlicherweise geriffelt war, aus der Stoßstange des Chateau zog. Er war dort verstaut, dezent versteckt, ein langer Zylinder, der in einem langen Rechteck steckte. Sie hielt ihn mit spitzen Fingern, wusste, dass unbekannte Mengen Ausscheidungen von Fremden – von Stan und seiner Weißer-Teppichboden-Frau! – hindurchgeflossen waren. Woher sollte sie wissen, ob der Schlauch nicht irgendwo undicht war? Wer konnte für die nahtlose Intaktheit des Scheiße-Schlauchs bürgen? Sie zog ihn komplett aus der Stoßstange, und er wurde länger und länger wie ein riesiger Regenwurm.

Sie befestigte ein Ende an der passenden Öffnung unten am Chateau, direkt unterhalb des Fäkalientanks, und steckte das andere Ende dann in das Loch vom Entsorgungstank im Boden. Jetzt musste sie bloß noch den kleinen und fragilen Hebel umlegen, der den Tank öffnete, und hoffen, dass der Schlauch, wenn die Exkremente hindurchrauschten, an der Öffnung befestigt blieb und nicht abfiel, keine Fäkalien durch die Gegend spritzte. Letzteres schien weitaus wahrscheinlicher bei der Menge Abwasser, das durch diese dünne weiße Membrane schießen würde.

Josie griff unters Chateau, unter den Tank, legte den Hebel um und sprang zur Seite. Der Schlauch aber blieb während der ganzen grauslichen Angelegenheit fest – das Pumpen, das Ruckeln, das entsetzliche Rauschen. Das Ruckeln war besonders beunruhigend, da der Schlauch, der, wie sie erkannte, für die von ihm beförderte Menge viel zu klein war, wild zuckte, während die Fäkalien klumpig und matschig hindurchflossen. Der Sound war der quälende Gesang der Scheiße auf dem Weg von ihrem Zwischenlager zur Endstation, ohne mit dem Schicksal zu hadern, sondern fröhlich und begierig.

Und dann war es vorbei, und Josie musste nur noch beide Enden lösen, ohne etwas von den Fäkalien, mit denen zweifellos noch immer die Innenseite des Schlauchs und vor allem die Enden beschichtet waren, an Finger und Schuhe zu bekommen, und dann die dreieinhalb Meter Röhre, die noch so viele Erinnerungen an Vergangenes barg, wieder in der Stoßstange verstauen.

Der Teenager tauchte wieder auf. »Alles erledigt?«

»Alles erledigt«, sagte Josie.

Sie folgte dem Teenager ins Büro, wusch sich die Hände auf der Toilette, und als sie sah, dass der Shop ein gut sortiertes Angebot an Lebensmitteln hatte, kaufte sie genug für rund eine Woche. Selbst auf Wohnmobilparks zu übernachten, erschien ihr von jetzt an zu riskant. Sie kaufte den gesamten Bestand des Shops an Erdnussbutter, Milch und Orangensaft und Obst und Brot.

Sie kaufte eine Thermosflasche und füllte sie mit Kaffee, lud die Lebensmittel auf den Beifahrersitz des Chateau, setzte sich wieder hinters Steuer und ließ den Motor an. Der Teenager, der im grünweißen Licht der Tankstelle stand, sagte etwas zu ihr, aber sie konnte es nicht verstehen. Sie hielt sich eine gewölbte Hand ans Ohr, lächelnd, in der Hoffnung, dass es damit getan wäre, doch stattdessen kam er zu ihr ans Fenster getrabt.

»Genießen Sie den Sonnenaufgang«, sagte er. Es klang wie die Feststellung einer gemeinsamen Vorliebe – dass

sie beide sich darin einig waren, diese frühen Morgen-
stunden zu lieben, das Alleinsein und die Einsamkeit.

»Okay«, sagte sie.

XVIII.

Bei Sonnenaufgang sahen sie ein Schild. *peterssen silbermine, 2 meilen.* Sie waren fünfeinhalb Stunden gefahren, Richtung Norden und Nordwesten, und hatten sich von den größeren Straßen abseitsgehalten. Ein Dutzend Mal war sie in Sackgassen und gesperrte Straßen geraten und hatte wenden müssen, als ob Alaska wild entschlossen wäre, sie keine direkte Route fahren zu lassen. Schließlich gab die Nacht nach, wich grauem Licht. Josie wollte unbedingt einen uneinsehbaren Platz zum Parken finden, um das Chateau und sich zu verstecken. Im Grunde suchte sie nach einer Höhle, wusste aber, dass das zu viel verlangt war. Eine Mine erschien ihr als die zweitbeste Lösung.

»Lust auf eine alte Silbermine?«, rief sie nach hinten zu den Kindern. Sie hatten die ganze Nacht geschlafen, und gaben erst jetzt Geräusche von sich, die darauf schließen ließen, dass sie aufwachten.

Keiner von beiden sagte etwas.

»Schlaft ihr noch?«, fragte sie.

»Nein«, sagte Ana.

»Fahren wir zu einer Silbermine«, sagte Josie. Sie war überdreht, hibbelig von dem Kaffee, den sie an der Tankstelle gekauft und heiß, dann warm, dann kalt getrunken hatte. Eine undeutliche Erinnerung kam ihr in den Sinn, wie ihre Eltern mal mit ihr eine Mine in Oregon besucht hatten. Den ganzen Tag über hatte sie sie in den dunklen Gängen dabei ertappt, wie sie sich küssten.

Sie verfehlte die Ausfahrt zur Mine beim ersten Mal, wendete und verfehlte sie auch von der anderen Seite. Die Abzweigung war unglaublich schmal, und das Hinweisschild aus Holz war klein und handgemalt.

Das Chateau rumpelte über die unbefestigte Straße, die sich in ein tiefes Tal wand. »Hier ist sonst niemand«, bemerkte Josie, als sie auf der zwei, drei, vier Meilen langen Fahrt keine Spur von menschlichen Behausungen entdeckte. Sie hatte die ganze Nacht nachgedacht und vor sich hin gemurmelt, und jetzt, wo die Kinder anscheinend wach waren, konnte sie laut reden und es für normal halten.

»Da schau her«, sagte sie, »ein Fluss. Hübsch.«

Falls der Mann ihr wieder folgte, um ihr irgendwas zuzustellen, fühlte sie sich imstande, ihm zu entkommen oder ihm irgendwas anzutun. Sie hatte Angst davor, was sie mit ihm machen würde, falls sie allein wären. Sie dachte daran, ihm mit einem Stein auf den fleischigen Kopf zu schlagen, ihn allein und blutend an einer entlegenen Stelle liegen zu lassen.

Sie sann über das Wort *Mine* nach. Irgendwie ein komisches Wort für die Gewinnung von Edelmetallen aus der Erde: *Mine*. Sie überlegte, den Kindern von ihren Gedanken zu erzählen, dass eine Silbermine ja nun rein gar nichts mit einer Kugelschreibermine zu tun hatte, und dann flüsterte sie plötzlich die Worte *Mine, Mine, Mine* und merkte, dass sie lächelte. Sie war fix und fertig.

»Ich muss schlafen«, sagte sie laut.

Das Chateau überquerte eine schmale Eisenbrücke über einen klaren seichten Fluss, und kurz darauf verkündete ein weiteres Schild, dass es noch drei Meilen bis zur Mine waren. Zeit und Raum krümmten sich. Sie waren jetzt noch weiter weg, als zu dem Zeitpunkt, als sie den Highway verlassen hatten. Die Landschaft war üppig bewachsen mit Fichten und Wildblumen, und Josie wollte schon »Hübsch« nach hinten rufen, als sie sich umdrehte und Pauls Gesicht zwischen den beiden Vordersitzen sah, ihrem erschreckend nahe.

»Hübsch«, sagte sie zu ihm, im Flüsterton.

Schließlich sahen sie eine Reihe von verwahrlosten Gebäuden aus grauem Holz und mit verrosteten Dächern, die sich den steilen Berghang hochzog. Weiter vorne war ein Tor, das jedoch geschlossen und verriegelt war. Josie parkte das Chateau, stieg aus und ging zu dem Tor, an dem ein handgeschriebenes Schild hing.

vorübergehend geschlossen: mittelsperrung wegen haushaltsstreit.

nicht unsere schuld.

Josie ging zurück ins Chateau, erzählte den Kindern, dass der Park geschlossen war, und teilte ihnen dann mit, dass sie trotzdem reingehen und herumspazieren würden. Eine Idee nahm in ihrem Kopf langsam Gestalt an.

»Dürfen wir das denn?«, fragte Paul.

»Klar«, sagte Josie.

Josie parkte direkt vor dem Tor, um jedem eventuell auftauchenden Ranger zu zeigen, dass sie sich nicht vor den Behörden versteckte. Sie wollte den Eindruck einer Mutter machen, die kurz angehalten hatte, um ihren Kindern das Gelände der alten Silbermine zu zeigen. Sie gingen um das Tor herum zu dem Parkplatz und sahen, dass es eine Toilette gab, eine kleine mit einem neu gedeckten Dach. Paul lief hin, doch die Türen waren abgeschlossen. Sekunden später pinkelte er hinter dem Gebäude.

Die Mine war gut erhalten, denn die Parkranger und Historiker, die sich um sie kümmerten, ließen sie mehr oder weniger ungestört verfallen. Überall lagen verrostete Gerätschaften herum, als wären sie aus einem überfliegenden Flugzeug gefallen. Informationsschilder standen entlang eines Wegs, der Besucher zur Schmelzhütte führte und vorbei an den Unterkünften und alten Büros, wo die Bergwerksgesellschaft ihre Sachbearbeiter und Buchhalter untergebracht hatte.

Die Kinder waren nicht begeistert. Josie hatte oft keine Ahnung, was sie interessieren würde. Letztes Jahr hatten sie ein Seefahrtmuseum besucht, auf das Ana ganz verrückt gewesen war. Und Paul brachte zumindest höfliches Interesse auf. Aber dieser Bergbaubetrieb übte keinerlei Reiz aus. Auf einem der Schilder stand, dass es irgendwo in der Nähe einen Fluss gab, aber Josie konnte ihn weder sehen noch hören. Sie folgten dem Weg bis an sein Ende, zu zwei Gebäuden, wo das Silber verarbeitet worden war, und dann sah sie direkt dahinter, abseits von dem Weg und inmitten eines kleinen Bestands dichter Laubbäume ein neueres, gepflegteres Gebäude.

»Wartet hier«, sagte sie zu den Kindern, und beide seufzten ausgiebig. Sie standen in der niedrigen Sonne, und Josie wand sich innerlich, als sie ihre roten und verschwitzten Gesichter sah. »Ich muss mir bloß mal eben das Haus da anschauen«, sagte sie.

Sie kletterte über den niedrigen, epochengerechten Zaun aus groben und grauen Brettern und ging über den roten Sand des gewundenen Pfades, bis sie an dem Cottage war, eine hübsche kleine Blockhütte, neu lackiert mit einem Stich ins Kirschrot. Sie spähte durch die Fenster. Die Hütte war hübsch eingerichtet, mit einem Kamin, zwei Schaukelstühlen, einem Futon, einer kleinen und schlichten, aber ordentlichen Küche. Und sie war leer. Es sah aus, als wäre seit Wochen niemand mehr da gewesen, und wer immer da wohnte, hatte gut geputzt, bevor er gegangen war. Wahrscheinlich war es das Haus des Verwalters. Der Dienstsitz des Rangers. Und anscheinend war der Ranger aufgrund der Schließung heimgefahren, in ein anderes Haus. Josie kehrte zu den Kindern zurück. Die Idee in ihrem Kopf war jetzt ausgereift.

»Wie wär's, wenn ihr zwei kurz zurück zum Chateau geht?«, sagte sie. »Holt euch was zu trinken. Ich will mich noch ein bisschen länger umsehen.«

Paul und Ana schienen überhaupt keine Lust zu haben, irgendwohin zu gehen, aber als Josie ihnen den Schlüssel vom Chateau reichte, konnten sie sich die Gelegenheit nicht entgehen lassen, die Tür selbst aufzuschließen. Sie würden sich weder was zu trinken holen noch sich ausruhen. Sie würden die Tür auf- und zuschließen spielen, bis sie zurückkam.

Als sie den Pfad hinuntergelaufen und außer Sicht waren, ging Josie zurück zu der Hütte. Sie drehte den Knauf der Eingangstür, doch sie war abgeschlossen. Sie ging zur Hintertür, die ebenfalls abgeschlossen war. Sie hatte damit gerechnet, und machte dann das, was sie sich schon vorher überlegt hatte: Sie ging um die Hütte herum auf der Suche nach dem kleinsten Fenster.

Das kleinste Fenster war das von der Küche, ein Sprossenfenster mit sechs Scheiben. Josie riss ein Blatt von einer

Elefantenohr-Pflanze in der Nähe, wickelte es sich um die Faust und schlug gegen das Glas.

Es zerbrach nicht. Ihre Hand brannte mit der Hitze von hundert Sonnen. Sie sank auf ein Knie, hielt sich die Finger, verfluchte sich selbst. Nach einigen Minuten hatte sie sich erholt und suchte nach einem Stein. Sie fand einen spitzen Brocken, der an die fünf Pfund wog, und schlug ihn mit Wucht gegen das Glas. Wieder zerbrach das Fenster nicht. Sie trat zurück, warf den Stein mit Schwung von unten Richtung Scheibe und verfehlte, traf nur die Hauswand. Schließlich hob sie ihn über den Kopf und rammte ihn in das Fenster. Jetzt gab das Glas nach.

Sie wartete, lauschte auf irgendeine Reaktion von ihren Kindern oder von irgendwem, der vielleicht heimlich in der Hütte wohnte. Als sie nichts hörte, warf sie den Stein weg und ging zurück zu ihren Kindern.

Sie spielten mit dem Schlüssel und dem Chateau-Schloss. Ana hatte Paul überredet, ins Wohnmobil zu gehen, während sie draußen blieb und versuchte, den Schlüssel ins Schloss zu stecken.

»Klopf klopf«, sagte Ana.

»Du hast doch den Schlüssel«, sagte Paul von innen. »Wieso klopfst du?«

Als Ana Josie hinter sich bemerkte, wirkte sie einen Moment panisch vor Schreck und schlechtem Gewissen.

»Kommt mit«, sagte Josie, und Ana entspannte sich. »Ich muss euch was Interessantes zeigen.«

Etwas sehr Gutes an ihren Kindern in diesem Alter: Jedes Mal, wenn sie sagte, sie würde ihnen etwas Interessantes zeigen, glaubten sie ihr unweigerlich. Sie folgten ihr brav wieder bis ans Ende des sonnenbeschienenen

Pfades. Diesmal ließ sie sie auch über den Zaun klettern, und sie führte sie auf die Rückseite der Hütte.

»Was seht ihr?«, fragte sie.

»Kaputtes Fenster«, sagte Paul.

»Was denkt ihr, sollten wir machen?«, fragte sie.

Die beiden Kinder blickten sie an.

»Was würde passieren, wenn das Fenster so bleibt, mit dem Loch drin, in so einem Wald?«, fragte sie.

»Tiere«, sagte Ana.

»Die klettern rein«, fügte Paul hinzu.

Josie hatte einen Plan, aber ihre Kinder sollten glauben, dass es ihr Plan war.

»Richtig«, sagte Josie. »Also, was sollten wir machen?«

»Wir sollten es zukleben oder so«, sagte Paul.

»Aber wie?«, fragte Josie. In dem Moment beobachtete sie sich selbstkritisch, wandte bei ihren Kindern die sokratische Methode an, hoffte, sie würden den Vorschlag machen, dass Ana durch das kaputte Fenster klettern sollte.

»Einer von uns könnte durchklettern und einen Schlüssel suchen«, sagte Paul.

Sie waren wunderbare Menschen, ihre Kinder. Dann dachte sie: Wie viele Vergehen genau würde ihre Familie in diesem bescheidenen Staat begehen?

»Oder einfach die Tür von innen aufmachen«, schlug Josie mit einem unverbindlichen Achselzucken vor.

Paul und Ana bissen an und machten sich mit großer Ernsthaftigkeit an die vor ihnen liegende Aufgabe. Nachdem Josie Ana und Paul Zeit gelassen hatte, das kaputte Fenster mit dem Sachverstand von Glasern zu begutachten, holte sie die Fußmatte vor der Eingangstür der Hütte und legte sie über den unteren Rand des kaputten

Fensters. Dann behauptete sie mit aller moralischen Ernsthaftigkeit, mit der man den Namen eines Heiligen nennt, dass Ana der einzige Mensch auf der Welt sei, der es schaffen könnte, durch so ein kleines Loch zu schlüpfen, auf den Tisch darunter zu steigen, dann auf den Fußboden, dann zur Tür und sie für ihre Mutter und ihren Bruder zu öffnen.

Ana blinzelte schnell. Sie konnte es nicht glauben. Die alte rastlose Seele in ihr schien genau zu wissen, was Josie im Schilde führte, aber die echte Fünfjährige, die Anas körperliche Gestalt bewohnte, war begeistert von dem ganzen Abenteuer und überhörte lieber die Stimme in ihr, die es besser wusste.

Josie hob sie hoch, mit Pauls fangbereiten Händen darunter, und Anas Bauch schob sich hin und her, wie ein gestrandeter Hai, über die Fußmatte, und dann machte Ana eine elektrisierende Improvisationseinlage, vollführte eine Rolle vorwärts – in Zeitlupe, behutsam –, um auf den Tisch unter dem Fenster zu gelangen. Ana blieb kurz auf dem Tisch stehen, tat so, als würde sie die Lage einschätzen, dabei genoss sie in Wirklichkeit nur ihren Triumph, wusste, dass sie beobachtet und bewundert wurde. Dann sprang sie ohne großes Trara auf den Boden und lief zur Vordertür, als würde sie schon ihr Leben lang in der Hütte leben. Als Josie und Paul zur Tür kamen, hatte Ana sie bereits geöffnet und tippte auf eine eingebildete Uhr an ihrem kleinen Handgelenk.

Dann entspannte sie sich und lächelte, wie eine Gastgeberin, die sich entschieden hatte, verspäteten Gästen zu verzeihen, um nicht die Stimmung zu verderben. »Willkommen!«, sagte sie.

Josie erklärte ihnen, dass sie das Fenster von innen

würden zukleben müssen – nur von innen würde das gehen oder Regen und Wind standhalten. Also gingen sie in die Hütte, wo sie rohes Holz roch, die schwachen Gerüche von Schimmel und Reinigungsmittel – von versuchter Ordnung –, und sie suchten nach Klebeband und Pappe. Bald hatten sie beides gefunden und das Fenster repariert oder es zumindest undurchdringlich für Insekten und kleine Tiere gemacht.

Aber Josie hatte nicht nur die Absicht, das Fenster zu reparieren, sondern wollte in der Hütte bleiben, zumindest bis sie entschieden hatte, wie es weitergehen sollte. Einen besseren Ort hätten sie kaum finden können. Sie durchstöberte die Schubladen in der Küche, bis sie einen Schlüssel fand, den sie an der Vordertür ausprobierte. Er passte. Sie hatte einen Schlüssel für die Hütte. »Ich denke, wir sollten die Nacht über hierbleiben«, sagte sie beiläufig, »nur um uns zu vergewissern, dass die Hütte sicher ist und das reparierte Fenster hält.«

Paul und Ana stimmten zu. Oder zuckten bloß die Achseln. Es war ihnen egal. Ihr Leben hatte kein logisches Muster mehr.

»Bin gleich wieder da«, sagte sie. Josie ließ die Kinder in der Hütte und lief zum Chateau und überlegte, was sie mit dem Wohnmobil machen sollte. Sie konnte es nicht am Tor stehen lassen.

Sie schaute sich um und sah, jenseits des Tors und auf der anderen Seite des Parkplatzes, eine Wellblechgarage, deren Türen offen standen. Sie rechnete damit, dass sie voll mit Fahrzeugen oder sonstigen Gerätschaften der Parkranger war, aber sie war überwiegend leer. Josie verstand: Hier hatte der Ranger seinen Pick-up geparkt, und jetzt war der Mann weg, solange der Park geschlossen blieb, weil Washington sich nicht auf den Staatshaushalt einigen konnte. Von der Höhe der Garage her müsste das Chateau hineinpassen.

Josie nahm das Schloss am Ende der Kette in Augenschein. Es war ein normales Vorhängeschloss, das die schwere Kette zusammenhielt, die durch das Tor und um den Pfosten herumgelegt war. Ihr erster Gedanke war, das Schloss mit einem der Schraubenschlüssel aufzubrechen, die sie im Werkzeugkasten des Chateau gesehen hatte. Sie hatte auch einen Wagenheber, vermutete aber, dass das Vorhängeschloss stabil genug war, um Schlägen mit simplen Werkzeugen aus Stahl und Eisen standzuhalten.

Sie stand im Morgenlicht, das weiß wie Brüsseler Spitze war, und starrte das Tor an, und als ihr die Lösung einfiel, lachte sie. Es war lächerlich, und es würde hinhauen, und nachdem sie es getan hätte, würde sie immer darüber lachen, noch in kommenden Jahren, darüber, wie einfach der Schachzug gewesen war, darüber, dass sie das wirklich gemacht hatten. Es war eine strafbare Handlung, irgendwo zwischen Einbruch und unbefugtem Eindringen und simplem Vandalismus, aber es würde wunderbar hinhauen.

Minuten später war sie wieder in der Blockhütte und hatte sich die Säge geschnappt, die über dem Kaminsims hing. Und dann lief sie auch schon den Pfad zurück, hielt die Säge mit beiden Händen über den Kopf. Wieder am Tor fing sie an, den Pfosten durchzusägen. Sie sägte knapp über dem Boden, weil sie den Pfosten anschließend wieder an Ort und Stelle bringen wollte und hoffte, dass das Gras, das drumherum wuchs, die Tatsache verbergen würde, dass sie den Pfosten durchgesägt hatte. Sie arbeitete ohne Pause, da sie fürchtete, ihre Kinder würden jeden Moment kommen und Zeugen ihrer bislang bizarrsten Straftat werden, und schließlich war der Pfosten durchgesägt. Das Vorhängeschloss hing natürlich noch immer an Ort und Stelle, aber es war jetzt an einem Pfosten befestigt, der nicht mehr befestigt war, der mit dem offen Tor mitschwang.

Josie fuhr das Chateau durchs Tor und lenkte es langsam in die Wellblechgarage, erwartete jeden Moment, mit dem Dach oben anzustoßen. Aber es passte, es sollte passen, also fuhr sie es ganz hinein, und schloss die Türen der Garage, als sie fertig war. Das Chateau war unsichtbar. Sie nahm ein paar Hundert Dollar aus dem Samtsäckchen, schob es tief in die Ecke des Unterschranks, traute sich nicht zu zählen, wie viel Geld noch übrig war, und schloss die Chateau-Tür ab. Sie ging zurück zum Tor, um den besten Teil des Ganzen zu erledigen. Sie setzte den Pfosten wieder auf das untere Stück, balancierte ihn aus, bis er wieder aussah wie ein funktionsfähiger, nicht manipulierter Torpfeiler. Falls irgendwer ihn anfasste oder ein heftiger Wind aufkam, würde er kippen, aber vorläufig machte er einen stabilen, nicht manipulierten Eindruck.

Jetzt würde wahrscheinlich niemand sie finden können, zumindest für ein paar Tage. Die Parkranger, die es in Alaska noch gab, hatten mit den Waldbränden alle Hände voll zu tun oder waren weit weg, außerhalb des Staates, und genossen in ihrem Zwangsurlaub das schöne Wetter.

Josie und die Kinder sahen sich in der Hütte um, und die Kinder liefen sofort die Treppe hoch auf den Speicher unter dem Giebeldach.

»Da oben ist nicht viel«, sagte Paul, als er wieder herunterkam. »Zwei kleine Betten, aber es stinkt.«

Das Leben in der Hütte spielte sich hauptsächlich im Erdgeschoss ab, wo der Kamin die Position aller anderen Gegenstände im Raum bestimmte. Der Futon und die Sessel schauten in seine Richtung, und auch der meiste Dekokram konzentrierte sich bei ihm. Auf dem Kaminsims eine Reihe Angelandenken, ein aus Holz geschnitztes Pferd, ein auf ein Stück Rinde gemalter Biber. Über dem Sims hing, wie Schwerter gekreuzt, ein Paar Holzschneeschuhe und darüber ein antiker Speer. Links vom Kamin war vor der Wand Feuerholz gestapelt.

In der Küche standen zwei alte Herde, von denen keiner funktionierte, und ein Resopaltisch mit drei Chromstühlen drumherum, jeder mit gelber Kunststoffsitzfläche, der irgendwo eingerissen und mit Klebeband geflickt war. Es gab eine Spüle, aber kein fließendes Wasser; stattdessen gab es einen fast vollen Wasserspender. Ein kleiner funktionstüchtiger Kühlschrank stand in einer Ecke und daneben eine Kommode mit Alufolie, Tupperdosen, Klebeband, Schere und Kordel. An einer Magnetleiste an der Wand klebte eine Kolonne Messer, die alle mit soldatischer Vorfreude nach rechts schauten. Ein kleiner Schrank über einem der Herde war voll mit Konservensuppen und -gemüse. Mit den Lebensmitteln, die sie im Chateau hatten, und den Vorräten hier, dachte Josie, würden sie eine Weile auskommen.

»Guck mal«, sagte Ana. Im Hauptraum hatten die Kinder ein Sammelsurium an Spielen gefunden. Scrabble, Mensch ärgere dich nicht!, zwei Kartendecks, Monopoly. Josie rechnete schon fast damit, dass Candyland dabei wäre und sie kurz eine Spirale schmerzhafter Gedanken haben würde, doch als sie den Stapel überflog, sah sie das Brettspiel nicht. Dann entdeckte Paul es. Es war unter dem Regal, auf dem die übrigen Spiele lagen.

»Von dem hab ich gehört«, sagte er und wischte den Staub von der Schachtel. »Wieso hatten wir das nie, Mom?«

»Wer will Feuer machen?«, fragte Josie.

Paul und Ana suchten mit großem Vergnügen die richtigen Zeitungen, Anzündholz und Scheite aus, und im Nu loderte ein prasselndes Feuer. Josie plante, das Spiel bei der erstbesten Gelegenheit hineinzuwerfen. Doch vorläufig hatte sie ihre Kinder so weit abgelenkt, dass sie es auf dem Kühlschrank verstecken konnte.

In der Küche entdeckte sie ein Transistorradio, machte es an und suchte nach Nachrichten. Wurde vielleicht schon nach ihr gefahndet? Irgendwelche Nachrichtenmeldungen über den Tod oder die Körperverletzung eines Gerichtszustellers durch wehrhafte Diner-Gäste? Sie bekam nur einen schwachen Sender herein, auf dem ein evangelikaler Prediger seinen Hörern erzählte, es sei Gottes Wille, dass sie nicht nur spirituell, sondern auch materiell prosperierten. »Prosperieren ist ein Wort, das in der dreidimensionalen Welt verwurzelt ist«, sagte der Mann.

Auf der Arbeitsplatte stand ein Foto des Mannes, von dem sie vermutete, dass er der Ranger war, der normalerweise in der Hütte wohnte. Er war um die vierzig, hatte eine fröhliche Ausstrahlung, einen roten Bart und trug Grün und Kaki. Er hatte einen Arm um einen anderen Mann gelegt, der auch einen Bart und die gleichen fröhlichen Augen hatte. Ein Bruder vielleicht, ein Liebhaber, ein Ehemann? Jedenfalls war sie froh darüber, dass sie dem Ranger, der hier lebte, einem Mann, der liebte oder zu Liebe fähig war, weniger zutraute, dass er sie verfolgen würde, als dem Besitzer des Cottage, wo sie sich zuletzt eingenistet hatten.

»Ich muss schlafen«, sagte Josie. Sie hatte sich seit über einem Tag nicht ausgeruht. Josie führte den Kindern den Futon vor, und sie sah ihnen förmlich an, wie sie abschätzten, ob sie alle drei darauf Platz finden würden; sie war sicher, dass die beiden nicht auf dem dunklen und zugigen Speicher würden schlafen wollen. Josie sank auf die Matratze, was eine kleine Staubwolke aufsteigen ließ. Es war ihr egal. Der Schlaf zog sie in die Tiefe.

»Wohnen wir jetzt hier?«, fragte Ana.

Josie schlief ein und dachte noch, dass das eine sehr reale Möglichkeit war.

XIX.

Am Nachmittag, nach mehreren Stunden Schlaf, fühlte Josie sich wie neugeboren. Sie erhob sich mit einem unerklärlichen Gefühl der Stärke von dem Futon und sah, dass ihre Kinder nicht da waren.

Sie rief nach ihnen. Keine Antwort. Sie sprang auf, mit pochendem Herzen. Sie stellte sich vor, wie ein Wolfspaar die beiden wegschleppte. Sie schrie ihre Namen.

»Hier draußen«, rief Paul.

Sie drückte die Tür auf und sah Paul und Ana auf dem Schotterweg, wo sie um eine schwarze Masse Fell kauerten.

»Was ist das?«, schrie Josie.

Das Fell zitterte und winselte.

»Ein Hund«, sagte Ana und nahm sein Gesicht in die Hände und drehte es in Josies Richtung, als wollte sie ihrer ahnungslosen Mutter zeigen, um was für eine Tierart es sich dabei handelte.

»Sie hat an der Tür gekratzt«, sagte Paul.

Sie hatten die Tür aufgemacht, und der Hund war rasch hineingeschlüpft.

»Wir wollten dich nicht wecken, deshalb sind wir mit ihr nach draußen«, sagte Paul. Er sagte die Wahrheit. Er war erschreckend rücksichtsvoll. Aber wem gehörte der Hund?

»Hat er ein Halsband?«, fragte sie.

»Bloß das hier«, sagte Anna und zog ein Plastikfloh-halsband vom Hals des Tieres. Ana war beiseitegetreten, sodass der Hund ganz zu sehen war. Er war sehr klein und schwarz und sah aus wie ein unterernährtes Schwein, mit kurzem Fell und dreieckigen Ohren.

»Er zittert«, bemerkte Josie.

»Sie hat Hunger«, sagte Paul.

»Haltet die Hände von seiner Schnauze fern«, sagte Josie.

»Ihrer Schnauze«, sagte Paul. »Es ist ein Mädchen.«

»Wenn ihr gebissen werdet, müsst ihr tagelang ins Krankenhaus«, sagte Josie. »Und wir sind hier nicht in der Nähe von irgendwelchen Krankenhäusern.«

»Können wir sie füttern?«, fragte Paul.

»Habt ihr ihr schon einen Namen gegeben?«, fragte Josie.

»Ana hat ihr einen gegeben«, sagte Paul.

»Komm«, sagte sie.

»Das ist ihr Name: Komm«, stellte Paul klar.

»Weil sie gekommen ist, als wir ›komm‹ gerufen haben«, sagte Ana. Letztes Jahr hatte sie einen Fisch Wasserfreund getauft.

»Ich dachte, sie hätte an der Tür gekratzt«, sagte Josie.

Paul hatte eine Art, selbst wenn er bei der klitzekleins-ten Notlüge ertappt wurde, Josie einige Sekunden lang starr in die Augen zu sehen, bevor er etwas sagte. Er machte das nicht aus irgendwelchen taktischen Gründen. Es war eher so, dass er von einer Art Wahrheitsgeist be-sessen war, beseelt war, der auf volle Enthüllung bestand. Er holte tief Luft und begann.

»Wir sind nach draußen gegangen. Bloß um ein paar

Stöcke zu sammeln«, sagte er und deutete auf einen kleinen Haufen Stöcke, aus denen sie mit orangem Klebeband
Schwerter gebastelt hatten. »Als wir zurückgegangen
sind, haben wir sie gesehen und gerufen und gestreichelt.
Dann ist sie uns bis zur Hütte hinterhergelaufen. Wir
haben die Tür zugemacht, und sie hat angefangen, dran
zu kratzen.«

Paul atmete explosionsartig aus, als würde er vor Erleichterung einen Schlusspunkt setzen. Er war froh, sich
alles von der Seele geredet zu haben, die unverfälschte
Wahrheit. Seine Haltung entspannte sich, und er erlaubte sich zu blinzeln.

»Können wir sie füttern?«, fragte er wieder.

Sie hatten also einen Hund. Sie brachten Komm hinein
und fütterten sie mit altem Brathähnchen und Salat, und
sie verschlang alles gierig. Josie wusste, was für eine
schlechte Idee es war, so einen Streuner zu füttern, aber
das unaufhörlich zitternde Tier machte einen traumati-
sierten Eindruck. Sie dachte sich ein Szenario aus, wonach Komm der Hund des Rangers war, aber weggelaufen war und der Ranger ohne sie abfahren musste, weil er
sie nicht hatte finden können. Als sie dann zurückkam,
war er nicht mehr da, die Hüttentür verschlossen, und sie
kleines Geschöpf war umgeben von einer mörderischen
Reihe höherer Raubtiere, die ihr bibberndes Fleisch nur
allzu gern verspeist hätten. Irgendwie hatte sie die Tage
seitdem überlebt, war aber ein Nervenwrack und obendrein völlig ausgehungert.

Josie untersuchte den Hund auf Wunden oder Flöhe
oder irgendwelche Anzeichen von Krankheiten und stellte fest, dass Komm verblüffend sauber war für einen Hund,

der seit Tagen oder Wochen in freier Natur gewesen war. »Ihr könnt sie streicheln«, sagte sie zu ihren Kindern, und sie setzte sich auf den Futon und sah zu, wie sie Komm liebkosten, während der Hund zitterte und fraß und kurz nach dem Fressen einschlief. Sie streichelten weiter ihr schwarzes Fell, während sie schlief, während sie unregelmäßig atmete und immer mal wieder mit den Hinterbeinen über den Boden kratzte.

Josie hatte das Gefühl, dass sie und ihre Kinder mit Komm so etwas wie eine Vagabundenfamilie geworden waren. Sie schlugen Fenster ein, und sie manipulierten Tore. Sie nahmen streunende Hunde auf. Und sie hatten noch nicht mal eine Nacht in der Hütte verbracht. Die Kinder wollten Komm nicht hinausschicken, also blieben sie in der Hütte, als es dunkel wurde, und Josie machte Feuer im Kamin, und der Wind draußen pfiff eine schaurige Melodie. Die Pappe, die sie vor das Loch im Küchenfenster geklebt hatten, atmete aus und ein, hielt aber. Josie nahm ihre Kinder mit unter die Bettdecke, und sie schliefen die Nacht durch, wobei Paul den Arm auf den Boden hängen ließ, damit er sich vergewissern konnte, dass Komm wohlauf war.

Ein Klingeln weckte Josie. Es war noch dunkel, das Feuer heruntergebrannt. Wer mochte da anrufen? Sie hatte nicht mal ein Telefon gesehen. Sie schlüpfte aus dem Bett und huschte zur Küche, hoffte, dass die Kinder weiterschliefen. In der Dunkelheit strich sie mit den Händen über die Arbeitsplatte und fand schließlich unter einem Stapel Landkarten ein Festnetztelefon. Es klingelte noch immer. Dreimal, viermal, und jedes Klingeln erschütterte die Hütte. Sie konnte nicht rangehen. Schließlich, nach sechsmaligem Klingeln, hörte es auf.

Paul und Ana schliefen noch, aber Josie wusste, dass sie stundenlang wach bleiben würde. Sie trug einen Stuhl nach draußen und setzte sich, nervös, lauschte der Nacht, spielte Möglichkeiten durch. Sie wollte glauben, dass der Anruf von jemandem war, der sich verwählt hatte, oder einfach für den Ranger bestimmt war, der in der Hütte wohnte. Andererseits bestand auch die Möglichkeit, dass es Komms Besitzer gewesen war. Oder der Gerichtszusteller. Oder die Polizei.

Niemand sucht nach uns, redete sie sich ein. Sie brachte sogar ein verächtliches Schnauben zustande, mit dem sie sich selbst beruhigen wollte.

»Mom?«

Es war Ana, allein, auf der Veranda. Josie konnte sich nicht erinnern, dass Ana je allein nachts aufgestanden war. Normalweise, wenn sie nach ihrer Schlafenszeit auf war, hatte das mit einem Plan zu tun, den Paul sich ausgedacht hatte, ein Doppelangriff, der beweisen sollte, dass es allen im Haus unmöglich war zu schlafen. Doch in Wahrheit bedeutete es, dass Paul, weil er nicht hatte schlafen können, Ana geweckt und mitgebracht hatte. Nur Paul litt unter den Nahtod-Implikationen von Schlaf und unter der Einladung der Nacht, über Sterblichkeit und Sinnlosigkeit nachzudenken. Ana war noch zu jung für dergleichen.

Jetzt stand sie in der Tür, ihre rote Haarmähne an einer Seite angedrückt, deformiert und blässlich orange, wie der letzte Kürbis, der im Garten geerntet wird. Die Hände hatte sie links und rechts gegen den Türrahmen gedrückt, als müsste sie die beiden Seiten in Schach halten.

»Bleiben wir morgen hier?«, fragte sie.

»Ich denke, ja. Vielleicht ein paar Tage«, sagte Josie.

»Ehrlich?«, sagte Ana, und ihre Gesichtszüge und ihre Schultern sanken in einem wunderbar koordinierten Kollaps herab.

Ana hatte letzten Winter ähnliche Stimmungen gehabt, als die Schule nach den Ferien wieder anfing.

»Muss ich diese Woche zur Schule?«, hatte sie gefragt.

»Ja«, hatte Josie gesagt.

»Und die Woche danach?«

»Natürlich.«

Ana war erstaunt gewesen. Die Winterferien hatten jeden Tag etwas Neues gebracht, und jetzt war es für sie ein Ärgernis, wieder zur Schule zu müssen, wo sich von Tag zu Tag nicht viel veränderte. Der monotone Charakter des Systems verletzte ihren Sinn für die heroischen Möglichkeiten eines Tages.

»Geh ins Bett«, sagte Josie, doch stattdessen kam Ana zu ihr und kroch auf ihren Schoß und tat so, als würde sie am Daumen lutschen.

»Keine Sorge, Josie«, sagte Ana. »Ich verrat es Paul nicht.« Jetzt sah sie Josie mit einem von ihren verschwörerischen Blicken an, die besagten, dass sie die ganzen Förmlichkeiten und Rollenspiele ruhig sein lassen konnten, das alberne Mutter-und-Kind-Spiel.

»Ich mag es nicht, wenn du mich Josie nennst«, sagte Josie.

»Okay, *Mom*«, sagte Ana so, dass das Wort absurd klang.

»Geh ins Bett«, sagte Josie und schob Ana von ihrem Schoß. Ana ließ sich theatralisch auf die raue Veranda plumpsen. Sie kroch zurück ins Haus, und obwohl Josie damit rechnete, wieder etwas von ihr zu hören, deutete nach zehn Minuten nichts darauf hin, dass Ana wach war, was bei Ana – die normalerweise innerhalb von Sekunden eingeschlafen war – nur heißen konnte, dass sie tatsächlich schlief.

Wie aus Protest dagegen, Ana für die dunklen Stunden verloren zu haben, schraubte sich das Geheul eines Kojoten durch die Nacht.

Es klingelte wieder. Josie öffnete die Augen, sah, dass ihre Kinder schon wach waren und bei Komm kauerten, die mit schnappenden Bewegungen ihrer kleinen Schnauze Trockenfleisch fraß.

»Wer ruft da an, Mom?«, fragte Paul.

»Da muss sich jemand verwählt haben«, sagte sie.

Josie begriff, dass ein Hund für ihre Situation nicht hilfreich war. Sie wollten unsichtbar sein, aber war nicht zu fürchten, dass Komms Besitzer hier nach ihr suchen würden? Ihr kam der Gedanke, dass Komm vielleicht irgendwelchen Leuten in der näheren Umgebung gehörte und dass sie, wie junge Hunde es schon mal machten, hier herumgeschnüffelt hatte, als sie auf Paul und Ana getroffen und ihnen bis zur Hüttentür nachgelaufen war. Es war durchaus möglich, dass die Besitzer den Ranger kannten, dass der Hund schon öfter hier gewesen war und sie anriefen, um zu fragen, ob er sie gesehen hatte. Oder es bestand die Möglichkeit, dass es einfach ein Telefon war, dass Leute anriefen, dass es klingelte und dass nichts davon irgendwas mit Josie und ihren Kindern zu tun hatte. Sie könnte das Telefon ausstöpseln, aber was, wenn der Ranger anrief, merkte, dass es ausgestöpselt war? Sie musste alles so lassen, wie es war.

»Kommt, wir machen einen Spaziergang«, sagte sie, ohne Paul und Ana zu verraten, dass sie es für durchaus denkbar hielt, dass Komm sie zu ihrem tatsächlichen Besitzer und richtigen Zuhause führen würde. Und so packte Josie einen Rucksack mit Crackern und Wasser aus dem Spender, sie banden eine Kordel an Komms Flohhalsband und spazierten durch das Bergwerksgelände und in den Wald dahinter. Das Tier war noch unsicher, lief manchmal voraus, kam dann in einem Bogen zu den Kindern zurück, um dann wieder ein Weilchen vorauszulaufen, ehe es zurückkam. Es war entweder ein schwer gestörter Hund oder nicht sehr helle.

Als sie aber ein Birkenwäldchen erreichten, wurde der Hund von einer gewissen Zielstrebigkeit gepackt und führte sie einen sanften Hang hinab, bis sie Wasser rauschen hörten. Komm brachte sie zu einem schmalen Fluss, der ein enges Tal durchschnitt, und trank gierig von dem rauschenden Wasser.

»Mom?«, sagte Paul. »Wo kommen Sprachen her?«

Er wollte wissen, warum es Italienisch und Hindi und Swahili gab und nicht bloß Englisch, und warum sie Englisch sprachen und ob Englisch die beste Sprache war? Josie versuchte kurz den Ursprung von Sprachen zu erläutern, sprach über die Wechselbeziehung von Entfernung und Abgeschiedenheit bei der Entstehung fremder Sprachen. Menschen, die weit weg von anderen lebten, erklärte sie, waren mitunter Leute, die sich einen eigenen Wortschatz schufen. Sie konnten, sagte sie, für alles eigene Wörter erfinden, und zu Demonstrationszwecken hielt sie einen Stein hoch, der die Form eines Männerkopfes hatte. »Ich könnte diese Art von Stein zum Beispiel Tapatok nennen«, sagte sie. »Und ab dann würden alle Menschen, die nach uns kommen, so einen Stein Tapatok nennen.«

Ana hob einen runderen Stein auf. »Den nenne ich Dad.«

»Das Wort Dad gibt's schon«, sagte Paul. »Und wieso würdest du den Dad nennen?« Seine Stimmung verfinsterte sich, und Ana merkte das. Paul ging zum Wasser, um Komm zu streicheln, hob sie dann auf seinen kleinen Schoß. Ana folgte ihm, wurde dann durch irgendetwas anderes abgelenkt, neigte den Kopf. Sie machte ein paar Schritte vorwärts, trat in ein Wildblumenbukett im Gras, ließ den Stein fallen und zeigte nach oben.

»Wasserfall.«

Dort über ihnen stürzte sich von der Felswand ein schmaler weißer Vorhang aus gut fünfzehn Metern Höhe in die Tiefe. Sie einigten sich alle wortlos darauf, zu dem Wasserfall zu gehen. Als sie näher kamen, war das Rauschen deutlich lauter, als es vom Weg aus den Anschein gehabt hatte. Einen Moment lang wirkte das fallende Wasser geradezu lebendig, stürzte sich mit freudiger Aggression zur Erde hinab, trotzig selbstmörderisch. Die Gischt erreichte sie als Erstes, und sie blieben stehen, setzten sich hin und schauten den gespenstisch weißen Fingern des Wasserfalls zu. In der Sprühnebelwand schossen Regenbögen davon wie auffliegende Vögel. Komm blieb auf Abstand.

Josie ging näher an den Wasserfall heran, trat auf nasse Steine, versuchte, möglichst nicht nass zu werden, und als sie dicht davorstand, hielt sie die Hand in den Schwall, spürte seine Kraft und seine betäubende Kälte.

»Können wir das Wasser trinken?«, fragte Paul.

Josies Instinkt wollte Nein sagen, natürlich nicht, aber der Wald hatte sie bereits beruhigt, geöffnet, und so tat sie etwas, das sie tun wollte, aber normalerweise nicht getan hätte. Sie nahm die Trinkflasche aus dem Rucksack, leerte sie aus und hielt sie dann in den Wasserfall. Im Nu waren ihre Hand und ihr Arm bis zur Schulter pitschnass, und die Flasche war voll.

Sie drehte sich zu Paul und Ana um, sah ihre erstaunten Gesichter und hob die Flasche zur Sonne und zum Himmel, um festzustellen, ob das Wasser klar war. Josie und ihre Kinder sahen das Gleiche, dass nämlich das Wasser absolut durchsichtig war. Es waren keine Schwebstoffe drin, kein Sand, kein Schmutz, nichts. Josie hob die Flasche an den Mund, und Paul schnappte nach Luft.

»Ist es gut?«, fragte Paul.

»Es ist gut«, sagte sie und gab ihm die Flasche.

Er trank einen Schluck und schmatzte mit den Lippen. Er nickte und reichte die Flasche an Ana weiter, die bedenkenlos trank. Nachdem sie ihren Durst gelöscht hatte, fragte Paul: »Sind wir die Ersten, die davon trinken?« Er meinte den Wasserfall, aber Josie gestattete sich eine gewisse Freiheit beim Verständnis der Frage. Von dem Wasser, das in diesem Moment herabfloss? Ja, sie waren die Ersten.

So vergingen die Tage, jeder war Meilen lang und hatte weder Ziel noch das Potenzial, irgendwas zu bedauern. Sie aßen, wenn sie hungrig waren, und schliefen, wenn sie müde waren, und sie mussten nirgendwo sein. Alle paar Tage fragte Ana: »Wohnen wir hier?« oder »Gehen wir hier zur Schule?«, doch ansonsten schienen beide Kinder das Gefühl zu haben, dass ihre Zeit in der Hütte eine Art Pause war, frei von jedem Kalender, dass es kein zwangsläufiges Ende gab. An den Vormittagen beschäftigten Paul und Ana sich mit Zeichnen oder Brett- und Kartenspielen, und kurz vor Mittag gingen sie zum

Wasserfall, um in dem seichten Wasser zu planschen. Sie waren jetzt im Wald, und der Wald war unverwüstlich. Ana verhielt sich großmütig, und in ihrem Gesicht lag ein überirdischer Schimmer. Kinder, so wurde Josie klar, sind wahrhaftig wie Tiere. Gib ihnen sauberes Essen und Wasser und frische Luft, und ihr Fell wird glänzend, ihre Zähne weiß, ihre Muskeln geschmeidig und ihre Haut strahlend. Aber im Haus, eingeschlossen, werden sie räudig, kriegen gelbliche Augen und fügen sich selbst zahllose Wunden zu.

In jenen langen Tagen an der Peterssen-Mine bauten Paul und Ana sich Flitzebögen aus gebogenen Stöcken und Gummibändern. Sie erschufen und zerstörten Dämme im Fluss, sie stapelten Steine, um Mauern und Burgen zu bauen. Sie lasen bei Kerzenlicht. Josie zeigte Paul, wie man Feuer im Kamin machte. An manchen Nachmittagen hielten sie ein Schläfchen, und an anderen Nachmittagen erkundeten sie die Gebäude der alten Mine, wo die Mittagssonne in weißen Blitzen durch die löcherigen Dächer drang und wie zahllose winzige Scheinwerfer auf Staub und Rost und Werkzeuge fiel, die seit hundert Jahren niemand mehr in die Hand genommen hatte.

Jeder Tag hatte hundert unkomplizierte Stunden, und sie sahen wochenlang keine Menschenseele. Waren es Wochen? Ihre Zeitrechnung war durcheinandergeraten. Tagsüber war alles still bis auf den gelegentlichen Schrei eines Vogels, wie ein irrer Nachbar; nachts war die Luft erfüllt von Fröschen und Grillen und Kojoten. Paul und Ana schliefen tief, und Josie schwebte über ihnen wie eine kühle Nachtwolke über Bergzügen, die sich den ganzen Tag in der Sonne erwärmt hatten.

Die Kinder entwickelten sich wunderbar, wurden unabhängig und vergaßen alle materiellen Belange, sogen das Licht und das Land in sich auf, interessierten sich mehr für die Bewegung des Flusses als für irgendwelche käuflichen Dinge oder Schulklatsch. Josie war stolz auf sie, auf ihre sich reinigenden Seelen, darauf, dass sie jetzt nichts von ihr verlangten, die Nacht durchschliefen und mit Freude Hausarbeiten erledigten, gern ihre eigene Wäsche wuschen – und sie waren jetzt unvergleichlich viel besser, als sie in Ohio gewesen waren. Sie waren kräftiger, gescheiter, moralischer, ethischer, logischer, rücksichtsvoller und tapferer. Und genau das, so erkannte Josie, wünschte sie sich am meisten von ihren Kindern: Sie wünschte sich, dass sie tapfer waren. Sie wusste, sie würden gütig sein. Paul war so geboren, und er würde dafür sorgen, dass Ana gütig war. Aber tapfer? Ana war von Natur aus mutig, aber Paul lernte es gerade. Er hatte keine Angst mehr vor der Dunkelheit, stürmte in jeden Wald mit oder ohne Licht. Eines Tages, als Josie aus dem Wald zurückkam, sah sie die beiden auf dem Berghang unweit der Hütte, beide barfuß, wie sie leise mit ihren Flitzebögen durchs niedrige Laub pirschten und irgendetwas beobachteten, das für Josie nicht zu sehen war. Sie wandte den Kopf, suchte den Wald ab, und schließlich sah sie ihn, einen Zehnender, der durch die Birken ging, den Rücken gerade und stolz. Ihre Kinder spiegelten den Hirsch auf der anderen Seite des Berges wider, ungehört von dem Tier. Sie hatten sich in etwas völlig anderes verwandelt.

Die ganze Zeit hatte sie bei den Menschen von Alaska nach Mut und Reinheit gesucht. Sie hatte nicht gedacht, dass sie solche Menschen einfach – nicht einfach, aber trotzdem – erschaffen konnte.

Aber nach und nach ging ihnen der Proviant aus, ein Grundnahrungsmittel nach dem anderen. Zuerst hatten sie keine Milch mehr, dann keinen Saft und tranken nur noch Wasser, erst vom Spender, dann vom Wasserfall. Sie aßen das Gemüse auf, dann die Äpfel und schließlich die Kartoffeln. Zwei Tage lang lebten sie von Nüssen, Crackern und Wasser, ehe eine Fahrt in die Stadt unvermeidlich wurde.

»Morgen fahren wir einkaufen«, sagte Josie.

»Ich will nirgendwohin«, sagte Ana.

Der Gedanke, wieder das Chateau zu fahren und sich der Straße auszusetzen, der Aussicht, jemandem zu begegnen, der sie und ihre Kinder noch immer verfolgte, erfüllte sie mit einer lähmenden Furcht. Um das Risiko zu verringern, ging sie mit einem Schraubenzieher zur Garage, um die Nummernschilder zu entfernen. Sie war fast da, als sie Paul rufen hörte.

»Eine Landkarte!«, schrie er, als er den Weg herunter auf sie zugerannt kam, gefolgt von Komm.

»Sind wir hier?«, fragte Paul. Er hatte die Karte zwischen ihnen auf der Erde ausgebreitet. Es war eine überpräzise Karte, mit exakten Höhenangaben, einem Gewirr aus grünen Linien, Zahlen und zackigen Wegen, aber sie fanden die Mine darauf, und schließlich entdeckten sie die genaue Lage der Hütte. »Wir sind hier«, sagte er.

»Okay«, sagte Josie.

»Da drüben ist eine Stadt«, bemerkte Paul und zeigte auf ein kleines Straßennetz, das aussah, als wäre es direkt hinter einem Bergkamm, nur wenige Meilen Luftlinie entfernt. Über den Kamm schien ein Pfad zu führen, auf dem sie zu einer Nebenstraße und in die Stadt gelangen würden. Sie würden wie Wanderer von dem Pfad auftauchen und dann wieder wie Wanderer verschwinden, und selbst falls jemand von ihnen Notiz nahm und sich an Anas orange Strubbelhaare erinnern konnte, würde er nur sagen können, dass sie aus dem Wald gekommen oder wieder im Wald verschwunden waren.

»Und guck mal da«, sagte Paul, auf ein breites blaues Band deutend. »Ein Fluss, glaub ich.«

»Der Yukon«, sagte Josie. Sie waren am Yukon oder in fußläufiger Entfernung und hatten es die ganze Zeit nicht mal geahnt.

»Nehmen wir Komm mit?«, fragte Paul, als sie wieder in der Hütte waren.

Sie überlegten zu dritt, sie allein in der Hütte zu lassen, was wohl unklug wäre – sie würde ein heiliges Chaos anrichten. Sie könnten sie im Badezimmer einschließen, aber das wäre grausam.

»Ich denke, wir müssen sie mitnehmen«, sagte Josie, und ihre hitzigen Gesichter entspannten sich.

Josie saß draußen und lauschte der wahnsinnigen Nacht, auf dem Schoß die Gitarre mit dem Einschussloch. Sie wollte nicht in die Stadt. Sie dachte allmählich, sie könnten auf unbestimmte Zeit im Wald bleiben. Einstweilen vermisste sie niemanden und nichts. Sie versuchte, einen anständigen Akkord zustande zu bringen und scheiterte. Sie versuchte, eine Saite, irgendeine Saite, zu zupfen und einen angenehmen Klang zu erzeugen, erfolglos. Sie legte die Gitarre weg, ging in die Hütte, wo Komm auf dem Futon stand, als hätte sie auf sie gewartet. Sie hob den Hund, der kaum mehr wog als eine Möhre, von der Matratze und brachte ihn nach draußen, wo sie Komm auf den Schoß nahm und streichelte, bis ihr schwarzes

Fell sich beruhigte und sie wieder einschlief. Etwa um diese Zeit hatte zuvor das Telefon geklingelt, deshalb war Josies Rücken verspannt. Die Hüttentür ging auf.

»Mom?« Es war Ana.

»Du kannst nicht wach sein«, sagte Josie.

»Bin ich aber«, sagte Ana.

Ana kam zu Josies Stuhl und lehnte sich dagegen. Sie hatte ihr verschwörerisches Gesicht aufgesetzt, wie das Mal zuvor, als sie Josie beim Vornamen genannt hatte. Sie malte Kreise auf Josies Arm und bewegte den Mund, als würde sie etwas üben, das sie sagen musste.

»Was ist?«, fragte Josie.

»Mom, ich weiß, dass Dad tot ist.« Sie brachte ein entschuldigendes Lächeln zustande.

»Was?«, sagte Josie.

Leiser Zweifel flackerte in Anas Augen auf. »Ist er doch, oder?«

»Nein.« Josie schlang einen Arm um Ana und zog sie an sich. »Nein, Schätzchen«, sagte sie in Anas Haardickicht, das nach Holzrauch und Sonne und Schweiß roch.

Ana entwand sich ihr. »Aber wo ist er denn dann?«

Josie setzte Komm vorsichtig auf den Boden, hob Ana zu sich auf den Schoß und zog auch ihre kleinen Beine hoch, damit sie die Arme um ihre Tochter schlingen, jeden Teil von ihr halten konnte. Sie überlegte, wie sie Anas Frage beantworten sollte: Ausweichen oder sagen, dass ihr Vater weg war, oder dass sie weg waren, in Ferien, oder dass Menschen sich auseinanderleben, oder ihr vage versprechen, dass sie ihn bald sehen würde. Aber Josie wusste, dass es Zeit wurde, ihn anzurufen. Unvermittelt empfand sie ein zärtliches Gefühl für Carl, weil er daran beteiligt gewesen war, dieses Kind auf ihrem Schoß zu erschaffen, das schon geglaubt hatte, wenn Jeremy verschwunden und tot war, müsste auch ihr verschwundener Vater tot sein. Am nächsten Morgen, in der Stadt, würde sie Carl anrufen und Sunny anrufen, würde allen sagen, wo sie war und warum, damit sie wussten, dass sie wiederkommen würden.

XX.

Es war absurd, ein Haus abzuschließen, in dem sie sich unerlaubterweise niedergelassen hatten, aber Josie schloss es trotzdem ab, damit sie es, falls sie bei ihrer Rückkehr Anzeichen dafür entdeckten, dass jemand gekommen war – zum Beispiel die rechtmäßigen Bewohner – vielleicht unbemerkt zum Chateau schaffen könnten. Sie überlegte, ob sie das Samtsäckchen mitnehmen sollte oder nicht, aber weil die Hütte jetzt ihr Zuhause war, hatte sie das Gefühl, dass es hier sicherer war als bei ihr. Sie versteckte es hinter den Reinigungsmitteln unter der Spüle.

Sie nahmen den Pfad hangaufwärts, vorbei an dem letzten Minengebäude, einer Baracke, die nur noch eine stehende Wand hatte, stiegen über den niedrigen Zaun und gingen weiter. Der Pfad führte eine Viertelmeile bergauf, beschrieb dann eine Kurve und wand sich um einen weiteren niedrigen Gipfel, den sie von der Hütte aus nicht hatten sehen können.

»Das muss der Franklin Hill sein«, sagte Paul, und Josie war begeistert, dass so etwas ging, dass sie mit einer handgezeichneten Karte durch unbekanntes Gebiet wandern und reale Orientierungspunkte sehen konnten, die topografische Ähnlichkeit mit der Karte aus der Hütte hatten. Sie umrundeten den Gipfel und kamen durch einen dichten Fichtenbestand, und auf einmal konnten sie die Stadt unten sehen, ein kleiner Ort mit höchstens ein paar Hundert Einwohnern, dessen Häuser sich an der Flussbiegung drängten. Das Wasser war blau und braun und floss langsam, schimmerte aber kräftig in der Vormittagssonne. Der Rest der Strecke, gut eine Meile bergab, verlief in ausgelassener Stimmung; Komm lief mal voraus, mal hinter ihnen, umkreiste sie, und alle dachten, dass sie etwas Außergewöhnliches machten.

Ein kleiner Wohnmobilpark trennte den Pfad von dem Städtchen, ein Kreis von Fahrzeugen um einen Picknickbereich mit weißen halbmondförmig angeordneten Tischen. Josie blieb stehen und sah ihre Kinder an, hoffte, dass sie drei den Eindruck einer Familie machten, die von einer kurzen Bergwanderung zurückkam. Anas Füße steckten in simplen Sneakers und Pauls in seinen halbhohen Lederstiefeln. Paul trug einen Schulrucksack, und Ana hielt einen Stock in Form eines Maschinengewehrs in der Hand – sie hatte Josie versprochen, nicht damit zu schießen. Sie banden Komm die Kordelleine ans Halsband und verließen den Pfad. Der Wohnmobilpark war leer bis auf ein älteres Paar, das auf Klappstühlen saß und von der anderen Seite des Geländes in die Sonne blickte. Als sie auf der Hauptstraße des Städtchens ankamen, sahen sie, dass hier offenbar kein normaler Tag war.

»Mom, ist heute ein Feiertag?«, fragte Paul.

Josie musste kurz nachdenken. War Labor Day? Nein. Der war längst vorbei. Aber die Straßen waren für eine Parade abgesperrt worden. Die näherte sich bereits ihrem Ende, aber Josie und Paul und Ana fanden eine Stelle am

Bordstein und setzten sich, als gerade eine Highschool-Band, klein, aber laut, vorbeizog und einen Soul-Song aus den Siebzigerjahren spielte, dessen Titel Josie nicht mehr einfiel und der schwer verhunzt wurde. Nach der Band kam eine Gruppe von älteren Frauen, die Sitzrasenmäher steuerten. Dann ein Cabrio, das *julie zloza, baumfarmerin, lehrerin*, kutschierte, die fürs Repräsentantenhaus kandidierte. Dann ein gutes Dutzend Kinder, die auf Fahrrädern fuhren und als Soldaten im Unabhängigkeitskrieg verkleidet waren. Eine Ortsgruppe der Tierschutzorganisation ASPCA, die sechs oder sieben Hunde mitführte, zwei davon mit einem fehlenden Bein, um Zuschauer hoffentlich dazu bewegen zu können, sie zu adoptieren. Die Mittelschule des Ortes hatte einen Festwagen, der anscheinend sämtliche außerschulischen Aktivitäten vorstellte – Zwillingsmädchen in Karateanzügen, ein großer Junge in einem Basketballtrikot, ein kleiner Junge, der eine Goldmedaille trug, wahrscheinlich für irgendeinen wissenschaftlichen Begabtenwettbewerb? Hinter dem Wagen ging ein einzelner Junge in Football-Montur. Auf dem letzten Festwagen war eine Band, zehn oder zwölf Erwachsene auf engstem Raum, die Gitarre und Banjo und Fiddle spielten, ausschließlich akustisch, und einen amerikanischen Sound in die Luft schickten, der die sich auflösende Menschenmenge im Großen und Ganzen gleichgültig ließ.

Sie folgten den paar Hundert Leuten in der Stadt zu einem Park, wo ein Schild verkündete, dass in wenigen Minuten eine Geburtstagsparty für Smokey den Bären beginnen würde.

»Wer ist eingeladen?«, wollte Ana wissen.

»So eine Party ist das nicht«, sagte Paul.

»Kann ich die Einladung sehen?«, fragte Ana.

Als sie in den Park kamen, am Fuße eines kleinen bewaldeten Hügels, waren augenscheinlich die meisten Einwohner des Städtchens da. Einige saßen um Picknicktische, andere standen Schlange vor der Hüpfburg, die die Form eines Wellenkamms hatte, inklusive eines Trios aufblasbarer Surfer.

Auf einem Tisch hatte man bereits einen großen traurigen Blechkuchen serviert, mit dem lapidaren Schriftzug *smokey* darauf, und rings um den Kuchen lagen diverse Brandschutzbroschüren aus, in denen die Partygäste aufgefordert wurden, die ortsansässigen Ranger zu unterstützen. Ana und Paul lockte es zu einem Feuerwehrwagen, wo ein ziegenbärtiger Feuerwehrmann vorführte, wie er seine Axt einsetzte. Neben ihm zeigte eine Frau in Kaki mit toupiertem Haar den versammelten Kindern, wie ein Hochdrucklöschschlauch funktionierte. Josie kam der Gedanke, was für eine seltsame Personalpolitik die Feuerwehr betrieb. Die zwei feierten hier Smokeys Geburtstag, ganz entspannt und nonchalant, während woanders im Staat ein Trupp Strafgefangener ins Unbekannte davontrottete.

Ein Raunen durchlief die Menge, und alle Köpfe drehten sich. Hinter ihnen kamen zwei Frauen in Overalls den Hügel herab, und zwischen ihnen ging ein riesiger Bär in Bluejeans, den sie an der Hand hielten. Es war Smokey. Aber dieser Smokey war gealtert, hatte sein Leben überwiegend im Sitzen verbracht. Dieser Smokey ging sehr langsam, und er trug seine Hose hoch über dem Bauch. Er tauchte aus dem Wald auf wie ein Senior, der viele Monate im Krankenhaus gewesen war und zum ersten Mal wieder am helllichten Tag draußen unterwegs war, mehr oder weniger mit eigener Kraft.

Smokey trat vorsichtig vor das Publikum und winkte schwach und zögerlich. Er war nicht derselbe Bär, den sie aus den allgegenwärtigen Fernsehspots über Brandschutz kannten. Der Smokey von früher war ein unüberwindbares braunes Monument. Der Smokey von früher hatte sich in Josies Gedanken geschlichen, während Jim sich an sie presste, im Chateau, vor einer Ewigkeit. Dieser Smokey, der da vor einem Geburtstagskuchen (ohne Kerzen) stand und noch immer von den beiden Assistentinnen gestützt wurde, hatte keine Ahnung, wo er war.

Ana und Paul wurden zunehmend von der aufgepumpten Welle abgelenkt. Ana fragte, und Josie erlaubte es, und Paul folgte seiner Schwester, nachdem er Josie die Kordelleine des Hundes überlassen hatte. Josie und Komm schlenderten durch den Park, blieben dann, da Josie nicht in den Kreis von Eltern geraten wollte, die ihren Kindern beim Hochklettern und Runterrutschen zuschauten – sie hatte keine Lust auf Plaudereien –, unter einer kleinen Fichte stehen und hörten die leisen Klänge von Live-Musik, die einsetzte und wieder aufhörte und klang wie die Band von dem Festzug.

Josie schaute sich um und sah schließlich in einer bewaldeten Ecke des Parks einen Kreis von Erwachsenen, die Gitarre und Mundharmonika spielten. Und war nicht sogar eine Oboe dabei? Es war dieselbe Band, aber jetzt vergrößert auf neun oder zehn. Arme schrammelten wie wild, Schultern drehten sich, und einer von den Männern, derjenige, der ihr direkt zugewandt war, saß o-beinig da, warf im Rhythmus die Beine auf und ab wie ein Frosch. Doch als er den Kopf hob, duckte sich Josie hinter einen

Baum, und dort blieb sie eine Weile, obwohl sie sich albern vorkam, zumal Komm deutlich zu sehen war und sie mit ihrer Leine verriet, falls jemand genauer hinschaute.

»Ich kann dich sehen«, sagte eine Stimme.

Josie sagte nichts, tat nichts.

»Hinter dem Baum. Wir alle können dich und deinen Schweinshund sehen. Komm rüber.«

Josie hätte am liebsten Reißaus genommen. Sie kannten ihr Gesicht noch nicht. Wenn sie weglief, könnte sie vielleicht später wiederkommen, nicht als die Frau hinter dem Baum, sondern als ganz normale Person. Sie könnte mit den Kindern wiederkommen.

»Komm schon«, sagte die Stimme, und Josie tauchte hinter dem Baum hervor, verlegen, und als sie zu dem Kreis hinüberging, sah sie, dass die meisten Gesichter zu ihr aufschauten, alle mit einem vollkommen offenen Lächeln.

»Setz dich«, sagte das erste Gesicht. Es war die Stimme, die sie entdeckt, sie angesprochen hatte. Sie gehörte einem bärtigen und dünnen Mann von um die vierzig, sehnig und mit strahlenden Augen, der ein kariertes Hemd und eine Baseballmütze trug. Er deutete auf einen Platz in seiner Nähe, aber ihm gegenüber.

»Meine Kinder sind auf der Hüpfwelle«, sagte Josie und deutete mit dem Kopf zu dem riesigen Wellenballon auf der anderen Parkseite. Sie setzte sich zwischen eine blonde Frau, die eine Art Cembalo hielt, und den Mann mit der Oboe. Der bärtige Mann fing wieder an zu spielen, und der Klang war satter als zuvor. Josie war mitten in dem Sound, in dem krachenden Chaos, im diagonalen Ungestüm des Gitarrenschrammelns, dem zackigen

Streichen des Geigers, und doch war die Musik fröhlich, ausgelassen. Was war das für ein Song? Er klang nach Folk, aber mit etwas Bossa nova drin, und als sie dachte, sie würde ihn kennen, begann neben ihr ein Mann, locker siebzig und mit einem wüst verwirbelten Wirrwarr aus grauem Haar und grauem Bart, wie die Luftaufnahme von einem Hurrikan, zu singen.

In che mondo ...

Viviamo, im-pre-ve-di-bile ...

War das Italienisch? Sie hatte nicht damit gerechnet, dass italienische Worte aus dem Mund des Mannes kommen würden, in diesem abgelegenen Nest, in diesem Park unweit des Yukon. Seine Augen waren geschlossen. Er konnte singen. Was sang er da? Josie vermutete, dass es in etwa bedeutete *In dieser Welt / in der wir leben / unglaublich.* Dann sang er dieselbe Strophe oder eine Fassung davon auf Englisch, und sie merkte, dass sie den Text doch nicht ganz richtig verstanden hatte.

In dieser Welt.

In der wir leben. Unberechenbar. Unberechenbar.

In dieser Welt voll Kummer und Leid gibt es Gerechtigkeit, gibt es Schönheit ...

Ein schöner Song, viel zu schön für diesen Park an diesem Nachmittag, viel zu schön für sie. Die Sonne war direkt über ihr, wirkte ihren berauschenden Zauber, und Josie wurde sogleich mitgerissen und nickte mit dem Kopf, wippte mit den Füßen.

In che mondo ...

Viviamo, im-pre-ve-di-bile ...

Josie schielte nach rechts zu dem Mann, der die Oboe spielte, und als er sah, dass sie ihn beobachtete, seine langen Finger auf diesem langen schwarzen Rohr, zwinkerte er. Gab es je etwas, das phallischer und weniger verführerisch war als eine Oboe? Ihr gegenüber im Kreis spielte eine Frau Geige, obwohl das in diesem Rahmen wohl eher eine Fiedel war. Josie schaute ihnen allen zu, wie ihre Hände nach oben schnellten und wieder nach unten.

Es waren unnatürliche Bewegungen. Geräuschlos würden die Bewegungen, die sie machten, irre aussehen. Dieses jähe Auf und Ab der Hände, Kinn und Wangen an die Holzinstrumente gepresst, Finger, die Saiten zu bestimmten Zeiten an bestimmten Stellen berührten.

Und plötzlich war der Song zu Ende, und Josie fühlte sich verausgabt. Diese Leute wussten nicht, was sie soeben getan hatten. Wozu sie fähig waren. Diese gottverdammten Musiker. Nie begreifen sie, welche Macht sie haben. Was sie tun konnten, während sie in einem Park in der Nähe einer aufblasbaren Welle saßen, war für musikalisch unbegabte Leute, für Josie, wunderbar und unfair zugleich. Sie saßen da, stimmten die Saiten, lächelten Josie an, unterhielten sich murmelnd über Tonarten und übers Wetter, während Josie das Gefühl hatte, gerade etwas gehört zu haben, das die absolute Macht besaß, ihr Leben zu rechtfertigen. Ihre Kinder rechtfertigten ihre täglichen Atemzüge, ihre Nutzung der Rohstoffe des Planeten, und dann das hier – ihre Fähigkeit, so einen Song zu hören, in so einer Gruppe. Das waren die drei Hauptrechtfertigungen für ihre Existenz. Sicherlich gab es noch andere. Aber welche?

»Wir spielen bloß so drauflos«, sagte der bärtige Mann.

Du Arschloch, wollte sie sagen. Was ihr hier macht, ist viel mehr. Es ist so leicht für euch, so schwer für uns Normalmenschen.

»Hast du irgendwelche Musikwünsche?«, fragte er. »Ich bin Cooper.«

Josie schüttelte den Kopf, versuchte jetzt, sich möglichst klein zu machen. Sie wollte bloß zuhören, nicht mitmachen. Sie wollte wieder hinter den Baum gehen, um ungesehen zuzuhören.

»Irgendwas«, sagte sie. Sie packte ein Büschel Gras neben sich und rupfte es aus. Würden diese Leute *Carousel* kennen?, fragte sie sich. *Kiss Me, Kate?*

»Sag irgendeinen Song. Ich wette, wir kennen ihn«, forderte Cooper sie auf. Jetzt blickten die meisten Gesichter sie an, wollten wirklich einen Musikwunsch hören. Vielleicht langweilten sie einander, diese verwöhnten Zauberer.

»Okay«, sagte Josie, und ihre Stimme klang heiser. Es gab Songs, die Josie kannte, und es gab Songs, von denen sie wusste, dass sie sie kennen würden, und es gab Songs, von denen sie wusste, dass sie sie gern spielen würden, und sie entschied sich für die dritte Kategorie.

»*This Land Is Your Land?*«, sagte sie achselzuckend, obwohl sie wusste, dass das genau nach ihrem Geschmack war. Einige nickten und grinsten. Sie hatte eine gute Wahl getroffen, und sie machte sich bereit. Das Cembalo fing an, und die übrigen Musiker fielen mit ein. Sie spielten den ganzen Song, alle sechs Strophen, acht Refrains, und sie bestanden darauf, dass Josie mitsang. Der Song schien zwanzig Minuten zu dauern, eine Stunde. Josie schaute immer mal wieder zur Hüpfburg hinüber und erblickte Ana und Paul, wie sie die aufgeblasenen Stufen hinaufkletterten, herunterrutschten, wieder von vorn anfingen.

»Spielst du irgendein Instrument?«, fragte der Oboe-Mann sie.

Sie erwiderte, nein, sie habe keinerlei Begabung.

»Mal versucht, eins zu lernen?«, fragte er.

»Schon zigmal«, sagte Josie, und das stimmte. In ihren Teenagerjahren und zwischen zwanzig und dreißig hatte sie versucht, Klavier, Gitarre, Saxofon zu lernen. Sie war in allen drei Instrumenten gleichermaßen unbegabt.

Und jetzt sah sie Paul unten an der aufgepumpten Welle stehen, wie er sich umsah, die Augen mit der Hand beschattete, ein Späher, der nach Verstärkungstruppen Ausschau hielt.

»Ich muss gehen«, sagte Josie und stand auf. Hier und da ertönte bedauerndes Gemurmel, und jemand, vielleicht Cooper, sagte, sie solle wiederkommen, dass sie jeden Samstag und Sonntag um die Mittagszeit spielten, dass jeder willkommen sei, und während er redete, wurde Josie klar, dass Samstag sein musste, deshalb der Festzug, deshalb hatten alle frei, und dass sie morgen wieder spielen würden, dass sie dabei sein wollte.

Sie ging zurück zur Hüpfwelle und schaute eine Weile zu, wie ihre Kinder herunterrutschten, von dem Gerät sprangen, wieder hinaufstiegen. Es ging aber nicht zivilisiert zu. Es waren zu viele Kinder da, und sie waren alle größer als Paul und Ana, und überall waren Körper, die auf dem Weg nach unten übereinanderpurzelten, Füße und Ellbogen verfehlten knapp Gesichter und Hälse. »Passt auf«, sagte sie, aber ihre Kinder hörten nicht. Sie hatten keine Angst, sie waren imstande, sich durchzusetzen. Hier konnte Josie Widerstandsfähigkeit auf genetischer Ebene beobachten. Sie sah, wie die beiden die aufgeblasenen Stufen hochkletterten, Kinder über ihnen, Füße, die ihnen auf die Hände traten, und sah dann, wie

398

sie herunterfielen, mit dem Kopf auf Knien und Bauch von anderen Kindern landeten, und obwohl Paul und Ana zuerst große Augen machten, vor Schreck und der Erkenntnis, dass sie sich von ihren kleinen Verletzungen entmutigen lassen könnten, entschieden sie sich, von der Welle zu rollen und erneut hochzuklettern, wieder und wieder.

»Wartet hier«, sagte sie zu Paul. »Ich bin gleich wieder da.«

Sie drehte sich um und ging zurück zu dem Kreis von Musikern, doch sie waren fort. Sie ließ den Blick durch den Park schweifen, und schließlich entdeckte sie einen von ihnen, Cooper, auf dem Weg zum Parkplatz. Sie lief ihm nach, achtete aber darauf, dass sie weiterhin die Welle sehen konnte, die ihre Kinder enthielt. Er sah sie näher kommen, und ein neugieriges Lächeln machte sich auf seinem Gesicht breit.

»Woody Guthrie«, sagte er, stand still da, seinen Gitarrenkoffer in der Hand.

»Das hört sich jetzt bestimmt merkwürdig an«, sagte sie zu ihm, »da ich nun mal nichts von Musik verstehe, aber ich hab seit einiger Zeit eine bestimmte Musik im Kopf, und seit ich euch hab spielen hören, frage ich mich, ob ihr mir helfen könntet.«

»Du hast Musik im Kopf?«

Sie warf ihm einen flehenden Blick zu, der *Bitte mach dich nicht lustig* sagte.

»Nein, nein«, sagte er. »Ich verstehe. Du brauchst einen Komponisten?«

Josie wusste nicht, ob sie komponieren oder etwas anderes im Sinn hatte. »Keine Ahnung«, sagte sie. »Ich könnte mir vorstellen, wenn ihr ein paar Akkorde spielt, würde ich wissen, welche davon ich im Kopf habe, und so könnten wir uns ranarbeiten.«

»Hm«, sagte er, die Augen aufs Gras gerichtet, und ein leises Lächeln breitete sich auf seinem Gesicht aus. Josie wusste, er glaubte, dass das bloß ein Vorwand war, um ihn ins Bett zu kriegen. Sie musste für klare Verhältnisse sorgen, und dafür war eine Lüge erforderlich.

»Wir sind für ein paar Wochen hier, während mein Mann geschäftlich in Japan ist«, sagte sie, froh, dass ihre Kinder nicht nah genug waren, um diese Falschinformation mitzubekommen. »Aber als ich euch hab spielen sehen, kam mir dieser Gedanke. Ich könnte mich auch revanchieren. Mir ist aufgefallen, dass ein paar von euch eine Zahnbehandlung gebrauchen könnten. Ich bin Zahnärztin.«

Cooper rieb sich die Bartstoppeln am Kinn. »Also Unterricht im Austausch für Zahnpflege?«, sagte er. Er hielt das anscheinend für eine absolut vernünftige Transaktion.

»Unterricht nicht gerade«, sagte Josie und erklärte, wie sie sich das vorstellte: Er sollte spielen, und sie würde zuhören, und wenn ihr irgendwas gefiel, würde sie ihm sagen, er sollte es weiterspielen und schneller oder langsamer. Sie würde wissen, was sie hören wollte, sobald sie es hörte. Dass sie zwar kein musikalisches Talent hatte, aber Musik kannte oder Musik gehört hatte und zahllose Melodien im Geist komponiert hatte oder sich zumindest ausgedacht hatte, vereinzelte Einfälle, aber die Musik in ihrem Kopf nicht wiedergeben konnte, keine Noten schreiben konnte und nicht mal wusste, welche Instrumente welche Klänge erzeugten.

Cooper nickte bedächtig, nahm alles in sich auf.

»Klingt einleuchtend«, sagte er.

»Wo bist du gewesen?«, wollte Paul wissen.

»Da drüben«, sagte sie. »Bei den Bäumen.«

Aus irgendeinem Grund wollte sie ihm noch nicht von der Musikgruppe auf dem Volksfest erzählen, obwohl sie nicht hätte sagen können, warum. Paul, allwissend wie immer, wusste, dass sie etwas verschwieg, vermittelte ihr das mit seinen forschenden und enttäuschten Augen, bedrängte sie aber nicht.

»Wir haben Hunger«, sagte er.

Sie gingen durch das Städtchen und suchten einen Supermarkt, rechneten damit, einen kleinen Laden zu finden, doch stattdessen sahen sie am Ende der Hauptstraße ein riesiges Geschäft, in das sämtliche Einwohner des Ortes hineinpassen würden. Und direkt davor, neben dem Eingang, war etwas Unfassbares: ein Münztelefon.

»Kommt«, sagte Josie und kramte nach Münzen. Paul und Ana und Komm bezogen Stellung vor der Telefonzelle und schauten zu, wie die Einheimischen in das Geschäft gingen, um für ihre Grillfeste und Picknickausflüge einzukaufen. Josies Magen zog sich zusammen. Sie lebte seit Wochen völlig losgelöst von ihrem Leben in Ohio, von Carl, Florida, Rechtsstreitigkeiten, möglicher Polizeifahndung.

»Bereit?«, fragte sie ihre Kinder.

»Wofür?«, fragte Paul.

»Nichts«, sagte Josie, die merkte, dass sie sich selbst gefragt hatte, und wusste, dass die Antwort »Gott, nein« lautete. Sie wählte die Nummer, ohne nachzudenken. Ein fernes blechernes Klingeln drang durch die Leitung.

»Hallo?« Sunnys Seidenstimme.

»Sunny, ich bin's«, sagte Josie und sah zu Ana hinunter, die die Augen weit aufriss. Josie kamen die Tränen.

»Ach, Josie, Schätzchen«, sagte Sunny, »wo bist du denn jetzt? Ich hab mit Sam gesprochen. Sie hat gesagt, du bist abgefahren, ohne dich zu verabschieden.«

Josie stellte sich Sunny in ihrem Haus vor, wie sie in ihrem Esszimmer saß, wo sie gern telefonierte, während sie zusah, wie Kolibris auf dem Futterhäuschen landeten, das sie aufgehängt hatte.

Josie erzählte ziemlich konfus von ihrer Reise seit dem Besuch bei Sam. Es schien Jahre her, dass sie in Homer gewesen waren.

»Ich wollte sie immer mal da oben besuchen«, sagte Sunny. »Jetzt bin ich zu alt dafür.«

»Quatsch«, sagte Josie.

»Carl hat angerufen«, sagte Sunny und schien eine Schockreaktion zu erwarten, doch Josie konnte weder atmen, noch Worte zustande bringen. In Anbetracht von Sunnys Alter fragte Josie sich: Könnte sie verraten haben, wo Josie war?

»Was hast du ihm erzählt?«, fragte Josie.

»Oh, ich bin nicht drangegangen. Ich hab auch nicht zurückgerufen. Sollte ich?«

»Nein, nein. Bitte nicht. Ich ruf ihn an.«

Ana streckte die Hand nach dem Hörer aus, und Josie gab ihn ihr. »Hi«, sagte sie. »Hier ist Ana.« Eine Minute lang hielt Ana den Hörer dicht an ihr Gesicht, nickte dann und wann. Sie vergaß oft, dass die Person am anderen Ende sie nicht sehen konnte, und glaubte, mimische Signale würden ausreichen. Sie verlor das Interesse und gab Josie den Hörer zurück.

»Josie«, sagte Sunny. Ihre Stimme war um eine Oktave gesunken. »Hast du schon gehört, dass sie gestorben ist?«

»Wer ist gestorben?«

»Evelyn Sandalwood.«

Josie hatte es nicht gehört.

»Vor gerade mal fünf Tagen«, sagte Sunny. »Bei irgendeinem Eingriff im Rahmen ihrer Krebsbehandlung.«

Josie sagte nichts.

»Du wusstest es nicht – oh Gott, das dachte ich mir. Josie?«

»Ich bin noch dran«, sagte sie und hörte ein heiseres Zittern in ihrer Stimme.

»Helen hat sich erlaubt, deinen Anwalt anzurufen. Es hat sich offenbar nichts geändert. Aber das hätte man sich ja denken können.«

Josie hatte keine Ahnung, was sie sagen sollte. Sie blickte sich um, schaute auf die Köpfe ihrer Kinder. Ana streichelte Komms Schwanz, während Paul zusah, wie einer von den Festwagen, inzwischen demontiert, nach Hause fuhr.

»Dieser ganze Kampf hat nichts gebracht«, sagte Sunny. »Sie bekommt nichts von alldem. Sie ist tot. Du bekommst nichts. Es ist sinnlos. Aber Josie.«

»Ja?«, sagte Josie.

»Sie haben dich nicht kleingekriegt.«

Das wusste Josie. »Ich weiß«, sagte sie, spürte dann eine Aufwallung von Stärke. Sie empfand keine Niederlage, sondern Triumph. Sie dachte: Evelyn, ich bin vor deinem Zorn nach Alaska geflohen. Sie dachte an Evelyns Schwiegersohn, an die Anwälte mit ihren verschlagenen Augen, und sie dachte: *Ich bin vor deinem Zorn nach Alaska geflohen. Ich bin weggeflogen und habe nichts mehr von deinem Zorn gespürt. Ich war weg. Ich bin weg.*

»Du hast reichlich Grund gehabt zu zweifeln«, sagte Sunny.

Aber Josie hatte keinerlei Zweifel. Sie fühlte sich unbesiegbar. Sie hatte Lust, so weiterzumachen. Sie brauchte nichts, was sie nicht schon bei sich hatte. Sie hatte Sunnys Stimme, sie hatte Ana, sie hatte Paul. Sie sagte Sunny, dass sie sie lieb habe, dass sie bald wieder anrufen werde, aber nicht genau wisse, wann das sein würde. Sie hatte vorgehabt, auch Carl anzurufen, fand aber jetzt, dass das warten konnte. Genug Neuigkeiten von zu Hause für heute.

»Der muss draußen bleiben«, sagte die Frau an der Kasse. Sie hatte die Kinder und Komm die ganze Zeit schon gesehen, und als sie mit dem Hund in das Geschäft wollten, war die Frau bereit.

»Das ist ein Mädchen«, sagte Ana zu ihr, aber das war der Frau egal.

Sie banden Komm draußen an einen Pfahl. »Wir beeilen uns«, sagte Paul zu Komm, deren Art herumzutänzeln erahnen ließ, dass sie auf den Bürgersteig gepinkelt oder defäkiert haben würde, wenn Josie und ihre Kinder zurückkamen. Josie nahm sich vor, Plastiktüten zu kaufen.

»Cool«, sagte Ana, und die drei blieben eine volle Minute im Eingang stehen. Das Geschäft wirkte riesengroß, zwei Dutzend Reihen Lebensmittel in zwei Meter hohen Regalen. Es war erst einige Wochen her, seit sie zuletzt in so einem Supermarkt gewesen waren, aber es kam ihnen vor wie Jahre. Die Kunden waren dieselben Leute, die sie beim Festzug und im Park gesehen hatte, Jeans und Baseballmützen, aber jetzt fühlte Josie sich fremd unter ihnen. Unter diesen Lampen, inmitten dieser Überfülle, dieser Reinheit überall, dem antiseptischen Fußboden und dem blauweißen Licht, fühlte sie sich unwohl.

»Dürfen wir auf das richtige Klo gehen?«, fragte Paul.

»Wenn du es finden kannst«, sagte Josie, und Ana ging mit ihm.

Josie nahm sich einen Einkaufswagen und fing an, rasch alles einzuladen, was sie brauchten – Reis, Bohnen, Dosensuppen und Mais. Evelyn Sandalwood war tot. Sie dachte an die Beerdigung, an den ganzen Zorn. Sunny hatte so alt geklungen. Wie alt war sie jetzt? Fünfundsiebzig. Sechsundsiebzig. Josie würde sie bald besuchen müssen. Oh Gott, dachte sie, als sie sich Sunny noch älter vorstellte, außerstande, allein klarzukommen. Was würde dann passieren? Von all den jungen Frauen, denen sie geholfen hatte, würden sich welche zusammentun und ihr Beistand leisten. Josie würde sie besuchen müssen. Josie würde für sie da sein. Oh Gott, dachte sie. Sie vermisste Sunny in diesem Moment schrecklich. Sie wollte sie noch einmal anrufen, sie sofort sehen. Doch dann besann sie sich wieder, sagte sich, dass sie weiterfahren musste. Dass es ihr hier besser ging, dass sie und ihre Kinder sich hier sehr viel weiter entwickelten, als sie es sich vor einem Monat hätte vorstellen können. Hieß das, dass sie niemals in ihr früheres Leben zurückkehren konnten? Sie musste jetzt nichts entscheiden, das wusste sie. Vorläufig würden sie sich mit Lebensmitteln eindecken und zur Hütte zurückkehren, und was dann?

Paul und Ana kamen von der Toilette zurück. Sie füllten den Einkaufswagen mit Brot, Dosensaft, Milch, Milchpulver, Frühstücksflocken, Müsli, Gemüse, einem Sortiment Fleisch und brachten alles zu der Frau, die Komm den Zutritt untersagt hatte.

»Dürfen wir schon zu ihr raus?«, fragte Paul.

»Bleibt auf dem Bürgersteig«, sagte Josie.

Doch ehe sie bezahlen konnte – 188 Dollar, ein Verbrechen, eine Farce –, waren sie wieder da. »Da draußen ist eine Frau«, sagte Paul.

»Eine böse«, sagte Ana.

Josie bezahlte, ließ die Tüten im Laden und folgte den Kindern nach draußen. Neben Komm stand eine beleibte Frau, die schwarzes Haar mit blauen Strähnen hatte und die Hundeleine in der Hand hielt. »Das ist mein Hund«, sagte sie.

»Wie bitte?«, sagte Josie.

»Wo haben Sie den mitgenommen? Muss ich die Polizei rufen?« Die Frau trug eine Steppweste und Jeans und hatte ihr Handy schon hervorgeholt. Pauls Augen waren nass. Als Ana das sah, begann sie zu weinen, die Tränen wie Plastikedelsteine, die ihr übers Gesicht kullerten.

Josie erklärte, dass Komm weit weg gewesen war, auf dem Gelände der Mine hinter dem Bergkamm, mindestens zwei Meilen vom Ort entfernt, dass der Hund verängstigt und verzweifelt gewesen war. »Ihr Hund ist meinen Kindern nach Hause gefolgt«, sagte sie. »Wir haben ihn gefüttert und uns um ihn gekümmert.«

»Da wohnt keiner«, sagte die Frau und meinte die Mine. »Ich glaube, ich ruf jetzt den Sheriff an.«

»Wir sind Haussitter«, sagte Josie, die bereits das Bedürfnis hatte, das Gespräch zu beenden, wegzukommen von dieser Frau mit ihrer aggressiven Haltung, ihren vor Empörung wilden Augen. Paul und Ana standen jetzt hinter Josie, versteckten sich. Josie wusste, dass sie den Hund verloren hatten – die Frau war eindeutig die Besitzerin –, und die Stadt war klein, und die Frau kannte hier wahrscheinlich jeden. »Wir haben den Hund versorgt«, sagte Josie. »Meine Kinder haben ihn gerettet.«

Die Frau lehnte den Oberkörper nach hinten und verschränkte die Arme, nickte und lächelte, als würde sie derlei Schwindeleien nicht zum ersten Mal hören. Josie musste sich bremsen, um nicht »Sie haben diesen Hund nicht verdient« zu sagen oder »Zur Hölle mit Ihnen«, aber sie wusste, sie mussten weg, sich in Luft auflösen. »Gehen wir«, sagte sie und scheuchte ihre weinenden Kinder zurück in den Supermarkt, wo sie ihre Tüten holten und durch den hinteren Ausgang verschwanden.

»Alles ist gut«, sagte Josie auf dem Weg zurück zu dem Wanderweg, obwohl sie wusste, dass nicht alles gut war. Paul schlurfte hinter Josie und Ana her, seufzend, mit hängenden Schultern. »Sie hat ein gutes Zuhause«, sagte Josie über die Schulter, obwohl sie wusste, dass auch das nicht wahr war. Bemüht, ihren Bruder etwas aufzuheitern, hatte Ana beim Gehen die Hände in die Hose gesteckt.

»Hände in der Hose!«, brüllte sie, und Paul verdrehte die Augen.

Sie hatten den Pfad fast erreicht, als Josie klar wurde, dass sie noch nicht zurückkonnten. Nicht bei Tageslicht. Die Wahrscheinlichkeit war zwar gering, aber es war denkbar, dass die Besitzerin von Komm der Polizei erzählt hatte, dass eine Frau mit zwei Kindern ihren Hund auf dem Gelände der Mine gefunden hatte, sich dort in der Hütte einquartiert hatte und vermutlich noch andere Tiere stehlen und behalten würde.

»Wartet mal«, sagte sie und schaute sich um. Vor ihnen war der Wohnmobilpark. Eine Frau hantierte an einer auf ihrem Dach montierten Satellitenschüssel herum. Ein Wasserflugzeug flog tief über einer Reihe Fichten hinweg. Und hinter den Bäumen war der Yukon. »Lasst uns da vorne picknicken.«

Sie suchten sich eine Stelle an der Flussbiegung, Ana fand einen spitzen Stock und machte die Spitze im Wasser nass. Sie hielt sie sich an die Nase.

»Riecht sauber«, sagte sie.

Sie aßen trübselig und sahen zu, wie ein unbemanntes Schlauchboot mit der Strömung vorbeitrieb. Josie dachte an Evelyn, wollte eine gewisse Traurigkeit angesichts ihres Todes aufbringen, empfand aber nur die Sinnlosigkeit des Ganzen, die fehlgeleitete Wut, die Unvermeidlichkeit, dass Opfer zwangsläufig Opfer erzeugen.

»Es wird dunkler«, sagte Paul und deutete auf das schwindende Licht.

»Beeilen wir uns«, sagte Josie. Sie trug die Lebensmittel in sechs Plastiktüten, je drei an jeder Hand. Paul und Ana hatten gebettelt, auch eine tragen zu dürfen, aber Josie wusste, dass sie sie im Nu wieder zurückgeben würden, daher verteilte sie das Gewicht gleichmäßig, und sie gingen schnell.

»Zu dunkel«, sagte Ana.

Als sie wieder zum Wohnmobilpark kamen, war die Nacht hereingebrochen, und die Fahrzeuge waren in Mondlicht getaucht. Es war ein Viertelmond, orange und rosa getönt, und nicht hell genug, um sie sicher zu leiten.

»Sorry«, sagte Josie.

In der Nähe hatte nur ein Laden geöffnet, der Minimarkt einer Tankstelle, an der sie vorbeigekommen waren, also ging Josie mit den Kindern die Straße entlang und unter den hellen Lampen hindurch in den Laden. Sie hatte noch acht Dollar in der Tasche und hoffte, dass der

Laden irgendein kleines Taschenlampenmodell führte, so eins, das sich am Schlüsselbund befestigen lässt.

Aber Fehlanzeige. Josie ließ Paul vergeblich den ganzen Laden durchsuchen. Es gab nur eine einzige Taschenlampe im Angebot, ein Fünfundvierzig-Dollar-Gerät, mit dem man wahrscheinlich Flugzeugen und Schiffen Signale geben konnte.

»Haben Sie normale Taschenlampen?«, fragte sie die Frau hinter der Theke.

»Leider nein«, sagte die. »Aber wir haben Kerzen. Ist bei Ihnen der Strom ausgefallen?«

Anscheinend hatte es aufgrund der Waldbrände einige Stromausfälle gegeben, und der Laden hatte deshalb einen Kerzenvorrat angelegt. Im letzten Monat waren sie dreimal ausverkauft gewesen, erklärte die Frau. Und so verließ Josie die Tankstelle mit einer Zwölferpackung Kerzen, jede mit einem Blechrand versehen, um das Wachs aufzufangen, und einer Packung Streichhölzer. Damit würden sie es durch den Wald und über den Kamm und zurück zur Hütte schaffen.

»Kriegen wir auch eine?«, fragte Paul.

Josie wusste, dass sie ihre Kinder nur dann dazu bewegen konnte, um neun Uhr abends nur mit Kerzen als Wegbeleuchtung durch einen stockfinsteren Wald zu gehen, wenn sie jedem erlaubte, allein eine Kerze zu halten.

»Ja«, sagte sie, als wäre das von Anfang an der Plan gewesen. Als ihr dann klar wurde, dass sie mit den schweren Einkauftüten in beiden Händen gar nicht in der Lage wäre, eine Kerze zu halten, gab sie ihnen den Rest. »Ihr beide müsst uns den Weg leuchten. Ich kann's nicht.«

Es klang dramatischer, als es ihre Absicht gewesen war, aber sie bissen an. Sie gingen die Straße hinunter, und als sie wieder am Wohnmobilpark waren, tauchten sie in die Dunkelheit des Waldes. Die Kerzen warfen einen Lichtkreis, der es ihnen ermöglichte, einander zu sehen, denn ihre Shirts leuchteten gespenstisch weiß. Aber die kurze Reichweite des Kerzenlichts bedeutete, dass alles um sie herum noch dunkler war. Auf der ganzen Strecke tauchten Bäume mit beunruhigender Plötzlichkeit vor Josies Augen auf. Sie konnte nur darauf vertrauen, dass sie auf dem richtigen Weg waren, dass der Pfad sich nicht teilte oder verzweigte und dass er sie, weil er die ganze Zeit leicht anstieg, den Berghang hoch und über den Kamm führte.

»Der Gestank wird schlimmer«, sagte Paul. Er hatte recht. Die beißende Luft vom Waldbrand schien stärker, dichter zu werden.

Morgen würde sie den Weg zurückgehen, um mit Cooper zu arbeiten. Sie lächelte in sich hinein, konnte nicht fassen, dass sie einem Fremden so ein Angebot gemacht hatte. Er hatte zugestimmt, und jetzt hatte sie den Kopf voller Ideen, Ausarbeitungen und Umkehrungen. Das Musical über *Grenada*? Sollten sie damit anfangen? Oder mit *Enttäuscht: Das Musical?* Oder mit etwas, das ganz Alaska zum Inhalt hatte. *Alaska!* Nein, ohne das Ausrufezeichen, weil Alaska kein demonstrativer Ort war, nein, es war ein Ort voller Spannungen, Unsicherheiten, ein brennender Staat. Alaska mit einem Doppelpunkt. *Alaska*: Ja. Die Show würde mit Stan anfangen. Stan und seine Frau, auf unendlichem weißem Teppichboden, die ihre Haustür schließen, während Josie und die Kinder mit dem Chateau losfahren. Josie dachte kurz an *Starlight*

Express, die Darsteller auf Rollschuhen – ein derartiges Debakel konnte vermieden werden. Es würden Norweger vorkommen und nackt duschende Nymphen, Zauberer aus Luxemburg. Der Postleitzahlen-Mann? Der würde der Show eine andere Richtung geben, alles andere in den Schatten stellen, wie auf dem Kreuzfahrtschiff. Man könnte Jim mit reinnehmen, Grenada. Kyle und Angie müssten dabei sein. Überall Schusswaffen.

»Mom?«, fragte Paul. »Hat das je schon mal irgendwer gemacht?«

Paul stellte diese Frage gelegentlich, wenn sie in neuen Situationen waren, wenn ihm irgendwas falsch vorkam. Er hatte sie einmal gestellt, als er sich in der Schule in die Hose gepinkelt hatte. Hat das je schon mal irgendwer gemacht?, wollte er da wissen. Präzedenzfälle hatten etwas Beruhigendes. Passiert jeden Tag, hatte Josie damals gesagt. Jetzt sagte sie: »Im Dunkeln wandern? Jede Nacht, Paul, wandert irgendwer im Dunkeln.«

Einen Moment lang schien Josies Wortwahl alles nur noch schlimmer gemacht zu haben, das Bild einer Armee von verstohlenen Nachtwanderern heraufzubeschwören, doch Paul war anscheinend zufrieden, und Josie kehrte zu ihrer Show zurück. Wäre es möglich, im Theater wiederholt Schüsse abzufeuern? Die Darsteller würden singen, das Orchester würde spielen, aber alle paar Minuten würde ein Gewehrschuss, der Knall einer Pistole, die Luft zerreißen, und dem würde wenig bis gar keine Beachtung geschenkt. Auf wen wurde geschossen? War es real? Das Musical würde weitergehen. Josie nahm sich vor, das am nächsten Tag mit Coopers Gruppe auszuprobieren – eine Art arrhythmische Unterbrechung, die Tod bedeuten könnte, aber die Musik nicht beenden würde. Die irre Musik – denn sie musste klingen wie organisierter Wahnsinn – würde immer weitergehen, laut und unaufhörlich.

»Sekt auf meinen Schultern!«, rief Ana.

Dann: »Stich, stich, stich!«

Und: »Kinderkanal dot com!«

Josie lachte, und Paul lachte, und sie beide wussten, dass Ana, wenn sie Lacher erntete, nicht aufhören würde, solange sie nicht gezwungen wurde. Ermutigt sang sie lauter. »Se-ekt! Auf meinen Schultern!« Wo konnte sie solche Sachen gehört haben? Aber Ana war nun mal auf eine andere galaktische Frequenz eingestellt, und man konnte nie wissen, was für Signale sie empfing. Josie blieb nichts anderes übrig, als Anas geplapperten Unsinn zuzulassen; beide Kinder mussten freudig von der Tatsache abgelenkt werden, dass sie jetzt ohne den Hund, den sie am Morgen noch hatten, im Dunkeln mit langsam abbrennenden Kerzen über einen Berg wanderten.

»Meine ist gleich alle«, sagte Paul, und sie blieben stehen, damit Josie makellose frische Kerzen an den Flammen der verbogenen und abgebrannten Stummel anzünden konnte, und die Kinder schienen mit den neuen Kerzen wieder Schwung zu bekommen. Josie dachte ganz bewusst nicht an die Möglichkeit, dass sie von Bären, Wölfen oder Kojoten angegriffen werden könnten. Sie hatte Schilder gesehen, auf denen vor all diesen Tieren gewarnt wurde, aber sie vermutete, ohne einen Beleg für ihre These zu haben, dass die Kerzen sie abschrecken würden.

Es würde also wiederholt Gewehr- und Pistolenschüsse geben. Granatbeschuss. Donner, aber keinen Regen. Es würden Hörner und Streichinstrumente ertönen, aber die Holzblasinstrumente würden vorherrschen. Die Klarinetten – und Flöten! Sie klingen harmlos, signalisieren aber stets Abnormität. Sie würden den Irrsinn unterstreichen. Die Luft wäre voller Rauch. Zeitweilig würden die Zuschauer kaum das Geschehen auf der Bühne sehen können, und alle, vor allem die Alaskaner, würden sich fragen, warum Alaska, die letzte Wildnis, rein und beständig, verwildert und dreckig, endlos, unabhängig, aber gleichzeitig auch völlig abhängig, das Milliarden Liter Öl durch eine Pipeline geschickt hatte, damit es verbrannt und in die Atmosphäre geblasen wurde, jetzt in Flammen stand. Und somit würde es auch tragische Elemente geben.

»Da ist es!«, rief Paul. Auf der anderen Seite des Kamms war jetzt das verrostete Dach der Mine zu sehen, bloß eine schwarze Schräge vor dem Himmel, und Josie hatte das seltsame Gefühl, zu Hause zu sein. Die verlassene Bergarbeiterstadt war jetzt ihr Zuhause. Der Pfad wurde von dem Teilmond erhellt, und die Kinder konnten sehen, wo es langging.

»Wartet«, sagte Josie und suchte die Gegend nach Autos ab. Sie rechnete fast damit, einen wartenden Polizeiwagen zu sehen. Doch es war keiner da. Sie waren noch immer allein, und Josie lief das Herz über.

»Dürfen wir vorlaufen?«, fragte Paul.

Ana sah ihn an, als wäre sie unsicher, ob sie diesen Vorschlag unterstützen könnte. Dann nickte sie heftig, machte sich Vorwürfe, weil sie eine radikale Handlung, vor allem eine, bei der es um Laufen ging, in Zweifel gezogen hatte.

»Bloß bis zur Hütte«, sagte Josie und genoss es, das zu sagen. Die Kinder liefen voraus, einen dunklen Pfad hinunter, auf das gelbe Licht zu.

Sollten Tiere in dem Musical vorkommen?, fragte sie sich. Wölfe und Bären. Ein Dickhornschaf. Ein Adler, der es aus dreihundert Metern Höhe in einen lautlosen Tod fallen lässt. Grausamer logischer Mord in der Wildnis. Noch mehr Schüsse. Jemand würde sterben, aber es würde niemanden kümmern. Die Feuer würden brennen. Das könnte Teil des Soundtracks sein – das langsame, alles übertönende Prasseln der Brände. Sirenen. Sie stellte sich unwillkürlich vor, wie die Darsteller nach der Vorstellung vom Applaus wieder zurück auf die Bühne geholt wurden: Cops, Strafgefangene, Feuerwehrleute. Flüchter und Kämpferinnen. Die Brände auf der Bühne würden hinter ihnen toben, sie nach vorne an den Bühnenrand drängen. Schließlich würden die Darsteller ins Publikum springen, zu den Türen flüchten. Noch mehr Schüsse, ob echt oder unecht würde niemand wissen, während alle aus dem Theater drängten und in die Nacht rannten. Nach dem Verlassen des Theaters würden sie vergessen, woher sie gekommen waren.

Josie schloss die Hüttentür auf, ließ die Kinder hinein und betätigte den Lichtschalter. Nichts geschah. Sie versuchte es erneut, wieder nichts. Sie betraten die Hütte bei Kerzenschein, versuchten, elektrische Geräte einzuschalten, und stellten fest, dass etwas passiert war: Der Strom war ausgefallen. Sie öffnete den Kühlschrank, spürte die vergängliche Kälte, räumte die Lebensmittel ein und schloss die Tür, fragte sich, was von den Sachen, die sie heute gekauft hatten, am nächsten Morgen verdorben sein würde.

»Ist das okay?«, fragte Ana.

Josie drehte sich um und sah ihr Gesicht, orange im

Kerzenschein, mit leuchtenden Augen. Was Ana meinte, war: Müssten die Lampen nicht an sein? Hat jemand den Strom abgedreht, weil wir hier nichts zu suchen haben? Was machen wir überhaupt in Alaska, in einer stillgelegten Mine, allein, in dieser Hütte, die uns nicht gehört? Was hat das zu bedeuten, dass es hier dunkel ist und wir nur Kerzen haben und wir gerade einen Berg überquert haben, um hierherzugelangen, und uns weder Tiere noch Menschen etwas zuleide getan haben? Wieso ist das alles erlaubt?

»Es ist okay«, sagte Josie.

Sie zündeten weitere Kerzen an und putzten sich die Zähne, und Josie las ihnen aus einem Buch von C. S. Lewis vor, das sie in einer Schublade im Bad gefunden hatten, und während sie ihnen *Prinz Kaspian von Narnia* vorlas, hatte Josie das Gefühl, dass sie ein Leben lebten, das dem der Helden dieser Bücher ähnelte. Sie waren bloß zwei Meilen durch die Dunkelheit gegangen, durch einen Wald und über einen Bergkamm zu ihrer Hütte in einer zweimal verlassenen Bergarbeiterstadt, aber sie hatte das Gefühl, dass es keinen so großen Unterschied gab zwischen dem, wozu sie und ihre Kinder imstande waren, und dem, was diese anderen Protagonisten getan hatten. Mut war der Anfang, furchtlos sein, weitergehen, trotz kleiner Entbehrungen nicht kehrtmachen. Mut war einfach eine Form von Weitergehen.

XXI.

Cooper wohnte in einem richtigen Haus, einem Bungalow aus Backsteinen mit einem schwarzen Dach, was überraschend war, obwohl Josie nicht wusste, warum. Er hatte ihr erzählt, dass er in der Stadt wohnte, und er hatte saubere Kleidung getragen, als sie ihn kennenlernte, hatte sie also wirklich geglaubt, er würde in einem Zelt wohnen? Irgendwas an der Musiksession im Park hatte sie an Landstreicher denken lassen.

Josie und die Kinder waren über den Bergpfad in den Ort gekommen, und Cooper öffnete die Tür, noch ehe Josie klingeln konnte. »Pünktlich auf die Minute«, sagte er. Er hatte gesagt, sie solle um elf kommen, und die übrigen Musiker würden peu à peu nach Mittag eintrudeln.

Die Kinder betraten das Haus zunächst zögerlich, doch dann lief Ana auf die Veranda, wo sie ein altes Holzpferd auf Rädern erspäht hatte. Paul trat langsam ein, sah sich um, als könnte das sein zukünftiges Zuhause sein.

»Ich hab Limonade gemacht«, sagte Cooper. »Die Kinder können sie da draußen trinken, wenn sie wollen«, sagte er und deutete auf den Garten, wo Ana das Pferd bereits auf Schwachstellen testete. Es waren noch eine

Handvoll andere Spielsachen auf der Veranda verstreut, alle verwittert und mit fehlenden Teilen. »Sie können aber auch hierbleiben und zugucken.«

Ana war schon draußen und konnte ihn nicht hören. Aber Paul blieb an Josies Seite, als Cooper sie in ein geräumiges Wohnzimmer führte, das größtenteils dunkel war bis auf einen Lichtkegel in der Mitte, der durch ein helles rundes Dachfenster hereinfiel. Es gab zwei einander überlappende Perserteppiche, und über dem Kamin hing ein Paar Theatermasken, lustig und traurig. Josie machte ein Kompliment über das Haus, das höhlenartig und sauber war. Cooper setzte sich auf einen Lederhocker und hob seine Gitarre auf den Oberschenkel.

»Ich dachte, wir fangen schon mal allein an«, sagte er. »Nur damit du ungefähr weißt, wie das läuft. Und ich auch.«

»Und die anderen? Sind die mit einer Zahnkontrolle einverstanden?« Josie überlegte, was sie als Instrumente benutzen und sterilisieren könnte. Sie würde eine Büroklammer verbiegen müssen. »Und das sind alles Profimusiker, oder …?« Sie war nicht ganz sicher, warum sie das fragte. Sie wusste, dass sie keine Profimusikband waren, die alaskaweit auf Umzügen und in Parks spielte.

Nein, nein, sagte Cooper. Sie hatten alle Fulltime-Jobs oder das, was man hier als Fulltime-Job bezeichnen konnte. Zwei waren Saisonarbeiter in der Ölförderung, einer war Berufsfischer, ein anderer war als Holzfäller in Rente gegangen. »Suki ist die Schlagzeugerin. Sie kellnert im Spinelli's. Und Cindy ist die neue Postbotin bei uns. Sie ist die Sängerin«, sagte Cooper, und es war klar, dass Cindy was Besonderes war – war sie schön? Waren

418

sie und Cooper zusammen? »Wir haben erst vor ein paar Wochen gemerkt, dass sie singen kann. Sie war nicht bei dem Festzug.«

Josie wusste nicht, was sie machen sollte. Stehen bleiben? Sich hinsetzen? Sie setzte sich auf die Armlehne der Couch.

»Also Gitarre?«, fragte er. »Ich spiele Klavier, Trompete ...«

»Gitarre ist prima«, sagte Josie.

»Du hast einen Song im Kopf, oder −?«, fragte er. »Ich nehme an, du hast schon einen Text.«

Josie hatte sich noch kein einziges Wort überlegt. Sie hatte nur die tausend Ideen vom Vorabend.

»Vielleicht könntest du mit ein paar tiefen Akkorden anfangen«, sagte Josie. »Als du gestern gespielt hast, am Ende von dem letzten Song, da ist mir überhaupt erst die Idee gekommen.«

Cooper probierte ein paar Akkorde und schlug dann einen an, der sich richtig anhörte.

»Was ist das?«

»G.«

»Bloß G? Nicht Ges oder Gis oder so?«

»Bloß G. Soll ich weitermachen?«

»Ich sollte das besser aufschreiben«, sagte Josie.

»Ich merk's mir«, sagte Cooper, ging dann in die Küche und kam mit Notizblock und Stift wieder. Paul saß dicht neben Josie, schweigsam, und er schien zu verstehen, was vor sich ging. Sie wusste, dass sie sich jetzt unbedingt normal verhalten musste, als hätte sie alles im Griff − damit er hier nicht irgendeinen prägenden Moment erlebte, in dem ihm klar wurde, dass seine Mutter die rationale Welt verlassen hatte.

»Kannst du das für mich aufschreiben?«, fragte sie Paul.

Er nahm den Block eifrig.

»Schreib G auf«, sagte sie, aber das hatte er bereits. Er unterstrich es für sie und sah zu ihr auf, jetzt ganz bei der Sache, nicht mehr besorgt.

Josie bat Cooper um andere, ähnlich tiefe Akkorde wie G. Er spielte zwei weitere, nannte sie A und C, und Paul notierte sie.

»Hast du ein Klavier hier?«, fragte Josie.

Cooper lächelte, und Paul streckte die Hand quer über Josies Schoß, um auf ein kleines Klavier in der Ecke zu zeigen. Josie schaute aus dem hinteren Fenster und konnte Ana nirgends entdecken.

»Kannst du mal nach ihr sehen?«, fragte sie Paul.

»Nein«, sagte er. Josie verschlug es die Sprache. »Ich will hierbleiben«, sagte er in einem weicheren Tonfall. »Ich will das hören.«

Ana tauchte um die Hausecke herum auf, in den Händen ein Hirschgeweih. Sie schien mit dem Geweih zu sprechen oder mit sich selbst, lebhaft, aber streng.

»Okay«, sagte Josie. Sie wandte sich an Cooper. »Dürfte ich auf dem Klavier klimpern, während du das G anschlägst?«

»Na klar«, sagte er, und Paul schrieb: »Mom am Klavier.«

Sie schlug eine Taste an, und es klang blechern und falsch. Sie schlug einen Ton zwanzig Tasten weiter unten an, und auch das klang total falsch. Sie probierte eine irgendwo dazwischen und schlug einen Ton an. Er klang wie eine Glocke. Er klang wie Sunny. Sie schlug ihn erneut an.

»Das ist hübsch«, sagte Cooper.

»Was war das?«, fragte Josie.

»His.«

Paul schrieb es auf, und Josie kam ein Gedanke, zu früh, um ihn auszusprechen. Sie konnte in dem Moment nicht sagen, dass dieser Klang des Klaviers ihre Stimme sein sollte. In ihrem Kopf hörte Josie die Gitarre, Coopers tiefe Akkordschläge, dann hörte sie eine glockenreine Stimme, hoch, aber kräftig, lyrisch, aber entschlossen, und diese Stimme war zugleich ihre und Sunnys.

»Ist das der Ton, den du haben willst?«, fragte Cooper.

»Noch welche?«

Sie probierte ein paar von den Tasten in der Nähe aus, aber keiner der Töne klang so nachdrücklich wie der erste.

»Kannst du noch mal G anschlagen?«, fragte sie, und er tat es. »Kannst du jetzt mal zwischen G und F und D wechseln? Eine Art Song draus machen?«

Cooper spielte die Akkorde, und sie klangen einen Moment lang richtig, bis er anfing, die Übergänge mit ein paar zusätzlichen Ausschmückungen zu füllen.

»Nein, nein, nicht so«, sagte Josie und ahmte nach, was er gemacht hatte. Er lachte, hörte auf und spielte dann wieder in dem regelmäßigen Rhythmus, in dem er begonnen hatte. Paul schrieb emsig.

»Gut, gut«, sagte sie und widmete sich wieder dem Klavier. Sie spielte ihr His und sprang dann drei Handbreit weiter und fand eine weitere Note, die ihr gefiel.

»Was ist das?«, fragte sie.

»Ges«, sagte er.

Jetzt wechselte sie zwischen den beiden Noten hin und her, und es klang, als würde ein böser Mann eine sehr

421

hohe Treppe hinaufsteigen. Ihr kamen die Tränen, und ihr Atem wurde flach, aber ihre Finger machten weiter, jetzt noch energischer. Es klang, als wäre es so passiert. So hat es sich angehört, dachte sie, aber sie wusste nicht, was die Musik da beschrieb, was genau sie erzählte.

»Soll ich weitermachen?«, fragte Cooper.

»Ja!«, sagte sie, ohne aufzublicken. Sie sah nur die Tasten vor sich und schlug die Schritt-Töne lauter an, dann leiser, schneller und dann langsamer. Sie hielt inne, machte weiter. Es war genau richtig, dachte sie, obwohl sie es nie wieder hören wollte.

»Ich seh mal nach Ana«, sagte Josie und ging nach draußen. Sie brauchte eine Pause. Es war zu viel. Von der Veranda aus sah sie Ana in dem lichten Wald, wie sie sich das Geweih auf den Kopf hielt.

»Geht's dir gut?«, fragte Josie.

»Ich suche einen Froschfreund«, sagte Ana.

»Verstehe«, sagte Josie und ging zurück. Paul kritzelte wie verrückt auf dem Notizblock, als wollte er Blickkontakt mit den beiden neuen Frauen im Raum vermeiden.

»Zwei Neuankömmlinge«, sagte Cooper.

Eine der Frauen wurde als Cindy, die Sängerin, vorgestellt. Sie war um die dreißig, blond und engelsgesichtig, und sie trug ein Tanktop und die graublaue Hose einer Briefträgerin. Die andere war Suki, Asiatin, geschmeidig, muskulös, in Fleeceweste und Shorts. Die beiden bauten gerade Sukis Schlagzeug auf.

»Du bist also Zahnärztin?«, fragte Cindy. »Ich war schon seit Jahren nicht mehr bei der Kontrolluntersuchung. Bin ich verloren?«

»Ich glaube, du hast nichts zu befürchten«, sagte Josie. »Wir überprüfen das hinterher.«

»Nach was genau?«, fragte Suki. »Coop sagt, du bist Komponistin?«

Josie blickte zu Cooper hinüber, dessen Gesicht keinerlei Strategie verriet. Aber sie fand, ein bisschen gesteigertes Selbstvertrauen könne nicht schaden.

»Amateurin«, sagte Josie.

»Wir sind alle Amateure«, sagte Cindy.

Cooper sah auf sein Handy. »Die anderen kommen alle zusammen in einem Van. Dauert aber noch etwas. Sollen wir anfangen?«

Josie setzte sich auf die Kante der Couch, den Rücken kerzengerade, die Hände ein bisschen erhoben, deutete die Haltung eines Dirigenten an.

»Wir improvisieren«, sagte Cooper zu Cindy und Suki. »Schön locker bleiben.« Er begann mit G, und sofort fühlte Josie sich sicherer. Dieser Akkord kam ihr richtig vor, und er gab ihr Kraft. Er klang so verlässlich wie die Erde unter ihren Füßen.

»Sag Cindy einfach, wann sie singen soll«, sagte er.

»Danke«, sagte Josie. »Jetzt wechsele zwischen G und dem F. Du entscheidest, wie.«

Also schlug er das F an, dann das G, und Josie blickte zu Cindy hinüber, deren Gesicht zwischen begeistert und ängstlich schwankte.

»Fertig?«, fragte Josie.

Cindy nickte.

»Fang mit His an«, sagte Josie.

»Nur die Note? Irgendwelche Worte?«

»Egal. Klänge oder Worte«, sagte Josie.

Cindy sang eine rasche Folge von Noten, so etwas wie

fa-la-la-la-la, und es war falsch. Josie verzog das Gesicht, und Cindy sah, dass sie das Gesicht verzog, und hörte auf. »Nein?«

»Deine Stimme ist wunderschön«, sagte sie. »Vielleicht ein bisschen tiefer? Und wenn du singst, muss das nicht hübsch sein. Vielleicht bloß Ya! Ya-ya-ya! Yaaah-ya-ya! Oder als würdest du jemanden rufen, der gerade die Straße zwischen fahrenden Autos hindurch überqueren will.«

Cindy versuchte es, und wieder war es falsch. Sie war unsicher. Sie machte Josie nach, und es klang unecht.

»Ganz egal, welche Worte«, sagte Josie. »Aber eindringlich.«

Die ganze Zeit hatte Cooper weiter die Akkorde geschlagen, und das mit größerer Kraft. Sie nickte ihm zu. Gut so, gut so.

Cindys Augen verrieten, dass sie sich Worte überlegte, die sie singen wollte, Worte, die zu der Eindringlichkeit passten und den Silben und dem Stakkatorhythmus, den Josie vorgab. Sie schien sich für etwas zu entscheiden und schloss die Augen, und als Cooper einen Übergang spielte, den Anfang von etwas, öffneten ihre Augen sich wieder, und jetzt war sie besessen.

»*Now! Now no! No no no! Now now no!*«

Sie sang diese Worte in einer Lautstärke, die fast an Brüllen grenzte, und es war wunderbar. Josie vergaß zu atmen. Cindys offene Augen schauten auf die Wand, mieden Josie und Cooper. Cooper sah Cindy ganz neu und nickte anerkennend. Schließlich sah sie Josie an, wollte wissen, ob sie weitermachen sollte, und Josie nickte heftig, weil sie Cindy jetzt inniglich liebte, weil sie der Musik in ihr eine Stimme gab. Paul hatte aufgehört zu schreiben.

»Okay, fertig?«, sagte Josie zu Suki.

Suki hob ihre Drumsticks.

»Hast du einen Sound im Kopf, Josie?«, fragte Cooper.

Sie habe wirklich etwas im Kopf, sagte Josie zu Cooper und Suki, und um es zu beschreiben, machte Josie ein rollendes Geräusch mit den Lippen, ein rollendes, trommelndes Geräusch, wie Regen, der auf eine offene Veranda prasselt. Suki versuchte, den Sound nachzumachen, was ihr auf Anhieb gelang. Es hörte sich ganz ähnlich an wie der Sound in ihrem Kopf, ja, eigentlich noch besser, und Josie bat sie, den Sound weiterzuspielen, mit allen Trommeln, die sie vor sich hatte, als ob über ihnen ein Sturm tosen würde und Regen und Graupel in schweren Wellen fallen würden. Suki fing wieder an, und jetzt kam der Sturm in Wellen, schwerer, dann leichter, schneller, dann langsamer, aber es war immer derselbe Sturm, der heftige Regen und Graupel auf der offenen Veranda. Suki war der Sturm draußen, und Cooper war ein Paar großer Flügel, die in einem Haus flatterten, auf das stetiger Regen niederprasselte. Josie wusste nicht, wo sie diesen Sound schon mal gehört hatte, aber es hörte sich für sie nach einem Zuhause an, das sie früher gehabt hatte. Wo hatte sie in einem Haus mit so einer Veranda gelebt? Mit so einem Dach, mit dem Regen und den Graupeln in der Dunkelheit?

Josie winkte Cindy, dass sie wieder mit einfallen konnte. *»Now now no! Now no no no! Now no no no no! Now now no!*«, sang Cindy, Gift am Ende jeder Zeile. Suki ließ es weiter regnen, schnell und langsam, und Cooper schlug seine tiefen Akkorde, deren Lautstärke den dunklen Raum erfüllte. Cindy sang weiter: »Now now no! Now no no no! Now now no no!« und hängte ein langes »Noooooooo« an, das so lange dauerte, wie sie Atem hatte. Es vibrierte wunderbar am Ende, und es hörte sich ganz nach Josies Teenagerzeit an, jenen vergessenen Jahren, und nach ihren Zwanzigern, einer ganzen Dekade voll elendem, wehmütigem, selbst verschuldetem Schmerz, die in diesem langen Nooooooo enthalten war. Josie warf den Kopf in den Nacken und starrte an die Decke, ausgelaugt.

»Das war cool«, sagte Cooper.

Josie nickte ernst, blühte innerlich auf, weil sein Respekt vor dem, was sie machten, sie mit Glück erfüllte, als würde er wirklich glauben, dieser Schaffensprozess sei anerkannt und wertvoll.

Die Tür ging auf. Josie drehte sich um und sah einen Mann, groß und vertraut. Er war einer der Musiker aus dem Kreis von gestern. Er trug ein Cello.

»Frank«, sagte Cooper und ging zu dem Cellisten. Er trug eine pelzgefütterte Cordjacke, viel zu warm für das Wetter, eine graue Flanellhose und Gummistiefel. Er und Cooper wechselten ein paar leise Worte an der Tür, und Cooper ging rasch in die Küche und kam mit zwei Stühlen zurück, die er ins Wohnzimmer stellte.

Frank trat zu Josie und schüttelte ihr die Hand. Sein Gesicht schien mit sich selbst in Widerstreit – es war lang, mit Hängewangen, die ihm in den Kragen fielen, aber seine Augen waren klein und strahlend.

Es klopfte an der Tür, und ein weiteres Gesicht tauchte auf, ein grauhaariger Mann, an den Josie sich nicht erinnern konnte, mit einer Gitarre in der Hand, und gleich darauf folgte noch ein halbes Dutzend Leute. Zwei trugen Gitarren, einer eine Posaune, ein anderer eine Trompete. Als Letzte kam eine ältere Frau mit einer Geige herein. »Es hat sich rumgesprochen«, sagte sie und schloss die Tür.

»Wird allmählich unheimlich da draußen«, sagte Frank, der Cellist, und deutete auf die Außenwelt, während er einen Stuhl aus der Küche holte und sich in der Nähe von Cooper hinsetzte. »Der Wind kommt in unsere Richtung«, sagte er.

Josie wusste nicht, was er meinte, nahm aber an, dass das eine Art Steno für Einheimische war, dass es für sie eine Bedeutung hatte.

»Macht euch bereit, Leute«, sagte Cooper in die Runde. »Wir haben schon einen guten Anfang gemacht. Kennt ihr alle Josie? Das ist Josie«, sagte er, und die Musiker, die in einem engen zweireihigen Kreis zusammensaßen, nickten ihr respektvoll zu.

Paul schrieb fieberhaft. Josie lugte ihm über die Schulter und sah, dass er jedes einzelne Instrument aufführte und die jeweilige Person beschrieb, die es spielte: *Alte Frau, rotes Hemd, schmutzige Hände.*

Josie sah draußen etwas und hatte eine Idee. »Kann ich das da reinholen?«, fragte sie Cooper, wartete aber nicht auf eine Antwort. Sie ging auf die Veranda, wo der Himmel gelb wurde und ein böiger Wind pfiff, nahm Coopers Hantelbank und trug sie hinein. Cooper hob kapitulierend die Hände, und Josie trug die Bank an ihm vorbei und stellte sie mitten auf den Teppich, zwischen ihn und Suki. Während die Musiker sich einspielten und ihre Instrumente stimmten, legte Josie sich auf die Bank, mit den Augen zur Decke, und es fühlte sich richtig an.

»Alle startklar?«, fragte Cooper. »Fangen wir so an, wie wir aufgehört haben?«, fragte er Josie.

»Eigentlich«, sagte sie, »würde ich gern mit der Trompete anfangen.«

Der Trompeter, ein korpulenter Mann von um die

fünfzig, mit hochgeschlossenem Hemd und Brille, setzte eine ulkige wichtigtuerische Miene auf, nahm auf seinem Stuhl eine gerade Haltung an.

»Dein Name?«, fragte sie.

»Lionel«, sagte er.

»Irgendwas, das ein bisschen nach Vaudeville klingt, ein bisschen tragisch, Lionel«, sagte Josie zur Decke, und Lionel fing an, und es war besser, als Josie es sich hätte vorstellen können. Es erinnerte an die vielen alten Schallplatten, die sie in jenem Rosemont-Haus gehabt hatten, die traurige alte Trompete, die nach Zerfall klang, nach Erwachsenen, die sich in Bedauern und Selbstmitleid suhlen. In fast jedem Musical, an das sie sich erinnern konnte, kam so ein Sound vor. Aber wieso?

»Jetzt das Cello?«, sagte Josie und wusste, dass sich die Traurigkeit vervielfachen würde. Es tat so gut, das zu hören, dachte sie, zu wissen, dass es nur für die Leute im Raum war, nur von ihnen gehört wurde. Sie blickte sich um und sah, wie die Musiker nickten, die Köpfe geneigt, einige mit geschlossenen Augen.

»Jetzt die Snare-Drum?«, sagte Josie.

Suki begann einen langsamen Marsch, und die drei, als Musiker unfairerweise mit der Fähigkeit gesegnet, spontan zusammenzuspielen, schufen etwas, das wie ein richtiger Song klang, eine sinnliche und verführerische Melodie, die die Ankunft einer Femme fatale ankündigen könnte. Josie schloss die Augen und erinnerte sich plötzlich, wie ihre Mutter einmal oben an der Treppe erschienen war in einem alten Nerzmantel – ein Teil, das sie von ihrer eigenen Mutter bekommen hatte. Sie war zu irgendeinem alten Song die Treppe heruntergetänzelt, die Augen dick mit Eyeliner umrahmt. Josie war zwölf gewesen, vielleicht, und es hatte sie fasziniert und verwirrt, ihre Mutter so zu sehen, als sexuelles Wesen, fähig zu Theatralik und Raffinesse. Josie hatte unten an der Treppe gestanden, mit ihrem Vater. Seine Hand gehalten! Sie erinnerte sich jetzt wieder daran, wie seltsam es war, im Alter von zwölf seine Hand zu halten, aber sie hatte es getan, oder? Sie beide hatten unten an der Treppe gestanden, und auf Wunsch ihrer Mutter hatten sie eine Schallplatte aufgelegt. Was war das für eine Platte gewesen? Und sie hatten zugesehen, wie sie aufreizend die Treppe heruntergeschwebt kam, eine Krankenschwester, die Pelz und Make-up trug, das Haar wellig und glänzend.

»Josie?« Es war Cooper. »Noch jemand?«, fragte er.

Josie setzte sich auf und sah die Gesichter der anderen zehn Musiker, alle einsatzbereit. »Sorry«, sagte sie. Sie blickte zu Paul, dessen Augen fast besorgt wirkten. »Ich denke, jetzt können alle mit einsteigen.«

»Machen wir da weiter, wo wir aufgehört haben?«, fragte Cooper.

»Nein«, sagte Josie. »Was anderes. Fangen wir mit deinem G an. Jetzt in schnellerem Tempo. Schlag die Akkorde, G und D und F, aber schneller.«

Cooper fing an, und Josie ließ den Arm kreisen, signalisierte ihm, dass er schneller spielen sollte. Er zog das Tempo an, und der Klang machte sich im Raum breit. Sie zeigte jetzt auf Suki, die ein langsames Grollen begann, einen überernsten Rhythmus.

»Jetzt du«, sagte Josie und zeigte auf Frank. Er legte los, und nach nur einem Streich mit dem Bogen über die menschlichen Rundungen des Instruments, hielt Josie den Atem an. Das Cello war eine Stimme. Mehr als jedes andere Instrument war das Cello eine menschliche Stimme. Ein sterbender Mann, eine sterbende Frau. Josie schossen Tränen in die Augen, und Frank sah das und wollte schon aufhören, doch sie bedeutete ihm mit Nachdruck weiterzuspielen. Sie zeigte auf Cindy, die anfing zu singen, jetzt aber in einer tieferen Stimmlage. Sie reagierte auf das Cello in einer Weise, wie Josie es nicht erwartet hatte, die sie aber richtig fand oder zumindest fürs Erste richtig. Suki wurde unaufgefordert lauter, und das gefiel Josie, und Frank wurde ebenfalls lauter, traktierte sein Cello, pendelte zwischen einigen wenigen Noten hin und her, und Josie wusste nicht, was für Noten, was für Akkorde, aber sie klangen wie jede Enttäuschung, kündeten von ihrer schrecklichen Liebe zu ihrer vergifteten Vergangenheit, schmeckten durch und durch bitter, erfüllten sie aber mit einer dunklen, berauschenden Flüssigkeit. Das Cello war der stetige Abwärtssog der verlorenen Zeit.

Irgendwo hinter ihr stieg eine Geige mit ein, und als Josie sich umdrehte, sah sie die ältere Frau, jetzt mit geschlossenen Augen, die Brille auf dem Kopf. Sie spielte jedoch etwas anderes, eine schwungvollere Melodie, und Josie nickte heftig. Es war an der Zeit. Sie zeigte auf die Geigerin und lächelte.

»Alle so, bitte!«, rief sie über den Klangteppich.

Und jetzt fielen die Musiker nacheinander mit ein. Die Gitarren verdoppelten den Sound und verdoppelten ihn noch einmal. Die Posaune verlieh ihm den schwerfälligen Alltagsklang, die Trompete verlieh ihm die Sonne, die irrationalen Freudenausbrüche – Trompeten waren der Klang des Lachens, das wusste Josie jetzt –, und zu guter Letzt lieferten die Oboe und die Klarinette den

Wahnsinn. Die Holzblasinstrumente klangen wie Verrückte, wie Eistaucher und Kojoten, wie ein Kampfflugzeug, das vom Himmel herab ins Verderben trudelt, wie eine Reihe Cancan-Tänzerinnen. Jetzt tauchte Ana an der Verandatür auf, das Geweih in der Hand.

»Komm her«, rief Josie und streckte die Arme aus.

Ana ging nicht zu ihr, sondern hielt sich das Geweih wieder auf den Kopf und schlich sich langsam herein, als wäre sie ein Hirsch, der unbemerkt ins Zimmer kommen will. Die Musiker schmunzelten, ihre Augen bekamen Lachfältchen, und Ana genoss es. Josie war sicher, dass sie kurz davor war zu explodieren.

Sie hatte recht. Ana ließ das Geweih fallen und hob die Arme, als würde sie aus jeder Ecke des Raums mehr Kraft ziehen. Jetzt lief sie auf der Stelle. Sie drehte sich auf einem Fuß, dann auf dem anderen. Sie tanzte mit unerhörtem Rhythmus und Funk, zappelte und wand sich und trat immer mal wieder in Richtung eines Musikers – begrüßte jeden von ihnen, Frank und Lionel und alle anderen, mit einem Tritt, ohne auch nur einen wirklich zu berühren – ein theatralischer Tritt der Brüderlichkeit und des gemeinsamen Irrsinns. Ein Tritt für dich!, sagte sie, wandte sich dann um und trat nach einem anderen. Auch ein Tritt für dich!

Die Musiker konnten sich kaum noch beherrschen. Sie war ein Star, ein natürliches Theatergeschöpf, dazu bestimmt, die vermeintlichen Würden des Menschseins zu überspitzen und zunichtezumachen. Tiere!, sagte ihr Körper. *Ihr seid Tiere. Ich bin ein Tier. Es ist gut, ein Tier zu sein!* Sie trat hoch in Pauls Richtung, trat dann erneut zu und kickte ihm diesmal den Notizblock aus den Händen. Begeistert zog sie ihn auf den Teppich, damit er mit ihr tanzte. Da er nicht wusste, wie er mitmachen sollte, hob er sie zunächst einfach in die Luft, und sie ließ es sich gefallen, reckte die Hände gen Himmel wie eine Eiskunstläuferin, die von ihrem Partner in die Höhe gehoben wird. Aber sie wollte runter, und Paul stellte sie wieder hin, und jetzt umkreiste sie ihn, und er tat es ihr gleich, und sie umkreisten einander, knurrend und grapschend, und schließlich sprangen sie einfach kerzengerade hoch, wieder und wieder, trieben einander höher. Unterdessen wurde die Musik lauter, Cooper schien seine Akkorde mit doppelter Lautstärke und Fülle zu schlagen. Das Tempo wurde schneller, drängender und frenetischer, und als Josie sich umblickte, sah sie, dass die Musiker nicht mehr auf ihren Stühlen saßen. Alle waren aufgestanden und tanzten, rissen die Beine hoch, kickten, folgten Anas Beispiel. Zwei lagen auf dem Rücken, strampelten mit den Beinen in der Luft. Der Trompeter war in der Küche, spielte in den Kühlschrank, und es klang sagenhaft. Es war eine irrwitzige Wand von kreuz und quer schießenden Klängen, jeder für sich unterschwellig verzweifelt und tragisch, aber darüber schraubte sich ein wahnsinniger Sound hoch, der genau so klang wie alle Klänge, die sie so viele Jahre im Kopf gehört hatte, wenn sie dachte, sie habe Musik in sich, aber gleichzeitig völlig anders. Sie legte sich wieder hin, schwelgte in den Klängen, dachte, sie könnte hierbleiben, nicht nur bei Cooper, sondern auch in dieser Stadt. Sie könnte wieder als Zahnärztin arbeiten, wie Cooper vorgeschlagen hatte, und jede Woche könnte sie zu Coopers Haus kommen, so wie jetzt, könnte weiter dieses Chaos in sich artikulieren, könnte allen hier die Zähne reinigen, und im Gegenzug gäbe es diese Art von Erlösung.

Aber jetzt war ein neuer Klang zu hören. Josie setzte sich auf. Es war ein künstlicher Klang, ein menschengemachter Panikklang. Sirenen. Sie verflochten sich langsam mit der Musik. Und einer nach dem anderen hörten die Musiker auf zu spielen, um zu lauschen, und Handys fingen an zu klingeln, und es war vorbei.

XXII.

Josie trat vor die Haustür. Sie fühlte sich benommen und übersättigt, empfand das Licht wie einen Angriff auf alle Sinne und sah zwei Feuerwehrwagen mit heulenden Sirenen vorbeibrausen. Als sie sich umdrehte, hatte Cooper sein Handy am Ohr. Frank drängte sich eilig an ihr vorbei nach draußen. »Das Feuer kommt zu uns rüber. Sie evakuieren. Ich hab's doch gesagt.«

Die übrigen Musiker folgten und verteilten sich auf dem Rasen, gingen mit ihren Hörnern und Gitarren in alle Richtungen. Paul und Ana erschienen an der Tür.

»Wir müssen los«, sagte Josie.

Aber sie wusste nicht, wohin. Sie wusste nicht, woher das Feuer kam. Sie vermutete von Süden, wo das nächste Feuer gewesen war, aber was bedeutete das für die Hütte, fürs Chateau?

Eine Frau in einer orangen Weste kam die Straße heruntergelaufen. »Zwangsevakuierung«, rief sie. Sie war außer Atem.

Suki kam aus dem Haus und fegte an ihr vorbei. »Bye, Josie«, sagte sie. Cindy folgte ihr, verschwand in die entgegengesetzte Richtung. »Bye, Joze«, sagte sie. Josie sagte Auf Wiedersehen und wandte sich an die Frau in Orange.

»Woher kommt es?«, fragte Josie sie.

»Süden«, keuchte die Frau und zeigte in die Richtung.

Josie folgte ihrem Finger zu den Bergen. Der Himmel war weiß, von Qualm überwuchert. »Wie nah ist es?«, fragte sie.

»Nah. Sie müssen nach Norden. Es fahren Busse, wenn Sie sonst nicht wegkommen. Die fahren nach Morristown. In zwanzig Minuten.«

»Wissen Sie, ob es schon an der Silbermine ist?«, fragte Josie, aber die Frau winkte ab und ging dann weiter die Straße hinunter. Sie war eine Freiwillige, klopfte an Türen.

»Wo ist das Feuer, Mom?«, fragte Paul.

Sirenen durchtosten die Luft.

»Lass mich nachdenken«, sagte Josie.

Die Feuerwehrwagen fuhren aus der Stadt Richtung Süden, während Familien mit Autos bereits nach Norden brausten.

»Kommt rein«, sagte Josie und scheuchte die Kinder in Coopers Haus. Er telefonierte wieder. Er blickte Josie an. »Halbe Stunde, höchstens. Ich würde euch mitnehmen, aber ich hab keinen Platz.«

»Was weißt du über die Silbermine?«, fragte sie.

»Nichts«, sagte er. »Welche Silbermine?«

Sie nahm ihn beiseite, außer Hörweite der Kinder. Sie erzählte ihm, dass sie bei der Peterssen-Mine in einer Hütte wohnten, hinter dem Bergkamm, dass sie ihre sämtlichen Habseligkeiten dort hatten, ihr ganzes Geld und ein Wohnmobil, dass das Wohnmobil ihre einzige Möglichkeit wäre wegzukommen. »Glaubst du, wir schaffen es rechtzeitig dorthin?«, fragte sie.

Er sah sie an, als hätte sie den Verstand verloren.

»Steigt einfach in einen Bus«, sagte er.

»Was ist mit unseren Sachen?«, fragte Paul Josie im Flüsterton. Cooper hatte für sie zwei Rucksäcke mit Essen und Wasser, Taschenlampen und Batterien gepackt und sie die Straße runter zum Parkplatz der Grundschule geschickt, wo die Busse standen. Die meisten waren leer – die meisten Leute im Ort hatten Pkws und Pickups.

Josie hob die Hände in die Luft, mit dem Gestus einer Zauberin, und stieg in den Bus. Paul und Ana folgten, und an Bord sahen sie, dass nur fünf Plätze besetzt waren, von zwei älteren Paaren und einem allein fahrenden Teenager. Sie setzten sich, Josie schaute in die Berge, wo sie eine Wand aus Grün und grauem Rauch sah, und fragte sich, ob das Feuer die Hütte bereits vernichtet hatte oder überhaupt vernichten würde. Sie hatte alle gefragt, die sie kannte, und niemand hatte eine Ahnung.

»Mom, jetzt sag schon«, flüsterte Paul. Er brauchte Klarheit.

Josie wusste, dass sie ihre Kinder beruhigen sollte, was ihre Perspektiven betraf, aber sie war zu verstört, um sich stark zu geben. Sie stellte sich die Hütte in Flammen vor, alle ihre Zeichnungen in Flammen, all die Spiele in Flammen, Candyland in Flammen, die Schwerter und Flitzebogen und Pfeile der Kinder in Flammen, all die Lebensmittel, die sie eben erst gekauft hatten. Sie dachte an das Chateau. Sie hatten nicht viel dringelassen, bloß einige Kleidungsstücke, und würden nichts davon vermissen. Aber es würde garantiert zerstört werden – falls das Feuer in dieses Tal kam, würde es schnell und heiß brennen. Es waren zu viele Bäume dort, alles knochentrocken, und es war niemand da, um die Flammen zu bekämpfen.

Und dann sah sie es. Ein leuchtend gelber Schein kam hinter den Bergen hervor, als würde eine längliche Sonne rasch aufgehen. Aber es war keine Sonne, es war das Feuer, und Josie wusste, was das bedeutete: Es hatte sich im Tal der Mine ausgebreitet. Schwarzer Rauch quoll zum Himmel, und sie vermutete, dass eine von den Maschinen Feuer gefangen hatte und irgendein Treibstoff in Flammen aufging. Das Chateau. Es konnte nur das Wohnmobil sein, mit seinem vollen Tank. Sie dachte an Stan und daran, wie sie Stan auf seinem weißen Teppichboden beibringen würde, dass das Chateau nicht mehr existierte. Wie sie Stan einschätzte, würde er Profit daraus schlagen.

Dann dachte sie an das Samtsäckchen. Alles Geld, was sie noch hatten. Sie hatte etwa achtzig Dollar bei sich.

»Gut, dass wir hier waren«, sagte Paul, und Josie realisierte, wie wahr das war. Wenn sie nicht in die Stadt gegangen wären, wenn diese Musiksession bei Cooper zu Hause nicht stattgefunden hätte, wären sie an dem Tag bei der Mine gewesen. Allein, ohne dass irgendwer gewusst hätte, dass sie da waren.

»Kann's losgehen?«, fragte der Fahrer.

Der Bus erwachte stotternd und richtete die Nase nach Norden.

»Bist du damit fertig?«, fragte Paul.

Josie sah zu ihm hinüber. Er hatte sich zwei Plätze weiter gesetzt, wie ein Alleinreisender. Ana lag auf dem Boden und knabberte an Josies Bein, wartete darauf, dass sie gesagt bekam, sie solle das sein lassen.

»Mit der Musik?«, fragte Josie, und Paul schloss die Augen. *Natürlich mit der Musik*, sagte sein gelassenes Gesicht.

438

Stand sie nicht kurz vor einer großen Entdeckung — wenn auch keiner, die für die Welt wichtig war, so doch zumindest einer persönlichen Offenbarung, die die Musik in ihr hervorbrachte? Josie sah die Landschaft vorbeiziehen, die Feuerwehrwagen, die in die andere Richtung fuhren, dahin, wo es brenzlig war, und sie begriff mit einiger Verwunderung, dass sie die Musik, die sie hatte hören müssen, die sie kurz zuvor gehört hatte, die sie aus sich herausgeholt hatte, in der sie geschwommen war, dass sie die nicht mehr brauchte. Jedenfalls nicht im Moment. Cooper würde das nicht verstehen. Du bist da an was dran, würde er vielleicht sagen. Würde er das wirklich sagen? Wahrscheinlich stimmte das nicht. Wahrscheinlich war sie eher eine Frau, die es in einem Anfall geistiger Umnachtung geschafft hatte, aus einer Gruppe beeinflussbarer Musiker, die auf kostenlose Zahnpflege aus waren, dissonanten Wahnsinn heraufzubeschwören. Aber wie wär's damit, in der Stadt, Coopers Stadt, zu bleiben und sich einzugliedern, die neue Zahnärztin zu werden, die stadtbekannte Exzentrikerin, Amateurkomponistin, an der Welt der Musiker teilzuhaben, ihre Kinder dort großzuziehen? Nein. Oder noch nicht. Sie war frei von dem. Sie war frei von so vielen Dingen, von der Angst vor Carl, dem Geist von Evelyn. Sie würde sich niemals frei von Jeremy fühlen, aber zwei von drei war immerhin ein Anfang. Sie floh vor nichts mehr. Aber das hieß nicht, dass sie behütet werden wollte, geschont, umsorgt.

»Ich weiß nicht«, antwortete sie Paul.

Sie konnte nicht versprechen, dass sie es nicht wieder tun würde. Sie hatte keine Ahnung. Sie brauchte keine Musik mehr, aber sie musste irgendwas anderes tun und etwas anderes sehen, und sie musste in Bewegung bleiben, um ihre Kinder tapferer und stärker zu machen. Sie konnte keine Prognosen abgeben, was sie in Zukunft tun und sehen wollte, und sie hoffte, ihre Kinder würden ihr diesen Mangel an Gewissheit verzeihen, diese ungeklärte Frage in ihrem Leben, diesen grenzenlosen Himmel, der die Macht hatte, sie entweder furchtlos, absolut unbezwingbar zu machen oder sie zu lähmen vor Angst.

Sie fuhren stundenlang, über Flüsse und durch endlose Taiga, der Himmel vor ihnen ein samtiges Blau. Cooper hatte gesagt, er würde sich mit Josie und ihren Kindern treffen, und während die Landschaft vorbeizog, wurde Josie unsicher, ob sie das überhaupt wollte. Sie war nicht sicher, ob sie ihrer Gemütslage trauen konnte, doch nach zwanzig Minuten Fahrt empfand sie eine vertraute Heiterkeit, die atemlose Freiheit, Probleme hinter sich gelassen zu haben. Es ähnelte dem Gefühl, das sie gehabt hatte, als sie Ohio verließ und als sie mit den Kindern in Alaska gelandet war. Jetzt war das Chateau futsch, die Hütte war futsch, sie waren wieder frei von allem. Sie kannten niemanden im Bus und waren unterwegs zu einem Ort, wo sie ebenfalls keine Menschenseele kannten.

Als der Bus schließlich auf einen großen Parkplatz bog, wo es von Polizeiwagen mit kreisenden Blaulichtern und Rettungsfahrzeugen wimmelte, schlief Ana auf Josies Schoß, und Paul hatte sich auf einen anderen Sitz zwei Reihen weiter vorne gesetzt. Das war neu: Noch vor wenigen Wochen hätte er niemals den Posten als menschliches Kopfkissen abgegeben; er wäre garantiert nicht so weit von der schlafenden Ana entfernt gewesen, wo sie doch jeden Moment seine Hilfe brauchen könnte. Jetzt jedoch schaute er aus dem Fenster, betrachtete die Szene auf dem hellen Parkplatz, die Blaulichter, das Heer von Freiwilligen in Orange und Gelb, die hin und her hasteten.

»In die Schule da«, sagte der Fahrer.

Josie weckte Ana und führte sie und Paul aus dem Bus. Paul trug einen der Rucksäcke und Josie den anderen.

Die Schule war ein flacher Backsteinbau, die vorderen Doppeltüren weit geöffnet, und drinnen saß eine Frau an einem Klapptisch.

»Hallo zusammen«, sagte die Frau mit leiser und freundlicher Stimme, als wüsste sie von dem schlafenden Horror in ihnen und wollte ihn nicht wecken.

Josie nannte der Frau ihre Namen, und die Frau schickte sie in die Aula, wo riesige Lampen in separaten Bereichen jede angebotene Serviceleistung beleuchtete – Erste Hilfe, Betten, Verpflegung. An dem Fenster, wo die Highschool normalerweise Mittagessen ausgab, wurde eine Auswahl an frischen Speisen auf Teller geschöpft. Die halbe Halle war ein Gitterraster aus akkurat aufgestellten Klappbetten, obwohl die meisten leer waren. Ein am Computer ausgedrucktes Schild pries die Dienste einer Krankenschwester an. Sie stand bei dem Schild, neben einem Bett, auf dem ein junger Mann ohne erkennbare Verletzungen lag; er stützte sich auf einen Ellbogen und las ein Comicheft.

Auf der Aula-Bühne jagte ein Kindertrio, alle unter sechs, ein viertes Kind, ein blondhaariges Mädchen, das einen Umhang trug. »Werden Sie die Nacht hier verbringen?«, fragte eine Stimme.

Josie drehte sich um und sah einen Mann ganz in Schwarz, einen Priester oder Pastor.

»Ich weiß nicht. Ich glaube ja«, sagte sie.

Josie und Paul und Ana verschlangen Spaghetti und Brokkoli, Wassermelone und Schokoladenkuchen. Josie wurde klar, dass sie fast den ganzen Tag noch nichts gegessen hatten. »Gehen wir hier zur Schule?«, fragte Ana, die Zähne braun vom Zuckerguss. Paul lächelte und schüttelte den Kopf.

»Nein, Schätzchen«, sagte Josie. »Wir bleiben hier nur ein oder zwei Nächte.« Aber sie hatte keine Ahnung, was sie danach machen würden.

Sie lauschte den Gesprächsfetzen zwischen den Freiwilligen in der Halle. Die meisten Evakuierten in der Halle waren aus Morristown oder anderen Orten in der Nähe. Dort waren bislang nur ein paar Nebengebäude niedergebrannt, erfuhr sie. Eine ganze Armee Feuerwehrleute arbeitete tapfer, unterstützt durch einen günstigen Wind, der die Ausbreitung des Brandes verlangsamt hatte.

Als sie nach dem Essen die leeren Teller zum Ausgabefenster zurückbrachte, sah Josie, dass eine Frau in einer schwarzen Uniform, eine Art Feuerwehrpressesprecherin, gerade eine neue Karte über das Ausmaß des Brandes aufgehängt hatte. Josie suchte nach Morristown und fand es, ein kaum wahrnehmbares Rechteck direkt neben einer gewaltigen roten Masse, dem Bereich, wo das Feuer wütete, in der Farbe und Form eines überdimensionalen Herzens. An der Grenze zwischen dem Rot und dem Weiß fand sie in winziger Schrift den Aufdruck Peterssen-Mine, fast unleserlich durch ein X, das mit rotem Kugelschreiber darübergemalt worden war.

Josie kehrte zu den drei Betten zurück, die sie und die Kinder zusammengeschoben hatten, um eine einzige lose verbundene Liegefläche zu haben. Paul und Ana spielten Quartett mit neuen Karten.

»Die hat uns jemand geschenkt«, erklärte Paul.

Josie setzte sich auf die Bettkante, ließ sich dann aufs Kissen fallen. Sie blickte zur Hallendecke, zehn Meter hoch, ein Wirrwarr aus Seilen und Balken und Bannern, die Besucher an bessere Zeiten der Schule erinnerten.

Um neun Uhr gingen die meisten Hallenlampen mit einem lauten Knall und Ächzen aus, und es brannte nur noch ein heller Kegel in jeder Ecke. Ana wollte weiter Karten spielen, aber Paul sagte ihr, sie solle leise und still sein, um die anderen, die schlafen wollten, nicht zu stören.

»Habt ihr drei alles, was ihr braucht?«, fragte eine Stimme.

Josie blickte auf und kniff die Augen zusammen, um sie an die Dunkelheit zu gewöhnen. Es war ein Mann, ein älterer Mann mit Bögen aus grauem Haar über den Augen. Er kam ihr bekannt vor. Josie dachte an zu Hause, an jemanden aus Ohio. Nein. Dann begriff sie, dass er der Feuerwehrmann war, dem sie begegnet war – es kam ihr vor, als wäre es Monate her –, der sanftäugige Mann, der dazugekommen war, als die Häftlinge für sie den Reifen gewechselt hatten.

»Ja, danke«, erwiderte sie und merkte dann, dass er sie nicht wiedererkannte. Wieso er hier war und nach den Evakuierten sah, war unklar. Sie wollte ihn nicht von seiner Arbeit ablenken oder sich in ein Gespräch darüber verwickeln lassen, was sie eigentlich da auf der Straße gemacht hatte oder was sie hier machte, Hunderte Meilen nördlich, in dieser Notunterkunft. Sie hätte es ohnehin nicht erklären können.

»Es gibt bald Regen.« Das waren die ersten Worte, die Josie am Morgen hörte. Es dämmerte, und in der Halle waren bereits fleißige Hände dabei, lärmend Frühstück zu machen. »Heute Nachmittag«, sagte die Stimme. Sie kam von außerhalb der Halle, diese dröhnende Stimme mit dieser bedeutsamen Neuigkeit. Ana war von dem Krach wach geworden, aber Paul schlief weiter. Josie führte Ana leise von ihrem Bett in die Lobby, um nach dem Besitzer der dröhnenden Stimme zu suchen, aber er war verschwunden. Dennoch, überall auf den Fluren der Schule war die Rede davon, dass das Schlimmste überstanden war, dass die kommenden Wochen mehr Regen, mehr Kälte bringen würden, einen nassen Herbst, der die Brände löschen und die Luft klären würde.

Sie gingen nach draußen und stellten fest, dass der Himmel noch immer derselbe war, weiß und gelb und mit einem beißenden Geruch. Josie ging einige Schritte weiter auf den Parkplatz und sah jetzt, von Norden kommend, eine dunkle Wolkenwand. Zurück in der Lobby spähte Josie in die Halle, um zu sehen, ob Paul wach war, doch er lag noch immer ausgestreckt auf dem Bett, mit offenem Mund, als wunderte er sich über den Schlaf.

Als sie sich umdrehte, war Ana nicht mehr bei ihr. Josie suchte die Lobby nach ihr ab und hörte leise Stimmen aus einem Flur. Sie bog um die Ecke und entdeckte Ana am Trinkbrunnen, zusammen mit einem anderen Kind, das kleiner war. Auf den ersten Blick sah es aus, als ob Ana sich eben wie Ana verhielt und dem anderen Kind, einem flachsblonden Jungen von ungefähr vier, Wasser von dem Brunnen auf den Kopf spritzte.

Josie wollte Ana schon zurufen, sie solle das sein lassen, merkte dann aber, dass Ana dem Jungen Wasser zu trinken gab. Ana hatte ihm gesagt, er solle den Hahn aufdrehen, und während das Wasser floss, griff Ana nach oben, die kleinen Hände zu einer kleinen Schale geformt, und reichte dieses Wasser dem Kind. Das meiste landete zwar auf den Shirts der beiden, aber dennoch fand genug seinen Weg in den Mund des blonden Kindes.

Josie ging zu ihnen, und Ana sah besorgt zu ihr hoch, wusste, dass sie es würde erklären müssen.

»Ist schon gut«, sagte Josie.

»Er ist nicht drangekommen«, sagte Ana.

»Ich weiß. Alles in Ordnung. Aber lasst uns den Boden aufwischen.«

Und dann holten die drei Papierhandtücher von der Toilette und trockneten damit den Fußboden. Die Mutter des Jungen kam dazu, als sie gerade fertig waren, und nahm den Jungen wieder mit in die Halle. Josie und Ana blieben vorne im Flur stehen, neben der abgedunkelten Trophäenvitrine der Schule.

»Müssen wir noch einmal hier schlafen?«, fragte Ana.

Josie wusste es nicht.

»Ich will nicht«, sagte Ana.

»Ich auch nicht«, sagte Josie und erkannte, dass das das erste aufrichtige Gespräch war, das sie seit Monaten mit Ana gehabt hatte, vielleicht das erste überhaupt. Normalerweise plante sie strategisch, wie sie Ana etwas sagte, wie sie es vermied, ihr etwas zu sagen, unterschlug und verschleierte, um ein zivilisiertes Ergebnis zu erzielen. Jetzt blickte sie Ana in die Augen und wusste, dass ihre Tochter anders war, sich entwickelt hatte, und sie sah auch, dass Ana das wusste. Sie wusste, dass sie eine Form abgeworfen hatte und dabei war, eine andere anzunehmen.

»Wir haben nur achtundachtzig Dollar«, sagte sie, wobei sie nicht Ana ansah, sondern das Porträt irgendeines Sportasses aus den frühen Neunzigerjahren, ein Mädchen, das jetzt vermutlich in Josies Alter war.

»Achtundachtzig?«, sagte Ana. »Das ist viel!«

Paul schlief trotz eines lauten Frühstücks und der Durchsagen aus den unter der Hallendecke montierten Lautsprechern, die eine Reihe von Entwicklungen, die bevorstehende Ankunft von weiteren Evakuierten und das Neuste über den von Norden heranziehenden Regen verkündeten. Als er endlich aufwachte, klatschten ein paar Freiwillige Beifall. Eine großmütterliche Frau brachte ihm eine Schüssel mit selbst gemachtem Haferbrei, den er gierig vor ihren Augen aß.

»Also, hier seid ihr sicher«, sagte sie zu Josie und den Kindern, als würde sie damit ein Gespräch über die früheren Ängste der drei beenden. »Und am Mittag bieten wir den Evakuierten eine Beschäftigung an. Wir laden alle Familien ein, an einem Bastelworkshop teilzunehmen und anschließend über ihre Gefühle zu reden. Das wird sehr therapeutisch sein. Aber auch Spaß machen!«

Josie lächelte, und die Frau ging die Schüsseln einsammeln, die in verschiedenen Teilen der Halle von dem guten Dutzend Kinder stehen gelassen worden waren, die jetzt wild herumrannten. Die Halle war in der letzten Stunde sichtlich voller geworden und roch nach zu vielen Menschen ohne Zugang zu Duschen, zu vielen Menschen, die auf engstem Raum in alten Klamotten schliefen.

Auch nur eine Stunde länger hierzubleiben, erschien Josie plötzlich quälend – eine weitere Nacht völlig unmöglich. Sie machte ihre Betten und nahm ihre zwei Rucksäcke und wollte mit Paul und Ana das Schulgebäude verlassen. Sie hatte keinen Plan im Kopf, wollte aber sehen, welche Möglichkeiten sich im Ort boten. Achtundachtzig Dollar würden für eine Übernachtung und Essen in einem richtigen Motel ausreichen.

Jetzt kam eine Frau auf sie zu. »Ma'am, ich hab vorhin vergessen zu fragen« – Josie konnte nicht sagen, ob sie die Frau schon mal gesehen hatte, musste aber davon ausgehen –, »ob Sie ein Handy haben oder nicht. Sehr viele Evakuierte haben ihre Handys zurückgelassen oder kriegen kein Netz. Aber wir haben Festnetztelefone hier. Ferngespräche sind auch kein Problem.«

Josie sagte der Frau, dass sie tatsächlich kein Handy hatte, und sie und Ana wurden ins Büro des Schuldirektors geführt, wo ein Telefon stand.

»Ich lass Sie mal allein«, sagte die Frau.

Josie wählte, verwählte sich und wählte erneut.

Er meldete sich.

»Carl?«

»Wer ist denn da?«

»Ich bin's, Josie.«

»Oh, hey. Wo bist du? Wie geht's den Kindern?«

Seine Stimme klang fröhlich, locker.

»Du weißt nicht, wo wir sind?«

»Ich weiß, dass ihr in Alaska seid. Hat Sam mir erzählt. Aber wo da?«

»Das weißt du ganz genau. Du hast mir doch einen Typen hinterhergeschickt.«

»Wie bitte? Was?«

»Hast du mir nicht Papiere zustellen lassen wollen?«, fragte sie.

447

»Papiere? Weswegen?«

Seine Stimme klang so heiter und amüsiert, dass sie alles, was sie hatte sagen wollen, neu sortieren musste.

»Jemand wollte mir Papiere zustellen«, sagte sie, während sie krampfhaft überlegte, wer es stattdessen gewesen sein könnte. Evelyn?

»Was denn für Papiere?«, fragte Carl.

»Keine Ahnung. Ich hab sie nicht angerührt. Ich bin abgehauen.«

Carl lachte laut auf. Es war ein tiefes, herzhaftes Lachen, das Lachen eines zufriedenen Mannes. Josie hörte ein fernes Kreischen durch die Leitung, das Geräusch einer sanft anbrandenden Welle. War er an einem Strand? Wahrscheinlich war er an einem Strand. »Oh, da fällt mir was ein. Dein Anwaltfreund hat mich angerufen, wollte wissen, wo du bist«, sagte er. »Vielleicht hatte das was damit zu tun.«

»Elias? Was hat er gesagt?«

»Er hat gesagt, er wollte dich vorwarnen. Ich hab dich deswegen ein paarmal angerufen. Wahrscheinlich hast du dein Handy nicht mitgenommen. Hab ich recht?«

»Ich wollte nicht, dass du mich ortest.«

Wieder lachte Carl, aber diesmal lag in seiner Heiterkeit etwas Gekränktes und Unsicheres. »Jedenfalls, du hast doch dieses Kraftwerk verklagt, nicht? Also, die haben gegen alle Hauptkläger Gegenklage eingereicht. Elias meinte, das wäre die übliche Einschüchterungstaktik, meinte, er würde sich drum kümmern.«

Josies Herz kam ins Trudeln. Sie hatte seit Wochen nicht mehr an die Klage gedacht.

»Also, was machen die Kinder? Geht's ihnen gut?«, fragte Carl, nahm wieder einen munteren und unbeschwerten Tonfall an. War er betrunken? Wer war dieser fröhliche, sorglose Mann?

»Denen geht's gut. Tut mir leid wegen Florida«, sagte sie.

»Schon gut. Ich versteh das. Die Bitte hat wahrscheinlich etwas merkwürdig geklungen. Aber die Kinder sollten Teresa irgendwann mal kennenlernen. Sie werden sie mögen, glaube ich. Sie ist Kinderpsychologin. Wusstest du das?«

Josie hatte es nicht gewusst. Aber jetzt leuchtete ihr das Interesse an Carl ein.

»Ihr seid also in Alaska!« Carl stieß ein lautes Seufzen aus, das seine eigenen Schwächen einräumte und Josies Theatralik verzieh. Sie war noch immer dabei, das alles zu begreifen: Carl war gar nicht hinter ihr her – er verfolgte sie nicht, er verklagte sie nicht, nichts dergleichen. Aber stattdessen ein Kohlekraftwerk. Das hatte ihr einen Gerichtszusteller auf den Hals geschickt, um sie einzuschüchtern.

»Wenn man die Nachrichten guckt, hat man den Eindruck, ganz Alaska steht in Flammen«, sagte Carl.

»Wir sind sogar gerade vor einem Waldbrand geflohen«, sagte Josie. »Wir sind in einer Notunterkunft.« Sie schilderte den Tag, beschrieb die Schule, aus der sie anrief. Sie sah sich um, erinnerte sich, dass sie im Büro eines Schuldirektors war. Auf einem Schild an der Wand stand: *ich bin Schuldirektor. Was ist deine übermenschliche fähigkeit?*

»Und ihr seid wohlauf?«, fragte er.

»Uns geht's gut.«

»Okay. Passt auf euch auf. Meld dich, wenn du zurück bist.«

Sie legte auf, und als sie aus dem Büro ging, fiel ihr auf, dass Carl gar nicht mit den Kindern hatte sprechen wollen. Er hatte nicht gefragt, wann sie nach Hause kommen würden. Selbst der Wunsch, seine Kinder zu sehen, sie nach Florida zu holen, damit sie Teresa und ihre Familie kennenlernten, dieser Goebbels'sche Fototermin, war eine beiläufige Idee, keine große Sache, so oder so. Sein Interesse an ihnen kam und ging, wie seine Begeisterung für ökonomische Chancengleichheit oder Triathlons. Aber er war harmlos. Das zu wissen, war ungemein wichtig und befreiend zugleich.

»Kommt, wir gehen ein bisschen nach draußen«, sagte Josie. Sie stand vor dem Bett, wo Paul und Ana Karten spielten.

»Wohin?«, fragte Ana.

Josie zuckte die Achseln. »Zum Fluss?«

Die Stadt war etwa so groß wie die, in der Cooper wohnte, und als sie ziellos hindurchschlenderten, fiel ihnen auf, dass sie fast verlassen war. Die meisten Einwohner halfen entweder an der Highschool, dachte Josie sich, oder sie hatten Alaska auf der Suche nach weniger feuergefährlichen Regionen verlassen. Sie kamen an einer Lkw-Werkstatt, einem Maklerbüro, einer Rahmenhandlung vorbei, alle geschlossen, und schließlich waren sie am Yukon, der grau und langsam dahinfloss. Sie setzten sich, und Josie war plötzlich vor Müdigkeit jede Bewegung unmöglich. Sie legte sich auf den Rücken, blickte in den weißen Himmel und konnte die Sonne dahinter spüren, noch seltsam warm.

»Der ist ganz schön schwer«, sagte Paul, und es folgte ein lautes, dumpfes Platschen.

Ihre Kinder, von allem Besitz befreit, warfen Steine in den Fluss. Das Klacken, wenn sie nach den richtigen suchten, ein beinahe unmerklicher Luftzug, wenn sie den Stein hoch in die Luft warfen, der Basston, wenn er aufs Wasser schlug.

»Soll ich dir einen auf den Fuß legen? Der ist heiß von der Sonne.« Ana stand vor ihr.

»Okay«, sagte Josie mit geschlossenen Augen. Sie spürte das heiße Gewicht eines großen Steins, der ihr auf den Spann gelegt wurde. Es war ein wunderbares Gefühl. Sie murmelte etwas Beifälliges.

»Willst du noch einen?«, frage Ana, und Josie sagte Ja.

Ana legte Josie einen weiteren Stein, einen leichteren, auf den Bauch, und Josie spürte seine Wärme durch das Shirt. Sie hielt die Augen weiterhin geschlossen und erlaubte Ana und gleich darauf Paul, sie mit Steinen zu bedecken. Sie hatte ein Dutzend auf Brust und Bauch, und einige wenige im Schoß, was sich total richtig anfühlte, und schließlich einen großen flachen auf der Stirn, kleinere, rundere Steine auf jeder Wange. Die Wärme dieser Steine! Sie verlangsamte ihre Atmung. Sie konnte sich nicht bewegen. So bedeckt dehnten sich Minuten zu Tagen aus, und sie hörte die Stimmen ihrer Kinder auf der Suche nach weiteren Stellen, um ihre Mutter mit Steinen zu bedecken, fröhliche Stimmen, in denen Nervosität mitschwang. Was sahen sie? Ihre Mutter mit Steinen bedeckt, so weit weg von zu Hause.

Josie gestattete sich einen Moment des Zweifels. Es bestand die Möglichkeit, räumte sie ein, dass es besser gewesen wäre, wenn sie und ihre Kinder keinen Fuß in diesen brennenden Staat gesetzt hätten. Aber der Zweifel währte nicht lange. Stattdessen dachte sie in diesem Moment, dass sie mit allem recht hatte.

Dass wir fortgehen können.

Dass wir ein Recht haben fortzugehen.

Dass wir sehr häufig fortgehen müssen.

Dass sie und ihre Kinder nur durch ihr Fortgehen so etwas wie Würde erreichen konnten, dass es ohne Bewegung keine Anstrengung gibt und ohne Anstrengung kein Ziel und dass es ohne Ziel rein gar nichts gibt. Sie wollte jeder Mutter, jedem Vater sagen: In Bewegung liegt Sinn.

Als die Sonne ihr wie mit den Fingern grelle Farben auf die Augenlider malte, spürte Josie ein jähes Gefühl der Zugehörigkeit. Sie empfand Liebe für alle. Sie wusste, dass es nicht von Dauer war, diese Welle von Dankbarkeit und Vergebung, deshalb nannte sie Namen: Sie liebte Jeremy und Sam und Raj und Deena und Charlie von dem Kreuzfahrtschiff und Grenada-Jim und Carl, natürlich Sunny, und empfand so etwas wie Liebe für Evelyn, die ihr Sterben zornig gemacht hatte, und Josie wusste, was Zorn war, und deshalb liebte sie Evelyn. Schaudernd erkannte sie, dass sie auch ihre Eltern liebte und dass sie ihnen das sagen wollte und das Gefühl hatte, es ihnen sagen zu müssen, dass es an der Zeit war, ihnen zu sagen, dass sie wusste, dass sie nicht besser und nicht schlechter waren als sie selbst.

»Wir nehmen sie jetzt wieder runter«, sagte Paul. In seiner Stimme lag ein endgültiger Ton, der sein wachsendes Unbehagen darüber verriet, dass seine Mutter mit Steinen bedeckt war. Als Josies Brust von dem Gewicht befreit war, setzte sie sich auf, und ihre Kinder blickten sie fragend an, als erwarteten sie, dass sie jemand anders geworden war. Aber sie war nur ihre Mutter, die sich in der hellen Sonne aufsetzte. Sie entfernten weiter die Steine von Josies Schoß und Beinen.

»Was schätzt du, wie schwer der ist?«, fragte Paul. Er legte ihr einen der Steine in die Hand. Er war warm.

»Lag der auf meiner Brust?«, frage sie.

»Ja«, sagte er.

»Vielleicht ein Pfund?«, sagte sie.

Paul gab einen enttäuschten Laut von sich.

»Vielleicht zwei, drei Pfund?«, versuchte sie es erneut. Sein Gesicht hellte sich ein wenig auf, nahm dann aber wieder einen unzufriedenen Zug an, während er den Stein anstarrte.

»Zehn Pfund, locker«, sagte sie.

»Zehn Pfund!«, sagte Paul zu Ana, die gebührend beeindruckt war.

Ana nahm einen Stein von Josies Oberschenkel und legte ihn ihr in die Hand. »Wie viel wiegt der?«

Der war leichter als Pauls, und Paul wusste das, aber er und Josie wechselten einen Blick. »Der wiegt ungefähr genauso viel«, sagte sie. »Zehn Pfund. Vielleicht mehr.«

Anas Augen strahlten, und Josie vermutete, dass Ana den Stein an irgendeinem Lieblingsplatz aufbewahren würde, doch stattdessen drehte Ana sich um und warf ihn in einer verwegenen Diagonale in den Fluss. »Bis dann, Doofkopp!«, schrie sie.

Sie nahmen weitere Steine von Josie herunter und fragten sie jedes Mal, was sie glauben würde, wie schwer der jeweilige Stein war, ehe sie ihn in den Fluss beförderten. Ana warf ihre mit kleinen Beleidigungen zum Abschied und wiederholte meist Josies Gewichtsschätzungen, ehe sie die Steine im hohen Bogen mit ungestümer

Wucht ins Wasser schleuderte. Mit jedem Stein, der von ihr genommen wurde, meinte Josie, der Levitation näher zu kommen. Es waren bloß Steine, und sie lag bloß an einem Fluss, der ans felsige Ufer plätscherte, aber jedes Mal, wenn ihre Kinder einen von ihr runternahmen, keuchte sie leise auf, und ihr Körper fühlte sich der Erlösung näher.

»Guck mal da, Mom«, sagte Ana, und schließlich stand Josie auf. Ana zeigte auf eine Stelle im Wald hinter ihnen. Es sah aus wie ein schlichtes Schild, das den Anfang eines Wanderweges markierte, eine stehende Landkarte, aber an dem Schild hingen bunte schlaffe Kugeln.

»Luftballons!«, sagte Ana und rannte zu dem Schild.

»Wanderweg«, sagte Paul, der ihr folgte.

Auf dem Schild, jahrzehntealt, war ein Weg eingezeichnet, der sich durch ein Tal wand, an einem schmalen Fluss entlang, mit einer stetigen Steigung, bis er einen Bergsee erreichte. Falls es auf der Karte je irgendwelche Entfernungs- oder Maßstabangaben gegeben hatte, so waren sie bis zur Unkenntlichkeit verwittert, aber Josie schätzte, dass es bis zu dem See nicht weiter als eine oder zwei Meilen und nicht mehr als hundert Höhenmeter sein konnten.

»Ich wollte schon immer mal einen Bergsee sehen«, sagte sie.

»Ich auch«, sagte Paul, der mit großem Ernst auf die Karte schaute.

Paul hatte Josie gegenüber noch nie von einem Bergsee geredet, nie gesagt, dass er wusste, was ein Bergsee war oder dass er gern einen sehen würde. Aber Paul log nicht, konnte nicht lügen, und Josie hatte keine andere

Wahl, als zu glauben, dass das – zusammen mit dem Wissen, dass er ein Mädchen namens Helena heiraten könnte – ein heimlicher und echter Wunsch war und dass er in Zukunft noch viel mehr unausgesprochene Wünsche und Bedürfnisse haben würde und dass sie in so wenige davon eingeweiht werden würde und dass sie das akzeptieren musste.

»Also, sollen wir hingehen?«, fragte er.

»Was ist ein Bergsee?«, fragte Ana.

XXIII.

Sie hatten einen Apfel, eine Tüte ungeschälte Möhren, eine Flasche Gatorade Orange, eine Tüte Cracker, eine halbe Packung Kaubonbons und eine Flasche Wasser, zwei Drittel voll. Die Kinder trugen Jeans und T-Shirts. Die Temperatur lag um die achtzehn Grad. Josie war zuversichtlich, dass sie zum See wandern und rechtzeitig zum Mittagessen wieder zurück sein könnten.

»Paul«, sagte sie, wohl wissend, dass sie ihm eine Freude machen würde, »kannst du die Karte abzeichnen?« Seine Augen nahmen ein diensteifriges Funkeln an, als sie ihm einen Stift und einen Supermarktkassenzettel mit freier Rückseite aus ihrem Portemonnaie gab. Seine Zeichnung war schlicht, aber verständlich und enthielt die meisten Informationen auf der Karte, nämlich nicht viele: einen langen, gewundenen Wanderweg und einen ovalen See und daneben ein winziges Rechteck, das, so vermutete Josie, eine Art Picknickplatz war oder vielleicht so was wie ein Unterstand. Das Schild zeigte weniger eine moderne offizielle Wanderkarte, sondern eher etwas, was ein des Lesens und Schreibens unkundiger und noch dazu volltrunkener Halunke gezeichnet haben könnte.

Als sie zu dem Weg kamen, sah Josie jedoch, dass er

breit und gut markiert war, und es hätte sie nicht gewundert, wenn an der Strecke Souvenirläden und Imbissbuden gewesen wären. Sie gingen los. Sie kamen in einen kleinen Birkenwald, wo die Bäume in regelmäßigen Abständen zueinander standen und das Licht den Boden sprenkelte und die Luft kühl war. Weiter vorne sahen sie an einem Baumstamm einen gelben Streifen von der Größe einer Hand, und Josie lachte, weil sie wusste, dass es ein leichter Wanderweg sein würde, mit Markierungen alle hundert Meter. Sie schauten auf Pauls Karte, und sie verriet ihnen nichts Neues. Der See war irgendwo vor ihnen – schien noch immer höchstens eine Stunde Fußmarsch entfernt.

»Eine Brücke«, sagte Paul und zeigte auf einen längs halbierten Baumstamm, der über einen kleinen Bachlauf gelegt worden war, der zum Fluss führte. Die provisorische Brücke überspannte den schmalen, seichten Bach, der langsam dahinrieselte, und war glitschig vermoost, doch Paul und Ana wollten sie unbedingt ohne Josies Hilfe überqueren. Sie war gerade mal einen Meter hoch, sodass sich die Kinder, selbst wenn sie abrutschten, wohl kaum verletzen würden. Josie erlaubte ihnen, über den Stamm zu laufen, und dann wollten sie es noch einmal machen und kamen zurück und gingen erneut drüber.

Sie folgten dem Fluss eine Zeit lang, eine Stunde oder mehr, durch die inzwischen brütende Hitze, die Paul und Ana zusetzte, doch dann bog der Weg landeinwärts und in Richtung Berge, und sie gingen im Schatten. Weiter vorne schien der Weg direkt auf einen Felsbrocken von der Größe einer alten Scheune zuzulaufen. Sie folgten ihm bis zu dem Felsen, der sich aus der Nähe eher wie eine Granitwand ausnahm. Sie suchten links und rechts, entdeckten aber keine gelben Markierungen.

»Ich glaube, wir müssen durch den Felsen durch«, sagte Paul. Er wirkte absolut ernst, bis sein linker Mundwinkel sich zu einem kleinen Grinsen verzog.

»Guckt mal. Gelb«, sagte Ana.

Josie und Paul drehten sich um und sahen, dass Ana einen kleinen gelben Streifen an einem Baum hoch oben auf dem Berg entdeckt hatte, der den Fluss überblickte. Ein schmaler Pfad führte zu dem Felsbrocken hinauf und um ihn herum, und sie nahmen ihn, wobei alle drei, Josie und Paul und Ana, das starke Gefühl hatten, dass sie ohne Ana diese nun offensichtliche Möglichkeit, den Felsen zu überwinden, übersehen hätten. Sie brauchten eine halbe Stunde, um den Pfad zu erklimmen, indem sie auf Baumwurzeln traten, um festen Halt zu haben, bis sie oben waren und in einiger Entfernung eine Lichtung sahen.

»Könnte der See sein«, sagte Paul.

Josie sah auf ihre Uhr. Es war kurz nach Mittag. Wenn das wirklich der See war, könnten sie, selbst wenn sie bis an sein Ufer wanderten, kehrtmachten und schnell zurückgehen, würden um zwei zurück in der Stadt sein. Sie erreichten den Bergkamm, aber da war kein See, nur Überbleibsel oder die Anfänge eines seichten Tümpels. Drumherum war eine weitläufige Wiese, die mit violetten und gelben Wildblumen gesprenkelt war.

»Ist das der See?«, fragte Ana.

»Das ist nicht der See«, sagte Paul, blickte dann Josie an. »Oder?«

»Nein«, sagte Josie.

Genau in so einer Umgebung, in die Biegung eines

Berges geschmiegt, hatte sie gehofft, den See zu finden, und jetzt waren sie so weit gegangen und über den Kamm gestiegen und hatten etwas anderes gefunden, einen versumpften Tümpel – es war grausam.

»Okay«, sagte sie. »Lasst uns überlegen.« Und sie dachte über die Zeit nach und ihre Position auf diesem Wanderweg, auf halber Höhe eines Berges, der um ein Vielfaches größer war, als sie erwartet hatte. Sie hatten Stunden gebraucht, um bis hierher zu kommen. Es war noch Zeit weiterzugehen, den See zu erreichen und kehrtzumachen, dachte sie, hatte allerdings das greifbare Gefühl, die falsche Entscheidung zu treffen. Sie traute sich nicht, Paul anzusehen, aus Furcht, seine Augen würden sie verurteilen.

Ana zeigte zum Himmel. »Guck mal, Mom«, sagte sie. Eine große dunkle Wolke war hinter dem Berg hervorgekommen. Genau in dem Moment, als sie sie sahen, hörten sie Donner. Es war ein lautes Räuspern, das durch das Tal hallte, ein Vorbote von Unheil.

»Kommt das Gewitter auf uns zu?«, fragte Paul.

»Gibt es Blitze?«, fragte Ana.

Wieder donnerte es, diesmal lauter. Josie blickte hoch und sah, dass die Wolke näher gekommen war, den halben Berghang in düsteren Schatten tauchte. Und sie standen ganz in der Nähe von dem seichten Tümpel.

»Ich weiß nicht«, sagte Josie. Da sie nicht weit von einem Tümpel standen, versuchte sie sich zu erinnern, wie Blitze und Wasser sich zueinander verhielten. Leitete das Wasser oder schützte es? Die Möglichkeiten, die sich ihnen boten, waren nicht gerade berauschend. Es würde blitzen. Wahrscheinlich auch regnen. Wenn sie im Freien blieben, würden sie nass bis auf die Haut.

»Sollen wir da rüberlaufen?«, fragte Ana und zeigte auf ein Wäldchen weiter vorne. Bis dahin war es gut eine achtel Meile die ansteigende Wiese hinauf, keine abschreckende Distanz, aber andererseits waren die Distanzen bisher immer irgendwie irreführend gewesen. Alles, was vermeintlich ganz nah war, war in Wirklichkeit doppelt so weit gewesen und hatte dreimal so lange gedauert.

»Blitze schlagen in Bäume ein, nicht?«, fragte Paul.

»Ich weiß nicht«, sagte Josie. Wieso wusste sie so was nicht? Wasser meiden oder Wasser suchen? Unter Bäume gehen oder weg von Bäumen?

Andererseits hatten sie bislang noch keinen Blitz gesehen, daher hegte sie die Hoffnung, dass sie es bis zu dem Wäldchen schaffen könnten, ehe das richtige Gewitter kam, falls es überhaupt kam. Der Wald schien die sicherste Option. Sie könnten sich dort ausruhen, trocken bleiben.

»Laufen wir«, sagte Josie.

Paul und Ana stand die Erschöpfung in den Augen, doch die wurde rasch durch den neuen Schwung einer notwendigen Aufgabe verdrängt.

»Wir laufen zu der Gruppe Bäume da hinten, okay?«, sagte Josie.

Sie nickten. Ana ging in die Startposition einer Sprinterin.

»Fertig?«, fragte Josie. »Dann los.«

Sie rannten los, weg von dem Wasser und über die Blumenwiese, ohne darauf zu achten, was für Farben sie unter den Füßen zertraten.

»Jaaa!«, schrie Ana hinter ihr.

Josie blickte sich um, sah Anas kleine Füße über Steine und Dornengestrüpp fliegen und ihren großen orangeroten Kopf hüpfen wie eine Kerze, die von einem Kaninchen getragen wird. Sie sah Pauls Gesicht, konzentriert und zielstrebig. Die Bäume waren jetzt nur noch ein paar Hundert Meter entfernt. Sie würden es schaffen. Als sie sich den ersten großen Kiefern näherten, kam Josie sich albern vor, dass sie das Ganze dramatischer gemacht hatte als nötig. Schließlich waren sie doch bloß in der freien Natur und liefen in einem aufziehenden Gewitter. Sie wollte nicht, dass ihre Kinder Angst vor dem Regen oder dem Donner oder den Blitzen hatten, selbst wenn sie das Gewitter in dieser Höhe aus einer bedrohlichen Nähe erleben würden. Vor dem Wald lag eine Formation kleiner schartiger Felsbrocken, und Josie blieb zwischen ihnen stehen, ließ sich von Paul und Ana überholen, musste lächeln, als sie sie vorbeiflitzen sah, mit pumpenden Armen, beide mit einem wilden Grinsen im Gesicht.

»Gut so, gut so!«, schrie Josie fast triumphierend.

Ein gellendes Krachen riss den Himmel über ihnen auf. Die Welt wurde weiß, und Josies Rücken verkrampfte sich wie unter einem Peitschenschlag. Vor ihr waren Paul und Ana für einige lange Sekunden in dem weißen Licht erstarrt, mitten im Lauf fotografiert. Sie hatte kurz den Gedanken, dass sie getroffen worden waren, dass es so war, wenn man vom Blitz getroffen wurde, dass ihre Kinder aus der Welt eliminiert wurden. Doch das Licht ging aus, die Welt wurde wieder farbig, und ihre Kinder bewegten sich weiter, lebten weiter, und auf den Blitz folgte ein so lauter Donnerschlag, dass Josie jäh stehen blieb und sich auf die Erde warf.

»Hinlegen!«, rief sie Paul und Ana zu. »Und herkommen.«

Paul und Ana krochen zu ihr, und sie legte sich schützend über die beiden. Sie blieben eine Minute lang unten, während der Himmel knurrte und schnaubte, als würde er ungeduldig nach Josie und ihren Kindern suchen.

»Ich hab Angst«, sagte Ana. »Der Blitz trifft uns bestimmt, oder?«

»Nein«, sagte Paul entschieden. »Nicht, wenn wir unten bleiben, so wie jetzt. Mach dich klein«, sagte er, und Ana schrumpfte zusammen, hielt die Knie mit den Armen umfasst.

»Gut so«, sagte er.

»Okay. Wir laufen weiter«, sagte Josie. »Bloß bis zu den Bäumen.« Sie blickte auf, sah, dass sie höchstens hundert Meter vom nächsten Wäldchen entfernt waren.

»Fertig?«, fragte sie.

Paul und Ana nickten, bereit, aufzuspringen und loszulaufen. Josie wartete einen Moment länger, als sie vorgehabt hatte, und das ganz ohne Grund. Einen flüchtigen Augenblick lang schaute sie in den Wald und ließ den Blick an dem höchsten Baum hochgleiten, fragte sich kurz, ob es stimmte, dass Blitze immer in den höchsten Punkt einer Fläche einschlagen.

»Laufen wir jetzt?«, fragte Paul.

Und dann riss die Welt auf. Ein widerliches Licht erfüllte den Wald, und ein blauweißer Blitz spaltete den Baum, den Josie gerade betrachtet hatte, eine schnelle Axt, die an seinem Rückgrat entlangfuhr.

»Scheiße«, sagte Josie.

»Mom, werden wir jetzt getroffen?«, fragte Ana.

Josie sagte, nein, sie würden nicht getroffen. Näher als bei dem letzten Einschlag würden Blitze nicht kommen, sagte sie ihnen, obwohl sie keine Veranlassung hatte, das zu glauben. Eigentlich kamen die Blitze nämlich von Mal zu Mal näher. Als würden sie vorsätzlich handeln.

Sie warteten, sahen, wie die verkohlten Reste des gespaltenen Baums schwelten, eine dünne graue Rauchfahne nach oben zog. Wieder grollte der Donner, als würde ein Panzer über das Dach des Himmels fahren. Josie ging im Kopf alle verfügbaren Optionen durch. Sie könnten bleiben, wo sie waren, aber sie würden klatschnass werden. Der Regen würde bald kommen, da war sie sicher, und die Sonne würde untergehen, und es würde stockfinster sein. Sie würden nass sein und frieren und nicht zurückfinden. Sie mussten weiter, sofort. Sie konnte sehen, dass sich der Wanderweg die nächste Meile hochwand, unterbrochen von kleinen Baumbeständen. Sie würden zwischen den Blitzeinschlägen von einem zum anderen laufen müssen.

»Wir laufen zu dem nächsten Wäldchen da vorne«, sagte sie zu den Kindern. »Das sind bloß ein paar Hundert Meter.« Aber der Pfad führte über offenes Gelände, war ungeschützt, und sie wären auf der Strecke leichte Ziele für jede heimtückische Gewalt, die es auf sie abgesehen hatte.

»Nein, Mama«, sagte Ana. »Nein, bitte.«

Paul erklärte, dass der Blitz gerade in die Bäume eingeschlagen war, und wollte wissen, wieso sie ausgerechnet da hinlaufen würden, wo gerade der Blitz eingeschlagen war.

»Der schlägt nicht noch einmal da ein«, sagte sie, ohne sich selbst zu glauben. »Und es wird bald regnen, okay? Wir müssen weiter.« Sie klammerte sich an die irrationale Hoffnung, dass am See irgendetwas war, irgendeine menschliche Behausung, und wenn nur ein weggeworfenes Zelt. »Eins, zwei, drei«, sagte sie, und sie rannten wieder, mit hochgezogenen Schultern, den Kopf voller Angst vor Strafe von oben.

Die ersten Regentropfen fielen auf ihre sprintenden Körper, als sie den Schutz der Bäume erreichten. Sie kamen an dem Baum vorbei, der vom Blitz getroffen worden war, und rochen das verkohlte Holz, den seltsam sauberen Geruch, und liefen weiter, bis der Wald dichter wurde, dunkel vor tiefen Zweigen. Josie blieb stehen, und Paul und Ana drückten sich an sie, und alle drei lehnten sich außer Atem an den breiten Stamm einer alten Kiefer.

»Können wir nicht einfach hierbleiben?«, fragte Ana, und Josie hielt es für durchaus möglich, dass sie dableiben konnten, zumindest für eine Weile, in der Hoffnung, dass das Gewitter weiterzog. Doch während sie das in Erwägung zog, wurde der Regen heftiger, und ein kalter Windstoß fegte durch die Bäume. Die Temperatur schien rasant zu fallen, und der Regen durchnässte sie im Nu bis auf die Haut. Sie blickte zu Ana hinunter, die ein kurzärmeliges Shirt trug. Sie hatte die Augen weit aufgerissen, und ihre Zähne begannen zu klappern. Nein, dachte Josie. Nein. Nur eine einzige Option. Sie zog ihr eigenes Shirt aus. »Komm, ich zieh dir das über«, sagte sie zu Ana, und Ana blickte sie entsetzt an.

»Zieh das an«, sagte Josie streng.

Ana zog sich das Shirt über den Kopf, und es hing schlabberig an ihrem Oberkörper und lag auf den Knien auf.

»Du willst so weiter?«, fragte Paul und deutete mit dem Kinn auf Josies weißen BH, ein zweckmäßiges Modell mit einem winzigen Spitzensaum.

»Das macht mir nichts«, sagte Josie, die seine Bemerkung als Ausdruck von Besorgnis missverstand. Er schämte sich für sie, wurde ihr klar. Er wollte nicht, dass seine Mutter im BH über einen Bergpfad lief.

»Zeig mir noch mal die Karte«, sagte Josie, bat Paul um die Zeichnung, die er gemacht hatte, bevor sie losgegangen waren. Josie war nicht sicher, was sie darauf zu finden hoffte, aber ihr waren Zweifel gekommen, ob es klug war, weiter in diese Richtung zu laufen. Sie bewegten sich in das Unwetter hinein, in ein Gebiet, das sie nicht kannten, aber wenn sie zurückgingen, egal wie lange es dauerte oder wie nass sie wurden und wie sehr sie froren, würden sie garantiert zurück in die Stadt finden. Paul zögerte einen Moment, dann nahm sein Gesicht einen ernsten Ausdruck an. Er zog das Stück Papier aus der Tasche, faltete es auseinander und beugte sich darüber, um es vor dem Regen zu schützen.

Über ihnen krachten zwei Jets zusammen. Eine andere Erklärung konnte es nicht geben. Josie hatte noch nie so lauten Donner gehört. Die Regentropfen wurden noch dicker. Ihre Kinder, ohnehin schon völlig durchnässt, wurden irgendwie noch nasser und froren noch mehr. Josie schätzte die Temperatur auf dreizehn, vierzehn Grad und nahm an, dass sie in der nächsten Stunde um etliche Grad absacken würde.

Jetzt schaute sie auf die Karte, und obwohl sie so unvollständig war wie die Karte, von der Paul sie abgezeichnet hatte und nur einen gewundenen Wanderweg zu einem ovalen See zeigte, war neben dem Oval dieses winzige Rechteck zu erkennen. Das musste irgendein Gebäude sein, dachte sie. Schon ein Klohäuschen könnte die Rettung sein.

»Bist du sicher, dass das da hingehört?«, fragte sie und deutete auf seine Zeichnung.

»Was?«, sagte Paul. »Das? Das war auf der Karte an dem Schild.«

»Okay«, sagte sie. »Ganz sicher?«

»Ganz sicher«, sagte er.

Sie wusste, dass ihr Sohn die Aufgabe, die Karte zu zeichnen, mit größter Ernsthaftigkeit ausgeführt hatte, und falls er sich nicht vertan hatte, dann könnte das Kästchen auf der handgemalten Karte sie retten. Es war sehr viel näher, als zum Anfang des Wanderwegs zurückzukehren – Meilen näher. Es lag gleich hinter einer weiten Biegung des Weges.

»Habt ihr zwei euch ausgeruht?«, fragte Josie.

Keines der Kinder antwortete.

»Wir müssen wieder laufen«, sagte sie. »Wir müssen laufen, bis wir am See und am Unterstand sind. Versteht ihr? Wir legen die Strecke in Etappen zurück. Wir laufen von Punkt zu Punkt, und wir ruhen uns aus, wenn ihr eine Pause braucht. Okay?«

Über ihnen zerplatzte ein Planet wie ein Luftballon.

»Könnt ihr zwei tapfer sein?«, fragte Josie.

Paul und Ana zögerten nicht. Sie nickten heftig, wollten tapfer sein, wussten, dass es keine andere Wahl gab, als tapfer zu sein, dass es nichts Tolleres gab, als tapfer zu sein. In diesem Moment begriff Josie, was besser war, als nach mutigen Menschen zu suchen – Gott, sie war seit Jahren auf dieser Suche: Besser und womöglich leichter, als nach solchen Menschen auf der bestehenden Welt zu suchen, war es, sie zu *erschaffen*. Sie musste integre und mutige Menschen nicht finden. Sie musste sie machen.

Ein verstohlenes Lächeln hatte sich auf Anas Gesicht ausgebreitet.

»Was ist?«, fragte Josie.

»Das darf ich nicht sagen«, sagte Ana.

»Sag schon. Ist doch egal.«

»Das ist ein schlimmes Wort, glaub ich«, sagte Ana.

»Macht nichts.«

»Scheißsturm«, sagte Ana, und Paul lachte, seine Eispriesteraugen lächelten, von innen erleuchtet.

»Scheißsturm, genau«, sagte Josie. »Das ist ein Scheißsturm. Seid ihr bereit, durch diesen Scheißsturm zu rennen?«

Sie grinsten und liefen wieder los. Sie rannten durch das Wäldchen, und als die Bäume aufhörten und die nächsten hundert Meter Wanderweg sichtbar waren, sahen sie eine weitere gelbe Markierung und hasteten darauf zu. Die Steine auf dem Weg waren jetzt nass, und Ana rutschte auf einem aus, fiel hin und schlug sich das Bein an dem Geröll auf. Blitze tauchten die Welt in hartes blaues Licht, aber Josie blieb nicht stehen. Sie hob Ana im Laufen hoch und trug sie Brust an Brust, bis sie den nächsten kleinen Wald erreichten.

Als sie Ana schließlich absetzen konnte, hatte sich irgendwas in Josies Rücken verschoben. Da war was absolut nicht in Ordnung. Sie konnte nicht atmen. Sie stellte Ana hin und legte sich auf die Seite und versuchte, eine wirksame Methode zu finden, um Luft in ihren Körper zu bekommen. Ein Bandscheibenvorfall. Ein verletzter Lungenflügel. Eine gebrochene Rippe. Alles war möglich.

»Was hast du?«, fragte Paul.

Josie konnte nicht sprechen. Sie hob einen Finger, um Zeit zu erbitten. Jetzt starrten beide Kinder sie an, Ana

in dem weiten Shirt ihrer Mutter, das an ihr herunter-
hing wie ein Kittel. Josie blickte hinauf in die Baumwip-
fel, die schwarzen Tannensilhouetten vor dem Himmel,
wütend und grau wie ein Meeressturm.

Josie kam langsam wieder zu Atem, und als sie sich
schließlich aufsetzen konnte, sah sie, dass Paul unten von
ihrem Shirt, dem Shirt, das Ana jetzt trug, einen Streifen
abgerissen und Ana damit das Bein provisorisch verbunden hatte. Es sah aus wie auf einem Schlachtfeld im Ersten Weltkrieg, aber Ana streichelte den Stoffstreifen ehr-
fürchtig. Ein Oval aus Blut quoll hindurch, und Anas
Augen wurden groß.

Josie schaute den Wanderweg hoch und meinte, gleich
hinter einer weiteren Baumgruppe und einem niedrigen
Kamm die Lichtung zu sehen, wo der See und der Unterstand sein könnten. Sie stand auf, hatte große Angst, dass
sie vielleicht nicht die Kraft dazu hätte oder dass das, was
mit ihrem Rücken passiert war, durch das Aufstehen
noch viel schlimmer werden würde. Aber obwohl sie fix
und fertig war und jetzt sah, dass ihre Beine an mehreren
Stellen bluteten, konnte sie atmen und war einigermaßen
sicher, wieder laufen zu können.

»Sie kann nicht laufen«, sagte Paul und zeigte auf Ana.

»Stimmt das?«, fragte Josie sie. Ana stiegen Tränen in
die Augen, und ihr Kinn bebte. Josie blickte nach unten
und sah, dass Ana den rechten Fuß nicht belasten konnte.
Josie untersuchte das Bein von oben bis unten und konnte keinen Bruch ertasten, doch als sie ganz leicht auf den
Verband drückte, wimmerte Ana. »Du hast eine Verstau-
chung. Nichts gebrochen«, sagte Josie, und jetzt quollen
Ana die Tränen aus den Augen. »Okay. Halt dich an mir
fest«, sagte Josie zu ihr, »wie ein Äffchen.«

Ana schlang die Arme um sie und drückte ihre kleine Schulter an Josies Hals. Als Josie sich aufrichtete, jetzt mit vierzig Pfund mehr in den Armen, protestierte ihr Rücken lautstark.

»Fertig, Paul?«, sagte sie.

»Bloß bis zu den nächsten Bäumen?«, fragte er.

Vor ihnen erstreckten sich einige Hundert Meter Sand und Geröll durch ein offenes Tal, das völlig ungeschützt war.

»Genau«, sagte sie. »Du läufst, und ich bin direkt hinter dir. Bleib nicht stehen, bevor du da bist.«

»Jetzt?«, fragte Paul.

»Jetzt«, sagte Josie.

Sie rannten los, und Josie hielt einen Arm um Anas Po geschlungen, während sie den anderen vorstreckte, um sich abfangen zu können, falls sie stürzten. Sie rechnete mit einem Sturz. Sie war noch nie mit Ana auf dem Arm über einen nassen, mit Geröll übersäten Weg mit solchen Schmerzen gelaufen. Jeder Schritt jagte Josie einen scharfen Stich stählernes Licht durch die Wirbelsäule und das Bein hinunter. Anas Gewicht verschlimmerte das, was Josie auch immer mit ihrem Rücken angestellt hatte, aber sie konnte das Tempo auf der freien Strecke nicht verlangsamen. Sie musste mit Paul Schritt halten, der sich plötzlich mühelos flink und geschmeidig bewegte. Josie sah, wie er sprang und landete, begeistert von seiner Behändigkeit und seinem Mut.

Als wollte er sie für diesen Moment des Stolzes bestrafen, riss der Himmel auf, von einem Ende zum anderen. Paul stürzte zu Boden, und Josie fiel auf die Knie. Kein Erdbeben, kein Tornado konnten so laut sein. In den gut vier Jahrzehnten ihres Lebens hatte Josie nie zuvor so ein

Unwetter gehört, hatte nie zuvor einen so strafenden Himmel erlebt.

Sie standen auf und liefen weiter und schafften es zum nächsten Wald. Josie folgte Paul zu einer Stelle an einem toten Kiefernstamm. Sie saßen nebeneinander wie Soldaten im Schützengraben, keuchend. Ana klebte noch immer an Josies Oberkörper, ihr verfilzter Haarschopf an Josies Hals.

»Frierst du?«, fragte Paul und deutete auf Josies BH, ihre marmorierte Haut.

»Nein, nein«, sagte Josie. Kalter Regen rann an ihr herab, und die Kälte drang ihr in die Knochen, während sie sich ausruhten, doch solange sie lief, war ihr warm gewesen. Der Schmerz jedoch überwältigte ihre Sinne.

»Wir schaffen das«, sagte Josie. »Das weißt du doch, oder?«

Paul nickte ernst, als würde seine Mutter etwas bestätigen, das er bereits geahnt hatte und von dem er gehofft hatte, dass es stimmen würde. Sie waren in Bewegung, setzten die wunderbaren Mechanismen ihrer Körperlichkeit vollständig ein, und sie überlisteten die blinde, brachiale Kraft des Unwetters.

»Wir müssen nur noch um die Biegung da hinten, glaube ich«, sagte Josie und deutete nach vorne. Paul holte seine Karte hervor und zeigte auf einen weiten Bogen, den sein selbst gezeichneter Weg kurz vor dem See beschrieb.

»Ich glaube, es ist nicht mehr weit«, sagte er.

Eine andere Art von Donner erfüllte die Luft. Er war so laut wie zuvor, als der Himmel aufgerissen war, aber diesmal kam das Geräusch aus Richtung Wanderweg. Es war langsamer, ein anwachsendes Tosen, das sich anhörte wie Steine, wie Tausende Steine, die sich gleichzeitig bewegten.

Josie stand auf und schaute die Biegung des Weges entlang. Sie konnte nichts sehen. Dann drang eine Staubwelle hinter einer Wölbung der Felswand hervor. Josie hatte noch nie eine Lawine gesehen oder gehört, aber sie wusste, dass das da eine Lawine war, keine dreihundert Meter weiter vorn. Nachdem das seltsam geordnete Tosen verklungen war, wurde das Tal still, als müsste es sich nach der Anstrengung ausruhen. Josie hatte keine Ahnung, was sie tun sollte. Ein Rückzug war unmöglich aus all den Gründen, die sie sich zuvor klargemacht hatte – die Kinder würden leiden, es war zu kalt, sie wären durchnässt und durchgefroren. Aber weiter in Richtung der Lawine gehen?

»War das eine, Mom?«, fragte Paul.

»Was?«, fragte Josie.

Paul sah Josie mit großen Augen an, gab ihr zu verstehen, dass er das Wort »Lawine« nicht vor Ana aussprechen wollte.

»Ich glaube ja«, sagte Josie.

Der Regen schien sein Volumen schlagartig zu verdoppeln. Jeder einzelne Tropfen war fett und schwer. Josie wusste, dass sie weitermussten. Sie beschloss, dass sie sich bis zu der nicht einsehbaren Biegung des Wanderweges vorwagen und wenigstens einen Blick um die Ecke riskieren würden, um zu sehen, was passiert war, ob der Weg dahinter noch begehbar war. Sie nahm Ana hoch, die sich irgendwie noch fester an sie klammerte als zuvor, was schmerzhaft, aber nötig war, und sie ging los. Diesmal übernahm sie die Führung, dicht gefolgt von Paul.

Schon weit vor der Biegung konnten sie die Spuren der Lawine sehen. Eine unwegsame graue Diagonale aus Steinen und Geröll hatte den Weg verschwinden lassen und erstreckte sich bis auf den Talboden in gut hundert Metern Tiefe. Josie spähte die Felswand hoch und suchte nach irgendwelchen Hinweisen darauf, was sie weiter im Schilde führte. Hinter den herabgestürzten Gesteinsbrocken konnte sie den Weg sehen, der anscheinend weiter zu einer Lichtung führte. Irgendwie würden sie und Paul und Ana rund fünfzig Meter weit über das Lawinenfeld klettern müssen, um wieder auf den Weg zu gelangen, und das angesichts der Möglichkeit, dass die Gesteinsmassen sich wieder in Bewegung setzten, dass ihre Überquerung das Ganze ins Rutschen bringen würde.

Irgendein Impuls in ihr riet ihr, sich zu beeilen, nicht länger zu grübeln. »Los geht's«, sagte sie. Ihr Rücken schrie wieder, doch sie kletterte auf die ruhenden Steine, merkte, dass es ihr beinahe unmöglich war, sicheren Tritt zu finden. Sie hob einen Fuß, verlagerte ihr Körpergewicht darauf, und sofort rutschte ihr Fuß weg, und sie fiel hin. Ana entglitt ihr und landete auf den dreckigen Steinen. Josie konnte ihren Sturz zwar mit den Händen abfangen, schlug aber mit der Stirn gegen einen aufragenden Stein. Der Schmerz war rasch und heftig, aber Josie wusste, dass die Verletzung nicht schwer war.

»Alles okay?«, fragte Paul. Er war neben Josie und Ana aufgetaucht, und dank seines leichten Gewichts konnte er flink die Spitze des Gerölls erklimmen, ohne einzusinken.

Ana nickte, und Josie sagte, ihr sei nichts passiert.

»Du hast Blut im Gesicht«, sagte Paul zu Josie. »Aber nicht viel.«

Josie hatte keine Hand frei, um es abzuwischen. Und sie wusste, dass Ana allein klettern musste, um es auf die andere Seite zu schaffen.

»Folge Paul«, sagte sie, und Ana erhob keinen Einspruch.

Ana, die jetzt ihr bandagiertes Bein schonte, bewegte sich flink über die lockere Steinmasse, und Josie folgte ihr, so gut sie konnte. Sie versuchte, sich leichter zu machen, wendiger.

»Wartet!«, rief sie. Die Kinder, die keine Probleme hatten, waren schon weit vor ihr.

Josie kroch, rutschte, ihre Gliedmaßen sanken in das Geröll ein wie in frisch gefallenen Schnee.

Plötzlich hatte sie eine Idee und setzte sie prompt in die Tat um, weil sie wusste, dass sie alles versuchen musste. Sie drehte sich auf den Rücken und schob sich mit den Füßen weiter, wie ein Mechaniker unter ein Auto. Das Geröll zerkratzte ihr den Rücken, den nackten Hals und den Hinterkopf, aber es klappte. Ihre Hände und Beine hatten zu viel Druck auf die losen Steine ausgeübt und waren immer wieder eingesackt. Aber ihr Rücken fungierte wie ein Schneeschuh, verteilte ihr Gewicht, und so schob sie sich über das Gestein, während ihre Kinder zuschauten und sie schließlich anfeuerten.

»Gleich hast du's geschafft«, sagte Paul.

»Gleich hast du's geschafft«, wiederholte Ana.

Josie hatte das starke Gefühl, dass ihre Kinder diesen Anblick in Erinnerung behalten würden, das Bild ihrer Mutter, die wie eine Rückenschwimmerin mitten in einem alaskischen Gewitter über ein Lawinenfeld glitt. Josie prustete los und lachte laut auf, während der Regen auf sie einprasselte.

Dann war sie bei ihren wartenden Kindern. Ana stand auf einem Bein und hielt sich an der Schulter ihres Bruders fest. Pauls Beine waren blutig aufgeschürft, die Haut an seinen Hände war eingerissenen und dreckig von den Steinen, über die er geklettert war. Anas Beine und Hände waren ähnlich übel zugerichtet, und irgendwann hatte sie sich eine Verletzung an der Schläfe zugezogen, eine fingergroße rote Wunde. Über ihnen krachte erneut der Donner, lauter als jeder Donner seit Anbeginn der Schöpfung je gewesen war, und Josie lachte wieder auf. »Es hört nie auf, was?«, sagte sie. »Eins nach dem anderen.« Ana und Paul lächelten, wussten aber nicht genau, was ihre Mutter meinte, und Josie war froh, dass ihnen der Subtext ihrer Feststellung entgangen war.

»Okay, kann's weitergehen?«, fragte sie. Sie drehte sich um, ohne irgendetwas zu erwarten, doch jetzt, auf der anderen Seite des Geröllfeldes, konnte sie den strahlend blauen See sehen, nicht größer als ein Swimmingpool. Josie lachte wieder. »Oh Gott«, sagte sie, »seht euch das an. Wie klein der ist. Den ganzen Weg dafür!«

»Aber er ist so blau«, sagte Paul. »Und guck mal da.«

Josie hatte nach dem Unterstand gesucht, den die Karte versprochen hatte, aber Paul hatte sie zuerst entdeckt. Es war mehr als nur ein Unterstand. Es war eine stabile Hütte aus Rundhölzern und Ziegelsteinen, mit einem Schornstein, der schnurgerade aufragte wie ein Leuchtturm. An der Tür hing das gleiche schlaffe Trio Luftballons, das sie an dem Schild am Anfang des Wanderweges gesehen hatten.

Josie musste ihren Kindern nicht sagen, was sie tun sollten. Sie waren schon losgelaufen. Ana war irgendwie wieder erstarkt, und Paul rannte voraus, weil er wusste, dass seine Schwester allein klarkam, und Josie ging hinter ihnen her. Ihre Schultern bebten vor Kälte und einer Art tränenlosem Weinen.

Als sie die Hütte erreichte, sah sie das Schild über der Tür. »Willkommen zum Stromberg-Familientreffen«, stand darauf. Sie trat ein und sah Paul und Ana, die klatschnass vom Regen und blutverschmiert mitten in einem Raum standen, der offenbar für eine Überraschungsparty geschmückt worden war. Es gab Luftballons, Luftschlangen, einen Tisch, der beladen war mit Säften und Limos, Chips, Obst und einem prächtigen Schokoladenkuchen unter einer Plastikhaube. Überall in der Hütte standen gerahmte Fotos aus jeder Epoche, die meisten in Schwarz-Weiß, alle säuberlich beschriftet. Die Strombergs im Wandel der Zeiten. Josie konnte nur vermuten, dass irgendein unerschrockenes Mitglied der Familie vor Tagen hier in der Hütte gewesen war, alles für das Familienfest vorbereitet hatte und dann aus irgendeinem Grund – Feuer oder sonstige Tragödien – das Ganze absagen musste, sodass die Hütte samt ihren Gaben nun einer anderen, kleineren Familie zur Verfügung stand: Josie, Paul und Ana, die so müde waren.

»Wer sind die Strombergs?«, fragte Paul.

»Heute sind wir die Strombergs«, sagte Josie.

Der Vorrat an Feuerholz hätte für drei Winter gereicht, und es war auch reichlich Wasser da. Also machte Josie ein Feuer, und sie zogen ihre Sachen aus und wuschen sich und saßen dann nackt unter einer großen Wolldecke, während ihre schmutzige Kleidung vor dem Kamin trocknete. Sie aßen und tranken wild durcheinander alles, worauf sie Lust hatten, und waren schon bald satt, und obwohl ihre Muskeln schmerzten und ihre Wunden schreiend nach Aufmerksamkeit verlangten, konnten sie stundenlang nicht einschlafen. Jeder Teil ihres Seins war wach. Ihr Geist jubelte triumphierend, ihre Arme und Beine wollten mehr Herausforderungen, mehr Siege, mehr Ruhm.

»Das war gut, was?«, sagte Paul.

Er wartete nicht auf eine Antwort. Er starrte ins Feuer, mit glühendem Gesicht, das viel jünger wirkte, als es war – vielleicht wiedergeboren. Seine Eispriesteraugen hatten ein neues und ungetrübtes Glück gefunden. Er wusste, dass es gut war.

Josie merkte, dass sie lächelte, denn sie wusste, dass sie mit dem, was sie hatten, getan hatten, was sie konnten, und dass sie in jedem Schritt Freude und Sinn gefunden hatten. Sie hatten ausgelassene Musik gemacht, und sie hatten furchterregenden Hindernissen in dieser Welt getrotzt, und sie hatten gelacht und triumphiert und Blut vergossen, waren aber jetzt nackt zusammen und warm, und das Feuer vor ihnen würde nicht ausgehen. Josie blickte in die leuchtenden, flammenden Gesichter ihrer Kinder und wusste, dass sie genau die waren, die sie sein sollten, und genau dort waren, wo sie hingehörten.

XXIV.

Aber dann gibt es das Morgen.

XXIV

Übersetzung und Bearbeitung

DANKSAGUNG

Ein Dankeschön zuerst an Jenny Jackson, ruhige Seele, sensible Leserin und zum Glück unermüdliche Verfechterin dieses Buches. Ein Dankeschön an Sonny Mehta, Andy Hughes, Paul Bogaards, Emma Dries und alle bei Knopf. Ein Dankeschön an Em-J Staples, den treuen Freund, beharrlichen Lektor und stolzen Illinoiser. Ein Dankeschön an Andrew, Luke, Sarah und all die unerschütterlichen Fürsprecher in der Wylie Agency. Ein Dankeschön an Cressida Leyshon und Deborah Treisman für ihren Glauben an dieses Buch und die scharfsinnige Überarbeitung seiner ersten Inkarnation in Auszügen. Ein Dankeschön an Alison und Katya, Heldinnen und Einwohnerinnen von Homer. Ein Dankeschön an die sorgfältigen Leserinnen und Leser Nyuol Tong, Peter Ferry, Christian Keifer, Curtis Sittenfeld, Sally Willcox, Clara Sankey, Tish Scola, Tom Barbash, Ayelet Waldman, Carrie Clements und Jesse Nathan. Ein Dankeschön an die geduldigen Musiker Thao Nguyen, Alexi Glickman und Jon Walters. Ein Dankeschön an Terry Wit, Deb Klein und Kim Jaime. Ein Dankeschön den Philosophen-Zahnärzten Tim Sheehan, Larry Blank und Raymond Katz. Ein Dankeschön an Alaska dafür, dass es weiter besteht. Ein Dankeschön an V, A und B dafür, dass es sie gibt.

ÜBER DEN AUTOR

Dave Eggers ist der Autor von *Der Circle*; *Ein Hologramm für den König,* Finalist für den National Book Award; *Weit Gegangen*, Finalist für den National Book Critics Circle Award; und *Eure Väter, wo sind sie? Und die Propheten, leben sie ewig?*, das es auf die Shortlist für den International Dublin Literary Award schaffte. Er ist Gründer des Verlages McSweeney's, aus dem er sich unlängst zurückgezogen hat, und nach wie vor tätig als Herausgeber von *Voice of Witness*, einer Buchreihe, die mithilfe von Zeitzeugenberichten die Gefährdungen der Menschenrechte beleuchtet. *826 National*, das Schreib- und Förderzentrum für Jugendliche, das er 2002 zusammen mit anderen gründete, hat inzwischen Filialen in zweiundzwanzig Städten auf der ganzen Welt. *ScholarMatch*, ein ähnliches gemeinnütziges Projekt, das 2010 gegründet wurde, bietet Hochschulzugangsprogramme und Fördermittel für US-Studenten. Eggers wurde mit dem Dayton Literary Peace Prize ausgezeichnet, erhielt 2015 den Amnesty International Chair der Universität Gent und ist Mitglied der American Academy of Arts and Letters.

www.voiceofwitness.org
wwww.valentinoachakdeng.org
www.826national.org
www.scholarmatch.org
www.mcsweeneys.net

»Eine fesselnde, eine triumphale Abenteuergeschichte!« *Los Angeles Times*

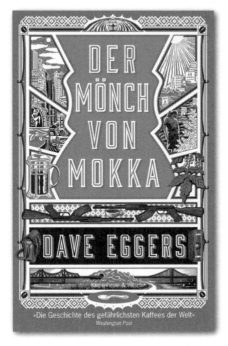

»Nach der Lektüre wird man nie wieder gedankenlos Kaffee trinken können, man wird nie wieder das Wort ›Jemen‹ hören, ohne an die unfassbaren Grausamkeiten zu denken, die Dave Eggers in diesem phänomenal gut geschriebenen Buch aufzeigt. Eine koffeinhaltige Abenteuergeschichte über einen furchtlosen Entrepreneur auf einer enorm heiklen und bedeutungsvollen Mission.« *Booklist*

Leseproben und mehr unter www.kiwi-verlag.de

Kiepenheuer & Witsch

Leben in der schönen neuen Welt des total transparenten Internets: »Der Circle« ist ein hellsichtiger, hochspannender Roman über die Abgründe des gegenwärtigen Vernetzungswahns. Ein beklemmender Page-Turner, der weltweit Aufsehen erregt. Huxleys »Schöne neue Welt« reloaded.

»Das ›1984‹ fürs Internetzeitalter« *Zeit online*

Leseproben und mehr unter www.kiwi-verlag.de

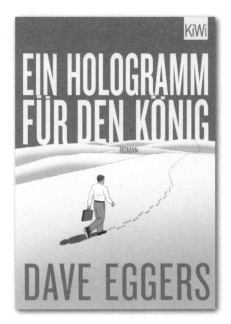

Dieser Roman ist die anrührende, absurde Geschichte von Alan Clay, einem amerikanischen Geschäftsmann kurz vor dem Bankrott, der mitten in der Wüste von Saudi-Arabien auf den alles rettenden Deal hofft. Erzählt von Dave Eggers, einem der wagemutigsten, interessantesten und engagiertesten Schriftsteller der Gegenwart.

»Eine zutiefst berührende Geschichte voller Komik – ein leuchtender digitaler Schnappschuss unserer Zeit« *New York Times*

Leseproben und mehr unter www.kiwi-verlag.de

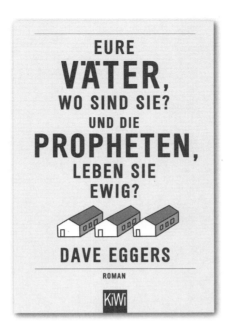

Ein Entführungsdrama aus der kalifornischen Wüste: Thomas ist ein junger weißer Amerikaner, der seinen Platz im Leben nie gefunden hat. In seiner Verzweiflung weiß er nur ein Mittel und entführt nach und nach Menschen, die eine Rolle in seinem Leben gespielt haben.

»Mit seinem unglaublichen Talent, die politisch heiklen Zonen der Gegenwart aufzuspüren, hat Dave Eggers in seinem neuen Roman das Psychogramm eines enttäuschten, [...] gewaltbereiten Jungen geschrieben.« *Frankfurter Allgemeine Sonntagszeitung*

Leseproben und mehr unter www.kiwi-verlag.de

Dave Eggers erzählt in seinem vielfach ausgezeichneten Werk die wahre Geschichte der amerikanisch-syrischen Familie Zeitoun, die nach dem Hurrikan Katrina unschuldig ins Visier der amerikanischen Terrorismusfahnder gerät.

»Ein großartiger Tatsachenroman, der ein unglaubliches Heldendrama aus dem überschwemmten New-Orleans erzählt.« *Georg Dietz, Süddeutsche Zeitung*

Leseproben und mehr unter www.kiwi-verlag.de

»Dave Eggers ist ein Star, ein Kultbuchautor.« *taz*

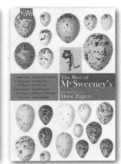

Leseproben und mehr unter www.kiwi-verlag.de